Georg Weerth
Sämtliche Briefe

Georg Weerth

Sämtliche Briefe

Herausgegeben und eingeleitet von
Jürgen-Wolfgang Goette
unter Mitwirkung
von Jan Gielkens

Band I

Campus Verlag
Frankfurt / New York

Gedruckt mit Untersstützung des Förderungs- und Beihilfefonds Wissenschaft der VG Wort
sowie des Internationalen Instituts für Sozialgeschichte (IISG), Amsterdam

CIP-Titelaufnahme der Deutschen Bibliothek

Weerth, Georg:
Sämtliche Briefe / Georg Weerth. Hrsg. u. eingeleitet von
Jürgen-Wolfgang Goette unter Mitw. von Jan Gielkens. –
Frankfurt/Main ; New York : Campus Verlag
ISBN 3-593-33913-7
NE: Weerth, Georg: [Sammlung]
Bd.1 (1989)

Umschlaggestaltung: Atelier Warminski, Büdingen
Umschlagabbildung: Georg Weerth, Lippische Landesbibliothek Detmold
Satz: L. Huhn, Maintal
Druck und Bindung: Fuldaer Verlagsanstalt GmbH, Fulda
Printed in Germany

Georg Weerth um 1851/52

Inhalt

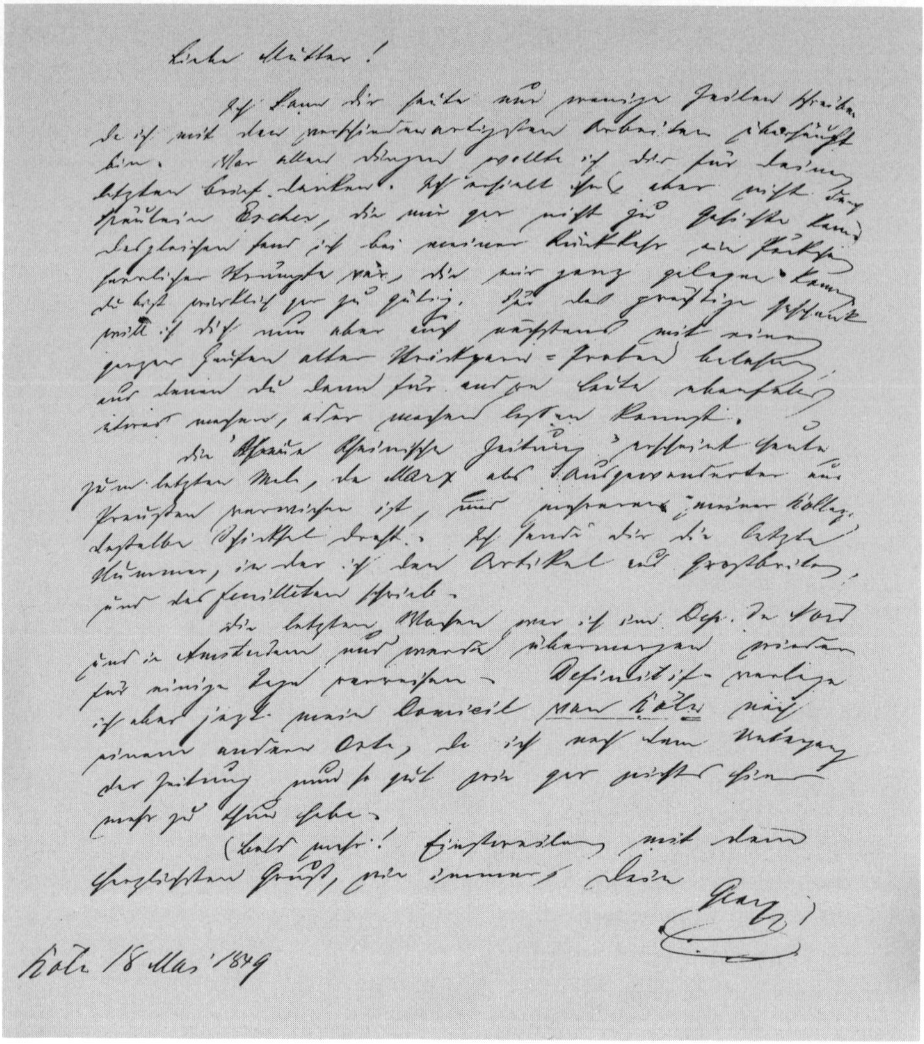

Liebe Mutter!

Ich kann Dir heute nur wenige Zeilen schreiben, da ich mit den verschiedenartigsten Arbeiten überhäuft bin. Vor allen Dingen sollte ich Dir für Deinen letzten Brief danken. Ich erhielt ihn aber nicht durch Fräulein Escher, die mir gar nicht zu Gesicht kam. Dagegen fand ich bei meiner Rückkehr ein höchst herrliches Strumpfpaar, das mir ganz gelegen kam. Du bist wirklich gar zu gütig. Für das prächtige Geschenk werde ich Dich nun aber auf nächstens mit einem ganzen Haufen alter Strickgarn-Proben belasten, und kannst Du dann für andere Leute ebenfalls etwas machen, oder machen lassen kannst.

Die 'Neue Rheinische Zeitung' erscheint heute zum letzten Mal, da Marx als Ausgewanderter aus Preußen verwiesen ist, und mehreren meiner Kollegen dasselbe Schicksal droht. Ich sende Dir die letzte Nummer, in der ich den Artikel und Großbritannien für das Feuilleton schrieb.

Die letzten Wochen war ich im Dep. du Nord und in Amsterdam und werde übermorgen wieder für einige Tage verreisen. Wahrscheinlich verlege ich aber jetzt mein Domicil von Köln nach einem andern Orte, da ich nach dem Untergang der Zeitung und so gut wie gar nichts hier mehr zu thun habe.

Lebe wohl! Einstweilen mit dem herzlichsten Gruß, wie immer, Dein

Georg

Köln 18 Mai 1849

Handschrift eines Briefes von Georg Weerth an seine Mutter

Einführung

»Ja, es wird eine Zeit geben, wo
Diese Klugen und Freundlichen
Zornigen und Hoffnungsvollen
Die auf dem nackten Boden saßen, zu schreiben
Die umringt waren von Niedrigen und Kämpfern
Öffentlich gepriesen werden.«

Bertolt Brecht

I

»Ihre Briefe sind sämtlich vollkommen druckreif«, schrieb der Verleger Franz Duncker 1854 an Georg Weerth.[1] Er hatte vor, Georg Weerths Briefe zu publizieren. Daraus wurde aber nichts, genauso wenig wie aus einer Veröffentlichung der Tagebücher.[2] Nur wenige Briefe sind im Verlauf der Jahrzehnte an verschiedenen Stellen publiziert worden. Erst 1956 – 100 Jahre nach dem Tode Georg Weerths – konnte Bruno Kaiser im Rahmen seiner Werkausgabe 181 Briefe – zum Teil gekürzt – drucken.[3] Mit diesem Band liegen nun erstmalig sämtliche Briefe von Georg Weerth (339) und an Georg Weerth (153) vor – erstere vollständig, letztere zum Teil in gekürzter Fassung.

Erstaunlich bleibt, daß sich eine so große Anzahl von Briefen eines Schriftstellers, der lange Zeit weithin unbekannt war, hat erhalten können. Das entscheidende Verdienst kommt dabei der Familie Weerth zu. Die beiden Hauptadressaten der Briefe Georg Weerths, seine Mutter Wilhelmine Weerth und sein Bruder Wilhelm Weerth, haben schon zu Lebzeiten des Dichters ein großes Interesse an seinen Briefen gehabt, waren sie doch der wichtigste Kontakt zwischen ihnen und dem Abenteurer, der die meiste Zeit im Ausland lebte und viele Länder bereiste. Beide Adressaten haben Georg Weerths Briefe gesammelt und aufbewahrt. Ebenso hat sich auch Georg Weerth selber verhalten mit den Briefen, die an ihn gerichtet waren. Die Briefe seiner Mutter und seines Bruders Wilhelm sind in großer Zahl erhalten geblieben. Vielleicht hat Georg Weerth sie bei seinen seltenen Aufenthalten in Detmold deponiert, zumindest die aus den früheren Jahren. Die späteren Briefe befanden sich in seinem Nachlaß. Auffällig ist, daß nur relativ wenige Familienbriefe fehlen.

Das Interesse der Familie erklärt sich daraus, daß der Lebensweg Georg Weerths ein ungewöhnlicher und interessanter gewesen ist, aus der engen

Sicht Detmolds natürlich ein ungemein aufregender und faszinierender. Dazu kommt, daß die Mutter ihren Sohn um zwölf Jahre überlebt hat und für sie die Briefe eine persönliche Erinnerung an ihren geliebten Sohn waren. Sie lebte zusammen mit ihrem ältesten Sohn Carl in dessen 1841 in der Hornschen Straße errichteten Haus, in das auch der Nachlaß Georg Weerths gelangte. Carl Weerth war unverheiratet, arbeitete als Gymnasialprofessor und Museumsleiter, außerdem war er Mitbegründer des Naturwissenschaftlichen Vereins für das Land Lippe. Für Carl Weerth, zu dem Georg kein so enges Verhältnis hatte wie zu seinem Bruder Wilhelm, war sein Bruder allerdings von besonderem Interesse, weil dieser ihm Exponate aus Südamerika für das Museum zugesandt hatte, von denen noch heute einige im Detmolder Museum zu sehen sind.[4] Carl Weerth hat sich auch – über Georg Weerths Firma Steinthal in Manchester – bemüht, den Nachlaß des 1856 in Havanna Verstorbenen nach Detmold zu bekommen, was längere Zeit in Anspruch nahm und sehr mühevoll war. Dabei wurde er unterstützt von seinem ehemaligen Schulfreund Ferdinand Freiligrath, von Friedrich Engels und von Wilhelm Wolff, die damals alle in England waren und sich vor allem für die verlorengegangenen Tagebücher[5] interessierten.

Welche Schwierigkeiten die Familie hatte, in den Besitz von Georg Weerths Nachlaß zu gelangen, macht der Briefwechsel zwischen Freiligrath und Carl Weerth sowie Freiligrath und Engels deutlich. Die wichtigsten Passagen sollen hier zusammengestellt werden. Am 2.2.1857 schreibt Freiligrath an Carl Weerth:

»Seit wir uns zuletzt die Hand drückten, sind wieder nahezu sechs Jahre vergangen, von denen das letzte Dir u. den lieben Deinigen einen großen u. herben Schmerz gebracht hat. Wenn fremde Theilnahme Euch ein Trost sein kann, so brauche ich Dich nicht erst zu versichern, daß wir, die hiesigen Freunde Eures Georg, mit Euch trauern u. uns mit Euch beraubt fühlen. *Er ist auch uns gestorben! Und soll auch uns unvergeßlich und unvergessen sein!* O, es ist hart, daß er von uns gegangen ist! Es ist mir noch jetzt oft, als müßte, als könnte es nicht sein! So jung, so blühend, so froh, so strebend! Noch seh' ich ihn vor mir, wie er zuletzt in mein Haus trat u. meinen Jungen auf seinem Knie sitzen ließ. Kein Wort mehr, lieber Weerth – ich will mir u. Euch nicht von Neuem das Herz schwer machen! Ich drücke Euch Allen warm u. herzlich die Hand! Ihr wißt, wie ich's meine! –«[6]

Am 7.2.1857 schreibt Freiligrath seinem alten Freund Carl Weerth einen weiteren Brief, nachdem er von diesem einen vom 31.12.1856 datierten erhalten hat, der aber nicht überliefert ist:

»Mit Wehmut habe ich gelesen, was Du mir über den Verlauf von Georgs Krankheit kurz andeutest. Und wie merkwürdig jenes, fast wie Prophezeiung klingende, Fieberwort des zehnjährigen Knaben!

Ich kann mir denken, daß Ihr großes Verlangen nach Georgs hinterlassenen Papieren u. sonstigen Effecten tragt, u. sollte sagen, daß dieselben, wenn anders sein Haus für deren Herschaffung sofort u. ernstlich sich bemüht hätte, längst in Euren Händen sein müßten. Kann vielleicht ich, können Marx u. Engels irgendwie dazu beitragen, daß die Besorgung beschleunigt werde? Wäre es nicht gut, wenn Du Steinthals noch einmal bätest, sich der Sache möglichst anzunehmen, u. wenn dieser Brief alsdann durch Engels (der, wie Du wissen wirst, in Manchester lebt) an die Firma abgegeben würde? Du erführest dann auch gleich, was bisher geschehen ist u. was erwartet werden kann. In diesen, wie in allen anderen Dingen bitte ich Dich, stets unumschränkt über mich verfügen zu wollen. Sollten die ›Tagebuchblätter‹ später gedruckt werden, so werden sie mir eine liebe ernst-freudige Erinnerung sein. –«[7]

Einige Tage später, am 11.2., schreibt Freiligrath an Engels:

»Ich hatte vorige Woche einen Brief von Karl Weerth, dem ältesten Bruder unseres Georg. Er ist noch ganz auseinander über den Verlust. Acht Tage, ehe die Todesnachricht eintraf, hatte die Familie noch einen langen u. heitren Brief aus St. Jago de Cuba gehabt. Darauf, durch Steinthal & Co, die Anzeige des Todes, u. seitdem nichts Weiteres. Könntest Du nicht in Erfahrung zu bringen suchen (*u. mir gleich* mittheilen), ob Weerths hinterlassene Papiere u. sonstige Effecten, die der Familie als *Erinnerungszeichen* von Werth sein würden, von Steinthals reklamirt worden sind, u. ob die Familie endlich auf deren Empfang rechnen kann? Karl Weerth spricht besonders von den immer mit großer Sorgfalt geführten Tagebüchern des Verstorbenen, die Campe sich bereits erboten hat, zu veröffentlichen, wenn die Familie ihre Einwilligung gibt. Es wäre wirklich sehr zu bedauern, wenn diese Papiere verschleudert wären. Ich kann es mir übrigens kaum denken, denn Weerth hat doch auch gewiß viele auf das Geschäft bezügliche Scripturen hinterlassen, an deren Erlangung seinem Haus gelegen sein müßte. Und so hoffe ich, daß mit dem Geschäftlichen auch das Private gerettet worden ist. Ich wiederhole meine Bitte, doch bald etwas Sicheres über diesen Punkt in Erfahrung zu bringen u. es mir *ohne Verzug* mittheilen zu wollen. Ich möchte gern so bald wie möglich nach Detmold zurückschreiben.«[8]

Inzwischen hat Freiligrath auch mit Marx gesprochen, der am 16.2.1857 an Engels schreibt:

»Freiligrath ersucht Dich, die Geschichte wegen Weerth nicht schlafen zu lassen. Gesetzt, der Jude Steinthal habe sich der Weerthschen Tagebücher bemächtigt (wegen deren der edle Campe schon an Weerths Bruder geschrieben), so liegt eine andre Gefahr darin, daß Weerths Verwandte, sollten sie dieselben heraushalten, daß sie in usum delphini, emendiert und zensuriert, drucken lassen. Es ist gut, wenn Weerths Bruder sich direkt an Dich wendet. Sollten die Tagebücher noch zum Vorschein kommen, so kannst Du dann den Philistern zugleich ins Gewissen reden. Es ist nebenbei höchst elend von dem Steinthal, daß er sich der alten Frau gegenüber auf eine dürre Notiz von Weerths Tod beschränkt, ohne Details, ohne Vor- und Nachworte. Dieser süßgrinsende Schacherer.«[9]

Am 26.2.1857 schreibt Freiligrath an Carl Weerth, daß er sich zwischenzeitlich an Engels gewandt habe. Was Engels geschrieben hat, teilt Freiligrath nun Weerth wörtlich mit:

»Von Weerth ist an Literarischem bisher nur eine humoristische Geschichte des Handels (Fragment aus der Brüssel-Bradforder Zeit, 1845/47) hier eingetroffen, Steinthal erwartet aber noch eine Kiste Papiere. Ich will sehr gern Alles thun was geschehen kann, um die Sachen zu bekommen; es ist aber nöthig, daß Weerths Bruder mir einen Brief schreibt, damit ich etwas habe, womit ich mich legitimiren kann. Es wird schwerlich viel Schwierigkeit machen; Steinthal ist ganz bereitwillig. Im Detail wird aber doch mehr als eine Differenz entstehen.

Die Tagebücher enthalten, soweit ich sie von Weerths letzter Anwesenheit her kenne, nur trockne Notizen.

Indeß, wie gesagt, sobald ich autorisirt bin die Sachen zu erheben, will ich schon zusehn, daß ich Alles bekomme.«[10]

Inzwischen werden Carl Weerth fünf Koffer mit dem Nachlaß seines Bruders angekündigt. Freiligrath schreibt am 12.3.1857 an Engels:

»Karl Weerth, dem ich Deine Mittheilungen u. Anerbietungen gleich bei Empfang mittheilte, antwortet mir vor wenigen Tagen, u. dankt Dir herzlich für Deinen Antheil u. Deine Bereitwilligkeit. Er wird Deiner Hülfe jetzt aber wohl nicht mehr bedürfen, da St. & Co ihm vor 14 Tagen Abrechnung über die Angelegenheiten seines verstorbenen Bruders eingeschickt, u. ihn gleichzeitig gefragt haben, was sie mit den 5 *angekommenen* Koffern, worin Georgs Nachlaß sich befindet, anfangen sollen. Er hat Auftrag gegeben, daß man sie ihm via Hamburg zuschicken möge, u. sie sind jetzt wahrscheinlich längst nach Deutschland unterwegs. Möchten später (was K. Weerth aber nicht vermuthet) noch Differenzen entstehen, so wird er sich gern u. dankbar an Dich wenden.«[11]

In einem Brief vom 15.4.1857 an Carl Weerth gibt Freiligrath seiner Hoffnung Ausdruck, daß die Angelegenheit nun nach Wunsch erledigt ist. Sollte das nicht so sein, »so bedarf es nur eines Wortes an mich oder Engels. Alles wird dann aufs Beste besorgt.«[12] Darauf antwortet Carl Weerth am 19.4.1857:

»Du bist so gütig, mir Deine Beihülfe zur Erledigung der dortigen Angelegenheiten zu erbieten, nur darf ich jetzt noch keinen Gebrauch davon machen, u. wird es hoffentlich überhaupt nicht nöthig sein. Vor einigen Wochen hat mir Steinthal den angeblichen Betrag des Guthabens Georgs (dessen Richtigkeit ich nicht bezweifle) durch Wechsel überschickt u. zugleich bemerkt, daß er die Effecten nach Hamburg an die aufgegebene Adresse abgeschickt habe. Leider habe ich noch keine Anzeige von der Ankunft daselbst erhalten, sehe aber dieser täglich entgegen u. werde, wenn die Sache noch länger ausbleiben sollte, zunächst selbst noch einmal an St. schreiben.«[13]

Aber wieder vergehen Monate, ohne daß die Angelegenheit geregelt ist. Am 31.7.1857 schreibt Freiligrath an Engels:

»Der inliegende Brief von Weerth's Bruder, (ich empfing ihn heute Morgen), kommt noch einmal auf die Nachlaß-Affaire zurück, u. spricht Dir zugleich den Wunsch der Verwandten aus, daß *Du*, nach früherem freundlichen Erbieten, Dich der Sache annehmen mögest. Ich bitte Dich also, mit gewohnter – *Energie* nicht nur, sondern auch – *Umsicht* in der Sache zu handeln, u. mich baldmöglichst von dem, was Du gethan, resp. erreicht hast, in Kenntniß setzen zu wollen. Sehr lieb wäre mir eine vorläufige Empfangsanzeige, in der Du Deine Bereitwilligkeit aussprichst u. die ich im Original nach Detmold einschicken könnte. Steinthal's Benehmen ist wirklich empörend.«[14]

Auch Wilhelm Wolff wird in die Nachlaßgeschichte einbezogen; Freiligrath schreibt ihm am 18.8.1857:

»Engels schrieb mir am 4. d. M. aus Waterloo, daß er Dir einen an mich gerichteten Brief von Carl Weerth in Detmold zugeschickt u. Dich gleichzeitig ersucht hat, den p. p. *Steinthal* in Betreff des Georg Weerth'schen Nachlasses aus seinem unbegreiflichen Stillschweigen aufzurütteln. Bitte, laß mich doch mit Einer Zeile wissen, ob Du etwas in der Sache gethan, u. was Du eventuell ausgerichtet hast. Item, ob Du vielleicht so gut gewesen bist, direct an Carl Weerth zu schreiben?«[16]

Der Brief Freiligraths an Carl Weerth vom 27.9.1857 macht noch einmal die Schwierigkeiten deutlich:

»Deine letzten Briefe warten längst auf Antwort; der Umstand jedoch, daß Engels schon seit geraumer Zeit bedenklich krank u. noch dazu von Manchester abwesend ist, möge mein seitheriges Schweigen erklären u. entschuldigen. Ich hoffe immer noch auf irgendwelche bestimmtern Nachrichten in Bezug auf Deine Angelegenheit mit Steinthal: da diese aber auch heute noch nicht eingetroffen sind, so will ich Dich wenigstens nicht länger in Ungewißheit lassen.

Inliegender Brief von Engels vom 4. Aug. zeigt Dir, daß ich keinen Augenblick gesäumt habe, ihm die Sache ans Herz zu legen. Auch einen Brief unseres Freundes Lupus (Wilhelm Wolff) lege ich bei, den *einzigen*, den ich, trotz meiner Mahnungen, bis jetzt von ihm erhalten habe. Es scheint also, daß es ihm nicht gelungen sei, etwas auszurichten. Vielleicht, da er früher bei Steinthal Stunden gab, nimmt er auch Rücksichten, u. tritt nicht derb genug auf. Engels, mit seiner noblen Unverschämtheit, wäre eben der rechte Mann gewesen. Leider ist noch gar nicht abzusehen, wann er wieder im Stande sein wird, nach Manchester zurückzukehren. Er hat die letzten anderthalb Monate in Brighton u. auf der Insel Wight zugebracht, u. geht jetzt nach Jersey, von dessen milderem Klima er Besserung hofft.

Ich will nun Lupum noch einmal in diesen Tagen erinnern. Höre ich dann, daß er auch jetzt noch nichts erreicht hat, u. bist Du in der Zwischenzeit ebenfalls ohne Nachrichten von Steinthal geblieben, so wäre es vielleicht zweckmäßig, daß Du noch einmal eine letzte ernste Aufforderung an St. richtetest, u. dieselbe mir, zur Einsendung an ihn mit einem Begleitschreiben von meiner Hand, einschicktest. Ich denke mir, daß ein solcher Schritt nicht ohne Wirkung bleiben würde. Ich erwarte gern Deine weitern Aufträge.

Und nun laß mich Dir recht von Herzen für das schöne, sprechend ähnliche Bild unsres Georg danken! Ich kann Dir gar nicht sagen, wie sehr Du mich damit erfreut hast, u. wie glücklich es mich macht, dies Andenken an den lieben Verstorbenen von Deiner Hand zu besitzen. Ja, das ist er, wie er leibte u. lebte; wie er auf der Rheinischen Zeitung am Redactionstische neben mir saß; wie er im Gefängniß zu Köln (damals nur über das Komische der Situation in sein gutes, ehrliches Lachen ausbrechend), durch die Gitterstäbe des Besuchzimmers mich ansah; wie er noch zuletzt vor zwei Jahren hier in Hackney zu mir in die Stube trat! Ich habe die Photographie hübsch einrahmen lassen, u. es vergeht kein Tag, wo sie mich nicht an Georg erinnerte. Nochmals: habe Dank! Ich drücke Dir die Hand, mein guter alter Carl! –«[15]

Im Herbst trifft Carl Weerth zufällig Friedrich Büsing, einen Freund Georg Weerths, der seinen Tod in Havanna miterlebt hat und der Firma Steinthal davon berichtet hat.[17] Am 31.12.1857 schreibt Carl Weerth an Freiligrath:

»In diesem Herbst besuchte mein Bruder Wilhelm den jüngsten Bruder Ferdinand in Berlin. Sie wollen mit der Eisenbahn fahren, F. bedauert, keine bequeme Kopfbedeckung mitgenommen zu haben, u. W. antwortet, daß er zu Hause noch 2 Strohhüte liegen habe, den einen – ganz neuen – unter Georgs Effecten befindlichen, wolle er ihm senden, u. fügt noch nach dem Einsteigen in den Wagen hinzu, ›er muß ihn jedenfalls auf der letzten Reise in St. Jago gekauft haben‹. – Ein von der Sonne gebräunter Mann sitzt gegenüber, sieht die beiden Einsteigenden scharf an u. fragt: ›Sprechen Sie von Georg W.?‹ Mit Erstaunen die Antwort: ›Ja.‹ – ›Nun, mein Name ist Büsching.‹ – Büsching war's, der Georg in den letzten Tagen pflegte, der die Effecten übersandte; ein genauer Freund Georgs, wie ich aus dessen Tagebüchern ersehen habe. –

Büsching war einige Tage vorher von Havanna aus eingetroffen, hatte uns hier in Detmold besuchen wollen, aber Unwohlsein hatte ihn verhindert. Bald fragte er nach den Effecten, ist empört über das Benehmen Steinthals, – (welches sich wirklich als entsetzlich gemein darstellt,) u. erklärt, daß er es als Ehrensache betrachte, die Angelegenheit weiter zu verfolgen. Er bezeichnete genau die Gegenstände, welche er eigenhändig in Koffern verpackt, u. deren Empfang mir Steinthal gemeldet hatte. – Einige Wochen später erhalte ich von Steinthal – ohne weiteres Begleitschreiben – die Tagebücher Georgs; die Papiere des Senator Tesdorpf in Hamburg, eine Peitsche und eine neue Doppelflinte. – Die übrigen von Büsching bezeichneten Gegenstände: Pistollen, Schreibzeug, Sattel u.s.w. sind also noch in Steinthals Händen. – Außerdem hatte sich St. zu Anfang des Jahres eine Vollmacht von mir erbeten, um eine Schuld für von G. verkaufte Cigarren für pp 400 c zu Porto Cabello erhalten zu können. Ich ertheilte dieselbe, aber habe bis jetzt keine weitere Auskunft erhalten können.

Da diese Angelegenheit Büsching nicht berührte, so habe ich jetzt durch ein Haus in Hamburg i. P. C. anfragen lassen, ob die Zahlung an St. erfolgt sei, werde aber schwerlich schon in den nächsten Wochen Nachricht erhalten können. Diese, – denke ich, – warten wir erst ab, und schreiten dann in angemessener Weise gegen St. vor. – Der materielle Werth der existirenden Effecten ist gering, aber die Gemeinheit Steinthals ist sehr groß. Ein einfacher Bericht in dortigen Blättern würde – meiner Ansicht nach – zu seiner Zeit die wohlverdiente Strafe sein. –«[18]

Danach geht die Zusendung des Nachlasses an die Weerths offensichtlich in Ordnung. Das kann man auch dem Brief entnehmen, den Wilhelm Weerth am 28.8.1857 an Betty Tendering schreibt, der er die Briefe Georg Weerths zurücksenden will:

»Unter den Sachen meines seligen Bruders Georg, die nach langer Zeit hier angekommen, mir zum Ordnen übergeben wurden, fanden sich auch verschiedene Briefe, von denen ich glaube, daß es Ihnen angenehm sein wird, sie wieder in Ihren Händen zu wissen, vor. Ich übersende sie Ihnen deshalb hierbei, wie auch das Bild, welches Sie vor längerer Zeit meinem Bruder geschenkt.

Letzteres würde ich gern zum Andenken an die Dame, welche mein lieber Bruder, wie ich dies von ihm selbst weiß, so innig geliebt hat, behalten haben, und mir dazu auch wohl von Ihnen die Erlaubniß ertheilt worden sein, – aber das Bild gefällt mir nicht, und da ich ein weit besseres von Ihnen mir bewahrt habe, so lege ich *dies* Bild wieder mit bei.

Mir ist es geglückt, nach einem, mir von dem seligen Bruder geschenkten, Lichtbild eine sehr gelungene Photographie anfertigen zu lassen, und gern würde ich auch Ihnen sein Bild zum Andenken senden, wenn ich wüßte, daß es Ihnen lieb sein und Sie nicht unangehm berühren würde.

Mit herzlichem Gruß an Sie und die liebe Louise, durch welche Sie dies Schreiben wohl erhalten werden.«[19]

Aus diesem Brief wird ersichtlich, daß nicht Carl Weerth, der sich um die Rücksendung des Nachlasses so bemüht hat, sondern Wilhelm Weerth den Nachlaß geordnet hat. Vermutlich hat Wilhelm Weerth dann, nachdem er die Papiere durchgesehen hat, alles wieder in die mütterliche Wohnung, wo auch Carl Weerth wohnte, zurückgegeben. Im Unterschied dazu schreibt Marie Weerth, Tochter von Wilhelm Weerth, am 13.4.1914 an Franz Diederich:

»Den Nachlaß hat damals der älteste Bruder des Verstorbenen, Dr. Karl Weerth, geordnet. Die Effekten waren von Havanna an Steinthal in Manchester geschickt, wo sie umgepackt sind – ich weiß nicht, aus welchem Grunde – u. nach Detmold weiter gefördert wurden. C. W. hat an Tesdorff in Hamburg, dessen Vertreter G. W. bei seinem letzten Aufenthalt in Westindien ebenfalls war, auf Tesdorffs Bitte alle Schriftstücke u. Aufzeichnungen gesandt, die für ihn von Bedeutung sein konnten. Steinthal wird das, was für ihn von Interesse war, wohl gleich selbst zurückbehalten haben. Eine Auseinandersetzung wegen fehlender Manuskripte hat C. W. mit Steinthal nicht gehabt.

Dagegen blieb eine Kiste mit Büchern u. Manuskripten verschwunden, welche G. W. bei seiner ersten Abreise nach Amerika in Hamburg zurückgelassen hatte. Seine eigenen Nachforschungen bei seinem Aufenthalt in Europa 1855 blieben erfolglos, ebenso die seines Bruders nach seinem Tode. Doch fand sich die Kiste Anfang der siebziger Jahre auf einem Speicher in Hamburg u. wurde von Steinthal meinem Vater zugeschickt. Daraus stammen die Manuskripte, welche Sie kennen.«[20]

Ob diese gefundene Kiste mit der damals gesuchten identisch ist, läßt sich nicht sagen.[21] Aber auffällig ist, daß es deutliche Lücken im Briefwechsel an Georg Weerth gibt. So fehlen zwischen Juni 1849 und Dezember 1852 die Briefe der Mutter an Georg Weerth; und ebenso gibt es nach 1849 keinen Brief Wilhelm Weerths an seinen Bruder. Diese fehlenden Briefe sind keine Einzelbriefe, sondern eine zusammenhängende Brieffolge in dem sonst so regelmäßigen und häufigen Briefverkehr. Das läßt darauf schließen, daß doch ein Teil des Nachlasses »abhanden« gekommen ist.

Bemerkenswert ist ferner, daß sich kein einziger Brief von einem der Freunde oder näheren Bekannten an Georg Weerth erhalten hat. Es gibt also leider weder Briefe mehr von Karl Marx, Friedrich Engels, Wilhelm Weitling, Wilhelm Wolff und Ferdinand Lassalle – den politischen Freunden, noch von Alexander Kaufmann, Gottfried Kinkel, Karl Eduard von Vehse, Hermann Püttmann – den literarischen Freunden. Lediglich der eine Brief von Heinrich Heine ist erhalten. Wie ist zu erklären, daß die Familienbriefe in so großer Zahl erhalten sind, die Freundesbriefe dagegen nicht? Für die Gründe für diesen Verlust gibt es keinen direkten Beweis. Einige Äußerungen der Nachfahren Weerths lassen darauf schließen, daß die Freundesbriefe von Carl Weerth vernichtet worden sind. Hans Stein schreibt 1928 in einer Aufzeichnung:

»Wie mir die Weerths mitteilten, hat zu ihrem großen Leidwesen Carl W., der Bruder von Georg, alle Briefe von Marx und Engels, die im Nachlaß waren, vernichtet. Grund unbekannt. Dies ist natürlich ein sehr schmerzlicher Verlust! Die Weerths vermuten, daß Carl eine Abneigung gegen die M. und E. gehabt hat oder daß er, was weniger wahrscheinlich ist, eine Haussuchung oder derartiges befürchtet hat. Dazu bestand nun doch nach dem Tode von G. W. keine Veranlassung.«[22]

Über die Gründe für diesen Verlust kann man nur spekulieren. In der Familie herrschte ein starker Familiensinn, so daß ihr die Briefe der Familie das wichtigste waren. Die Beziehungen Weerths zu seinen Freunden haben indes nicht den Beifall der Familie gefunden. Vor allem die Mutter war mit der politischen und literarischen Tätigkeit nicht einverstanden. Vermutlich sind deshalb diese Briefe schon in der ersten Zeit nach der Rücksendung und Ordnung der Nachlassenschaft vernichtet worden. Die mitunter geäußerte Vermutung, die Briefe könnten in der Bismarckzeit während der Sozialistengesetze vernichtet worden sein, weil sie zu gefährlich gewesen seien, erscheint weniger glaubhaft. Einmal war Weerth damals gar nicht mehr bekannt, zum andern enthalten auch die Familienbriefe genügend »gefährliche« Stellen. Daß der Heine-Brief erhalten ist, mag sich dagegen aus dem Stolz erklären, einen Brief eines solch bekannten und aus der Sicht der Familie nicht so »fragwürdigen« Menschen zu besitzen.

In der Familie Weerth ist nach Georgs Tod immer wieder aus den Briefen vorgelesen worden, so daß die Erinnerung an den Abenteurer nicht verblaßte, auch in den nachfolgenden Generationen nicht. Nach dem Tod von Wilhelm Weerth (1884) und Carl Weerth (1889) haben vor allem die Nachkommen Wilhelms, der als einziger Kinder hatte, diese Tradition beibehalten. Otto Weerth wurde wie sein Onkel Carl Gymnasiallehrer und später auch Museumsleiter. Er hat auch eine kleine Biographie Georg Weerths für Brümmers Lexikon (1886) geschrieben.[23] Seine Schwester Marie Weerth (1851–1925) war ebenfalls Lehrerin; sie interessierte sich vor allem für geschichtliche und historische Themen, worüber sie auch mehrfach publizierte. Sie ist Autorin eines 35 Schreibhefte umfassenden Manuskripts: »Georg Weerth 1822–1856. Ein Lebensbild«.[24] Dieser Text ist nach dem Urteil Erich Kittels »der beste Beweis für das nachwirkende respektvolle Interesse der Familie an ihrem revolutionären Sohn« und »stellt nun nichts weniger als die älteste Biographie Georg Weerths dar«.[25] Der größte Teil des Manuskripts ist eine Abschrift von Briefen Georg Weerths, die allerdings alle noch im Original erhalten sind, so daß für diese Edition nicht auf dieses Material zurückgegriffen zu werden brauchte.

Ein Beleg für das starke Traditionsbewußtsein in der Familie ist auch die Begründung Karl Weerths, des Sohnes von Otto Weerth, weshalb er 1929 einen Brief der Mutter Georg Weerths an Wilhelm Weerth nicht nach Moskau weggeben will:

> »Nur den Brief an Wilhelm vom 2. Dez. 1848 würde ich gern behalten. Er hat für die Familie einen gewissen Pietätswert, weil man bei den letzten Zeilen so lebhaft Georgs unmittelbare Gegenwart spürt im Zimmer der alten Mutter, welches ich noch aus meiner Kindheit kenne, da der alte Onkel Carl es noch jahrzehntelang nach dem Tode der Mutter intakt erhalten hatte.«[26]

Im Gegensatz dazu hat die literarische und politische Öffentlichkeit kein Interesse an Weerth gehabt. Er war zu wenig bekannt, um ihn zu würdigen oder zu bekämpfen. Und die Weerth nahestehende Arbeiterbewegung hatte zu wenig Möglichkeiten. Nach dem Tode Georg Weerths erschien nirgendwo ein Nachruf. Auch die Freunde konnten keinen Artikel drucken, weil die politische Situation dafür nicht günstig war. 1854 hatte der Deutsche Bundestag alle Arbeitervereine verboten. Die Zensur wirkte sehr einschneidend. Marx schrieb an Engels am 22.9.1856:

> »Das einzig Mögliche wäre vielleicht zunächst ein Nachruf in der ›Tribune‹, bis die Zeiten mehr und Besseres möglich machen!«[27]

Engels antwortete am 27., er wolle wegen Weerth »an .–. in Berlin schreiben, der bringt doch vielleicht etwas in ein Blatt, n'importe welches, wenn es nur erscheint«.[28]

Erst Ende der 1870er Jahre wurden zwei Gedichte und ein Brief in rheinisch-westfälischen Geschichtszeitschriften abgedruckt,[29] mit dem Hinweis, daß eine Biographie und eine Gesamtausgabe von der Familie vorbereitet würden. 1878 wurde dann zum erstenmal ein Brief Georg Weerths veröffentlicht, der Brief an Alexander Kaufmann aus dem Jahr 1843. Er erschien in der »Monatsschrift für die Geschichte Westdeutschlands mit besonderer Berücksichtigung der Rheinlande und Westfalens«, die von Richard Pick im 4. Jahrgang in Trier herausgegeben wurde.[30] Er war dort plaziert unter der Rubrik »Kleinere Mitteilungen« mit der Überschrift »Ein Brief Georg Weerths«. Er wurde dann auch auszugsweise im selben Jahr in der Detmolder »Lippischen Landeszeitung« abgedruckt.[31]

Die eigentliche Rezeption innerhalb der Arbeiterbewegung beginnt mit dem 1883 von Engels verfaßten Artikel über Georg Weerth, der im Zürcher »Sozialdemokrat« während der Zeit des Sozialistengesetzes erschien.[32] Engels nennt in diesem Artikel Weerth den »ersten und *bedeutendsten* Dichter des deutschen Proletariats«. In dieser Zeitung wird auch ein Gedicht Weerths wieder publiziert.[33] Eine neue Generation erfuhr damit zum ersten Mal vom Leben und Wirken eines der talentiertesten und provokantesten Schriftsteller der 48er Revolution, für den der Kampf um Freiheit auch die Befreiung von überkommenen gesellschaftlichen Tabus bedeutete. Auch Franz Mehring schreibt nach einigen schon früher erschienenen Hinweisen 1893 in der »Volksbühne« einen Artikel über Weerth, der jedoch ganz in den von Engels vorgezeichneten Bahnen bleibt.[34] Verschiedene Arbeiterliederbücher drukken in diesen Jahren Gedichte Weerths ab.[35] Mehring hatte die Absicht, die Aufsätze und Gedichte Weerths zu sammeln, konnte sein Vorhaben aber nicht verwirklichen.

Der Schriftsteller Franz Diederich (1865–1921) gab 1911 die international orientierte proletarische Lyrikanthologie »Von unten auf« heraus, die auch Gedichte von Georg Weerth enthielt.[36] 1912 nimmt Diederich Kontakt mit Otto Weerth auf. Otto Weerth schreibt ihm am 1.7.1912:

> »Georg Weerth war ein Bruder meines Vaters und sein Bild hängt hier neben meinem Schreibtisch. Ein ziemlich umfangreiches Material, darunter z.B. die sehr ausführlichen Briefe an seine Mutter, befindet sich im Besitz meiner Schwester, Frl. Marie Weerth hier, welche das Material berarbeitet und eine druckfertige Biographie unseres Onkels geschrieben hat. Sie werden verstehen, daß sie unter diesen Umständen das Material nicht aus der Hand geben möchte.«[37]

Den weiteren Briefwechsel führt Marie Weerth, an die sich Diederich dann wendet. Am 6.7.1912 schreibt er an sie:

> »Ich habe die Absicht, die Gedichte und Prosaarbeiten Georg Weerths, die gedruckt vorliegen, erstmals zu einem Bande zusammenzustellen und eine Würdigung der Dichtung und der persönlichen Art des Dichters voranzuschicken.«[38]

Am 11.7.1912 antwortet sie:

> »Ich bin schwer krank gewesen, noch nicht ganz hergestellt; sobald ich kräftig genug bin, beantworte ich Ihren Brief.«[39]

Und am 30.7.1912 schreibt sie:

»Der Briefwechsel G. W's mit seiner Mutter u. seinem Bruder Wilhelm, meinem Vater, ist aus den Jahren 1836–56. Die Briefe sind aber zu intim, als daß ich sie aus der Hand geben könnte. Nicht als ob in seinem Leben irgend etwas zu verbergen od. zu vertuschen wäre – sein Leben war sittenrein, u. je mehr man ihn kennen lernt, umso größere Hochachtung bekommt man von seinem Charakter.«

Im weiteren nimmt sie zu ihrem Manuskript Stellung:

»Was nun meine Biographie meines Onkels anbetrifft, so habe ich die schon vor Jahren geschrieben, zunächst nur für die Familie. Vor einiger Zeit wünschte mein Bruder, daß ich sie veröffentlichen sollte, und darauf habe ich sie wieder hervorgenommen u. noch einmal durchgearbeitet. Bin aber noch nicht einmal fertig geworden meiner Krankheit wegen. Daher kann ich Ihnen die auch nicht schicken, ehe sie ganz fertig ist.«

Sie gibt ihm ausführliche Informationen zum Lebenslauf Georg Weerths. Bezeichnend für die Haltung Marie Weerths kurz vor dem 1. Weltkrieg ist folgende Äußerung:

»Ich weiß nicht, Herr Doktor, welcher politischen Partei Sie angehören. G. Weerth war Sozialist, Demokrat u. Republikaner, der persönliche Freund von Engels, Marx und Lassalle; aber heute würde er nicht Sozialdemokrat sein. Denn er stellte sein Vaterland über die Partei, u. er stand in der Opposition, nicht um zu opponieren, sondern um bestimmte Ziele zu erreichen, die jetzt längst erreicht sind. Er war kein Prinzipienreiter u. hatte Mut genug, Ansichten zu ändern, wenn er sie für falsch od. nicht zeitgemäß erkannt hatte.«[40]

Am 29.1.1914 schreibt Marie Weerth dann Diederich, daß sie ihren Text angesichts der von ihm geplanten umfangreichen Ausgabe doch nicht veröffentlichen wolle. Die Biographie »bleibt also für unser Familien-Archiv«.[41] Im Internationalen Institut für Sozialgeschichte in Amsterdam (IISG) befindet sich das Manuskript der Werkausgabe Weerths, die Diederich herausgeben wollte.[42] Die Textsammlung war offensichtlich weitgehend abgeschlossen; die biographischen Angaben sind noch bruchstückhaft. Der 1. Weltkrieg und der frühe Tod Diederichs 1921 verhinderten dann die Fertigstellung des Buches. 1914 hatte Diederich den Nachlaß Weerths zur Einsicht erhalten. Das geht aus dem Brief hervor, den Otto Weerth am 25.3.1927 an die Frau des verstorbenen Franz Diederich schreibt:

»Ich habe Herrn W. v. Ludwiger beauftragt, die von Georg Weerth hinterlassenen Papiere, welche Sie nun seit c. 13 Jahren in Händen haben, von Ihnen abzuholen.«[43]

Nach dem Tode Diederichs nahm Ernst Drahn den Faden auf. Am 17.6.1921 schreibt er an die Familie Weerth mit der Bitte um Einsichtnahme in die Briefe.[44] Er verweist auf Diederich, der über Georg Weerth gearbeitet habe und vor einigen Monaten gestorben sei. 1923 schreibt er in einer Anmerkung zu einer Veröffentlichung über Weerth: »Die reiche Sammlung des Materials über W. ist mir von dessen Familie freundlichst für eine größere Arbeit zur Verfügung gestellt worden, nachdem Dr. Franz Diederich über der begonnenen gleichen Arbeit verstorben war.«[45] Ernst Drahn veröffentlichte acht Briefe Weerths in der »Jungen Garde«, dem Zentralorgan der Kommunistischen Jugend Deutschlands,[46] und den »Freihandels«-Brief vom 27.9.1847 in Grünbergs »Archiv für die Geschichte des Sozialismus und der Arbeiterbewegung«.[47] Dort wird auch der Freihandelskongreß 1847 in Brüssel dokumentiert. Drahn urteilt in diesem Zusammenhang:

»Erst jetzt ist dies durch Einsichtnahme in den treu bewahrten Briefwechsel W's mit seinen Angehörigen möglich. In den flott geschriebenen Zeugnissen vergangener Tage taucht die Zeit der dreißiger, vierziger und zu Beginn der fünfziger Jahre lebendig vor den Augen des Forschers wieder auf.«[48]

Drahn veröffentlichte die Briefe in teilweise gekürzter Fassung, vermutlich weil ihm nicht die Originale vorlagen, sondern das Manuskript der Marie Weerth. Die Originale besaß zu dieser Zeit nämlich noch Frau Diederich. Karl Weerth bestätigt das oben Gesagte in einem Brief vom 14.6.1928 an Hans Stein:

»Was den Herrn Drahn betrifft, so habe ich m. Vater soeben noch ausdrücklich befragt, ob der Mann etwa früher einmal hiergewesen und flüchtig die Originalbriefe durchgesehen habe. Aber nein, Drahn ist nicht hiergewesen und m. Vater glaubt bestimmt zu erinnern, daß er ihm nichts anderes geschickt hat, als das MM…«[49]

Am 9.7.1924 schickt Hildegard Drahn, die Frau von Ernst Drahn, das Manuskript, das die Weerths ihnen ausgeliehen hatten, zurück, nachdem sowohl Otto als auch Karl Weerth gemahnt hatten.[50]

1923 ist noch der Brief Georg Weerths an Lassalle vom 3.5.1851 im Rahmen einer Lassalle-Edition gedruckt worden.[51]

Einen weiteren Anlauf zu einer Werkausgabe macht Max Beer, der die Materialsammlung Franz Diederichs übernommen hat.[52] Aber auch dieser Plan wird nicht verwirklicht.

Nach all diesen gescheiterten Anläufen fühlt sich Karl Weerth, Sohn von Otto Weerth und wie sein Vater Gymnasiallehrer, besonders herausgefordert. Eine wichtige Rolle spielt dabei auch Hans Stein. Stein, der 1921 seine Doktorarbeit über den Kölner Arbeiterverein 1848/49 geschrieben hatte und von 1925–30 wissenschaftlicher Korrespondent in Deutschland für das Marx-Engels-Institut in Moskau war und außerdem die wirtschaftlich-politische Abteilung des WDR in Köln leitete. Er nahm 1925, angeregt durch Drahns Hinweise in Grünbergs »Archiv«, Kontakt mit Otto und Karl

Weerth auf. Offensichtlich antworteten beide zunächst nicht. Auch Grünberg hat sich an Karl Weerth gewandt, ohne Antwort zu bekommen.[53] Am 8.5.1928 wendet sich Hans Stein nochmals an Karl Weerth und wiederholt seine Bitte. Anlaß für seine Bemühungen war das Interesse des Instituts für Marxismus-Leninismus in Moskau an dem Nachlaß Weerths. Das Institut konnte die Materialien gut gebrauchen für die in Arbeit befindliche Gesamtausgabe der Schriften und Briefe von Marx und Engels. Am 13.5.1928 schreibt Karl Weerth an Stein:

»Grundsätzlich ist mein Vater (Professor Dr. Otto Weerth) bereit, Ihnen das was Ihnen für Ihre Zwecke brauchbar scheint, zu leihen, doch ist er nach manchen Erfahrungen genötigt, sich irgendwelche Sicherheiten auszubedingen. Sie werden uns das hoffentlich nicht verübeln. Teile des Nachlasses sind an verschiedene Persönlichkeiten ausgeliehen gewesen und waren viele Jahre lang nicht wieder zu erlangen, ja nicht einmal beantwortet wurden zahlreiche Schreiben unsererseits!«[54]

Angeregt durch das wissenschaftliche Interesse an der Persönlichkeit und dem Werk Weerths bekommt auch Karl Weerth »Lust an der Sache«.[55] Er beschäftigt sich mit einer Biographie:

»Auf Schritt und Tritt ist man versucht, den Wortlaut der Briefe selbst anzuführen, da die Briefe unstreitig literarischen Eigenwert haben; doch muß man sich das in der Mehrzahl der Fälle verkneifen. Doch rechne ich schon jetzt mit der Wahrscheinlichkeit, daß über kurz oder lang, wenn im Marx-Engels-Institut die Briefe bekannt geworden sind, der Plan einer Edition dieser Briefe auftauchen wird.«[56]

Durch die Vermittlung von Hans Stein stellen die Weerths dem Institut für Marxismus-Leninismus in Moskau das gesamte Material des Nachlasses zur Verfügung. In einem von Hans Stein verfaßten »Bericht über den Nachlaß von Georg Weerth« – datiert: Köln, 31.5.1928 – heißt es:

»Der Nachlaß ist im Besitze des Professors Dr. Otto Weerth, 79 Jahre alt, außer Dienst, aber noch Leiter des von Carl Weerth, einem Bruder von Georg Weerth (s. Berg. Geschl.-buch) in Detmold begründeten Naturhistorischen und heimatkundlichen Museums. Die Weerths gehören zu den angesehenen Familien Detmolds, sind aber seit jeher als liberal gesinnt bekannt. [...] Die mit der Verwaltung des Nachlasses zusammen hängenden Fragen regelt heute Studienrat Karl Weerth, der Sohn von Otto Weerth. Beide, Vater und Sohn, haben immer den Gedanken gehegt, das Ansehen von Georg Weerth literarisch zu würdigen. Sie haben sich dabei auf die beiden Interessenten verlassen, die dieserhalb an sie herangetreten waren, eben *Drahn* und Franz *Diederich.* Sie bedauern, daß sie die entliehenen Materialien nicht zurück erhielten, sind gegenüber späteren Anfragen sehr zurückhaltend geworden. Aus diesem Grunde hat auch Grünberg keine Antwort erhalten.«[57]

In dem Bericht heißt es dann weiter, daß Drahn keine Originale des Nachlasses in Händen gehabt habe, sondern nur das Manuskript der Marie Weerth. Und weiter:

»Dieses ganze Original-Material (Briefe und Manuskripte) haben mir die Weerths mitgegeben. Sie sind damit einverstanden, daß es photographiert und vom Marx-Engels-Institut für die historische Marxforschung bzw. Weerthforschung ausgewertet wird.«

Der Direktor des Marx-Engels-Instituts in Moskau, Rjazanow, schreibt am 11.6.1928 an Karl Weerth:

»Herr Dr. Stein, der Kölner Mitarbeiter des Marx-Engels-Instituts, berichtete mir ausführlich über seinen Besuch in Detmold und über die überaus freundliche Aufnahme, die er bei Ihnen und den Ihrigen gefunden hat. Empfangen Sie bitte meinen besten Dank dafür und besonders für die große Liberalität, womit sie das gesamte auf Georg Weerth bezügliche Material zur Photokopierung für das Marx-Engels-Institut in Moskau zur Verfügung gestellt haben. [...]

Mit Freude höre ich, daß Sie an einer Biographie von Weerth arbeiten. Ich habe lange überlegt, ob ich Ihnen nicht zur Veröffentlichung Ihrer Arbeit die Seiten des ›Marx-Engels-Archivs‹ anbieten soll. Ich kam zuletzt doch zu dem Schluß, dies nicht zu tun, auf lange Jahre hindurch muß das ›Marx-Engels-Archiv‹ für die Marx-Engels-Forschung in engerem Sinne vorbehalten bleiben. Andererseits bin ich aber sehr gerne bereit, die Drucklegung der Biographie, falls irgendwelche Schwierigkeiten vorliegen sollten, zu unterstützen. [...]

Natürlich denke ich nicht daran, daß Sie sich von den Handschriften von Weerth trennen könnten, aber es gibt da ein paar Stücke, die nicht zum eigentlichen Nachlaß von Weerth gehören, und zwar der Briefwechsel zwischen Freiligrath und Carl Weerth über die Bergung des Nachlasses von Georg Weerth. Könnte ich nicht diese Stücke wenigstens erwerben?«[58]

Am 24.6.1928 schreibt Karl Weerth an Hans Stein:

»Von Professor Rjasanov bekam ich vor etwa acht Tagen einen sehr freundlichen Brief. Er bedankt sich für die Überlassung der G.W.-Materialien und bekundet sein Interesse für meine biografische Arbeit.«[59]

Am 29.6.1928 erhielt Karl Weerth aus Moskau 19 Briefe Weerths an Marx und 26 an Engels:

»Das war für mich ein Fressen! Alles Maschinenabschriften nach Originalen im Archiv der S.P.D. in Berlin. Da kam mir der Gedanke: solche gut lesbaren Abschriften möchte ich wohl von sämtlichen Briefen der *Mutter* haben, da diese für mich z.T. sehr schwer zu lesen sind. Ich habe daher R. angeboten, ihm die Hälfte der Mutterbriefe im Original gratis zu überlassen, wenn er mir Abschriften von sämtlichen Stücken dieser Kategorie dafür besorgen will. So würde er die Kosten der Aufnahme bei der Hälfte sparen können, und ich brauchte mir die Augen nicht zu verderben, ich glaube annehmen zu dürfen, daß ihm Hülfskräfte zur Verfügung stehen, denen solche Entzifferungsarbeiten weniger beschwerlich sind.«[60]

Das Institut fertigte dann Abschriften an von einem Teil der Briefe der Mutter an Georg Weerth.[61] Dafür überläßt Karl Weerth dem Institut etwa die Hälfte der originalen Mutterbriefe sowie den Briefwechsel Freiligrath-Carl Weerth. Rjazanow schreibt am 30.3.1928 an Karl Weerth:

»Den Forschungsinteressen des Instituts würde inhaltlich die Briefsammlung aus den Jahren 1844–1849 am besten entsprechen; sie umfaßt 56 Einheiten und bildet also etwa die Hälfte des ganzen Konvoluts. Die restlichen 55 Einheiten, Briefe aus den Jahren 1836–1843 und aus der Periode 1850–1856, würde ich nach Eintreffen Ihrer Zustimmung unverzüglich an Sie absenden.«[62]

Karl Weerth veröffentlichte in diesen Jahren einige Briefe Georg Weerths in verschiedenen Zeitungen. Die »Vossische Zeitung« allerdings lehnte den Abdruck von Briefen ab.[63] Im Bielefelder »Volkswacht« erscheint 1928 der Brief Georg Weerths vom 10.7.1853;[64] in der in Stuttgart erscheinenden Zeitschrift »Der gute Kamerad« werden die Briefe vom 15./22.5. und vom 30.11.1854 publiziert.[65] Zwei Briefe werden im »Vorwärts« gedruckt, und zwar der Brief vom 11.3.1848, in dem Weerth von der Februarrevolution in Paris erzählt, und vom 16.6.1849, in dem er von den Kämpfen in Paris berichtet.[66] 1929 erscheint dann noch in der Detmolder »Lippischen Landeszeitung« ein Brief aus dem Jahr 1856.[67] Und der ebenfalls in Detmold erscheinende »Lippische Landeskalender«[68] bringt 1932 Auszüge aus 7 Briefen aus den Jahren 1843 bis 1849. Außerdem erscheint im »Vorwärts« 1930 noch der Brief Georg Weerths an Lassalle vom 20.10.1848.[69] Da sich dieser Brief im Düsseldorfer Staatsarchiv befand, und zwar bei den Gerichtsakten Lassalles, dürfte diese Publikation nicht von Karl Weerth veranlaßt worden sein.

Karl Weerth entfaltet in diesen Jahren auch eine umfangreiche Korrespondenz mit verschiedenen Fachleuten und Institutionen, so mit Max Beer, Alfred Bergmann, Karl Buchheim, Emil Ermatinger, Fritz Heymann, Suse Pfeilstücker, Gustav Mayer, Veit Valentin, der Gesellschaft für Sozialforschung in Frankfurt, dem Verlag Hirschfeld, Polizeihauptmann Kuhn, dem Reichsarchiv in Potsdam, mit Fritz Tigler, dem Sohn von Betty Tendering. Durch diesen Briefwechsel erhält er viele Informationen und einige Dokumente.[70] Unter anderem gelingt es ihm, den Briefwechsel zwischen Georg Weerth und Betty Tendering zurückzuerhalten.

1930 wendet sich Hans Stein, der eine Abteilung des WDR leitete, an Karl Weerth wegen eines Vortrags in der Reihe »Stunde des Arbeiters« über Georg Weerth. »Dabei sollten die Reisebriefe aus Amerika besondere Berücksichtigung finden«.[71] Dieser Vortrag wurde am 1.2.1931 gesendet.

Karl Weerth hat auch überlegt, in Zusammenarbeit mit Hans Stein selbst Briefe Georg Weerths zu publizieren,[72] hat aber davon Abstand genommen, weil der Umfang zu groß war. Er hat auch erwogen, das Manuskript der Marie Weerth, das ja wesentlich Briefabschriften enthält, zu publizieren, hat aber auch das nicht realisiert; vermutlich gefiel ihm der manchmal etwas altbackene Stil seiner Tante nicht; außerdem wäre ein solches Buch auch zu umfangreich geworden. Karl Weerth hat sich dann dazu entschlossen, eine Biographie Georg Weerths zu schreiben, die auf dem neuesten Stand der Erkenntnisse über Weerth war und im Umfang angemessen. Aber auch diese Publikation hat große Schwierigkeiten gehabt. Am 5.1.1929 schreibt der Dietz-Verlag an ihn:

»So interessant die Biographie über den Dichter Georg *Weerth* für bestimmte politische bzw. literarische Fachgruppen sein mag, so befürchten wir doch, daß der Kreis der Interessenten nicht ein besonders großer sein wird. Wir halten den Stoff für zu antiquarisch, als daß wir uns davon ein Ergebnis versprechen. Außerdem scheint uns die Arbeit zu umfangreich.«[73]

Die Begründung ist wenig überzeugend; sicher ist natürlich, daß mit einem solchen Buch über einen wenig bekannten Schriftsteller keine Gewinne zu machen waren. Hans Stein, bei dem sich Karl Weerth Rat geholt hatte, empfiehlt dann, sich an den Hirschfeld-Verlag in Leipzig zu wenden.[74] Am 8.2.1930 schreibt Karl Weerth an Hans Stein:

»Was meine Weerth-Biographie betrifft, so habe ich sie mehreren Buchverlagen angeboten (Dietz, Kaden, Hirschfeld, List, Reissner), aber keiner wollte anbeißen; es ist eben mit solch einem Buche kein Geschäft zu machen. Ich stehe jetzt in Verhandlung mit dem Infuso in Frankfurt.«[75]

Schließlich erscheint das Buch doch bei Hirschfeld in Leipzig Ende 1930;[76] allerdings nur mit der Vereinbarung, daß Karl Weerth die Herstellungsdifferenz bezahlen muß, wenn innerhalb von 1 1/2 Jahren nicht 250 Exemplare verkauft wurden. (Im September 1932 teilt der Verlag Karl Weerth mit, daß 126 Stück abgesetzt wurden und daß die Differenz nun zu bezahlen ist.) 1930 stirbt Otto Weerth, der somit den Erfolg seines Sohnes nicht mehr miterleben kann. An Hans Stein schreibt Karl Weerth am 10.5.1930:

»Für Ihre freundliche Teilnahme an meiner Trauer habe ich Ihnen, glaube ich, schon gedankt. Heute möchte ich Ihnen mitteilen, daß das Erscheinen der Weerth-Biographie nunmehr gesichert ist. Das Kernstück, die Jahre 1844–49 umfassend, wird in Grünbergs Archiv gedruckt, und danach das ganze als Broschüre bei Hirschfeld.«[77]

Mit dieser Veröffentlichung erscheint die erste selbständige Publikation über Georg Weerth. Sie hätte ein weiteres Interesse an Weerth in Deutschland wecken können, aber die politischen Verhältnisse standen dem im Wege. Die Machtergreifung Hitlers macht eine weitere Rezeption Weerths in Deutschland unmöglich.[78]

Hans Stein, der so intensiv mit Karl Weerth in Kontakt gestanden hat, mußte nach der Machtübernahme Hitlers emigrieren. Er wurde nach Gründung des Internationalen Instituts für Sozialgeschichte in Amsterdam der Leiter der dortigen Deutschland-Abteilung.[79] Vermutlich geht von ihm die Initiative aus, den Weerth-Nachlaß zu erwerben. Am 14.6.1936 schreibt Karl Weerth an Hans Stein:

»Bei mir liegt die Sache so, daß ich mich zwar schwer von den Sachen trenne, es aber doch tun will, wenn dadurch meiner Tochter in Afrika fühlbare Hilfe geleistet werden kann.«[80]

Karl Weerth verhandelt offiziell mit der Devisenstelle:

»Hauptinhalt kurz: Ich will den Nachlaß für 5000 M an das Amsterdamer Institut verkaufen, wenn mir gestattet wird, 2000 unmittelbar von Holland an meine notleidende Tochter in Afrika überweisen zu lassen, so daß das Reich 3000 M an holländischen Devisen erhält.«[81]

Als dann die Genehmigung erteilt wird, schickt Karl Weerth den gesamten Nachlaß in zwei Wertpaketen an das Amsterdamer Institut.[82] Bei einer Aufstellung der Materialien ist handschriftlich angefügt:

»Es kann nicht abgegeben werden: Der Briefwechsel mit Betty Tendering und Lina Duncker. Ich möchte ferner zurückbehalten zwei *Reise*briefe von G. W.«

Im Laufe der Jahrzehnte sind also einige Briefe Georg Weerths publiziert worden, zu isoliert und zu abgelegen, um einen Zusammenhang erkennen und Interesse und Aufmerksamkeit wecken zu können.[83] Der entscheidende Durchbruch erfolgt dann 1956/57, als Bruno Kaiser im Rahmen seiner fünfbändigen Werkausgabe einen Band mit Briefen veröffentlicht, der die meisten Briefe Weerths aus den Jahren bis 1849 enthält, aus den späteren Jahren allerdings nur wenige, zumeist gekürzte. Briefe an Weerth enthält dieser Band nicht – mit Ausnahme des Heine-Briefes.

In den darauf folgenden Jahren wurden noch einige weitere – zum Teil bis dahin nicht bekannte – Briefe Weerths veröffentlicht.[84]

Mit diesem Band liegt nun endlich eine vollständige Ausgabe aller bislang bekannten Briefe Georg Weerths vor (339).[85] Außerdem sind darin alle Briefe an Georg Weerth enthalten (153). Gekürzt wurden allerdings viele Briefe der Mutter an ihren Sohn (30 sind ungekürzt, 35 im Auszug, 27 nur mit kurzem Hinweis abgedruckt), weil darin viel von den kleinen Dingen des Detmolder Alltags die Rede ist, die für das Verständnis der Person Georg Weerths unerheblich sind. Einen eigentlichen echten Briefwechsel im Sinn einer Diskussion und eines Gesprächs hat es zwischen den beiden weitgehend nicht gegeben. Die Mutter berichtet im wesentlichen aus Detmold, wie der Sohn aus der Welt erzählt. Häufig sind Georg Weerths Briefe selbständige Feuilletons und erhalten dadurch ihren Reiz.

Bedeutender im Sinne eines Briefwechsels, der Gedanken austauscht und aufeinander eingeht, sind die Briefe von und an Wilhelm Weerth. Das gilt auch natürlich für den kurzen, aber dramatischen Briefwechsel mit Betty Tendering. Die Briefe der anderen Personen an Georg Weerth, zumeist Einzelbriefe, die sich erhalten haben, können nur einzelne Schlaglichter auf Werdegang, Persönlichkeit und Probleme Weerths richten. Der Kern dieser Ausgabe bleiben die Briefe Georg Weerths selber.[86]

Dieses Briefwerk erhält eben sein besonders Gewicht durch die regelmäßigen Briefberichte Georg Weerths an seine Mutter (insgesamt 198).[87] Zwischen 1842 und 1856 schrieb er ihr häufig jeden Monat einmal, in den späteren Jahren mitunter sogar zweimal im Monat. Nur das Jahr 1848 fällt aus dem Rahmen (5 Briefe), wahrscheinlich eine Folge des Revolutionsjahres, das aufregend und anregend genug für Weerth war und überdies das äußerste Mißfallen der Mutter erregte. Der zweitwichtigste Briefadressat war sein Bruder Wilhelm, der 44 Briefe erhielt, sehr regelmäßig jährlich einige Briefe. Auch hier fällt das Jahr 1848 (wie schon 1847) mit nur einem Brief aus dem Rahmen. 1853 und 1854 gab es sogar keinen Brief. Das erklärt sich wohl daraus, daß die großen Reisebriefe an seine Mutter indirekt an die ganze Familie geschickt waren und auch so behandelt wurden, so daß es sich erübrigte, dasselbe noch einmal zu schreiben. Außer diesen entscheidenden Briefadressaten gibt es noch einige Briefe an einzelne Familienmitglieder. Insgesamt darf wohl angenommen werden, daß diese Briefsammlung an die Familie Weerths ziemlich vollständig ist, daß also fast alle von Weerth an die Familie geschriebenen Briefe erhalten sind.

Von besonderer Bedeutung sind darüber hinaus die Briefe an seine Freunde, vor allem an Friedrich Engels und Karl Marx. Mit diesen hatte es Korrespondenz in den Jahren 1845 bis 1855 gegeben, besonders häufig 1851 und 1852. Danach verlieren sich die Spuren. 1851 hatte Weerth Heinrich Heine kennengelernt, dem er in den folgenden Jahren eine Reihe von Briefen schreibt. Die von ihm geliebte, sich ihm aber versagende Betty Tendering erhält 13 Briefe. Daneben gibt es nur noch vereinzelte Briefe an verschiedene Freunde, die sich durch Zufall erhalten haben. Hier besteht am ehesten die Chance, daß irgendwo noch Briefe lagern, die bislang nicht bekannt sind.

Ebenso wie die Mutter und der Bruder Wilhelm die meisten Briefe erhalten haben, so haben diese auch tüchtig wiedergeschrieben. Die Mutter schreibt an Georg Weerth 92 Briefe. Aus den ersten Jahren seines Wegseins aus Detmold (1836) sind 5 Briefe der Mutter erhalten. Aus den Jahren 1837 bis 1842 hat sich kein Brief erhalten. In den Jahren 1843 bis 1847 schreibt die Mutter etwa alle 2 Monate; auch hier ist das Revolutionsjahr spärlicher vertreten: 1848 zwei, 1849 vier Briefe. Aus den Jahren 1850–1852 sind keine Briefe erhalten, worüber oben schon gesprochen wurde; danach existiert wieder ein regelmäßiger Brieffluß, etwa jeden Monat ein Brief an Georg Weerth. Auch die Briefe Wilhelm Weerths (24 sind überliefert) sind vermutlich nicht alle erhalten. Die meisten stammen aus den Jahren 1840 bis 1842, als sowohl Wilhelm wie auch Georg Weerth vor wichtigen beruflichen Entscheidungen standen. Erhalten sind auch die Gegenbriefe der Betty Tendering (insgesamt 7).[88] Daneben gibt es noch einige Briefe aus dem Haus Duncker, von Franz und Lina Duncker. Letzere war eine geborene Tendering. Natürlich ist es sehr bedauerlich, daß alle Briefe seiner Freunde nicht erhalten geblieben sind. Die mutmaßlichen Briefe von Karl Marx, Friedrich Engels, Ferdinand Lassalle, Hermann Püttmann, Alexander Kaufmann, Karl Eduard von Vehse, Wilhelm Weitling, Gottfried Kinkel u.a. sind offensichtlich vernichtet worden. Wenn einmal ein Brief erhalten geblieben ist, so ist das das ›Verdienst‹ der Verfolgungsbehörden. So findet man zwei Briefe von Hermann Püttmann an Georg Weerth als Abschriften in den Akten des Landgerichts Aachen.

Die Rezeptionsgeschichte Weerths erklärt auch die Aufsplitterung des Nachlasses,[89] von dem sich der Hauptanteil im Internationalen Institut für Sozialgeschichte in Amsterdam befindet. Von den 339 Briefen Georg Weerths sind in Amsterdam 299, in Detmold 19, in Moskau 2, an anderen Stellen – oder nur in gedruckter Form überliefert – 20 Briefe vorhanden. Von den Briefen an Georg Weerth befinden sich in Amsterdam 71, in Detmold 29, in Moskau 39 und an sonstigen Stellen 13. Insgesamt befinden sich also in Amsterdam 370, in Detmold 48, in Moskau 41 und an sonstigen Stellen 33 Briefe. In Detmold befinden sich vor allem die Briefe an Betty Tendering, die Briefe von Lina Duncker und einige Reisebriefe Georg Weerths – jene Briefe, die Karl Weerth bei dem Verkauf des Nachlasses 1936 zurückbehalten hatte. In Moskau befinden sich vor allem die Briefe der Mutter aus den Jahren 1844 bis 1849. Unklar ist, warum die Briefe Wilhelm Weerths aufgesplittert sind, in Amsterdam 11, in Detmold 12, in Moskau 1.

Heutzutage bemüht sich – außer der DDR, die das Erbe Georg Weerths durch Editionen und Publikationen in Gang gebracht und verbreitet hat, und außer dem Internationalen Institut für Sozialgeschichte in Amsterdam, das den Nachlaß Georg Weerths verwahrt und betreut – vor allem die Lippische Landesbibliothek in Detmold um Georg Weerth. 1972 erschien eine Georg-Weerth-Bibliographie[90], die seit 1982 jährlich fortgesetzt wird. 1981 wurde eine umfangreiche Ausstellung mit Katalog in Detmold zusammengestellt.[91] Außerdem gibt es in der Landesbibliothek ein Weerth-Archiv, das sämtliche Publikationen bezüglich Weerths sammelt, ordnet und bibliografisch erfaßt. Dazu gehören auch einige Originale Weerths und verschiedene Briefwechsel anderer Familienmitglieder aus dem 19. und 20. Jahrhundert.

II

Georg Weerths Briefe gehören zweifellos zum interessantesten, was er geschrieben hat. Dabei nimmt der Briefwechsel mit seiner Mutter vom Umfang her und von der Bedeutung her den ersten Platz ein. »Ihre Auseinandersetzungen sind menschlich anrührende Dokumente von exemplarischer Gültigkeit für das Generationsproblem, hier zwischen Mutter und Sohn«.[92] Die Briefe Georg Weerths haben zweifellos hohe literarische Qualitäten.

Die Briefe geben ein gutes Bild der Persönlichkeit Georg Weerths, und sie enthalten wichtige Informationen über die Situation im Vormärz und in der Revolution von 1848/49 und den Jahren danach. Wir erfahren aus ihnen auch viel über die sozialen und politischen Verhältnisse in Deutschland und England und über die Geschichte der Arbeiterbewegung in diesen Ländern. Dabei spielt das persönliche Verhältnis zwischen Weerth und Marx und Engels sowie vielen anderen Führern des Sozialismus eine wichtige Rolle. Die Briefe sind Dokumente der Arbeiterbewegung. Aber sie beleuchten auch die besondere Rolle, die das Fürstentum Lippe für die 48er Revolution spielte.

Die Briefe Georg Weerths spiegeln deutlich vier Etappen seines Lebensweges wider:

1. Die Lehrlingszeit (1836–1840) und die Jahre in Köln und Bonn (1840–1843) mit harter Arbeit, erprobenden Kontakten, Einflüssen der Romantik; Weerth sucht seine Identität.

2. Die Zeit in England und Belgien (1843–1847), die Jahre vor der 48er Revolution. Weerth stürzt sich mit jugendlichem Eifer und Schwung in das Leben in England, wo er mit der Industrialisierung und deren Folgen konfrontiert wird. Er kommt in Kontakt mit frühsozialistischen Kreisen und schließlich zu Marx und Engels. Weerth wird ein revolutionärer Journalist und Literat.

3. Das Revolutionsjahr 1848/49. Hier kann sich Weerth endlich betätigen, bestätigen und voll engagieren. Weerth hat gefunden, was ihm Sinn und Ziel vermittelt.

4. Die Jahre nach dem Scheitern der Revolution (1850–1856), das Weerth tief getroffen hat. Wie um seine Enttäuschung zu überwinden, begibt

er sich viel auf Reisen; doch er kann sein inneres Gleichgewicht nicht wiederfinden.

Diese vier Lebensabschnitte sollen genauer gekennzeichnet werden.[93]

1836–1843

Georg Weerth lernte früh die Welt des Handels kennen. Die meisten seiner protestantischen Vorfahren waren väterlicherseits Kaufleute gewesen. Weerths Vater dagegen – Ferdinand Weerth – hatte Theologie studiert, war danach eine Zeitlang Pfarrer in Homberg bei Duisburg und in Kettwig an der Ruhr, kam 1805 auf Wunsch der Fürstin Pauline nach Detmold und wurde dort Generalsuperintendent. Seine Predigten waren – nicht unbedingt im Einklang mit seiner Zeit – rationalistisch-lehrhaft. Mit besonderem Engagement widmete er sich der Arbeit an den Schulen und der Lehrerausbildung. 1811 schrieb Ferdinand Weerth einen »Leitfaden für den Religionsunterricht in der Schule«, der in deutlichem Gegensatz zum offiziell verordneten Heidelberger Katechismus stand. Nach dem Tod des Vaters kommt es darüber zu heftigen Streitigkeiten, worüber in den Briefen mehrfach die Rede ist. 1808 hatte Ferdinand Weerth die Predigertochter Wilhelmine Burgmann aus Mühlheim am Rhein geheiratet. Sie war von naiv-gefühlvoller Gläubigkeit, ganz im Gegensatz zur Geistigkeit ihres Mannes, der trotz seines Hangs zum Rationalistisch-Lehrhaften, zum Patriarchalischen als tolerant und einsichtsvoll geschildert wird. Das so verschiedenartige Wesen der Eltern sollte sich später in Georg Weerths Persönlichkeit und Werk auf eigentümliche Weise verbinden. Mit 14, wenige Monate vor dem Tod seines Vaters (1836), verließ er die Sekunda und begann in Elberfeld eine kaufmännische Lehre. Seine schon damals erstaunlich ausgeprägte Beobachtungsgabe, seinen wachen Sinn für alles, was in seiner Umgebung vorging, belegt ein Brief aus dieser Zeit. Barmens Kunststraße schildert der 16jährige seinem Bruder Wilhelm so:

»Vom frühen Morgen bis tief in die Nacht wogt die geschäftigste Menschenmasse der Welt in ihr auf und ab. – Links sieht man von Elberfeld den stärksten Strom heranwallen, elegante Wagen, Reiter, Karren kommen im bunten Gemisch dahergezogen, rechts fährt der märkische Bauer seine Kohlen heran, vor uns hängt der Färber seine in allen Farben schimmernde Wolle zum Trocknen auf, und hinter uns hört man unaufhörlich den kräftigen Hammer manches weithergekommenen Arbeiters, der unermüdlich das große Werk, die Eisenbahn, zu entstehen helfen sucht.«[94]

Ein anderes Mal berichtet er davon, wie er seinem Prinzipal ein Buch, das sein Bruder Carl geschrieben hat, geben will. Der Chef glaubt, Georg wollte es ihm verkaufen, »plötzlich veränderte sich seine Gesichtsfarbe, und bei dem Gedanken an Geldbezahlen wäre er beinah hintenübergeschlagen«.[95]

Dabei hat Weerth seinen Kaufmannsberuf stets sehr ernst genommen. Geschäftlichen Erfolg verachtete er nicht. Doch Handel und Industrie waren für ihn vor allem Nahtstellen einer neuen Zeit, an denen sich künftige Entwicklungen und Veränderungen am klarsten beobachten, erfassen und abschätzen ließen. Schon in seiner Lehrzeit verurteilt er die einseitige Krämergesinnung und die falsche Religiosität seiner Umgebung. Das gipfelt in der Frage:

> »Denn wo ist der scharfsinnige, erfinderische Gelehrtengeist? Wo ein Gedanke von Poesie und Schwung in meinem von kaufmännischen Rechnungsexempeln starrenden, strotzenden Wanste?«[96]

Die Diskrepanz zwischen Geist und Geld, zwischen Wirklichkeit und Idealen in der selbstsicheren, anscheinend so intakten Biedermeier-Welt, die damals viele Zeitgenossen beschäftigte, weckte bei Weerth in besonderem Maß das Interesse an sozialen Fragen und Veränderungen. Maßgeblich hierfür war zweifellos die Begegnung mit Hermann Püttmann. Püttmann, sein eigentlicher »Entdecker«, war damals Redakteur bei der liberalen »Barmer Zeitung«. Er war ein Verfechter der politischen Dichtung, besonders aufgeschlossen für alle sozialen Fragen. 1838 führte er Weerth in einen Elberfelder Literatenzirkel ein, wo Weerth seine ersten Gedichte vortrug; sie waren zwar noch ganz von der romantischen Manier eines Uhland und Eichendorff bestimmt – aber in ihnen klingt auch schon etwas vom kecken Ton seines großen Vorbildes Heine an. Rückschauend schreibt Weerth 1843 über seinen Mentor:

> »Die Redlichkeit dieses Mannes geht ins Aschgraue, und sooft ich auch andre Leute kennenlerne, so komme ich doch immer wieder auf meinen alten Republikaner zurück. – Was er mir schon im Leben genützt hat, kann ich ihm nicht vergelten. – Das wünsche ich einem jeden, daß er in seinem sechzehnten Jahre ihn zum Freund erhalte. – Ich hatte das Glück!«[97]

Im Frühjahr 1840 wurde der 18jährige Weerth Buchhalter im Gräflich Meinertshagenschen Kontor in Köln. Im Vergleich zum übrigen Deutschland waren um diese Zeit im Rheinland die wirtschaftlichen Verhältnisse wesentlich weiter entwickelt. Früher als anderswo wurde hier der herrschende Feudalismus mit einer Vielzahl neuer Probleme konfrontiert – vor allem mit der sozialen Frage. Der rheinische Frühkapitalismus schuf in erster Linie die Voraussetzungen für jene liberalen, radikal-demokratischen und frühsozialistischen Ideologien, die mehr und mehr öffentlich diskutiert wurden. So gewann der Vormärz, jene Oppositions-Bewegung gegen das Preußen Friedrich Wilhelms IV., seit 1840 im Rheinland seinen stärksten Rückhalt.

Die Hoffnungen auf die Überwindung der herrschenden Verhältnisse richteten sich zunächst auf Friedrich Wilhelm IV., der 1840 den Thron bestieg. Marx und Engels sprachen von einem »Wendepunkt in der deutschen Geschichte«.[98] Würde der neue König endlich das Versprechen seines Vaters – Preußen eine konstitutionelle Verfassung zu geben – einlösen? Es begann vielversprechend: Er lockerte die Presse-Zensur, rehabilitierte bisher Verfemte wie Arndt, Jahn, Dahlmann und die Brüder Grimm. Aber wie so oft in der deutschen Geschichte: Es blieb bei dieser »Morgendämmerung«. Als Frankreich den Rhein als Grenze forderte und es zur sogenannten »Rheinkrise« kam, wurden wieder einmal innenpolitische Themen durch außenpolitische Fragen verdrängt. Die Überzeugung, »Deutschland« sei in Gefahr, überdeckte alle Gegensätze. Doch die »Rheinkrise« blieb Episode und konnte die wachsenden sozialen Probleme nur vorübergehend in den Hintergrund drängen.

Georg Weerths erste, noch etwas zaghafte Stellungnahme zu politischen Fragen findet sich in einem Brief vom Februar 1841, in dem er sich darüber freut, daß der Lippische Landtag seine Rechte gegenüber dem Fürsten behauptet: »und schadet es gar nichts, wenn einer von den 36 Monarchen von Zeit zu Zeit etwas gestäupt wird, – die guten Leute werden sonst zu üppig!«[99] Auch die seit 1837 schwelende Affäre um den Kölner Erzbischof Droste-Vischering (der Vater Friedrich Wilhelms IV. hatte ihn 1837 gefangennehmen lassen) erweckt das Interesse des jungen Weerth. Er lobt die »Freimütigkeit« des Bischofs und meint: »Wenn es mehr solche Leute wie den Graf Westsphal gäbe, stünde Deutschland auf einer höheren Stufe in der Reihe der Völker!«[100]

Genau zwei Jahre nachdem er im Meinertshagenschen Kontor in Köln als Buchhalter begonnen hatte, wechselte Weerth im Frühjahr 1842 als Kommis und Sekretär zu dem Kommerzienrat Friedrich aus'm Weerth nach Bonn über, einem Cousin des Vaters von Georg Weerth. Eine politische Auseinandersetzung führt im Herbst 1843 zur Trennung Weerths von seinem Chef. Der Kommerzienrat aus'm Weerth war nicht nur Fabrikbesitzer und Kaufmann, sondern auch Abgeordneter des Landtags in Düsseldorf. Er setzte sich – wie der überwiegende Teil der Bevölkerung es forderte – für die Einführung der Pressefreiheit und die rechtliche Gleichstellung der Juden ein. Bonns Oberbürgermeister unterschrieb eine große Bittschrift an den Landtag, die auch von Georg Weerth entschieden unterstützt wurde. Doch in einem Brief des Oberbürgermeisters an seinen Onkel konnte Weerth nachlesen, daß der Oberbürgermeister die Petition nur zum Schein unterschrieben hatte, denn »Preßfreiheit sei nicht zu wünschen, und die meisten Juden seien noch Schurken«.[101] Eine solche Heuchelei hat Weerth nicht für möglich gehalten. Er nimmt zwar Abstand von einer Veröffentlichung diese Briefes, informiert aber den Initiator der Petition darüber, und der macht die Sache publik. Der Oberbürgermeister ist blamiert. Da er ein guter Freund des Kommerzienrates ist, räumt der junge Weerth freiwillig das Feld. Im Dezember 1843 übersiedelt er nach Bradford/Yorkshire. Im »Romanfragment« und in den »Humoristischen Skizzen aus dem deutschen Handelsleben« setzt Georg Weerth seinem ehemaligen Chef als Herrn »Preiß«, seinem »geliebten Feind«, ein Denkmal besonderer Art.

1843–1847

Kein anderes Erlebnis hat das politische Bewußtsein Georg Weerths so geprägt und verändert wie der dreijährige Aufenthalt in England. Die Begegnung mit dem Zentrum des Frühkapitalismus, in dem alle kontinentalen Maßstäbe nicht mehr zu gelten schienen, bestimmte zeitlebens Weerths Denken und Handeln. Viele Dichter und Publizisten entdeckten damals in England eine neue Welt – so etwa Fontane, Freiligrath und Engels. Die Jungdeutschen, Heine, Börne, Büchner und zahlreiche andere begeisterten sich noch für Frankreich und dessen vergleichsweise freies politisches Leben. Zwar hatten auch schon die Liberalen England als Muster der Demokratie gepriesen, zugleich aber die gesellschaftlichen Verhältnisse falsch eingeschätzt oder idealisiert. Jetzt werden auch Englands Schattenseiten sichtbar: Die Einsicht in die Unvermeidbarkeit der Industriellen Revolution verbindet sich mit dem Entsetzen und dem Abscheu vor den Folgen dieser neuen Produktionsweisen. Der Vormärz entdeckt jetzt das Janusgesicht des Fortschritts.

Auch Weerth hat sich die Ferne schöner vorgestellt. Doch er macht sich rasch frei von Illusionen. Mit offenen Augen betrachtet er die Auswirkungen der Industrialisierung. Er prangert sie an – und ist zugleich fasziniert von den neuen Möglichkeiten. Schon Anfang 1844 lernte er Engels kennen, der nicht weit von Bradford in Manchester lebte und gerade an seinem Buch über »Die Lage der arbeitenden Klasse in England« saß. Weerth unterstützt Engels' Arbeit durch eigene Beobachtungen und Materialien. Mit Engels bereist er Städte und Industriereviere. Im August 1844 heißt es in einem Brief Weerths: »Ich bin jetzt schon tausend Meilen weiter, und andre Gedanken haben die verdrängt, die ich in den ersten Monaten meines Hierseins hatte.«[102]

In den ersten Monaten überwältigt ihn vor allem die Großstadt London – wie später auch Paris: »wie die Araber nach Mekka, so sollen die Menschen des 19. Jahrhunderts nach jenen großen Städten pilgern«, schreibt er in einem Brief.[103] Fasziniert von der modernen Großstadt wird Weerth immer wieder die großen Städte der Welt bereisen und sich in ihnen wohlfühlen, nicht in irgendeiner »Sperlingsgasse« oder »Triumpfgasse«, wo das Idyllische und Kleinstädtische erhalten geblieben sind, sondern in der Metropole als einer lebendigen Ganzheit. London öffnet ihm die Augen und hinterläßt bei ihm die tiefsten Spuren. »London ist doch die Welt«.[104] Einem guten Deutschen, der an »seine schöne Gemütlichkeit« und meistens an »seine ziemlich ruhige Straße vor seinem Hause« gewöhnt sei, so schreibt Weerth, dem werde es »wahrhaft etwas sonderbar zumute, sieht er plötzlich das Städteungeheuer vor sich liegen, das sich am Ufer des breiten Stromes aus Dampf und Nebel geisterhaft hervorhebt«.[105] Er ist zunächst verwirrt von dem »Gewühl von Menschen« und dem »Gebrause dieses unheimlich großen Chaos, in dem beinahe zwei Millionen glückliche und unglückliche Seelen ihr Wesen treiben«.

Aber die Stadt hat in doppelter Weise ein Janusgesicht. Der einzelne Mensch ist etwas verloren in diesem unüberschaubaren Räderwerk: »Aber wie einsam fühlte sich meine Seele in diesem Gewirr!«[106] Doch Weerth verliert sich nicht in dem Gewühl der Großstadt. Er versucht das Geheimnis der Stadt zu begreifen. Seine Eindrücke am Tage überdenkt er abends noch einmal: »da fing die Vernunft auch wieder an zu sprechen und Hoffnung wieder an zu blühn«.[107] Und er macht aus dem »Betäubenden« etwas »Belehrendes«; denn diese Stadt umschließt für Weerth eine Welt, »und du hast nur die Augen zu öffnen, um das Leben unsres Jahrhunderts in seiner ganzen Breite, in seiner vollen Entwicklung, in seinen schrecklichen Kontrasten vor dir zu sehen«.[108] Die Stadt sieht er als das Zentrum alles zivilisierten Lebens und aller Scheußlichkeiten, als ein »Gebirge von Pracht und Jammer«.[109]

Während z.B. ein Mann wie Jacob Burckhardt schreibt: »Überall hin, nur nicht zwischen die Fabriken und Capitalien«[110], interessierte sich Weerth gerade für Handel und Industrie, die er das »interessanteste Thema der Welt«[111] nannte; ja, er spricht sogar von der »Poesie der Politik und der Industrie«[112]. Er macht sich lustig darüber, daß die Deutschen »Ritter- und Gespenstergeschichten« lieben und gar zu lange in dem »Staube unserer vaterländischen Märchen- und Legenden« nisten.[113]

Weerth sieht, daß ein Leben in England seine eigenen Bedingungen stellt: Ausbeutung, Handel, Industrie, Konkurrenz, Geld. Doch er zeigt nicht mit dem Zeigefinger kleinlicher Moral auf diese Lebensformen und gesellschaftli-

chen Verhältnisse. Zwar habe der Brite durch seinen Handel die Welt ausgebeutet, er habe aber auch ein vollkommenes Recht dazu, sagt er. Was Weerth nicht begreifen kann, worin er dann eine der Grundlagen für die Möglichkeit der Veränderung der Gesellschaft erkennen wird, das ist die Tatsache, daß »in den Docks alles volliegt von dem, was das Herz erfreuen, den Magen stärken, die Füße wärmen und die Seele erbauen kann« und »zehn Minuten weiter die Geschöpfe Gottes auf dem Straßenpflaster verhungern und den Wandrer wie Wölfe und Katzen anfallen, um sich durch das Geschenk eines Pennys wieder für einige Stunden das Leben fristen zu lassen«.[114] Ironisch nennt er folgenden Grund für die ungerechte Verteilung der Güter: »Das kommt aber, weil Gott alles weise und gut geordnet hat und die Erde voll seiner Güte ist.«[115] Immer deutlicher wird ihm im Laufe der Monate seines Aufenthaltes in England, daß das System der freien Konkurrenz den Menschen moralisch korrumpieren muß, ganz gleich ob er sich wehrt oder nicht: »Der Durst nach Geld läßt keine menschliche Regung mehr aufkommen.«[116]

Die radikale Veränderung von Gesellschaft und Umwelt im Verlauf der Industrialisierung ließ zunächst die negativen und bedrohlichen Momente dieses Prozesses sichtbar werden: viele Arbeiter wurden entlassen; die Arbeitsbedingungen wurden noch schlechter. Weerth hat uns anschauliche Schilderungen der Lebensverhältnisse und der Atmosphäre moderner Fabriken hinterlassen:

»Verwundert stieren wir hinab in diesen düstern Grund; es ist, als wenn der leibhaftige Teufel dort unten sein Wesen triebe, als wenn tausend heulende Zwerge und Kobolde nach der Peitsche des Meisters tanzen müßten; das ist ein Sprudeln und Zischen und Rasseln und Dröhnen – und wie wir lauschen, da scheint auch der Angstruf der geplagten Seelen zu uns heraufzudringen; es ist, als hörten wir den Gesang von Galeerensklaven in wehmütigen Tönen durch den Donner der Brandung schallen – sie sind es! Es ist der Gesang jener Unglücklichen, die man schon in frühster Jugend an die Maschinen fesselt –

›Skelette von Jungfrau'n und Knaben füll'n
Die Höllen des König Dampf‹.«[117]

Doch Weerth sah in diesen Begleiterscheinungen des Industrialisierungsprozesses auch die Voraussetzungen dafür, daß einmal alle Menschen in glücklichen Verhältnissen leben könnten. Die ungeheuren Schätze, die durch die Industrie aufgetürmt würden, und das unvorstellbare Elend der Arbeiter – das sei ein Widerspruch, der lösbar sei:

»Mit Recht nannten daher die Bewohner des Nordens ihre Kohlenbergwerke das Schwarze Indien (Black Indies), denn es sind ihnen wahrlich genug Schätze aus diesen düstern Schächten heraufgeblüht.«[118]

Weerth, zuerst begeistert von der englischen Politik und ihrem Zeitungs-

wesen, lassen jedoch bald die Lebensverhältnisse der Arbeiter an der Humanität des bürgerlich-liberalen politischen Systems Englands zweifeln:

»Hierzulande treibt die Politik ihren alten Tanz, – ein wahrer Jammer, die Kerle im Parlament bespeien sich mit langweiligen Reden, und am Ende kommt noch verdammt wenig heraus, – das wird sich aber schon ändern, wenn sich das Proletariat regt; in diesem Augenblick ist so ziemlich alles ruhig, da der Handel prächtig geht und die Ernten gut waren.«[119]

Im Dezember 1844 schreibt Weerth, daß die »sozialistischen Ideen« auf eine erstaunliche Weise um sich greifen. Wenn es weiter solche schlechten Ernten gäbe, wäre die »Revolution« fertig:

»Eine Revolution nicht gegen königliche Gewalt, gegen parlamentarische Albernheiten oder gegen die Religion, sondern gegen das Eigentum.«[120]

Damit kündigt sich eine weitere Wende im Denken Weerths an. Aus einem erst liberalen, dann radikalen Demokraten wird ein Sozialist, der das Heil nicht mehr in Reformen sieht, sondern in der Revolution, nicht mehr in parlamentarischen Formen, sondern im Klassenkampf. Petitionen und Meetings können nach seiner Meinung nun nicht mehr zum Ziel führen. Man müsse den »Nerv« der jetzigen Gesellschaft zerschneiden und das Geld anfassen:

»Deshalb getrost! Dieser erbärmliche Zustand, daß man bei lebendigem Leibe schier verwest, wird in kurzer Zeit geändert sein. Einstweilen wird eine prächtige Propaganda gegen die Seele der jetzigen Gesellschaft gemacht, und ich freue mich von Herzen, daß ich ein Proletarier bin, der Religion, Eigentum und Vaterland mit bescheißen hilft.«[121]

In den Jahren seines Aufenthalts in England ist Weerth zu einem kritischen Beobachter der kapitalistischen Verhältnisse geworden. Die Unsicherheit sozialen Fragen gegenüber – in seiner Bonner Zeit noch bezeichnend für den unbekümmert-leichten Ton seiner ersten Arbeiten – ist verschwunden. England hat ihm all das vermittelt, was künftig in seinem Leben Gewicht haben sollte:

»Es ist mir gewiß nie ein größeres Heil geschehen, als daß ich einst Gelegenheit fand, nach England zu gehen, wo man alles Elend, aber auch alle Mittel, es zu heben, kennenlernt.«[122]

Weerth, der sich auch ausführlich mit den Theorien der englischen Sozialisten beschäftigte, traf mit Robert Owen zusammen und hat dessen soziale Einrichtungen an Ort und Stelle besichtigt. Er interpretiert Owens Intentionen dahin, daß es ihn dazu drängte, die Widersprüche sofort zu versöhnen, »indem er die zwei großen Klassen der Gesellschaft, die Besitzenden und die

Nichtbesitzenden, über ihre Stellung klar machte und ihnen zu zeigen suchte, wie nicht durch die bisherige barbarische Exploitation der beiden Klassen, sondern nur durch gegenseitige Liebe und Hilfeleistung der eigentliche Nutzen, das wahre Glück aus jenen großen industriellen Erfindungen gezogen werden könne, welche das Schicksal nicht zugunsten einzelner, sondern zum Besten aller verliehen habe«.[123] Besonders schätzte er seine Schulen und sozialen Einrichtungen: »alles dies machte die Arbeiter von New Lanark zu den glücklichsten und zufriedensten, die es vielleicht je in England gab.«[124]

Weerth sah aber deutlich, daß die aufopfernden Aktivitäten einzelner Menschen das Problem nicht lösen konnten:

»Es zeigte sich, daß man durch persönliches Aufopfern zwar andere Menschen glücklich machen kann, daß aber solche edlen Beispiele selten andere Leute veranlassen, aus der Starrheit der noch zur Stunde bestehenden Eigentumsverhältnisse ebenso liebreich und philanthropisch herauszutreten.«[125]

Weerth sah voraus, daß ein solches Experiment in einer kapitalistischen Wirtschaft nicht haltbar ist. Wiederum habe es sich gezeigt, daß trotz aller Ökonomie in der Einrichtung der einzelnen Gebäude dennoch ein Konkurrieren mit der übrigen Gesellschaft, »deren Prosperität auf dem Elende der Arbeiter begründet ist«,[126] unmöglich sei. Trotz dieses grundsätzlichen Vorbehalts gegenüber dem Owenschen Sozialismus konzedierte er, daß seinen Forschungen über die gesellschaftlichen Zustände »viel Wahrheit und Belehrung« entnommen werden könne:

»Daß seine philanthropischen Versuche im größern Maße an der Barbarei unsrer heutigen Zustände scheitern mußten, es war natürlich. Aber ein Vorläufer jener großen Reformer wird er bleiben, die uns die Welt in ihrer Entwicklung bringen muß. Als solchen wird man ihn immer nennen und verehren.«[127]

Stärkeren Einfluß hat auf Weerth die politische Bewegung des Chartismus ausgeübt. Diese radikale Bewegung mit ihrem im wesentlichen demokratischen Programm (u.a. fordert sie: jährliche Parlamentswahl, allgemeine Wahl, geheime Abstimmung, gleiche Wahlkreise, Abschaffung des Vermögenszensus, Bezahlung der Parlamentsmitglieder), stützte sich auf die breite Masse der Arbeiter und war im Gegensatz zu Owen zum politischen Kampf entschlossen, um die politische Macht durch Wahlen zu erobern und dann die notwendigen Reformen zu verwirklichen. An Feargus O'Connor, den Führer der Chartisten, streicht Weerth heraus: »Rechtlichkeit«, »Unerschrockenheit«, »eisernen Fleiß«. Allerdings ist er nicht mit allen seinen Ansichten einverstanden. Negativ nennt er »Borniertheit«, »blinden Enthusiasmus«, und »hanebüchenen und nur zu oft trivial werdenden Humor«.[128]

Trotzdem hält er diese Bewegung gegenüber der von Owen für die bedeutendere.

Neben den eigenen Erfahrungen in England beeinflußte ihn vor allem das Studium Feuerbachs, 1845 notierte er: »Im vergangenen Winter las ich den Feuerbach, der eine vollständige Revolution bei mir zu Wege brachte.«[129] Im Frühjahr 1845 las Weerth dann die »klassischen« Schriften der Volkswirtschaftslehre, vermutlich angeregt von seinem Freund Engels:

»Mein Hauptstudium ist jetzt die Nationalökonomie, – den Adam Smith habe ich fast durch und gebe mich dann mit Macht an das andere Gesindel, den Malthus, Ricardo, MacCulloch – Folianten voll Lügen und Unsinn.«[130]

Malthus' Bevölkerungstheorie ist wiederholt Gegenstand seiner Kritik. Er nennt seine Theorie »die wissenschaftliche Sanktion des Zustandes der heutigen Gesellschaft«.[131] Er verweist auf das »Teufelswerk« von Marcus, der der Meinung ist, Kinder hätten kein Lebensrecht, der vorschlägt, die überzähligen Kinder zu töten: »und diese Gräberreihen sollen das ›Paradies der Kinder‹ heißen, und der Ort soll ein Erholungsort und eine Promenade der armen Klasse sein.«[132] Besonderen Einfluß hat auf Weerth das Buch von Engels über »Die Lage der arbeitenden Klasse« ausgeübt, dessen Entstehen er ja selbst miterlebt hat, als sie beide durch Manchester streiften. In jenem Buch, so schreibt Weerth, könne man etwas »sehr Genaues über diesen Gegenstand erfahren«.[133]

Inzwischen hatte sich auch in Deutschland manches verändert. Friedrich Wilhelm IV., der sich wohl Illusionen über die Haltung seiner Gegner gemacht hatte, beendete 1843 seine scheinbar liberale Politik. Zunächst wurden die freieren Zeitungen verboten: die »Deutschen Jahrbücher«, die »Rheinische Zeitung« u.a. Herwegh wurde ausgewiesen. Die Zensur begann wieder auf Hochtouren zu arbeiten. Die »Kölnische Zeitung« ging dafür auf stärkeren Oppositionskurs. Seit 1842 war Hermann Püttmann Redaktionsmitglied und Leiter des Feuilletons. Er verschaffte auch sozialistischen Artikeln Eingang in die Zeitung, mußte deshalb aber Ende 1844 seine Stellung aufgeben. Weerth veröffentlichte in dieser Zeitung einige seiner Texte. Stimmen unabhängigen Denkens konnten hinfort in Deutschland nur unter größten Schwierigkeiten gedruckt werden. Ganz freie Meinungsäußerung war nur noch im Ausland möglich. Im Februar erschien in Paris die einzige Nummer der »Deutsch-Französischen Jahrbücher«, von Marx und Ruge herausgegeben, mit Beiträgen von Marx, Engels, Heine u.a. Weerth schreibt über diese Zeitung:

»Kannst Du diese auftreiben, so tu es ja, da sie famose Artikel enthalten, Sachen, die tausendmal besser sind als das Beste der weiland ›Hallischen Jahrbücher‹.«[134]

Das entscheidende Ereignis dieser Jahre war der Weberaufstand in Schlesien, in dem sich eine neue Entwicklung ankündigte. Weerth vergleicht einmal englische und deutsche Zustände und kommt zu dem Schluß:

> »Ich bin davon überzeugt, daß in kurzem derselbe Spektakel hier losbricht, wie Ihr in Schlesien gehabt habt, und der Unterschied wird nur zwischen diesen beiden Ereignissen der sein, daß in Schlesien der Arbeiter ins Loch kommt und hier der Arbeiter an's Ruder.«[135]

Auch in anderen Gegenden verstärkte sich die soziale Unruhe. Viel wurde damals über soziale Fragen geschrieben, und die Zensur griff hier zeitweilig weniger scharf durch als bei politischen Themen. Friedrich Wilhelm IV. gründete selbst 1843 einen »Schwanenorden zu ritterlicher Bekämpfung von Not und Armut«. Bettina von Arnim widmete ihr »Armenbuch« diesem König. Freilich änderte sich die Haltung der Regierung, als deutlich wurde, daß der Kampf nicht nur ›ritterlich‹ ausgetragen wurde, sondern in Aufständen gipfelte, die die Eigentumsverhältnisse in Frage stellten. Weerth nimmt diese Scheinheiligkeit aufs Korn. Als deutsche Gewerbetreibende ein Preisausschreiben veranstalten, um herauszubekommen, wo sich »vorzugsweise Hilfsbedürftige« befinden und welches die geeignetesten Mittel sind, dieser Not abzuhelfen, antwortet Weerth ironisch:

> »Also ihr deutschen Leipziger Gewerbetreibenden habt noch nötig, einem Literaten 100 Stück Dukaten zu bieten, um etwas über die Not der arbeitenden Klassen zu erfahren? Habt ihr denn nie die ›Rheinische Zeitung‹ gelesen, wenn sie ihre Korrespondenzen aus der Eifel, von der Lahn oder der Mosel brachte? Habt ihr nie von den Armen Berlins gehört? Nichts über die Bauern in Westfalen, im Ravensbergischen, in der Senne? Sind euch die Vorfälle in Schlesien unbekannt? – Es scheint, daß ihr lange Zeit in festem Schlafe gelegen habt.«[136]

In den Jahren 1845 bis 1847 erschienen in Deutschland verschiedene Publikationen des deutschen Frühsozialismus, an denen auch Weerth mitarbeitete (»Gesellschaftsspiegel«, »Deutsches Bürgerbuch«, »Rheinische Jahrbücher« u.a.), die zum Teil weite Verbreitung fanden; der »Gesellschaftsspiegel« werde, so schrieb Engels, »nur *Tatsachen* enthalten, die den Zustand der zivilisierten Gesellschaft zeigen und die Notwendigkeit einer radikalen Reform der Gesellschaft durch die Überzeugungskraft der Tatsachen«[137] beweisen. Weitling schrieb aus London: »Der ›Gesellschaftsspiegel‹ gefällt den Leuten hier sehr.«[138] Das »Westphälische Dampfboot« lobte insbesondere auch die Mitteilungen aus England von Georg Weerth.

Mehr und mehr hat Weerth erkannt, daß Deutschland gegenüber England hoffnungslos rückständig ist. Er beklagt die »politische Nullität« seines Vaterlandes, durch die die Menschen nur zu leicht in jenen »bleiernen Schlaf einer kümmerlichen, unenergischen, hausbackenen Tätigkeit«[139] verfallen. Er schämt sich geradezu, ein Deutscher zu sein:

»Die deutschen Zeitungsnachrichten sind unter allem Luder. Ich lese die ›Augsburger‹ jeden Mittag – ich kann Dir doch sagen, wenn man einige Zeit in England gelebt hat, da schämt man sich, ein Deutscher zu sein. Deutschland ist den hiesigen Zeitungen ein wahrer Kinderspott, wozu der jetzige König von Preußen das meiste beigetragen hat.«[140]

Unter dem Eindruck der tiefen sozialen Gegensätze in der englischen Gesellschaft ist Weerth sehr schnell von einem unbekümmerten, fröhlichen Sänger des Weins und der Liebe zu einem ernsten und kritischen Beobachter der kapitalistischen Verhältnisse geworden. In England lernte Weerth das kennen, was seinem Leben Gewicht, Richtung und Entscheidung gab. Er hat die Bereitschaft besessen, »sich von der Wirklichkeit und nur von ihr belehren zu lassen und zugleich die Kraft, die gewonnene Erkenntnis handelnd im Leben umzusetzen«.[141] Die Ausgangsbasis für sein politisches Engagement in den folgenden Jahren (1846–1849) ist hier gelegt worden.

Weerth war schon im Juli und August 1845 längere Zeit in Brüssel gewesen, wo er sich auch mit Marx befreundete. Aber erst im April 1846 verließ er Bradford endgültig, um die Vertretung des Textilhauses Emanuel & Sohn (Hamburg) in Belgien, den Niederlanden und Frankreich zu übernehmen. Seinen Wohnsitz nahm er in Brüssel. Diese neue kaufmännische Stellung hatte mehrere Vorteile für Weerth. Er konnte viel reisen; er war weitgehend frei und unabhängig in seinem Tun. Und er konnte sich in der Nähe seiner Freunde aufhalten, deren politischen Kampf er in diesen Jahren unterstützte. Brüssel hatte sich zu einem großen Zentrum der europäischen Emigration entwickelt, nachdem zu Beginn des Jahres 1845 die radikalen Schriftsteller Paris hatten verlassen müssen. Auch in der Schweiz fanden polizeiliche Aktionen gegen Oppositionelle statt. In Deutschland konnten radikale Denker und Politiker ohnehin nicht länger bleiben, seit Friedrich Wilhelm IV. 1843/44 alle liberalen Zugeständnisse rückgängig gemacht hatte. Außer Marx hielten sich auch Engels, Heß, Weitling, Weydemeyer, Wolff und – für kurze Zeit – Freiligrath in Brüssel auf.

Im Frühjahr 1846 hatten Marx und Engels das »Kommunistische Korrespondenz-Komitee«, vor allem als Forum für die Verbreitung ihrer Auffassung vom Sozialismus, gegründet. Engels siedelte zu diesem Zweck nach Paris über. In der Sitzung vom 30.3.1846 kritisierte Marx heftig den Handwerkskommunismus von Weitling. Am 11.5. kam es dann zu einer Resolution gegen den »wahren« Sozialisten Kriege. In diesen Auseinandersetzungen stellte sich Weerth ganz auf die Seite von Marx.[142] Die Parteinahme für die Position von Marx ist für Weerth folgerichtig, denn er hatte »gegenwärtige« Verhältnisse ausgiebig studiert und nie »verrückte Systeme« verbreitet.

Seit Januar 1847 arbeitete Weerth auch an der »Deutsch-Brüsseler-Zeitung« mit, die Anfang 1847 von deutschen Emigranten gegründet worden war und zunächst einen radikal-demokratischen Standpunkt vertrat. Seit dem Herbst waren auch Marx und Engels Mitarbeiter. Sie verwandelten das Blatt praktisch in ein Parteiorgan ihres »Bundes der Kommunisten«.

Im September 1847 hielt Weerth auf einem Freihandels-Kongreß in Brüssel eine Rede über den Freihandel. Engels berichtete darüber im »Northern Star«, einer chartistischen Zeitung, und in der »Deutsch-Brüsseler-Zeitung«. Er schreibt seinen Lesern in England, daß er annähme, seine Leser kennten Weerth – »ein junger Handelsreisender, dessen Dichtung in Deutschland wohlbekannt ist und sehr geschätzt wird«[143], – und daß für sie die Rede Weerths das »Interessanteste« des Kongresses sei. Er teilt ihnen die wesentlichen Gedanken der Rede mit. Über eine geplante Rede von Marx gibt es zwei Versionen. Weerth schreibt in einem Brief, er habe alle seine Freunde mehrfach beschworen, zu sprechen, niemand aber habe reden wollen. Engels dagegen teilt seinen Lesern mit, Marx habe reden wollen, sei aber von den Veranstaltern abgelehnt worden, da sie nach der Rede Weerths keinen Oppositionellen mehr haben sprechen lassen wollen.[144] Die Frage, welche Version richtig ist, vermögen wir nicht zu entscheiden. Sicher ist, daß Engels über Weerths Rede nicht nur entzückt war. Er lehnt in einem Brief an Marx Weerth als Delegierten für den 2. Bundeskongreß in London ab:

> »Weerth um Gottes willen nicht als Repräsentanten! Einer, der immer zu faul war, bis ihn der Kongreß-succés d'jour hineinlancierte! Und der obendrein noch an independent member sein will. Il faut le retenir dans sa sphère.«[145]

Engels hielt Weerth demnach nicht geeignet für organisierte, systematische politische Arbeit. In diesem Zusammenhang ist eine kritische Bemerkung interessant, die er über Weerth nach dem Ausbruch der Revolution gemacht hat: »[Bornstedt] und Weerth sind jetzt all [...] und Weerth läuft als wütender Republik[aner] hier herum.«[146] Weerths Stellung zur »Partei« der Kommunisten war zwar sicherlich eindeutig, aber er nahm wohl nicht an allen ihren Organisationsformen teil, weil er unabhängig bleiben wollte. Engels sah die eigentliche Aufgabe Weerths woanders. Seine Sphäre – das ist die Welt der Literatur.

Engels hat in diesem Punkt Weerth wohl richtig eingeschätzt. Weerths ideologische »Zwischenstellung«, seine Suche nach der ihm gemäßen Weltanschauung, aber auch sein gelegentliches Schwanken zwischen Begeisterung und Resignation kommen darin sehr klar zum Ausdruck. So, wenn er an

Kinkel schreibt, er müsse oft über sich lachen, wie er so lange Zeit ein »politischer, chartistischer, sozialistischer, kommunistischer, philanthropischer und entsetzlicher Esel« hätte sein können. Weerth spricht von »Verirrungen« und bekennt: »Die Hauptsache ist aber, daß ich bis zur Stunde selbst eigentlich noch nicht weiß, was ich bin.«[147] Diese überraschende Äußerung darf zwar nicht überbewertet werden – mit dem Brief verfolgte Weerth das Ziel, Kinkel für den Abdruck seiner Dichtungen zu gewinnen –, doch die darin aufgeworfenen Fragen nach dem Sinn und den Wirkungsmöglichkeiten der Dichtung zeigen, daß Weerth sich um diese Zeit wieder stärker der Literatur zuwendet. Das geeignete Tätigkeitsfeld fand er dann ein knappes Jahr später als Feuilletonchef der von ihm mitgegründeten »Neuen Rheinischen Zeitung« in Köln.

1848/49

Am Ende des 2. Kapitels seiner englischen Skizzen hatte Weerth angesichts des Zoologischen Gartens in London die Vision eines Aufstandes der Tiere gegen die sie unterdrückenden Menschen beschworen: Alle Tiere würden dann brüllen, heulen, jauchzen: »Jetzt wollen wir regieren« und »Ein freies Leben führen wir.«[148] Als dann im Februar 1848 in Paris die Revolution ausbrach, schien sich diese Vision zu verwirklichen. Weerth eilte sofort zu dem Schauplatz des Geschehens und war begeistert, fasziniert, ja berauscht.[149] Er beteiligte sich an Demonstrationen und Massenkundgebungen der deutschen Emigranten in Paris. Es fand ein großes Meeting statt, auf dem Georg Herwegh zum Präsidenten gewählt wurde, Weerth ins Komitee. Dort wurde dann eine Adresse an das französische Volk verfaßt, in der es unter anderem heißt:

> »Der Sieg der Demokratie für ganz Europa ist entschieden. Gruß und Dank vor allem dir, französisches Volk! In drei großen Tagen hast du mit der alten Zeit gebrochen und das Banner der neuen aufgepflanzt für alle Völker der Erde. Du hast endlich den Funken der Freiheit zur Flamme angefacht, die Licht und Wärme bis in die letzte Hütte verbreiten soll.«[150]

Einige Tage später marschierten 7 000 Menschen durch Paris, um der Provisorischen Regierung diese Adresse zu übergeben. Sie wurden von Ledru-Rollin, Crémieux und Dupont empfangen. Herwegh verlas die Adresse, und »wir schieden dann von jenen großen Revolutionshelden mit herrlichem Händedruck«,[151] schreibt Weerth.

Nachdem dann auch in Deutschland die Revolution ausgebrochen war, eilte Weerth nach Köln. An Marx schreibt er, daß man dort den Berliner Versprechungen nicht traue. Der alte Landtag sei tot und alle Mitglieder, die nicht »total demokratisch« seien, würden von den Tribünen gejagt. Aber er betont auch, daß man vor dem Wort »Republik« schaudere, daß eine Invasion deutscher Truppen aus Paris schlecht empfangen würde, daß der Kommunismus das »Hauptschreckwort« sei: »Ein offen auftretender Kommunist würde gesteinigt werden.«[152] Weerth hat wohl die Lage richtig beurteilt, daß es nämlich vor allem darauf ankam, demokratische Verhältnisse zu schaffen, dem Bürgertum also zum vollen Sieg zu verhelfen und die Feudalherrschaft gänzlich zu stürzen. Um diese Politik auch verwirklichen zu können, kam – nach Abschaffung der Pressezensur – vor allem eine Zeitung in Frage. Und Weerth streckte in den Märztagen schon seine ersten Fühler aus. Am 1.6. erschien dann die erste Nummer der »Neuen Rheinischen Zeitung«. Zu der Redaktion gehörten neben Marx, der als Chef fungierte, Engels, Heinrich Bürgers, Ferdinand und Wilhelm Wolff, Ernst Dronke, Georg Weerth und – ab Oktober – Freiligrath. Weerth übernahm das Feuilleton.

Der Charakter seiner Skizzen, Gedichte und Aufsätze für diese Zeitung ist von dem der Arbeiten der Vormärzperiode qualitativ unterschieden. Soziale Fragen, d.h. das Problem der Lage der Arbeiter, ihr Kampf gegen die Fabrikbesitzer, die Infragestellung des Eigentums, spielen keine unmittelbare Rolle mehr. Die Gegner sind die Feudalherren, die man durch die Revolution stürzen wollte; Gegner sind aber auch die Bourgeoisie und das Kleinbürgertum, denen der revolutionäre Wille fehlte, die Aristokratie endgültig zu stürzen. Daher haben Weerths Arbeiten nun einen stark politischen Charakter. Hier erschien auch sein Roman »Leben und Taten des berühmten Ritters Schnapphahnski«, eine keineswegs fiktive Lebensbeschreibung; ihr Held war der reaktionäre Abgeordnete der Frankfurter Nationalversammlung Fürst Lichnowsky.

Solange die »Neue Rheinische Zeitung« bestand – also vom 1.6.1848 bis zum 19.4.1849 – hat Weerth mit Begeisterung und Engagement mitgearbeitet. Fast die Hälfte dessen, was Weerth geschrieben hat, erschien in dieser Zeitung, meistens im Feuilleton, seltener »über dem Strich«.

Am 17.9. hat in Worringen eine große Volksversammlung stattgefunden, an der auch Lassalle teilnahm, mit dem sich Weerth eng befreundete. In einem Brief bezeichnete er ihn als den »geistreichsten Menschen, den ich außer Marx kenne«.[153] Die Ermordung des Fürsten Lichnowsky während der Frankfurter Unruhen war Anlaß einer ganzen Serie von Prozessen gegen die »Neue Rheinische Zeitung«. In deren Rahmen wurde Weerth wegen Verleumdung zu 3 Monaten Gefängnis verurteilt, wovor ihn auch eine Stellungnahme von Lassalle nicht bewahren konnte.[154]

Weerth hat seine Tätigkeit in dieser Zeitung als die Krönung seines Lebens verstanden. Immer wieder denkt er voller enthusiastischer Freude an die »Neue Rheinische Zeitung« zurück.[155] Das Scheitern der Revolution hat Weerth tief enttäuscht.

> »Aber was ist das Rätsel dieser meiner Unstetigkeit und daß ich keine zehn Minuten ruhig mehr auf dem Hintern sitzen kann? Die Revolution ist schuld daran! Die Revolution hat mich um alle Ruhe, um alle Heiterkeit gebracht.
> Varus! Varus! Gib mir meine Heiterkeit wieder!«[156]

Weerth spricht von »Mutlosigkeit« und »Leere« und bekennt: »Teilweise spüre ich diese schwachmatische Stimmung an mir selbst; mein alter Humor will nicht wiederkehren, und ich bin nur dann glücklich, wenn ich ununterbrochen arbeite.«[157] Darum stürzt er sich in große Geschäftsreisen, die ihn jahrelang auch in die Neue Welt führen.

1850–1856

Sein Entschluß, sich wieder ganz dem Kaufmannsberuf zu widmen, brachte Weerth nicht jene innere Befreiung, die er sich insgeheim vielleicht erhofft hatte. Rastlos und unstet jagte er von einem Erdteil zum anderen, ohne vergessen zu können, was er vergessen wollte. »[...] nur Unruhe! Unruhe! sonst bin ich verloren«[158] – nichts könnte die innere Verfassung Weerths zwei Jahre nach der gescheiterten Revolution deutlicher widerspiegeln als diese Worte aus einem Brief von 1851 an Engels. Was für viele Achtundvierziger nur eine harte äußere Zäsur, eine unabänderliche Tatsache blieb – Georg Weerth empfand über Jahre die Niederlage von 1848 auch als ein Scheitern des eigenen Lebens.

Anders als die Mehrzahl seiner Gesinnungsfreunde hat Weerth nicht das bittere Los der politischen Flüchtlinge teilen müssen. Aus Belgien ausgewiesen, kam er Mitte September 1849 über Hamburg nach London, wo kurz vorher Marx eingetroffen war. Weerth hatte mit seinen früheren Hamburger Geschäftspartnern Emanuel & Sohn einen neuen Vertrag geschlossen.

Weerth hatte zwar ständig mit Marx und Engels Kontakt, half mit Geld aus und leistete gelegentlich auf seinen Geschäftsreisen Kurierdienste, aber er fand – skeptischer geworden – nicht mehr zu einem neuen politischen Engagement. Er stellte sich auch – das Schicksal der Londoner Emigranten vor Augen – gegen den Willen von Marx den Behörden und saß vom 25. Februar bis zum 26. Mai im Kölner Klingelpütz seine dreimonatige Strafe ab. Aus dem Gefängnis erklärt er seinem Bruder Wilhelm diese Entscheidung[159], und auch Marx bat er brieflich um Verständnis dafür, daß er seinem gewiß gutgemeinten Rat nicht gefolgt sei.[160] Als Hauptgrund gibt er an, er habe das Leben in England nicht länger aushalten können. Entscheidend dürfte gewesen sein, daß er in Deutschland auf freizügiges Reisen angewiesen war, um kaufmännisch tätig sein zu können. In einem weiteren Brief[161] bittet er Marx, ihm doch zu schreiben, ob er ihm zürne, daß er sich so plötzlich aus dem Staube gemacht habe. Die Gründe wolle er ihm ein andermal erzählen. In diesem Brief karikiert Weerth den theatralischen Auftritt seines ehemaligen Universitätslehrers Gottfried Kinkel vor dem Kölner Gericht mit einer Brillanz, die an seine besten Feuilletons erinnert.

Weerth, der im Juli und August 1850 wieder in England ist, hatte – schon aus Zeitgründen – nicht viel Gelegenheit, die Londoner Flüchtlingsszene genau zu beobachten. Einmal mokiert er sich über weltbeglückende Proklamationen deutscher Emigranten, die immer noch nicht einsähen, wie töricht es sei, Revolutionen vom Auslande her organisieren zu wollen. Er sei froh, daß Marx sich ganz von diesen Leuten getrennt habe, um ausschließlich wissenschaftlich zu arbeiten.

Weerth ist seit dem 19. Mai 1849 – dem Ende der »Neuen Rheinischen Zeitung« – von Engels, Marx, dessen Frau und von anderen verschiedentlich aufgefordert worden, Beiträge für Emigrantenschriften zu liefern. Vermutlich auch für die von Marx über Mittelsmänner in Hamburg realisierte Fortsetzung der »NRhZ«, die zwischen März und November 1850 als »Politisch-Ökonomische Revue« in 6 Heften erschien. Am 2. Mai 1850 bestätigte er Marx in einem Brief aus dem Kölner Gefängnis den Erhalt von 3 Ausgaben der »Revue«, mit denen er zufrieden sei.[162] Vier Wochen später schreibt er aus Köln an Marx: »mein Handel ist für den Augenblick ins Stocken gekommen; ich gebe mich daher jetzt ans Arbeiten und denke in kurzer Zeit etwas zusammengeschrieben zu haben.«[163] Und am 3. März 1851 aus Hamburg an Engels:

> »Ich habe seit 2 Jahren kein Wort drucken lassen; aber allmählich juckt es mir in den Fingern, und wenn ich mich nicht sehr irre, so werde ich mich nächstens über Kinkel sehr souverän lustig machen.«[164]

Also immer wieder Pläne, Vorsätze, Zusagen, doch die Freunde warten und drängen vergebens. Der Mann, der einst mit wahrer Besessenheit und leichter Hand seine Korrespondenzen, Glossen, Artikel und Feuilletons formuliert hatte, kapituliert:

> »Ich habe in der letzten Zeit allerlei geschrieben, aber nichts beendigt, denn ich sehe gar keinen Zweck, kein Ziel bei der Schriftstellerei. Wenn *Du* etwas über Nationalökonomie schreibst, so hat das Sinn und Verstand. Aber *ich*? Dürftige Witze,

schlechte Späße reißen, um den vaterländischen Fratzen ein blödes Lächeln abzulokken – wahrhaftig, ich kenne nichts Erbärmlicheres! Meine schriftstellerische Tätigkeit ging entschieden mit der ›Neuen Rheinischen Zeitung‹ zugrunde.«[165]

Sein Verhältnis zu Marx und Engels hat unter seiner Resignation gelitten. Wohl sind sie noch häufiger zusammengekommen und haben sich freundliche Briefe geschrieben. Aber ein bißchen lebte man sich auseinander. Die Spannungen, die mitunter auftraten, kommen gut in einem Brief von Marx zum Ausdruck, der in jenen Tagen geschrieben wurde:

»Weerth kam Sonntag abend, fand mich sehr beschäftigt und nicht ganz rosig gelaunt. Er fragte mich, ›was ich denn eigentlich über die Kölner Geschichte schreiben wolle?‹ – und dies zwar in etwas vornehm näselndem Ton. Ich fragte ihn, ›was er in Westindien wolle?‹, und nach einer Zeit von einer Viertelstunde verschwand er. Dienstag abend kam er wieder und sagte mir, er hätte eigentlich nicht wiederkommen wollen, er habe aber dem Andringen Freiligraths nachgegeben. Ich habe ihm nämlich Sonntag sehr beschäftigt und verdrießlich erschienen. Ich nahm mir die Freiheit, Herrn Weerth darauf aufmerksam zu machen, daß er 9/10 der Zeit, die ich ihn kenne, immer verdrießlich und malcontent war, was er von mir nicht behaupten werde. Nachdem ich ihm den Kopf gewaschen, fand er sich wieder zurecht und wurde – wieder der alte Weerth. Ich finde, daß er verdammt verbürgert ist und seine Karriere zu sehr ›au sérieux‹ nimmt.«[166]

Im Herbst 1852 kommt es noch einmal zu Besuchen. Marx schreibt darüber an Engels:

»Du hast längere Zeit keinen Brief von mir erhalten. Hauptursache Weerth, der die Abende, die ich sonst mit Schreiben verbringe, plus ou moins mit Beschlag belegt. Und zwar zu meiner nicht übergroßen Freude. Du weißt, daß ich Weerth sehr gern habe, mais es ist peinlich, wenn man bis an den Hals im Dreck sitzt, sich einen so feinen Gentleman gegenüber zu haben, auquel il faut cacher les parties trop honteuses. Solch ein Verhältnis bringt doppelte gêne hervor, und ich hoffe, daß er morgen nach Manchester abreist und mich, wenn er wiederkömmt, in Verhältnissen findet, wo ich wieder franchement mit ihm verkehren kann.[167]

Engels allerdings war über Marxens Einwände ungehalten:

»Was Teufel genierst Du Dich vor dem Kerl! Außerdem weiß er doch, daß Du seit Jahren im Pech sitzest, und weiß auch schon daran, daß Du noch in dieser alten Wohnung sitzest, was die Glocke geschlagen hat.«[168]

In den Verhandlungen zum Kölner Kommunistenprozeß wird Weerth wiederholt als Mitglied der Zentralbehörde des »Bundes der Kommunisten« bezeichnet. Weerth beklagt sich bei Marx, weil er nämlich in Wirklichkeit von Marx gar nicht aufgenommen worden war,[169] woraus deutlich wird, daß Marx an Weerths politischer Arbeit nicht mehr sonderlich gelegen war.

Hinsichtlich seiner schriftstellerischen Abstinenz bleibt Weerth konsequent. Er lehnt verlockende Angebote des Verlegers Duncker ab, seine »Reisetagebücher« und Briefe zu drucken.[170] »... ich habe längst den Sonnenstich für alle poetischen Arbeiten bekommen.«[171] Nur einmal lebt Weerth aus seiner resignativen Stimmung für eine kurze Zeit auf. 1852 hatte er Betty Tendering kennengelernt. Als er sie 1855 wiedersieht, lodert eine leidenschaftliche Liebe auf, die unerwidert bleibt.[172] Daß sich Betty Tendering ihm versagte (wie sie sich kurz zuvor auch Gottfried Keller versagte), hat ihn seelisch zerstört. Er faßt endgültig den Entschluß, die Alte Welt zu verlassen. Er überlegt, Havanna zum neuen Wohnsitz zu machen. Dort stirbt er dann an einem Tropenfieber.

III

Die Briefe ergänzen und vertiefen unser Bild der Literatur des Vormärz. Weerth verknüpfte auf eine ihm eigene Art seinen Kaufmannsberuf mit seiner Tätigkeit als Journalist und Literat. Die Briefe sind Dokumente zur Sozialgeschichte des Kaufmanns und Reisenden wie des Literaten und Zeitungsschreibers. Weerth gehört mit seiner revolutionären Dichtung, mit seinen satirischen und witzigen Feuilletons, mit seinen Skizzen, Liedern, Reiseberichten und Sozialreportagen »zu den glänzendsten Erscheinungen des deutschen Journalismus in der Epoche vor 1848 und zur Revolutionszeit«.[173]

Die deutsche Literaturwissenschaft hat die Zeit zwischen 1830 und 1848 meistens unter dem Begriff »Biedermeier« zusammengefaßt. Das hat dazu geführt, daß wesentliche Aspekte dieser Zeit außer acht gelassen wurden. Unliebsame Seiten mancher Dichter wurden unterschlagen (z.B. Heines sozialkritische Dichtungen oder Freiligraths sozialistische Gedichte), andere Schriftsteller wurden einfach ganz ›ausgelassen‹ (z.B. Börne, Glaßbrenner, Weerth). Satirische, sozialistische oder revolutionäre Dichtung war kein Gegenstand der deutschen Literaturwissenschaft oder des Deutschunterrichts. Sengle versteht mit Recht unter dem »Biedermeier« die »konservative Richtung jener Zeit« und sieht die deutsche Biedermeierforschung als einen Teil der »konservativen Revolution«, die sich seit dem Beginn des 20. Jahrhunderts vollzogen habe.[174] Die Biedermeier-Perspektive aber verbaut den Weg zu einem angemessenen Verständnis eines wichtigen Stranges der Literatur dieser Jahre.

Einen entgegengesetzten Weg geht die marxistische Literaturwissenschaft, die die gesamte Zeit unter dem Begriff des »Vormärz« zusammenfassen will.[175] Was ist aber unter dem Vormärz zu verstehen? Seinen Namen erhielt er von der Märzrevolution 1848. Damit ist das Ende eindeutig markiert. Wo liegt aber der Beginn? Manche nennen das Jahr 1815, andere 1830 oder 1840. Darüber hinaus bleibt die Schwierigkeit bestehen, daß der Begriff seine spezifische Farbe durch die fortschrittliche demokratische und revolutionäre Dichtung und Publizistik, insbesondere der vierziger Jahre,[176] erhielt. Daher ist dieser Begriff wohl als einheitliche Epochenbezeichnung ungeeignet, da er alles Licht einseitig auf jene Kräfte richtet, die zur Märzrevolution geführt haben, und jene konservativen und reaktionären Kräfte, die dagegen gearbeitet haben und schließlich siegreich geblieben sind, in ihrer historischen Bedeutung allzu sehr in den Schatten stellt.

Deshalb scheint es mir sinnvoll zu sein, von einem geschlossenen Epochenbegriff Abschied zu nehmen und die verschiedenen Strömungen nebeneinander bestehen zu lassen: eben die noch stark den ästhetischen Vorstellungen von Klassik und Romantik verhaftete, konservative Biedermeierdichtung und auf der anderen Seite eine sich den aktuellen politischen Fragen öffnende und literarische Formen erprobende Richtung, die sich in zwei aufeinanderfolgenden Stufen herausbildete: dem »Jungen Deutschland« (1830–35) und dem »Vormärz« (1840–48).

Die große Diskrepanz zwischen der Gesellschaftsordnung der herrschenden Adelsschicht und dem Wollen des von der Macht ausgeschlossenen Bürgertums ist der eine Grund für die große Wirkung der Literatur des Vormärz. Darüber hinaus haben die Regierenden einen ungewollten Anteil an der Verbreitung dieser Literatur gehabt: Verbote, Zensurgesetze, Überwachung und Gefängnisstrafen trugen kräftig dazu bei, der Literatur Gewicht und Wirkung zu verleihen.

Nach 1815 kam es in Deutschland zu der Ausbildung einer Opposition gegen die bestehende staatliche Ordnung. Immer radikaler wurde die Kritik – von Zeiten unerbittlicher Verfolgungen und Verbote unterbrochen, bis sie in den vierziger Jahren den Höhepunkt erreichte.

Weerth gehört zu den Publizisten und Schriftstellern, die Staat und Gesellschaft am schärfsten kritisierten. Wenngleich er am Ende dieser Entwicklung radikalen und revolutionären Denkens und Handelns steht, hatte er noch Anteil an der Romantik, nicht als Sohn, sondern als ein später Enkel, der sich rasch von diesem Erbe befreien konnte, ohne dabei alle Elemente gänzlich zu verlieren. Georg Lukács schreibt:

> »Georg Weerth setzt die demokratisch-plebejische Linie Heines weniger beschwert durch bürgerlich-romantische Vergangenheit, in einer gesünderen und unproblematisch-sinnlicheren, plebejischeren Weise fort.«[177]

Er ist, obwohl jünger als Hebbel, Freytag, Storm Fontane, Keller, deren literarische Leistung der 2. Jahrhunderthälfte angehört – einer der Wegbereiter eines neuen, eines realistischen Verständnisses der Welt gewesen. Er nahm Stoffgebiete in seine dichterischen Versuche auf, die bis dahin weithin unbekannt und ausgeschlossen waren. Ebenso entsprachen diesem neuen Weltbild neue Dichtungsformen. Das entscheidende aber war, daß Weerth sich angesichts des beobachteten Elends nicht in den Elfenbeinturm zurückziehen konnte und wollte:

> »Es ist ein leichtes Ding, sich des Großen und Schönen in der Welt zu erfreuen, aber man frage nicht nach den Seufzern und Tränen, mit denen es geschaffen wurde!«[178]

Georg Weerth fragte danach. Sein offener und kritischer Blick für die Fragen und Probleme der Gegenwart, die er sowohl in sehr wirklichkeitsnahen Schilderungen wie in satirischen Darstellungen anschaulich zur Sprache bringt, machen sein Werk zu einer Variante des kritischen Realismus. Für Weerths Realismus trifft Brechts Definition weithin zu:

> »*Realistisch* heißt: den gesellschaftlichen Kausalkomplex aufdeckend / die herrschenden Gesichtspunkte als die Gesichtspunkte der Herrschenden entlarvend / vom Standpunkt der Klasse aus schreibend, welche für die dringendsten Schwierigkeiten, in denen die menschliche Gesellschaft steckt, die breitesten Lösungen bereit hält / das Moment der Entwicklung betonend / konkret und das Abstrahieren ermöglichend.«[179]

In allen diesen Aspekten unterscheidet sich dieser Realismus von dem poetischen oder bürgerlichen Realismus der 2. Hälfte des 19. Jahrhunderts, dem Verklärung, Resignation und Humor näher waren als Kritik, Revolution und Satire. Es geht Weerth darum, in die Gesellschaft aktiv einzugreifen, und nicht um Kunst um ihrer selbst willen. Weerth hat die Literatur immer nur als schöne Nebenbeschäftigung gesehen.[180] Aber wenn er Literatur machte, dann nicht im stillen Kämmerlein; sein schriftstellerischer Platz war die Redaktionsstube einer Zeitung. Er nahm sein Dichten nicht so ernst. Viele seiner Gedichte hat er verbrannt, weil sie ihm nicht überlieferungswürdig erschienen. Er hatte seine Freude daran gehabt und das eine oder andere Gedicht in einer Zeitung veröffentlicht. Damit war der Zweck erfüllt. Seine Skizzen und Feuilletons erschienen meist anonym. Weerth schrieb nicht für die Ewigkeit, sondern für den Tag und die Stunde. Daher sind gewiß einige Texte veraltet, weil sie zu sehr an historisch vergangene Situationen gebunden sind.

Weerths Dichten war auf Erkenntnis gestellt. Was völlig fehlt, ist das Irrationale, das feierlich Metaphysische, das hierzulande allzu oft für Tiefe ausgegeben wird. In einem Feuilleton der »Neuen Rheinischen Zeitung«

läßt er die kleinlichen Vorbehalte verschiedener Kleinbürger Revue passieren. Ein dichtender Professor jammert über die Folgen der Revolution für die Literatur:

»Wie kahl müssen sich alle Gedichte in Zukunft ausnehmen [...], wenn man nicht mehr von Kronen, von Hermelinmänteln, von Szeptern, von Majestäten, von Kammerjägern und königlichen Zofen singen darf! Es ist entsetzlich. Die beste Zutat der Poesie geht uns durch diese Revolutionen verloren. Wie nackt und nüchtern ist doch alles Demokratische. Ein Republikaner ist ein ganz unpoetischer Gegenstand. Man weiß bei einem solchen Kerl hintereinander, was er will! Er hat nichts Verschleiertes, nichts Geheimnisvolles. Eine Welt ohne Könige ist ein Himmel ohne Götter. Alles Brimborium der Poesie geht zum Teufel.»[181]

Eine solche nackte, nüchterne, demokratische, republikanische, »unpoetische« Dichtung hat Weerth geschaffen. Über den Stil, den die »Kölnische Zeitung« zur Beschreibung des Domfestes anwandte, notiert Weerth:

»Alles dies las ich in der ›Kölnischen Zeitung‹, und wie ich mich über die Reichhaltigkeit jener Festberichte freute, ebensosehr staunte ich über den Stil, in dem sie abgefaßt waren. Niemals wird es mir wohl gelingen, dergleichen nachzuahmen und zu erreichen. Schon bei dem ersten Worte dieser Skizzen habe ich es versucht, aber alle meine Anstrengungen waren umsonst; es fehlt mir die Weihe, die tieftraurige Frömmigkeit des Gemütes, das säuselnde verzückte Pathos der Begeisterung und die in ewiger Auflösung begriffene Wehmut einer unendlich fühlenden und empfindenden schönen Seele, kurz, es fehlt mir alles. Ich sehe, daß ich ein ›flaches modernes Weltkind‹ bin, und melancholisch stiere ich hinab in mein großes kohlschwarzes Tintenfaß.«[182]

In diesem Sinn vergleicht Weerth auch einmal ein Schiff mit einem Goetheschen Gedicht und bezeichnet den Handel als die »höchste Poesie«.[183] »Ich treibe ein heiliges Handwerk, teuere Freundin, ich bin ein Spötter!«[184] Zwar steckt hinter seinen Satiren bitterer Ernst. Aber Weerth ist immer ein lustiger Satiriker und ein lachender Revolutionär gewesen. Franz Mehring hat ihn treffend charakterisiert: »Der eigentliche Beherrscher des Feuilletons war Georg Weerth, und er war der lustige König eines lustigen Reichs. Kein Spaßmacher und Witzereißer des bürgerlichen Schlages, aber ein Prinz aus Genieland, leicht einherschreitend, in funkelnder Rüstung und blitzendem Schwerte.«[185] Zu seinen Vorbildern zählte er Cervantes, Shakespeare, Louvet, Rabelais und – vor allem – Heinrich Heine. Die ihn kannten, nannten ihn ihren »humoristischen Freund«.

Weerth steht nicht nur zeitlich gesehen zwischen Romantik und Realismus; er ist – ähnlich wie Heine – selbst eine »romantische Doppelexistenz«: zugleich Poet und Publizist, Weltreisender und Kaufmann, Abenteurer und Gentleman, Revolutionär und Politiker, Bürgerhasser und Bürger, Träumer und Wissender. Aber er wollte nicht nur die Mißstände interpretieren, sondern sie beseitigen helfen. Die Selbstgenügsamkeit einer autonomen ästhetischen Welt genügte ihm nicht.

Leben und Werk Weerths sind Fragment geblieben. Mit der gescheiterten 48er Revolution bricht zugleich eine große Tradition aufklärerisch-revolutionärer Literatur ab. Der Untertan etablierte sich, wie Weerth ihn in Herrn Preiß geschildert hat, der seine Gegner »niederschmettern« will, aber nicht kann, womit seine Ohnmacht dokumentiert ist. Ein Jahr vor Weerths Tod erschien Gustav Freytags Buch »Soll und Haben«, das jenes Bürgertum unkritisch verherrlicht, das gerade so kläglich versagt hatte. Der Roman ist ein bezeichnendes Dokument bürgerlicher Ersatzideologie. Heinrich Mann knüpfte am Ende des Jahrhunderts mit seinem »Untertan« wieder an die Tradition sozialer und satirischer Dichtung des Vormärz an.

Weerths Briefe enthalten eine Reihe von Stellungnahmen zu literarischen Fragen. Sein Verhältnis zur Literatur hat sich im Lauf der Jahre mehrfach verändert. Man kann folgende verschiedenen Phasen unterscheiden: Zunächst schreibt er vorwiegend romantische und volkstümliche Lyrik. In England wandelt er sich dann infolge der Begegnung mit den anderen ökonomischen Verhältnissen rasch zu einem realistischen Schriftsteller, der in seinen Arbeiten vor allem soziale Fragen gestaltete. Bewußt kehrt er der Romantik den Rücken. Er schreibt nun Reiseskizzen, gesellschaftskritische Feuilletons und soziale Gedichte (»Lieder aus Lancashire«). Trotzdem gerät seine literarische Tätigkeit 1845 in eine Krise: »Die praktischen Sachen bekamen bald die Oberhand, und in den letzten 14 Monaten trieb ich in England nur Ökonomie und Geschichte.«[186] Er hat also seit Beginn des Jahres 1845 keine Gedichte mehr gemacht, sondern nur noch ökonomisch-historische Skizzen (»Skizzen aus dem sozialen und politischen Leben der Briten«). Erst später – seit 1847 – schreibt er wieder Gedichte – in einer neuen Form allerdings, in der Form der Satire. Im Jahr 1846 hat Weerth zwar einen Band Lyrik zusammengestellt, der alle seine bisherigen Gedichte umfaßt, sofern er sie nicht verbrannt hat. Er veröffentlicht sie aber nicht. Vermutlich waren ihm große Teile des Buches fragwürdig geworden, gehörten doch auch seine frühen romantischen Verse ebenso wie die sozialen Gedichte dazu.

Weerth vermochte also in der Lyrik zeitweise keinen Sinn mehr zu erkennen. Mitunter zweifelte er gänzlich an der Wirkungsmöglichkeit der Literatur, wenn er sich ausschließlich mit Wirtschaftswissenschaften und Geschichte beschäftigte. »Handel und Industrie«, hieß es dann, »ist wirklich heutzutage das interessanteste Thema der Welt; bisher habe ich mich leider noch immer nicht genug darin versenken können«.[187] Das wiederum hatte seinen Grund darin, daß er der Literatur doch noch nicht ganz den Rücken gekehrt hatte: »Meine Liebe zur Literatur ist noch immer sehr groß, und ich konnte mich noch nicht lossagen, was eigentlich nötig wäre.«[188] Und so entstehen in dieser Zeit auch jene beiden Prosawerke, mit denen er aufgrund seiner neuen Einsichten den beiden Bereichen Ökonomie und Literatur zugleich gerecht zu werden versucht: das »Romanfragment« und die »Humoristischen Skizzen aus dem deutschen Handelsleben«. Literatur wird nun als Gesellschaftskritik verstanden.

Die Erfahrungen in England und seine Freundschaft mit Marx und Engels prägen seine Weltanschauung und liefern ihm für die ihn bewegenden Probleme Deutungsmöglichkeiten, die ihn überzeugen, und Lösungen, die durch praktische Arbeit erreicht werden können. Nun sieht er auch seine damit verbundene Aufgabe in der Literatur: »Ich für meinen Teil gehe stets darauf aus, alle Wunden und Blößen aufzudecken, denn man kann nur verbinden und amputieren, wenn man die Wunden besieht.«[189] Im übertragenen Sinn heißt das, daß Literatur dem Menschen Aufklärung über seine Situation in der Gesellschaft geben und damit die Voraussetzung für Veränderungen schaffen soll. Natürlich bedurfte es für eine solche Literatur im industriellen Zeitalter neuer Stilformen und ästhetischer Kategorien, die der Wirklichkeit, d.h. der Politik, der Gesellschaft, der Wirtschaft und der Industrie, in einer bis dahin nicht bekannten Weise gerecht werden mußten. Dafür gab es in England und Frankreich Beispiele und Vorbilder. In England gab es zu jener Zeit schon eine Literatur, die gesellschaftliche Fragen gestaltete und erörterte. Dickens ist an erster Stelle zu nennen. Von besonderer Bedeutung sind auch die französischen Romane (Balzac, Souvestre, Sand, Sue):

> »Die Hauptsache ist, daß der neuere französische Roman treu die jetzige Gesellschaft widerspiegelt und daß man in ihm nur in angenehmerem Gewande das noch einmal liest, was man entweder selbst schon im Leben gesehen hat oder durch das Studieren der Geschichte und der Nationalökonmie erfuhr.«[190]

Dieses Zeugnis dokumentiert Weerths Realismusvorstellung. Drei Elemente sind für seine Auffassung herauszuheben: 1. Die Forderung nach Übereinstimmung der Literatur mit dem Leben, wie es sich in der Wirklichkeit, in der Gesellschaft, abspielt. Dies impliziert eine realistische Gestaltungsweise. 2. Die Übereinstimmung der Literatur mit wissenschaftlicher Erkenntnis. Einsicht in die Geschichte und Nationalökonomie wird vom Dichter verlangt. Gesellschaft wird als historisch-ökonomischer Prozeß verstanden, den der Schriftsteller kennen muß, um die Wirklichkeit verstehen zu können. Es kommt also nicht nur auf die oberflächliche Genauigkeit an, sondern wesentlich auf die Deutung und Analyse der Wirklichkeit. 3. Literatur soll dem Leser auch Freude bereiten (»angenehmeres Gewand«). Damit ist der formale oder ästherische Aspekt dieser realistischen Kunst angesprochen, durch den sich Literatur von einer theoretischen Abhandlung unterscheidet. Die Form soll Genuß und Erkenntnis zugleich vermitteln.

Interessant ist auch Weerths kurzer Vorspann zu den »Humoristischen Skizzen aus dem deutschen Handelsleben«. Dort heißt es:

»Unter dieser Rubrik wird der Verfasser von Zeit zu Zeit einige Artikel geben, in denen das viel verkannte deutsche Handelsleben in seiner ganzen Heiterkeit zu allgemeinem Nutz und Frommen treulich geschildert werden soll.«[191]

Das deutsche Handelsleben ist also bisher verkannt worden, nicht richtig gesehen worden. Damit ist gemeint, daß der gesamtgesellschaftliche Aspekt bislang nicht richtig beachtet wurde, was zu einer unsachgemäßen Beurteilung geführt hat. Was bislang nicht gesehen worden ist, ist die Tatsache, daß das Handelsleben »heiter« ist. Es besteht eine Diskrepanz zwischen der Wirklichkeit der gesellschaftlichen Verhältnisse (= objektiver Gang der Geschichte) und der Wirklichkeit dieses Teilbereichs der Gesellschaft, dem Handelsleben (= Zurückgebliebenheit). Diese Diskrepanz bewirkt »Heiterkeit«, Lächerlichkeit. Böttger hat zu Recht angemerkt, daß das Lächerliche nicht dem Objekt aufgeprägt werden soll, sondern daß es Weerth darum geht, »das in ihm objektiv vorhandene *Komische* – als vor dem Urteil der Geschichte Lächerliche – *sichtbar* zu machen«.[192] Daher kann Weerth in diesem Zusammenhang auch das Wort »treulich« benutzen.

Kritische Intention und satirische Gestaltung aufgrund einer festen Überzeugung von dem, was gut und schlecht ist – das sind die entscheidenden Voraussetzungen für Weerths schriftstellerische Arbeit. Vorbildliche satirische Darstellungen hatte er schon in der Londoner Zeitschrift »Punch« kennengelernt:

»Das Fratzenhafte ist freilich immer häßlich, – in den Fratzen des Londoner ›Punch‹ liegt aber so viele Weisheit verborgen, daß sie oft größere Wirkung hervorbringen als die reinste griechische Statue. – Diese Fratzen des ›Punch‹ haben schon Minister gestürzt, Herzogskronen vom Haupte gerissen und Umwälzungen herbeigeführt, die sich bis in die fernste Ecke der Welt fühlbar machten.«[193]

Damit hat Weerth wichtige Aspekte satirischer Dichtung überhaupt wie natürlich seiner eigenen berührt: Übertreibung (»Das Fratzenhafte«), Negativität (»häßlich«), idealer Anspruch (»Weisheit«), Indirektheit (»verborgen«), Zweck (»Wirkung«). Weerth hat viel von der Möglichkeit der Satire gehalten. Sie war die ihm adäquate Darstellungsweise. Seiner Mutter schreibt er einmal über pietistische Prediger, die in seiner Heimat agierten: »Diese Leute ernst zu widerlegen, ist ganz falsch – die Satire und der Spott helfen viel besser, und Eure Aufgeklärteren sollten dergleichen über sie losschütten.«[194] Seine Haupttätigkeit während seiner Feuilletonredaktion bei der

»Neuen Rheinischen Zeitung« war es dann ja auch, sich über die verschiedenen Leute und Ansichten lustig zu machen oder besser, ihre Lächerlichkeit aufzuzeigen:

> »Kein schöner Ding ist auf der Welt,
> Als seine Feinde zu beißen,
> Als über all die plumpen Gesell'n,
> Seine lustigen Witze zu reißen.«[195]

Die Mischung aus Scherz und Kritik, aus Humor und Satire, die seinem Dichten das Gepräge gibt, läßt sich insbesondere an den Feuilletons dieser Zeitung betrachten. Im letzten Feuilleton ruft er die deutschen Frauen auf, sie sollten ihre feigen Männer zum Teufel jagen und sich lieber mutige Ungarn wählen (die sich in Aufständen gegen die Konterrevolution gewehrt hatten). Seine Mutter war über diesen Artikel sehr empört, und Weerth hat ihn in einem Brief an sie verteidigt.[196]

Die Satire ist durch eine gewisse Offenheit charakterisiert. Weerth setzt ein Publikum voraus, das nicht bevormundet werden will. Dem Leser kann nicht verwehrt werden, im einzelnen auch andere Folgerungen zu ziehen, als sie der Autor für sich zieht. Weerths Gesellschaftsbild und sein utopischer Gegenentwurf sind trotz aller sozialen Bezüge auch individualistisch, trotz aller Grundsatzfestigkeit undogmatisch und differenziert. Die Satire selbst baut keine neue Welt auf; sie zerstört eine alte, brüchige, hohle Welt, damit danach etwas Neues errichtet werden kann.

Die Satire intendiert die Möglichkeit einer besseren Wirklichkeit. Tucholsky hat mit Recht gesagt, daß ein Satiriker ein »gekränkter Idealist« sei: »Er will die Welt gut haben, sie ist schlecht, und nun rennt er gegen das Schlechte an.«[197] Doch Schillers bekannte Satire-Definition, daß in der Satire »die Wirklichkeit als Mangel dem Ideal als der höchsten Realität« gegenübergestellt werde,[198] ist für Weerths Satiren nicht passend. Die Wirklichkeit wird nicht an einem Ideal gemessen, sondern an einer Möglichkeit, die realisierbar erscheint. Interessanter ist Schillers Unterscheidung der pathetischen oder strafenden und der scherzhaften Satire. Lustig ist Weerths Satire sicherlich. Die Leser lachen über die lächerlich dargestellten Figuren. Für den Autor sind sie auch lächerlich. Das ist möglich, weil Weerth weiß, daß die Geschichte sich fortentwickelt, daß sie über den jetzigen Zustand hinweggehen wird. Daher sein grenzenloser Optimismus. Witz, Komik, Humor, mitunter auch eine übermütige und groteske Phantasie machen den Stil seiner Satiren aus. Das Positive, das darin verborgen ist, muß erschlossen, vor allem geschaffen werden.

In seinem »Romanfragment« versuchte Weerth die Entwicklung der wesentlichen Gesellschaftsschichten zu schildern: Adel, Bürgertum, Kleinbürgertum, Proletariat. Dieser Roman ist Fragment geblieben. In den »Humoristischen Skizzen aus dem deutschen Handelsleben« nahm er das Bürgertum unter die Lupe. Herr Preiß hängt dort getreu seiner Maxime den Mantel nach dem Winde und schlägt sich auf die Seite der stärkeren Bataillone. So glaubt er am besten verdienen zu können. Damit verrät er die Revolution, die die seine hätte sein sollen. Die Reaktion siegt also mit Unterstützung des Bürgertums, das aus Angst vor dem schon am Rande sichtbar auftretenden Proletariat die feudale Herrschaft unterstützt. Der Sieger in der bürgerlichen Revolution blieb somit der Feudalismus, das adlig-agrarische Junkertum.

Folgerichtig machte Weerth in seinem dritten größeren Prosawerk, »Leben und Taten des berühmten Ritters Schnapphahnski«, den feudalen Reaktionär zur Hauptfigur seiner Satire, die nun auch schärfer wird. Weerths Absicht war es, in diesem Roman die ganze Schlechtigkeit und Korruptheit der Klasse der feudalen Junker ans Licht zu bringen. Er wollte nicht die »Persiflage eines gewissen Menschen« liefern, sondern eine »ganze Klasse der Gesellschaft« schildern, das heißt, den »ganzen deutschen Adel« verhöhnen.[199]

So stehen die drei Hauptwerke seiner Prosa in einem erklärbaren inneren Zusammenhang. Die – historisch gesehen – umgekehrte Reihenfolge seiner Helden, die zuerst dem Proletariat, dann der Bourgeoisie und zuletzt der Aristokratie angehören, spiegelt den Rückgang der Hoffnungen im Vormärz wider.

Heinrich Böll hat Weerth als den »Erfinder des marxistischen Feuilletons« bezeichnet und ihn folgendermaßen charakterisiert: »Eine Erscheinung wie Georg Weerth, der ein kompromißloser Gegner der bürgerlichen Gesellschaft war und doch ein fideler Bursche blieb, ein treuer Freund, dem es nie eingefallen wäre, durch die Tatsache, daß er witzig und unterhaltsam zu schreiben verstand, sich unterlegen oder gar minderwertig zu fühlen, wäre in allen sozialistischen und bolschewistischen Gruppen der Gegenwart undenkbar.«[200]

IV

Nach der gescheiterten Revolution hat Weerth keine Möglichkeit gesehen zu dichten. »Jetzt schreiben! Wofür?« fragt er: »Wenn die Weltgeschichte den Leuten die Hälse bricht, da ist die Feder überflüssig.«[201] Er sieht für sich keine Möglichkeit mehr, literarisch zu wirken. Und die Tatsachen geben ihm recht: »Die seichte Mittelmäßigkeit schwimmt behaglich in Gesellschaften, Büchern und Zeitungen.«[202] Alles richte sich wieder auf dem alten Fuße ein, und die Literatur spiegele dies genau wider:

»Ja, die Literaten haben wieder Chance! Denn die deutschen Frauenzimmer, die bis gestern noch Politik trieben und für Gagern schwärmten und für Herrn Soiron: greifen wieder zu den Strickstrümpfen und wollen Romane lesen und zärtliche Geschichten.«[203]

Doch Weerth wollte nicht ins Harmlose, ins Unpolitische, ins bloß Belletristische ausweichen. Ihm mißfiel zutiefst diese machtgeschützte Pseudo-Romantik: »Auf den Bergen Eichendorffsche Lieder, in den Gassen Gendar-[men] und Schwänke, in den Häusern die liebe Not um das liebe Leben. Voilà la patrie!«[204] Angesichts dieser Verhältnisse ist er verstummt.

Doch aus der nachrevolutionären Zeit existiert ein literarisches Erbe, das in seiner frischen Unmittelbarkeit den Arbeiten früherer Jahre sehr nahe kommt: seine Reisebriefe aus Spanien, Portugal, Mittel- und Südamerika. In diesen Reisebriefen bricht noch einmal, jetzt weitgehend ohne politische Bezüge, die offensichtlich ungebrochene Leidenschaft dieses rastlosen und zugleich genauen Beobachters auf, dem es um »treue Schilderung« geht. Von August 1850 bis Februar 1851 war er in Portugal und Spanien, zwischen Dezember 1852 und Juni 1855 in Westindien und Südamerika, um im Dezember 1855 erneut nach Westindien aufzubrechen. Fast mutet es wie ein Leitmotiv an, wenn man in einem Brief liest: »Gerade das, was für mich immer den größesten Reiz hatte, ich finde es hier: ich habe ewige Kontraste; das Leben hat nur Reiz durch seine Kontraste.«[205] »Die Trauer über das Verlorene wird nun überdeckt durch die selbst für Weerth physisch und psychisch kaum mehr zu bewältigende Fülle von Eindrücken.«[206]

Seine minuziösen Schilderungen von Land und Leuten, die er vor allem der Mutter gibt, haben auch in der Familie Eindruck gemacht. Diese exotisch-abenteuerlichen Vorstöße in Breitengrade, die der normale Bürger der damaligen Zeit kaum vom Hörensagen her kannte, müssen gerade in der ereignislosen Enge der kleinen biedermeierlichen Residenzstadt Detmold das Bild vom »verlorenen Sohn« gründlich korrigiert haben. Die nun erst in ihrem ganzen Umfang sich zeigende Weitläufigkeit Weerths entschädigte offenbar für viele seiner »Eskapaden«. Auch Marx, der dem wohlhabenden Weltreisenden nicht ohne Distanz gegenüber stand, schrieb anerkennend über Weerth an Lassalle:

»Weerth ist jetzt, nach einer längren Reise über den Kontinent (er kehrte Ende Juli von Westindien zurück), wieder in Manchester. In 8 Tagen wird er hier aufs neue nach den Tropen absegeln. Es ist sehr amüsant, ihm zuzuhören. Er hat viel gesehn, erlebt und beobachtet. Großen Teil von Süd-, West- und Mittelamerika durchstreift. [...] Wenn er jetzt keine Feuilletons schreibt, spricht er sie dafür, und da hat der Zuhörer noch den Vorzug der lebendigen Aktion, der Mimik und des schalkhaften Lachens.«[207]

Editorische Notiz

Die Briefe werden vollständig und textgetreu abgedruckt. Ausgenommen davon sind lediglich die Briefe der Mutter, von denen einige nur stark gekürzt oder als kurzes Referat wiedergegeben werden. Inhaltsreferate sind kursiv gesetzt. Alle Briefe sind nach den Originalen abgedruckt, die in Moskau befindlichen Briefe nach Kopien der Originale. Ausgenommen davon sind die Briefe, die irgendwo gedruckt sind und deren Originale nicht mehr existieren bzw. nicht nachgewiesen werden konnten. Der Aufbewahrungsort der Originale wird im Quellennachweis (u. S. 1024) vermerkt.

Die Textgestalt der Briefe ist sehr vorsichtig und behutsam modernisiert; Eigenwilligkeiten blieben nach Möglichkeit erhalten. Dabei wurde von folgenden Prinzipien ausgegangen:

1. Die Rechtschreibung richtet sich nach den heutigen Regeln. Altertümliche Schreibweisen bleiben erhalten.
2. Geografische Namen werden vereinheitlicht nach der heutigen Schreibweise; Personennamen, Titel von Büchern, Zeitschriften usw. werden einheitlich korrigiert.
3. Die Zeichensetzung ist nach den heutigen Regeln verändert, wobei Eigenwilligkeiten, vor allem Weerths und anderer Vorliebe für den Gedankenstrich, erhalten bleiben.
4. Deutlich erkennbare Fehler der Briefschreiber werden stillschweigend korrigiert.
5. Zusätze des Herausgebers in [] erfolgen in Fällen zweifelhafter Lesung, bei Textverlust in der Vorlage und überall dort, wo ungebräuchliche (d.h. nicht im Duden verzeichnete) oder heute nicht mehr unmittelbar verständliche Abkürzungen gebraucht werden. Abkürzungen und Kürzel wie u., +, & (= und), p. (= per), d. (= den) und v. (= von) werden stillschweigend aufgelöst. Auch Monatsnamen werden stillschweigend ergänzt.
6. Abkürzungen werden in jedem Brief nur einmal und nur dann aufgelöst, wenn das abgekürzte Wort vorher nicht vollständig gebraucht ist.
7. Kleinere Streichungen der Briefschreiber werden nicht berücksichtigt, größere gestrichene (und lesbare) Stellen werden zwischen <> abgedruckt.
8. Die Datumszeile wurde aus Gründen der Übersichtlichkeit immer an den Briefkopf gesetzt und wenn nötig und möglich ergänzt.

Die Briefe Georg Weerths sind gut lesbar; die Entzifferung macht keine besonderen Schwierigkeiten. Vor größeren Problemen stand der Herausgeber bei den Briefen an Weerth, vor allem denen von Wilhelm Weerth an Georg Weerth. Für Hilfe bei der Entzifferung schwieriger Textstellen danke ich vor allem Frau Balzer (Amsterdam),

Herrn Nellner (Detmold) und Herrn Gielkens (Amsterdam), der darüber hinaus das gesamte Manuskript kritisch durchgesehen hat.

Dank gebührt vor allem dem »Internationalen Institut für Sozialgeschichte« in Amsterdam, das sich zu der Herausgabe des Briefwerks entschlossen hat. Herr Rojahn (Amsterdam) hat diese Edition betreut und die Arbeit mit Hilfe und Geduld begleitet. Frau Henning (Lübeck) hat eine vorzügliche maschinenschriftliche Fassung des ganzen Briefwerks erstellt und dabei auch manchen Fehler korrigiert. Allen Helfern möche ich ganz herzlich danken. Alle Institutionen, Bibliotheken und Archive, in denen sich Originale befinden, haben sehr kooperativ Material zur Verfügung gestellt und die Abdruckgenehmigung der Briefe erteilt.

Übersichten über Anzahl und Aufbewahrungsorte der Briefe und über die Häufigkeit des überlieferten Briefwechsels in den verschiedenen Jahren finden sich am Ende des Bandes.

Anmerkungen

1 Brief vom 28.1.1854, S. 791.
2 Vgl. die Briefe von Franz Duncker an Georg Weerth vom 21.10.1852 und vom August 1855, S. 695, 898 und 900 f.
3 Georg Weerth, Sämtliche Werke in fünf Bänden. Berlin: Aufbau 1956/57 (= SW). Der 5. Band enthält »Briefe«.
4 Vgl. Ernst Fleischhack, Aus der Frühgeschichte des Lippischen Landesmuseums: Ferdinand Freiligrath und Georg Weerth als Aufbauhelfer. In: Lippische Mitteilungen aus Geschichte und Landeskunde (Detmold) 43 (1979), S. 145–166. Fleischhack berichtet, daß die meisten einst gelieferten Gegenstände verloren sind. Erhalten geblieben sind: 1 Königsgeier, 1 Narwalzahn, 1 Auswahl Kolibris, Quarz aus Mexiko und 1 Igelfisch = Stachelfisch; letzterer stammt nicht eindeutig von Weerth.
5 Erhalten haben sich nur zwei Fragmente, die hier am Schluß des Bandes mit abgedruckt werden, S. 996 ff.
6 Freiligraths Briefwechsel mit Marx und Engels. Bearbeitet und eingeleitet von Manfred Häckel. 2 Teile. Berlin: Akademie 1968, Teil II, S. 100.
7 Freiligraths Briefwechsel, Teil II, S. 101.
8 Freiligraths Briefwechsel, Teil I, S. 84.
9 Freiligraths Briefwechsel, Teil II, S. 102.
10 Freiligraths Briefwechsel, Teil I, S. 85. Vgl. auch II, S. 102.
11 Freiligraths Briefwechsel, Teil I, S. 86.
12 Freiligraths Briefwechsel, Teil II, S. 104.
13 Ebd.
14 Freiligraths Briefwechsel, Teil I, S. 95.
15 Freiligraths Briefwechsel, Teil II, S.111.
16 Ebd., S. 112.
17 S. 988 f.
18 Freiligraths Briefwechsel, Teil II, S. 112 f. Der Name Büsing ist im Brief offensichtlich falsch geschrieben.
19 Weerth-Archiv, Lippische Landesbibliothek, Detmold (= LLB). Veröffentlicht in: Georg Weerth zum 150. Geburtstag. Hrsg. von der Lippischen Landesbibliothek Detmold. Reihe »Nachrichten«, Heft 2. Detmold 1972, S. 37.
20 Nachlaß Franz Diederich, Internationales Institut für Sozialgeschichte, Amsterdam (= IISG).

21 Schon Georg Weerth suchte eine Kiste. In dem Brief an Wilhelmine Weerth vom 20.9.1852 heißt es: »Sollte ein Brief für mich in Hamburg ankommen, so erbrich ihn und sieh, ob die Kiste nach Bielefeld versandt wurde oder nicht.« (S. 690).

22 Nachlaß Hans Stein, IISG.

23 Manuskript in der Staatsbibliothek Preußischer Kulturbesitz Berlin.

24 Weerth-Archiv, LLB.

25 Erich Kittel, Zum literarischen Nachlaß Georg Weerths (1822–1856). Mit bisher ungedruckten Dokumenten. In: Rheinische Vierteljahrsblätter (Bonn) 37 (1973), S. 197.

26 Karl Weerth an Rjazanow, Detmold, 15.4.1929. Weerth-Archiv, LLB.

27 Karl Marx und Friedrich Engels, Werke. Berlin: Dietz 1956 ff. (= MEW), Bd. 29, S. 71.

28 MEW, Bd. 29, S. 77. Vgl. dazu auch Florian Vaßen, Georg Weerth. Ein politischer Dichter des Vormärz und der Revolution von 1848/49. Stuttgart: Metzler 1971, S. 4 ff.

29 »Es geht der Wein« – Ein ungedrucktes Gedicht Georg Weerths. In: Monatsschrift für rheinisch-westfälische Geschichtsforschung und Altertumskunde. Hrsg. von Richard Pick (Trier) 2 (1876) – mit der Anmerkung: »Georg Weerth verlebte die besten Jahre im Hause seines Bonner Verwandten, des Kommerzienrats Weerth, bei welchem ›sein Freund Heinrich‹ als Chemiker beschäftigt war. Die Bedeutung des Dichters und der Umfang seiner Schriften (die gedruckten allein füllen schon einige Bändchen) haben die Abfassung seiner Biographie und eine Gesamtausgabe längst wünschenswert gemacht. Beides wird gegenwärtig, wie man hört, durch die Familie vorbereitet.«
»Hier mein Abschied von Köln!« – Einige Strophen des Gedichts »Gott grüß dich ...« Vgl. dazu den Brief an Alexander Kaufmann vom 1. Dezember 1843, S. 221 f.

30 S. 221 f.

31 Lippische Landeszeitung (Detmold), Nr. 300 vom 23.12.1878.

32 Friedrich Engels in: Sozialdemokrat (Zürich), Nr. 24 vom 7.6.1883. Auch in: MEW, Bd. 21, S. 5–8.

33 Am 12.7.1883 das Gedicht »Die rheinischen Weinbauern« unter dem Titel »Die Winzer« mit der Anmerkung: »Handschriftlich aus dem Nachlaß von Karl Marx. Wahrscheinlich 1850–52 geschrieben.« In: Sozialdemokrat, Nr. 29. Die Angabe der Entstehungszeit beruht auf einem Irrtum; das Gedicht ist um 1845 entstanden.

34 Franz Mehring, Ein Dichter des Proletariats. In: Die Volksbühne (Berlin) 2 (1893/94), H. 1, S. 8–10; auch in: F. M., Aufsätze zur deutschen Literatur von Klopstock bis Weerth. Berlin: Dietz 1961 = Gesammelte Schriften, Bd. 10, S. 620 f.

35 Lieder Weerths finden sich in folgenden Büchern: Vorwärts! Eine Sammlung von Gedichten für das arbeitende Volk. Zürich: Volksbuchhandlung 1886; Buch der Freiheit, gesammelt und herausgegeben von Karl Henckell. Berlin: Vorwärts 1893; Stimmen der Freiheit. Blüthenlese der hervorragendsten Schöpfungen unserer Arbeiter- und Volksdichter, hrsg. von Konrad Beißwanger. Nürnberg: Litterarisches Bureau 1900.

36 Von unten auf. Ein neues Buch der Freiheit, gesammelt und gestaltet von Franz Diederich. Bd. 1. Berlin: Vorwärts 1911.

37 Nachlaß Diederich, IISG.

38 Ebd.

39 Ebd.

40 Ebd.
41 Ebd.
42 »Im Vorkampf. 1845–1849. Gedichte, Schilderungen, Satiren von Georg Weerth. Erstmals gesammelt. Mit biographischer Einleitung und mit Anmerkungen herausgegeben von Franz Diederich.« Nachlaß Diederich, IISG.
43 Nachlaß Diederich, IISG.
44 Briefe vom 17.6. und 22.6.1921, Weerth-Archiv, LLB.
45 Vgl. Ernst Drahn, Georg Weerth auf dem internationalen Kongreß der Volkswirte in Brüssel 1847. In: Archiv für die Geschichte des Sozialismus und der Arbeiterbewegung (Leipzig) 11 (1925), S. 186 f.
46 Dichterbriefe des Vormärz. Georg Weerth an Mutter und Bruder. In: Die Junge Garde. Zentralorgan der kommunistischen Jugend Deutschlands 4 (1921/22), Nr. 1–11 vom 1.9.1921–1.2.1922.
47 Siehe Anm. 45.
48 Siehe Anm. 45.
49 Weerth Archiv, LLB. MM = Manuskript der Marie Weerth.
50 Weerth-Archiv, LLB.
51 Ferdinand Lassalle, Nachgelassene Briefe und Schriften. Hrsg. von Gustav Mayer. Stuttgart: DVA 1923, Bd. 2, S. 55–57.
52 Das geht aus Briefen von Karl Weerth an Max Beer vom 18.1. und 4.2.1929 hervor. Weerth-Archiv, LLB.
53 Brief von Karl Weerth an Hans Stein, 30.6.1928, Nachlaß Stein, IISG.
54 Nachlaß Stein, IISG.
55 Karl Weerth an Hans Stein vom 28.5.1928, Nachlaß Stein, IISG. Vaßen irrt, wenn er schreibt, daß erst Karl Weerth den Nachlaß einsehen konnte. Florian Vaßen, Georg Weerth, S. 2.
56 Karl Weerth an Hans Stein vom 28.5.1928, Nachlaß Stein, IISG.
57 Nachlaß Stein, IISG.
58 Weerth-Archiv, LLB.
59 Ebd.
60 Brief von Karl Weerth an Hans Stein vom 30.6.1928, Nachlaß Stein, IISG.
61 Diese Abschriften befinden sich heute im Weerth-Nachlaß, IISG.
62 Weerth-Archiv, LLB.
63 Karl Weerth an Hans Stein vom 23.1.1929, Nachlaß Stein, IISG.
64 Volkswacht (Bielefeld), 8.9.1928.
65 Der gute Kamerad (Stuttgart) 42 (1928).
66 Vorwärts (Berlin), 23.12.1928 und 13.1.1929. Der Brief vom 11.3.1848 wird auch noch in der Sowjetunion nachgedruckt: Das Wort (Moskau) 1936, Heft 1.
67 Lippische Landeszeitung (Detmold) 163, Nr. 304 vom 29.12.1929.
68 »Ich freue mich, daß ich ein Proletarier bin!« In: Lippischer Landes-Kalender (Detmold) 1932, S. 66–73. (Briefe vom 21.12.1843, 23.5.1844, 24.12.1844, 19.7.1845, 26.12.1846, 11.3.1848, 11.4.1849).
69 Vorwärts (Berlin), 23.12.1930.
70 Briefwechsel im Weerth-Archiv, LLB.
71 Hans Stein an Karl Weerth, 22.12.1930, Weerth-Archiv, LLB.
72 Hans Stein an Karl Weerth, 12.6.1928: »Für Ihren liebenswürdigen Vorschlag bezüglich der Briefveröffentlichung danke ich Ihnen herzlich, aber ich darf ihn nicht annehmen. Ich bin der Meinung, daß diese Tätigkeit Ihre ureigene Domäne bleiben

muß. Ich will aber gern behilflich sein, die bei historisch wichtigen Briefen nötigen Kommentare zu ergänzen und das geeignete Publikationsorgan ausfindig zu machen.« Weerth-Archiv, LLB.

73 Weerth-Archiv, LLB.

74 Hans Stein an Karl Weerth, 30.1.1929, Nachlaß Stein, IISG.

75 Nachlaß Stein, IISG.

76 Karl Weerth, Georg Weerth, der Dichter des Proletariats. Ein Lebensbild. Leipzig: Hirschfeld 1930. Der Auszug: Karl Weerth, Aus Georg Weerths Leben. Die Jahre 1844–1852. In: Archiv für die Geschichte des Sozialismus und der Arbeiterbewegung (Leipzig) 15 (1930), S. 337–387.

77 Nachlaß Stein, IISG.

78 Rudolf Hackmann nennt Georg Weerth in seiner Dissertation »Die Anfänge des Romans in der Zeitung« (Berlin 1938) einen »verkommenen Schriftsteller« und einen »anarchistischen Agitator« (S. 12).

79 Vgl. dazu Maria Hunink, 1935. Het ontstaan van het Internationaal Instituut voor Sociale Geschiedenis. Amsterdam: IISG 1985, S. 18 ff.

80 Nachlaß Stein, IISG.

81 Brief vom 11.7.1936, Nachlaß Stein, IISG.

82 Pakete vom 18.7.1936, Brief dazu am 20.7.1936, IISG.

83 Über die weitere Wirkungsgeschichte im allgemeinen: Vaßen, S. 1 ff.

84 1. Georg Weerth, Briefwechsel mit Betty Tendering. Hrsg. von Bruno Kaiser. Berlin: Aufbau 1972.
2. Reisebriefe 1850–1856. In: Georg Weerth, Vergessene Texte. Werkauswahl in 2 Bänden. Hrsg. von Jürgen-Wolfgang Goette, Jost Hermand, Rolf Schloesser. Köln: Informationspresse – C. W. Leske 1975/76 (= VT), Bd. 2, S. 407–447.
3. Einige Briefe und Zitate in: Georg Weerth zum 100. Geburtstag (Anm. 19).
4. In: Georg Weerth. Werk und Wirkung. Berlin: Aufbau 1974, S. 31–35.
5. Bei Kittel (Anm. 25).
6. Bei Bernd Füllner, Georg Weerth – Dichter und Politiker 1840 bis 1856. Ein Überblick über die Verbreitung der zu Weerths Lebzeiten gedruckten Werke. In: Lippische Mitteilungen aus Geschichte und Landeskunde (Detmold) 51 (1982), S. 129–164.

85 Über die Anzahl der Briefe herrscht bislang Verwirrung. Auch Jürgen Zemke hat in seiner ansonsten sehr zuverlässigen Arbeit falsche Angaben gemacht: Uwe Jürgen Zemke, A biography of Georg Weerth (1822–1856). Phil. Diss. Cambridge 1976, S. 206–209.

86 Vgl. die Übersicht, S. 1004.

87 Vgl. die Übersicht, S. 1005.

88 Vgl. die Übersicht, S. 1006.

89 Vgl. die Übersicht, S. 1005.

90 Nähere Angaben im Literaturverzeichnis, S. 68 ff.

91 Georg Weerth in seiner Zeit. Eine Ausstellung in der Lippischen Landesbibliothek anläßlich seines 125. Todestages am 30. Juli 1981. Hrsg. von Karl-Alexander Hellfaier. Detmold: Selbstverlag der LLB 1981 = Auswahl- und Ausstellungskataloge der Lippischen Landesbibliothek Detmold 15.

92 Erich Kittel, Georg Weerth – ein deutscher Achtundvierziger aus Detmold. In: Georg Weerth zum 150. Geburtstag, S. 11.

93 Ein Überblick über Georg Weerths Leben wird auf einer Zeittafel (S. 74 ff.) gege-

ben. Eine genaue Biographie jetzt bei Uwe Jürgen Zemke.
94 Brief an Wilhelm Weerth vom 1.7.1838, S. 113.
95 Brief an Carl Weerth vom 16.6.1839, S. 122.
96 Brief an Wilhelm Weerth vom 21.4. und 8.5.1839, S. 119.
97 Brief an Wilhelmine Weerth vom 18.4.1843, S. 181.
98 MEW, Bd. 8, S. 249.
99 Brief an Wilhelm Weerth vom Februar 1841, S. 143.
100 Brief an Wilhelm Weerth vom 28.4.1841, S. 148.
101 Brief an Wilhelmine Weerth vom 8.9.1843, S. 199.
102 Brief an Wilhelmine Weerth vom 28.8.1844, S. 267.
103 Brief an Wilhelmine Weerth vom 22.3.1850, S. 523.
104 Brief an Wilhelm Weerth vom 14.1.1844, S. 239.
105 SW, Bd. 3, S. 44.
106 Ebd., S. 50.
107 Ebd., S. 53.
108 Ebd., S. 54.
109 Brief an Wilhelm Weerth vom 23.5.1844, S. 260.
110 Brief vom 9.3.1846; zitiert bei: Werner von der Schulenburg, Der junge Jacob Burckhardt. Biographie, Briefe und Zeitdokumente (1818–1851). Stuttgart: Montana 1926, S. 197.
111 Brief an Wilhelmine Weerth vom 18.11.1846, S. 391.
112 SW, Bd. 3, S. 176.
113 Ebd., S. 61.
114 Ebd., S. 68 f.
115 Ebd., S. 69.
116 Ebd., S. 208.
117 SW, Bd. 3, S. 121.
118 Ebd., S. 156.
119 Brief an Wilhelm Weerth vom 12.4.1845, S. 303.
120 Brief an Wilhelm Weerth vom 24.12.1844, S. 282.
121 Ebd.
122 Brief an Wilhelmine Weerth vom 12.1.1845, S. 283.
123 SW, Bd. 3, S. 323 f.
124 Ebd., S. 324.
125 Ebd., S. 325.
126 Ebd., S. 329.
127 Ebd., S. 332.
128 Ebd, S. 310.
129 Brief an Wilhelm Weerth vom 12.4.1845, S. 305.
130 Ebd.
131 SW, Bd. 2, S. 62.
132 Ebd., S. 68 f.
133 Brief an Wilhelmine Weerth vom 23.8.1845, S. 326.
134 Brief an Wilhelm Weerth vom 12.4.1845, S. 304.
135 Brief an Wilhelm Weerth vom 24.12.1844, S. 282.
136 SW, Bd. 2, S. 57 f.
137 MEW, Bd. 2, S. 57f.
138 Weitling an Marx (vermutlich Oktober 1845), IISG (Fotokopie).

139 Brief an Wilhelm Weerth vom 18.11.1846, S. 384.
140 Brief an Wilhelm Weerth vom 12.4.1845, S. 304.
141 Helmut Brandt, »... der erste und bedeutendste Dichter des deutschen Proletariats.« In: Wiss. Zeitschrift der Friedrich-Schiller-Universität Jena, ges. und sprachwiss. Reihe 8 (1958/59), S. 393.
142 Vgl. Brief an Wilhelm Weerth vom 18.11.1846, S. 383 ff.
143 MEW, Bd. 4, S. 301. Weerths Rede in: VT, Bd. 1, S. 287–290.
144 Brief vom 27.9.1847, S. 426 ff., und MEW, Bd. 4, S. 304 f.
145 MEW, Bd. 27, S. 108.
146 MEW, Bd. 27, S. 123 f.
147 Brief an Gottfried Kinkel vom 15.6.1847, S. 412.
148 SW, Bd. 3, S. 72.
149 S. Brief an Wilhelmine Weerth vom 11.3.1848, S. 438 ff.
150 Georg Herwegh, Werke in einem Band, ausgewählt und eingeleitet von Hans-Georg Werner. Berlin: Aufbau 1967, S. 327.
151 Brief an Wilhelmine Weerth vom 11.3.1848, S. 439.
152 Brief an Karl Marx vom 25./26.3.1848, S. 441.
153 Brief an Wilhelmine Weerth vom 11.4.1849, S. 472.
154 Vgl. Ferdinand Lassalle, Nachgelassene Schriften und Briefe. Hrsg. von Gustav Mayer. Stuttgart: DVA 1922, Bd. 3, S. 18.
155 S. Brief an Karl Marx vom 28.4.1851, S. 600.
156 Brief an Karl Marx vom 3.3.1851, S. 586.
157 Brief an Wilhelm Weerth vom 16.4.1851, S. 597 f.
158 Brief an Friedrich Engels vom 28.3.1851, S. 589.
159 Brief an Wilhelm Weerth vom 16.4.1850, S. 524 ff.
160 Brief an Karl Marx vom 2.5.1850, S. 530 ff.
161 Brief an Karl Marx vom 2.6.1850, S. 532 ff.
162 Brief an Karl Marx vom 2.5.1850, S. 531.
163 Brief an Karl Marx vom 2.6.1850, S. 533.
164 Brief an Karl Marx vom 3.3.1851, S. 586.
165 Brief an Karl Marx vom 28.4.1851, S. 600.
166 MEW, Bd. 28, S. 200.
167 MEW, Bd. 28, S. 147.
168 MEW, Bd. 28, S. 150.
169 Brief an Karl Marx vom 26.10.1852, S. 697.
170 Vgl. Briefe vom 21.10.1852 und vom August 1855, S. 695, 898 und 900 f.
171 Brief an Wilhelm Wolff vom 10.2.1856, S. 960 ff.
172 Brief an Betty Tendering vom 2.10.1855, S. 912 ff.
173 Kittel, Georg Weerth, ein deutscher Achtundvierziger aus Detmold. In: Georg Weerth zum 150. Geburtstag, S. 8.
174 Friedrich Sengle, Arbeiten zur deutschen Literatur. 1750–1850. Stuttgart: Metzler 1965, S. 167 u. 119.
175 Vgl. R. Rosenberg, Zur Forschungsproblematik der deutschen Literatur des Vormärz. In: Aktuelle Probleme der vergleichenden Literaturforschung. Hrsg. von Gerhard Ziegengeist. Berlin: Akademie 1968, S. 242. Und: Literaturgeschichte. Bd. 9, Feinkonzeption. In: Weimarer Beiträge 15 (1969), S. 278.
176 Der deutsche Vormärz. Texte und Dokumente. Hrsg. von Jost Hermand. Stuttgart: Reclam 1967, S. 357 ff.

177 Georg Lukács, Schriften zur Literatursoziologie. Neuwied: Luchterhand 1961, S. 381.
178 VT, Bd. 1, S. 247.
179 Bertolt Brecht, Gesammelte Werke in 20 Bänden. Frankfurt: Suhrkamp 1967, Bd. 19, S. 326.
180 Vgl. Brief an Wilhelm Weerth vom 18.11.1846, S. 383 ff.
181 SW, Bd. 4, S. 67.
182 VT, Bd. 2, S. 255.
183 Brief an Ferdinand Lassalle vom 3.5.1851, S. 606.
184 VT, Bd. 2, S. 260.
185 Franz Mehring, Geschichte der deutschen Sozialdemokratie. 2 Teile. Berlin: Dietz 1960, Teil 1, S. 477.
186 Brief an Wilhelm Weerth vom 18.11.1846, S. 385.
187 Brief an Wilhelmine Weerth vom 18.11.1846, S. 391.
188 Ebd., S. 391
189 Brief an Friedrich aus'm Weerth vom 22.1.1845, S. 288.
190 Brief an Wilhelm Weerth vom 18.11.1846, S. 386.
191 Georg Weerth, Humoristische Skizzen aus dem deutschen Handelsleben. Hrsg. von Jürgen-Wolfgang Goette. Stuttgart: Reclam 1971 = RUB 7948/49, S. 137.
192 Wolfgang Böttger, Die Herausbildung des satirischen Stils in den Prosawerken Georg Weerths. Diss. masch. Leipzig 1963, S. 7.
193 Brief an Wilhelmine Weerth vom 18.2.1845, S. 295.
194 Brief an Wilhelmine Weerth vom 29.5.1845, S. 308.
195 VT, Bd. 2, S. 78.
196 Brief an Wilhelmine Weerth vom 1.6.1849, S. 479 ff.
197 Kurt Tucholsky, Ausgewählte Werke. 2 Bde. Reinbek: Rowohlt 1955, Bd. 2, S. 75.
198 Friedrich Schiller, Über naive und sentimentalische Dichtung. In: F. S., Sämtliche Werke. München: Hanser [4]1967, S. 721 f.
199 Brief an Wilhelmine Weerth vom 1.6.1849, S. 480.
200 Heinrich Böll, Aufsätze. Kritiken. Reden. Bd. 1. München: dtv 1969, S. 85.
201 Brief an Heinrich Heine vom 10.6.1851, S. 609.
202 Brief an Karl Marx vom 28.4.1851, S. 601.
203 Brief an Heinrich Heine vom 12.4.1851, S. 593.
204 Brief an Karl Marx vom 2.6.1850, S. 534 f.
205 Brief an Wilhelmine Weerth vom 16.9.1849, S. 505.
206 Rolf Schloesser, Georg Weerth nach der Revolution. in: VT, Bd. 2, S. 403 f.
207 MEW, Bd. 28, S. 624 f.

Literaturverzeichnis

1. Bibliographie

Fleischhack, Ernst, Georg-Weerth-Bibliographie. In: Lippische Mitteilungen aus Geschichte und Landeskunde (Detmold) 41 (1972), S. 191–227.

Fleischhack, Ernst, Georg-Weerth-Bibliographie. Bibliographischer Nachtrag. In: Grabbe-Jahrbuch (Emsdetten) 1 (1982), S. 152–160.

Fleischhack, Ernst, Georg-Weerth-Bibliographie. 1982 mit Nachträgen. In: Grabbe-Jahrbuch (Emsdetten) 2 (1983), S. 163–166. [Fortgesetzt in den folgenden Jahrbüchern.]

2. Werkausgaben

Album Originalpoesieen von Georg Weerth [u.a.] und dem Herausgeber H. Püttmann. Borna: Reiche 1847.

Leben und Thaten des berühmten Ritters Schnapphahnski. Hamburg: Hoffmann und Campe 1849.

Izbrannye prozvedenija. Red.: M. Svetlova i. A. (Sopožikovoj. Moskva: Gos. izd. chud. lit. 1938.

Ausgewählte Werke. Hrsg. von Bruno Kaiser. Berlin: Volk und Wissen 1948.

Izbrannye prozvedenija. Sostavitel' O. N. Micheeva. Moskva: Izd. literatury na inostrannych jazykach 1952. = Biblioteka nemeckich pisatelej.

Englische Reisen. Hrsg. von Bruno Kaiser. Berlin: Rütten und Loening 1954.

Die ersten Gedichte der Arbeiterbewegung. »Und wen der Teufel nicht peinigt ...«. Auswahl und Nachwort von Harry Pross. Stierstadt: Eremiten-Presse 1956.

Sämtliche Werke in 5 Bänden. Hrsg. von Bruno Kaiser. Berlin: Aufbau 1956/57. (SW)

Izbrannye prozvedenija. Perevod s nemeckogo. Sostaviteli A[leksandr] Dymsic i E. Etkind. 2 Bde. Moskva: Gos. izd. chud. lit. 1957.

Werke in 2 Bänden. Ausgewählt und eingeleitet von Bruno Kaiser. Weimar: Volksverlag 1963 = Bibliothek deutscher Klassiker.

Poesie. A cure di Guiseppe Bevilacqua. Argalia: Urbino 1965.

Fragment eines Romans. Vorgestellt von Siegfried Unseld. Frankfurt: Insel 1965 = sammlung insel 8.

Ausgewählte Werke. Hrsg. von Bruno Kaiser. Frankfurt: Insel 1966.

Blödsinn deutscher Zeitungen und anderes. Auswahl und Nachwort von Dietger Pforte. Steinbach: Anabas 1970= Deutsche Satiren 2.
Humoristische Skizzen aus dem deutschen Handelsleben. Hrsg. von Jürgen-Wolfgang Goette. Stuttgart: Reclam 1971 = RUB 7948/49. (HS)
A young revolutionary in nineteenth-century England. Selected writings of Georg Weerth. Ed. by Ingrid and Peter Kuczynski. Berlin: Seven Seas Publishers 1972 = Seven Seas Books 7.
Briefwechsel mit Betty Tendering. Hrsg. von Bruno Kaiser. Berlin: Aufbau 1972.
Gedichte. Hrsg. von Winfried Hartkopf, unter Mitarbeit von Bernd Füllner und Ullrich Bossier. Stuttgart: Reclam 1976 = RUB 9807. (Gedichte)
Vergessene Texte. Werkauswahl. Hrsg. von Jürgen-Wolfgang Goette, Jost Hermand und Rolf Schloesser. 2 Bände. Köln: Informationspresse – C. W. Leske 1975/76 = leske republik 2 und 3. (VT)
Humoristische Skizzen aus dem deutschen Handelsleben. Mit ergänzenden Materialien zum Vormärz und zur Revolution von 1848 sowie Auszügen aus Gustav Freytags Roman »Soll und Haben«. Hrsg. von Jürgen-Wolfgang Goette. Frankfurt: Diesterweg 1978.

3. Arbeiten über Georg Weerth

Allert, Dietrich. Der erste Dichter des deutschen Proletariats. In: Der Aufbau (Berlin) 14 (1958), S. 322–326.
Alvarez Estevez, Rolando, En el 115 aniversario de la muerte de Georg Weerth. In: Bohemia (La Habana), No. 18 v. 30.4.1971, S. 98–101.
Barber, Dieter, Leben und Thaten des berühmten Ritters Schnapphahnski. In: Kindlers Literatur-Lexikon, Bd. 4. Zürich: Kindler 1969, Sp. 1108–1109.
Baumert, Walter, Und wen der Teufel nicht peinigt ... Die Jugend des Dichters Georg Weerth. Berlin: Kinderbuchverlag 1975.
Binder, Stefan, Der erste Dichter des Proletariats. Zu Georg Weerths 100. Todestag. In: Neue Literatur (Temešvar) 7 (1956), H. 3, S. 112–121.
Böttger, Wolfgang, Die Herausbildung des satirischen Stils in den Prosawerken Georg Weerths. Diss. masch. Leipzig 1962.
Brandt, Helmut, Georg Weerth, »... der erste und bedeutendste Dichter des deutschen Proletariats«. In: Wiss. Zeitschrift der Friedrich-Schiller-Universität Jena. Ges. und sprachwiss. Reihe 8 (1958/59), S. 391–400.
Campoamor, Fernando G., Georg Weerth, vivo y muerto en La Habana. In: El Mundo del Domingo (La Habana), 28.7.1963.
Dietze, Walter, Georg Weerths geistige Entwicklung und künstlerische Meisterschrift. In: W. D., Reden. Vorträge. Essays. Leipzig: Reclam 1972 (= Reclams Universal-Bibliothek 391), S. 128–169.
Drahn, Ernst, Georg Weerth auf dem internationalen Kongreß der Volkswirte in Brüssel 1847. In: Archiv für die Geschichte des Sozialismus und der Arbeiterbewegung (Leipzig) 11 (1925), S. 186–195.
Drews, Jörg, Fragment eines Romans. In: Kindlers Literatur-Lexikon, Bd. 3. Zürich: Kindler 1967, Sp. 208–210.
Dymschiz, Alexander, Georg Weerth. In: Sowjetwissenschaft. Abt.: Kunst und Literatur (Berlin) 4 (1956), S. 591–607.

Engels, Friedrich, [Nachruf auf Georg Weerth]. In: Sozialdemokrat (Zürich), Nr. 24, v. 7.6.1883. Auch in MEW, Bd. 21, S. 5–8.

Farese, Giuseppe, L'Escamotage del 1848 e il lento cammino della reazione. La risposta satirica di Weerth e il patetico Ca ira dei ›Quarantotteschi‹. In: G. F., Poesia e revoluzione in Germania 1830–1850. Roma 1974, S. 191–236.

Feudel, Werner, Georg Weerth – ein sozialistischer Parteischriftsteller des Vormärz. In: Weimarer Beiträge (Berlin) 18 (1972), H. 8, S. 92–110.

Freund-Spork, Walburga, Individuelles Leid und solidarisches Bewußtsein. Die soziale Problematik der Weber in Gedichten von Freiligrath, Heine und Weerth. Eine Unterrichtsdokumentation. In: Grabbe-Jahrbuch (Emsdetten) 1 (1982), S. 99–109.

Fridlender, G., Georg Weerth und sein Platz in der Geschichte der revolutionären Literatur. In: Sowjetwissenschaft. Abt.: Kunst und Literatur (Berlin) 13 (1965), S. 179–181.

Füllner, Bernd, Georg Weerths Adelssatire »Leben und Thaten des berühmten Ritters Schnapphahnski«. Ein Beitrag zur Diskontinuität in der Rezeption der deutschen Vormärzliteratur. In: Lippische Mitteilungen aus Geschichte und Landeskunde (Detmold) 49 (1980), S. 97–104.

Füllner, Bernd, Georg Weerth: »die bittern Früchte der Öffentlichkeit«. Ein unbekannter Korrespondenzartikel von Weerth und seine Wirkung. In: Grabbe-Jahrbuch (Emsdetten) 3 (1984), S. 87–91.

Füllner, Bernd, Georg Weerths Reiseberichte aus England, Frankreich und Köln vor und nach den ersten revolutionären Ereignissen im Jahre 1848. In: Grabbe-Jahrbuch (Emsdetten) 4 (1985), S. 58–79.

Füllner, Bernd Georg Weerth – Dichter und Politiker 1840 bis 1856. Ein Überblick über die Verbreitung der zu Weerths Lebzeiten gedruckten Werke. In: Lippische Mitteilungen zur Landesgeschichte (Detmold) 51 (1982), S. 129–164.

Gobron, Christine, L'écrivain et journaliste litteraire Georg Weerth. Defenseur de la classe ouvriere et agitateur de la revolution de 1848/49. Phil. Diss. Sannois 1978.

Goette, Jürgen-Wolfgang, und Schloesser, Rolf, Textkritische Anmerkungen zu Kaisers Weerth-Ausgabe. In: Lippische Mitteilungen aus Geschichte und Landeskunde (Detmold) 46 (1977), S. 108–114.

Goette, Jürgen-Wolfgang, [u.a.], Kleine Leute. Ideologiekritische Analysen zu Nestroy, Weerth und Fallada. Frankfurt: Diesterweg 1979.

Goldschmidt, Alfons, Karl Weerth, Georg Weerth, der Dichter des Proletariats [Rez.]. In: Weltbühne (Berlin) 27 (1931), H. 1, S. 34–35.

Hähnel, Klaus-Dieter, Arbeitstagung zu Ehren Georg Weerths. In: Weimarer Beiträge (Berlin) 18 (1972), H. , S. 178–180.

Haenisch, Walter, Georg Weerth. In: Internationale Literatur (Moskau) 6 (1936), H. 7, S. 96–106.

Hansen, Wilhelm, Familie Weerth im Schattenriß. Mit 7 Silhouetten. In: Lippische Mitteilungen aus Geschichte und Landeskunde (Detmold) 41 (1972), S. 228–231.

Hartmann, Rainer, »Ich freue mich, daß ich ein Proletarier bin.« Detmold gedenkt des Dichters Georg Weerth. In: Kölner Stadtanzeiger, Nr. 42 v. 19./20.2.1972.

Hotz, Karl, Georg Weerth – Ungleichzeitigkeit und Gleichzeitigkeit im literarischen Vormärz. Stuttgart: Klett 1976.

Issel, Burckhard, Die Satire Georg Weerths und ihre Rezeption durch die materialistische Literaturwissenschaft. München: Hudak 1974.

Itoh, Tsutomu, Georg Weerth als ein satirischer Dichter. In: Germanistische Forschung in Mitteljapan (Nagoya) 4 (1966), S. 117–154.

Kaiser, Bruno, Georg Weerth. In: Ost und West (Berlin) 2 (1948), H. 1, S. 29–32.

Kaiser, Bruno, Kuba ehrte einen deutschen Dichter. In: Neues Deutschland (Berlin), Jg. 16, Nr. 225 v. 18.8.1963.

Kittel, Erich, Georg Weerth. In: Westfälische Lebensbilder, Bd. 10. Münster: Aschendorffsche Verlagsbuchhandlung 1970, S. 142–171.

Kittel, Erich, Zur Gedichtsammlung Georg Weerths. In: Westfalen (Münster) 48 (1970), H. 1–4, S. 247–257.

Kittel, Erich, Zum literarischen Nachlaß Georg Weerths (1822–1856). In: Rheinische Vierteljahrsblätter (Bonn) 37 (1973), S. 191–206.

Kotschetkowa, M., Georg Weerth. In: Marx, Engels und die ersten proletarischen Revolutionäre. Berlin: Dietz 1965, S. 298–338.

Krapf, Ludwig, Zur politischen Satire Georg Weerths. Überlegungen zu den »Humoristischen Skizzen aus dem deutschen Handelsleben« 1–9. In: Der Deutschunterricht (Stuttgart) 31, Heft 2,. S. 95–106.

Kuhnke, Klaus, Georg Weerth. Der erste Dichter des deutschen Proletariats. In: Sozialistische Zeitschrift für Kunst und Gesellschaft (Tübingen), H. 10 (1972), S. 1–26.

Kunze, Erich, Georg Weerth, Sämtliche Werke in 5 Bänden [Rez.]. In: Deutsche Literaturzeitung (Berlin) 80 (1959), Sp. 640–645.

Lange, Marianne, Georg Weerth. Der erste und bedeutendste Dichter des deutschen Proletariats. Berlin: Dietz 1957.

Leber, Heinrich, Freiligrath, Herwegh, Weerth. Leipzig: Bibliographisches Institut 1973.

Leschnitzer, Franz, Georg Weerth in der Sowjetunion. In: Weltbühne (Berlin) 11 (1956), H. 34, S. 1098–1099.

Leschnitzer, Franz, Georg Weerth und die proletarische Dichtung. In: F. L., Von Börne zu Leonhard oder Erbübel – Erbgut? Rudolstadt: Greifenverlag 1966, S. 31–47.

Lukac, Georg, Georg Veert. In: Literatornoe obozrenie (Moskau) 1941, No. 3, S. 70–72. Übersetzt in: VT, Bd. 2, S. 451 f.

Marx, Karl, und Engels, Friedrich, [Über Georg Weerth]. In: K. M. und F. E., Über Kunst und Literatur, 2 Bde. Berlin: Dietz 1986, Bd. 2, S. 290–299.

Matuzowa, N. M., Proza Georga Veerta i »Novoj Rejnskoj Gazete«. Kiev: Izd. kievskogo gosud. univ. 1957.

Mehring, Franz, Georg Weerth. Ein Dichter des Proletariats. In: Die Volksbühne (Berlin) 2 (1893/94), H. 1, S. 8–10. [Auch in: F. M., Aufsätze zur deutschen Literatur von Klopstock bis Weerth. Berlin: Dietz 1961 = F. M., Gesammelte Schriften, Bd. 10, S. 620–621.]

Piwitt, Hermann Peter, Patriot der ersten Stunde. Der deutsche Schriftsteller, Publizist und Revolutionär Georg Weerth. In: Die Zeit (Hamburg), Jg. 22, Nr. 27 v. 7.7.1967.

Piwitt, Hermann Peter, Zwei Dichter des besseren Deutschland. In: Der Monat (Berlin) 18 (1968), Nr. 215, S. 72–76.

Pross, Harry, Romantik und Revolution. Georg Weerth, der erste Arbeiterdichter, starb am 30.7.1856. In: Deutsche Rundschau (Stuttgart) 82 (1956), S. 755–761.

Pross-Weerth, Heddy, Georg Weerth und die revolutionäre deutsche Literatur seiner

Zeit. Die neue russische G.-Weerth-Darstellung von S. V. Turajev. In: Lippische Mitteilungen aus Geschichte und Landeskunde (Detmold) 37 (1968), S. 223–234.
Ridley, Hugh, A note on Georg Weerth's unfinished novel. In: German Life and Letters (Oxford) 26 (1972/73), S. 275–278.
Sandow, Erich, Zum 110. Todestag des Dichters Georg Weerth. In: Freie Presse (Detmold), Jg. 21, Nr. 180, 186, 192 v. 6., 13. und 20.8.1966.
Schaefer, Klaus, Georg Weerths »Lieder aus Lancashire«. Hinweise zur Analyse und Behandlung im Unterricht. In: Deutschunterricht (Berlin) 12 (1959), H. 6, S. 333–340.
Schiller, Dieter, Das Erbe der Vergessenen. Einige methodische Überlegungen. [Über Friedrich Hölderin und Georg Weerth.] In: Weimarer Beiträge (Berlin) 19 (1973), H. 4, S. 49–66.
Schumacher, Martin, Wirtschafts- und Sozialverhältnisse der rheinischen Textilindustrie im frühen 19. Jahrhundert. Ein Verzeichnis des »beschäftigten Personals« der Baumwollspinnerei und Weberei Weerth in Bonn 1847. In: Rheinische Vierteljahrsblätter (Bonn) 35 (1971), S. 301–334.
Schweickert, Alexander, Heines Beziehungen zur politischen Lyrik des »Vormärz«. Seine Wirkung auf die Lyriker Georg Herwegh und Georg Weerth. In: A. S., Heinrich Heines Einflüsse auf die deutsche Lyrik 1830–1900. Bonn: Bouvier 1969, S. 35–60.
Sengle, Friedrich, Zwei große revolutionäre Satiriker. [Adolf Glaßbrenner und Georg Weerth.] In: F. S., Biedermeierzeit, Bd. 2, Stuttgart: Metzler 1972, S. 176–179.
Šiller, F. O., Georg Veert. Očerk po istorii nemeckoj socialističeskoj poezii pervoj polovony XIXC veka. Moskva: Gos. izd. chud. lit. 1932. [Franz Schiller, Georg Weerth. Skizze zur Geschichte der deutschen sozialistischen Dichtung der ersten Hälfte des 19. Jahrhunderts. Übers. von Paul Baron, überarb. von Karl Weerth. Masch. Ms. Detmold o.J.]
Sommer, Harald, Schüler als (fiktive) Zensoren. Ein methodologischer Zugang zur politischen Lyrik des Vormärz (10./11. Klasse). In: Der Deutschunterricht (Stuttgart) 34 (1982), Heft 6, S. 44–61.
Sprenger, Hans, Georg Weerth – der revolutionäre Poet. In: Heimatland Lippe (Detmold) 65 (1972), Nr. 2, S. 42–58.
Stadt Detmold kam einer längst fälligen Verpflichtung nach. Gedenktafel für Georg Weerth. In: Lippische Rundschau, Jg. 25, Nr. 252 v. 30.10.1970.
Turaev, S. V., Georg Veert i nemeckaja literatura revoljucii 1848 goda. Moskva: Izd. akad. nauk SSSR 1963.
Unseld, Siegfried, Georg Weerth. Lebenslauf eines Unbekannten. In: Frankfurter Hefte 20 (1965), S. 720–724.
Vaßen, Florian, Georg Weerth. Ein politischer Dichter des Vormärz und der Revolution 1848/49. Stuttgart: Metzler 1971.
Voigt, Günther, Georg Weerth im Deutschunterricht. In: Weimarer Beiträge (Berlin) 13 (1967), H. 1, S. 109–119.
Wagner, Frank, Bemerkungen zu Weerths Romanfragment. In: Weimarer Beiträge (Berlin) 18 (1973), H. 8, S. 192–195.
Wahrenburg, Fritz, Georg Weerths Haltung zur Revolution in den Jahren 1848/49. In: Grabbe-Jahrbuch (Emsdetten) 2 (1983), S. 75–90.
Georg Weerth. Werk und Wirkung. Berlin: Akademie 1974 = Literatur und Gesellschaft.

Georg Weerth zum 150. Geburtstag. Hrsg. von Karl-Alexander Hellfaier. Detmold: Lippische Landesbibliothek 1972.

Weerth, Karl, Georg Weerth, der Dichter des Proletariats. Ein Lebensbild. Leizpig: Hirschfeld 1930.

[Weerth, Karl], Aus den Aufzeichnungen von Marie Weerth. In: Heimatland Lippe (Detmold) 65 (1972), Nr. 2, S. 58–61.

Wishard, Armin, Georg Weerth's Vision of social change in »Fragment eines Romans«. In: Modern Language Quarterly (Seattle, Washington) 41 (1980), S. 363–372.

Zemke, Uwe Jürgen, A Biography of Georg Weerth (1822–1856). Phil. Diss. Cambridge 1976.

Zeittafel zu Georg Weerths Leben

1822 17.2.: Georg Ludwig Weerth in Detmold geboren.

1836 Verlassen des Gymnasiums mit Sekundareife.
September: Beginn einer kaufmännischen Lehre bei der Firma J. H. Brink und Co. in Elberfeld.
Tod des Vaters und der Schwester Charlotte. Wahrscheinlich auch Kontakt mit Engels, der 1836 noch das Gymnasium besuchte, 1837 in der Firma seines Vaters arbeitete und 1838 nach Bremen ging.

1837 Kontakt mit Ferdinand Freiligrath, aus dem Nachbarhause in Detmold stammend, der in Barmen Kaufmann war.

1838 Bekanntschaft mit Hermann Püttmann. Erste unveröffentlichte Gedichte.

1839 Zugehörig zu einem Literaturkränzchen. Suche nach einer Stelle in Buenos Aires. Angebot der Firma des Grafen Meinertshagen in Köln für eine Stelle als Buchhalter, die Weerth annimmt.

1840 Beginn der Arbeit in der Firma des Grafen Meinertshagen.

1841 Karneval in Köln, Weerth als Don Quijote. Erste Veröffentlichung: »Der steinerne Knappe« in »Tausend und eine Rheinsage«.
März: Auslandsreisewünsche, die fehlschlagen.
Im Sommer: Besuch Hermann Püttmanns in Köln, mit dem Weerth Freundschaft schließt. Versuche der Mutter, Weerths schriftstellerische Ambitionen zu beenden.
Ende des Jahres: Friedrich aus'm Weerth bietet Georg eine Stelle als Korrespondent in seiner Firma in Bonn an; Weerth nimmt an.

1842 Januar: Weerth wird aus dem Vertrag mit dem Grafen Meinertshagen entlassen und übernimmt die Aufgabe in Bonn. Enger Kontakt mit den Söhnen des Kommerzienrates Friedrich aus'm Weerth, vor allem mit Fritz, Julius und August. Vorlesungen an der Universität Bonn. Bekanntschaft mit Gottfried Kinkel. Mitglied in Kinkels »Maikäferbund«. Auch in Simrocks Dichterkreis. Anregungen für Weerths literarische Tätigkeit.

1843 Februar: Publikation eines Gedichts in der »Kölnischen Zeitung« (»Die Schenke«) auf Vermittlung von Hermann Püttmann, der dort Feuilletonchef geworden war. Schon im Januar hatte Püttmann drei Gedichte Weerths besonders lobend rezensiert.
Bekanntschaft mit Lina Tendering, der Tochter von Louise Weerth und Johann Roß. (Louise Weerth war eine Schwester des Vaters von Georg Weerth.)
Mai: Beteiligung Weerths an der Kampagne für Pressefreiheit und Emanzipation

der Juden. Konflikt mit Friedrich aus'm Weerth, weil Weerth Informationen aus einem vertraulichen Brief des Oberbürgermeisters weitergibt und damit dessen Opportunismus offenlegt. Georg Weerth verläßt die Firma. Suche nach einer Stellung in England. Zwischenzeitlich Korrespondent für August aus'm Weerth.
September: Reise nach London. Erfolglose Suche nach einer Anstellung in England.
November: Auf Vermittlung von Georg Gruber erhält Weerth eine Position in der Textilfirma Th. Passavant und Co. in Bradford/England.
Dezember: Nach kurzem Aufenthalt in Detmold verläßt Weerth Deutschland. Erste Teile der späteren »Skizzen aus dem sozialen und politischen Leben der Briten« werden geschrieben und als Englandberichte in der »Kölnischen Zeitung« veröffentlicht. Erste Konzeption eines Romans, der unvollendet bleibt (Romanfragment).

1844 Im Frühjahr: Besuch Weerths bei Friedrich Engels in Manchester. Enge Freundschaft. (Im August 1844 verläßt Engels allerdings England schon wieder.) Weerth lernt sozialistische und kommunistische Ideen kennen. Bekanntschaft mit dem schottischen Arzt MacMichan. Beschäftigung mit den Problemen der Arbeiterschaft. Kennenlernen des englischen Chartismus. Begegnung mit Julian Harney und Feargus O'Connor, Robert Owen, Joseph Rayner Stephens und John Jackson. Studium der Schriften Feuerbachs, Smiths, Malthus', Ricardos und MacCullochs. Veröffentlichung einiger Gedichte und Reportagen in verschiedenen Zeitungen und Zeitschriften. »Englische Reisen«.

1845 »Lieder aus Lancashire« erscheinen im Elberfelder »Gesellschaftsspiegel«. Arbeit an den »Humoristischen Skizzen aus dem deutschen Handelsleben« und dem Romanfragment. »Scherzhafte Reisen«.
Im Sommer: Fahrt nach Brüssel. Treffen mit Karl Marx und Heinrich Bürgers und Moses Heß. In London Treffen mit Harney und Wilhelm Weitling. Meeting zur Erinnerung an die erste französische Revolution, organisiert von Harney und Weitling.
September: Rückkehr nach Bradford. Interesse für die Anti-Corn-Law-Liga.

1846 April: Weerth wird Agent der Bradforder Firma Emanuel & Son für Belgien, Holland und Frankreich. Geschäftsreisen durch diese Länder. Überlegungen zur Herausgabe eines Bandes »Gedichte«, von Weerth selbst verworfen. Publikation einiger Gedichte und Skizzen. Marx und Engels gründen ein »Kommunistisches Korrespondenzkomitee«. Weerth leistet Kurierdienste und Kontaktpflege.

1847 Juni: Kongreß des »Bundes der Gerechten«, der in »Bund der Kommunisten« umbenannt wird, zu dem auch Weerth gehört. Weerth veröffentlicht mehrere Gedichte in der »Deutsch-Brüsseler-Zeitung«. In der »Kölnischen Zeitung« beginnt der Abdruck der »Humoristischen Skizzen aus dem deutschen Handelsleben«. Außerdem Berichte aus England in verschiedenen Zeitungen.
September: Freihandelskongreß in Brüssel. Am 18.9. vertritt Weerth dort in einer vielbeachteten Rede die Interessen der Arbeiter.
November: Wahl in den Vorstand der »Association démocratique«.

1848 Februar: Reise nach Paris aus Anlaß der Februarrevolution. Demonstration der deutschen Demokraten unter Führung Georg Herweghs.
März: Nach der Märzrevolution Reise nach Köln. Vorbereitungen zur Herausgabe einer Zeitung.

1. Juni: Erscheinen der »Neuen Rheinischen Zeitung«, Chefredakteur: Karl Marx. Weerth leitet das Feuilleton. Veröffentlichung weiterer »Humoristischer Skizzen«. Bekanntschaft mit Ferdinand Lassalle und der Gräfin von Hatzfeld.
8. August: Beginn der Serie »Leben und Taten des berühmten Ritters Schnapphahnski«.
19.9: Der Abgeordnete der Nationalversammlung Lichnowsky, Weerths Vorbild für den Schnapphahnski, wird in Frankfurt getötet. Weerth unterbricht den Abdruck seiner Feuilletonserie. Vorladung vor Gericht.
26.9.: Belagerungszustand in Köln. Die »Neue Rheinische Zeitung« kann nicht erscheinen. Weerth verläßt zeitweilig Köln.
12.10.: Wiedererscheinen der »NRhZ«.
Ende Oktober: Erste geschäftliche Auslandsreise (Belgien) nach Beginn der Revolution.

1849 Januar: Fahrt nach Hamburg, dem Hauptsitz der Firma Emanuel auf dem Kontinent. Treffen mit dem Verleger Julius Campe, der den »Schnapphahnski« als Buch herausgeben will. Aufenthalt in Belgien.
März: Rückkehr nach Köln.
April/Mai: Geschäftsreisen durch Belgien und Holland.
19. Mai: Nach Ausweisung von Marx erscheint die letzte Nummer der »Neuen Rheinischen Zeitung«. Weerth geht nach Lüttich.
Juni: Weerth in Paris. Empfang einer deutschen Delegation bei Ledru-Rollin. Weerth ist Augenzeuge der gewaltsamen Auflösung einer Demonstration. Ausweisung aus Belgien, Abschiebung nach Holland. Reise über Köln (Treffen mit Freiligrath), Detmold und Hamburg.
Juli: Stephan Adolf Naut teilt Weerth mit, daß die Korrektionell-Appellationskammer in Köln ihn zu drei Monaten Gefängnis verurteilt hat. In Hamburg Vereinbarungen mit seiner Firma über eine Agentur in Liverpool. Reise nach Nordfrankreich und Paris.
August: Kurzes Treffen mit Heinrich Heine. In Calais Bekanntschaft mit Lola Montez. Eintreffen in Liverpool.
September: Übersiedlung nach London.
Der »Schnapphahnski« erscheint als Buch.
Dezember: Kurze Reisen nach Holland und nach Bradford.

1850 Januar: Der Königliche Revisions- und Kassationshof in Berlin verwirft Weerths Einsprüche gegen seine Verurteilung.
25.2.–26.5.: Verbüßung seiner Haftstrafe im Gefängnis Klingelpütz in Köln.
Juni: Geschäftsreisen durch England und Schottland.
August: Reise nach Portugal und Spanien.
Dezember: Treffen mit dem konservativen englischen Parlamentsabgeordneten John Packington.

1851 Februar: Rückkehr nach Hamburg über Paris. Besuch bei Heinrich Heine. Absicht, über Kinkel zu schreiben, wird nicht verwirklicht. Heinrich Bürgers versucht Weerth ohne Erfolg zur Mitarbeit an einer neuen Zeitung zu bewegen.
Juni: Detmold.
Juli: Mit Carl Weerth zur Weltausstellung nach London. Treffen mit Marx, Ernest Jones, Wilhelm Wolff, Freiligrath und Bekanntschaft mit Wilhelm Liebknecht.
Juli/August: Hamburg/Bradford/Holland.

Oktober: Bradford. Engerer Kontakt mit Marx und Engels. Versuche, Weerth zu politischer und literarischen Tätigkeit zu gewinnen, bleiben ohne Erfolg.

1852 Februar: Geschäftsreisen durch Holland und Deutschland. In Köln Begegnung mit Friedrich aus'm Weerth. In Elberfeld Treffen mit Hermann Püttmann. In Dresden Bekanntschaft mit dem Historiker Karl Eduard von Vehse.

April: In Berlin enger Kontakt mit Franz und Lina Duncker. In Leipzig Besuch von Lina Duncker und ihrer Schwester Betty Tendering. Plötzlich finanzielle Schwierigkeiten der Firma Emanuel durch den Bankrott der Londoner Filiale.

Juni: Weerth kann den Bankrott der Gesamtfirma abwenden helfen, die sich aber verkleinern muß. Weerth verläßt die Firma. Angebot der Firma Steinthal für eine Agentur in Mittel- und Südamerika, die Weerth dann übernimmt.

September: London.

Oktober: Weerth in Manchester, dem Sitz der Firma Steinthal. In Köln Kommunistenprozeß.

Dezember: Abfahrt Weerths nach St. Thomas in Westindien. Bekanntschaft mit General Pedro Santana, dem Präsidenten der Dominikanischen Republik. Reisen in Mittelamerika. Treffen mit Robert Schomburgk.

1853 April–August: Reisen nach Südamerika.

September 1853–März 1854: Fahrt nach Mexiko und in die USA (San Francisco).

1854 April–Juli: Reisen durch Südamerika.

Oktober: Erneute Reise nach Südamerika bis Argentinien und Brasilien.

1855 Mai: Rückfahrt nach Southampton von Rio de Janeiro aus. Entschluß zur Übernahme einer permanenten Agentur in Westindien.

August: Detmold, Hamburg, Berlin.

22.9.: Lina Duncker teilt Weerth in Detmold mit, daß Betty Tendering aus der Schweiz zurück sei und in 14 Tagen nach Italien reise; er solle sofort nach Köln kommen.

Ende September: Wiedersehen mit Betty in Köln, die seine Liebe aber nicht erwidert. Detmold.

Oktober: Erneutes Treffen mit Betty in Paris (auf ihrem Weg nach Italien). Weerth und sein Bruder Wilhelm auf der Weltausstellung in Paris.

November: Letzter Versuch der Annäherung an Betty in Marseille.

17.11.: Abfahrt von Southampton nach St. Thomas.

Dezember: Reisen nach Südamerika.

1856 März: Längere Aufenthalte in Kuba.

30. Juli: Tod Weerths in Havanna.

Briefwechsel

1.

Georg Weerth an Wilhelm Weerth

D[etmold], den 22. Mai [1834]

Lieber Wilhelm!

Du wirst Dich wohl wundern, daß Du das Stahmmblatt[2] von der Quentell nicht bekommst, aber dieses schendliche Weibsbild hatt Dich und mich betrogen. Den nachdem ich es Wilhelm Quentel mehrere mahl gesacht hatte, seine Schwester an ihr Versprechen zu erinnern, hatte diese alle Versuche abgeschlagen. Nun packte ich sie des Abends mahl auf der Straße, aber auch hier that sie als wenn sie nichts von allen dem wüßte, und ging dann lachend ins Haus. Ich muß Dir auch noch sagen, daß ich das Stammblatt an Krüger bis jetzt noch nicht besorgen konnte, weil er sich gerade auf einer Reise befindet. Nun wollte ich Dich auch noch fragen, wie das Buch heißt, welches Du Krüger, wenn es Lotte[3] gelesen hätte, schenken wolltest. Ferdinand[4] und ich haben uns dieses Jahr eine Eiersammlung gemacht; Bis jetzt haben wir 128 gesammelt, worunter auch einige sehr seltene sind. Z.B. Ein Unferschwalben, ein Pecasinnen, ein Tüten u.s.w. Einen Gruß soll ich Dir bestellen von Hobedissen und Willmans. Außerdem auch noch von Quentell. Eben tragen da ich in die Küche komme Dortchen und Sophie einen Gruß auf. Und Dortchen sacht mir, daß sie vom jungen König gehöhrt habe, daß Du noch immer recht fiedel seißt. Ich muß hiemit schließen, den da ich dieses nur noch in aller Eile geschrieben habe, und die Klocke 1/2 10 schlächt, ist es Zeit zu Bette zu gehn, nur den Wunsch habe ich, daß Du nicht vergeßest

Deinen Georg.

1 Wilhelm Weerth (1815–1884) war der ältere Bruder Georgs. Er studierte wie sein Vater Theologie und wurde Pfarrer in Blomberg und später in Oerlinghausen.
2 Schreibweise des gesamten Briefes original.
3 Charlotte Weerth (1814–1836), mit dem Pfarrer August von Cölln verheiratet.
4 Ferdinand Weerth (1825–1897) war der jüngere Bruder Georgs. Er wurde Kaufmann in Berlin.

Wilhelm Weerth

2.

Georg Weerth an Wilhelm Weerth

[Detmold, nach dem 22.5.1834][1]

Lieber Wilhelm!

Deine Bestellungen die Du mir gabst, habe ich richtig ausgerichtet. Hülseman hatt[2] sein Paquet, Hobedissen seinen Kappenrand empfangen. Ich habe sowohl Deine Freunde, alsauch Hut mit seiner Frau und Dortchen und Sophie gegrüst. Ich soll Dich auch von den Gegrüsten wieder grüßen, und uns ins besondere noch von unsern beiden, Dortchen und Sophie, welche sich freuten, daß Du noch zuweilen an sie denkst. Freilich das Blättchen, welches Hobedissen nach dem Falkenkruge besorgen sollte ist verlohren gegangen, weil Hülsemann es nicht gleich an Hobedissen besorgt hatte. Schreibe also lieber ein Anderes, damit Du nicht dein Wort brichst. Ich kann Dir auch noch einige Neuigkeiten erzählen. Nämlich Dein Stangenkaktus hatt eine prachtvolle, große, schöne Blühte, ein Zeichen, daß ihn die Mutter nicht vernachlässigt hatt. Das Stammblatt an Krüger habe ich noch bis jetz nicht besorgt, weil er da ich es bekam, auf einer Reise war, und bis heute noch nicht zurück gekehrt war. Auch war vor einigen Tagen hier Schützenfest, wo der junge Austermann sich zum König schoß, und Eliese Kestner sich zur Königin wählte. Die dann auf einem Triumpf Wagen durch alle Straßen gebracht wurde. Die Frau Kantorin hatt auch einen kleinen Sohn bekommen.

In Detmold geht jetzt auch das Turnen recht los. Auf dem neuen Schuhlplatze sin jetz beinah schon alle Vorrichtungen dazu gemacht. Und seit einigen Wochen, wird schon eifrig gethurnt. Auch eine Schwimmanstalt wird im Kuhkamp angelegt, neben dem Schuhlhause. Es kommt der Turn- tanzschwimm und Fechtmeister nach Detmold. (Steineke!) Gestern wurden auch die Kinder confirmirt, auch Ferdinand Sprütten und Leopold Preuß. Gaußmann läst jetz auch in der Schweitz einen Felsenkeller schlagen. Im Thiergarten ist auch jetz eine Baumschuhle angepflanzt. Ich danke Dir auch nun für Deine sönen Stöcke die Du mir und Karl[3] geschenkt hast. Mit meinem, unter dem jetzt ein tüchtiger Beschlag sietzt, will ich jetz eine große Reise machen, nehmlich über Barentrup nach Pirmont, von da vieleicht nach Hameln dann über Schieder zurück. Hier ist meine Weißheit zu Ende und ich muß gerade jetzt auch in die Turnstunde, daher muß ich schließen, und bitte nur, daß Du nicht vergessest

Deinen Bruder Georg.

1 Datierung unsicher, aber vermutlich nicht viel später als der vorhergehende.
2 Der Brief wird unverändert in Rechtschreibung und Zeichensetzung abgedruckt.
3 Carl Weerth (1812–1889) war der älteste Sohn der Familie Weerth; er wurde Naturwissenschaftler.

3.
Wilhelmine Weerth[1] an Georg Weerth

[Detmold, den 14. September 1836][2]

Kaum bist Du, mein lieber Georg, eine Stunde von mir entfernt, so schreibe ich schon an Dich, und zwar aus dem Grunde, Dir, da Du den Kragen nicht mitgenommen hast, doch noch einen warmen Schal zu schicken, den Du auf dem Postwagen umschlagen und unter dem Rock über die Brust kreuzen mußt, sonst würdest Du sicher erkältet und unwohl in Elberfeld[3] ankommen, und das wäre ja höchst betrübt. Eine nette Schere – die Du auch nett »zum Andenken« bewahren mußt – und einen Kamm wirst Du auch noch im Mantelsack finden. Achte überhaupt gut auf Deine Sachen, vergiß auch nicht beim Herausnehmen Deines Oberrocks, daß etwas in der Busentasche steckt, und wenn Du vom Wagen gehst, sowohl in Schwalm wie nachher in Elberfeld, daß Du den Mantelsack richtig mitbekommst. Nun, und so denn dem Schutz Gottes empfohlen. – Behalte Ihn vor Augen und im Herzen, so wird es Dir wohlgehen! – Sobald Du Dich in Elberfeld wieder erholt hast und Dich einigermaßen zurechtgefunden, so schreib uns doch gleich, denn Du kannst leicht denken, wie wir darauf lauern werden, ob der Briefträger etwas von Georg bringt. Du wirst dann wohl schon erfahren haben, ob der H[err] Kirchner Frau und Kinder hat und ob er auch nahe beim Wunderbau – also auch nahe bei Peills[4] wohnt, so daß Du auch bald zu *diesen* hin- und herübergehen kannst und dgl. überhaupt, besinne Dich dann wohl, damit Du uns von Allem gehörigen Bericht erstattest.

Und so bis dahin ein nochmaliges Lebewohl!

von Deiner treuen Mutter.

1 Wilhelmine Weerth (1785–1868), geborene Burgmann, ist die Tochter eines Predigers aus Mühlheim am Rhein. Der Vater ist eine Zeitlang in London tätig gewesen. Ein Bruder, George, ist nach England zurückgekehrt und hat in den napoleonischen Kriegen eine hohe Stellung bei der Marine gehabt. Nach ihm hat Georg Weerth seinen Rufnamen erhalten. 1808 heiratete Wilhelmine Burgmann Ferdinand Weerth.

2 Die Datierung stammt von Otto Weerth, dem Sohn von Wilhelm Weerth; sie ist mit seiner Schrift auf dem Brief vermerkt. Im September 1836 begann Georg Weerth seine Lehre in Elberfeld.

3 Seit dem 15. Jahrhundert konzentrierte sich das Textilgewerbe des Wuppertals um Elberfeld und Barmen. Wichtige Familien waren Bredt, Carnap, Engels, Peill, Rittershaus, Schlieper, de Weerth und Wickelhaus.

4 Kaufmannsfamilie in Elberfeld, mit der die Weerths verwandt waren. Georg Weerth hatte vor allem näheren Kontakt mit Richard und Konrad Peill.

4.
Wilhelmine Weerth an Georg Weerth

Det[mold], den 9. [und 10.] Oktober 1836

Deine letzten Briefe, mein lieber Georg, waren uns außerordentlich erfreuend und beruhigend in jeder Hinsicht, und ich danke Gott dafür, daß Er alles so zu Deinem Besten gefügt hat. Du kannst denken, wie ich auf *jede* Auskunft von Dir gespannt war, und Du hast Deine Aufgabe recht treulich gelöst; ich kann mir Dich denken, von dem Morgen früh, wo Du zuerst aus den Federn gehst, wie Du an dem Waschtisch Deine erste Toilette machst – dann bei Deinem Arbeitstisch Dich Du Deinem französischen Unterricht präparierst – oder hast Du vielleicht des Morgens die Stunde und präp[arierst] Dich abends? – und wieviele St[unden] hast Du wöchentlich? – wie Du dann unten mit der Familie K[irchner] das Frühstück einnimmst; darauf Deine Wanderung mit H[errn] K[irchner] nach dem Wunderbau antrittst, und hier nun Dich auf Deinem Comptoirstuhl – in der mir nun auch in etwa bekannten Umgebung – niederlässest und Dein Tagwerk beginnst. Sehr interessant war mir die Darlegung Deiner ersten Arbeiten sowie das geheimnisvolle Probeblättchen; es ist dies freilich eine recht pfiffige Erfindung, indes *besser* ist's doch, wenn man die wirkliche Schrift nur zu kopieren braucht – zumal bei Licht. Sag mir doch auch einmal, was für Beleuchtung ihr auf dem Comptoir habt, wahrscheinlich doch große Lampen? Auch wüßt ich gern, ob Du einen Ofen auf Deinem Zimmer in dem K.schen Hause hast – wegen Deiner häuslichen Arbeiten, wenn's erst kalt wird, – seit einigen Tagen haben wir hier eine solche Wärme gehabt, daß man freilich alles dergl[eichen] entbehren könnte, indes wird's wohl nicht lange so bleiben.

Von dem freundlichen Empfang bei dem H. Rittersh[aus] hatte uns vor Dir der Vetter Peill schon geschrieben (*nachher* erhielt Vater auch einen Brief

Wilhelmine Weerth

von H[errn] Rittersh. selbst; wenn Du einmal wieder dagewesen bist, dann erzähl uns doch davon), was uns rechte Freude machte; desgleichen von Deinem Mißgeschick mit dem Mantelsack, was mich dagegen sehr bestürzt machte, sehr gut war's, daß Du gleich nach Paderb[orn] schriebst – so geziemt es einem guten künftigen Kaufmann! – Nun soll mich's aber noch wundern, was die Bemühungen des H. Kirchner in Hinsicht des so unrechtmäßig geforderten Portos für Erfolg haben werden. Es freute mich nicht wenig, daß dieser Herr sich der Affäre so annahm.

Von Lennep hätte ich gern noch ein bißchen mehr gewußt – Du hast aber das vorige Mal schon das Mögliche geleistet – Du konntest wohl nur wenige Stunden dort sein? Du sagtest, »die Tochter gefiel mir recht gut«, aber mein Junge! Das war ja nicht ihre Tochter, sondern die Friedchen Pinzer – wie Du Dir auch in Deiner Brieftasche bemerktest. Wenn Du mir von den Rauschenbuschs auch noch etwas Mehreres mitteilen kannst, so sollte mir das auch sehr lieb sein. Steuchens [?] haben sehr freundlich von Dir geschrieben an die M[utter] von Cölln, und Du darfst sie, wenn sich's fügen will, immer auch nur einmal wieder besuchen.

Du hast uns so viel Neues geschrieben, so will ich Dir denn auch etwas ganz Neues schreiben, – daß wir nämlich ein junges Frauenzimmer ins Haus bekommen, eine Tochter des Superintendenten Zeiß in Silixen, Philippina mit Namen; es war davon schon bald nach der Verheiratung der Lotte die Rede, jetzt, da es aber so leer bei uns wird, ist's erst Ernst damit geworden – und sie wird schon morgen hier eintreffen. Ich bin selbst begierig, sie kennenzulernen, sie ist uns, namentlich auch von unserm August, als sehr artig und liebenswürdig geschildert worden, so daß ich hoffen darf, eine angenehme Gesellschafterin an ihr zu bekommen; auch ist sie sehr musikalisch, so daß mir auf *die* Weise doch auch wieder einiger Genuß zuteil werden wird.

Dann muß ich Dir melden, daß die Fr. Schulrätin Krücke in vergangner Woche gestorben ist – Dresels also wieder eins zu Grabe zu bringen hatten – Krückens Haus ist daher nun leer, d.h. nur von Fremden mehr bewohnt. Wenn Du die Steuchen [?] sehen solltest, so kannst Du es ihr erzählen – auch der Christiane Rauschenb[usch], die sie auch gekannt hat. Daß der Auditeur Grabbe[1] auch gestorben ist, weißt Du auch wohl noch nicht. Sie war grade um Scheidung eingekommen – nun hat sie eine höhere Hand geschieden!

den 10. [Oktober]

Hier nun noch ein paar Worte, mein lieber Georg, und dann soll der Brief auch auf die Post.

Mußt Dich künftig doch etwas in acht nehmen, daß Du nicht in das Geschriebene siegelst, ich konnte deshalb neulich nicht recht erkennen, was Du von dem Porto sagtest; wenn wir unter der Firma Brink & Co. adressieren, brauchen *wir* und *Du* kein Porto zu bezahlen? So schien es mir, ich schicke Dir diesen Brief darum unfrankiert.

Du wirst vorerst noch wohl Taschengeld haben, wenn Du aber damit zu Ende bist, so wird Dir der H[err] V. Peill in Auftrag des Vaters momentan 1 Gulden geben; für größere Bedürfnisse legen Peills besonders für Dich aus.

Deine Briefe habe ich auch der Lotte mitgeteilt; sie hat sich recht darüber gefreut und läßt Dich sehr grüßen sowie auch Deine Brüder alle – Ferdinand hat's Examen schön bestanden; er bekommt nun auch französische St. bei R. Falkmann.

Und nun noch das herzlichste Lebewohl!

von Deiner treuen Mutter.

1 Christian Dietrich Grabbe (1801–1836), dramatischer Dichter. 1833 heiratete er Louise Christiane Clostermeier; die Ehe wurde unglückllich. 1836 reichte sie die Klage auf Ehescheidung ein; am 12.9.1836 starb er in Detmold.

5.

WILHELMINE WEERTH AN GEORG WEERTH

Detmold, den 28. [und 31.] Oktober 1836

Mein lieber Georg!

Mit welchen Empfindungen ich mich diesmal dazu hinsetze, Dir zu schreiben, das möchte ich nicht versuchen, Dir zu schildern; ebensowenig, weil sich das nicht in Worte fassen läßt, als ich auch dadurch Dir nicht noch mehr Schmerz bereiten mag, wie Du schon empfunden hast und noch empfinden wirst – Gottes heiliger Wille war es, daß Du schon an der Schwelle Deines Lebens den besten treusten Vater verlieren solltest,[1] und Du hast wohl Ursache – ja ein Recht –, ihn tief zu betrauern. Denn Du hast an ihm Deine erste Stütze – Deinen besten Freund, Leiter und Ratgeber – ja unser aller Versorger auf dieser Erde verloren, und Du wirst ihn lebenslang zu beweinen haben

–, aber mein lieber Knabe, unsre Trauer um ihn soll keine müßige, hoffnungslose Trauer sein, wir wollen zunächst daran denken, wie dem Vater nach einem *wohl*vollbrachten, mühe- und zuletzt leidensvollem Leben jetzt auf *ewig unaussprechlich* wohl ist – wie er jetzt den seligen Himmelsbürgern angereiht ist und den süßesten, herrlichsten Lohn für seine Arbeit erntet – seine seligsten Hoffnungen erfüllt sieht und eine Wonne genießt, wovon noch kein sterbliches Auge etwas gesehn – kein Ort gehört – noch in eines Menschen Herz gekommen ist –, sieh, *da*rüber wollen, darüber *dürfen* wir – wenngleich unter Tränen – uns freuen! Dann mußt Du Gott danken, daß Er Dir einen solchen Vater gab, dessen Segen auf seinen Kindern ruhen wird, wenn sie sich zu Ihm halten – Seine Gebote lieben und auf Seinen Wegen wandeln – o wie freue ich mich, mein Georg, daß Du schon konfirmiert, daß Du in den Heilswahrheiten schon unterrichtest bist, Dir gesagt ist, was gut ist und was Gott der Herr von uns fordert, da Du – ich will nicht sagen, jetzt in der Fremde – aber doch nicht mehr unter der direkten und Dir sichtbaren Leitung und Aufsicht Deiner Eltern bist, wie Du nun aber weißt, daß Du immer und überall in der Allgegenwart Gottes wandelst und nichts tun möchtest, was Sein heiliges Auge nicht verträgt, ebenso darfst Du auch denken und hoffen, daß Dein nun vollendeter Vater Deines Wohlverhaltens sich freuen und segnend auf Dich herabblicken wird und – wie Du das selbst auch schon in kindlichem Glaubensmut aussprichst – auch einmal, »wenn wir hier gut gelebt haben, zu ihm ins ewige Leben gerufen werden und uns nie mehr trennen«. Wenn wir *das* nun stets vor Augen behalten, dann trauern wir nicht »wie die, die keine Hoffnung haben«, und wir werden uns desto mehr angetrieben fühlen, »Gutes zu tun und nicht müde zu werden, damit wir auch dereinst ernten ohne Aufhören«.[2]

Sieh, lieber Georg, alle diese herrlichen Bibelaussprüche, die Du bei Deinem Konfirmationsunterricht auch auswendig gelernt hast, mußt Du ja nicht vergessen, und damit das nicht geschieht, bitte ich Dich, alle Tage auch nur ein Kapitel aus Deinem Testament – was Du mitgenommen hast – zu lesen; *hier* auf dem Gymnasium würdest Du noch fortgesetzt Religionsunterricht gehabt haben, in Deinen jetzigen Verhältnissen kannst Du Dich nur durch Kirchenbesuch und eignes Nachdenken weiter in dem, was uns das Allerwichtigste sein muß, weiter fortbilden, und dazu ist zunächst Bekanntschaft mit der Bibel erforderlich. – Wie herzlich freut es mich, daß Du dort in die Nähe und den Umgang so lieber guter Menschen gekommen bist und die sich Deiner so freundlich annehmen; vorzüglich auch, daß Du den Vetter R[ichard] Peill so liebgewonnen hast, ich habe keinmal dran gezweifelt, daß er ein gar guter, wahrhaft frommer Mensch sei, und daß er auch ein guter Geschäftsmann ist, kann einen bei *solchen* Gesinnungen mehr freuen wie bei sonstigen Menschen, da er auch einen guten Gebrauch von seinem Reichtum machen wird, – überhaupt kannst Du es Dir nicht denken, wie es mich rührt und welch eine Beruhigung für mich darin liegt, daß Dir alle unsre dortigen Freunde und Bekannten mit so vieler Liebe entgegenkommen, sei doch auch *da*für ja recht dankbar, es ist auch ein Segen, der auf den Kindern frommer Väter ruht; *ich* habe *dasselbe* erfahren, wurde ich doch auch schon mit meinem 20. Jahre vaterlos – und wie gnädig und liebevoll wußte Gott auch mir den Vater zu ersetzen in dem Vater Rauschenbusch! Hat mir wohlgetan mein Leben lang – und auch jetzt *hat* und *wird* Er mich nicht verlassen.

Gern möchte ich Dir nun auch noch einiges von der letztverflossnen Zeit erzählen – aber Du kannst Dir leicht vorstellen, wie das für jetzt noch mein ganzes Wesen angreift und ich dann vor Wehmut doch nichts mehr vermag – die äußern Umstände, unter welchen der Vater heimging, sind Dir wohl schon im wesentlichen bekannt; sie waren von der Art, daß ich nur dafür Gott loben und danken kann – er ist durchaus schmerzlos und ohne allen vorherigen Kampf hingeschieden, daß *jeder*, der Zeuge davon gewesen ist, sich nur einen solchen Tod wünschen könnte; wenn man nun dabei weiß, wie vor- und zubereitet *er* war, so kann man sich nur für *ihn* darüber freuen – und meine Tränen fließen nur um unsertwillen, die wir ihn nicht mehr haben. – Du wirst wissen, daß ich auf des lieben seligen Vaters wiederholtes Andringen am Morgen seines Todestages zu der Lotte gefahren war, auch wollte der Vater durchaus, daß ich eine Nacht dableiben sollte, damit es mir nicht wieder zu viel würde, was ich indes nicht – Du weißt's ja, aus welchen Gründen – zu tun gedachte, deshalb mit den Worten von ihm schied: »*Will's Gott,* bin ich diesen Abend bei guter Zeit wieder hier!« – und mich, als ich seinen letzten freundlichen Blick und Gruß an die Lotte empfing, mit dem Gedanken tröstend entfernte: »es wäre ja doch nur auf wenige Stunden –«. Aber nun hatte es denn Gott *anders* gewollt – wie denn Seine Gedanken immer höher und *Seine* Wege nicht unsre Wege sind. – Auf dem halben Rückwege von dort mußte ich die erschütternde Nachricht empfangen – man führte mich wieder zurück, da man das allgemein, und *entschieden* der Hofrat, fürs beste hielt, sowohl der Lotte als auch meinetwegen – ich mußte mich unterwerfen. – Blieb nun volle 8 Tage dort, da meine Kräfte mir auch keine frühere Rückkehr gestatteten – und am vergangnen Dienstag, dem 25. d[ieses] M[onats], holten mich Annchen von Cölln und Wilhelm wieder hieher ab – in das nun so verödete Haus. – Heute, also am 31., da ich dieses schreibe – denn ich habe zu verschiednen Malen bei diesem Briefe beginnen müssen – sind nun beinah 8 Tage verflossen, (diese und jene in Schöttmar die traurigsten meines Lebens) – und ich will mich deswegen beeilen, daß Du ihn nun auch bald bekommst, denn ich kann voraussetzen, daß Du danach verlangen wirst, etwas von mir selbst zu erfahren. Am Sonnabend, dem 29., erhielt ich das mir so werte Schreiben des H[errn] Ball (mit der Einlage von Dir an die Lotte, die ich gleich besorgte). Sobald Du kannst, gehe doch zu demselben und danke ihm in meinem Namen auf das herzlichste dafür und sage ihm, daß ich den Brief Deinem Schwager zugeschickt habe und es mir vorbehielte, sobald ich mich dazu imstande fühlte, demselben zu beantworten. Auch wünschte ich, daß Du den lieben Rauschenbuschs von mir Nachricht gebest – kannst ihnen immerhin diesen Brief lesen lassen, – denn die sind mir, wie Du weißt, *Schwestern* – und sagtest auch der teuern Christiane schon meinen *aller*innigsten Dank für ihre Briefe aus so *verschiedenen* Lebensabschnitten für mich geschrieben. – Ebenso danke vorläufig auch schon dem lieben *Vetter* und der guten Tante Peill für ihre empfangnen so teilnehmenden Briefe, deren Beantwortung ich mir auch noch vorbehalten müßte.

Deines lieben großen Briefes, *vor* der Trauer-Nachricht geschrieben, muß ich auch noch gedenken (desgleichen das zu meinem Geburtst[ag], der mir *damals* noch reine Freude bereitete), und ich könnte sagen, daß er mir unbedingt Freude gemacht hätte – wenn ich jetzt überhaupt der Freude fähig gewesen wäre – aber herzlich lieb war und *ist* mir sein Inhalt auf vielfache Weise, und auf manches liegt schon in dem vorhergehenden eine Art Antwort; die Einzelheiten spare ich bis auf ein andres Mal; und was die Rechenstunde betrifft, so nimm sie nur getrost auf 1/4 Jahr, wenn H. Peill und Kirchner es für nötig halten; daß Du in der franz[ösischen] St[unde] hinaufrückst, ist mir ein angenehmer Beweis Deines Fleißes, – fahre nur ferner so fort, mein lieber Junge, und der Segen Gottes wird mit Dir sein.

Diesen Morgen erhielt ich auch ein Briefchen von Essen. Die Tante ist doch wieder etwas krank geworden nach der Reise – wie lieb ist es mir, daß sie Dich und Du sie kennengelernt hast! Ich fürchte, wir behalten sie auch nicht lange mehr hier. – Ich muß endigen, es wird Zeit, daß der Brief zur Post kommt. Von Deinen Geschwistern empfängst Du die herzlichsten Grüße, namentlich von der Lotte. Philippina Zeiß kam an jenem Tage, wo ich es Dir schrieb, daß sie kommen würde, an; wir haben sie alle recht lieb gewonnen; auch dem lieben sel. Vater – in dessen Nähe sie erst 8 Tage gewesen – gefiel sie recht gut; sie gereicht mir jetzt sehr zur Stütze, auf wie lange? Das ist Gott bekannt. Ein andermal mehr darüber. – Ich empfehle Dich der Obhut unseres treuen Vaters im Himmel – mit verdoppelter Liebe schließt Dich an ihr Herz

Deine treue Mutter.

1 Der Vater Ferdinand Weerth war am 18. Oktober 1836 im Alter von 62 Jahren gestorben. Er hatte in Marburg und Göttingen Theologie studiert, wirkte zunächst als Pfarrer in der Nähe von Duisburg und dann in Kettwig an der Ruhr. 1805 holte ihn die Fürstin Pauline nach Lippe. In den Jahren 1805–1830 hat Ferdinand Weerth als erster Pfarrer der reformierten Kirchengemeinde Detmold gewirkt. Seine Predigten zeichneten sich durch einen rationalistischen Grundzug aus. Weerth führte statt des »Heidelberger Katechismus« einen »Leitfaden für den Religionsunterricht in der Schule«, der von ihm selbst verfaßt war, ein. 1830 wurde er Generalsuperintendent für das Fürstentum Lippe.

2 Brief des Paulus an die Galater, 6, 9.

6.
Wilhelm Weerth an Georg Weerth

Göttingen, 4.11.[1836]

Lieber Georg

Seit ungefähr acht Tagen bin ich hier wieder in der alten Georgia augusta, um mich auf mein Examen vorzubereiten, das, so Gott will, im nächsten Jahr vor sich gehen soll; ich wollte Dir schon seit mehreren Tagen schreiben, aber die ersten Tage hat man teils so viel zu packen, teils bekömmt man so viel Besuch von alten Bekannten, daß man nicht recht zur Ruhe kommen kann. – Von Haus habe ich keine Nachricht bekommen und kann Dir deshalb nur erzählen, wie es bis zu meiner Abreise stand. Grade den Tag vor meiner Abreise holte ich die Mutter mit Anna von Cölln von Schöttmar ab, wo sie von dem Todestag des Vaters an gewesen war; ich setze nämlich voraus, daß Dir bekannt ist, daß ich am Tage, wo der Vater starb, mit Mutter in Schöttmar war. Schon lange hatte der Vater gewünscht, daß Mutter Lotte noch einmal vor ihrer Niederkunft besuchen sollte, aber die Mutter suchte stets Entschuldigungen dagegen vorzubringen, weil der Vater sich in der letzten Zeit nicht wohl befand; da in den beiden letzten Tagen der Vater sich weit besser befand, wahrscheinlich weil der Andrang des Bluts zum Kopfe sich verloren und sich alles Blut auf das Herz und Lunge gezogen hatte und seine Bitten immer dringender wurden, so gab Mutter endlich nach, und ich begleitete sie nach Schöttmar, um den Leuten dort Lebewohl zu sagen. Wir waren sehr vergnügt, weil Cölln und Lotte recht guter Dinge war[en], und fuhren um 5 wieder ab, um gegen 8 wieder zu Haus zu sein. Es war ein klarer Himmel, ein Mondlicht stand am Himmel, die Oktoberfeuer brannten auf den Bergen, die Mutter war frei von ihrem Unwohlsein, kurzum alles war dazu geeignet, um uns heiter zu stimmen.

Ich sang ihr ein Liedchen vor, als plötzlich unser Wagen von Sauerländer und Nieländer angehalten wurde. Sie sahen sehr verstört aus und baten uns, ob sie nicht mit in unseren Wagen steigen dürften. Die Mutter erlaubte es ihnen, und nun kam die furchtbare Nachricht an. Wir waren nah' vor Lemgo, nie werde ich die Stelle vergessen; die Mutter kam in einen gräßlichen Zustand, ich wußte nicht, ob ich weinen, ob ich lachen, ob ich weiter fahren oder ob ich umkehren sollte; endlich entschloß ich mich, umkehren zu lassen. Der Kutscher fuhr sehr rasch, aber die Stunde dauerte wie eine Ewigkeit. Die Mutter brachten wir sinnlos in das Haus der Madam Seist; ich ließ darauf Cölln rufen, dieser mußte es Lotte sagen, und dann brachten wir Mutter zu ihr. Jetzt zeigte es sich, wie gut es war, daß wir umgekehrt waren, Lotte nahm sich stark zusammen der Mutter wegen und trug den Schmerz standhaft, die Mutter der Tochter wegen; waren sie getrennt, dann wäre der Schmerz doppelt gewesen, indem sich die eine zur andern gewünscht hätte und sich beide gegenseitig um einander abgeängstigt hätten. Jetzt konnten sie den Schmerz zusammen ausweinen. Ich kehrte den nämlichen Abend zurück und fand Carl noch wach. Die Trauer in unserm Haus brauch' ich Dir wohl nicht zu beschreiben, und die allgemeine Teilnahme in dem Lande kannst Du Dir leicht denken, da Du weißt, wieviel das Land dem Vater zu verdanken hat. Sein Leichenzug soll sehr groß gewesen sein, wir sind nicht mitgegangen, haben seine Leiche auch nicht gesehen, denn nur sein lebendiges Bild soll vor meiner Seele stehen, und ich kann Dir versichern, Georg, daß ich vor keinem Menschen mehr Achtung gehabt habe als vor unserm Vater, was mehr sagen will als bloße Liebe, denn die muß jeder zu seinen Eltern haben. Die Feierlichkeit seiner Beerdigung wurde noch mehr dadurch gehoben, daß ein volles Geläute bis zur Hinabsenkung des Sarges erschallte: Am dritten Tage nach seiner Beerdigung holte ich die Mutter wieder ab, wir kamen um 8 hier wohlbehalten an, doch wie einsam schien uns alles zu sein; am andern Morgen um 6 mußte ich schon fort, da schon vor mehreren Wochen der Tag der Abreise bestimmt war. Die Mutter war, seitdem sie wieder im Hause war, merklich ruhiger und gefaßter; die Besorgnis für ihren ersten Eintritt in das Haus bei uns war sehr groß und noch größer die Freude, da wir sahen, daß die Mutter auch dies glücklich überstanden hatte. Der Verlust, Georg, ist für uns sehr groß, vielleicht der größte auf der Welt, und nur die Zeit und die Tätigkeit, der Glaube und die Hoffnung, ihn wiederzusehen, kann unsern Schmerz heilen; aber das sage ich auch, daß ich Gott danke dafür, daß er dem Vater auf eine solche Weise und grade zu dieser Zeit und dem Orte zu sich genommen hat. Gesund konnte der Vater nie wieder werden, aber nach dem Urteile des Arztes mußte in kurzer Zeit entweder die Wassersucht und teilweise Lähmung hinzutreten, und dann hätte der Vater sowohl wie seine Umgebung unendlich leiden müssen. Oder lebte er noch kurze Zeit, dann wäre sein Geist, der schon sehr im Abnehmen war, ganz entschwunden. Wäre der Vater einen Tag früher oder später gestorben und so plötzlich, so wäre es doch sehr wahrscheinlich in Gegenwart der Mutter geschehen; denke ihren Schreck; er hätte auch für sie tödlich sein können. Sieht es nicht wie eine Schenkung Gottes aus, daß der Vater gleichsam die Mutter selbst fortschickt, damit sie den Schmerz seines Todes nicht mit eignen Augen ansehen sollte?

Konnte der Vater an einem schönern Ort sterben als auf dem Seminar, wo er 30 Jahre lang gewirkt hatte mitten unter seinen Schülern? Laß uns tief trauern, daß unser Vater nicht mehr ist, laß uns Gott danken, daß er ihn schmerzlos zu sich genommen hat, und laß uns unsern Vater zum Vorbild nehmen, daß wir ihm an Tugend und Tüchtigkeit ähnlich werden und verdienen, seine Söhne zu heißen!

Ich habe vor, den Vater hier malen zu lassen, und verspreche Dir, wenn es mir gelingt, einen guten Stich zu bekommen, Dir gleich einen zu übersenden. –

Wenn Du grade mal ein Stündchen Zeit hast, dann schreib mir doch, und solltest Du irgendeinen Wunsch auf dem Herzen haben, den ich Dir befriedigen oder bei dem ich Dich unterstützen kann, so teile mir ihn mit; alles was mir möglich ist, will ich gerne tun. Daß Du tüchtig in neuern Sprachen arbeitest, wird gewiß von großem Nutzen für Dich sein, nimm nur ja die Gelegenheit und die Zeit wahr, denn man kann immer nicht wissen, was man in der Zukunft grade nötig hat. Deine frühern Briefe haben uns immer sehr gut gefallen, und ich hoffe, Du wirst der Mutter so viel wie möglich schreiben; denn wenn Du auch grade nicht mehr so viel zu erzählen weißt wie im Anfang, so fällt Dir doch gewiß immer eins oder das andre ein, womit Du ihr Herz erfreuen kannst. Behalte mich stets so lieb wie Dich

Dein treuer Bruder Wilhelm.

Nicht wahr, die Briefe so adressiert, sind frei für Dich? Es sollte mir sonst leid tun, Dir Kosten zu machen.

7.

Wilhelmine Weerth an Georg Weerth (Auszug)

Detm[old], 7. [und 9.] November 1836

Vor ein paar Stunden erhielt ich Deinen Brief, mein lieber Georg, und ich setze mich gleich hin, ihn Dir zu beantworten, bevor ich durch Besuche, deren ich leider in dieser Zeit nur zu viele erhalte, daran gehindert werde [...].

[Im weiteren berichtet die Mutter, daß sie Stoff schicken will; sie gibt Ratschläge bezüglich seiner Wäsche. Sie erzählt von dem Besuch des Pastors Althaus,[1] der ihr die Gedächtnisrede überbrachte. Ein Exemplar soll Georg haben. Sie drückt ihre Freude darüber aus, daß Anzeigen zum Tode ihres Mannes in verschiedenen Zeitungen erschienen sind].

An meinen Bruder – Deinen Onkel[2] – in England zu schreiben, dazu kann ich Dir vorläufig doch noch nicht raten, auch hätte es eigentlich keinen Zweck; sieh, und wenn einer von Euch ihm einmal schriebe, so müßte es doch schicklicher Weise der Älteste zuerst tun; bist Du denn erst etwas weiter gediehen, so kannst Du es auch immerhin einmal tun; auch muß man bedenken, daß auch der kleinste Brief ihm, auch wenn wir bis zur Grenze frankieren, 1 1/2 Taler Porto kostet. [...]

1 Georg Friedrich Althaus war der Vater von Georg Weerths gleichaltrigem Freund Theodor Althaus und Nachfolger Ferdinand Weerths als Superintendent.
2 George Burgmann.

8.

Georg Weerth an Wilhelm Weerth

Elberfeld, den 16. November 1836

Lieber Wilhelm!

Deinen Brief von Göttingen aus habe ich empfangen und sage Dir den herzlichsten Dank dafür. – Du warst der erste, der mir etwas Näheres über alles das, was in der letzten Zeit vorging, sagte, denn bis wo ich Deinen Brief erhielt, hatte ich noch nichts von Detmold gehört als die schreckliche Todesnachricht, die mich an alles erinnerte, woran ich sonst wenig dachte. – Gestern erhielt ich auch Briefe von der Mutter und Carl, die mich vollends beruhigten und zufriedenstellten. – Die Mutter, die mir einen Mantel schickte, hatte mir vom Pastor Althaus einige Exemplare der Predigt, die sich auf den Tod des Vaters bezog, mit eingelegt, die ich mit vielem Interesse las. – Carl schrieb mir auch, daß er eine Lebensbeschreibung des Vaters herausgeben wolle, wozu ich auch noch einiges beizutragen wüßte, woran sonst gewiß keiner mehr denkt. – Auch hast Du ja vor, den Vater malen zu [la]ssen, ich weiß aber nur nicht recht, wovon denn. Das Ölgemä[l]de, was in Detmold ist, war ja gar nicht getroffen; wenn es aber gelingt, dann bitte ich Dich sehr, mir auch ein Exemplar zukommen zu lassen. – In einem Jahre bist Du nun wohl mit Deinem Studium fertig und kannst Dir selbst helfen, dann kommt wohl die Reihe an mich, und tüchtig arbeiten und die Zeit benutzen ist jetzt für mich die Hauptsache, – das Kaufmanns-Lehrlings-Leben gefällt mir so, und ich stehe mit den Prinzipalen in so gutem Klang, daß ich denke, wenn meine Lehrzeit aus ist, schon durchzukommen. –

Wenn Du künftig wieder an mich schreibst, so schreibe *per Adresse* J. H. Brink & Co.,[1] nicht *bei* J. H. B. & Co., dann brauchen ich und Du kein Porto zu bezahlen. – Peills lassen Dich vielmals grüßen. Sie haben Deinen Brief gelesen, sie waren, wie ich, sehr verlangend auf Nachrichten und durch Deinen Brief beruhigt. – Ich weiß für dieses Mal nichts mehr, was ich Dir schreiben soll, wenn etwas vorfällt, mehr. Nochmals den herzlichsten Dank für Deinen langen Brief.

Dein Bruder Georg.

1 Bei der Firma J. H. Brink & Co. war Weerth von 1836 bis 1840 als Lehrling eingestellt.

9.

Wilhelmine Weerth an Georg Weerth (Hinweis)

Detm[old], den 20. Dezember 1836

[Die Mutter schenkt Georg zu Weihnachten Pelzhandschuhe. U. a. ermahnt sie ihn, dem Pastor Althaus einen Brief zu schreiben.]

10.

Wilhelm Weerth an Georg Weerth

[Göttingen, 29. Dezember 1836][1]

Lieber Georg!

Hätte ich Gold und Silber, so würde ich Dir das gern geben, du weißt es ja selber; da ich das aber nicht habe, so nimm, was ich Dir geben kann, herzliche Wünsche zum Weihnachtsfest und Neujahr. Ist uns ja alles lieb, was wir von Freunden und andern Menschen, die wir liebhaben, empfangen, so wird es Dir auch gewiß Freude machen zu sehen, daß Du einen Bruder hast, der an Dich mit wahrhaft brüderlicher Liebe denkt. Herbe Verluste haben uns betroffen, denn der Tod hat zwei Menschen[2] hinweggerafft, die wir nie genug ehren und lieben, nie genug betrauern können, und grade diese Verluste mahnen uns, die wir noch hier zurückgeblieben, uns auch aneinanderzuhalten, in Liebe und Freundschaft; denn wie bald kann der Tod auch uns noch trennen, daß wir uns kein Zeichen mehr geben können von unserem Sein und Wirken; daß nur der Glaube uns sicher machen kann, daß wir uns auch nach dem Verschwinden von diesem Erdball lieben. Auf den Tod des Vaters waren wir vorbereitet, ja der Arzt hatte mir schon gesagt, »Sie werden, wenn Sie diesen Winter fortgehen, Ihren Vater nicht wiedersehen«; der Schmerz war groß und tief, aber die Idee, daß der Vater durch seinen schnellen Tod unendlichen Leiden entrückt wurde, fast lindernder Balsam auf die Wunde unseres Herzens. Aber welchen Trost sollen wir uns suchen über den Tod unserer Schwester? Ich kann keinen finden und Dir keinen geben, wenn nicht das ein Trost ist, daß Lotte schon hier auf Erden ein Engel war, und so wahr ein alliebender Gott lebt, ihr Lohn in Jener Welt groß sein muß. Dir stand sie ferner als mir, ich war mit ihr aufgewachsen, sie kannte meine, ich ihre Gedanken, und doch wie tief mußte Dich ihr Tod schmerzen; denn sie war ja auch Deine Schwester und eine Schwester, die Dich liebte und die Du achten und lieben mußtest. Fast rufe ich aus, kehre noch einmal wieder, aber das Grab öffnet sich ja nur für Jene Welt; aber wir wollen nicht verzweifeln, sondern wir wollen ein Beispiel nehmen an der Mutter, die mit frommem Sinn und Ergebung in den Willen Gottes ihr großes Unglück trägt. Ich ging, sobald ich die Nachricht erhielt, von hier fort, um, wenn auch nur einige Tage, bei ihr sein zu können. Sie empfing mich ruhig und vergoß keine Träne mehr, obgleich der Kummer sich in allen ihren Bewegungen und Zügen ihres Gesichtes ausdrückte, oft wünschten wir alle, daß Du einige Tage bei uns sein könntest, damit wir Dir Mut und Trost einsprechen könnten, aber es ging nicht, und wir mußten uns damit trösten, daß Du ja unter Menschen warst, die sich Deiner annehmen würden. Vielleicht kannst Du in diesem Sommer einmal zu uns kommen, dann bin ich auch in Detmold oder Schöttmar bei August, und dann wollen wir uns über unser Wiedersehen freuen und recht viel über Vater und Lotte miteinander reden; dann wollen wir uns freuen, daß Lotte uns ein Wesen hier auf Erden zurückgelassen, das wir in Zukunft lieben können, als sei es unsre Schwester. Dann wollen wir ihr Grab schmücken und das schönste Denkmal, was wir ihr setzen, sollen die Tränen sein, die wir auf ihn am Grabe weinen.

Über zwei Monat verlasse ich Göttingen und melde mich zum Examen, das ich ja wohl mit Gottes Hülfe bestehen werde. Wohin sich mein Fuß dann wendet, weiß ich noch nicht, doch auf jeden Fall nur dahin, wo ich mich selbst ernähren kann; denn sobald wie möglich werde ich versuchen, mein Brot zu verdienen, damit ich der Mutter nicht mehr zur Last falle. Vielleicht geh' ich, aber *nur Dir sei dies gesagt*, nach Berlin; das heißt, ich gehe hin, wenn der Onkel[3] sich für mich verwenden will, daß ich dort Privatstunden gebe; aber Bestimmtes kann ich noch nicht darüber sagen. Es ist auch nicht einmal gut, wenn man auf zu lange Zeit im voraus sorgt und denkt, in einer Stunde kann sich so viel ändern, daß alle unsre Pläne zunichte werden. Für die Mutter hat der Fürst, wie denn auch seine Schuldigkeit, gesorgt; er hat ihr die ersten sechs Jahre 500, die andere Zeit ihres Lebens 400 Rtl.[4] ausgesetzt, und vielleicht behält sie die Zeit ihres Lebens 500, wovon sie, wenn wir erst versorgt sind, recht wohl leben kann. Doch auch dies ist Dir nur im Vertrauen gesagt, und ich hätte nicht gern, wenn Du etwas gegen irgendeinen, selbst gegen die Mutter, erwähntest. Mit dem Bilde des Vaters sind wir noch nicht im reinen; doch verspreche ich Dir, sobald es fertig, ein recht schönes Exemplar zu senden. Auch mit der Auktion von Vaters Büchern sind wir noch nicht im klaren, vielleicht werden sie hier in Göttingen verkauft, weil sie in Detmold zu schlecht bezahlt werden; ich verspreche Dir, für Dich ein recht schönes Werk, was Du zum Andenken an Vater aufbewahren kannst, auszusuchen und bei der ersten guten Gelegenheit zuzusenden; doch laß *mich nur* dafür sorgen. – Wenn Du mir wieder einmal schreiben willst, was mir natürlich immer sehr angenehm, so leg' den Brief doch ein, wenn Du an Mutter schreibst, diese legt ihn dann wieder in einen Brief an mich ein, und so spare ich jedesmal 6 g[ute] Gr[oschen]. Ich wiederhole nochmals meine obigen Wünsche und bitte Dich, wenn Du irgendeinen Wunsch hast, wozu ich Dir behülflich sein kann, Dich nur an mich zu wenden; denn ich werde allezeit, soviel ich kann, Dir gern zu Gefallen sein.

Dein Bruder Wilhelm.

Wenn Du Richard siehst, so grüße ihn herzlich von mir.

1 Poststempel: Göttingen, 29.12.
2 Außer dem Vater Ferdinand Weerth war auch die Schwester Charlotte, die mit August von Cölln verheiratet war, nach der Geburt einer Tochter, die ebenfalls Charlotte hieß, gestorben.
3 Gemeint ist Bischof und Probst Johann Roß (1772–1854), der mit Louise Weerth verheiratet war, einer Schwester des Vaters von Georg Weerth.
4 In den Briefen werden verschiedene Zeichen für Reichstaler benutzt; wir ersetzen diese Zeichen für den Druck durch die Abkürzung Rtl.

11.
Georg Weerth an Wilhelm Weerth

Elberfeld, den 14. Januar 1837

Lieber Wilhelm!

Am Neujahrsmorgen erhielt ich Deinen lieben Brief, für den ich Dir den herzlichsten Dank sage. – Deine Glückwünsche erwidere ich von ganzem Herzen und wünsche Dir und uns allen Heil und Segen und daß das gegenwärtige Jahr nicht so traurig sein möge als das vergangene. – Den Gegenstand, über den Du Dich so schön ausließest, will ich nicht weiter berühren, um uns nicht beiden wieder Schmerzen zu machen. –

Diesen Brief erhältst Du noch durch die Post, franco, Deine schicke gef[ällig] über Detmold. Ich gehe jeden Morgen um 1/2 12 auf die Post, und da kann ich meine Briefe auch immer mitnehmen, was nur meinen Prinzipalen Geld kostet, und die haben es genug. – So ist die Expedition schneller. Von der Mutter erhielt ich gestern einen Brief, in dem sie mir anzeigte, daß ich bei meinem jetzigen Hausherrn ausziehen müßte, wenn das Jahr aus sei, da das Kostgeld (230 Rtl.) zu hoch sei. – Sie hat ganz recht. – Und es hat mich sehr gefreut, einen solchen Entschluß gefaßt zu haben. – Nun hat sie an H[errn] Ball geschrieben, mir ein wohlfeileres Kosthaus zu mieten; das halte ich aber für nicht möglich. – Denn unter 200 Rtl. ist keins zu finden. Ich denke nun, ich mache es mit Deiner Vermittlung und der Mutter Zulassung so, wie Ihr Studenten und die meisten auswärtigen Lehrlinge es machen. – Ich miete mir eine kleine Stube und Kammer, gehe des Mittags zu[m] Essen aus, mache mir den Tee oder Kaffee selbst des Morgens und esse des Abends ein Butterbrot. So ist hier nur wohlfeil zu leben. – Meine Wäsche muß ich dann der Waschfrau geben. –

Peills müssen sich freilich beleidigt fühlen, daß wir ihnen nichts davon gesagt haben, denn die Mutter hat es mir besonders anbefohlen, es ihnen *nicht* zu sagen. – Der Gedanke, daß mir Herr Kirchner in Zukunft helfen könne, ist wohl wahr, aber H. Rittershaus und Peills tun dies später ebenso gern, – und wenn ich mich auf dem Comptoir gut halte, so bringt mich das durch. – Dieses alles schreibe ich auch der Mutter. – Daß Du schon in 2 Monaten Deinen Kurs aus hast, freut mich sehr, und die Mutter von Dir frei, ebenfalls. – Der Onkel wird *Dir schon helfen können, wenn er will.* – Was Ferdinand aber anbetrifft, so glaube ich sicher, daß es am besten wäre, wenn er auch Kaufmann würde, dann ist ihn die Mutter mit 18 Jahren los, statt, wenn er studiert, mit 22. – Carl, wie die Mutter schrieb, macht ja jetzt sogar mit den Damen seine Versuche, indem er sie unterrichtet; ich möchte den trocknen Menschen doch gern mal zwischen einer solchen süßen Horde sehen. – Er scheint nun den Pastoren ganz links liegen zu lassen. – Das, was Du in betreff der Pension sagtest, verschweige ich natürlich, sowie, Dich an den Onkel in Berlin zu wenden. – Das Bild des seligen Vaters erwarte ich mit Sehnsucht, wenn es nur gut getroffen ist, und ich würde Dir sehr dankbar dafür sein, wenn Du es mir mit einem schönen Buche aus Vaters Bibliothek sendetest. – Die Bücher in Göttingen versteigern zu lassen, würde wohl das beste sein, da in Detmold wohl wenig herauskäme. Du mußt aber vorher ein Feuer unter den Studenten anzünden. – Wünsche habe ich keine, außer obigen, mir behülflich zu sein, daß die Mutter zustimmt, und freilich nur zu unserm Besten. – Und nun nur noch ein Gruß von Peills und

Deinem Bruder Georg.

Kirchners, die mir einen Zettel gaben, wie sie ihre Berechnung gemacht hatten, schrieben ungefähr so: Mittag- und Abendessen 12 S[ilber]gr[oschen] zusammen, morgens Kaffee 3 Sgr., mittags eine Tasse Kaffee 1 Sgr. – Abends ein Butterbrot 9 Sgr. Die Wäsche und das andre habe ich vergessen. – Habe den Zettel aber H. Peill gegeben. –

12.

Georg Weerth an Wilhelm Weerth

Elberfeld, 14. Februar 1837

Lieber Wilhelm!

Für Deinen Brief vom 11. d[ie]s[es] sage ich Dir meinen schönsten Dank und entnehme ihm mit Vergnügen, daß Du in Lippe, Detmold, Haus und alter Stube Vaters angekommen bist und ein wahres Junggesellenleben führst, mit den Dop[pel]fenstern, Blumenpötten etc. Doch fehlen Kanarien und Goldfische leider noch, die ich Dir aber bei Verlangen von H[errn] Eller betteln kann. Allein, leider ist er Kaufmann. – Daß Du an einem solchen Orte und in solcher Umgebung, wie ich sie mir denke, nun eifrig studierst und den »Falkenkrug« gänzlich vermeidest, ist mir begreiflich. Allein, ich sollte mir denken, daß solche Vorrichtungen unnütz wären, da Du ja doch nach Berlin willst und wir auch wohl bald das Haus räumen müssen; in diesem Fall bitte ich Euch alle aber, soviel mit wegzunehmen als nur möglich, denn wenn ich mir vorstelle, daß ich nichts mehr von den schönen Weintrauben mitbekommen soll, dann kann es mich ärgern; haut sie lieber ab, ich habe sie gepflanzt, damit sie nicht aus einer würdigen in eine unwürdige Hand überliefert werden! –

Unter Eure Landeskandidaten wünsche ich mit Dir Pest und Feuer, doch natürlich, die Regel ohne Ausnahme geht nicht durch. –

Daß Du Lolle[1] diesen Sommer besuchen wirst und auf längere Zeit, ist sehr vernünftig, denn daß es ihm schrecklich einsam ist, glaube ich gern. – Bei Gelegenheit empfiehl mich ihm bestens; seinen Brief hätte ich schon vor mehreren Wochen empfangen und dankte ihm herzlich dafür, sag ihm. Sein kleines Lottchen en outre [?] möchte ich auch gern mal sehen. –

Der Artikel von Deinem Soldatenglück gefällt mir, der alte Oberst hat uns wirklich ein Sümmchen gespart; so ist es doch gut, wenn man die Nachbarn in Ehren hält! Ich denke, es geht mir auch so, denn es ist keine Lust, in der Allee zu bluten, wie das für Dich eingetretene Individuum nun. –

Von hier Dir etwas Neues zu sagen, kann ich nicht, auch kannst Du Dir von der Mutter das von der Wohnung, die wir gefunden, sagen lassen. – Daß Du mich nicht besuchen wirst, tut mir recht leid, als ich mich recht darauf freute, aber es kostet alles Geld. – Und ich denke auch erst über 1 1/2 Jahr hinüberzuschlüpfen zu Euch, wo Dich dann wohl als wohlbestallten Pfarrherrn wiederzufinden hofft

Dein Bruder Georg.

N. B. Bricht die Pest aus!

1 August von Cölln. Seine Frau, Georg Weerths Schwester Charlotte, war 1836 nach der Geburt einer Tochter gestorben, die ebenfalls Charlotte hieß und zumeist Lottchen genannt wurde.

13.
Wilhelm Weerth an Georg Weerth

Det[mold], 11.3.1837

Lieber Georg!

Seit einer Woche bin ich wieder in väterlichem Hause und bereite mich für meine Examen-Arbeiten vor. Wie Du leicht denken kannst, bin ich in den ersten Tagen eben nicht zur Ruhe gekommen. Erst wartete ich auf meine Sachen und fühlte mich, so lange sie mir fehlten, eben nicht wohnlich, als diese nun ankamen, war ich mit Auspacken und Anordnen beschäftigt, und dann mußte ich die lästigen Visiten schneidern, mit denen ich leider noch immer nicht fertig bin. Es wird Dich gewiß interessieren zu wissen, auf welcher Stube im Hause ich mich aufhalte, und da wird es Dich freuen, daß ich Vaters Stube erwählt habe, sie ist, wie Du weißt, recht warm, und wenigstens für die jetzige Zeit, wo es noch immer schneit und stürmt, die angemessenste. Ich habe sie mir so gut wie möglich ausgeschmückt, der alte Sekretär paradiert noch in der alten Ecke, und zwischen die doppelten Fenster etabliere ich ein kleines Gewächshaus. Es ist mir recht lieb, daß ich mich hier so nach meiner Gemütlichkeit einrichten kann und den Umzug nicht mehr mitmachen brauch', weil ich wahrscheinlich dann schon in Berlin bin. Du weißt, ich habe erst 2 1/2 Jahr studiert und müßte also nach der gewöhnlichen Regel erst noch 1/2 [Jahr] studieren, doch höchstwahrscheinlich wird es mir erlaubt, erst mein Examen zu machen, da ich ja auch ein halb' Jahr beim Vater gearbeitet habe. Es soll mich recht sehr freuen, wenn ich recht bald damit fertig bin und mir keiner vorkömmt, da die Reihe der Kandidaten ohnedem schon groß genug ist.

Natürlicherweise muß es mir auch sehr angenehm sein, erst das Examen hinter mir zu haben, ehe ich nach Berlin gehe; da ich mich dann dort nicht immer von neuem mit meinen theologischen Arbeiten zu beschäftigen brauch', sondern meine Zeit für etwas Neues anwenden kann und mir auch vielleicht etwas durch Privatstunden zu verdienen die Gelegenheit habe. Ob ich nun den ganzen Sommer hier in D[etmold] bleibe, weiß ich noch nicht bestimmt, doch höchstwahrscheinlich werde ich eine Zeitlang zu Cölln nach Schöttmar gehen und ihn in der Einsamkeit trösten. Bis jetzt zerstreut ihn das kleine Lottchen, welches ein herrliches dickes Kind ist. Ich hatte es mir wirklich nicht so nett und rund gedacht und freute ich mich sehr über das Kindchen, als ich dieser Tage bei Cölln war. Aber wenn dies Ostern erst zur Mutter kömmt, dann möchte es Cölln doch gar zu einsam werden, und ich habe ihm deshalb versprochen, ihm Gesellschaft zu leisten, um durch meine Gegenwart, soweit wie möglich ist, seinen Kummer zu verscheuchen.

In diesen Tagen hatte ich ein besondres Glück, was auch für Dich von einiger Wichtigkeit ist und Dich gewiß auch recht sehr freuen wird. Du weißt, ich war zum Militärdienst aufgerufen, hätte diesen Sommer, da ich schon geschworen hatte, entweder mit eintreten oder einen Stellvertreter kaufen müssen. Das erste war unmöglich und das zweite sehr unangenehm für die Mutter, da sie jetzt doch so viele Ausgaben hat. Ich war eigentlich nicht im ersten Quartal und mußte nur eintreten, weil aus dem ersten ein Individuum untauglich sei. Dieses verhielt sich jedoch anders, der Mensch vor mir war über Land, und man wußte nicht wo, plötzlich kömmt er an und will einen Paß nach London, doch der Oberst läßt ihn festhalten und mit in der Allee exerzieren, mich aber aus der Reihe der Militärpflichtigen ausstreichen. Carl hat sich auch freigelost, und so sind wir alle frei, wenn Du Dich freimachen kannst, sei's durch's Los oder sonst wodurch, denn einer ist stets von selbst frei. Es ist immer der Mühe wert, denn ein Stellvertreter kömmt immer zwischen 50–150 Taler zu stehen, und sollte irgendwie Krieg entstehen, 400–500.

Ich habe Deinen Brief grade nicht vor mir, doch glaube ich auch nicht, daß irgend etwas Bestimmtes zu beantworten war als das wegen Deiner Wohnung. Ich glaube wohl, daß es am wohlfeilsten sein würde, wenn Du Dich für Dich irgendwo einmietetest und auch viel Angenehmes hätte[st], aber ich kann Dir versichern, daß dies die Mutter auf keinen Fall tun wird, weil sie Dich noch für zu jung hält, um Dich so einsam hinzustellen. Es kann ja aber in Zukunft noch immer geschehen, und ich möchte Dir wohl raten, fürs erste hierüber nichts wieder zur Mutter zu schreiben. *Ganz unter uns gesagt*, kann's wohl möglich sein, daß ich Dich nach meinen Examen besuche und d[aß] [dan]n wir die Sache gemeinschaftlich überle[gen]. Grüß Peill von mir und bleib Du immer mein [treuer] Bruder wie ich der Deine.

14.
Wilhelm Weerth an Georg Weerth

Berlin, den 13.11.1837

Geliebter Georg!

Es ist sehr lange her, wenn ich mich nicht irre, über ein halbes Jahr, daß ich Dir nicht geschrieben habe, und mein Herz drängt mich, Dir, wenn vielleicht auch nichts Neues, doch zu sagen, daß ich noch immer Dein alter Bruder Wilhelm bin, der Dich von ganzer Seele lieb hat. Als ich Dir zum letztenmal schrieb, war all mein Sinnen und Trachten darauf gerichtet, mein Examen so bald und so gut wie möglich zu machen, ich saß noch auf Vaters alter Stube, von unsern Onkeln und Tanten umgeben, das große Pult vom Vater zur Seite – und jetzt – wie bald kann sich alles ändern, bin ich Kandidat, in unser Haus ist ein fremdes Geschlecht eingezogen, und das alte ehrwürdige Pult ist auf die Leibzucht gezogen. Ja, und wenn ich mich noch ein einziges halbes Jahr weiter zurückdenke, bis zu der Reise, wo ich Dich nach Paderborn begleitete, wie ganz anders sah's damals aus – damals saßen an unserm Tische 7 Personen und jetzt nur noch zwei, die Mutter mit dem Jüngsten. Das wäre wohl hinreichend, den Fröhlichsten aus seinem Frohsinn herauszureißen. Wir sind über 80 Meilen voneinander getrennt, und wie weit sind wir es von denen, die von uns dahingegangen sind? Nicht gar weit, denn was hier auf Erden durch Liebe vereint war, das kann auch der Tod nicht trennen. Doch laß uns diesen traurigen Gedanken, die sich dann und wann an uns herandrängen, nicht zu oft nachhängen, sondern laß uns mit aller Macht danach streben, etwas Tüchtiges zu wirken und zu schaffen, daß wir früh unsre Bestimmung erreichen. Hierdurch zeigen wir uns als würdige Söhne eines sehr würdigen Vaters, und laß uns wahrhaft gute Menschen werden in Wort und Werken, dann werden wir unsere Schwester am besten ehren und unserer Mutter Freude bereiten. Ich habe von Mutter oft gehört, daß Du Dein Fach mit Lust und Liebe treibst, und das freut mich von ganzem Herzen für Dich, da ich dann auch glaube, fest überzeugt sein zu dürfen, daß

Du es zu etwas Tüchtigem bringst, indem Dich ja die Natur hinlänglich mit körperlichen und geistigen Kräften ausgestattet hat.

Und es wird auch notwendig sein, daß Du Dein Geschäft ordentlich treiben und führen kannst; denn bald ist die Lehrzeit entschwunden, sehr bald, und Du mußt Dich dann hauptsächlich auf Dich selbst verlassen, da die Mutter Dir keine große Unterstützung mehr zuteil werden lassen kann. Deshalb immer nur munter und vorwärts, als wenn's gölte, das Höchste zu erreichen! Mir ist es bis jetzt alles herrlich gelungen, und ich hoffe, mir und Dir wird's auch in Zukunft gelingen. Vielleicht hat Dir schon die Mutter ein oder das andre von mir mitgeteilt; da ich dies aber nicht bestimmt weiß und eigentlich auch nur mir zukömmt, Dir meine eigenen Angelegenheiten zu berichten, so will ich Dir in der Länge das Resultat meiner Arbeiten mitteilen. Ich wäre mit meinen Arbeiten schon weit früher und deshalb wäre ich auch mit meinen Examen weit früher fertig geworden, wenn nicht ein Mitexaminierender, Neuburg, so unendlich lange gezögert hätte. Meine Arbeiten hatte ich nämlich schon im Juni abgegeben und kam erst am dritten Oktober zum Examen. Unangenehm war mir dies Zögern freilich, aber ich benutzte diese Zeit, um mich gehörig vorzubereiten und hatte dann auch nach langer Arbeit ein sehr befriedigendes Resultat, indem ich in allen Stücken zur vollen Zufriedenheit meiner Examinatoren bestand. Du kannst Dir leicht denken, wie froh die Mutter war, als ich ihr mein Urteil vom Konsistorium vorlegte, welches folgendermaßen lautete: »Wir, Konsistorium usw., bezeugen hiermit dem Studiosus – daß er sowohl hinsichtlich der schriftlichen Arbeiten als auch im mündlichen Examen mit Auszeichnung bestanden ist.« Meine Predigt hatte ich 6 Wochen vorher gehalten, und, wie ich nach verschiedenen Urteilen glauben kann, habe ich Beifall gefunden. Es war mir ein ganz eigen Gefühl, auf der Kanzel aufzutreten, an der der Vater so viele Jahre gepredigt hatte, und vor der Gemeinde, die mich von Kindsbeinen gekannt hatte, aber die Predigt an und für sich ging ganz glücklich vonstatten. Ich hatte als Thema »Das Reich Gottes mitten unter den Menschen« und als Unterabteilungen »Wie stellte es sich zu den verschiedenen Zeiten dar« und zweitens »Welche Gefühle müssen sich in unserm Innern regen, wenn wir bedenken, daß das Reich Gottes noch in unserer Mitte ist?« Bei der letzten Abteilung hatte ich die Unterabt[ei]l[un]gen: »Es muß uns betrüben, wenn wir sehen, wie viele ihm noch nicht angehören«; »Es muß uns erfreuen, wenn wir sehen, daß es noch viele gute Menschen gibt und daß sich das Reich G[otte]s immer weiter ausbreitet«; und drittens »müssen wir fest entschlossen sein, bei uns und andern dafür zu wirken, daß sich das Reich Gottes immer weiter ausbreitet«. Bei der Unterabtlg. »Wir müssen uns freuen« nahm ich dann Gelegenheit, mit wenigen Worten davon zu reden, wie sehr es mich mit Freude erfüllen müßte, daß ich vor einer Gemeinde aufzutreten gewürdigt wäre, an der der Vater ein Menschenalter hindurch mit unermüdlichem Eifer für die Ausbreitung des Reichs Gottes gewirkt habe, und brachte so die erste öffentliche Huldigung als Kind dem Verdienste des Vaters dar. –

Nach vollbrachten Examen blieb ich noch drei Wochen in Detmold und freute mich nach langer Zeit mal wieder so recht meines Lebens, indem ich der nächsten Sorgen los und ledig war. Ich wollte, mein Neuburg hätte es auch gekonnt, aber leider hatte dieser einen Fall getan, nämlich einen Durchfall, und so wurde aus meiner beabsichtigten Reise nach Alverdissen und Pyrmont nichts, die ich mit ihm zusammen tun wollte. Ich wurde jedoch dafür entschädigt, indem Paul von Scherff die drei Wochen in Detmold war, der jetzt (aus Kindern werden Leute) fast einen Kopf höher als ich war und ein sehr netter Mensch geworden war. Wir beiden haben uns dann so lange herumgetrieben, bis es mich nach Berlin trieb. Von meiner Reise kann ich Dir wahrlich nichts erzählen, als daß sie äußerst langweilig war und ich habe mir fest vorgenommen, wenn ich einst zurückkehre, den Weg von Braunschweig aus zu Fuß zu machen. Sehr erschöpft kam ich am dritten Tag hier an und machte am folgenden Morgen meine Aufwartung beim Ohm. Anfangs wollte mich der Bediente nicht anmelden, als ich aber nach Louise fragte, ward er höflich und rascher, weil er mich für einen Verwandten oder gar für Louisens Bräutigam hielt. Der Oheim nahm mich recht freundlich auf, und die Dinge haben sich so gestaltet, daß ich bei ihm im Hause wohne und Carl zwei Häuser weit von uns, so daß wir uns in Pantoffeln besuchen können, was uns natürlich in dem ungeheuern Berlin höchst angenehm ist. –

Hier gefällt's mir nur insoweit recht gut – Du kannst leicht denken, daß ich in einigen Stücken etwas gebunden bin beim Onkel. Dafür habe ich aber an andern Annehmlichkeiten wiederum Anteil, die ich durchaus nicht haben würde, wenn ich für mich wohnte. Ich werde oft in Gesellschaft mit eingeladen zu Diners und Soirees, wo ich Gelegenheit habe, die äußern Formalitäten kennenzulernen, und mich dann auch gelegentlich bemühe, die Weinsorten meiner Musterung zu unterwerfen. Auch daß ich so im Familienkreise leben kann, ist viel für mich wert, und [da] Louise ein sehr nettes Mädchen ist und der Onkel meist munter und fröhlich, so amüsiere ich mich auch ganz gut. Ob ich hier in Berlin oder überhaupt im Preußischen noch länger mich aufhalten werden kann, steht dahin, sollte jedoch mein Wunsch in Erfüllung gehen, so möchte ich gern längere Zeit hier bleiben, da ich im Lippischen bei der ungeheuern Kandidatenzahl doch sobald keine Hoffnung habe, angestellt zu werden. Wenn wir in unserm Lande nur freie Wahl hätten, dann wäre mir gar nicht bange, aber da alles nach einer bestimmten Ordnung geht, so hilft kein Tüften und Trachten, und ich preise Dich insofern glücklich, da es bei Euch Leuten nicht nach dem Alter, sondern nach den Kenntnissen geht, und hoffentlich wird es Dir ja auch nicht an Konnexionen fehlen, da Peill und Eller sich Deiner annehmen. Wie geht es Richard? Stehst Du noch immer auf dem alten guten Fuß mit ihm? Grüß ihn doch ja recht herzlich von mir und sag ihm, daß ich sehnlichst wünschte, in Zukunft einmal in dem Lande meiner Väter Prediger zu werden. Vergiß ja nicht, dem Herrn Eller zu jeder Zeit alle gebührenden Höflichkeiten und Ehrenbezeugungen zuteil werden zu lassen, und empfiehl mich ihm, sobald Du ihn siehst, ganz gehorsamst. –

Bis wir uns mal wiedersehen, lieber Junge, kann wohl recht lange dauern, und nur werde ich mich wundern müssen, wenn Du mir, wie Du wenigstens versprachst, über den Kopf gewachsen bist. Sollte ich im nächsten Sommer jedoch nach Detmold zum [...?], dann könnten wir uns ja vielleicht einmal treffen. Wenn ich mich nicht irre, sagte mir die Mutter, nach zwei Jahren solltest Du einmal wiederkommen, und wenn es die Mutter erlaubt, dann wird Dein Prinzipal ja wohl nichts dagegen haben. –

Wie geht es mit Deinem Handel, hast Du bedeutende Geschäfte gemacht? Berlin ist wohl zu weit von Elberfeld, als daß ich Dich hier empfehlen könnte? Der Transport würde zu teuer kommen. Ich hoffe, daß Du recht bald einen Brief an mich vom Stapel laufen lassen wirst, worin Du mir Deine Verhältnisse gehörig auseinandersetzest, und ich bitte Dich, den Brief nur an die Mutter zu senden, da mir das Porto sonst zu hoch kömmt.

Gestern abend bekam ich von Mutter einen langen Brief, der mir berichtete, daß soweit alle Sachen gut stehen außer (und das ist ein schlimmes außer), daß sie *sehr stark* am Rheumatismus, oder wie sie meint, Gicht, in den letzten Wochen gelitten habe. Gott schenke ihr bald ihre frühere Gesundheit wieder! Leb recht wohl, Georg!

Dein treuer Bruder Wilhelm.

Nicht wahr, Georg, die Briefe an Dich kann ich direkt senden, da Du sie nicht zu bezahlen brauchst, oder soll ich sie auch an die Mutter schicken. Der Onkel, Tante und Louise lassen Dich alle grüßen.

15.
Georg Weerth an Wilhelm Weerth

Elberfeld, am 25. Dezember 1837

Lieber Wilhelm!

Vor einigen Wochen schon empfing ich Deinen mir sehr interessanten Brief vom 13. November und habe mich sehr über die ausführliche Beschreibung Deines jetzigen Aufenthalts und Deiner gegenwärtigen Verhältnisse gefreut, da sie ja ganz nach Deinem Wunsch und sicheren Verlangen sich herrlich gebildet zu haben scheinen. – Ja, wenn es mit Dir so fortgeht, so zweifele ich keinen Augenblick daran, und besonders mit solchem Mut und unermüdlichem Eifer, wie Du ausgerüstet bist, daß Du, ein großes Licht, einmal in der Welt auftreten wirst. – Ja freilich, laß lieber das obgleich schöne und liebe Lippe-Land liegen und suche Dir unter Preußens Fahne Ruhm und Ehre zu verschaffen. – Und es wird und muß Dir auch das gelingen, denn der Segen eines Vaters, wie Du ihn meinst und wie er es wirklich war, eines so hochwürdigen Vaters, wird doppelt auf *dem* Sohn ruhen, der sucht, ihm ganz und am ähnlichsten zu werden. – Oh, wie wird sich der Vater und die Schwester im Himmel und die Mutter hier auf der Erde freuen, wenn sie sehen, daß aus uns übrigen, und wir 2 Jüngsten, die wir noch an der Tür der großen, weiten Welt stehen, besonders, da Ihr beiden Älteren schon Eure Arbeit gut begonnen habt, etwas Ordentliches, Gott und allen guten Menschen Wohlgefälliges wird. Ja in der Tat, Du bist bisher glücklich gewesen, in einer der ersten Familien der Residenz Berlin aufgenommen, hier in den angenehmsten, nützlichsten, Dir stets Abwechselungen aller Art darbietenden Verhältnissen zu leben, bist Du imstande, Dich ferner herrlich auszubilden und die vorteilhaftesten Connaissancen anzuknüpfen. – Ob Carl in eben dem Maße glücklich ist, weiß ich nun nicht, allein, er hat ja wenig andre Dinge nötig, wenn er unter seinen Maschinen, Knochen, Pöttchen und Traktätchen sitzt. – Du hast bei Roß, mit Deinen Worten ausgedrückt, Scherz, Ironie und tiefere Bedeutung.[1] – Der Scherz ist Fräulein Louise, Ironie ihr Bräutigam und die tiefere Bedeutung der Herr Ohm. –

Hier geht es ferner gut und lustig voran; die einmal angefangene Reise durch das Leben reut mich nicht, jeden Tag gewinne ich sie lieber und finde sie angenehmer als jede andre; besonders da ich nun auch in so einem Kramhandel nicht agiere, den ich freilich jedem andern Geschäft und Amt nachstelle; denn unsre Korrespondenzen erstrecken sich bis über die Erde von einem Ende bis zum andern, wir schreiben und erhalten Briefe in mehreren

Sprachen; auf unserm Comptoir sehe ich und verfolge leicht, wie die Sache steht, von der Quelle bis in das unabsehbare Meer, wo alles sich vereinigt, wo alles sich auftürmt, wo der eine aufblüht, der andre vergeht; ich sehe deutlich, daß durch Fleiß und Mühe ich auch dahin gelangen kann, wo so ein großer Kaufmann, wie Schiller[2] ihn schildert, steht, – daß ich dann auch mal Aussicht habe, das Steuer des Handels zu ergreifen und auch das Boot zu besteigen, was unter ihm lustig und mit vollen Segeln den Ozean durchschnitt. – Dahin will ich immer und zum Höchsten streben, wenn ich auch nicht bis ins Innerste des menschlichen Treibens gelange, so will ich doch wenigstens sehen, wie weit daß ich komme. –

Wenn Ferdinand so weit ist und so alt, wie ich war, als ich Detmold verließ, dann verläßt gerade mein Compagnon unser Comptoir, und da würde es mich sehr freuen, wenn die Mutter zugäbe, daß er auch hier in unser Geschäft einträte, wenn H[err] Aders damit einverstanden wäre. – Wenn er studiert, braucht er noch einmal so viel Geld, als wenn er meine Partie nähme, und wenn er diese ergreift, verdient er sich auch 4 Jahr eher sein Brot, als wenn er studierte. –

Mit Richard P[eill] stehe ich ferner auf dem besten Fuße, er ist ein charmanter Mann, er sieht recht gut ein, daß so ein Junge wie ich, wenn er sich die ganze Woche und oft auch den halben Sonntag herumgeplackt hat, nicht noch ein paarmal in die Kirche gehen kann wie er; und wenn er es auch in seinem Sinne für übel hält, die Freuden des Lebens in einem Viertel Sonntag zu genießen, so mag er es tun, die ganze Woche bin ich zu Haus oder auf dem Comptoir zu finden, und den Sonntag dann suche ich ordentliche Gesellschaft. – Wenn ich meinen Kaffee oder Schoppen Wein draußen trinken will, so gehe ich auch immer in das erste, vornehmste Gasthaus, wo ich vor jedem erscheinen kann, und in keine Konditorei oder Kaffeehaus, wie wohl andre junge Leute tun. – Dir noch sehr dankend für Deinen obig erwähnten Brief, eile ich zum Ende und bitte Dich noch, Carl und das ganze Roß'sche Haus herzlich von mir zu grüßen und die Versicherung meiner herzlichen und brüderlichen Liebe gern entgegenzunehmen, mit welcher ich stets bleibe

Dein Bruder Georg.

1 Anspielung auf Christian Grabbes Theaterstück »Scherz, Satire, Ironie und tiefere Bedeutung«, das 1822 in Detmold geschrieben wurde.

2 Vgl. das Gedicht »Der Kaufmann« von Friedrich Schiller.

16.

Wilhelm Weerth an Georg Weerth

Horn, 23.6.1838

Lieber Georg!

Du weißt schon, welche Veränderung sich mit mir zugetragen hat, und ich brauche Dir deshalb meine Berufung zum Rektor in Horn nicht förmlich anzuzeigen. – Wenn ich mich nicht irre, so habe ich Dir früher einmal geschrieben, daß ich willens war, im Preußischen mein Examen zu machen. Zu diesem Endzweck wollte ich am Ende Juni mit dem Ohm durch Sachsen nach Detmold reisen und mich hier ein halb Jahr aufhalten, um mich auf meine Prüfung vorzubereiten; plötzlich erhielt ich die Berufung nach Horn, welche ich denn auch recht gerne annehme. Freilich war es mir hart, die schöne Reise aufzugeben, die ich auf des Onkels Kosten hätte machen können, und bei Louisens und Wilhelms Hochzeit nicht gegenwärtig sein zu können – aber Arbeit ging vor Pläsier. So mußte ich mir nichts, Dir nichts nach wenigen Tagen Berlin, in dem ich so vergnügte Tage verlebt hatte, verlassen. Obgleich ich noch stets sehr gut mit dem Ohm und der Tante gestanden hatte, so ging ich doch gern fort, weil ich nun eine feste Bestimmung und Arbeit vor mir sah und mir auch mein Brot selbst verdienen konnte. Meine Reise war ganz vergnügt, da ich nur Damen im Wagen hatte und sogar eine, die unter meine schützenden Flügel gestellt war, eine kleine Brune [?] (Schwester von Ferdinand Brune). Wenige Tage nachher, als ich mich erst ein wenig in Detmold umgesehen, mich nach dem Befinden meiner Freunde und Freundinnen erkundigt hatte, mich herzlich mit unserm Lottchen, das ein allerliebstes Kind ist, abgeherzt und mit der Mutter manch vernünftig Wort gekallt hatte, begab ich mich in meinen [...?], fand aber einen kalten Empfang, da es schneite und hagelte. – Doch bald ward es wieder freundlich, und mit den übrigen Dingen befreundete ich bald. Die Lage von Horn ist unstreitig sehr schön; ich habe die Exter[n]steine,[1] Horn, Meinberg und Detmold ziemlich nah, so daß ich hinsichtlich der Lage Horn mit keiner andern Stadt als mit Detmold im Lippischen vertauschen möchte. Vorzüglich im Sommer ist es hier ganz schön, und täglich findet man bei den Steinen Detmolder, da dort ein großer Teich mit einem Nachen angelegt ist, Spaziergänger usw., und bald geht der Tanz in Meinberg los. Freilich im Winter ist es öde; aber ich werde mich auch dann zufrieden wissen und gedenke tüchtig zu arbeiten. Im ganzen habe ich jetzt mit Privatstunden 28 und 13 Schüler. Am Sonnabend bin ich schon um 9 Uhr des Morgens frei und kann so fast den ganzen Sonnabend und den Sonntag in Detmold sein. Vorläufig habe ich noch genug zu tun, um mich in den Zug zu arbeiten. Aber nach einem halben Jahr wird's mir schon leichter werden, und habe ich den Kursus erst einmal durchgemacht, so ist's mir Kleinigkeit, d.h. ich habe dann nicht mehr nötig, mich zu präparieren, sondern nur meine Stunden abzuhalten. –

Meine Wohnung ist ganz nett und angenehm; sie liegt an der Hauptstraße, durch welche alle Wagen, die nach den Externsteinen wollen, fahren müssen, und ist auch ganz freundlich an und für sich; angenehm ist sie ferner, weil der Syndikus Meyer, [...?] ihr Bruder mit mir in einem Hause wohnt und mir seinen 18 Schritt langen Saal ganz mit zu meinem Vergnügen angeboten hat. Hier beabsichtige ich denn auch später meine Bälle und Diners zu geben. Unten im Haus wohnt ein Mann namens Faber, der früher Mönch war und eine Tochter des Bauschreibers Plöger zur Frau hat. Diese ist eine sehr gute Köchin, und in dubio habe ich deshalb den Tisch bei ihr genommen. Glänzend ist meine Einnahme freilich nicht, denn sie beträgt mit dem Geld für die Privatstunden ungefähr 250 Rtl., aber wenn ich recht sparsam bin, so kann ich damit auskommen und habe keinen Zuschuß mehr nötig. Dies ist für den Anfang genug und wird dan[n] wenigstens gleich beim Abgang von der Universität [geb]oten. Vielleicht bietet sich späterhin einmal eine bessere Stelle dar, und dann hält mich hier ja nichts, da ich jedes halbe Jahr kündigen kann. So viel von meinen Angelegenheiten. In Detmold sieht's recht gut aus. Aber die alte Frau von Cölln ist schon tot oder wird in diesen Tagen nach dem Ausspruch des Hofrats die Erde verlassen. Das Übel ging von einer Erkältung aus; doch ist die Hauptkrankheit Altersschwäche, und es wäre ganz gut, wenn sie nur bald ihrem Schwager entnommen würde, auch wegen ihrer Umgebung, denn sonst werden [Lott]chen, Marie und auch August ebenfalls krank. –

Unsre Mutter ist jetzt recht wohl; auch will sie eine [Kur] im Bad in Meinberg gebrauchen, um etwaigen [Gicht]schmerzen, die sie diesen Winter hatte, vorzubeugen. Carl gibt, wie Du wohl wissen wirst, auch dem Prinzen Unterricht und befindet sich recht wohl. Beim Schulmeistern fällt mir eben ein, daß einer ausgeschulmeistert hat, nämlich Möbius[2], indem er eines plötzlichen Todes verblichen ist; ein anderer hat ausgemeistert, nämlich der Hauptmann Meister. Beide werden unwillig sein, wenn sie oben nur Geistiges, aber keine geistigen Getränke finden.

Recht bald hoffe ich einen Brief von Dir zu erhalten, in dem Du mir genaue Nachricht gibst, wie es Dir dort gefällt, was Du dort treibst außer Deinen Geschäften, wie Du Dir Vergnügen machst, wie Du mit Deinen Hausleuten stehst, was R[ichard] Peill macht, den ich herzlich zu grüßen bitte. Denn das wirst Du mir rechtgeben, daß ich als älterer Bruder von Dir verlangen kann, Gleiches mit Gleichem vergolten zu sehen. Hoffentlich wirst Du Michaeli, da Du dann zwei Jahre fort bist, einmal wieder zu uns kommen, und ich kann Dir versichern, ich freue mich recht auf diese Zeit. Wenn ich dann mit Dir in Detmold spazieren gehe, so sehen die jungen Damen beschämt vor sich nieder, den holden Jüngling erblickend, und eine angenehme Röte überzieht ihre Wangen. Na, ich kenne das! Aber eh' Du dann nach Detmold gehst, kommst Du zu mir, und das beste Glas Wein verspreche ich Dir.

Wenn Du mir antwortest, lieber Georg, und es paßt sich grade, so lege den Brief, recht leicht geschnürt, bei der Mutter ihren ein. –

Leb recht wohl. Ich schreibe stets

Dein treuer Bruder Wilhelm.

1 Mehrere bis 40 m herausragende Felstürme im Teutoburger Wald.
2 Weerths alter Lateinlehrer Möbius vom Detmolder Gymnasium.

17.
Georg Weerth an Wilhelm Weerth

Elberfeld, 1. Juli 1838[1]

Lieber Wilhelm!

Schon vor einiger Zeit hatte ich das Vergnügen, Deinen werten Brief vom 26. p[os]t[um]o[2] zu empfangen, und indem ich Dir für seinen vielfältigen, interessanten Inhalt meinen aufrichtigsten Dank sage, setze ich mich heute hin, nach Deinem Wunsche Gleiches mit Gleichem zu vergelten. –

Sehr hat es mich überrascht und gefreut, Dich so bald unter die Haube gebracht zu sehen; – ich hätte das wirklich nicht gedacht, und kann man die Horner nur loben; daß Deine jährliche Einnahme noch nicht bedeutend ist, ist ganz natürlich, doch wirst Du wahrscheinlich ebenso schnell vom Rektor auf den Pastorstuhl steigen, als Du den Schüler mit dem Lehrer vertauschtest; – doch die schöne Reise, der Du entsagen mußtest, wird Dir noch wohl erst etwas in den Gliedern steckengeblieben sein, denn es war doch jammerschade, so viele wohlfeile Annehmlichkeiten mit einem Male aufgeben zu müssen. – Doch wir wollen davon nicht weiter sprechen, das Vergangene vergessen und uns über das Gegenwärtige freuen. –

Ich soll Dir erzählen, wie es mir hier geht und was ich anfange? – Es ist ungeheuer wichtig, was ich außer dem, was in unserm Geschäft vorgeht, sonst erlebe. – Meine freien Stunden fülle ich mit dem Studium der englischen und französischen Sprache aus, was mir auch fürs erste am meisten not tut, denn hierauf kommt später alles an. – Im Französischen bin ich nun schon gottlob so weit vorgerückt, daß ich kleinere Korrespondenz wohl führen kann, doch das Englische macht mir nun desto mehr zu schaffen. – Doch ich will mich tüchtig dranhalten und hoffe dann auch später meine Arbeit belohnt zu finden. –

Der Ort und die Umgebung erleichtern mir mein Leben sehr, denn ich bewohne mit noch einem jungen Kaufmann, der mir im Studieren mit dem besten Beispiel vorangeht, zwei charmante Zimmer, die so schön und reizend liegen, daß es nur Spaß ist, in ihnen zu arbeiten. – Ziemlich gut möbliert, unter anderm mit einem schönen Flügel, sehen sie inwendig ordentlich und nett aus; doch was ihnen denn auch noch fehlen sollte, wird durch die schöne Aussicht gutgemacht, welche man hat, wenn man sich vorn zum Fenster hinausbiegt; denn man durchsieht die ganze Länge der schönen Barmer Kunststraße, einer Brunnen-Allee ähnlich, denn an beiden Seiten verbreiten ziemlich hohe und starke Linden einen angenehmen Schatten. Vom frühen Morgen bis tief in die Nacht wogt die geschäftigste Menschenmasse der Welt in ihr auf und ab. – Links sieht man von Elberfeld den stärksten Strom heranwallen, elegante Wagen, Reiter, Karren kommen im bunten Gemisch dahergezogen, rechts fährt der märkische Bauer seine Kohlen heran, vor uns hängt der Färber seine in allen Farben schimmernde Wolle zum Trocknen auf, und hinter uns hört man unaufhörlich den kräftigen Hammer manches weithergekommenen Arbeiters, der unermüdlich das große Werk, die Eisenbahn, zu entstehen helfen sucht. – Dieses alles und die schönen Wälder, durch welche das freie Auge weithin schweift, umringt die friedliche Wohnung, welche mir ein Schloß dünkt. – Die besten Leute von der Welt bewohnen mit mir diese angenehme Wohnung. – Der Herr Drinkmann ist Lehrer und ein Mann Gottes, daher sehr geduldig und willig, weshalb man sich bei ihm ziemlich viel herausnehmen kann. – So z.B. tranken wir nie Bier bei Tisch; ich habe ihn aber so weit getrieben, daß ich nun als Kellermeister immer ein Lager des herrlichsten Saftes unterhalte. – Ich habe Dir schon gesagt, daß ich alltags wenig herausgehe, um so mehr wird aber auch der Sonntag benutzt. – Da kann man sich bei schönem Wetter, wie Du selbst wohl wissen wirst, Spaß genug machen. –

Merkwürdig ist es anzusehen, mit welcher Leichtigkeit da die jungen Leute das Geld wegwerfen; – auch ich hatte vor einiger Zeit ziemliche Übung darin, doch da alles aufgezehrt ist, muß man sich schon stille halten.

– Zu den letzten Unternehmungen, welche ich machte, gehören auch drei Touren nach Düsseldorf. Sie fielen ziemlich gut aus, besonders die erste, wo wir beinah Hals und Beine gebrochen hätten. – Ich spiele bei solchen Unternehmungen gewöhnlich den Schwager, doch hatte ich gerade da die Zügel einem Freunde anvertraut, der, da ihm mehrere Kümmel den Hals umgedreht hatten, auf einmal mit solcher Gewalt eine große Karre mit Steinen über den Haufen zu werfen suchte, daß unser Gaul bald ohne Gick weglief, sich auf gegenüberliegendem Feld nach einiger Zeit erst wiederfand und ich, dank meinem guten Engel, mich wie durch ein Wunder zwischen Himmel und Erden hängen machte. – Dies war das Werk eines Augenblicks, doch länger dauerte es, den Gaul einzufangen, die Riemen wieder anzuknoten und meinem armen Compagnon wieder auf die Beine zu helfen. –

Doch erreichten wir glücklich das Schloß Benrath, wo mitleidige Leute uns unser Geschirr so weit wieder instand setzten, daß wir bald in gestrecktem Galopp in D.dorf hereinfuhren. – Beim Nachhausefahren, mitten in der Nacht, ist unser Gaul auch einmal von selbst 1/2 Stunde weit spaziert, ohne regiert zu werden, denn als wir erwachten, hatten wir den steilen Grafenberg bereits passiert – doch man muß solche Sachen alle gewohnt werden. –

Du schreibst mir, Du hofftest mich im Herbst dort zu sehen, doch wäre es mir ungleich lieber, wenn wir das Wiedersehen bis auf das Ende meiner Lehre verschöben, obgleich ich nichts mehr wünsche, als Euch mal alle wiederzusehen. – Doch möchte ich gern mal 8 Tage an den Rhein nach Köln, Bonn und Koblenz. – Hiervon habe ich nun der Mutter nichts geschrieben, weil ich fürchtete, sie möchte es übelnehmen, daß ich den Rhein lieber als sie besuchen möchte. – Solltest Du daher hören, daß sie nur im geringsten nicht gern hätte, daß ich ein solches Reischen machte, so fange lieber nicht davon an. – Jedenfalls wäre es mir aber lieber, daß ich erst nach Beendigung meiner Lehre Euch besuchte. Doch wenn Ihr es wünscht, so komme ich mit Freuden, wenn meine Prinzipale, wie ich wohl glaube, es erlauben. –

Ich hoffe, hierüber Näheres von Dir oder der Mutter zu hören. Wenn ich meine Lehre zu Ende habe, so hoffe ich, holst Du mich ab, und ließe sich dann auch noch manches andere arrangieren. Ich denke immer, wenn ich die wunderschönen, reichen Mädchen sehe: das wäre eine für unsern Wilhelm! – Und Pastöre sind sehr gesucht und beliebt. – Wir haben neulich mal nachgezählt, daß unter 12 hiesigen und benachbarten 9 Frauen aus den ersten, reichsten Familien haben. – Ich wollte, daß Du an diesen Neunen ein Beispiel nähmst. – Es würde für uns alle von der größten Wichtigkeit sein. –

Aber ich komme allmählich ganz von meinem Text ab, – ich sollte Dich auch noch von Richard Peill unterhalten.

Er ist noch immer der alte, [from]me, hartnäckige, unermüdliche, feine Christ, das Gegenstück zu seinem fidelen Bruder. – Von beiden wäre zu wünschen, daß der eine mal aus den Konventikeln, der andre mal den Abend von der Straße käme. Richard ist jedoch ein sehr lieber Mensch und zeigt sich im Umgang gar so eigen nicht, als wie man wohl denken sollte, man muß nur, was die Religion angeht, ihn weit genug vom Halse halten. – Besonders ich, da ich den ganzen Tag mit resoluten Leuten umgehe, bin keineswegs so ängstlich in meinen Interjektionen und würde daher, wenn wir von theologischen Sachen anfingen, nur zu Richards Ärger und meinem Schaden meine liberalen Gesinnungen an den Tag legen. – Konrad ist aber gegen früher doch etwas solider geworden, obgleich er doch vor einiger Zeit noch eine Zigarrenbüchse zum Besehen rundgehen ließ, die ihm eine gewisse Dame oder Damen aus Dankbarkeit zum Geschenk gemacht hatten. –

Doch scheint es mir für heute so ziemlich alles zu sein, was ich Dir zu sagen hätte, und bitte ich Dich, mich nun auch bald wieder durch einige Zeilen zu erfreuen. –

Es freut mich sehr, daß Du in Deinem Aufenthaltsort so viele Annehmlichkeiten hast, und wünsche ich nur, daß sie Dir auch ferner erhalten bleiben möchten. –

Da ich der Mutter dieser Tage geschrieben, so wäre es unnötig, Dir Grüße an sie aufzutragen, deshalb beschränke ich mich einzig darauf, Dich zu bitten, in gutem Andenken zu halten

Deinen Bruder Georg.

PS. Wenn Du hier Pastor werden willst, so kannst Du nur kommen und eine Probepredigt halten. P[astor] Stier aus Sachsen hat großen Beifall eingeerntet, so auch Meinertshagen aus Bremen, er hat sich aber dadurch blamiert, daß er den Repräsentanten Visiten gemacht hat, und glaubt man nicht, daß er gewählt werde.

Für die Komplimente am Ende Deines Briefes danke ich bestens, ich hoffe, daß sich alles dereinst mal so einstellen wird. Sapperment!

1 In SW irrtümlich 1836.

2 Postumo: vom letzten Monat; der Brief ist allerdings schon am 23. Juni 1838 geschrieben.

18.

Wilhelm Weerth an Georg Weerth

Detmold, den 9. Oktober 1838

Lieber Georg!

Schon lange würde ich Dir geschrieben haben, wenn mich nicht der Wunsch abgehalten hätte, Dir zugleich das Geld für Peill mitzusenden. Du gibst es Richard wohl wieder mit meinem besten Dank. Zugleich fügst Du wohl irgend etwas hinzu, um mein Zögern zu entschuldigen, z.B. daß ich es mit andern Sachen oder mit Gelegenheit geschickt habe. –

Hier in unserm Haus geht es recht gut, außer daß die Mutter an Zahnweh in vergangener Woche litt und jetzt einen geschwollenen Finger hat. Carl ist nach Göttingen, um Instrumente für das Gymnasium einzukaufen. Cölln sitzt neben mir auf der Stube und läßt Dich herzlich grüßen. Er wird Dir über kurz oder lang ein Andenken an Lotte schenken, wahrscheinlich eine Tuchnadel mit Haaren, ähnlich wie er sie Carl geschenkt hat. – Lottchen ist sehr munter und lustig.

Von Neuigkeiten ist nur zu melden, daß vor einigen Tagen die Verlosung der weiblichen Arbeiten gewesen ist und wir nichts gewonnen haben; hoffentlich werde ich bei Jasper [?] glücklicher sein! Die Quentell hat jetzt gefreit, aber vorher auf der Hochzeit ereignete sich der traurige Fall, daß der Landdiakon Rohdewald aus Varenholz den Schlag bekam und tot umfiel, NB mit dem Champagnerglase in der Hand. Die Brautleute sind schnell entfernt und erfuhren erst am folgenden Tage den definitiven Tod. Carl Seiff hat sein Examen glücklich gemacht. Sein Alter gab uns einen pompösen Satz, der mit einer Szene im Keller endigte und mehreren schweren Trunkenheiten. *Unter uns* gesagt lagen Scherff und ich eine Stunde mit gesenktem Haupt vor der Kirchentür. Wie wir dahin kamen, können wir uns leider nicht erklären. – Hörte das Richard, was würde der von mir denken. –

Grüß alle in Peills Haus herzlich von mir, und wenn's Dir Vergnügen macht, auch die neuern Leute, welche ich dort habe kennenlernen.

Mit alter Liebe

Dein Bruder Wilhelm

Solltest Du die Sachen an Mutter noch nicht abgesandt haben, hast Du wohl die Güte und schickst mir zwei Pöttchen von der Haarsalbe, welche Du kauftest. Natürlich auf mein Konto.

19.

Wilhelm Weerth an Georg Weerth

Horn, den 19. November [1838]

Lieber Georg!

Soeben kömmt eine Bücheranzeige in meine Hände von einem Elberfelder Antiquar oder Buchhändler namens Landsberg, und da ich sehe, daß er die Übersetzung des Virgils, Ovids »Metamorphosen« und »Horaz« von Voß[1] für circa 1 1/2 Rtl. (d.h. alle 3 für das Geld) unerhört wohlfeilen Preis verkaufen will, so bitte ich Dich, sobald als möglich hinzugehen und dieselben für mich zu erstehen, sollten sie nur einigermaßen noch in status quo sein. Dann auch noch Lamartines »Reisen in den Orient«[2] welche, wenn ich mich nicht irre (ich kann die Anzeige nicht wiederfinden), 2 1/2 Rtl. kosteten. Doch diese kaufe nur, wenn sie noch gut imstande ist, Porto möchte ich nicht gern bezahlen. Du hast ja wohl bald mal eine Gelegenheit, sie mit Twist oder andern Geschichten herüberzusenden, und vergiß nur auch die Salbenpötte nicht, auf daß mein lockiges Haar den rechten Glanz bekömmt, und ich, indem ich wie eine Bisamkatze stinke, hier in einen guten Geruch komme. –

Viel Neues kann ich Dir eben nicht mitteilen; ein Tag geht dahin wie der andre und eine Nacht wie die andre; Neues gibt es nimmer, nur im alten; vorzüglich hier in Horn ist's ziemlich einförmig, und wenn ich meine Zuflucht nicht zu den Büchern nähme, so wüßte ich wahrlich nicht, was ich anfangen sollte. In Detmold ist alles in gutem Zuge. Die Mutter befindet sich, soviel ich darüber urteilen kann, ausnehmend wohl – (bringt mir ein Kerl 8 N[eu]gr[oschen] für einen Toten – grade genug, um heute abend einen Schoppen Wein auf der Apotheke zu trinken, oh, der glücklichen Zeiten!). Cölln mit seiner Donna sind auch recht munter. Die Kleine ist fortwährend allerliebst und wird es gewiß noch mehr, wenn sie erst mal sprechen kann. Cölln wollte mir eine Tuchnadel schenken – da ich ihn aber bat, er möge sie Dir geben, sagte er, daß er das schon beabsichtigt habe. Vielleicht hast Du sie schon empfangen, und nächsten Tage wird er Dir auch Freiligraths Gedichte[3] senden; doch schreib noch nicht davon, daß ich's gesagt habe. Es ist ganz nett von August, und Du kannst seine Geschenke ohne Gewissensbisse annehmen, da er jetzt eine recht gute Einnahme hat und auch nicht weniger Ausgaben, der Mutter unbeschadet, als wenn er allein wohnte. –

Grüß Peills doch ganz besonders von mir; wie steht es mit Gustav? Was sagten sie über unsre Tour? Auch Herrn Drinkmann vergiß nicht und versichere ihm wie Deinen Stubenkameraden meiner Liebe.

Auf baldige Antwort harrend bleibe ich

Dein treuer Wilhelm.

1 Johann Heinrich Voß (1751–1826), lyrisch-epischer Versdichter und Übersetzer. »Des Horatius Werke« waren 1806 in 2 Bänden erschienen.

2 Alphonse-Marie-Louis Prat de Lamartine (1790–1869), französischer Schriftsteller und Politiker, bereiste 1832 den Nahen Osten, veröffentlichte 1835 seine Reiseberichte »Souvenirs d'un voyage en Orient«, die im selben Jahr auch in deutscher Sprache erschienen. 1848 war er für kurze Zeit Außenminister, zog sich aber nach dem Staatsstreich Napoleons III. 1851 aus der Politik zurück.

3 Ferdinand Freiligrath (1810–1876), in Detmold geboren, war in den Jahren 1832–36 kaufmännischer Angestellter in Amsterdam, dann wieder in Deutschland, unter anderem auch in Barmen. Die 1838 erschienenen »Gedichte«, die eine exotische Phantasiewelt beschreiben, wurden sehr bekannt. Die Freiligraths waren in Detmold Nachbarn der Weerths.

20.

GEORG WEERTH AN WILHELM WEERTH

Elberfeld, 21. April [und 8. Mai] 1839

Lieber Wilhelm!

Zu meinem aufrichtigen Bedauern bin ich auf den Brief, welchen ich Dir vor längerer Zeit zu schreiben das Vergnügen hatte, ganz ohne Deine Antwort geblieben; – und wenn mir auch die Mutter dann und wann ein Wort über Dich mitteilte, so weiß ich doch eigentlich so recht nicht, wie es um Deine Seele steht, und komme daher heute, mich in Dein brüderliches Andenken zurückzurufen und Dich freundlichst zu bitten, mich doch ja recht bald viel Gutes von Dir hören zu lassen. – Obgleich ich mir wohl denken kann, daß das Einerlei dorten in Deiner stillen Einsamkeit ungestört den gewohnten Gang fortschreitet, so sollte ich doch denken, daß, wenn Du allen Deinen humeur zusammennähmst, oder auch nur einen Teil, Deine Glieder auf dem Sofa entfaltetest und dann gleich einem Schuhmacher das Licht durch eine dickbäuchige alte Rheinweinflasche, lieblich und smaragden schimmernd, hindurchblitzen ließest, Du alsbald in eine so ungeheuer interessante Stimmung versetzt werden würdest, um mit poetischem Schwunge einen Brief an Deinen Bruder auch aus dem Nichts hervorzurufen. –

Doch indem ich dies schreibe, fällt mir plötzlich ein, daß ich eigentlich im selben Falle bin, worin Du Dich wahrscheinlich befindest; – daß ich auch nicht das geringste mit Dir zu verhandeln habe und deshalb viel übler daran bin wie Du. – Denn wo ist der scharfsinnige, erfinderische Gelehrtengeist? Wo ein Gedanke von Poesie und Schwung in meinem von kaufmännischen Rechnungsexempeln starrenden, strotzenden Wanste? Wo endlich obiger dickbäuchiger Rheinwein-Apostel mit seinen Bluttränen? –

Am 8. Mai 1839

Obige Zeilen hatte der April geschaffen! Doch muß plötzlich Frost eingetreten sein, denn der Fluß hielt inne, jetzt aber treibt der Mai neue Blüten. –

Vor einigen Tagen sandte ich der Mutter ein Bällchen mit diversen Haushaltungsgegenständen und war auch so frei, einige Bücher für Dich beizupacken. Ein Shakespeare in englischer Ausgabe, der gewiß Deinen vollen Beifall ernten wird, schien mir à 2 1/2 T[aler] ziemlich billig, und ich erstand ihn zu diesem Preis. – Da ich aber gar keine Zeit habe, mich daraus zu begeistern, so zediere ich ihn Dir einstweilen mit der Bitte, ihn fleißig zu gebrauchen, aber doch sonst nicht wieder zu veräußern. – Die 2 gelben französischen Bücher sind von einem Werkchen »Cent et un«,[1] welches aus 12 solchen Bändchen besteht. – Ich kaufte sie (alle 12) à T. 1,20 Sgr. Der Antiquar hat mir dies Geld schon wieder geboten. – Sollten Sie Dir dazu anstehen, so befiehl, und ich sende Dir die andern 10 Bändchen nach, im andern Fall bitte ich um gelegentliche Rücksendung der 2 Bände. Dieses »Livre de cent et un« besteht aus Aufsätzen von allen Pariser Schriftstellern, die, um einen in der Revolution geplünderten Buchhändler zu unterstützen, das Buch zusammen herausgaben. – Es ist vorzüglich daher gut, weil es alle in letzter Zeit entstandenen Redensarten und viele neue Worte enthält. –

In den Pfingsttagen gehe ich wahrscheinlich nach D[üssel]dorf aufs Musikfest, auch will ich Sprütten und Rohdewald von Bonn dorthin ebenfalls zitieren. – Wir wollen dann konsiderablen Ulk treiben. – Gestern hat die Barmer und Elberfelder Jugend Freiligrath einen großen Fraß gegeben, – man spricht von 350 Flaschen Reißmichnieder. – Viele Grüße von Gustav Peill. – Die hiesigen Pastöre setzen jetzt nur neue Systeme auf. – Krummacher[2] predigte neulich über Josazas[3] Buch »Sonne stehe still in Gideon usw.«.

Mit furchtbarem Spektakel und häufigen Püffen auf seine Bibel lehrte er, die Sonne drehe sich um die Erde, und verwarf alles bisher Gelehrte als vom Teufel und unsinniges, gottloses Gerede. – Dieses glaubt man doch hier allgemein nicht annehmen zu dürfen, doch Richard P[eill] hat einen Zweifel mehr in der Brust.

Doch ich muß schließen. –

Mit herzlichem Gruß

Dein Georg.

1 »Le Livre de cent et un« war der Titel einer Reihe, von der nach 1830 mehrere Ausgaben in Paris und anderwärts erschienen sind.

2 Friedrich Wilhelm Krummacher (1796–1868), pietistischer Theologe, Pastor in Elberfeld.

3 Gemeint ist wohl das Buch Josua im Alten Testament. Kap. 10, Vers 12: »Sonne stehe still in Gideon und Mond im Tale Ajalon!«

21.

Georg Weerth an Carl Weerth

Elberfeld, 16. Juni 1839

Lieber Carl!

Schon im Monat Februar d[iese]s J[ahres] hattest Du die Güte, mir einige Zeilen zu schreiben, und bitte ich Dich sehr um Entschuldigung, wenn ich gar nichts darauf erwidert habe. – Doch wenn man sich mit so gelehrten Leuten, wie Du bist, unterhält, muß man erst lange vorher meditieren, ehe man die Feder ansetzt. – Ich liebe dies freilich nicht und habe es auch nicht getan und nur in der Absicht so lange mit dem Schreiben gezögert, um – der Nachsatz fehlt mir! – Doch zur Sache! Meinen patentesten Glückwunsch zu Deinem schriftstellerischen Erstling![1] Mit ungemeiner Freude empfing ich neulich das von Dir verfaßte Buch und, wie Du leicht denken kannst, setzte [ich] mich gleich hin, es gehörig durchzustudieren. – Was ich vermutete, habe ich bestätigt gefunden, daß Du nämlich nicht allein eine höchst interessante, in pompösen Stil gegossene, sondern auch eine durchdachte und very well komponierte Arbeit geliefert hast. – Dein Stil ist wirklich sehr schön und erinnerte mich bei jedem Satz an Humboldt,[2] von dem ich in letzter Zeit mehreres las; – und bin ich gewiß, daß unser dicker Rat sich über die Leistung seines ehemaligen Schülers aufrichtig gefreut haben wird. – Doch ist der Stil ja nur Nebensache und unendlich wichtiger der Inhalt einer Historie. – Ich bin wirklich erstaunt, wie Du bei so vielem Stundengeben und sonstigen Arbeiten noch so viel Zeit erübrigen kannst, um die Masse ver-

Carl Weerth

schiedener Werke, die Du immer am Fuße der Seiten anführst, durchzunehmen, und verdient Dein unermüdlicher Fleiß, den Deine Bekannten freilich nur zu würdigen wissen, alles Lob und volle Anerkennung. – Ich hoffe und wünsche, daß die kleine Schrift überall Beifall finde und Dich veranlassen möge, ferner die Wissenschaft mit Kennerblick zu durchforschen. – Bei allen denen, welche keine Rationalisten sind (ich weiß das Wort im Augenblick nicht zu nennen), hast Du Dir ein Ei in den Korb gelegt, da Du Wissenschaft und Bibel miteinander verbindest, wie namentlich Dein Schlußsatz[3] beweist, und finden sich leider nur zu wenig Leute, die darin ihr Streben konzentrieren. – Ich bin jetzt sehr neugierig, eine Rezension über Dich zu lesen, – und stöbere jetzt deshalb auf der Börse alle literarischen Blätter durch. –

Das Exemplar für Herrn Eller habe ich ihm selbst nebst Deinem Brief überbracht; – als ich bei ihm ins Zimmer trat, saß er in Hemdsärmeln da und wurde bei meinem Erscheinen ganz konfus. – Viele Bücklinge seinerseits und sein gehabter Schrecken hinderten ihn, meine höfliche Anrede vollkommen zu kapieren, und schien es ihm, wie ich glaube, als wenn ich ihm das Buch verkaufen wolle. – Er kann auch nur diesen Gedanken gehabt haben, denn plötzlich veränderte sich seine Gesichtsfarbe, und bei dem Gedanken an Geldbezahlen wäre er beinah hintenübergeschlagen. Ich tröstete den armen Mann von 100 000 Talern aber bald, indem ich ihm explizierte, daß Du Dir die Freiheit nähmst, ihm Dein erstes Werk zu Füßen zu legen, wo er dann alsbald seine ganze Höflichkeit wieder annahm. –

Ich stehe mit ihm auf sehr freundschaftlichem Fuße, und haben wir uns neulich lange unterhalten. – Vergebens lauerte ich aber auf den Moment, ihn um einen Platz in seinem Testament zu ersuchen. – Neulich gab in Barmen der Singverein einen Ball, dem H[err] Eller auch beiwohnte, und zwar den größten Teil der Nacht und des folgenden Morgens mit ganz fabelhaft schwankenden, unsichern Beinen und ungefähr in einem Zustande, den man gewöhnlich bedeutende Besoffenheit nennt. – Wäre ich da um den alten Burschen gewesen!? Auf der Stelle hätte er seinen letzten Willen aufs Papier bringen sollen, – wenn auch nicht im Humboldtschen Stil. – Der edle Freiligrath wird nun wohl bei Euch sein; – hilf ihm nur immer, sollte er sich in Zuständen wie Mr. Eller befinden, wieder auf die Beine. – Ich habe es auch schon mehr wie einmal getan. –

Da ich nicht marmoriert habe, wie ich Dir oben schon sagte, so wirst Du entschuldigen, wenn ich mich empfehle. – Grüße gef[ällig] die Mutter und behalte in gutem Andenken

Deinen Georg.

Die Einlage sei so gütig, der Mutter zu besorgen.

1 C[arl] Weerth, Die Entstehung der Menschenrassen. Ein Versuch. Lemgo: Meyersche Hof-Buchdruckerei 1839.
2 Vermutlich meint Weerth Alexander von Humboldt, dessen naturwissenschaftliche und geographische Bücher auch später oft genannt werden.
3 Der letzte Absatz (S. 93) hat folgenden Wortlaut: »So sind wir denn im Verlaufe unserer Untersuchungen zu dem Ausspruche zurück gelangt, welchen uns die ältesten Urkunden über die Entstehung des menschlichen Geschlechtes in den ersten Capiteln des ersten Buches Mosis vor Augen stellten; und werden uns freun: durch eigene Prüfung dasjenige als wahr erkannt zu haben, was wir vielleicht früher im frommen Glauben nur dafür annahmen. – Das menschliche Geschlecht, auf den Höhen im Lande nach Morgen entsprossen, von dort ausgewandert über die Erde, steht als das einige edelste Gebilde in der Schöpfung da, um in seiner unendlichen Mannigfaltigkeit und vollendeten Einheit die Größe des Schöpfers zu preisen! –«

22.

Wilhelm Weerth an Georg Weerth

Horn, den 22. J[uni][1] 1839

Lieber Georg!

Die Festtage habe ich munter und wohlgemut in Detmold zugebracht und mich auch im ganzen gut amüsiert; doch jetzt bin ich wieder in meiner alt-adligen Stadt, um dem dreijährigen Schützenfest beizuwohnen, oder vielmehr, um es durch meine hohe Gegenwart zu verherrlichen. Der gestrige Tag war sehr schön. Am Morgen früh ging ich mit Seiff (Carl Blücher), der seit 1/4 Jahr hier Auditor ist und mit mir zusammenwohnt, den beiden Falkmanns und Ferdinand hieher, frühstückten erst bei mir und gingen dann auf den Schützenplatz, wo ich mich herzlich gaudierte. Denke Dir die alten Spießbürger mit unendlich langen Schlachtschwertern, großen dreieckigen Hüten und ein Panzerhemd um die Schultern, das an vielen Stellen durchlöchert, nicht durch Kugeln, sondern von 400jährigem Rost, von weitem einem alten zerrissenen Seidentuch nicht unähnlich sah. Dabei höre [ich] sie von den Heldentaten ihrer Väter anno 1400 sprechen, worauf sie bedeutend stolz sind, von denen man aber durchaus nicht weiß, ob sie wirklich jemals sich ereignet haben, stelle Dir vor, wie hier und da ein alter Schlachtschwertdiener [?], wie sie sich nennen, nicht unter den Streichen der Feinde, sondern durch die Kraft einiger Fusel zu Boden fällt, ein andrer tanzt wie ein steifer Ziegenbock oder »Morgenrot, Morgenrot« singt, und Du hast ein lebhaftes Bild von diesem kleinlichen, aber eben deshalb, wenn man auf die Individualitäten eingeht, amüsanten Volksfest. Unglücklicherweise schoß mein Philister den Vogel, und nun hatte ich gestern einen Lärm im Hause, daß mir Hören und Sehen verging, denn unmittelbar unter mir tanzte die Kompanie des Königs nach zwei Trommeln. – Soweit war ich glücklicherweise im Schreiben gekommen, als der Besitzer des königlichen Palastes, den ich bewohne, heraufkam, um mich zum Anschauen eines Menuett einzuladen, das auf dem Rathaus nur von Herren aufgeführt werden sollte. Ich konnt's nicht gut ausschlagen, aber es gereut mich auch nicht, hingegangen zu sein. Sie tanzen nicht unter freiem Himmel, sondern unter einem Himmel von ledernen Feuereimern, mit Dreimastern, den ernsthaftesten Gesichtern von der Welt und hohen Hülsensträuchen auf dem Hut. Vorzüglich zwei alte Schmiede mit langen Frackröcken und Westen aus dem vorigen Jahrhundert boten das lächerlichste Schauspiel von der Welt dar, indem sie von Zeit Knickse und Verbeugungen machten, dann wie Damen die Rockzipfel ihrer vor Alter und Schmier wie Atlas glänzenden Schulterumhüllung anfaßten und sich von Zeit zu Zeit so schwer wie alte Kirchentüren um sich selbst drehten; versteht sich, alles mit dem ernstesten Gesicht. Heute abend werde ich noch das Vergnügen haben, mit unsern Hornschen vornehmen Schönen einen Tanz zu machen. – Doch genug, oder schon zuviel hiervon, laß mich zu einem andern Thema übergeben. Auf Deine beiden Briefe habe ich, soviel ich weiß, nichts zu antworten, sondern nur zu versichern, daß sie mir viele Freude gemacht haben, da ich draus sah, daß Dich Dein muntrer Sinn nicht verlassen hat und Du mich noch immer eben lieb hast. Wir wollen an beiden Stücken beide festhalten, so werden wir auf jeden Fall, wenn nicht auf eine brillante, doch auf eine angenehme Weise durch die Welt kommen; denn durch ein melancholisches und mürrisches Wesen verbittert man sich und anderen nur das Leben und kömmt doch nicht weiter damit als mit lachendem Herzen und Sinn. Ich wenigstens beschließe bei mir sogleich, wenn ich mich irgendwie über mich selbst oder andre ärgre, wieder fröhlich zu werden, und meistenteils gelingt [es] mir auch. – Die frühern Bücher habe ich der Mutter, auf deren Rechnung sie standen, bezahlt. Ich für meinen Teil habe nur den Lamartine und Virgil behalten, die andern habe ich Pühlig überlassen, und bin mit dem Kaufe sehr gut zufrieden. Die »Voyage en Orient« hat mir sehr gut gefallen, d.h. stellenweise, denn Lamartine wiederholt sich zu oft und ist mir auch auf die Dauer zu weich und tränenreich; die lobenswerte Seite an ihm ist ein poetisch Gemüt, religiöser Ernst, was man bei den neuern Franzosen leider nur zu häufig vermißt. Solltest Du Gelegenheit haben, die »Briefe eines Verstorbenen«[2] (Pückler-Muskau, ein noch lebender schlesischer Fürst) zu leihen, so möchte ich Dir wohl raten, sie zu lesen; er schreibt leicht, vornehm und unterhaltend, und daneben zeugen seine religiösen Raisonnements von Nachdenken und Scharfsinn, obgleich sie nicht immer mit Richards Ansichten übereinstimmen möchten. Das Werk der »cent et un« gefällt mir zu dem Preise recht wohl, es soll mir lieb sein, wenn Du mir gelegentlich die andern Bände auch senden willst. Solltest Du jedoch noch darin lesen wollen, so behalte sie auch erst noch ganz oder zum Teil da. Der Shakespeare ist schön und billig, obgleich der Druck ein Augenpulver ist. Eben wegen dieser kleinen Schrift möchte ich ihn nicht kaufen und Dir auch wohl raten, ihn nicht zu viel zu gebrauchen, wovon ich freilich wohl durch die Masse der Arbeit, die ich auf mich zustürzen sehe, fürs erste wohl abgehalten werde. Vorläufig soll er jedoch mein Bücherbrett zieren und wohl aufbewahrt werden. –

Ich sage eben, eine Masse von Arbeit stürzte auf mich los, und das ist buchstäblich zu nehmen, denn fürs erste habe ich jetzt neben meinen 28 Stunden wöchentlich noch auf Michaeli meine jährliche Kandidaten-Arbeit, und wenn ich das hinter mir habe, geht erst der rechte Tanz los. Ich habe mich nämlich definitiv entschlossen, mein Examen im Preußischen zu machen, und zwar in Münster, um womöglich am Rhein eine Stelle zu erhalten. Alle andern Pläne, die ich ausgearbeitet hatte, sind zum Teil mir leid geworden, zum Teil daran gescheitert, daß mir das Geld zur Ausführung fehlte. Hoffentlich wird mir diese gelingen. Der Onkel hat mir die besten Hoffnungen gemacht und versprochen, mir aus allen Kräften zu helfen, wenn ich erst mein Examen gemacht hätte. Daß er helfen kann, wenn er will, weiß ich aus Erfahrung, und daß er helfen will, sehe ich daraus, daß er mit dem Oberpräsidenten von Vincke[3] schon Rücksprache genommen hat. Dieser war in Detmold und sagte mir, ich möchte mein Petitum ans Münstersche Konsistorium au[ch an] ihn schicken, er wollte es selbst übergeben. Also den [ersten] geistlichen und weltlichen Herrn der Provinz habe ich für mich. Hoffentlich auch den ersten Examinator Natorach, den alten Freund des Vaters. Das Schicksal führt mich auf diese Bahn, ich will versuchen, was ich leisten kann. Du wirst schon vermuten, daß ich meine Stelle als Rektor nicht beibehalten kann, denn um Nr. I mit Auszeichnung zu erhalten, muß ich mich wenigstens 1 1/2 Jahr ganz mit Theologie beschäftigen. Wenn mir deshalb alles nach Wunsch geht, habe ich beschlossen, Michaeli, wenn's geht, einen vorläufigen Stellvertreter anzuschaffen oder ganz abzudanken, um mich in Detmold vorzubereiten. Dies sind meine Pläne – aber ich habe sie Dir nur unter der Bedingung so ausführlich mitgeteilt, daß Du sie keinem andern wieder mitteilst. – Wie's mal mit Dir wird, steht noch dahin, aber es wird schon gut gehen, wenn Du so immer mit Lust und Liebe fort arbeitest, und sollte mich mal der Himmel in die Lage bringen, daß ich Dir helfen könnte, so sei versichert, Du sollst keine Ursache haben, über mich zu klagen. Carl hat sich bald durchgearbeitet und wird über kurz oder lang seine Existenz völlig gesichert haben, auf jeden Fall, wenn Preuß mal sterben sollte.

Ist das an dem, daß Freiligrath seine Karriere aufgegeben hat und in Zukunft nur der Poesie leben will? Die Behauptung vonwegen Josua sieht einem verrückten Menschen ähnlich; was müssen in einem solchen Gehirne für Unredlichkeiten oder Verrücktheiten vorgegangen sein, bis es auf solche Absurditäten verfällt; aber wie verschroben muß auch ein solches Publikum sein, was solchen Unsinn anhört? –

Der Mutter geht's im ganzen dies Jahr besser wie zuvor. Nur über ihre Zähne klagt sie. Aber, Du lieber Gott, die gute Mutter wird auch älter. Lottchen ist recht munter und lernt doch nun etwas sprechen, obgleich langsam. Cölln hat eine Reise nach Hamburg und Bremen gemacht und befindet sich wohl. –

1 Die genaue Monatsangabe ergibt sich aus dem nächsten Brief.
2 Hermann Fürst von Pückler-Muskau (1785–1871), Schriftsteller. Sein erster großer Erfolg waren die »Briefe eines Verstorbenen« (1830 f.), in denen er über seine Reisen nach England, Frankreich und Holland berichtete.
3 Ludwig Freiherr von Vincke (1774–1844) hatte 1813 in Westfalen die Befreiungskriege gegen Napoleon organisiert und wurde Oberpräsident der Provinz Westfalen.

23.
GEORG WEERTH AN WILHELM WEERTH

Elberfeld, 30. August 1839

Lieber Wilhelm!

Deinen Brief vom 22. Juni hatte ich s[eine]r Z[ei]t das Vergnügen zu empfangen und ließ Dir auch schon durch die Mutter meinen herzlichsten Dank für alle Deine interessanten Mitteilungen sagen, komme heute aber nochmals darauf zurück, indem ich Dir den Ausdruck meiner Erkenntlichkeit wiederhole. –

Ich hoffe, daß die Pläne, wovon Du mir sprachst, Dir nicht leid geworden sind und Du mit allem Eifer strebst, sie auszuführen; es tut mir freilich sehr leid, daß Du nicht zum Ziele als durch ungeheueres Arbeiten gelangen kannst, doch wird dies denn auch wohl die letzte Deiner Anstrengungen sein und bald ein weites Feld Erholungen und schönste Aussichten vor Dir liegen. – Dieses ist wenigstens sehr zu wünschen, aber auch schon als realisiert anzusehen, denn Dein alter Fleiß, durch muntern Sinn und Kenntnisse unterstützt, wird Dich sicher jetzt nicht verlassen. – Auch werden der Ohm Roß und Freund Vincke gern die Hand Deinen Bestrebungen entgegenreichen. – Wenn dann der Frühling von neuem über Eure Berge dahinschreitet, dann stehst Du sicher reisefertig auf einem ihrer schönsten Gipfel, siehst noch einmal zurück ins Jugendland, schwingst Deinen Hut und läßt Berge, Täler und Schluchten Dein Lebewohl beantworten. – Schweigend steigst Du dann wieder in die weite Ebne, durchfliegst sie eilend und hältst erst an, wenn Du das Land und den Strom Deiner Väter freudigen Blickes erschaust. Oh, ich kann es mir denken, wie gern Du dich wieder auf dem glänzenden Nacken des alten Rheins hin- und herbewegtest, wie sehr Du wünschst, immer an seinen üppigen Ufern zu wohnen! – Und *eine* Deiner Hoffnungen muß auch in Erfüllung gehen, und gewiß die, die sich auf Liebe zu dem Lande unsres Stammes emporbaut. –

Mit nächstem Frühjahr ist auch meine Lehrzeit, ich will hoffen, glücklich vollbracht. Vieles habe ich mir über die Zukunft ausgedacht, aber noch nichts Eigentliches, was auch nicht möglich ist. – Nur *der* Gedanke und *der* Wunsch bleibt fest in mir, so bald als möglich meine jetzige Umgebung zu verlassen und mich frisch durchs Leben hindurchzutreiben und keineswegs meine Jugend in dem Dampfe einer Fabrikstadt zu verschlummern. – Die Aussichten, welche ich in Buenos Aires[1] hatte, zerstörte der dort wütende Krieg. –

Die letzten Tage habe ich mich viel im Geiste mit unserm Nandus[2] beschäftigt; – die Mutter schrieb mir neulich, daß sie den unglücklichen Gedanken gefaßt habe, ihn nächsten Ostern in die Gothaer Handlungsschule zu schicken. – Ich möchte wirklich wissen, wer der Mutter dieses angeraten hat! – Entweder hat er es aus Spekulation getan, oder es ist irgendein Mensch, der gar keinen Begriff von einem Kaufmann – ich sage Kaufmann, nicht Krämer – hat und nie das, was Goethe sagte:

»Grau, teurer Freund, ist alle Theorie,
und grün des Lebens goldner Baum!«[3]

Wenn die Mutter Ferdinand in ein solches Institut sendet, so wird das erstens viel Geld kosten, zweitens wird er nichts lernen, drittens, hat er seinen 4jährigen Kursus mal vollendet, höchstens als Volontär in irgendeinem Hause auftreten können und viertens sich erst im 20. Jahre oder gar 21. eine selbständige Existenz erringen können. – Dieses werden die unausbleiblichen Folgen sein, wenn die Mutter dem Rate dortiger Freunde glaubt; – und diese

Folgen sage ich nicht nur voraus, sondern auch Richard P[eill], Herr Rittershaus und Eller, unser Herr Kirchner und Müller und mehrere andre achtbaren Leute, mit denen ich darüber sprach und welche wahrscheinlich in kaufmännischen Angelegenheiten jeder einzelne soviel Erfahrung haben als alle Eure Krämer und sonstige Proselyten zusammen. –

Ein Institut wie das Gothaer ist nur für diejenigen jungen Leute gut, welche in dem Orte selbst wohnen, oder für solche, welche viel Geld haben und deren Eltern Kaufleute sind, indem letztere sich dann später, haben sie im Institut nichts gelernt, auf dem Comptoir d[es] Herrn Papa noch genug ausbilden können. –

Da das Ferdinand aber nicht kann, so würde er lange ein ganz unbrauchbarer Mensch sein. – Man hat hier lange die Einfältigk[ei]t eines Handlungsinstituts einzusehen gelernt, weshalb kein Kaufmann seinen Sohn in ein solches gehen läßt. – Alle jungen Leute machen eine ordentliche Lehre und bilden sich nur auf diese Weise so heraus, wie sie tun, denn hinter dem Schultisch und vor dem Katheder lernt man niemals Spekulationen unternehmen, nur Theorien, die meist im Leben unanwendbar sind. – Ich bitte Dich deshalb inständigst, lieber Wilhelm, suche die Mutter auf andre Gedanken zu bringen; – Sie mag abwarten, was aus mir nächstes Frühjahr wird, und danach entscheiden, sich aber ja in so einfältige Ratgebungen nicht einlassen. – Eine Lehrlingsstelle, wo Ferdinand alles, was er fürs Leben nötig hat, lernt, werde ich ihm hier leicht seiner Z[ei]t verschaffen. –

Entschuldige gütigst, daß ich Dich so lange mit diesem Casus langweile. – Ich habe noch eine Bitte an Dich, einem Philister auf die Schnauze zu klopfen. – Seit einiger Zeit ist hier der lange Meyer, der Tholuckianer[4] aus Lemgo, beim Grafen v[on] d[er] Recke als Lehrer seiner Zöglinge und sehr häufig mit den hiesigen barocken Kandidaten in Konventikeln zusammen. – Neulich kommt nun der K[andidat] Rubel, ebenfalls ein korrupter Mensch, und erzählt mir, er habe Meyer gesprochen, der ihm viel von Lippe-Detmold erzählt habe. – Aber was das für ein Land sein müßte, nach Meyers Beschreibung! – Er hätte nicht gedacht, daß dort solche Geisteszerrüttung herrsche, und besonders müßte der Pastor Althaus ein elendes Subjekt sein, in jeder Beziehung! – Nur einige liebliche Pflänzchen keimten unbemerkt im stillen. – Meyer, sagte er mir auch, sei ganz entrüstet und zugleich betrübt über dieses gefallene Land. –

Sollte man nicht solch einem sich hier einzuschmeicheln suchenden Hunde von gespinnbeintem Tholucker den After so zuhauen, daß ihm das Wasser zum Maule herausflösse? Ja wahrhaftig! Schließlich danke ich Dir noch für die allerliebste Beschreibung des Jubels in Horn. –

Neulich hörte ich aus *unsicherer* Quelle, Ferd[inand] Sprütten sei gänzlich auf den Furz gepfropft, und zwar mit 300 Talern Schulden. – Ich kann's nicht glauben, werde aber in den nächsten Tagen durch Freiligrath, der jetzt in Bonn ist, Bestimmtes hören.

Grüße mir auch den holden Pastor von [...].[5]

Richard befindet sich äußerst wohl, wird mit jedem Tage frömmer. Er scheißt am Ende noch Bibeln. – Konrad will sich, wenn er Geld hat, Pferd und Kutscher halten, und holt er sich dann noch ein Weib im Bordell, so ist er bedient, beweibt und beritten. –

Gestern nahm mich Konrad Peill auf einen ungeheuer patenten Ball mit, der nur von den Ersten Elberfelds besucht werden darf. – Ich tanzte mit ihm den Kotillon vor – hatte famose Tänzerinnen. –

Um Dich zu erholen, kannst Du mich wohl mal besuchen! Es ist ja nicht weit bis hier, oder richte es ein, daß wir im künftigen Frühjahr, bin ich hier fertig, mal zusammen nach Frankfurt a.M. reisen, es wäre eine gute Gelegenheit, Deine XX mal wieder zu sehen. –

Einstweilen meinen herzlichsten Gruß

Dein Georg.

Grüße gef[ällig] die Mutter und sage ihr, ich werde in den nächsten Tagen schreiben.

1 Auf seine damaligen Pläne spielt Weerth auch in späteren Briefen noch an. Die enttäuschten Hoffnungen hat er in der »Schmetterlingsgeschichte« verarbeitet (SW, Bd. 2).
2 Ferdinand Weerth.
3 Goethe, Faust I. (»Studierzimmer«); bei Weerth »doch« statt »und«.
4 Nach dem pietistischen Theologen Friedrich August Tholuck (1794–1877).
5 Bricht hier ab.

24.
Georg Weerth an Carl Weerth

Elberfeld, die schöne Stadt, am 26. Dezember 1839

Lieber Doktor!

Sehr angenehm hast Du mich durch Dein schönes Weihnachtsgeschenk, das »Nibelungenlied«, überrascht und erfreut, und bitte ich Dich, meinen herzlichsten Dank zu genehmigen. – Das schöne Buch soll ein neuer Gegenstand sein, der mich an Dich erinnert, und zwar recht oft. – Gott weiß, woher mir die große Liebhaberei an Literatur und schönen Büchern gekommen, doch muß ich gestehen, daß mir nach einem Kuß von roten, artigen Lippen oder auf dieselben ein inhaltsreiches Buch die größeste Freude verursacht. – Die Lieder-Sammlung, welche ich so frei war, Dir durch die Mutter zuzusenden, ist von einem meiner Freunde herausgegeben, der sich wirklich damit um die Menschheit berühmt gemacht oder besser: »verdient« gemacht hat. – Wenn ein alter Tröster wie Du nun das Register durchliest, ist es nicht anders möglich, als daß er sich in die goldenen Studienjahre zurückversetzt fühlt. –

Heute morgen las ich in der »Mitternachtszeitung«[1] Nr. 193 eine Rezension Deines Buches der »Rassen« und freute mich sehr, daß es überall Anerkennung findet. Man nennt es »einen Schatz von Kenntnissen und Gelehrsamkeit«. Ich werde stolz! –

Seit einiger Zeit bin ich in ein Literaten-Kränzchen aufgenommen worden, welches Freiligrath seine Entstehung verdankt. – Es besteht aus 15 Doktoren, Poeten, Kaufleuten und Taugenichtsen, welche abwechselnd in ihren Kneipen zusammenkommen, sich über Literatur unterhalten und etwas zusammen lesen. – Dies ist das einzige Amüsement, außer einem Ball von Zeit zu Zeit, welches mich unter den bornierten Bewohnern des rötlichen Wupper-Strandes noch am Leben erhält. Wirtshäuser besuche ich gar nicht, da man dort selten andre Geschöpfe als geldstolze, fromme oder liederliche Elberfelder und Barmer findet. – Ich hoffe, daß mich der kommende Frühling aus diesem Ländchen befreit und in bessere Regionen versetzt, – wenigstens tue ich mein möglichstes dazu, indem ich den halben Erdball mit Briefen bombardiere, die bis jetzt leider noch keine Bresche schossen.

Unser Freiligrath sitzt teils in Unkel, teils in Köln, dem Wein, der Liebe und Poesie ergeben. Einer meiner hiesigen Freunde besuchte ihn neulich und fand ihn in der heitersten Stimmung, jedoch ohne Geld. Er hatte einen armen Studenten bei sich, der mit ihm den letzten Bissen gebrochen hatte. – Plötzlich kommt ein Wechsel, auf Köln ausgestellt, an. Nach Köln zu fahren, um ihn einzukassieren, war unmöglich, denn niemand wollte pumpen; – man sah sich also genötigt, einen Mantel und einige Stiefel zu verkaufen, um so zum Zweck zu gelangen. – Freiligrath samt seinem Kollegen segeln also ab, im schrecklichsten Zustande und arm wie Hiob. – Doch den folgenden Tag sind sie schon zurück, – aber wie: in neuen Hosen, Polonaisen,[2], neuen Filzhüten, Kanonen,[3] – kurz, von Kopf zu Fuß in gutem Stande! – Und so leben sie lustig, bis alles aufhört, bis Gott oder Cotta[4] ihnen von neuem »Amen« zurufen. –

Ein Dichter de bon aloi![5] –

Sei doch so gütig, der Mutter meinen herzlichsten Dank für ihren Brief und ein von Peills in ihrem Auftrag erhaltenes, ungemein angenehmes Geschenk zu sagen. – Ich werde ihr in den nächsten Tagen schreiben. –

Für Ferdinand hoffe ich bald eine gute und famose, zugleich aber Vorteil bietende Stelle zu erhalten. – Der Junge wird noch einmal ein tüchtiger Kaufmann werden! –

Warum lassen Dresel, Eschenburg oder andre Detmolder ihre Söhne nicht auch mal den Handel lernen? Es ist doch das Beste, was es auf Erden gibt! –

Herrn Eller werde ich jedenfalls besuchen!

Den herzlichsten Gruß

Deines Georg.

1 »Mitternachtszeitung für gebildete Leser«, die in Braunschweig erschien.
2 Seidenzeug.
3 Eine Art Reitstiefel, die bis übers Knie reichten.
4 Freiligraths Verleger.
5 Ein Dichter von gutem Schrot und Korn.

25.

Georg Weerth an Wilhelm Weerth

Elberfeld, 17. Februar 1840

Lieber Wilhelm!

Es tut mir sehr leid, daß ich schon seit so langer Zeit gar nichts Eigentliches über Dich und von Dir gehört habe, was mir namentlich Deiner Pläne wegen doch so sehr angenehm gewesen wäre, und wollte ich Dich daher nur freundlich bitten, mich doch recht bald mit ein paar Zeilen zu erfreuen. –

Meine Zukunft scheint sich so ziemlich machen zu wollen, denn ich darf fest darauf rechnen, daß ich nach Beendigung meiner Lehrjahre der Mutter nichts mehr kosten werde, – und ist mir mit diesem Gedanken schon ein schwerer Stein vom Herzen. –

Vor einigen Tagen wurde mir von den Grafen von Meinertshagen[1] (welche noch mit dem Lippe-D[etmoldschen] Hause verwandt sind, große Bergwerke in der Eifel besitzen und ihr Comptoir in Köln haben, eine Kommis-Stelle angetragen. – Ich sollte mich auf 3 Jahre binden und wegen des Salärs mich selbst erklärten. – Da ich aber große Hoffnung habe, in Italien,[2] wohin ich durch Herrn Aders sehr empfohlen bin, unterzukommen und mir dieses tausendmal besser konvenierte, als in Köln zu verweilen, so habe ich einstweilen d[en] Herrn von Meinertsh. höfl[ich] für ihr Anerbieten gedankt und mir für meinen definitiven Entschluß noch einige Zeit ausgebeten. –

In der Zwischenzeit hoffe ich dann etwas Bestimmteres aus Italien zu erfahren, und kann mich dieses dann bestimmen, die Kölner Stelle anzunehmen oder nicht. –

Ein Kommis d[er] Herren von Meinertshagen sagte mir, daß man vorgehabt hätte, mir für das erste Jahr T[aler] 350,– und jedes darauffolgende 50 T. Zulage anzubieten. – Da man aber geglaubt habe, daß mir dieses zu wenig sein würde, so hatte man zuletzt beschlossen, mir das Fordern zu überlassen, welches ich jedoch ablehnte und mich ganz ihrer Kulantheit überließ. –

Sollte die Abreise Ferdinands gerade in eine Zeit fallen, wo Du frei bist, so versteht es sich von selbst, daß Du ihn hergeleitest; im andern Fall ist aber auch nichts gesagt, wenn Ihr den Rötlichen allein gehen laßt, wie es mit mir damals auch geschah. – Sorgt aber nur, daß seine Sachen in Paderborn mit in den Wagen kommen und daß er nicht wie ich ohne Geld und Gut in Elberfeld ans Land steigt. –

Sei so gütig und laß bald viel Gutes von Dir hören und empfange einstweilen den besten Gruß

Deines Georg.

1 Der Inhaber der Kölner Firma Graf Meinertshagen war Graf Julius zur Lippe-Biesterfeld. Georg nahm im Frühjahr 1840 in dieser Firma die Arbeit als Buchhalter auf.
2 Wie schon sein Plan, nach Buenos Aires zu gehen, scheitert auch diese Hoffnung.

26.

Wilhelm Weerth an Georg Weerth

Horn, den 23.2.1840

Lieber Georg!

Du hast recht, ich habe länger, als ich sollte, Dir nicht geschrieben; aber hieran war wirklich größtenteils Mangel an Stoff der Unterhaltung schuld. Ein Hornscher Rektor führt ein einförmig Leben; die Woche hindurch dekliniert man mensa, konjugiert amo, prügelt mitunter, daß ein Bürger sagt, die Steiße glühen, und freut sich, wenn's mal wieder Sonntag ist, wo man sich der Bequemlichkeit nach einem guten Kaffee präparieren und die Kirche schwänzen kann wie z.B. in diesem Augenblick.

Mir geht's, danke für gütige Nachfrage, bis dato recht gut, uitbenuhmen seit 14 Tage, da mir eine starke Erkältung aufs rechte Auge gefallen ist und ich nolens volens jeden Tag von 9–1 gerührt bin und meine besten Tränen vergeude; doch mit Hülfe unsres Doktors Kemper gen. Patkedrall [?] wird's wohl bald wieder ins Gleise kommen, so daß ich nächsten Sonntag meinen gewöhnlichen Gang nach Detmold antreten kann.

Mit meinen Aussichten sieht's schlecht aus; ich hatte so halb und halb vor, Ostern den hiesigen Magistrat zu bittten, Hovedissen 1/2 Jahr für mich als Stellvertreter zu nehmen, um mich während dieser Zeit aufs preußische Examen vorzubereiten; aber da fällt's auf einmal der pr[eußischen] Regierung ein, das Gesetz zu geben, daß kein ausländischer Theolog mehr zur Probe predigen darf. Man kann's ihnen eigentlich nicht übelnehmen, denn sie haben selbst genug Kandidaten, und wir im Lippischen nehmen auch keine Fremden an. Auch war mir, offenherzig gesagt, wenig daran gelegen, an den Rhein als Prediger zu kommen; sie würden mich als einen rationalistischen Ketzer trotz aller Vernunftgründe auf die allerfrömmste Weise und mit aller chr[istlichen] demutsvollen Liebe bald wieder entlassen haben. – Wie Du leicht denken kannst, bin ich jetzt wieder drüber aus, etwas Neues auszusinnen, aber meine Pläne sind noch zu unbestimmt und unsicher, als [daß ich] Dich eben damit unterhalten möchte, doch sobald sie sich fester gestalten, sollst Du der erste sein, den ich davon benachrichtige. –

Geht's also mit meinen Affären auch schlecht, so freue ich mich doch doppelt über Dein unerwartetes Glück, denn ich glaube es wohl für ein Glück halten zu dürfen, wenn Dir schon im 18. Jahre eine Stelle von 350 Rtl. angeboten wird. So viel hat Carl erst seit einem Jahr, und ich habe vielleicht erst in 10 Jahren so viel. Weißt Du auch wohl, daß Du bald losen mußt, aber fortuna juvat audacim!

Ich bin ordentlich angst, lieber Georg, daß Du Dich zwischen zwei Stühle setzest, daß nämlich Meinertshagen einen andern engagiert und die Stelle in Mailand Dir ganz in die Nüsse geht oder doch nicht nach Wunsch ausfällt. Daß es für Dich natürlich höchst angenehm sein würde, ins schöne Land Italien zu kommen und die italienische Sprache und Mädchen kennenzulernen mit ihren vollen Tönen und Busen und großen, schwarzen Augen, kann ich mir wohl denken, aber Du bist ja noch so jung und steht Dir späterhin ja noch immer die ganze Welt offen. Wenn die Stelle in M. nicht ganz gut wäre oder wenn Du es nicht für notwendig hältst, in einem Seidengeschäft zu bleiben (denn das wird d[as] Mail. ja wohl sein), so würde ich Dir unbedingt dazu raten, die Kölner anzunehmen. Du könntest Dich [?] in den 3 Jahren erst noch recht fortsetzen im Französ[ischen] und Englischen und könntest, was [der] Mutter und uns allen unendlich lieb wär[e], ein gutes Auge auf Ferdinand haben, der der Aufsicht noch sehr bedarf. Und wer weiß, am Ende faßte die Mutter den kühnen Entschluß, zu Euch zu ziehen – d.h. *wenn's Dir lieb wäre. Auch dies ganz unter* uns; ich möchte nicht, daß Du Dir hiervon irgend etwas merken ließest.

Noch manches habe ich mit Dir zu sprechen, was sich nicht gut auf dem Papier abmachen läßt, aber hoffentlich werde ich in ein paar Wochen bei Dir sein, und dann wollen wir uns ordentlich aussprechen. Es wäre mir sehr lieb wegen meiner Stunden, wenn Ferdinand bis 14 Tage vor Ostern ausbleiben dürfte, d.h. bis zum 4. April, da ich dann Ferien habe und es schon besser Wetter sein kann. Solltest Du etwas dazu tun können, daß er so lange Zeit erhalte, sollte es mir sehr lieb sein.

Wenn Ferdinand gleich in der Mitte März fort muß, so kann ich ihn allerdings auch wohl, was die Mutter sehr wünscht, hinbringen, aber dann könnte ich mich gar nicht in Elberfeld aufhalten, was mir natürlich sehr verdrießlich sein würde. Du findest ja wohl irgendeinen Grund, daß er noch so lange bleiben darf. In dieser Zeit waren Kemper und Krüger hier. Sprütten macht sich schlecht. Wegen Lärm im Theater haben sie ihn neulich sogar festgesetzt.

27.

Georg Weerth an Wilhelmine Weerth

Horn, 2. Juni 1840

Liebe Mutter!

Ich ging gestern vom Falkenkrug mit Seiff hierher und bat Leop[old] Falkmann, es Carl sagen zu lassen, was er hoffentlich getan haben wird. –

Wilhelm läßt Dich bitten, ihm seinen dort liegenden Rock durch Überbringer zuzusenden.

Bis morgen einstweilen meinen schönsten Gruß.

Dein Georg.

28.

Wilhelm Weerth an Georg Weerth

Horn, den 7.7.1840

Lieber Georg!

Daß Du glücklich bis Wiesbaden gekommen bist, habe ich am vorigen Mittwochen schon am Falkenkruge von der alten Hofrätin Scherff gehört. Hoffentlich bist Du aber noch weiter gekommen und hast gehörigen Spaß gehabt, obgleich Dich in der letzten Zeit das Wetter eben wohl nicht begünstigt hat. Solltest Du noch nicht geschrieben haben, so laß doch bald, wenn auch nur wenige Zeilen, vom Stapel laufen, damit die Mutter erst die Beruhigung hat, Dich in Köln wohlbehalten zu wissen.

Vielleicht hast Du noch auf Deine Sachen warten müssen, aber daran ist die verdammte Grenze dran schuld; denn der Koffer hat eine geraume Zeit in Lippspringe gelegen, und wer weiß, wie la[nge] er noch daselbst gelegen hätte, wenn ihn nicht ein [uns] bekannter Hornscher Kaufmann gesehen und auf [sei]ne Bitten mit nach Paderborn gekriegt hätte, wo [er] ihn nach langer Visitation auf dem Zollamt, wo sie vorzüglich gerne das Rasierzeug haben behalten wollen, weil es nicht ausdrücklich mit angegeben war, dann hier an den Spediteur Köning abgegeben hat.

In unserm Haus geht's allen recht wohl; die Mutter hat wieder angefangen zu baden, und ich wollte, wir hätten nur gut Wetter, damit ihr das Bad gut bekäme. Quod deus bene ventat. Meine Wenigk[eit] hat schon seit 8 Tagen Ferien, ich war schon einige Tage in Detmold, wo wir am Mittwochen eine kleine Landpartie am Falkenkrug hatten. Jetzt bin ich schon seit fast 8 Tagen wieder hier, um meine jährliche Arbeit zu machen, damit ich die Michaeliferien ganz frei habe. Grüß Ferdinand auch herzlich von mir und sag ihm, ich würde ihm in ein paar Tagen antworten; in diesem Augenblick bin ich zu sehr verschnupft, und, wie Schierholz sagt, Damen im Kopf, als daß mir das Schreiben Vergnügen machen könnte.

Dein treuer Bruder W.

29.

Georg Weerth an Wilhelm Weerth

Dem edlen rotbärtigen Rektor
Schul-Tyrann
und dergleichen
in
Horn

Köln, 4. September 1840

Lieber Wilhelm!

Aus einem Briefe, den ich dieser Tage von Carl Piderit[1] erhielt, ersah ich zu meinem größesten Vergnügen, daß Du beschlossen hast, in den nächsten Ferien hierherzukommen, und zweifle ich auch gar nicht daran, daß Du Deinen Vorsatz ausführst. – Ich habe jetzt eine großartige Kneipe gemietet, die viel Volk fassen kann, und sollst Du die Zeit hier schon ganz agréable verbringen. – Den Tag über, wo ich, und Ferd[inand] ebenfalls, auf dem Comptoir sind, müßtest Du Dir freilich durch Lesen und Spazierengehen vertreiben, doch wären wir immer am Mittag zusammen und abends von 7 Uhr an. – Am Sonntag machten wir kleine Ausflüchte nach Bonn und ins Siebengebirge, wohin man von hieraus in wenigen Stunden für einige Groschen gelangt, sagten Freiligrath einmal guten Tag, kurz, wir würden schon angenehme Ferien haben. – Wenn Du daher Zeit hast und Dein Beutel nur einigermaßen gerüstet ist, so komm auf einige Zeit zu uns; – wenn Du einmal hier bist, so sind wir sicher, da man sich hier äußerst wohlfeil amüsieren kann. – Wenn ich Geld hätte, ich schickte Dir gern, aber Gott weiß es, 25 Sgr. per Monat ist nicht viel, und wenn das Ende des Monats kommt, so spüre ich immer ungemeine Sehnsucht und Leerheit. – Einige Bücherankäufe haben meinen baren Fond gänzlich heruntergefressen. Alles, was ich weiß, ist der goldene Spruch Falstaffs: »Si fortuna me tormenta, sperato me contenta«,[2] und den rufe ich Dir wiederholt zu. –

Wie sieht es in Detmold aus, ist Dein Schatz und Augentrost jetzt dort? Was macht der Verliebte und seine Inklination? Noch keinen Schritt weiter? – Ich führe ein heiteres Leben. – Am Morgen trinke ich Kaffee, rauche und lese. – Den Mittag wird gut gegessen, und den ganzen Tag ärgere ich mich über die fabelhafte Bestimmung des Menschen. – Abends schaut man in die klaren Rheinwellen, und später lernt und studiert man, um am Ende doch nichts zu wissen. – Von Zeit zu Zeit besuchen mich Elberfelder Vögel, und hat mir namentlich der famose Püttmann[3] dieser Tage durch seine mehrtägige Visite viele Freude gemacht. – Seine Biographie und Übersetzung der Gedichte des Engl[änders] Chatterton hat er vollendet und sie mir zum Geschenk gemacht. – Wir besuchten zusammen Freiligrath, der jetzt von aller Welt belagert wird, soeben hatten ihn Duller,[4] Auerbach[5] und Clemens Brentano[6] verlassen, und da wir hörten, daß sich für den Nachmittag eine Gesellschaft Engländer hatte anmelden lassen, so verzogen wir uns gleich, nachdem wir ein fröhliches Mittagsmahl gefeiert hatten. –

Der arme Poet ist übel dran, wenn ihn auch alle Welt für glücklich hält. – Aus allem geht mir hervor, daß er die Glanzperiode gehabt hat, was namentlich sein letztes Gedicht »Die Rose«[7] beweist. –

Bewahre Dein Vorhaben, so sehen wir uns bald von Angesicht zu Angesicht.

Den herzlichsten Gruß

Deines Georg.

Ferdinand ist gesund und munter. – Dein Ebenbild. – Alle Leute mögen ihn gern leiden, und H. Ricker ist mit ihm zufrieden.

1 Sohn des Arztes Dr. F. Piderit aus Detmold.

2 »Wenn das Schicksal mich quält, stellt mich die Hoffnung zufrieden« (Shakespeare, König Heinrich IV., Teil 2, II, 4).

3 Hermann Püttmann wurde am 12.8.1811 in Elberfeld geboren und starb am 24.12.1874 in Richmond/Australien. 1839 erschien in Leipzig die »Düsseldorfer Malerschule«, 1840 sein »Chatterton« in Barmen. In seinen 1841 anonym in Hamburg herausgekommenen »Tscherkessenliedern« besang er den Freiheitskampf gegen den russischen Absolutismus. Sein Buch »Kunstschätze und Baudenkmäler am Rhein« (Main 1843) widmete er »seinem lieben Freunde Georg Weerth«. Nach mehreren Jahren Redakteurstätigkeit bei der »Barmer Zeitung« wurde er im Herbst 1842 Feuilletonchef der »Kölnischen Zeitung«. Diese Tätigkeit übte er bis 1.12.1844 aus. Danach gab er verschiedene Zeitschriften und Jahrbücher des Frühsozialismus heraus. 1845 emigrierte er in die Schweiz, wo er noch seine »Socialen Gedichte« herausgab. 1854 verließ er Europa und ging nach Australien. Sein Nachlaß ist nicht erhalten. Vgl. Bert Andréas/Wolfgang Mönke, Neue Daten zur »Deutschen Ideologie«. In: Archiv für Sozialgeschichte (Hannover) 8 (1968), S. 90 f.

4 Eduard Duller (1809–1853), Dichter und Geschichtsschreiber, verließ 1830 aus politischen Gründen Wien.

5 Berthold Auerbach (1812–1882), Verfasser von Dorfgeschichten.

6 Clemens Brentano (1778–1842), Dichter der Romantik und Mitherausgeber der Liedersammlung »Des Knaben Wunderhorn«.

7 Dieses Gedicht wurde von Freiligrath erst 1849 in den Gedichtband »Zwischen den Garben« aufgenommen.

30.

Wilhelm Weerth an Georg Weerth

Lippstadt, den 14. September 1840

Lieber Georg!

Du wirst Dich gewiß verwundern, daß Du aus Lippstadt von mir einen neuen Brief erhältst, und noch dazu mitten in meiner Schulzeit, aber die Geschichte hängt ganz natürlich zusammen. Ich sitze hier bei Böhmer auf dem Comptoir – er arbeitet und ich feiere und habe Langeweile, was kann ich besser tun, als an Dich schreiben; die Langeweile vergeht, ich werde warm und spare am Porto einen Silbergroschen.

Gestern habe ich hier gepredigt, wenn auch nicht zur Wahl, weil das nur die Kandidaten der Diözese dürfen, aber doch, um mich wählen zu lassen von der reformierten Gemeinde. Die Sache ist bis jetzt ganz gut gegangen; den Hauptkerls habe ich, wie mir Böhmer versichert, gut gefallen, und das schöne Geschlecht ist nicht minder erbaut von meiner Lieblichkeit. Gebe doch der Himmel, daß mir hier die Sache glückt, Paris, das lippische Europa und alles übrige könnte mir dann gestohlen werden, ich hätte 700 Rtl. Gehalt, eine schöne Wohnung mit einem herrlichen Garten an der Lippe und eine gebildete Gemeinde von höchstens 400 Seelen. Vielleicht entscheidet sich die Sache bald, und ich werde Dir dann weitere Nachricht mitteilen. Du kannst Dir vorstellen, daß ich in großer Spannung bin. Ich werde den Onkel gehörig bombardieren, daß er mich mit seinem bischöflichen Ansehen unterstützt.

In unserm Hause befindet sich alles beim alten. Cölln ist eine Zeitlang in Bremen gewesen, um seine kranke Schwester Meinertshagen zu besuchen. Wie es mir scheint, hat die arme Frau die Schwindsucht und kröppelt sich noch eine Zeitlang hin, aber bei ihren ewigen Schmerzen werden ihre Kräfte wohl bald aufgerieben sein. Für August tut es mir besonders leid, da er diese Schwester ganz besonders lieb hat. –

Der Mutter geht es im ganzen gut, doch fühlt sie, daß ihr das Wohnen nach Norden hinaus schlecht bekommt, daß sie sich oft erkältet, wenn sie von außen in die kalte Stube kömmt. Dieser Grund und auch wohl das Gefühl, daß ihr die ganze Wirtschaft zu führen zu schwer fällt, wird denn auch wohl bald die Folge haben, daß sie sich von Cölln separiert und entweder allein oder mit Carl zusammen zieht. Ob dies bald vor sich gehen wird, weiß ich freilich nicht, doch glaube ich auch, daß es gut für sie wäre, nicht allein aus den angeführten Gründen, sondern auch natürlich – unter uns gesagt – aus finanziellen Gründen, denn sie kann sich das Leben mit ihrer Einnahme weit bequemer und angenehmer machen, wenn sie allein zieht, und wird doch weniger gebrauchen wie bisher.

Vor einiger Zeit sprach sie gegen mich aus, daß sie willens wäre, Euch im nächsten Jahre zu besuchen; ich sollte sie dann auf halben Weg bringen, wo sie einer von Euch in Empfang nehmen sollte; oder wenn das nicht ginge, so kann ich sie natürlich auch ganz bis nach Köln begleiten. Ich glaube jetzt nicht mehr dran, daß ich schon in den nächsten Ferien zu Euch kommen kann; denn Althaus foltert mich mit meinen jährlichen Arbeiten, und außerdem beabsichtige ich in diesem Winter mein zweites Examen zu machen, was auch wohl einige Hosenhinterteile kosten wird; ich stehe schon mit einem Kandidaten in Unterhandlung, der für mich eintreten soll.

Meine gute Pauline ist schon seit zwei Monaten in Detmold. Ich habe sie gewöhnlich am Sonntag gesprochen und bin fortwährend in ihrem Hause gut gelitten. Sie ist eine sehr vornehme Dame geworden und sehnt sich, wie es mir scheint, wieder zurück zu den Assembleen und Cercles; ich will ihr wünschen, daß sie dort alles findet, was sie sucht. Mit uns beiden ist es wohl zu Ende, späterhin werde ich Dir wohl mal das Trauerspiel mitteilen, es ist mir jetzt selbst noch zu neu und auch noch nicht beendigt. Am 26. will sie abreisen; erst aber meinen Geburtstag noch mitfeiern helfen. Erwähne mir die Geschichte aber doch gegen niemand, es würde mir höchst unangenehm sein.

Ferdinands Geburtstag muß in diesen Tagen sein, grüß ihn doch aufs herzlichste von mir und wünsch' ihm alles Gute zu seinem Geburtstag; gern schenkte ich ihm etwas, aber weiß der Himmel, ich habe an nichts Überfluß als an Schulden und bete mit Dir »si fortuna me« usw. und hoffe, daß die Hure sich bald bei mir meldet und mir nicht immer ihren glatten Hintern zudreht, bei dem man sich nicht halten kann.

Ich werde bald an Ferdinand schreiben, einstweilen kannst Du ihm aus meinem Briefe das Mitteilbare mitteilen. Um Gottes willen mag aber doch, daß er bei einem tüchtigen Sprachmeister Stunden nimmt. Du weißt ja selbst, was darauf ankömmt, neure Sprachen zu verstehen. Vielleicht könntest Du außerdem auch noch etwas mit ihm zusammen lesen.

Böhmer läßt Euch beide herzlich grüßen. Sein Geschäft geht brillant, er hat eine nette Frau und auch ein munteres Mädchen. Sie haben mich sehr freundlich aufgenommen, und Böhmer gibt sich alle mögliche Mühe, mich als Kirchenvorsteher hierher zu termolvieren. Alte Freundschaft rostet nicht!

Schreib mir doch Deine Adresse. Ich weiß nicht, ob die heutige vollständig und richtig ist.

31.
Wilhelm Weerth an Georg Weerth

Horn, den 15.1.1841

Geliebter Georg!

Obgleich es schon spät ist und meine Füße und Hände anfangen, kalt zu werden, will ich doch noch ein paar Worte an Dich vom Stapel laufen lassen.

Mir geht es, wie Du von Ferdinand gehört haben wirst, Gott sei Dank noch immer wohl und munter, obgleich ich niederträchtig viel zu tun habe, da Hannibal ante portas, das heißt, mein Examen vor der Tür ist. Mit meiner Lippstädter Sache steht es, soweit ich darüber urteilen kann, recht gut, und ich bin voll guter Hoffnung. Auf jeden Fall komme ich mit auf die enge Wahl. Roß und von Vincke haben mich noch dazu den beiden Hauptkerlen, einem Superintendenten Seidenstücker und dem Bürgermeister Bertram empfohlen, was auch noch wohl helfen wird. Es wäre ein enormes Glück für mich, und ich bin in großer Spannung, bis sich die Sache gelöst hat.

Von Roß habe ich die höchst traurige Nachricht erhalten, daß unsre gute Tante Roß[1] am 5.1. gestorben ist, an einer Nervenkrankheit. Der alte gute Ohm dauert mich von ganzem Herzen, da er nun so ganz allein dasteht. Er erkundigt sich immer so teilnehmend nach Dir und F[erdinand], daß Du wohl, wenn auch nur mit wenigen Worten, ihm Dein Beileid bezeugen könntest; er würde es gewiß sehr gut aufnehmen.

Der Oberpräsident schreibt mir unter anderm, »ich suchte Ihren H[errn] Bruder Georg in Elberfeld, fand ihn aber zu meinem Bedauern nicht, hörte jedoch, daß er in Köln sei und es ihm wohl gehe. Wird er denn nicht bald zum Onkel[2] nach Bonn gehen? Es könnte ihm sehr nützlich sein!« Ich weiß nicht, was d[er] O. hiermit meint, ob Du ihn nicht besuchen oder nicht ganz zu ihm gehen wolltest ins Geschäft. Glaubt er ersteres und Du hast den Onkel noch nicht besucht, so versäume es doch ja nicht. Der Onkel wird Dich sehr gut aufnehmen, und wer weiß, ob er Dir oder Ferdinand, wie der H. O. meint, nicht noch einmal sehr nützlich werden kann. Es sind ja nur ein paar Stunden, und der Onkel wird es Euch gewiß verargen, wenn Ihr ihn ganz ignoriert. Du könntest ja auch mit ihm erst einmal Deinen Plan wegen Buenos Aires überlegen. Um Gottes willen übereile Dich nur nicht und suche das Glück nur nicht in der Weite, wenn Du noch gar nicht versucht hast, es in der Nähe zu finden. Auf keinen Fall geh so auf gut Glück hin, Du könntest Dich sonst doch gewaltig zwischen zwei Stühle setzen, indem Du Deine jetzige Stelle aufgäbest und in B. A. keine neue fändest; ganz abgesehen davon, daß die Kosten ebenfalls verloren gingen. Tätest Du wohl nicht besser, wenn Dir Deine jetzige Stelle nicht behagt, Dich um eine Stelle in England zu bemühen? Du lerntest dann eine Sprache mehr und würdest auf diese Weise Dir Deine Zukunft sichern. Sprich doch ja mit dem Onkel oder sonst einem tüchtigen Kaufmann und frag um Rat, ehe Du einen solchen gewagten Schritt tust.

Bei uns geht es im ganzen gut; die Mutter wird Dir das Nähere wohl schon geschrieben haben; alles ist in Aufregung: Carl will bauen, Cölln will bauen usw. Ob Carl gut dran tut zu bauen, eh' er eine ordentliche Einnahme hat, weiß ich nicht, ich glaube es nicht, Cölln glaubt's nicht, aber Du weißt, wenn Carl etwas will, so hilft kein Gegenreden, im Gegenteil dreht er alles, was ihm entgegensteht, so lange, bis es aussieht, als ob dies grade ein Grund mehr für ihn sei. Wenn er aber durchaus bauen will, nun gut, so mag er wenigstens die Mutter mit ihren wenigen Kapitalien aus dem Spiele lassen, sie dürfen schon Euretwegen nicht dem wankenden Preise eines Hauses unterworfen sein. Ebensowenig kann und darf sich die Mutter verpflichten, lebenslang bei ihm zu wohnen? Doch dies nur *unter uns beiden!* –

Grüß Ferdinand herzlich und sag ihm, wenn er sein Bett mal zum Vergnügen ansteckte, möchte er ja zu keinem davon reden, da sonst das Gerücht leicht bis zur Mutter kommen könnte.

Für das Los sage ich Dir meinen besten Dank; aber wie ist's damit, hast Du es mir nicht post festum geschickt. Doch soll mir das erzählende Mädchen auch recht lieb sein, es kann mir und meinen Vögeln viel vorerzählen.

Wenn Du grade mal Zeit hast, schreibe mir doch, wenn auch nur wenige Zeilen, sie sollen mir immer lieb sein.

Dein treuer Bruder Wilhelm.

1 Louise Weerth, Frau des Bischofs Roß, war am 5.1.1841 gestorben.

2 Friedrich aus'm Weerth (1789–1852), Fabrik- und Grundbesitzer, Bankier und königlich preußischer Kommerzienrat, war ein Cousin des Vaters von Georg Weerth.

32.
GEORG WEERTH AN WILHELM WEERTH

Köln, den Februar 1841

Lieber Wilhelm!

Den herzlichsten Dank für Deinen Brief! Leider ist noch nichts Gewisseres über die Lippstädter Affäre darin – hoffentlich dreht sich aber alles zu Deinem Besten! Tu es Dir aber selbst zulieb und denke nicht zu sehr daran, sonst ist, wie Du auch selbst weißt, später, in einem unglücklichen Falle, Dein Ärger, Kummer und Verdruß desto größer! Der Onkel Roß hat freilich recht, wenn er sich beschwert, daß ich noch nicht in Bonn gewesen sei. – Ich bin sicher 4–5[mal] auf meinen Streifzügen ins Siebengebirge dort durchgekommen und sogar einmal, ohne daß ich es wußte, im Weerthschen[1] gewesen, um, da die Tür offen war, mich nach einem Hause zu erkundigen, und doch, Gott weiß es, habe ich nie dazu kommen können, dem Onkel meine Aufwartung zu machen! Doch sobald nun wieder Geld in Bänken ist, soll alles gutgemacht werden! –

Der Tod der Tante hat mich ebenfalls nicht so sehr um die Tante selbst als um den Ohm gedauert und betrübt; denn ich kann mir so recht vorstellen, wie die beiden alten Leute, von allen Kindern getrennt, sich namentlich in letzter Zeit ganz aneinander gewöhnt hatten. – Ja Gott! Geboren werden, leben und zu Dreck und Staub werden. Thus runs the world away![2]

Was meine amerikanische Geschichte angeht, so kannst Du aus meinen Briefen an Carl sehen, wie ich in allen Dingen mit der größesten Vorsicht zu Werke gehe. – Keinesfalls bleibe ich aber länger hier. Das Meinertshagensche Geschäft ist steif und uninteressant wie ein alter Adeliger, – Ferdinand, wie ich nun sicher weiß und täglich sehe, vergißt das nicht, was er zu Haus gesehen und gehört hat, und da er ein fixer, tüchtiger Junge ist, so kann er ohne mich gut fertig werden. –

Das Volk ist hier lustig und froh, gefällt mir gut, und bin ich mit jedem bald bekannt. – Die Leute von früher sind es aber lange nicht! – Am meisten amüsiert mich, wie natürlich, die Stadt selbst, und namentlich daher, weil ich in der letzten Zeit die Kölner Chronik studiert und viel über Bauten und Kunstgegenstände gelesen habe, ohne, wie Aug[ust] von Cölln meint, gerade katholisch zu werden. –

Carls Baupläne sind mir freilich auch sonderbarlich vorgekommen. – Doch ist er alt genug, sich selbst raten zu können. – Es sollte mir leid tun, wenn er in die Patsche geriete, – laß ihn nur die Jungfrau Elisabeth, Tochter des Regierungs- und Kammerpräsidenten, festhalten, vielleicht läuft dann doch noch alles gut ab. – Wirklich! Über Euern Landtag habe ich mich gefreut. – Ist ein Staat auch noch so klein, so kann er doch seine Rechte behaupten, und schadet es gar nichts, wenn einer von den 36 Monarchen von Zeit zu Zeit etwas gestäupt wird, – die guten Leute werden sonst zu üppig! –

Hier rumort jetzt die karnevalistische Hanswursterei im höchsten Grade. – Jeden Sonntag ist Komitee, wo sich 600 Menschen, alt und jung, arm und reich, mit den tollen Mützen auf den baumelnden Köpfen, versammeln, nicht um das Wohl des Landes zu beraten, aber wie sie sich die folgende Zeit amüsieren wollen. – Es gibt nichts Herrlicheres, als diese fröhliche Menschenmasse beieinander zu sehen, – Tische und Bänke sind überflüssige Gegenstände, jeder hängt die Flasche an den Hals, behält das Glas in der Hand, um den Rednern, die fortwährend in kölnischem Platt von der Wiege herunterdonnern, stante pede ein Hoch oder je nachdem ein Gezisch darbringen zu können. – Dann singt die ganze Gesichte das Lied ohne Text: O Jerum! O Jerum! Dreißig Blechinstrumente fallen brausend ein. – Man wird außer sich, verliert den Kopf, umarmt alle Menschen, Grauköpfe und junge Burschen – in einem Wort, ist wahnsinnig, toll!

Jetzt tönt die Domglocke! Alles fließt auseinander – und da der Abend noch lang ist, verdienen die Wirte noch einen Haufen Geld, denn die meisten erholen sich nicht so schnell von der Raserei und stürmen die ganze Nacht aus einem Weinhaus ins andere, bis sie der Montagmorgen mit hängendem Kopf an der gewöhnlichen Tagesarbeit wiederfindet. –

O Jerum! O Jerum!

In den nächsten Tagen werde ich jedenfalls einmal an den Onkel Roß schreiben. – Gestern erhielt ich durch Kemper einen Brief von der Mutter, in dem sie sich sehr besorgt über meine neuen Reisepläne ausspricht, – bitte sie doch, überzeugt zu sein, daß ich keine leichtsinnigen Streiche anfangen würde, obgleich ich oft große Lust dazu hätte! – Die Mutter muß aber nur immer bedenken, daß ich kein Geld habe!

Hoffentlich wirst Du mir bald gute Nachricht aus Lippstadt schicken, ich laß dann hier 11 Freudenschüsse ertönen, auch würde ich schon Ochsen zu einem Dankopfer auffinden! –

Leb wohl! Behalte in gutem Andenken

Deinen Georg.

1 Das Haus des Kommerzienrates Friedrich aus'm Weerth.
2 Das ist der Welten Lauf.

33.
Wilhelm Weerth an Georg Weerth

Horn, den 25.3.1841

Lieber Georg!

Am Sonntag war ich in Detmold und suchte die Mutter, welche seit einiger Zeit durch ihr Ausziehen, durch Carls Bauwut und nun seit einigen Wochen wegen Eures langen Schweigens in Not war, aufzuheitern. Grade war ich nach der Kirche dabei, ihr Deine Don Quijotiade, welche sie von Althaus[1] gehört hatte und worüber sie sehr böse war, als einen lustigen Streich darzustellen, als Dein Brief, Dein unglückseliger Brief, ankam. Die Mutter las ihn kaum halb, als sie leichenblaß und laut weinend auf den Stuhl fiel. Nimm es mir nicht übel, l[ieber] G[eorg], die Sache ist übereilt, und Dein Brief war keineswegs in einem solchen Ton geschrieben, wie es sich gegen eine Mutter wie die unsrige gebührt.

Abgesehn von allem übrigen laß uns gleich zur Sache schreiten. An Deinem Briefe an und für sich habe ich auszusetzen, daß er in einem gar zu leichten Tone geschrieben ist, wie man wohl an einen guten Freund schreibt, in der Sache selbst ungefähr folgendes: Du wußtest sehr wohl, daß die Mutter es nun und nimmer zugeben will, daß Du von Europa weggehst oder auch nur Deine Stelle verläßt, ehe Du eine andre fest hast; sie hat es Dir ja geschrieben, deshalb hättest Du Dich doch wohl bedenken sollen, hättest Carl und mich auch wohl fragen können, da Du weißt, daß wir Dich beide von Herzen lieb haben, eh' Du einen solchen Schritt tatst und Deine gute Stelle aufgabst. Du konntest sie ja noch immer aufgeben, wenn Du die Erlaubnis der Mutter dazu hattest, und ich kann gar keinen Grund zu diesem Schritte finden, wenn nicht den, daß Du die Mutter hierdurch zu zwingen und zu überrumpeln hofftest, worin Du Dich dann aber mehr als gewaltig in der Mutter geirrt hast!

Es ist um so viel schlimmer, daß Du so gehandelt hast, da die Mutter allein steht und diesen Schritt als eine Verachtung gegen ihren Willen ansehen muß; und laß mich Dich mal aufs Gewissen fragen, ob Du so bei Vaters Lebzeiten hättest handeln können und dürfen. Mag Dir Deine Stelle auch noch so langweilig sein, so ernährt sie Dich und muß Dich ernähren. Ich bin auch nicht auf Rosen gebettet, bei meinen 250 Rtl. und 30 Stunden wöchentlich in diesem verdammten Nest und trage mein Schicksal, obgleich ich schon 5 Jahr älter bin als Du.

Die Mutter hat denn aber auch ganz vernünftige Gründe, denen Du hättest Gehör schenken müssen. Sie weiß nicht, und wir wissen auch nicht, wie und woher wir Dir 300 [Rtl.] verschaffen sollen. Es ist noch so viel vorrätig, daß Ferdinand fertig werden kann, und wenn er wenig gebraucht, so können auch noch wohl 400–500 Rtl. übrig bleiben, die müssen aber auch übrig bleiben, denn wer soll Euch sonst vom Militärdienst freikaufen, wenn Ihr Euch festlost. Ein Stellvertreter kostet 150–200 Rtl. Die Mutter könnte dies Geld von ihren 400 Rtl. nicht ersparen, und wie's mit Carl, der jetzt noch toller Weise ein Haus auf Borge bauen will, auf das er das geborgte Geld ingressieren lassen muß, mit mir steht, weißt Du doch. Wenn Du aber die Mutter damit trösten willst, es wieder zu verdienen und zurückzuzahlen, so kann ihr das höchstens nur als frommer Wunsch erscheinen, aber nicht als Gewißheit. Wenn 300 Rtl. für *uns* eine so kleine Summe wär', glaubst Du dann nicht, daß ich schon lange in Frankreich wäre?

Mein Rat geht dahin, lieber Georg; werde mir nicht gram darum, schreibe der Mutter und bitte sie inständigst wegen Deines Briefes um Verzeihung, dann suche, wenn es irgendwie möglich ist, Deine jetzige Stelle zu behalten, arbeite, wenn Du nicht genug zu tun hast, für Dich und suche Dir, wenn es irgend angeht, etwas zu ersparen. Solltest Du Deine Stelle nicht wieder erhalten können, so gib Dir alle mögliche Mühe, eine andre zu finden, denn es würde Dir doch wohl mehr als verdrießlich sein, wenn Du in Detmold auf der Bärenhaut liegen müßtest, und das sollte doch wohl der Fall sein, da die Mutter in ihrem Entschluß durchaus fest ist. Gegen Deinen Plan an und für sich habe ich nichts, im Gegenteil scheint er mir ganz schön und gut, aber muß noch einige Zeit anstehn, erstens weil Du noch zu jung bist und nach des Hofrats und Stockmeyers Meinung bald dem dortigen Klima erliegen würdest – laß Dich nicht durch den Namen des Land[es] täuschen, zweitens weil Du in Europa [noch] viel lernen kannst und auch wohl m[ußt], drittens weil es nicht gut wär', we[nn] Du von Ferdinand fortgingst, viertens [weil] Dir die Mutter, eh' Du gelost hast, kein Geld geben kann, fünftens weil der Krieg in dortiger Gegend keineswegs beendigt ist!

Ich muß, da es schon acht geschlagen hat, schließen, um zu meiner täglichen Schulqual zu gehen. Herzliche Grüße an Ferdinand, ich hoffe, er schreibt mir bald einmal, wenn auch nur einige Worte.

Dein Wilhelm.

1 Vgl. dazu auch die Schilderung des Karnevals in einem Brief von Theodor Althaus an Friedrich Althaus, in: Friedrich Althaus, Theodor Althaus. Ein Lebensbild. Bonn: Strauß 1888, S. 34 f.: »Nachmittags vier Uhr, am 21. Februar [so erzählt Theodor] führte nach langem Warten der Ludwig von Nassau, mit carnevallustigen Reisenden bis zum Sinken überladen, Cruel, Müller und mich nach Köln, wo er uns ganz durchfroren gegen sechs Uhr absetzte. Wir fragten uns glücklich bis zur Brückenstraße durch, um dort zu erfahren, daß die jungen Herren nicht zu

Hause wären und wahrscheinlich im Theater sein würden. Dahin begaben wir uns denn auch, bewunderten in Robert dem Teufel die Höflichkeit des Kölner Publicums gegen die Spieler und kamen um zehn Uhr glücklich gegenüber der Columbakirche an, obwohl das vierstündige Stehen unsre Unterthanen nicht wenig angegriffen hatte. Zu unsrer größten Zufriedenheit machte Weerth senior die Thüre selbst auf, kurz darauf taumelte Sancho Pansa in Kemper's Gestalt die Treppe herunter und bald saßen wir, nachdem auch der jüngere Weerth angekommen war, friedlich auf der alterthümlichen Kneipe unter dem Phaetonsgemälde, bei einigen Flaschen Moseler, die uns bis Mitternacht, und, mit Durchsprechen der gegenseitigen Schicksale und Neuigkeiten und dessen, was da kommen sollte, wach hielten. Hierauf verfügten wir Beglückten uns in unsre respectiven Betten, Weerth senior und Kemper gingen nach des letzteren Kneipe, um dort ein Obdach zu suchen. Nach einer halben Stunde jedoch überraschten sie uns mit der Trauerbotschaft, daß das Haus verschlossen sei. Sie fingen also an, ihre Charaktere zu spielen: der Don Quichote bettete sich auf den Fußboden in einen Winkel, mit einigen Mänteln, während Sancho Pansa zu Cruel in's Bett kroch und uns noch ein halbes Stündchen mit Witzen, wie sie einem Angerissenen ziemen, belustigte, ärgerte und endlich einschläferte. Gegen acht Uhr Morgens ging, noch während des Kaffeetrinkens, die Rumpelei los und die Costümirung begann. Eine Stunde wenigstens erforderte es, bis die rothe Jacke, der Panzer, der Helm Mambrino's und die übrigen Attribute des Herrn und Meisters angelegt waren, die zweite verfloß mit der Bepinselung desselben und seines Knappen, Warten auf die Reitpferde und einem mit lebhaftem Eifer fortgeführten Zank, ob sie um zehn, elf oder zwölf im kaiserlichen Hof sich versammeln müßten. Endlich, nach einigen verunglückten Versuchen, die Zügel der Rosinante richtig in die Hand zu bekommen, setzte sich Don Quichote, furchtbar anzusehen mit seiner Hellebarde von 1661, seinem hölzernen Schwert und seinen mächtigen roth und gelben Stulpenstiefeln, langsam in Bewegung; ihm folgte Sancho Pansa auf einem Esel, der leider so störrig war, wie die wiederholte Anwendung meines Teutoburgers nicht hinreichte, sondern der Herr des Thiers, der aus zärtlicher Sorgfalt mitgegangen war, es am Zaum nachführen mußte. Auf dem Halse des Thiers, vor dem Reiter, dessen schwarzsamtenes Wamms mit aufgeschlitzten Aermeln, kurzer Hose und grauen Strümpfen zu den mächtigen Schnallen auf den Schuhen und dem Strohhut mit rothem Band wohl paßten, hing ein großer Quersack, dessen eine Seite sechs Flaschen Wein zierten, denen auf der andern Seite ein Brod, Aepfel, Zwiebeln und sonstiger Mundvorrath das Gleichgewicht hielten. So verzog sich das edle Paar allmählich und wir folgten ihm auf den Neumarkt, wo schon in dem durch Seile abgeschlossenen und von Soldaten bewachten Raume, unter den in den buntesten Farben flatternden Carnevalsfahnen, ein noch bunteres Gewimmel herrschte.« [usw.]

34.
Georg Weerth an Wilhelm Weerth

Köln, 28. April 1841

Lieber Wilhelm.

Den herzlichsten Dank für Deinen neulichen Brief! Du wirst aus meinen diversen Schreiben an die Mutter meinen jetzt tugendhaften Lebenswandel gesehen haben und hast Dich hoffentlich darüber gefreut. – Alles ist wieder in dem alten Gleise und wird noch so fortgehen, da der Teufel oder jemand anders alle meine Pläne vernichtet. – Nun, man weiß nicht, wofür es gut ist!

Daß ich die Mutter und Dich für einige Zeit hier haben werde, legt Balsam auf meine Wunden! Eine gute Kneipe wird schon aufzufinden sein; – die jetzige, von mir und Ferdinand bewohnt, ist zwar sehr angenehm, da sie mitten in der Stadt und im belebtesten Teile liegt. – Seit einem Jahrhundert hat sie aber kein Sonnenlicht geschmeckt und ist daher schauerig kalt. – Zudem sind die Leute, obgleich rechtschaffen und bieder, doch keineswegs von der Art, daß die Mutter mit ihnen speisen könnte. –

Es ist demnach am besten, daß ich bei vorgerückter Zeit einige Wochen vorher ein Zimmer in der Nähe des Rheins zu mieten suche, von wo aus die Mutter keine Reise mehr zu den Spaziergängen zu machen brauch[t]; – denn diese wird sie gern und oft besuchen wollen, was aber nicht möglich ist, wenn sie mitten in der Stadt wohnt. –

Ich freue mich recht eigentlich darauf, wenn Ihr beiden heransteigt. – In einem Tage können wir von hier nach Mainz reisen, also zusammen einige herrliche Tage auf dem Dampfboot verleben, auch mal ins Niederland hinunterfahren, auf der Eisenbahn nach Elberf[el]d rutschen – kurz, ich glaube, daß Ihr, ohne ungeheuere Ausgaben zu dulden, doch Freude und Genuß von Eurem Aufenthalt hier haben werdet. – Gegen den Winter zu werde ich dann die Mutter dorthin zurückbegleiten. –

Aus dritter Hand habe ich gehört, daß Konr[ad] Peill nach Messina gezogen ist, um dort, von wessen Geld weiß ich nicht, eine Baumwollspinnerei anzulegen. – Ihr Geschäft in Elberfeld wurde durch die immer steigende Konkurrenz nach und nach so herniedergedrückt, daß es kaum mehr der Mühe wert war, darin zu arbeiten. – Diese Spekulation in Messina wird aber meiner Meinung nach Peills wieder auf die Beine bringen, da man nur ein routinierter Mensch zu sein braucht, um dort Geld zu verdienen. –

Von Weerths in Bonn[1] habe ich nichts gehört und sie auch noch nicht besuchen können, was aber in den nächsten Wochen geschieht. –

Pfingsten werde ich nämlich ganz allein oder nur mit einem Freunde in der Ahr herumstreichen, um den vielen Besuchen und großen Depensen während dem Musikfest auszuweichen, was in diesem Jahr hier mit großem Pomp gefeiert wird. – Konr[adin] Kreutzer[2] ist Dirigent, und aus allen Weltgegenden sind schon Sänger herbeigerufen. – Man bekommt hier wirklich alles zu sehen! – Den Sommer durch sind auf hies[iger] Bühne Seydelmann und Kunst engagiert, – und außerdem werden mehrere ausgezeichnete Sängerinnen die Stadt durchzugvögeln. – Das Theater ist jetzt mein eigentlichster Zufluchtsort geworden, – in voriger Woche sah ich das allerliebste »Glas Wasser«[3] und Gutzkows »Rich[ard] Savage«,[4] der übrigens gefährlich abgesunken ist. – Ich hatte dem Verfasser wahrlich mehr zugetraut, – denn wenn das Stück auch einige gute Stellen hat, so ist das Ganze doch aus einem sehr philiströsen Gehirn hervorgegangen.

Habt Ihr dort gehört, daß der Graf Westphal[5] aus Münster vor einigen Tagen wegen des hies. Erzbischofs[6] in Berlin gewesen ist? Der König hat ihm nach gehaltener Audienz befohlen, in 24 Stunden die Stadt zu verlassen. – Die Adresse des Grafen an den König habe ich gelesen und mich ungemein über die Freimütigkeit desselben gefreut. – Es heißt darin: »Ihro Maj[estät] hätte bei Gott gelobt, dem Volk ein gerechter König zu sein, und könne es daher nicht vor Ihrem Gewissen verantworten, daß ein Bürger, ohne gerichtlich verhört zu sein, seiner bürgerlichen Freiheit beraubt bliebe.«

Wenn es mehr solche Leute wie den Graf Westphal gäbe, stünde Deutschland auf einer höheren Stufe in der Reihe der Völker! –

Ich schwadroniere schon zu lange und wüßte wahrhaftig auch weiter nichts Besonderes zu erzählen. – Deshalb das herzlichste Farewell

Dein Georg.

Die nächsten Wochen werden recht genußreich für mich sein, da der famose Püttmann[7] (dessen Aufsätze und Lieder im »Rhein[ischen] Jahrbuch« wie im Hamburger »Telegraphen« Du hoffentlich gelesen hast) auf einige Zeit hierher kommt. Seine Frau bleibt freilich noch einstweilen in Barmen. – Um die ganze Sache näher zu besprechen, kommen wir nächsten Sonntag in Düsseldorf zusammen. – Ach könntest Du doch hier am Rhein sein! In diesem Leben voller Liebe, Wein und Poesie!

Des Spaßes halber schreibe ich Dir auf dem Kuvert eines meiner jüngsten Lieder[8] ab und wünschte, daß es Dir Freude machte. –

Grüße die Mutter, Carl und August wie die Kleine aufs herzlichste von mir. – Ferdinand schreibt Dir jedenfalls in einigen Tagen!

Noch mal den besten Gruß

Dein Georg.

An Deine Desdemona!

Möchte sein: ein keckwilder Vogel
Zu fliegen durch Morgenlüfte!
Möchte sein ein keckwilder Vogel
Zu fliegen über Berge und Klüfte!

Und wenn ich die Brust mir gebadet
In des Frührots güldenen Wellen,
Wollt' ich blitzschnell herniederrauschen
Zu des Tales sprudelnden Quellen!

Und käme die Maid, die holdsel'ge,
Zu schöpfen aus klaren Fluten,
In der murmelnden Quelle zu kühlen
Der Wang' jungfräuliche Gluten:

Wollt' ich auf's Köpfchen ihr fliegen,
Ihr Haupt mit den Flügeln umschlagen,
Die schönste der Locken ihr rauben
Und fort in die Wolken tragen!

1 Friedrich aus'm Weerth (1789–1852) war 1842/43 Georg Weerths Chef. Er war zugleich das Urbild des Herrn Preiß in den »Humoristischen Skizzen aus dem deutschen Handelsleben« und im »Romanfragment«.
Vgl. zu der Fabrik Martin Schumacher, Wirtschafts- und Sozialverhältnisse der rheinischen Textilindustrie im frühen 19. Jahrhundert. Ein Verzeichnis des »beschäftigten Personals« der Baumwollspinnerei und Weberei Weerth in Bonn 1847. In: Rheinische Vierteljahrsblätter (Bonn) 35 (1971), S. 301–334.
Seine Söhne: Friedrich (1811–1897), August 1813–1890), Julius (1817–1895), Adolf (1820–1898), Emil (1822–1887) und Ernst (1829–1909).

2 Konradin Kreutzer (1780–1849), Komponist.

3 »Ein Glas Wasser«, Theaterstück von Eugène Scribe (1791–1861).

4 Karl Gutzkow (1811–1878), Schriftsteller und Journalist, war einer der Stimmführer des Jungen Deutschland. Er erregte vor allem durch seinen Roman »Wally, die Zweiflerin« Aufsehen. »Richard Savage« (1839 erschienen) war sein erstes Theaterstück, mit dem er damals viel Erfolg hatte.

5 Clemens Graf von Westphalen (1805–1885), Großgrundbesitzer, war von 1835–39 Landrat in Meschede, wurde 1839 Mitglied des Provinziallandtags in Münster. Am 23.3.1841 trat er mit einem scharf formulierten Antrag der Solidarisierung mit Droste-Vischering vor den Landtag und fuhr dann nach Berlin, um dem König seinen Standpunkt zu erläutern, der ihn aber ungnädig abwies. Vgl. dazu Friedrich Kiemann, Die Affäre Westphalen. In: Westfälische Zeitschrift (Münster) 123 (1973).

6 Klemens August Freiherr von Droste zu Vischering (1773–1845), seit 1835 Erzbischof zu Köln. In der Frage der gemischten Ehen kam es zum Konflikt mit der preußischen Regierung. 1837 wurde Droste verhaftet und später auf die Festung Kolberg gebracht.

7 Gemeint sind das »Rheinische Jahrbuch für Kunst und Poesie«, das 1840 und 1841 von Freiligrath, Matzerath und Simrock herausgegeben wurde, und der in Hamburg von Karl Gutzkow herausgegebene »Telegraph für Deutschland«.

8 »An Deine Desdemona!« In der Handschrift der »Gedichte« unter dem Titel: »Lockenraub« mit leichten Abweichungen. Vgl. SW, Bd. 1, S. 32.

35.

Julius Graf zur Lippe-Biesterfeld[1] an Georg Weerth

Oberkassel, den 11. Dezember 1841

Herrn G. aus'm Weerth in Köln

Ihr Schreiben vom 9. d. M. hat mich ebenso unangenehm als unerwartet überrascht, indem ich Sie nur höchst ungern aus meinem Dienste treten sehe und bei der bisher bewiesenen guten Aufführung, bei Ihrem Fleiß und Ihrer Treue wohl gewünscht hätte, Sie meinem Geschäfte zu erhalten. Doch kann ich Ihren Wunsch nicht unbillig finden, zumal Sie sich in einer solchen Weise gleich verbessern, daß ich Ihnen für den Augenblick kein Äquivalent zu bieten wüßte. Ich will daher auch Ihrem Wunsche, schon mit dem 1. Februar k. J. aus meinem Geschäfte auszutreten, kein Hindernis in den Weg legen, und wollen Sie daraus, daß ich, um Ihr Fortkommen zu befördern, gerne von dem durch Sie eingegangenen Kontrakt abstehe, den größten Beweis meiner Zufriedenheit entnehmen. – An Ihr Versprechen hinsichtlich der Verschwiegenheit über die Verhältnisse meines Geschäftes auch nach Ihrem Austritt, namentlich im jetzigen Augenblick, darf ich Sie wohl nicht erst erinnern, denn dafür bürgt mir schon Ihr bisheriges untadelhaftes und rechtliches Benehmen!

Indem ich daher meine aufrichtigsten Glückwünsche für Ihr ferneres Fortkommen Ihnen sage, wünsche ich Ihnen gleichzeitig alles Gute in Ihren neuen künftigen Verhältnissen!

Julius Graf zur Lippe-Biesterfeld.

1 Leiter der Firma des Grafen Meinertshagen, in der Weerth von 1840 bis 1841 beschäftigt war.

36.

Wilhelm Weerth an Georg Weerth

Horn, den 15.12.1841

Lieber Georg!

Dein Brief traf mich in ziemlich schlechter Laune, an der ich leider in letzter Zeit öfters leide; aber ich kann Dir nicht sagen, wie fidel ich zu Mute war, als ich Deinen Brief gelesen, und wie schwer es mir wurde, gegen die Mutter, die merkwürdigerweise Deinen Brief nicht geöffnet hatte, zu schweigen. In jeglicher Weise halte ich Dein neues Engagement für vortrefflich, für so vortrefflich, daß ich weiter keine Worte verlieren will. Das schöne Bonn, 500–700 Rtl., Gelegenheit genug, Dich kaufmännisch, Dich anderweitig auszubilden, für Dich allein wohnen, und doch in einer vornehmen Familie lebend. Wenn Du nicht Georg wärst, ich könnte Dich beneiden. Auch für Ferdinand freut es mich nicht wenig, daß Du in der Nähe bleibst. Es lebe bayrisch Bier, bayrisch Bier hoch, das uns stimulierte, nach Bonn zu spritzen! Kannst Du dem Kemper die Deinige Stelle nämlich nicht verschaffen, der Oberförster würde sich gewiß nicht wenig freuen.

Was den Geldpunkt anbelangt, so halte ich den in Deiner Lage durchaus nicht von Wichtigkeit; ich habe mit Cölln und Carl davon geredet, da es mir durchaus unmöglich ist, Dir zu helfen. Schon vor ein paar Jahren versuchte ich es für einen Freund, 50 Rtl. zu leihen, aber mußte die Kränkung erfahren, abgewiesen zu werden; und ich selbst sitze leider in Schulden, daß ich nicht weiß, wie es mit mir werden soll, wenn es sich nicht bald ändert. Carl sowohl wie auch ich glauben, daß Du ohne alle Umstände den jungen Fritz um Vorschub bitten kannst. Er wird es Dir, wie wir beide glauben, mit dem größten Vergnügen geben und es mehr wie natürlich finden, daß Du einige Schulden hast. Das Ehrenrührige, was Du dabei findest und fürchtest, verliert sich durch die Bemerkung ganz: Du möchtest der Mutter nichts davon sagen. Ich würde mich wenigstens in Deiner Lage draus nicht genieren und Fritz es entweder schreiben oder mündlich sagen, was noch wohl besser wäre. Solltest Du beides jedoch nicht wollen, dann schreib mir umgehend, und ich will schon dafür sorgen, daß Du das Geld bekömmst. Die Mutter gibt Dir gern 25 Rtl., Carl leiht sie Dir (leider hat er alle seine Kröten nötig für Maurer-, Zimmer- und Tischlermeister), und Cölln soll Dir dann die andern 50 Rtl. leihen; da er grade eine kleine Erbschaft getan hat; denn sonst ist der von uns allen der Abgebrannteste. So kann die Sache und soll sie eingerichtet werden, wenn Du nicht an F. schreiben willst, was ich für das beste halte. Auf keinen Fall darf die Mutter hören, daß du 100 Rtl. Schulden hast. Sie hält Dich sonst für einen Verschwender, wie mich die selige Lotte für einen Soffer, weil ich an einem Abend eine ganze Flasche Wein getrunken hatte!

Mich drückt jetzt leider vieles, was ich in mich fressen muß, und zuweilen will mich meine Heiterkeit verlassen, wozu viel gehört. Beide Briefe, die ich an Dich geschrieben, habe ich zerrissen; wozu hilft das Klagen, wozu das Weinen? Man wird bald zu alt dazu! Mit Lippst[a]dt wird es bald zum Schluß kommen. Die Pfaffen machen mir noch einige Schwierigkeiten als Ausländer, die hoffentlich bald beseitigt werden, da sich unsre Regierung meiner annimmt.

Carl würde Dir bald sein Buch als Antwort senden. In zwei Monaten werde ich Dir als Revanche für Dein schönes Bild einen gut getroffenen Steindruck von des Vaters Bild schicken, den ein Münchner mit Namen Engelbach macht. Das Bild ist nach dem Gemälde, was ich von Schinkenberg bekam, doch weit besser als das Bild, und zwar nach bloßer Beschreibung verbessert. Er hat die Mutter ausgezeichnet gut getroffen, von der wir in der Folge auch einen Abdruck veranstalten müssen. Rosen kennt Engelbach – sag ihm, er solle Dir mal etwas von dem Polterabend erzählen, wo er ihn bei mir kennenlernte. –

Der üble Eindruck, den mein Ausbleiben hervorgebracht hatte, ist durch eine Predigt in den Michaelisferien wieder getilgt, und die Aktien stehen gut. Du hast ja die Predigt gelesen. Sie wurde noch einmal umgearbeitet und gefiel allgemein. Die Stackers merkten am Ende, daß es ein Stück meiner Lebensgeschichte war. Ob die letzte Predigt gelingt, steht dahin. Sie soll [sein] über Pred[iger] Sal[omo] 7,14: »Am guten Tage sei guter Dinge, und den bösen Tag nimm auch vorlieb; denn diesen schaffet Gott neben jenem, daß der Mensch nicht wissen soll, was zukünftig ist.«

Curiosa. Bertha Hasse heirate einen Bückeburger von Kampen, Fritz von Meien Emilia Hermfordt [?]. Kondoliere in mein[em] Namen bei Rosen.

Grüße Ferdinand aufs herzlichste von mir, sag ihm, wenn ich auch nicht oft schriebe, ich dächte desto mehr an ihn. Auch Rosen vergiß mir nicht und Kemper.

37.

GEORG WEERTH AN WILHELM WEERTH

Köln, den 20. Januar 1842

Lieber Wilhelm!

Ich würde Dir für Deinen letzten Brief schon lange meinen herzlichsten Dank gesagt haben, wäre außerdem irgend etwas Merkwürdiges zu melden gewesen. –

Daß ich Dir unendliches Glück zum neuen Jahr wünschte, daß ich so [dumm?][1] war, der Mutter meine Schuldengeschichte zu erzählen, und sie so gütig, mir über 100 T[ale]r zu senden – alles weißt Du! – Die vorigen Tage brachte ich in Bonn zu, um mit Weerths über einige Sachen vor meinem Eintritt noch zu reden. – Wie immer, nahmen sie mich mit großer Freundlichkeit auf, und ich muß gestehen, bisher noch keine Familie gefunden zu haben, wo es erfreulicher und flotter herging wie da. – Auf dem Comptoir werde ich die Hauptsachen zu tun finden, da Fritz nur in der Fabrik arbeitet und Julius sehr häufig hinausgeht. – August W. hat mit dem früheren Kommis Immler, den Du auch kennst, in Bonn ein Bankier-Geschäft angefangen und Adolf sich für immer auf das Gut Marienforst zurückgezogen, da sie sonst nichts mit ihm anfangen zu können scheinen. – Er liegt sich jetzt mit dem Alten bedeutend in den Haaren. – Enfin, alles soll sich schon machen, und sehnsüchtig erwarte ich das Ende dieser Woche, wo ich von hier abreise. –

Leider kann ich den Karneval nicht mitmachen, der dieses Jahr herrlich wird. – Zwei Parteien, welche sich früher schroff gegeneinanderüber standen, wollen gemeinsame Sache machen, um dem etwas gesunkenen Feste wieder den alten Schwung zu geben.

Jeder vernünftige Mensch spricht jetzt nichts andres als dummes Zeug und grübelt die ganze Woche darüber nach, wie er das sonntägliche Komitee durch einen guten Witz verherrlichen könnte. – Eins meiner Lieder[2] wurde zuerst gesungen – mit großem Applaus aufgenommen und zweimal wieder abgedruckt und unter allen guten Narren verteilt, – worauf ich natürlich nicht wenig stolz bin! –

Den eigentlichen Kern des Festes bildet eine dritte, verbesserte Auflage der Olympischen Spiele, denen wahrscheinlich der König, auf seiner Rückreise von London, beiwohnen wird. –

Ferdinand und Kemper befinden sich sehr wohl und werden von nun an auf meiner jetzigen Kneipe zusammen wohnen. – Bäcker ist noch immer sehr zufrieden. – K. hat freilich noch keine bessere Stelle finden können, was sicher auch aber mal über Nacht kommt; ich lasse keine Gelegenheit vorübergehen, um ihn bestens zu empfehlen. –

Den Bildern des Vaters und der Mutter sehe ich verlangend entgegen. – Für den alten Fritz und Jacob in Bonn könntest Du von des Vaters Porträt wohl zwei Exemplare mehr senden, wenn es nicht zuviel Mühe und Kosten verursacht. – Rosen[3] wird wahrscheinlich nach Pommern versetzt, wo er mehr Gelegenheit zu einem Avancement hat, – übrigens habe ich ihn seit mehreren Wochen nicht gesehen. – W. Piderit macht sich in Bonn ganz vortrefflich, arbeitet fleißig und ist kein Kamel wie seine gelehrten Vorgänger. – Der edle Theodor,[4] der göttliche Sohn und Bruder der schönen Schwester, soll sich in Jena ganz umgewandelt haben, große Wasserstiefel tragen, auf dem Markte im Schläfer fechten, Cahn[?] Bursche auf einem Keller sein und dergl[eichen] mehr. – Das freut mich!

Daß ich Deine jetzigen schauderhaften Verhältnisse von ganzem Herzen mit beklage, brauche ich wohl nicht zu versichern. – Ach Gott, könnte ich Dir helfen – wie gern! Um eins bitte ich Dich herzlich, – bleibe der alte lustige Kerl, solange es eben geht. – Der Teufel müßte ein ehrlicher Mann werden, wenn es Dir nicht endlich besser ginge. –

Krüger in Aachen hat eine Schauspielerin Fürth geheiratet, die 1200 Tr. zu verzehren hat und leidlich schön ist. – An keinen seiner hiesigen Freunde hat er von dem Affenteuer berichtet, – man weiß nicht weshalb. – Entweder ist er zu unglücklich oder zu glücklich!

Nun – leb wohl, lieber Kerl, – behalte mich in gutem Andenken. –

Dein furchtloser und treuer

Georg.

Grüße alle aufs herzlichste von mir und sage der Mutter in meinem Namen einstweilen den besten Dank für den Inhalt des Pakets. – Jedenfalls schreiben Ferd. und ich ihr bis zum Schluß dieser Woche. – Vergiß doch ja nicht, dies der Mutter zu sagen.

1 Von Weerth gestrichen.

2 Karnevalslied. Vgl. SW, Bd. 1, S. 29.

3 Georg Rosen (1820–1891), Orientalist, stammte aus Detmold und war mit Georg Weerth befreundet.

4 Theodor Althaus (1822–1852), Sohn des Generalsuperintendenten Georg Friedrich Althaus, des Nachfolgers von Ferdinand Weerth in Detmold, orientierte sich anfangs an David Friedrich Strauß und Ludwig Feuerbach, erhielt nach dem Studium der Theologie und Philosophie in Bonn, Jena und Berlin keine Möglichkeit zur Habitilation wegen radikal-demokratischer Gesinnung. Er wurde dann Mitarbeiter der Bremer »Weser-Zeitung«, berichtete 1848 aus Frankfurt für die »Bremer Zeitung«, wurde dann Redakteur der »Zeitung für Norddeutschland« (Hannover). 1849/50 war er in Hildesheim inhaftiert. Er war eng mit Malwida von Meysenbug befreundet. Er starb frühzeitig an Leukämie.

38.
Georg Weerth an Wilhelm Weerth

Bonn, 26. März 1842

Lieber Wilhelm!

Die Erinnerungen an den letzten Kölner Karneval wirst Du durch die Mutter erhalten haben? Sie wurden auf offner Straße in fröhlichster Laune gesamelt, als ich mit dem jungen Fritz[1] in die heilige Stadt hinunterfuhr. – Seit jenen wüsten Tagen sitze ich nun friedlich in meiner neuen Behausung, in der es mir täglich besser gefällt, da ich mit allen Personen meiner Umgebung so sehr einverstanden bin, daß ich mich mit keinem weiter einlasse, als durchaus möglich ist und nötig. – Der ewigen Familienstreitigkeiten und lumpigen Zänkereien[2] wurde ich von vornherein satt, mischte mich gar nicht darin und hatte bald das Vergnügen, von jeder Seite als Unparteiischer angesehen zu werden, so daß mich nun der Alte wie die Jungen beständig um Rat fragen. – Es tut mir oft von ganzem Herzen leid, daß sie sich fortwährend in den Haaren liegen, besonders da sie alle von höchst gutmütiger und liebenswürdiger Gesinnung sind und sich nur durch die verfluchte Heftigkeit fortreißen lassen. –

Fritz und Julius bleiben übrigens immer die besten, besonders weiß Fritz gar nicht, wie angenehm er mir das Leben machen soll, – beide führten mich gleich in die ersten Gesellschaften, von denen ich mich freilich gleich wieder lossagte, da sie fast nur aus großmäuligem Adel bestehen, den ich nun einmal nicht leiden kann.

Aus eignem Antrieb und der freundlichsten Aufmunterung des alten Weerth zufolge, besuchte ich im vorigen Semester mehrere Kollegien, hörte bei Loebel[3] neuere Literatur, bei Düntzer[4] die Erklärung des »Faust«, Kunstgeschichte bei Schlegel[5] und mehrere interessante Vorträge über Geologie und andere naturgeschichtliche Dinge bei Nöggerath[6] und Bischof.[7] –

Daß mich dieses in ein neues Leben versetzte und zum eifrigsten Studieren angeregt, brauche ich wohl nicht zu versichern. In Köln ließ sich auch sehr gut leben, aber recht in der Nähe besehen, ist das Volk doch dort sehr roh und unwissend. – Schon der bloße Genuß, viele neue, jugendliche Gesichter zu sehen, tröstete mich über das, was ich in Köln zurückließ. – Und sind nun gar die sieben Berge erst wieder grün, bringt einen das Dampfboot schon in den ersten Morgenstunden in jene herrliche Gegend, nun, dann will ich doppelt die Stunde segnen, wo wir, wie vom Teufel besessen, dereinst die Reise hierher beschlossen! –

Leider habe ich über die Lippstädter Geschichte noch nichts wieder gehört und bitte Dich, mir doch ja alles mitteilen zu wollen, was darin vorgeht. –

Sodann lassen Dich alle Weerths aufs beste grüßen und ersuchen Dich, ihnen doch für die nächste Pferdeauktion 4 Lose einzusenden, eins für Fritz, Julius, Adolf und August. Den Betrag kannst du mir nur aufgeben, damit ich ihn Dir in Kassenanweisungen oder Geld zuschicke, oder wenn es Dir besser konveniert, kannst Du das Geld gleich in einem Wechsel auf Aug. Weerth & Co. abgeben. –

Der Pferdespektakel ist gräßlich hier im Hause, wir halten jetzt 16 Stück, worunter 5 Reitpferde. –

Ferdinand hat mir versprochen, morgen hierherzukommen, die Bekanntschaft kann ihm hier nicht schaden. –

In letzter Zeit habe ich vielerlei gesehen und gehört, doch meist nur Trauriges, da fast alle meine Freunde das scheußlichste Pech verfolgt. – Der ist dem Verhungern nahe, dieser bricht heute einen Arm, morgen ein Bein, – jeder kann für seine unsterblichen Werke keinen Verleger finden, und der andere schießt sich eine Kugel vor den Kopf.

Von Püttmann wird nächstens ein Werk über Malerei und Architektur am Niederrhein erscheinen,[8] das er mir gewidmet hat – ein Zeichen seiner herzlichen Liebe. –

Freiligrath[9] ist nun ein pensionierter Poet, was ihn wahrscheinlich noch serviler macht; – seine letzten Arbeiten begreife ich nicht. – Allah sei mit ihm. –

Sei so gütig, Carl zu sagen, daß ich ihm in den nächsten Tagen schreiben würde, ich muß jetzt so unendlich viel korrespondieren, daß ich oft gar nicht mehr weiß, was ich sagen soll. – Gern zöge ich im schönen Frühjahr einmal wieder in die patriotische Heimat, – wie steht es mit Eurem Hermann?[10] Man sieht ihn hier auf allen Pfeifenköpfen und Tassen, und jedesmal muß ich über die feisten Lenden des Kerls lachen. –

Doch ich räsoniere schon zu lange. – Empfiehl mich der Mutter, August und der Kleinen. God with you all!

Mit alter Liebe

Dein Georg.

1 Friedrich aus'm Weerth, einer der Söhne des Kommerzienrates.
2 Davon ging einiges in das »Romanfragment« ein. Vgl. VT, Bd. 2, S. 263 ff.
3 Johann Wilhelm Loebel (1786–1863), Historiker und Germanist.
4 Heinrich Düntzer (1813–1901), Germanist, bekannt vor allem durch seine Arbeiten über Goethe.
5 August Wilhelm von Schlegel (1767–1845), Kunst- und Literaturhistoriker.
6 Johann Jakob Nöggerath (1788–1877), Geologe.

7 Karl Gustav Bischof (1792–1890), Geologe.
8 Hermann Püttmann, Kunstschätze und Baudenkmäler am Rhein (von Basel bis Holland). Ein Leitfaden für reisende Kunstfreunde. Mainz 1843.
9 Freiligrath hatte eine Elegie auf den Tod des spanischen Generals Diego Leon mit dem Wort geschlossen: »Der Dichter steht auf einer höhern Warte/Als auf den Zinnen der Partei.« Herwegh antwortete ihm mit dem Gedicht »Die Partei«, in dem er leidenschaftlich ein politisches Engagement fordert. Durch Humboldt und Radowitz veranlaßt, erteilte König Friedrich Wilhelm IV. an Freiligrath eine Pension von 300 Talern. 1844 gab er die Pension auf.
10 Das Hermannsdenkmal (von Bandel entworfen) auf der Grotenburg bei Detmold wurde 1840 begonnen. Die Einweihung fand allerdings erst 1875 statt.

39.

Wilhelm Weerth an Georg Weerth

Horn, 1. Mai 1842

Lieber Georg!

Den Überbringer dieses Briefes wirst Du gewiß noch von Deinem Besuche her kennen, es ist der Bruder des Professors Schierenberg, ein hiesiger gescheuter Kaufmann und genauer Bekannter von mir. Er hat, wie er Dir genauer erzählen wird, vor, eine Bleiweiß-Fabrik in Meinberg anzulegen, und wünscht, mit Professor Bischof, der eine solche in Brehl hat, bekannt zu werden. Solltest Du ihm hiezu behülflich sein können, würde er es Dir gewiß sehr Dank wissen. Du kannst ihm auch wohl Eure Fabrik zeigen!

[Habe Du] den besten Dank für Deinen Brief; er [hat mir] weit mehr Spaß gemacht als die Kölner Witze; denn um diese interessant zu finden, muß man notwendigerweise in einer Wein- und nicht wie ich grade in einer Schulmeisterlaune sein.

Alles, was Du mir über Dich und Deine Lage in Bonn schreibst, ist so schön, daß ich Dich beneiden könnte, wenn Du nicht mein Bruder wärst. Ich dachte mir gleich, daß Du Dich mit den alten und jungen Weerths gut stellen würdest, und kann Dir nur raten, die neutrale Stellung beizubehalten, da Du hierdurch natürlich bei allen in gleichem Ansehen bleibst.

Sehr artig ist es, daß Dir der Onkel auch erlaubt, Kollegia zu hören, denn wenn sie auch nicht zum Broterwerb nötig sind, so ist's doch unendlich viel wert, wenn man mit sich selbst und mit andern ein vernünftig Wort reden kann. Ich wollte nur, daß Ferdinand ein gleiches Glück zuteil würde.

Die Pferdelose werde ich Euch zu seiner Zeit gern besorgen; könnt Ihr nicht noch einige unterbringen; es würde Deinem Freund Major Knoch ein Gaudium sein, wenn in Bonn unser Pferdeverein Beachtung fände. Du bekömmst ohne allen Zweifel den Orden für den guten Landwirt. Das Los kostet 3 Taler.

Auf Püttmanns Werk bin ich neugierig. Seine »Tscherkessenlieder«[1] wurden sehr vorteilhaft in den »Hallischen Jahrbüchern« rezensiert.[2] Rezensent Bock verleugnete ganz seine sonstige Stoßnatur und lobte vorzugsweise die noble Gesinnung, die das ganze durchwehte. Ich möchte dem armen Kerl wohl eine Erbschaft wünschen, de[nn eine Pen]sion bekömmt er nicht. Zwei Geistesverwandte habe ich grade in Händen, die mir viel Vergnügen machen: die »Unpolitischen Lieder« von Hoffmann von Fallersleben[3] und den »Kosmopolitischen Nachtwächter« von Dingelstedt.[4] Solltest Du sie noch nicht gelesen haben, so sieh' doch zu, daß Du sie bekömmst.

So viel auf Deinen Brief. Uns geht's recht gut. Die Mutter ist auf ihr Schick; ich habe sie in diesen Tagen gesprochen, und einen Gruß von ihr an Dich. Cölln wird am dritten Pfingsttag heiraten in Pyrmont. Seine Braut ist eine wohl konservierte 27jährige muntre Dame; hat gute Lenden, ein zuvorkommendes Wesen, ist gut gewachsen. Nach meiner Meinung hätte sich Cölln keine bessre drechseln lassen können. Hoffentlich wird sie auch gut für Lottchen sein, denn sonst würde sie es mit mir und uns allen zu tun haben. Marie ist wütend über diese Mariage, aber leider, oder Gott sei Dank, sie hat den Schaden allein von ihrem Ärger. Carl lebt im Bauen; ob sonst noch für etwas andres, weiß ich nicht zu sagen. Von Ferdinand wissen wir noch nicht, ob er kömmt oder nicht. Ich möchte es ihm und der Mutter recht sehr wünschen; aber vielleicht kann ihn Bäcker nicht entbehren.

Unser Erbprinz erkundigte sich nach ihm und Dir sehr genau. Er wußte, daß Du in Bonn warst, und Du tätest gewiß gut, wenn Du ihm Deine Aufwartung machtest. Er ist wirklich ein höchst liebens[würdiger] Mensch, und was viel heißt, [auch (?) oh]ne Stolz.

[Hier] steht's noch immer beim Alten. Gott sei Dank ist aber am zehnten d. M. die Dreiwahl in B., so daß es wohl bald zum Klappen kömmt. Es ist Zeit, daß es sich ändert, denn so gerate ich in Schuld und Ungeduld.

Grüß die Vettern F[ritz] und J[ulius] wie den Alten herzlich von mir, auch August, wenn Du ihn sehen solltest.

Mit alter, mit neuer Liebe

Dein Wilhelm.

1 Tscherkessenlieder: »Wild und frei«. Hamburg 1841. Anonym erschienen. In der »Rheinischen Zeitung« veröffentlichte Püttmann dann 1842 »Neue Tscherkessenlieder« (Nr. 280, 281, 298, 300, 304).

2 Adolf Bock veröffentlichte im April 1842 in den »Deutschen Jahrbüchern für Wissenschaft und Kunst« (Nr. 87–91) einen Aufsatz über »Das Phänomen der jetzigen Lyrik« (S. 345–363), allerdings ohne Hinweise auf Püttmann.

3 August Heinrich Hoffmann von Fallersleben (1798–1874), seit 1830 Professor für deutsche Sprache und Literatur in Breslau, wurde nach dem Erscheinen der »Unpolitischen Lieder« (1840–41) 1842 seines Amtes enthoben.

4 Franz Dingelstedt (1814–1881), erregte Aufsehen mit den anonym herausgegebenen »Liedern eines kosmopolitischen Nachtwächters« (1840), in denen er die Schwächen des Kleinbürgertums kritisierte.

40.

Wiliielm Weerth an Georg Weerth

Detmold, den 1. Juli [1842]

Geliebter Georg!

Du hast vielleicht Gelegenheit zu erfahren, wo sich Roß grade aufhält, und tätest mir dann wohl den Gefallen, beikommenden Brief an ihn zu senden. Ich zeige ihm leider in demselben an, daß ich in Lippstadt, trotz der schönsten Aussichten, nicht gewählt bin, weil Herr Epping gegen mich gearbeitet hat, ein dortiger angesehener Kaufmann, und bitte ihn, mir irgendwie oder -wo eine Stelle zu verschaffen, obgleich ich befürchte, daß es nicht viel nützen wird.

Diese Geschichte mit Lippstadt hat mir viel Mühe und Geld gekostet, und Du kannst leicht denken, daß es mich nicht wenig ärgert, so nahe am Ziele wieder zurückgewiesen zu werden. Doch was ist zu tun, die Fische sind tot!

Jetzt bin ich wieder unschlüssig, ob ich als Gehülfe zum alten Pleßmann gehen soll, was freilich auch eben nicht angenehm ist, aber was tut der Mensch nicht alles, um sich durch's Leben hindurchzukrüppeln.

Mutter geht es recht wohl, Carl ebenfalls, Cölln mit seiner Frau lebt wie im Himmel. Lottchen ist ganz munter. Von Ferdinand hatte ich dieser Tage einen langen Brief, hauptsächlich wegen Kemper, der an den Masern krank lag. F. verlangte Geld für ihn und riet, ihn eine Zeitlang nach Hause kommen zu lassen. Ich habe beides dem Oberförster geschrieben, was ja wohl seine Wirkung nicht verfehlt haben wird.

Hast Du schon wohl mal mit dem alten und jungen Weerth wegen Ferdinand gesprochen? Es ist auf jeden Fall gut, wenn zeitig etwas geschieht.

Mutters Äußerung, wenn er gleich keine Stelle bekommen könne, ihn nach Hause zu nehmen, bis sich eine gefunden habe, kann und darf nach meiner Ansicht nicht in Erfüllung gehen.

In der Mitte dieses Monats ist die Pferdeauktion. Solltet Ihr also Lose haben wollen, so übersende mir pro Los 3 Rtl. p[e]r Cour[ant]; ich werde Euch dafür hoffentlich einige Renner senden, wenn Ihr nicht das Unglück habt, Euch mit Schimmeln begnügen zu müssen.

Mit alter Liebe

Dein Wilhelm.

41.

Georg Weerth an Wilhelm Weerth

[Bonn, Juli 1842][1]

Lieber Wilhelm!

Unwillkürlich muß ich noch einen leichten Fluch ausstoßen, wenn ich daran denke, daß Dir die Lippstädter Pfarre entwischt ist. – Es ist einfältig, einen vernünftigen Menschen trösten zu wollen, – also kein Wort mehr davon. Deinen Brief an Roß habe ich befördert; der alte Knabe hält sich seit längerer Zeit auf Haus Loo auf und wird in kurzem hierherkommen. Ist es Dir nicht möglich, einmal wieder hierherzukommen? Deine Gegenwart wäre mir etwas lieber als die der Familie Preuß. – Ich muß noch immer lachen, wenn ich daran denke. – Sporenklirrend, schnurrbartkräuselnd[2] trat er in unser Comptoir und lud mich zu einem Frühstück in das erste Hotel ein, – nämlich Herr Fritz Preuß. – Ich konnte erst etwas spät erscheinen. – Frau und Tochter saßen allein, – bald erschienen aber auch Vater und Sohn, voller abgeschmackter Komplimente, und sprachen sehr viel. – Plötzlich wandte sich der Alte zu seiner Gemahlin und Tochter: »Liebe Kinder, der Prinz läßt sich Euch empfehlen. – Kellner, wieviel habe ich zu bezahlen?« – »Vier Taler, zwanzig Gr[oschen]«, sagte der Kellner, und eine Totenblässe lagerte sich auf den Gesichtern der ganzen Familie, – denn das Frühstück bestand aus nichts weiterm als einer Flasche erträglichen Weines, etwas Backwerk etc., und vor 2 Stunden waren sie erst in Köln angekommen. Dieweilen aber man ungeheuer renommiert und die Leute befehlend durcheinander getrieben hatte, mußte man sich die Prellerei gefallen lassen und entfernte sich mit verschiedenen Gefühlen. –

Der Kanzleidirektor mit seinen beiden freundlichen Töchtern und der jungen Polin hat mir sehr gefallen, wir führten sie in der ganzen Fabrik herum und hätten die Damen noch weiter geführt, wenn der Alte nicht dabei gewesen wäre. – Du erinnerst Dich doch noch der Modellkammer?

Püttmann ist seit einiger Zeit so schauderhaft im Pech, daß er zu nichts Gescheitem mehr gelangen kann. – Seine Frau droht mit einem sechsten Kinde. – Sein Rheinbuch ist noch immer unter der Presse, sein »Dom«[3] bereits erschienen. –

Ein Mitglied der »Freien«[4] in Berlin schreibt mir: Sie legten sich hauptsächlich auf Verführung der Mädchen, kneipten Bier, und wer an Gott glaube, würde zur Tür hinausgeschmissen. – Ich glaube, die Leute blamieren sich. –

Bei Langewiesche in Barmen erscheint in Zukunft ein Musen-Almanach,[5] zu dem Freiligrath einige neue Sachen liefern wird. – Es wäre das erste seit langer Zeit, und man hat Ursache, neugierig darauf zu sein. –

Sage Carl gütigst in meinem Namen den besten Dank für seine »Rassen«,[6] – ich bin schon fünfmal dabei eingeschlafen und werde ihm bald darüber schreiben. – Einige meiner Freunde loben das Buch sehr und gratulierten mir zu dem Bruder. –

Ich schreibe jetzt Szenen[7] aus dem kölnischen Volksleben in verschiedenen Abschnitten:· »Die ewige Lampe«, »Der hungrige Doktor« und »Die Mainacht« gehen ihrer Vollendung entgegen. – Ich muß mich immer auf dergleichen Weise amüsieren, denn die Studenten wollen mir meist nicht gefallen, und die Philister hole der Teufel alle miteinander.

Einl[iegend] 12 T[ale]r für 4 Lose: Fritz, Julius, Aug. und Adolf Weerth.

Roß denke ich bald hier zu sehen und werde ihn ersuchen, Dir bald zu schreiben. – Grüße an alle. – Wegen Ferdinand seid nur nicht bange – dort darf er sich aber nicht aufhalten, wenn seine Lehrzeit beendigt ist. –

Kemper ist ein guter Kerl, dem aber die gebratenen Tauben bisher nicht in den offenen Mund geflogen sind. – Ich habe mein Möglichstes getan, er nicht. – Geld scheint ihm zu fehlen, und vielleicht ist es gut, wenn er aus Köln herauskommt. Ich hatte keine Lust, dem Vater darüber zu schreiben, – jedenfalls würde ich ihm aber raten, ihn nicht nach Oesterholz kommen zu lassen? –

Wenn Du es irgend einrichten kannst, so besuche uns in den Ferien. Du kannst auf meiner Kneipe bleiben und Dich dann nach Belieben herumtreiben.

Fortwährend und allezeit mit steter Liebe

Dein Georg.

1 Brief ohne Datum und Poststempel. Das Datum ergibt sich aus dem vorhergehenden Brief an Wilhelm.
2 In Heinrich Heines »Buch der Lieder« heißt es:
»Neben mir wohnt Don Henriques,
Den man auch den Schönen nennet;
Nachbarlich sind unsre Zimmer
Nur von dünner Wand getrennet.
Salamankas Damen glühen,
Wenn er durch die Straßen schreitet,
Sporenklirrend, schnurrbartkräuselnd,
Und von Hunden stets begleitet.«
3 Hermann Püttmann, Der Kölner Dom. Köln 1842.
4 Linkshegelianische Philosophengruppe in Berlin, zu der auch Friedrich Engels gehörte. Engels war im September 1841 nach Berlin gegangen, um als Einjährig-Freiwilliger bei der Artillerie seiner Wehrpflicht zu genügen. In seiner Freizeit besuchte er Vorlesungen und fand Kontakt zu den Junghegelianern um Bruno und Edgar Bauer, Karl Friedrich Koeppen u.a. Im Oktober 1842 kehrte Engels nach Barmen zurück. Im November 1842 fuhr Engels nach England, um in der Spinnerei von Ermen & Engels seine kaufmännische Tätigkeit abzuschließen. – Der von Weerth erwähnte Brief ist nicht überliefert.
5 Nicht erschienen.
6 Carl Weerth, Die Entwicklung der Menschenrassen durch Einwirkung der Außenwelt. Leipzig 1842.
7 Nicht überliefert.

42.

Wilhelm Weerth an Georg Weerth

Horn, den 26.7.1842

Geliebter Georg!

Du erhältst hiebei 4 Lose, die leider keine andre Pferde mich sich führen, als die auf dem Papiere stehen; die Herrn Vetter müssen sich deshalb wohl für diesmal mit Schimmeln begnügen und können sich mit mir trösten, da ich auch einen Durchfall davongetragen habe. Das Geld war grade den Tag vor dem Markt angenommen, deshalb hatte Carl gleich die Lose besorgt, woher es kömmt, daß sie alle auf den Namen des Kommerzienrats ausgestellt sind.

Es liegt mir viel daran, daß der Onkel Roß meinen Brief erhält, noch mehr aber daran, daß er mir antwortet, oder was mir am allerliebsten wäre, ihn selbst zu sprechen. Frage ihn deshalb doch, ob er auf seiner Rückreise das Lippische berühren werde und wann dies sei; da es sonst das Unglück sein könnte, daß er grade in den Michaelisferien hierherkommen könnte, wo ich einige kleinere Touren machen wollte. Vielleicht kömmt er, oder kann er nicht hierherkommen, dann werde ich [ihn] auch recht gern da aufsuchen, wo er am nächsten zu finden ist, sei es Bielefeld, Minden usw.

Ich möchte so gern meine Lage verändern; denn ich erliege hier endlich unter dem ewigen einförmigen Treiben und weiß nicht wie; ich habe alles versucht, aber seitdem mir die Aussicht, nach Schöttmar zu kommen, zunichte geworden (ich sollte dort bei Pleßmann und seiner verrückten Frau im Hause wohnen; auch wollte man mir keine Garantie geben, wenn er stürbe), bin ich ganz ohne Hoffnung, wenn mir der Onkel nicht auf eine oder andre Weise hilft. Der Mutter geht es recht wohl. Am Sonntag war ich in Detmold. Wir aßen zusammen bei Cölln und seiner liebenswürdigen Frau, wo wir viel lachen mußten; denn die Mutter sprach französisch wie 'ne Alte. »Qu'est ce que vous cherchez? D'épingles?« fragt sie ganz kühn. Carl aber sprang wie besessen auf und davon, und wir konnten vor Lachen nicht weiter essen und trinken. Cölln ist recht glücklich; wie mir scheint, mit Grund. Lottchen hat nach ihrer letzten Krankheit noch immer etwas Schlaffes behalten, was sich erst wohl mit der Zeit verlieren wird. Sie hat sich an ihre neue Mutter sehr attachiert.

Carls Haus wird schön. Gott gebe, daß es ihn niemals drückt. Die Mutter hat gegenüber einen kleinen Garten angekauft für 300 Rtl., woran sie nach meiner Meinung einen sehr guten Kauf getan hat.

Daß es dem armen Püttmann so schlecht geht, tut mir von Herzen leid, vorzüglich, weil er Familienvater ist; es wird schwer halten, daß er sich unter diesen Umständen aus der Not und dem Jammer herausarbeitet. Gott sei gelobt, daß ich nur für mich allein zu sorgen habe; denn sonst könnte, glaube ich, selbst mir der Mut sinken. Sollte er dies Jahr die Rezension der Kölner Ausstellung schreiben, so wird er auch wohl Bandels Sachen, die dort sind, vornehmen, und wenn's angeht, schon des Mannes wegen, einiger freundlichen Worte würdigen. Die »Charitas« und das Christusbild verdienen nach meiner Meinung alles Lob.

Die Berliner »Freien« blamieren sich allerdings sehr, wenn sie jene Grundsätze aufstellen. Unsittlichkeiten können nie zum Prinzip erhoben werden, und das Dasein Gottes zu leugnen, ist entweder eine Narrheit oder eine Lüge. Wie man sich Gott auch vorstellen mag oder denkt, sein Walten fühlen wir in und außer [uns], und es ist vergebliche Mühe, es wegdisputieren zu wollen.

Grüße Fritz, Julius, den alten Herrn, die junge Frau und Frl. Severin doch von mir.

Dein treuer Bruder Wilhelm.

Georg, es könnte immerhin nicht schaden, wenn Du dich mal umsähest, ob [sich] in Bonn nichts Annehmbares für mich fände. Ich glaub's freilich nicht, aber schaden kann's auch nicht. Wär's im Anfang auch nicht viel – ich habe mich zu behelfen gelernt.

Rosen[1] rühmen Dich sehr und bedauern unendlich, daß Du nicht bei ihnen gegessen hättest, was sie ganz vorausgesetzt hätten. Die Auguste ist ein ganz nettes Mädchen. Preuß amüsant und billig!

Daß Du an Ferdinands Fortkommen denkst, kann ich mir vorstellen, doch tue es beizeiten!

1 Gisbert Rosen, Kanzleirat am Landgericht, wurde Mieter in dem Hause, das Carl damals für sich und seine Mutter baute. Sein Bruder Georg Rosen, Generalkonsul in Jerusalem und Belgrad, war der Vater des deutschen Außenministers im 1. Kabinett Wirth, Dr. Friedrich Rosen.

43

Wilhelm Weerth an Georg Weerth

Horn, den 7. Dezember 1842

Geliebter Georg!

Schon seit einigen Wochen habe ich Dir immer anzeigen wollen, daß ich Horn verlassen werde, um nach Oerlinghausen als Gefülfe des Sup[erintendenten] Volkhausen zu gehen. Mein Schulmeisterleben war mir schon lange zuwider! Die Stelle in Oerl. wird vom Konsistorio besetzt und dauert fort, auch wenn Volkhausen sterben sollte; ich habe meine bestimmten Geschäfte, muß, was grade nicht angenehm sein *kann*, bei ihm im Hause wohnen und erhalte bei völlig freier Station 120 Rtl., etwas weniger, als ich bisher hier hatte.

Hoffentlich werde ich mich mit Volk. und seinen drei Töchtern, stellenweise schön, das heißt, die jüngste, schon vertragen; dann habe ich, wenn auch keine pekuniären Vorteile, doch den, daß ich in meine Karriere komme und mir in Zukunft wenigstens kein Kandidat, der die onera eines solchen getragen hätte, vorgezogen werden kann. Zum Schrecken meiner Seele mache ich jetzt freilich, was ich mir lange nicht gestehen wollte, die höchst traurige Entdeckung, daß ich in den 5 Jahren, die ich hier bin, ungefähr 100 Rtl. Schulden kontrahiert habe, was Dich nicht in Verwunderung setzen wird, wenn Du Dich erinnerst, daß ich nur 250 Rtl. einnahm. Woher ich dies Geld nehmen soll, weiß ich wahrhaftig nicht, wie abbezahlen von meinen 120 Rtl. noch viel weniger; am Ende muß ich meine Zuflucht zur Mutter nehmen, wie auch weiland Deine Wenigkeit, doch das geht noch nicht; denn sie muß erst wissen, daß Ferdinand versorgt ist, da sie sonst ja allerdings ihr weniges Geld sehr zu Rate halten muß, um ihn zu unterstützen. Auch in dieser Hinsicht, auch um meinetwillen, gib Dir alle erdenkliche Mühe, ihm eine gute Stelle zu verschaffen. Verzeih mir den Egoismus. Bombardiere und beschwöre Weerths, sich für ihn zu verwenden. Die Zeit, welche er noch bei Bäcker ist, läuft schnell dahin, und bleiben kann er doch nicht auf seinem jetzigen Posten. Sollte er nicht gleich eine Stelle erhalten können, so wäre es vielleicht möglich, daß Ihr ihn so lange beschäftigtet. Beruhige auch die Mutter so viel als möglich wegen seiner, denn sie ist um Ferdinand mehr, als Du vielleicht denkst, in Sorgen. Ich schrieb an Roß seinetwegen, er schreibt mir wider: »Ich halte es nicht für gut, daß F. hier in Berlin eine Stelle erhält, er kann sich am Rhein besser ausbilden. Im Frühjahr hole ich Dich ab, dann wollen wir ver[su]chen, ihn dort unterzubring[en.] Doch das ist sehr ungewiß, drum t[ue] das Deine.«

Erwähne gegen die Mutter aber in keiner Weise meiner finanziellen Verlegenheit, es würde sie unnötigerweise beunruhigen. Vielleicht könntest Du bei dem jungen Fritz Weerth mit meiner Not bei Gelegenheit sprechen, doch nicht so, als wenn ich ihn darum bitten ließ, mir die 100 Rtl. zu leihen, und wenn er Lust dazu hätte, so müßtest Du ihm gleich dabei sagen, daß ich's ihm sogleich nicht wiedergeben könnte. Schreib mir bei Gelegenheit darüber. – Sollte der Onkel Wort halten, so werde ich Dich im Frühjahr wiedersehen und hoffentlich im besten Wohlsein finden.

Dein treuer Bruder Wilhelm.

Sehr eilig

Du wirst Weerths gesagt haben, daß ihre Lose nichts gewonnen. Ich mag sie nicht zu neuen aufmuntern, da sie ebensogut noch einmal verlieren können. Schreib Ferdinand doch meine Avancemente und grüß ihn herzlich von mir. Solltest Du mal Lust und Zeit haben, so würdest Du mich durch einige

Zeilen erfreuen. Herzliche Grüße an Fritz, Julius, August und den alten Weerth. Hast Du Eller das [Geld] gegeben oder [...?]?

Der Mutter geht es wohl. Carl, Cölln, seiner Frau und Kind ebenso. Carl sucht jetzt nichts mehr als eine Frau mit 10 000 Rtl., kannst Du ihm die verschaffen, so tust Du ein christlich Werk. Jetzt ist Cöllns Schwägerin hier, ein nettes Mädchen, doch scheint Carl keine Lust zu haben, anzubeißen.

Diese 8 Tage habe ich jämmerlich am Ziegenpeter gelegen und entbehrte auch nicht wenig eine sonst frottierende Hand im Nacken.

44.
Georg Weerth an Wilhelmine Weerth

Bonn, 20. Dezember 1842

Liebe Mutter!

Meinen Dank für Deinen letzten Brief habe ich bisher noch immer in der Hoffnung aufgeschoben, Dir wegen Ferdinand etwas Genaueres sagen zu können. – Da die Erfüllung seiner Wünsche sich aber noch einige Tage zu verziehen scheint, so will ich nicht länger warten. – Alles, was man tun kann, wird für ihn geschehen; nach Holland wurde an Runges in Amsterdam und Rotterdam geschrieben; die Rotterdamer hatten keine Stelle frei und die andern nur eine, welche die Kenntnisse von 5 Sprachen erfordert, also eben nicht dienen konnte. – Jetzt wollen wir ihn nach Elberfeld und im Württembergischen empfehlen, wo sich am ersten etwas auftun mag. – Ich zweifle nicht daran, daß wir binnen kurzem etwas finden und würden gewiß noch schneller reüssieren, wenn Ferdinand nicht eine so schauderhafte Hand schriebe. – Dies wird übrigens auch nichts schaden, wenn wir ihn in einem Geschäft anbringen, wo er mehr als Verkäufer und Reisender auftritt und sich weniger mit den Comptoirarbeiten zu beschäftigen hat. – Wie gesagt, Weerths tun alles für ihn, und kannst du nun ruhig die Dinge abwarten. – So sehr große Eile hat es ja ohnehin nicht, da seine Lehrzeit erst im März zu Ende geht. –

Über Wilhelms Avancement, wenn man es so nennen darf, habe ich mich nur gefreut. – Eine Veränderung ist auch schon etwas, und sicher werden die weiblichen Volkhauser alles aufbieten, um ihm das Leben angenehm zu machen. – Der einen habe ich mal das Tuch auf die Grotenburg getragen, erinnere mich aber nicht, einen Zipfel zum Andenken davon gerissen zu haben. – Jedenfalls glaube ich, daß der Tönsberg schöner ist wie sie! Du bist wohl so gütig, aus einem Päckchen, welches ich durch die Fahrpost abgehen lasse, die Gedichte von Herwegh[1] am Weihnachtsabend auf Wilhelms Platz zu legen und Carl das »Rheinische Jahrbuch«[2] in meinem Namen zu überreichen. August mag sich an den beiden Broschüren ergötzen und Du selbst mit der Versicherung fürliebnehmen, daß ich ungemein viel für Dich übrig habe! – Ich weiß wahrhaftig nicht, wie ich Dich besser beschenken soll, namentlich da ich noch mit ganzem Herzen den Wunsch hinzufüge, daß Dich die Feiertage in glückseliger Ruhe antreffen möchten!

Wahrscheinlich werde ich sie mit Ferdinand in Köln zubringen, da lange keine Tour hinübergemacht wurde und ich Püttmann,[3] der nach vielen Drangsalen endlich auf einen grünen Zweig gekommen ist, gern in seiner bessern Lage wiedersehen möchte. –

Von hier aus kann ich Dir wenig erzählen. – Die Familie Weerth[4] liegt sich, wie immer, schrecklich in den Haaren und wird wohl erst dann wieder eine freundlichere Farbe bekommen, wenn die einzelnen Glieder weit voneinander sind. – Es tut mir oft herzlich leid um sie, da alle von der schönsten Gutmütigkeit sind und meist nur durch die Launen des manchmal wunderlichen Alten durcheinandergeworfen werden. – Ich behaupte meine alte Stellung zu ihnen und hüte mich soviel wie möglich, zu keinem Streite beizutragen. – Sonst habe ich an Cruel[5] und Althaus ein paar biedere Freunde. – Theodor hat sich wirklich sehr zu seinem Besten entfaltet; – wenn er auch oft noch etwas sonderbar scheint, so weiß man doch, daß er ein grundgelehrter Kerl ist und ein Herz hat, was sich jeder wünschen mag. Der Alte hat wirklich Ursache, stolz auf ihn zu sein. –

Sonst verkehre ich noch viel mit einem Dr. Kinkel,[6] der auf dem Poppelsdorfer Schloß mehrere freisinnige Leute um sich versammelt und uns durch sein schönes Talent, vorzulesen, manchen Abend entzückt. – August wird sich seiner noch erinnern, er ist in Bonn mit ihm herumspaziert. – Bei ihm höre ich auch Kirchengeschichte sowie bei Nasse[7] Anthropologie.

Leider kann ich Dahlmann[8] nicht hören, da seine Vorlesungen auf den Nachmittag fallen. –

Vor einiger Zeit sandte ich Eller das Porträt des selig[en] Vaters und hatte dadurch Gelegenheit, mit Ehren einen Br[ief] vom Stapel laufen zu lassen. – Ein anderes Exemplar erhielt der Alte. – Deine Beschreibung hat micht recht neugierig auf Carls Haus gemacht; leider werde ich mich dem Strudel der Begebenheiten so bald noch nicht entreißen können, um es in Augenschein zu nehmen. – Meine Wohnung ist sicher aber ebenso schön, – ach Gott –

O Rhein! O Rhein! Du Geliebter mein!
An Dir will ich sterben und begraben sein!

Übrigens einstweilen noch nicht.

Die herzlichsten Grüße an alle! Der Heiratsanzeige von August sehe ich entgegen und rüste mich derweilen auf eine gehörige Gratulation. – Sag ihm, ich rechnete fest darauf, ihn im Frühjahr mit Wilhelm hier zu sehn, Dich können sie auch mitbringen. –

Wenn das alte Jahr zu Ende geht, so denke daran, daß ich Dir den herzlichsten Glückwunsch zurufe! –

Mit steter Liebe

Dein Georg.

1 Georg Herwegh, Gedichte eines Lebendigen.

2 Vermutlich ist das »Jahrbuch für Kunst und Poesie«, Jahrgang 1843, gemeint, das von Ludwig Wihl in Barmen herausgegeben wurde. Dort wurden auch 3 Gedichte von Georg Weerth veröffentlicht: »Leb wohl«, »Lockenraub« und »Die Rose im Walde«. Hermann Püttmann rezensierte das »Jahrbuch« in der »Kölnischen Zeitung« vom 3.1.1843. Dort heißt es u.a.: »Georg Weerth, dessen Lieder hier wohl zum ersten Mal der Öffentlichkeit übergeben sind, debütiert mit Glück. Es weht ein so frischer, duftiger Hauch aus diesen Liederknospen, daß wir der vollen Entfaltung mit Spannung entgegensehen.« In einem Brief an Friedrich Wilhelm Hackländer hatte Hermann Püttmann geschrieben: »G. Weerth ist mir ein sehr lieber Freund; der junge Kerl hat ein eminentes Talent für Poesie, das ich zur Entwicklung bringen muß.« (Stadt und Landesbibliothek Dortmund, 9192).

3 Hermann Püttmann war im Herbst 1842 Feuilletonchef der »Kölnischen Zeitung« geworden.

4 Familie des Kommerzienrat Friedrich aus'm Weerth.

5 Rudolf Cruel war ein Studienfreund von Georg Weerth und Theodor Althaus.

6 Unter der Datumszeile »Bonn, 12. April 1842« existiert eine Korrespondenz, die nicht gedruckt wurde:

»Bonn, 12. April 1842

Es wird hier allgemein bedauert, daß dem Lizenziaten Herrn Gottfr[ied] Kinkel dieser Tage vom Ministerium eröffnet wurde: ›man trage Bedenken, ihn durch eine aufs neue zu bewilligende Renumeration zu weiterer Verfolgung der Laufbahn als Lehrer der Theologie aufzumuntern, da er seinen Beruf für dieselbe noch keineswegs außer Zweifel gestellt habe.‹ –

Man zweifelt sehr daran, ob dies der eigentliche Grund eines solchen Schrittes sei, da Kinkel, obgleich er eine andre und freisinnigere Richtung als seine Herren Kollegen einschlug, doch nie eine Destruktion verfolgte und sich seit 6 Jahren, ungeachtet einer oft sehr geringen Anzahl Studierender, dennoch fortwährend eines anständigen Auditoriums erfreute. Wollte man ihm mit Hinblick auf seine kürzlich bei Cotta erschienenen Gedichte vorwerfen, er beschäftige sich zu viel mit ästhetischen Dingen, so könnte darauf als Entgegnung dienen, daß er sich ausnahmsweise den Studierenden so durchgreifend bei ihren Bestrebungen angenommen habe, daß ihm hierdurch manche Stunde geraubt wurde, die er sonst zu größeren schriftstellerischen Arbeiten hätte anwenden können. Zudem wissen wir aber, daß Kinkel gerade in diesem Augenblick mit der Herausgabe einer ›Geschichte des Heidentums‹ beschäftigt ist. Es soll uns daher nicht wundern, wenn er, der Liebe der Studenten ungeachtet, welche in ihm einen ihrer anregendsten Lehrer verehren, uns trotz der Achtung seiner Mitbürger, sich dennoch entschlösse, einen Ort zu verlassen, wo man seine Bestrebungen so sehr zu verkennen scheint.

Georg Weerth«

(Universitätsbibliothek Bonn)

Vgl. auch den Brief Georg Weerths an Gottfried Kinkel, 15.6.1847.

7 Christian Friedrich Nasse (1778–1851), Mediziner, Professor in Bonn.

8 Friedrich Christoph Dahlmann (1785–1860), Historiker; er hatte mit 6 anderen Göttinger Professoren 1837 gegen König Ernst Augusts Staatsstreich protestiert, wurde amtsenthoben und des Landes verwiesen. Die Tat der »Göttinger Sieben«, äußerlich erfolglos, erregte in ganz Deutschland ungeheures Aufsehen und gewann symbolische Bedeutung für die freiheitlichen Bestrebungen im Vormärz. Seit 1842 war er als Professor in Bonn tätig, 1848 Abgeordneter der Paulskirche (rechtes Zentrum).

45.
Wilhelm Weerth an Georg Weerth

Detmold, 28.12.1842

Lieber Georg!

Habe den besten Dank für Deinen Brief wie für die »Gedichte des Lebendigen«. Ich hatte sie allerdings schon gelesen, aber einige sind so schön, daß man sie gern noch einmal liest. Im Ganzen haben mir jedoch die Gedichte des »Kosmopolitischen Nachtwächters« besser zugesagt. Es ist mehr Rundung und feineres Gefühl drin. Herwegh donnert zu viel, so daß man endlich vor lauter Spektakel den Lärm nicht mehr hört. Schön sind, wie's mir scheint: »An den Verstorbenen«, [»An] den König von Preußen«, »Der Gang um Mitternacht«, »Der Trompeter«, »An Béranger« und einige andre.

Recht leid tut es mir, daß es in Eurem Hause so kunterbunt hergeht; denn ich kann mir leicht denken, wie unangenehm es für Dich sein muß, zwischen diesem ewigen Gezänk zu sitzen. Schon wie ich mit Dir in Bonn war, sprach der junge Fritz von einer Trennung, doch glaubte ich damals noch nicht stark daran, weil ich grade das befürchtete, was auch eingetroffen zu sein scheint, daß der Alte nicht losrücken würde. Fritz sagte mir außerdem auch noch, daß er Dich dann gern in sein Geschäft aufnehmen werde; aber Du stehst Dich gewiß besser bei dem Alten und bekömmst jetzt ja auch wohl die beste Gelegenheit, Dich ihm unentbehrlich zu machen. Laß sie ja nicht unbenutzt fahren.

Solltest Du das Geld von August Weerth erhalten können, *ohne daß er Dich in Verlegenheit setzt*, sollte es mir lieb sein. Schick es dann doch an Carl

Seiff, Auditor in Detmold. Ist's aber zu einer Anleihe keine günstige Zeit, so kann ich mich erst auch noch eine Zeitlang hindrücken, indem ich meine Gläubiger auf eine schönere Zeit, auf den Frühling, vertröste. Daß Du selbst noch immer nicht auf einen grünen Zweig gekommen bist, tut mir herzlich leid, zumal da die Mutter noch immer der sanguinischen Hoffnung lebt, Du würdest bei Deinem großen, ja ungeheuren Gehalt, mit leichter Mühe das Vorgestreckte zurückzahlen können.

Den Brief an Kemper habe ich abgesandt; ich werde unter einigen Tagen in Horn sein, befürchte aber, kein Geld zu erhalten, da ihn sein Alter sehr strenge hält und er Manschetten vor ihm hat. Verleihe um Gottes Willen nicht zu viel; ich hätte einmal, wenn mich Hölting nicht warnte, in Göttingen unwiederbringlich 12 Louisdor verloren, die ich mit dem größten Vertrauen einem Studenten namens Engel versprochen hatte.

Für Ferdinand wirst Du gewiß Dein Möglichstes tun; ich werde auch noch heute an Roß schreiben, um ihn zu bitten, daß er F. an den Rhein hin empfiehlt. Sollte sich für ihn nichts in Bonn bei der neuen Gestaltung der Dinge eröffnen.

Hier geht es uns allen, ausgenommen mir, recht gut. Anfangs hatte ich den Ziegenpeter, jetzt eine geschwollen Maul und Nase. Dazu bin ich leider auch gemütlich sehr verstimmt, was ich soviel als möglich zu verbergen suche und sich auch hoffentlich bald verlieren wird. Ich war mal wieder nah dran, mein Glück zu machen, doch mußte es diesmal meinen Grundsätzen weichen. Wenn ich im Frühling mit dem Onkel zu Euch komme, will ich Dir dies tragische Ereignis mitteilen. Du kannst's dann in Verse setzen.

Daß Du mit Althaus so gut stehst, hat mich in einige Verwundrung gesetzt, hier ist er, seines Hochmuts wegen, allgemein in Mißkredit. Doch ist's möglich, daß man ihn verkennt.

Deine drei Gedichte haben mir recht gut gefallen; ich habe Johanna auf dem Weihnachtsball versprechen müssen, sie ihr mitzuteilen. Johanna ist jetzt ganz nett, Elisabeth unendlich albern.

Ida Escher bleibt bis zum Februar hier – doch scheint mir Carl nicht anbeißen zu wollen. Sie ist sonst sehr liebenswürdig und gescheit.

Ich bleibe bis zum 16. n. M. hier. Solltest Du mir noch einmal schreiben wollen, so würdest Du mich dadurch sehr erfreuen. Grüße Ferdinand doch von mir, gratuliere Püttmann in meinem Namen und empfiehl mich Weerths.

Dein treuer Wilhelm.

46.

Georg Weerth an Wilhelmine Weerth

Bonn, 9. Februar 1843

Liebe Mutter!

»Nimm mich noch einmal zu Gnaden wieder auf und entschuldige, daß ich so lange nicht geschrieben.« Diesen Anfang habe ich freilich in meinen letzten Briefen jedesmal gemacht, und bald wirst Du so daran gewöhnt sein, daß er in Zukunft überflüssig ist. – Mein langes Warten hat übrigens diesmal doch gewichtigere Gründe; – erstens hatte und habe ich Deinen letzten Brief, für den ich von Herzen danke, merkwürdigerweise verloren und kann ihn ungeachtet der schrecklichsten Sucherei nicht wiederfinden; was Du mir damals geschrieben hast, ist mir leider auch nicht alles mehr erinnerlich, nur weiß ich sicher, daß am Schluß »Deine treue Mutter« stand, und das ist genug.

Deine Fragen kann ich daher heute nicht beantworten. – Zweitens wollte ich gern erst den Schluß von Ferdinands Angelegenheit abwarten. – Diese ist nun in Ordnung, da unser Roter gestern an Herrn Ermeler geschrieben hat, er nähme seine Propositionen an, wolle sich gern in der ersten Zeit den untergeordneten Beschäftigungen unterziehen, hoffe aber, durch Fleiß und Ausdauer bald zu einem bessern Posten zu gelangen. – Der Brief ist so abgefaßt, daß Ermeler sieht, daß er keinen gewöhnlichen Ladenjungen erhält, sondern einen jungen Mann, der durch strenges Arbeiten ein belohnendes Ziel erlangen will. – Es kommt nun auf Ferdinand an, was weiter geschieht, – und konveniert ihm über kurz oder lang die Stelle nicht, so steht es ihm immer frei, fortzugehen, wo er dann den großen Vorteil hat, in den zwei ersten Städten des Reichs gearbeitet zu haben. –

Ich war eigentlich nicht dafür, daß Ferdinand die Stelle annehmen sollte; der alte Weerth und viele andere, welche ich darüber sprach, rieten aber so sehr dazu, daß ich endlich auch gestehen mußte, es sei besser, ein Geschäft zu lernen, was sich später mit geringem Fond für eigne Rechnung fortsetzen läßt, als einer jener Comptoiristen zu werden, deren es Millionen gibt und die ohne bedeutendes Glück nie weiter kommen, als einige lumpige hundert Taler das Jahr zu verdienen. – Dazu kommt meiner Meinung nach, daß unser Jüngster »Ferdinand Weerth«[1] und daß es ihm an guten Empfehlungen nie mangeln wird.

Sein Aufenthalt in Berlin, was freie Stunden anbetrifft, kann auch nur angenehm sein, da er den gewöhnlichen Lebensunterhalt selbst verdient und an manchen Landsleuten, die er dort antrifft, gute Freunde haben wird. – Cruel geht z.B. auch Ostern nach Berlin. – Dieser Tage werde ich mit Herrn Bäcker sprechen. –

Jetzt muß ich von einem Kapitel reden, was leider Gottes schon manchem frommen Mann viel Kummer und Herzeleid gemacht hat, – es ist nämlich das des Geldes. – Die 100 T[ale]r, welche Du mir bei meiner Abreise von Köln vorstrecktest, würden längst zurückerstattet sein, wenn ich nicht ein junger, unbesonnener Mensch und die Welt sehr oft nicht ausnehmend schön wäre. – Diese Verhältnisse habe ich aber alle überwunden, und so denke ich, den Rest dieser Tage an Ferdinand abzuschicken. – Ich bitte Dich, nimm es nicht übel, daß es so lange dauerte! – Alles kann ich, nur nicht sparen.

Aus Eurer Gegend hat man so lange nichts gehört, daß ich fast glaube, Ihr seid alle erfroren in dem kalten nordischen Winter. – Da solltest Du mich sehen auf meinem Wachtturm mitten im Rhein! Die vorigen Wochen war so großes Wasser, daß ich nur mit einem Nachen nach Hause fahren konnte, und nachts hörte ich, wie die Eisschollen an den Mauern unter mir zersplitterten. – Das war herrlich grausenhaft da draußen! Aber im Zimmer auch desto schöner, der Shakespeare, eine Flasche Walporzheimer und ein alter Schlafrock, die Zigarren nicht zu vergessen – was will man mehr? Und doch ist es mir bisweilen ganz sonderbar zumute, – ich meine, nächstes Frühjahr müßte ich in die Welt hinaus, denn diese Sehnsucht habe ich nun einmal in den Knochen und kann sie nicht loswerden. –

Es wird Dich vielleicht interessieren, daß ich jetzt viel Musik treibe, das heißt, ich höre sie. Ich lernte nämlich einen fabelhaften jungen Musikanten kennen, der kürzlich von Paris hier ankam, ein Deutscher ist und in den dürftigsten Umständen lebt, da er viele Schulden hat. – Wir passen also herrlich zueinander. – Ganze Nächte durch spielt er mir den Beethoven vor, und ich schlafe und wache dabei. – Mit gewaltigem Pomp hat er nun ein Konzert angezeigt und schon in den ersten Tagen für 100 Tr. Billets abgesetzt. Die Freude kannst Du Dir denken, – sein Flügel wird fast voneinander gespielt, und wir sind tugendhaft dabei, da wir nichts trinken als Kaffee und Tee. –

Außerdem regiert hier der Gott der Langeweile, – der Karneval macht auch wenig Spaß, da man hier keine gründlichen Gecken hat, – das verstehen sie in Köln besser. –

Von Eller erhielt ich neulich einen Brief, der einem langweiligen Junggesellen ähnlich sieht. – Er flennt von schönen vergangenen Zeiten, ärgert sich über die Gegenwart und wünscht sich wahrscheinlich noch ein langes Leben, was ich seinen Erben von Herzen gönne. – Es muß schrecklich sein, auf demselben Fleck beim Nichtstun alt geworden zu sein. – Da ist Ellers Bruder ein anderer Kerl! Der hat in seinem 70. Jahr ein 18jähriges Ladenmädchen geheiratet. – Weiter weiß ich nichts, denn es ist schon sehr spät, und ich fange an, dumm zu werden. –

Daher nur noch die herzlichsten Grüße an alle miteinander!

Mit alter Liebe

Dein Georg.

Püttmann[2] ist ein ehrenwerter Mann, der fortwährend Deine ganze Achtung verdient. – Der alte van Hees in Mühlheim a./Rh. ist neulich gestorben.

1 Der Vater hieß auch Ferdinand.

2 Die Mutter hatte Anfang Februar einen Brief an Hermann Püttmann geschrieben. Es waren 3 Gedichte im »Jahrbuch für Kunst und Poesie« und 1 Gedicht (»Die Schenke«) in der »Kölnischen Zeitung« erschienen. Am 3. Januar 1843 veröffentlichte Püttmann eine Rezension des »Jahrbuchs«, in der es heißt: »Georg Weerth, dessen Lieder hier wohl zum ersten Mal der Öffentlichkeit übergeben sind, debütiert mit Glück. Es weht ein so frischer, duftiger Hauch aus diesen Liederknospen, daß wir der vollen Entfaltung mit Spannung entgegensehen.« Wie die Mutter darüber dachte, geht aus folgendem Briefentwurf hervor:

»Detmold, Februar 1843

Geehrter Herr!

Es mag Sie befremden, von mir eine Zuschrift zu erhalten. Sie selbst aber machen es mir zur Pflicht, Ihnen zu schreiben. Als ich Ihre Kritik des »Jahrbuches f[ür] Poesie und Kunst«, Jahrg[an]g 43, gelesen, machte ich mit Bedauern die Bemerkung, wie wenig ich Sie und wie gar wenig Sie mich bei m[eine]r Anwesenheit in Köln und Gemarke kennenlernten; ich glaubte, einen Mann in Ihnen zu sehen, auf dessen »Wort und Treue« man sich verlassen könne, und Sie müssen es sich noch wohl erinnern, was Sie mir auf meine inständige Bitte, m[eine]n Sohn Georg auf keine Weise zu fernern poetischen Versuchen ermuntern zu wollen, versprochen, – wiederholt versprochen; wodurch nun aber könnten Sie wohl ein junges, leicht erregbares Gemüt *mehr* zu dergl[eichen] Wiederholungen ermuntern als durch ein öffentlich ausgesprochenes Lob seiner – Bagatellen? Mich haben Sie durchaus verkannt, wenn Sie glauben, daß ein wenig – sei es verdienter oder unverdienter – Weihrauch mich gegen die Gefahr zu blenden imstande wäre, welche für G. daraus erwächst, näml[ich] *die*, ein eitler – zu andern ihm nützlichern und *nötigern* Beschäftigungen unaufgelegter und untauglicher Tor zu werden! Und haben Sie nicht außerdem selbst hinreichend eingestanden, wieviele bittre Lebenserfahrungen Ihnen ähnliche Bestrebungen schon zugezogen, und wollen Sie – der Freund (?) m[eine]s Sohnes – diesen auch unbarmherzig dahinein ziehen? Wie kann ich es anders nennen, vollends seit mir in diesen Tagen das gemeine Machwerk (o, daß ich es so nennen muß) unter Gs. Namen in dem Feuilleton der »Köl[nischen] Z[ei]t[un]g« zu Gesicht kam, was ich nur tief errötend vor Scham und Unwillen zu lesen imstande war – Sie haben keinen Begr[iff] davon, wie unglücklich mich das Erscheinen desselben gemacht hat, und wollen Sie nicht, daß das Herz des Sohnes sich völlig der Mutter entfremden, nicht dieses Leben fortan dadurch vergiftet werden soll, so halten Sie von jetzt an s[eine] Dichtungen der Veröffentlichung ferne. Ich kann mir nicht denken, daß Sie so wenig Mitgefühl für eine der männlich-väterlichen Stütze beraubten Mutter, der von Gott die Sorge für das Wohl der Ihrigen zunächst auferlegt wurde, haben sollten und nicht dieser ihrer allerdringendsten Bitte Gehör geben.

‹An mn. Sohn ergeht allerdings dieselbe – jetzt nicht mehr *Bitte*, sondern *Weisung* [darüber geschrieben:] schrieb ich seit dem letzten Ergebnis noch nicht; indes klammert sich mein Herz noch an den Gedanken, daß *dies* Gedicht vielleicht ohne sein Wissen oder s[eine] Einwilligung von Ihnen dem Druck übergeben war, und wenn dem so wäre, würden Sie mir eine Wohltat erzeugen, wollten Sie mich als redlicher Mann mit ein p[aar] Zeilen davon benachrichtigen. Doch kann ich es ihm immerhin nicht verzeihen, daß er mit s[einer] Phantasie bei einem so trivialen Gegenstande mit sichtbarem Wohlgefallen verweilen konnte.› Es wäre lächerlich, ja unsinnig, wollte man jemandem schlechthin das Dichten untersagen; wie dieser an Malerei, ein anderer sich an Musik ergötzt, so mag ein dritter die Saiten der Poesie anschlagen lassen, nur muß *diese* eine reine Tendenz wie *jene* einen reinen Klang haben und – braucht nicht wie ein Aushängeschild am Jahrmarkt in Zeitungen zu prangen oder besser an den Pranger gestellt zu werden. Sie sehen, ich spreche meine Ansichten klar und wahr aus, wie das ein jeder und eine jede tun sollte, wo es gilt, Gutes zu bewirken oder Schaden zu verhüten, tun auch Sie dasselbe, ‹damit sich auch in Zukunft mit Achtung Ihrer erinnern kann. Die Unterzeichnete wird es Ihnen ewig danken.›

Wilhelmine Weerth
Verw. Generalsuperintendentin.«

(Entwurf eines Briefes, IISG, Amsterdam; die ‹› bezeichneten Streichungen im Entwurf).

47.
Wilhelmine Weerth an Georg Weerth

Detm[old], Februar 1843

Eingedenk Deines Geburtstags, mein Georg, hätte ich sonst schon früher geschrieben, aber diesmal vermochte ich's nicht; zum erstenmal seit Deinem Dasein beging ich ihn mit Kummer um Dich – ich hätte dir nicht mit unbefangner Herzlichkeit entgegenkommen können, und deshalb unterblieb es besser – denn o wie schmerzlich ist es einer »treuen Mutter«, das nicht zu können! Dein eignes Herz – sollte ich denken – müßte es Dir sagen, was mich so tief bekümmert und betrübt – oder solltest Du wirklich den Inhalt meines letzten – von Dir verlornen – Briefes so gänzlich vergessen haben, daß Du Dich auch der wiederholten Warnung vor der Veröffentlichung Deiner bis *da*hin freilich noch unschuldigen Gedichtchen, nicht erinnertest? Schon dies hätte ich alle Ursache, gar sehr zu bedauern, aber teils ist's nicht wohl zu glauben und teils beweist Deine Rechtfertigung Püttmanns das Gegenteil. *Ich* erinnere mich's noch sehr deutlich, Dir – nachdem ich Dir nochmals das Ungehörige und Gefährliche dieser Veröffentlichung auseinandersetzte – gesagt zu haben: »Handle nun, wie Du es vor Deinem innern Richter glaubst verantworten zu können.« Ich appellierte an Dein Gewissen! Hast Du denn das so vollkommen in Schlummer gewiegt, daß es sich gar nicht dagegen auflehnte, jetzt ein so durchaus gemeines Machwerk in die Welt zu schicken, was ich kaum vor Scham und innrer Empörung durchzulesen vermochte –? Wie war's nur möglich, daß Deine Phantasie auch nur eine einzige Stunde Deines Lebens bei solch trivialem Gegenstand verweilte – und *wie möglich*, dies absurde Ding unter *Deinem Namen* in die Zeitung aufnehmen zu lassen! Du hast Dich furchtbar dadurch herabgesetzt, hast dem Namen Deines Vaters dadurch keine Ehre gemacht –, oder zeugt nicht das Kopfschütteln oder mitleidige Lächeln, mit welchem gutgesinnte – ihn noch mit wahrer Verehrung im Herzen tragende – Männer das unglückliche Blatt aus der Hand legen, von innigem Bedauern, daß einer seiner Söhne fähig war, so etwas zu schreiben! – Gott verhüte es, daß Dein Tun und Leben nicht so leichtfertig ist wie Deine Worte, aber Du brauchst Dich nicht darüber zu wundern – darfst Dich nicht darüber beschweren, wenn jeder, der dies liest, Dich für einen höchst leichtsinnigen – ja verdorbnen Menschen hält. Schrecklich für *Dich* – wie für *mich*! Und dann, mein Sohn, bedenke: »*Gedanken* sind vor *Gott* schon Taten«, wieviel mehr nun *Worte* – die gleich dem Samenkorn, was in die Erde fällt – nicht ohne Einwirkung auf *andre* bleibt; daran aber hast Du wohl nicht gedacht – wie überhaupt wohl an Vieles nicht mehr, was zu Deinem wahren Frieden dient. Du hast – und es ist nicht anders – Du hast Dein Herz und Deine Sinne verwahrlost; – hast das Beispiel Deines verewigten Vaters, die wiederholten dringenden Bitten Deiner Mutter, – hast Dein an heiliger Stätte abgelegtes Gelübde vergessen und nicht die Mittel zur weitern Ausbildung Deines religiösen Sinnes und Lebens zu benutzen gesucht –; oder bist Du darauf bedacht gewesen, von unserm göttlichen Vorbild – von Jesus Christus zu hören und zu lernen? Hast Du dem öffentl[ichen] Gottesdienst beigewohnt; bist je seit Deiner Konfirmation zum Abendmahl gewesen, hast Du wohl je zuweilen mit Andacht die Bibel gelesen oder mit wahrem Anliegen Dein Herz zu Gott erhoben – ohne den wir nichts sind noch haben –? O, darüber besinne Dich – Du mein heißgeliebtes Kind! Und kannst Du es mir mit Wahrheit widerlegen – mit Freuden will ich Unrecht gehabt haben! Aber – aber, wohl nicht mit Unrecht heißt's in der Heil[igen] Schrift: »An den Früchten sollt ihr sie erkennen.«[1] Sieh, und das ist's, was mich so unbeschreiblich traurig um Dich macht – wie die Frucht, so der Baum!, und jene Frucht war wahrlich keine gute! Lies doch nur einmal die Stelle in der Bibel (die Du Dir von mir erbatest und von der ich mich nur in der Hoffnung Deines treuen Gebrauchs zu trennen vermochte), was der Herr sagt: Matth[äus] 12, V[ers] 33[2] und ferner – o, lies und beherzige sie. *Meiner* Worte hast Du nicht geachtet, so laß nur das göttliche Wort nicht an Dir vergeblich sein –; gern möchte ich's vergessen können, wie Du mich gekränkt, das Gescheh'ne aber ist leider nicht wieder ungeschehen zu machen – laß Dich denn nur ferner nicht verleiten, sei es durch eigne Schwäche, Eitelkeit oder was es sein mag – noch durch Überredung andrer dergl[eichen] jemals wieder öffentlich herauszustellen. – Püttmann, den ich bei meinem Dortsein freilich wenig kennengelernt habe, hielt ich wenigstens für einen aus Erfahrung klug geword'nen Mann; er hatte Einfluß auf Dich, – Dein Wohl lag mir so sehr am Herzen – ihn bat ich inständig, Dich auf keine Weise zu fernern poetischen Versuchen ermuntern zu wollen – er versprach mir's. Hat aber nicht Wort gehalten, – das bewies mir seine Kritik des »Jahrbuchs« – und das war unrecht von ihm; nun aber kam noch das letzte unglückselige Produkt in der »Köl[nischen] Zeit[un]g«, die doch Püttmann redigiert; zwar war schon an Dich deshalb geschrieben, doch kam mir der Gedanke – er könne es vielleicht ohne Dein Wissen oder Deine Einwilligung eingerückt haben – hielt also den Brief noch zurück – ich wollte Dich nicht verurteilen, bevor ich hierüber Gewißheit hätte – schrieb deshalb erst an P. und bat ihn aufs dringendste, mich darüber ins Klare zu setzen, aber – es ist keine Silbe von ihm erschienen – woraus ich nun natürlich schließen muß, daß Du selbst es gewollt hast; o, daß der Gedanke nie in Deine Seele möchte gekommen sein!

Du lebst wohl in einer Umgebung, wo man Dir über so etwas keinen Vorwurf macht, man sagt Dir vielleicht noch Angenehmes oder scherzt darüber, aber keiner sagt Dir die Wahrheit; sieh, die bin *ich* Dir aber nun schuldig zu sagen, denn ich könnte es nimmer vor Gott verantworten, hätte ich's *nicht* getan; nun aber laß diesen Brief auch ein Zeugnis sein zwischen mir und Dir, auch wenn ich nicht mehr bin. –

Nun noch ein p[aar] Worte auf Deinen letzten – freilich lange vergeblich erwarteten – Brief; gern hätte ich schon mal früher Deine oder des H[errn] W[eerths] Ansicht von der Berl[iner] Sache vernommen, es ist mir ungeheuer schwer geworden, darin etwas Entscheidendes zu sagen oder zu tun, – aber die Zeit war schon zu kurz geworden, um noch anderweitige Versuche zu machen und – die Umstände drängten, es handelte sich um seine Existenz – das *eine* Jahr bei H. B[äcker] möchte noch hingegangen sein, – die Reise und der erste Aufenthalt in Berlin werden auch Geld kosten, – aber wie dann weiter? Wer stand mir dafür, daß sich nach Jahresfrist etwas Annehmlicheres würde gefunden haben – konntet Ihr dort doch z. Z. auch nichts für ihn finden – Ferd[inand] wird freilich arbeiten müssen wie ein Taglöhner oder 12 Stunden des Tags das tun müssen, was jeder dumme Junge tun könnte, und der Gedanke ist mir hart; zudem hoffte ich, bei einer andern Stelle sollte er mehr Zeit übrig behalten, sich noch sonstige Kenntnisse zu erwerben, diese Hoffnung ist aber hier auch völlig vernichtet

– gebe es Gott, daß es sich besser macht, wie ich fürchte – Ihm muß ich's befehlen!

So hat sich seit den letzten Wochen eins an das andre gereiht, und Gott allein weiß es, wie schwer sie mir geworden sind –, dazu rückte nun auch die Zeit Deiner Militärpflichten heran, *auch* kein Geringes! Am 21. d[ieses Monats] fand nun die Losung statt und – Gottlob, man hat Dich frei gezogen – Nr. 29. Dreißig sind's in allen, von denen vielleicht nur sechs eingefordert werden. Wilhelm zog damals Nr. 7, und er blieb doch unangefochten.

Was die Abtragung des Geldes an F[erdinand] betrifft, so muß ich allerdings wünschen, daß das vor s[einem] dortigen Weggehen geschieht, da er dann noch des Geldes bedarf; auf diese Weise schadet's denn auch nichts, daß es nicht schon früher geschah. Indes hättest Du dann doch wohl große Ursache, mit Deiner Einnahme hauszuhalten, und bei einiger Willenskraft würdest Du es schon vermögen; früher sollte Deine Stellung in Köln die Schuld tragen, ich riet genug zu einer andern Einrichtung in Bonn, aber wie's scheint – vergeblich. Jedenfalls taugt das Wohnen in einem Gasthaus nichts, denn da hängt sich ja viel leichter alles an – wie ist das z. B. mit dem reisenden Musikus – den Du selbst einen »fabelhaften Menschen« nennst – bewohnt denn *der* dasselbe Zimmer mit Dir? Dauert das längre Zeit oder wiederholt sich dergleichen, so kann Dir es nimmer zum besten gereichen, weder moralisch noch ökonomisch, und Du würdest sehr wohl tun, eine andre Einrichtung zu treffen. Den Namen des Hauses hast Du mir nie gesagt; Althaus behauptete, Du wohntest nicht beim Gastwirt Ermekeil, wie Du mir anfangs schriebst; es war mir sehr unangenehm, mich in Gegenwart seiner Mutter darüber von ihm müssen berichtigen zu lassen. Erkläre mir dies doch mal.

Du tust nicht wohl, über H[errn] E[ller] in Barmen so verächtlich zu reden, er hat die besten Jahre seines Lebens seiner höchst nervenkranken Mutter geopfert und unsägliche Geduld und Liebe an ihr bewiesen; als sie starb, war er schon so weit in Jahren vorgerückt, wo jeder vernünftige Mann Anstand nimmt, noch zu heiraten. Sein Bruder ist ein Narr, und es dürfte einen nicht wundern, wenn er sich selbst eine Rute gebunden. – Des Ersteren Weitläufigkeit kenne ich und liebe sie keineswegs; *achtungswert* ist er aber immer. »Ein Geduldiger ist mehr denn ein Starker« und »wer seines Mutes Herr ist, mehr denn der Städte gewinnet«. (Bibelworte)[3]

Ich scheide hier von Dir, mein Sohn! Laß das *gute* Wort eine gute Stelle bei Dir finden – und mich in Dir künftig einen braven, »besonnenen« Sohn! Gott mit Dir und

Deiner wahrhaftig treuen Mutter.

Teile es doch Ferdinand mit, daß Du frei bist vom Militärdienst, er weiß um die Ziehung.

1 Matthäus, 7,16.
2 »Setzt entweder einen guten Baum, so wird die Frucht gut; oder setzt einen faulen Baum, so wird die Frucht faul. Denn an der Frucht erkennt man den Baum.«
3 Die Sprüche Salomos, 16,32.

48.
Georg Weerth an Wilhelmine Weerth

Bonn, 21. März 1843

Liebe Mutter!

Dein letzter Brief würde mich grenzenlos geärgert haben, wenn Du ihn nicht geschrieben hättest.

Ich bin mir eines redlichen Strebens bewußt, mit dem ich vor der ganzen Welt bestehen kann, und wenn meine ersten poetischen Erzeugnisse auch den Stempel der Unvollkommenheit tragen, so sind sie doch nichts weniger als gemein! – Im Anfange hat freilich fast jeder mit Schwierigkeiten zu kämpfen, und so wird es auch noch einige Zeit dauern, bis man darin übereinkommt, daß mehr Humor als Gemeinheit in meinen neusten Liedern ist. – Daß Du für mich fürchtest, ist natürlich, da es einer Mutter stets unangenehm sein wird, ihren Sohn mit so wenigen Kenntnissen und noch weniger Erfahrung auftreten zu sehen. – Ich kann Dich daher jetzt nur auf eine spätere Zeit vertrösten, wo es mir hoffentlich gelingt, mich vor Dir zu rechtfertigen. – Jedenfalls kann ich Dir aber versichern, daß Du nie mehr Ursache haben sollst, Dich meiner zu schämen! –

Was andere Leute in dortiger Gegend von mir denken, kann mir gleichgültig sein, da ich hier im Lande so glücklich war, viele wahre und aufrichtige Freunde zu finden, welche sich meiner auf die liebevollste Weise annehmen und mir stets mit dem besten Rat zur Seite stehen. – So hat mir noch vor kurzem der Dichter Simrock[1] den Zutritt in seinem Hause eröffnet, und ein Herr Kinkel, von dem ich Dir schon erzählte, ist mein Freund wie früher. –

Nichts wünschte ich mehr, als bald persönlich vor Dir erscheinen zu können. – Durch Wort und Handschlag würde ich Dir versichern, daß ich auch in anderer Beziehung nicht von der rechten Straße gewichen bin. – Mit voller inniger Liebe denke ich an Dich wie an den seligen Vater und werde nie vergessen, daß er mich beim Abschied ermahnte, die gute Sitte zu bewahren, welche ich im elterlichen Hause vor Augen hatte. –

Ferdinand, der Dir diese wenigen Zeilen überbringt, mag noch ein gutes Wort für mich einlegen und Dir erzählen, ob er mich als verworfenen Menschen oder als rechtschaffenen Bruder vorgefunden hat. – Bei gewiß vielen anderen Sünden habe ich doch wenigstens die des Heuchelns nicht und glaube, nie anders als in meiner wahren Gestalt zu erscheinen!

Sei aufs herzlichste gegrüßt von

Deinem Georg.[2]

1 Karl Simrock (1802–1876), Germanist und Dichter. Wegen eines Gedichts auf die Julirevolution mußte er 1830 den preußischen Staatsdienst verlassen, kehrte 1832 in seine Heimatstadt zurück und wurde hier 1850 Professor für altdeutsche Literatur. Seine Übertragungen alt- und mittelhochdeutscher Werke (»Nibelungenlied«, »Edda«) und der gesamten volkstümlichen Epik des deutschen Mittelalters (»Heldenbuch«) hat Weerth mit Interesse studiert. Von Simrocks eigenen Gedichten in der Art der Nachromantiker ist besonders das Lied »An den Rhein, an den Rhein« (1839) volkstümlich geworden.

2 Unter diesen Brief hat Wilhelm Weerth noch einige Zeilen an seine Mutter geschrieben; der erste Satz lautet: »Mein gestriges Konsistorial-Skriptum wirst Du erhalten und Dich mit mir darüber gefreut haben. Ich hatte kaum diese Antwort erwartet.«

49.

Georg Weerth an Wilhelm Weerth

Bonn, 21. März 1843

Lieber Wilhelm!

Wie schmerzlich es mir war, Deinen Wunsch s[ein]r Z[ei]t nicht erfüllen zu können, kann ich Dir nicht beschreiben! – Man hat Dich und mich im Stich gelassen, *Dich* freilich, ohne es zu wissen. – Vielleicht ändern sich später einmal die Verhältnisse; genug Aussicht ist dazu vorhanden. –

Ferdinand wird Dir das übrige erzählen. – In einer ruhigern Stunde schreibe ich Dir mehr. –

Nimm daher heute nur mit meinem herzlichsten Gruß fürlieb. –

Dein treuer Bruder Georg.

50.
Georg Weerth an Wilhelmine Weerth

Bonn, 18. April 1843

Liebe Mutter!

Ohne Dir gerade zu schreiben, habe ich dennoch gewünscht, daß Du recht fröhliche Feiertage verleben möchtest. Ich wäre gern dort gewesen! Man hätte das ganze Weerthsche Haus mal wieder beieinander gehabt, – und dazu wird doch wohl so bald keine Gelegenheit mehr sein. Aber was tut's? Es ist jetzt noch so manches in der Entwicklung, daß wir doch nicht recht zur Ruhe gekommen wären. – Nach einigen Jahren hat sich gewiß schon Vieles geändert; da rücken wir alle auf einen Tag heran, und Du sitzest mitten unter uns, und es ist ein Festtag wie kein andrer! Wilhelm scheint mir noch stets am schlimmsten daran zu sein, obgleich er köstlich humoristische Briefe zu schreiben weiß. – Gott erhalte ihm seine unverwüstliche Lebenslust! – Mit Carl scheint es schon besser; der schreibt ja Werke über Menschenrassen und baut Häuser! Was will man mehr! – Ferdinand wird sich auch schon herausmachen und seine ersten beschwerlichen Arbeiten bald mit etwas Bedeutendem vertauschen. – Er ist der Klügste von uns allen, namentlich da er der Jüngste ist. –

Aus mir mögen die Götter machen, was sie wollen! – Ich arbeite immer vorwärts und habe über viele Sachen meine eigne Meinung.

Hier gestaltet sich auf gewisse Weise mein Leben immer besser. – Alle jüngeren Bekanntschaften habe ich jetzt aufgegeben und beschäftige mich während meiner freien Stunden auf der schönsten Wohnung, die es wohl in Bonn gibt, so angenehm wie möglich. – Dazu kommt noch, daß ich in der liebenswürdigen Familie von Fritz Weerth immer heimischer werde. – Wir machen mit den Kindern jetzt häufige Ausflüge in die herrliche Umgegend, die nach einigen warmen Regengüssen schon ganz grün und mit Blüten bedeckt ist. – Es ist wie immer auffallend, daß man hierzulande den Servatius und Pankratius[1] so wenig fürchtet, – ich weiß, welchen Respekt man bei Euch und im Wuppertale davor hatte. – Aber das tut alles der Rhein, dieser schöne, alte Junggeselle, der die Leute an seinen Ufern ganz liebevoll in sein Herz geschlossen. – Wir lieben ihn auch nicht minder, und jeder, der ihn sah, sehnt sich nach ihm zurück und vergißt ihn niemals. – Ach, wie oft denke ich daran, ob es nicht einmal möglich wäre, Dich auch wieder hierher zu versetzen! Aber das leidige Geld! Da sind unsre Namensverwandten glücklicher. Adolf Weerth, der seinen Vater jahrelang geärgert hat und ein schrecklicher Tölpel ist, heiratet jetzt ein

Fräulein Dönhoff von Isselburg, eine Nichte von Roß, die 70 000 Taler reich ist. – Der Bankier August hält Anfang nächsten Monats Hochzeit mit einer Rhodius aus Sinzig. – Die ganze Verwandtschaft sammelt sich zu dieser Feier in der hies[igen] Gegend. –

Ihr werdet vielleicht schon erfahren haben, daß man Roß bei seiner Abreise von Berlin alles Silbergeschirr und die kostbaren Geschenke des vorigen Königs[2] gestohlen hat. – Der jetzige König[3] scheint ihn einigermaßen entschädigen zu wollen. – Der älteste Sohn ist Steuerrat geworden, das Gut Loo ist ein Rittergut geworden, und silberne Pokale und Orden sind bei dem Jubiläum auch nicht ausgeblieben. – Der Schaden des Diebstahls soll aber viele Tausende betragen. –

Nun – jeder amüsiert sich so auf seine Weise, und am Ende kommt so ziemlich alles auf eins heraus!

Die schöne Frau Gruber aus England war mit ihrem kranken Manne hier und reist jetzt nach Aachen. – Sie haben keine Kinder und sind daher geistreich. – Mir kann die Peillsche Familie nicht gefallen; ich habe daher auch Grubers vernachlässigt und mich trotz aller Artigkeit nicht mit ihnen abgegeben. – Da lobe ich mir die Weerths!

Wenn Dich Püttmann noch interessiert, so wird es Dich freuen, daß es ihm immer besser geht. Nach jahrelanger Bedrängnis fängt er endlich an, anerkannt zu werden, und da kann es nicht ausbleiben, daß er mit seinen vielseitigen Kenntnissen in Köln etwas zu erringen weiß. – Die Redlichkeit dieses Mannes geht ins Aschgraue, und sooft ich auch andre Leute kennenlerne, so komme ich doch immer wieder auf meinen alten Republikaner zurück. – Was er mir schon im Leben genützt hat, kann ich ihm nicht vergelten. – Das wünsche ich einem jeden, daß er in seinem sechzehnten Jahre ihn zum Freund erhalte. – Ich hatte das Glück! –

Allmählich weiß ich nicht mehr, was ich Dir erzählen soll! Doch wollte ich, daß Du dabei gewesen wärst, wie ich die Ostertage gefeiert habe. – Vielleicht habe ich mal Gelegenheit, Dich dies lesen zu lassen, und wenn es auch noch nicht geschieht, so kommt doch alles mit der Zeit.

Grüße mir alle! Wilhelm, der wohl in Detmold sein wird, soll bald etwas von mir hören. – Ich bin so selten in der Stimmung, Briefe zu schreiben, wie sie zu gefallen pflegen. – Möchte Dir dieser gefallen!

Wenn Du Zeit hast, so erzähle mir, wie es bei Euch aussieht!

Alles in allem – ich sende Dir tausend Grüße und bleibe mit ewiger Liebe

Dein Georg.

1 Eisheilige.
2 Friedrich Wilhelm III. (1770–1840), König von Preußen.
3 Friedrich Wilhelm IV. (1795–1861), König von Preußen seit 1840.

51.
Georg Weerth an Wilhelm Weerth

Bonn, 25. April 1843

Lieber Wilhelm!

Dein furzhafter Brief hat mir größere Freude gemacht! Ich bedauere unendlich, nicht mit etwas Ähnlichem aufwarten zu können, da meine ganze Umgebung bei Glaube, Liebe und Öffnung ist. – Zudem ist am Rhein das Trinken mehr Mode als das Stinken, und wenn ich meine unmaßgebliche Meinung sagen soll, so meine ich, daß ein Glas Laubinger besser duftet als ein aufgelöster Naturlaut!

Seit den letzten Tagen des Hornung, wo aller tolle Spuk aufhörte, ist es hier ruhig geworden, wenigstens erfahre ich von dem Leben in Bonn sehr wenig. – Auf meiner schönen Kneipe, außerhalb der Stadtmauern, gestaltet sich die Geschichte aber viel interessanter. – Schon am frühen Morgen, wenn sich kühler Wind aufmacht und durch den Nebel streicht, halte ich meinen Entblößten aus dem Fenster und lasse ihn das Siebengebirge besehen. – Gleich darauf muß er freilich in den Sofa, weil ich mit ungemeinem Eifer meine Studien beginne; dies dauert aber nur eine halbe Stunde, da haue ich mit einem alten Rapier an den Wänden herum und spiele den rasenden Roland oder den König Lear. – Ein paar lumpige Verse sind die Folge dieser Aufregung, – sie werden schnell entworfen und gegen acht Uhr als Arschwisch gebraucht, da ich mich nie entschließen kann, ein reines Blatt zu mißbrauchen, mit einem Wort – ich wische mir mit den Versen den Hintern aus! – Der übrige Tag geht geräuschlos vorüber; – abends werden Volkslieder gelesen, Hegel studiert und nicht verstanden, Korrespondenzen geschrieben, – ich trinke Bier und schlafe mittelmäßig. Da hast Du mein ganzes Leben! Es ist nicht schön, aber auch nicht häßlich, und wenn ich aufrichtig sein soll, so muß ich gestehen, – fast einen jeden Tag würde ich für eine Flasche Nierensteiner mit Vergnügen verkaufen.

Sehr gern würde ich Dir den »Nachtwächter« von Dingelstedt[1] senden, wenn ich ihn besäße; man kann dergleichen Bücher auch nicht in Bonn auf die Spur kommen; das Volk ist viel zu indifferent, und die Gelehrten lesen nur Goethe und scheren sich den Henker an neuere Literatur. Beikommend erhältst Du aber einige gute Censur-Flüchtlinge,[2] den »Michel«,[3] den 2. Teil von den »Unpolitischen Liedern«[4] und die »Lieder aus der Schweiz«,[5] ebenfalls von Hoffmann v. Fallersleben. – Letztere sende mir gelegentlich zurück, die andern drei Sachen kannst Du dort behalten. – H. v. Fallersl. ist mir viel lieber wie Dingelstedt, – bei jenem kommt alles aus dem Herzen und der Überzeugung; dieser läßt seine Muse nur mit der Mode laufen und scheint überhaupt weniger Gesinnung als Gewandtheit zu besitzen. – Herwegh[6] steckt aber alle in den Sack und wird jedenfalls der Bannerführer der politischen Richtung in der Literatur, wenigstens der Lyrik, bleiben. – Hast Du Börnes »Briefe aus Paris«[7] wohl gelesen? Man wird sie schwerlich bei Euch bekommen können; ich könnte sie Dir leihen. –

Meine Tätigkeit ist fast ausschließlich der humoristischen Lyrik zugewandt. Ich kann jedoch nur wenig tun, und selten gelingt etwas so, wie ich es wünsche. – Da ich aber weniger darauf dringe, schnell bekannt zu werden, was bei meinen vielen Verbindungen wohl möglich wäre, und ruhig am Sammeln bleibe, bis ein Bändchen zusammenkommt, so kann es mir vielleicht gelingen, manche Wünsche erfüllt zu sehen. – Ist dies nicht der Fall, so haben mir wenigstens meine Versuche so viel genützt, daß ich viele tüchtige Leute dadurch kennenlernte und mich hier in der Gegend eines kleinen Rufs erfreue, der mir schon manche fröhliche Stunde verursacht hat. – Meine Korrespondenzen[8] in der »Kölnischen Zeitung« haben leider viel Unheil angerichtet; ich machte die hies[igen] Theologen Nitzsch,[9] Sack[10] und Bleek[11] lächerlich und brachte es so weit, daß sie von Berlin aus gerüffelt wurden. – Freilich schmeckte ich auch die bittern Früchte der Öffentlichkeit, da meine Artikel von der »Mannheimer Abendzeitung« scheußlich heruntergemacht wurden.[12] –

Von der Mutter habe ich viel Schlimmes hören müssen; hoffentlich ist sie aber durch meinen letzten Brief beruhigt; – ich werde ihr so bald keine Ursache zum Verdruß mehr geben, obgleich ihre Ermahnungen mich schwerlich von der einmal eingeschlagenen Richtung abbringen werden.

Mit Theodor Althaus vermied ich jedes Gespräch, was Deine Angelegenheiten betraf, – ich achtete in ihm eine tüchtige Gesinnung, welche er auch den Mut hatte, von der Kanzel herunterzudonnern, trotz seiner orthodoxen Lehrer, die ihn genugsam gerüffelt. – Cruel scheint ruhig hinzugehen wie das Abendrot;[13] er ist gescheit und freisinnig, nur zu schüchtern; es würde nicht schaden, wenn Du ihn in Berlin gut empfehlen könntest.

Der Umgang mit Studenten mundet mir aber auf die Dauer sehr wenig. Die Leute sind wild ohne Humor, dumm mit Arroganz, haben kein Geld und kneipen gern auf andrer Menschen Rechnung. Wenigstens der größere Teil ist so. Edle Ausnahmen gibt es. – Ich habe aber mit niemandem gern zu tun, dem der Student noch im Leibe sitzt. Unter meinen Bekannten gibt es freilich manchen, der sehr leichtsinnig ist, – sie haben aber schon alle etwas geleistet und sind nicht mehr so grün wie die strebsamen Juristen, Mediziner und Theologen.

Wegen der Geldgeschichten habe ich Dir neulich in einigen Zeilen geantwortet. Die Sache ist mir verhaßt, ich komme nicht näher darauf zurück. Wenn Du die hiesigen Verhältnisse kenntest, würdest Du Dir alles besser erklären können. Fordere keine weitern Explikationen und suche Dir dort ein geduldiges Schaf. – Kann ich helfen, so bist Du der erste!

Während dem Schreiben habe ich 3 Zigarren geraucht; ich kann also vermuten, daß Du für heute zufrieden sein wirst. Draußen ist es überdies so schön, daß ich den Steiß nicht mehr in der Gewalt habe. Leb wohl!

Alles ist nur Lumperei, und mit wenigen Ausnahmen gibt es keine Ausnahme in dieser Lumperei. Jedenfalls bekommt mir aber ein Glas Walporzheimer stets vortrefflich. –

Den herzlichsten Gruß

Deines Georg.

Du brauchst nie zu frankieren, ich habe das Porto frei!

1 Franz Dingelstedt, Lieder eines kosmopolitischen Nachtwächters. Hamburg 1842.
2 Titel eines Gedichtheftes von Rudolf Gottschall. Zürich 1843.
3 Liederbuch des deutschen Michel. Leipzig 1843.
4 Hoffmann von Fallersleben, Unpolitische Lieder, 2. Teil. Hamburg 1841.
5 Hoffmann von Fallersleben, Deutsche Lieder aus der Schweiz. Zürich 1843.
6 Georg Herwegh (1817–1875), war vor allem durch seine »Gedichte eines Lebendigen« (Zürich 1841) sehr bekannt geworden.
7 Ludwig Börne, Briefe aus Paris. Hamburg 1832–34.
8 Nicht aufgefunden.
9 Karl Immanuel Nitzsch (1787–1868), protestantischer Theologe, lehrte seit 1822 in Bonn.
10 Karl Heinrich Sack (1789–1875), protestantischer Theologe, seit 1832 in Bonn.
11 Friedrich Bleek (1793–1859), protestantischer Theologe, seit 1829 in Bonn.
12 Nicht ermittelt.
13 Vgl. Georg Herwegh: »Ich möchte hingehn wie das Abendrot« (»Strophen aus der Fremde II«).

52.

Wilhelmine Weerth an Georg Weerth

Detm[old], 30.4. [und 6.5.] 1843

Lieber Georg!

Gewiß habe auch ich Dich während der Osterfeiertage und überall während Ferdinands Hiersein gar sehr hiehergewünscht, und es ist *recht oft* von Dir gesprochen worden, – Wilhelm war indes im Fest auch nicht hier, grade an Sonn- und Festtagen ist er jetzt am wenigsten zu haben, doch nachher auf ein paar Tage, – einen kleinen Ersatz fand ich dann in Deinem gleich drauf empfang'nen Brief, der allerdings in einer angenehmern Stimmung wie der vorhergehende geschrieben sein mochte, welchen ich lieber als nicht empfangen ansehn will, und hoffe, daß Du bei ruhigerm Nachdenken wohl über manches eine andre Ansicht gewonnen hast. Ferdinand war mir ein willkomm'ner Zeuge Deiner Bruderliebe, die ich auch noch nie in Zweifel gezogen; er war aber – für die dortigen Verhältnisse fast zu lange in Bonn, wie auch eigentlich – jedoch in andrer Beziehung – zu lange hier; so lieb es mir auch gewisserweise sein mußte, ihn einmal etwas länger in meiner Nähe zu haben, so taugt's doch nicht, so lange geschäftslos zu sein, und ich fürchte gewiß nicht mit Unrecht, daß nach den etwas schwelgerisch ruhevollen Wochen das jetzige arbeitsvolle Leben ihm schlecht behagen wird – ich suchte ihn deshalb und damit er auch noch Zeit gewönne, sich erst etwas zu orientieren, keinen Tag länger, als den er selbst zur Abreise bestimmte, aufzuhalten. Am 26., abends 8 Uhr, ging er hier zur Post und wird demnach wohl am 28. in Berlin angekommen sein. In hohem Grade unangenehm ist es mir, daß der Onkel grade jetzt nicht mehr dort ist, gewiß würde F. sein erstes Auf- und Eintreten durch dessen Nähe um vieles leichter geworden sein; es wird Dir bekannt sein, daß Roß mit s[einem] ältesten Sohn – dem jetzigen Steuerrat –, Ernst Wentzel und der Lina Tendering[1] hier waren auf 1/2 Tag, er war körperlich gar nicht wohl disponiert und hustete arg, indes äußerte er sich sehr freundlich und teilnehmend über Ferds. Hinkommen, – lud ihn namentl[ich] auf jeden Sonntag Mittag zum Essen bei sich ein, – es war mir allerdings recht erwünscht, ihn mündlich noch über die zu erwartenden Dinge zu hören, möchte es nur später der Fall gewesen sein! Jedenfalls wünsche ich dem Manne noch »Gesundh[ei]t und langes Leben«. Aber wer verdenkt's mir, wenn jetzt mit doppeltem Anliegen. – Von dem erlitt'nen Diebstahl redete er selbst gar nicht, doch erzählten es die Seinigen, s[ein] Verlust soll ca. 3 000 Rtl. an Wert betragen, – freilich eine ärgerliche Geschichte, doch können sie schon ohne das fertig werden, uns z. B. würde der Verlust von 30 Rtl. schon ebenso empfindlich sein. Von der Rittersch[af]t verlautete hier nichts, vielleicht war's ihnen selbst damals noch nicht bekannt, oder sie wollten es grade nicht selbst bekannt machen; eine bedeutende Ehre mag's sein, ob aber – heutzutage – auch noch andre, pekuniäre Vorteile damit verknüpft sind, weiß ich nicht – *hier* zahlt die Ritterschaft von jetzt an so gut ihre Steuern wie andre Leute.

Wilhelm war leider nicht mehr hier, als R[oß'] kamen – indes war der Onkel auch nicht munter genug, als daß W. viel mit ihm hätte aufstellen können; R. wünschte, daß W. ihn etwa nach dem Pfingstfest auf Loo besuchen möchte; dieser meinte: O ja, wenn jener ihm das Reisegeld dazu gäbe! – Was *diesen* Punkt betrifft, so ist W. darin freilich am schlechtesten beraten, da er sich um keinen Deut besser steht wie zur Zeit der Ferdinand und war wie dieser während des ersten 1/4 Jahrs ohne etwas, indes müssen wir schon zufrieden sein, daß er da ist, wo er ist, hoffentl[ich] kommt er von diesem Posten doch mal eher zu einer eignen Stelle. – Bis dahin müssen wir uns so gut durchzudrücken suchen, wie wir können –, die Hauptsache ist, daß er Lust und Liebe zu seinem Beruf gewinnt, *so* nur wird sich sein froher Lebensmut bewähren – und *das* gebe Gott! Mit Volkh[ausen] steht er auf dem allerbesten Fuß, und die Gemeine hört ihn außerordentl[ich] gern. Volkh. selbst hat's an Cölln erzählt, daß die Oerlinghauser sagten: *solch* einen hätten sie noch *nie* gehabt!! Das spricht für beide... Arbeite jeder nur treu in seinem Beruf, so wird es schon anerkannt werden und der Segen von oben auch nicht fehlen. Daß auch Du, mein Sohn, Deine volle Arbeit hast, unterliegt keinem Zweifel; der junge Roß sprach sich auf eine rühmlichst anerkennde Weise darüber aus, was mich innigst freute, da ich voraussetzen kann, daß dies die Stimme der dortigen Herren ist. Nichts konnte mir auch lieber sein, als daß Du mehr und mehr in das Familienleben der jungen Weerths hineingezogen wirst – obgl[eich] ich sie nicht persönl[ich] kenne – jedenfalls kann man aber in *solchen* Verhältnissen entweder etwas Reelles für Herz und Gemüt finden oder – darin lernen, wie es *nicht* sein soll! Beides ist mir im Leben nützlich gewesen; such dies nur ja möglichst auch, und genieße Gottes Natur und himmlische Luft in reinen vollen Zügen – das wird an Geist und Körper Dir besser bekommen als all der heurige schöngeisterische Schnickschnack oder die republikanischen Kannegießereien. – (Ich gönne Püttm[ann] sein literarisches Brot von ganzem Herzen und will ihm wünschen, daß es ein *Bleibendes* ist; danke indes unserm Herrgott, daß *Du* ein andres zu essen hast, und rate jedem, welchem ein andres geboten wird, es sich zu wahren sein Leben lang –.)

Daß es jetzt vorzügl[ich] schön bei Euch sein wird, kann ich mir denken, doch würde ich – wäre ich nicht den Rhein hinaus gewesen – glauben, es könnte jetzt nirgend schöner auf der Erde sein wie grade hier von meiner Behausung aus; solltest nur einmal auf unserm sonnigen Balkon – die lieblichste Landschaft vor Dir – dem köstl[ichen] Nachtigallen-Konzert lauschen, was jetzt früh und spät zu uns herüberschallt, und es vielleicht nicht übertrieben finden, wenn man es paradiesisch erklärt.

Den 6. März: Da ich neulich verhindert wurde, den Br[ie]f zu beendigen, so ließ ich ihn so lange liegen, bis ich Nachricht von Ferd. erhielt – was gestern geschah, und es wird Dir lieb sein, auch zu hören, daß er glück[ich] in Berlin angekommen ist; schon in Pyrmont war ein alter Schulkamerad – Ferd[inand] Meyer aus Lemgo, *Dir* gleich an Alter – ein angehender Tierarzt, zu ihm gestoßen und hatte die ganze Tour mitgemacht, was unserm F. jedenfalls lieb sein konnte, da jener schon ein Jahr in Berlin gewesen, dort also ganz bekannt, ihm in den ersten Tagen zum Führer diente. (Außerdem fand er noch zwei von der hies[igen] Schule dort, Goedeke und Heistermann; Cruel geht auch hin, Alth[aus] aber bleibt diesen Sommer hier. Du wirst vielleicht wissen, daß er schon examiniert und unter den Landeskandidaten aufgenommen ist: *besser* wär's indes – um mit dessen eignen frühern Worten zu reden –, er hätte es *nicht* getan, oder vielmehr sein Vater; es wird gräulich darüber raisoniert – für Nepotismus und wer weiß was erklärt. Dem Gesetz nach müssen sie erst 3 J[ahre] studiert haben, und noch vor kurzem wurde es einem andern abgeschlagen, der auch nach 2 1/2 J[ahren] darum einkam, *es bleibe dies aber unter uns!* Ich möchte um alles in der Welt nicht, daß von *unsrer* Seite grade das Feuer noch geschürt würde, schlimm genug, daß er schon dazu Gelegenh[ei]t gab, daß »sein Amt«, das Amt des ersten Geistlichen des Landes, »verlästert wird« von andern.) In Magdeburg konnte er 1/2 Tag und in Köthen einige St[unden] bleiben und sich gehörig umsehen. Am morgen nach s[einer] Ank[un]ft in B. machte er im E[rmeler]-schen Hause Bekanntschaft mit dem *jungen* Herrn – und mehreren Comptoiristen – den alten Herrn verfehlte er leider – wurde auf den folgenden Morgen wieder beschieden, mußte deshalb so lange im Gasthof (De Russie, wohl nicht gut für *seinen* Beutel gewählt) bleiben und fand nach abgelegter Visite nur noch vor Abg[ang] der Post Zeit, unter s[einen] Brf. die Bemerk[ung] zu machen: »Ich war eben bei H[errn] Ermeler, es scheint sich alles zu machen, später mehr.«

Auf dies »mehr« bin ich nun noch ebenso begierig, wie ich's auf die erste Nachricht war; die Menschen, welche er gesprochen, hatten, wie's scheint, keinen üblen Eindruck auf ihn gemacht, einen *schlechten* aber, daß am Sonntag Morgen mehrere j[unge] Leute im Laden beschäftigt gewesen waren, groß und klein zu bedienen, wobei er bemerkt: »schöne Aussichten für den

Sonntag!« (Er ist diesem nach erst Sonnabend, den 29., dort angekommen.) Man muß hoffen, daß er nicht zu lange bei dieser Art Beschäftig[un]g verharren wird, sonst fürchte ich, hält er nicht stand! – Der Onkel hatte vor s[einer] Abreise sich mit der Madam E. über F. unterhalten, und *diese* – die N. B. das Zepter führen soll – erklärt: er solle schon nach 1/2 J[ahr] weiter gefördert werden; indes scheint mir diese Hoffnung doch etwas sehr problematischer Art. –

Ihr schwimmt dort nun wohl in einem Meer von Hochzeitsfreuden, und die Roß'sche Familie ist wohl auch da –, ein *Tölpel* aber ist doch wohl ein *dummer* Mensch, nun, so muß *der* auch das Geld haben, ein kluger wird schon ohne das fertig; sagt ja doch auch schon Gellert[2]: »Hans kommt mit s. D[umm]h[ei]t fort!« Übrig[en]s schien Roß auch nicht sehr von dieser Heirat erbaut. – Kein kluger junger Mensch darf sich aber so selter in einer Stimmung befinden, in welcher s[eine] Briefe zu gefallen pflegen; er muß sich allerdings geben, wie er ist, d.h. nichts erheucheln, was nicht da ist, aber er muß dafür sorgen, daß sein Herz einem guten Schatz gleicht, woraus hervorgeht, »was gut, was lieblich, was wohl lautet; dem denket nach«, sagt die H[eilige] Schrift. So hoffe ich denn auch von Dir, m[ein] l[ieber] Georg, öfter durch dergl[eichen] erfreut zu werden; Du würdest mir einen *sehr* angenehmen Beweis Deines Zutrauens geben, wolltest Du mich etwas von Deiner Oster-Beschäftig[un]g wissen lassen – welch Verhältnis wäre auf der Erde wohl enger und welches sollte inniger sein als *das* zwischen Eltern und Kindern – zwischen Mutter und Sohn, warum denn sich das beste vorenthalten? Soll man sich einander nicht einmal kennen! – Du sagst, m. Lieber, Du habest über manches Deine eigne Meinung; mag sein, aber in Deinem Alter darf man sich bei s[einen] Ansichten noch nicht beruhigen, sondern darüber aus sein, sie möglichst zu berichtigen, suche dies auf *jede* Weise, auch auf *solche*, wo Du nicht grade auf Beifall zu rechnen hast, jedem Redlichen ist es ja nur um Wahrheit zu tun. Ich fand neulich eine Stelle in der »Köl[nischen] Zeit[un]g«, welche also lautete: »Demjenigen, welcher uns einen Vorwurf machen wollte, daß wir Dinge sagten, welche Köln und s. Bürger unangenehm berühren könnten, antw[orten] wir, daß, wer es wohl mit Jemand meint, ihm auch seine Fehler nicht verhehlt, und daß ein hieraus fließender Tadel zum wahren Heil mehr dient als – Lobhudelei!« Derb, aber sehr aus m[einem] Herzen gesprochen.

Der Raum gebietet mir, endlich zu schließen; doch muß ich Dir noch ein Skriptum einlegen, was Wilh[elm] dieser Tage vom Konstist[orium] erhielt auf seine Remonstration wegen der Einlage von ca. 30 Rtl. in die Witw[en]-Kasse – wovon er Dir vielleicht auch mal schrieb – und die, tat er's auch in s[einer] jovialen Weise – doch *ihm* wie *mir* in diesem Jahr Sorgen machte. Das sind denn die 30 Rtl., die uns *nicht* gestohlen wurden.

Nun, Gott mit Dir und uns allen!

Ewig Deine treue Mutter.

(Empfiehl mich, wo Du's gut findest.)

1 Lina Tendering (1825–1885), Enkelin des Bischof Roß, die Schwester von Betty Tendering und spätere Frau des Berliner Verlegers Franz Duncker, in dessen Haus 1852 Georg Weerth verkehrte.

2 Christian Fürchtegott Gellert (1715–1769), einer der populärsten Dichter der Aufklärung, prägte das pietistisch orientierte Tugendideal des deutschen Bürgertums.

53.
Georg Weerth an Wilhelmine Weerth

Bonn, 31. Mai 1843

Liebe Mutter!

Es hat wieder einmal lange gedauert, ehe ich Dir für Deinen letzten Brief den herzlichsten Dank sage; ich konnte aber nicht umhin, vorher Deinem westfälischen Schinken recht gründlich auf den Zahn zu fühlen, denn der Dank für diesen freundlichen Gesellen mußte sich natürlich mit dem Dank für Deine Briefe vereinigen. – Es ist doch etwas Eigenes um so ein vaterländisches Gewächs! Da steigen, während man mit beiden Backen am Kauen ist, die heimatlichen Gestalten in so deutlichen Umrissen vor der Seele auf, daß man plötzlich in seine alte Umgebung versetzt zu sein glaubt. – Übrigens haben sich meine Freunde nicht weniger als ich daran ergötzt, und so ist es denn, leider, schon so weit gekommen, daß ich dieser Tage unserm großen Haushund ein vortreffliches Geschenk mit dem Knochen machen kann. –

Das sind also die Segnungen des preußischen Zollvereins,[1] daß die Mutter ihren Sohn mit einem Schinken erfreuen darf! – O, ich werde immer für den Zollanschluß stimmen!

Doch, um von dem Schinken auf etwas anderes zu kommen, – da erhalte ich einen Brief von Ferdinand, der freilich, nach all den Wohltaten eines mehrwöchentlichen Friedens, nicht recht mit seinen Arbeiten zufrieden ist, – sie sind übrigens auch danach! Ich bin aber davon überzeugt, daß man ihn bald avancieren lassen wird, – jedenfalls hat er gute Gelegenheit, unter ganz neuen Verhältnissen vieles zu lernen; – mag es ihm noch so unbedeutend erscheinen.

Will es sich in einem Jahr nicht bessern, so kann man leichter als bisher eine bessere Stelle für ihn finden. Und mit den Reisekosten ist es auch nicht so arg, wie Du meinst. Der alte Roß, mit dem ich oft über die Geschichte sprach und der sich sehr für Ferdinand zu interessieren scheint, versicherte, seinen ganzen Einfluß loszusetzen und ihn jederzeit in Schutz nehmen zu wollen. – Der Mann ist freilich alt, aber ich habe selten jemand gesehen, der mit treuerer Seele bei allem zu Werke geht. – Es sind nicht bloß Worte, was er sagt! – So bedauerte er wiederholt, Wilhelm nicht besser nützen zu können, und schien es mit wahrem Vergnügen zu sehen, daß dieser ihm neulich allerlei Vorschläge machte, deren Verwirklichung nicht unmöglich war. – Man muß nun abwarten, was daraus wird. – Das schlimmste ist, daß der alte Herr mit den Jahren ein wenig pomadig geworden ist und nicht gern die Feder ansetzt. –

Trotz der vielen anwesenden Verwandten hatte ich dennoch Gelegenheit, recht oft mit dem Bischof zu konversieren, und da kam dann manches zur Sprache, was uns gegenseitig interessant war. – Zuletzt sagte er mir noch, ein Knotenstock, der wäre gut auf Reisen, aber niemand könne einem verwehren, auch eine Stöckchen zum Spazierengehen zu haben. Darin war und bin ich auch ganz mit ihm einverstanden! –

Die vielen Festlichkeiten, welche die hiesigen Völker in Bewegung setzen, kann ich Dir nicht beschreiben, nur soviel ist gewiß, daß ich selten einen schönern Tag verlebte als den Hochzeitstag in Sinzig. – August Weerth heiratete ein Fräulein Rhodius. – In dem Vater traf ich einen Bekannten unsrer Familie, der oft in Detmold war, – er lud mich ein, ihn oft zu besuchen, was ich um so lieber tue, da das prächtige Palais der Rhodius' in der herrlichsten Gegend, am Ausfluß der Aar in den Rhein, liegt und die ganze Familie aus so liebenswürdigen und einfachen Leuten besteht, daß man nur gern mit ihnen umgehen kann. –

Jetzt ist aller Jubel wieder vorbei, der alte Roß sitzt wahrscheinlich auf Loo, – jedenfalls hier in der Gegend, und die andern Leute haben sich auch verlaufen. – Daß die artige Lina Tendering auch zu diesen gehört, tut mir am meisten leid, – sie ist kein gewöhnliches Küken, war witzig bis über die Ohren und hat auch versprochen, wiederzukommen, was aber doch nicht geschehen kann. – Bei den wenigen Freunden, welche ich jetzt kultiviere, ist eine anmutig weibliche Erscheinung sehr wohltuend, und bin ich daher sehr froh, daß die verschwundene Blume soebern durch zwei andere, die Töchter eines preußischen Oberst, ersetzt wird, welche vor einer Stunde in dem gegenüberliegenden Hause abstiegen und ihr neues Quartier mit Vater und Mutter in Augenschein nahmen. Da habe ich hinter meinem Hauptbuch doch von Zeit zu Zeit etwas anderes zu sehen, denn es ist schrecklich, den ganzen geschlagenen Tag immer dasselbe Lehrjungengesicht vor den Augen zu haben. –

Übrigens habe ich doch allerlei Späße, namentlich wenn ich zur Frau Weerth gehe und mir von ihren allerliebsten Mädchen Märchen erzählen lasse, – sie sind übrigens sehr sparsam damit, und muß ich ihnen vorher erst immer ein Lied gelehrt haben. Neulich ging ich mit den beiden ältesten ganz allein nach Kessenich, um Kaffee zu trinken. – Wir kamen uns vor wie große Leute, – alle Menschen grüßten uns und lachten, – wir waren aber ganz ernsthaft. –

Der alte Weerth ist noch auf dem Düsseldorfer Landtag, wo er so mit Arbeiten überhäuft wird, daß er versichert, nächstens seinen Geist aufgeben zu wollen. – Obgleich uns dieses doch nicht lieb wäre, so wünschen doch alle, daß der Landtag bis in die graue Ewigkeit dauern möge. –

Das schöne Pfingstfest ist wieder vor der Tür, – die Dampfer gehen hinaus und hinunter, und man weiß noch nicht, wo man seinen Schritt hinwenden soll. – Es muß hinausgegangen sein! Hätt ich Siebenmeilenstiefel, da wüßte ich, was ich täte, – Dampfer und Eisenbahnen gehen zu langsam, darauf ist es langweilig. – Am besten ist es, ich bleibe zu Hause. – »Außer dem Hause mag gut sein, aber zu Hause ist es doch am besten«, sagt Friderike Bremer[2] ganz mit Recht! – Denke also, daß ich in den Pfingsttagen irgend in einer schönen Laube sitze und Dir den herzlichsten Gruß zurufe und den Wunsch der fröhlichsten Feiertage!

Mit alter Liebe

Dein Georg.

So jemand Kraut im Garten hat,
So muß er es begießen;
Und wenn Du unsern Carrell siehst:
Sag, ich laß ihn grüßen!

Die andern ebenfalls!

1 Der »Deutsche Zollverein« war eine handelspolitische Einigung deutscher Bundesstaaten zur Herstellung einer deutschen Wirtschaftseinheit (1834). Maßgeblich gefördert wurde die Idee der Zolleinheit durch den Volkswirt Friedrich List (1789–1846).

2 Fredrika Bremer (1801–1865), schwedische Romanschriftstellerin, deren »Zeichnungen aus dem Alltagsleben« und andere Schilderungen aus dem Familienleben des Bürgertums sehr bekannt und beliebt waren.

54.
WILHELM WEERTH AN GEORG WEERTH

[Oerlinghausen, 11. Juni 1843][1]

Lieber Georg!

Mein Prinzip ist, das Eisen zu schmieden, solange es warm ist, weshalb ich Dir, auch ohne daß der gute Ohm an mich geschrieben hat, schon wieder einen Brief an ihn zur gütigen Besorgung schicke. Ich erteile ihm darin die nötigen renseignements, die er haben will, und lade ihn dringend ein, hierherzukommen. Wenn er den nötigen Ernst dazu tut, so bin ich sicher, wie auch Volkhausen und Cölln glauben, binnen Jahresfrist hier in Oerlinghausen Pastor, und sonst kann's noch viele Jahre währen, so daß ich vor der Zeit vor Schuld und Ungeduld weglaufen muß. Besorge mir deshalb den Brief doch ja so schnell als möglich – Du wirst am besten erfahren können, wo er sich aufhält. Ferdinand gefällt es in Berlin hundeschlecht, und nach seiner Schilderung nicht mit Unrecht; er hat Dir ja auch schon ein Klagelied gesungen. Vielleicht wird es nach des Onkels Rückkehr nach Berlin besser, sonst mußt Du und müssen wir alle unsre Kräfte anstrengen, ihn in eine bessre Lage zu bringen, denn in einem solchen Detailhandel muß er auf die Dauer verkrüppeln. Seinen Nutzen wird es jedoch auch für ihn haben, wenn er eine Zeitlang dieses Krämergeschäft durchmacht.

Die mir übersandten Bücher haben mir und Volkhausen großes Vergnügen gemacht, vorzugsweise die »Zensurflüchtlinge«. Habe den besten Dank dafür. In diesem Augenblick lese ich die Chansons von Béranger, freilich in einer kastrierten Ausgabe. Sie machen mir viel Vergnügen. – Vor einiger Zeit fand ich ein Lied von Püttmann, »Die Hoffnung«, was mir ausnehmend gefiel.

Carl geht es sehr wohl, auch Mutter und Lottchen, Cölln ärgert sich mit den Pietisten herum. Seine Frau muß bald niederkommen. Sie ist in der Schwangerschaft abscheulich häßlich geworden, quittengelb, abschreckend für alle Junggesellen.

Grüße doch den alten und jungen Fritz und August und gratulier dem letzten in meinem Namen!

1 Ort und Datum des Poststempels, das Jahr ergibt sich aus den verschiedenen Ereignissen, auf die Bezug genommen wird; außerdem handschriftliche Datierung von Karl Weerth.

55.
WILHELMINE WEERTH AN GEORG WEERTH (AUSZUG)

Detm[old], 28.6. [2. und 3.7.]1843

Lieber Georg!

Läge man nicht allerorts in den Wochen, das will heißen: im Kindbett, so hätte ich Dir wohl schon eher wieder geschrieben, aber unter solchen Umständen bleiben manche gute Vorsätze unausgeführt.

[Die Mutter berichtet von verschiedenen Geburten; außerdem schreibt sie von den Hoffnungen, die sich Wilhelm auf die Oerlinghausener Stelle macht.]

Da Du ein Sonntagskind bist, braucht's keinen zu wundern, daß Dir so viel Glück wiederfährt – nur sieh keine Geister! Was man diesen nachsagt – also, nicht geschwärmt! [...]

56.
GEORG WEERTH AN WILHELM WEERTH

Bonn, 11. Juli 1843

Lieber Wilhelm!

Für heute nur einige Worte. – Die Hochzeit von Adolf Weerth war in Isselburg bei Kleve; der alte Bischof also dort und nicht hier. –

Deine Briefe sandte ich ihm also durch H[err]n Roß auf Loo zu. – Willst Du ihm in den nächsten Tagen noch schreiben, so schicke den Brief nur hierher. Gegen den 15. oder 20. d[iese]s M[ona]ts reist er nämlich über hier, wo er beim Alten einige Tage bleibt, mit der Frau Schneider und Lina Tendering nach Homburg ins Bad. – Jedenfalls habe ich dann also Gelegenheit, ihn um Antwort zu treten. –

Der vielen Festlichkeiten wegen und namentlich durch die fortwährende Krankheit der Louise, Frau Schneider, welche erstaunlich heruntergekommen sein soll, ist er wahrscheinlich abgehalten, an andre Sachen zu kommen. – Verlaß Dich darauf, daß ich ihn dringend in Deiner Angelegenheit bitte. –

Wegen Ferdinand habe ich an den alten Weerth nach Düsseldorf, wo er auf dem Landtag ist, geschrieben. Er versprach mir, alles zu tun; den Brief habe ich als Trostmittel an den Roten nach Berlin geschickt. – Außerdem wende ich mich an mehrere Bekannte. – Es soll alles schon gut werden. – Schreibe nur an Roß nicht mehr darüber; – es ist dann zu vielerlei auf dem Tapet, und für keinen geschieht etwas. –

Ob er nach der Badezeit von Homburg über Westfalen zurückkehrt, kann ich noch nicht wissen, – schreibe Dir aber gleich Näheres, wenn ich etwas höre. –

Nimm für heute einstweilen mit meinen herzlichsten Grüßen fürlieb. – In einigen Tagen mehr von

Deinem Georg.

57.

Georg Weerth an Wilhelm Weerth

Bonn, 17. Juli 1843

Lieber Wilhelm!

Am Samstagabend kam der Onkel Roß mit der Frau Schneider und Lina Tendering hier an. – Wir saßen in der Weinlaube und tranken Tee, und nachdem das Gewöhnliche abgesprochen war, tat der Alte seinen Mund auf und sprach ferner:

»Der Wilhelm ist mein liebster Herzensjunge, und es soll all mein Sinnen und Bestreben sein, ihm zu helfen. Der König wird sich schwerlich dazu verstehen, den 4 000 Preußen eine eigne Kirche bauen zu lassen, und die Gemeinde ist zu arm, um dies selbst zu tun; – ich kenne die dortigen Verhältnisse sehr genau! Ein anderes ist es aber mit der Besoldung eines zweiten Predigers von preußischer Seite; dies will ich, sobald ich wieder in Berlin bin, einzufädeln suchen und gleich einen Antrag ans Ministerium darüber ausarbeiten. Von hier aus etwas zu tun, geht nicht. – Ich reise jetzt mit meiner kranken Louise nach Homburg und bleibe ungefähr vier Wochen dort. Ich muß sie auch nach Krefeld zurückbringen und werde also im Laufe nächsten Monats wieder dort eintreffen.

Ende August reise ich nach Berlin zurück und werde, wenn es nur irgend möglich ist, dann durch Westfalen gehen und den Wilhelm wie seinen alten Volkhausen besuchen.« –

Da die ganze Umgebung großes Interesse an Dir zu nehmen schien, so war es während dieser Erzählung, welche durch keine Andeutung von mir hervorgerufen wurde, totenstill; ich konnte ein jedes Wort genau merken und habe Dir das ganze ohne die geringste Verblumung wie oben aufgezeichnet. –

Was Du davon halten kannst und willst, muß ich Dir überlassen; um weitere Aufklärungen mochte ich den Alten nicht bitten, da die Sache leicht dadurch verdorben werden könnte, – die Art, mit welcher aber das Gesagte vorgebracht wurde, zeigte, daß es ihm von Herzen kam!

Außerdem hängt die Louise noch mit einer so schwesterlichen Liebe an Dir, und ist diese schon so sehr auf Lina Tendering übergegangen, daß die letztere meine Bitte gewiß erfüllen wird und recht häufig in Berlin den Onkel an sein Versprechen erinnert. –

Ich kann Dir also nichts Besseres raten, als Daß du einstweilen ruhig bleibst und die wahrscheinliche Dorthinkunft des Onkels abwartest; – sollte diese nicht geschehen, so würdest Du ihm dann nach Berlin, wenn es Dir gut schiene, noch einmal schreiben können. –

Gestern morgen begleitete ich den Onkel mit seinen beiden Elfen bis nach Sinzig, auf dem Dampfer. Er sprach noch über Ferdinand und war recht bekümmert, daß es ihm nicht wohl ginge; – ich sollte ihm gleich schreiben, er möchte nur dort bleiben, bis er, der Onkel, käme, da würde sich alles machen! Das Zusammenwohnen mit den Ladenschwüngen könne geändert werden, und Ermeler hätte ihm versprochen, Ferdinand solle gleich andre Arbeiten haben, wenn er tüchtig wäre. – Das ist alles recht schön und gut; wir wollen aber auch den Kommerzienrat mitsprechen lassen; er kommt Ende dieser Woche vom Landtag zurück. –

Es ist mir oft recht schmerzlich, daß Du [und] Ferdinand, daß Ihr beide noch nicht recht auf [dem] Strumpf seid, während ich in Abrahams Scho[ß] sitze, – denn das tue ich wirklich, wo es so liebenswürdige Leute gibt, wie alle Weerths sind. – Da ist kein Geldstolz und keine Anmaßung unter ihnen, – sie sind mir alle ans Herz gewachsen, und nehme ich noch meine Freunde, die Rhodius' in Sinzig dazu, da meine ich oft, es wäre mir sehr wohl zu Mute. – Ach, könnte ich Dir bald helfen! Grüße alle die unsrigen! Und wenn Du Zeit hast, so lasse wieder einige Zeilen vom Stapel laufen!

Dein treuer Bruder Georg.[1]

1 Mit handschriftlicher Notiz Wilhelms an die Mutter weiter geschickt.

58.
Georg Weerth an Wilhelmine Weerth

Bonn, 28. Juli 1843

Liebe Mutter!

Viel herzliche Grüße! Den ersten an Dich! Den zweiten an Deinen Sohn, den Naturforscher! Den dritten an August und seine Frau! Aber den vierten an das junge Geschlecht, welches ich nicht die Ehre habe zu kennen. –

Da seid Ihr ja auf einmal mit Kindern gesegnet! Es wurde mir komisch zumute, als beim Lesen Deines letzten Briefes Schlag auf Schlag ein neues Wochenbett am Horizont heraufstieg. Nun, – ich gratuliere zu einem jeden!

Du hast mir wieder einen langen, inhaltsschweren Brief geschrieben, und muß ich mich eigentlich schämen, so sehr wenig darauf erwidern zu können. – Doch von dem Wenigen sei gleich, das Beste zwar nicht, aber doch das Dich am meisten Interessierende gesagt! – Fürs erste hat mir Onkel Roß, als er auf seiner Reise nach Homburg mit Frau Schneider und Lina Tendering einen Abend hier verweilte, die feste Versicherung gegeben, daß er gleich nach seiner Ankunft in Berlin, welche anfangs September erfolgt, die Sache von Wilhelm beim Ministerium zur Sprache bringen wolle. – Von hier aus könne er nichts dazu tun. Er drückte sich so liebevoll über Wilhelm aus, daß ich fast vermuten muß, es ist ihm Ernst damit. – Man kann daher nichts anderes tun, als einstweilen ruhig warten; wahrscheinlich reist Roß durch Westfalen und zurück und will Wilhelm dann in Oerlinghausen besuchen – dies ist übrigens nicht gewiß!

Ferner war der alte Herr sehr bekümmert über Ferdinands Lage; – er konnte es gar nicht begreifen und trug mir auf, ich sollte dem Roten schreiben, jedenfalls dort in Berlin zu bleiben, bis er käme. Da solle die Sache geändert werden, und dem Zusammenwohnen mit den andern Jünglingen könne man auch abhelfen. Das ist alles gut; übrigens hat mir auch der Alte versprochen (der alte Weerth), für Ferdinand nach einer Stelle zu suchen. Er tut dies gern, und wenn die Landtagsangelegenheiten einmal geordnet sind, so wird er sein Versprechen auch erfüllen. – Wir andern tun natürlich, was wir können. Außer den Arbeiten auf dem Comptoir und überhaupt in dem Ermelerschen Geschäft wird Ferdinand auch noch durch Berlin selbst der dortige Aufenthalt verleidet, denn kein Mensch, der längere Zeit in den Rheinlanden war, kann sich in dem großen Neste behaglich fühlen. – Sie klagen alle miteinander; noch jeder, den ich sprach, freute sich, wenn er den Berlinern den Rücken kehrte. – Püttmann war mehrere Male mit Ferdinand zusammen und hatte sich ebenfalls über seine Beschäftigungen geärgert; übrigens versicherte er mir, der Junge sei ihm durch sein ganzes Benehmen aufs neue so lieb geworden, daß er ihn gern mit sich geführt hätte. – Bisher scheint er also von guter Sitte nichts verloren zu haben; dies ist aber ein doppelter Grund, um ihn noch sorgfältiger vor allem Unheil zu bewahren. – Es soll sich alles schon machen; jedenfalls wird er, wenn auch nur durch einen kurzen Aufenthalt in Berlin, viel lernen, was ihm später von Nutzen ist. – Wäre es auch nur, daß er eine ganz andre Menschensorte kennengelernt hat; – das ist schon genug in dieser Welt, wo man sich auf die dritte Seele nicht verlassen kann. – Sobald ich etwas Näheres weiß, schreibe ich gleich! –

Von mir weiß ich wirklich nicht viel zu erzählen. Du fragtest mich, was ich in theologischer Beziehung getan oder gehört hätte. Was soll ich darauf antworten? Offenherzig gesprochen, bin ich eigentlich nur dann in die Kirche gegangen, wenn gerade die tüchtigsten Leute predigten oder wenn irgendeiner meiner Bekannten auftrat. Unter meinen Freunden gelte ich für einen sehr Bibelbewanderten, was daher wohl kommen mag, daß ich sehr gern in dem ehrwürdigen Buche lese und daß es meine Gewohnheit ist, mir häufig einen schönen Psalm mit lauter Stimme vorzulesen.

Zu den Leuten, welche stets die Gottseligkeit im Munde führen, gehöre ich nicht, oft mag man mich auch für einen Spötter gehalten haben. – Das ist nicht wahr! Die alte Sitte, die alte Sage und all die herrlichen Wahrheiten, welche sie uns überliefert, sind mir heilig, und wenn ich mich jemals über etwas lustig machte, so geschah dies nur über das Lächerliche, – und dies steckt ebensogut in manchen Patriarchengeschichten wie in manchen Dingen, die heut am Tage passieren.

»Frisch, froh und frei,
Fromm, furchtlos und treu!«

sagen die Württemberger; das sag ich auch.

In circa 14 Tagen werde ich wahrscheinlich eine Reise nach Holland machen müssen und sende Dir daher einl[iegend] meinen Paß, der schon längst abgelaufen ist und entweder neu geschrieben oder doch erneuert werden muß. – Du bist wohl so gütig, ihn mir, wenn dies geschehen, sogleich zurückzusenden. – Seit der Zeit, daß ich in der Bergstraße den lieblichen Arrest[1] gehabt habe, bin ich sehr vorsichtig gewesen. – Man kann ihn jetzt wohl gleich auf einige Jahre verlängern, da ich der Militärpflicht überhoben bin und man den leidigen Akt dann nicht so oft hin- und herzuschicken braucht.

Es ist hier im Lande jetzt so trübe und nebelig, daß ich das Siebengebirge gar nicht mehr kenne. – Weil ich gern ein gutes Glas Wein trinke, so tun mir die armen Winzer am meisten leid dabei, aber auch andre Menschen muß man bedauern. – Ich habe noch vor Toresschluß mein Gutes genossen, als ich neulich mit dem alten Roß und seinen Damen an dem herrlichsten Sonntagmorgen den Rhein hinauffuhr und auf der Rückkehr in Sinzig einkehrte.

Hoffentlich scheint bei Euch die Sonne, – wenigstens wünsche ich das von Herzen und daß Ihr Euch alle wohl dabei befindet.

Also zum Schluß: Viel Sonnenschein und viele Grüße!

Dein Georg.

1 Georg Weerth hatte einige Jahre zuvor auf einer Reise nach Heidelberg, wobei er mehrere Grenzen passieren mußte, einen kurzen Arrest absitzen müssen, weil sein Paß abgelaufen war. Vgl. dazu den Brief von Wilhelmine Weerth an Georg Weerth vom 24.6.1845.

59.

Georg Weerth an Wilhelmine Weerth

Bonn, 8. September 1843

Erschrick nicht vor meinem großen Brief!
Schlimm fängt er an, gut hört er auf.[1] –

Liebe Mutter!

Es hat wieder lange Zeit gewährt, ehe ich Dir für Deinen letzten Brief und die Besorgung des Passes danken konnte; indes ist die Reise nach Holland nicht schuld daran gewesen, denn diese zerschlug sich schon, bevor der Paß ankam. – Die Baumwolle nämlich, welche in Rotterdam gekauft werden sollte, wurde in New York bestellt, da dies durch eine Veränderung der Preise nötig wurde.

Allerlei andere Dinge sind aber vorgefallen, welche anfangs sehr unangenehm aussahen, sich allmählich aber doch, wie die Franzosen sagen, à l'amiable gestalteten. Um Dir alles deutlich zu machen, fange ich von vorn an. –

Höre denn zu und merke ein jegliches Wort Dir!

Der alte Weerth kam vom Düsseldorfer Landtag zurück, wo er sich vor allen Deputierten durch eine kräftige Verteidigung der Preßfreiheit und der Judenemanzipation[2] ausgezeichnet hatte. – Wir hatten dies nicht anders erwartet, denn nicht allein war von der jüngeren hiesigen Welt eine Petition für beide Sachen an den Landtag abgegangen, sondern auch die ältern Herren hatten unterschrieben und, den Oberbürgermeister an der Spitze, die Akten befördert. Daß der O.Bürgermeister dies tat, mußte jeden wundern, da eine Demonstration gegen seine Vorgesetzten, gegen das Gouvernement, darin lag. – Es stellte sich auch bald anders heraus. – Denn kaum waren die Empfangsfeierlichkeiten vorüber und hatte der alte Weerth seine Papiere ausgekramt und mir zum Ordnen übergeben, als ich darunter einen Brief des Oberbürgermeisters fand, in welchem er dem Alten schrieb: es sei von verschiedenen Hitzköpfen eine Petition für Preßfreiheit und Emanzipation an ihn zum Vortrag abgegangen – *er hätte zwar selbst mit unterschrieben*, riete ihm aber doch, für die ganze Sache nichts zu tun, denn Preßfreiheit sei nicht zu wünschen, und die meisten Juden seien noch Schurken. – Dann führte er die Namen von vielen der geachtetsten Männer auf und sagte: diese hätten die Sache betrieben, – es seien sämtlich unerfahrene Leute, man müsse ihnen das Handwerk legen usw. –

Da ich mich für den Erfolg der Petitionen auf das lebhafteste interessierte, so mußte mich dieser schändliche Brief förmlich empören. – Der erste Beamte der Stadt schämt sich nicht, den Bürgern vorzuheucheln, er unterstütze ihre Sache aufs wärmste, und kommt nun hinterrücks, nennt ein 30 rechtschaffene Juden hintereinander Schurken, erklärt die tüchtigsten Leute für dumme Jungen, sucht den alten Weerth in seinen Gesinnungen irrezumachen und die Sache, für welche er selbst unterschrieben hatte, zu vereiteln. – Ich fühlte recht gut, daß die Veröffentlichung eines solchen Briefes den Oberbürgermeister ruinieren würde, und nahm es mich fast Lust, der Welt diesen Dienst zu leisten. – Wenn ich dagegen bedachte, daß mir die Papiere von dem Alten anvertraut waren, so mußte mir dies gebieten, den Mund zu halten.

Ich beschloß, dies zu tun, mir übrigens die Geschichte für die Zukunft zu merken.[3] – Nur zu einem ältern Herrn ging ich, da dieser das Sammeln der Unterschriften geleitet hatte, ließ mir das Ehrenwort geben, zu schweigen, erzählte ihm alles und warnte ihn davor, sich mit dem Bürgermeister in Zukunft einzulassen. – Dieser gute Freund war nun schurkig genug, noch denselben Abend die Geschichte zu publizieren. – Am folgenden Morgen rückt bereits der ganze Stadtrat dem alten Weerth in der größten Bestürzung zu Leibe; – dieser, der den Zusammenhang gar nicht erriet, versichert, daß er den Brief nur mir gegeben habe, und läßt mich hereintreten. – Allerlei Umstände hätten es mir leicht gemacht, mit Lügen und Umschweifen durchzukommen, ich hielt es aber für besser, bei der Wahrheit zu bleiben; – erklärte, daß ich freilich das Zutraun des alten Weerth mißbraucht hätte, indem ich dem einen die Sache mitgeteilt; – dieser sei indes noch in größerer Schuld, da er sein Ehrenwort gebrochen und die Affäre erst zur Öffentlichkeit gebracht habe. – Übrigens könne es ihnen ja nur erwünscht sein, da sie jetzt wüßten, in welchen Händen ihre Angelegenheiten wären, welch saubern Bürgermeister sie hätten. Dieser stand wie ein begossener Hund daneben, – ich sagte ihm ins Gesicht hinein, daß er ein Schurk sei. – Er wußte nichts darauf zu erwidern, und die andern Herren entfernten sich. –

Alles war nun gut und in Ordnung, – der Bürgermeister hatte eine gute Lehre bekommen, und der Stadtrat wußte, was er in Zukunft zu tun hatte; – jene sprachen nicht mehr davon und der alte Weerth und ich auch nicht. –

Mit diesem hatte ich übrigens nun noch abzurechnen: – der Oberbürgermeister ist der intimste Freund des alten Weerth; nach dem, was vorgefallen war, mußte dies Verhältnis entweder aufhören, oder ich, als erste Ursache des Skandals, war zu entfernen. Denn sicher kam der Oberbürgermeister nicht mehr über Weerths Schwelle, wenn ich noch darauf hauste. –

Dies wäre für die ganze Familie, aus manchen Ursachen, sehr zu bedauern gewesen, – ich setzte daher dem Alten die Geschichte vernünftig auseinander und bat ihn um meine Entlassung. –

Es folgten nun mehrere Tage hintereinander die sonderbarsten Unterredungen, – die jungen Weerths wollten sich ins Mittel schlagen, – ich hatte aber einmal abgebrochen und nicht Lust, wieder anzubinden. –

Du wirst nun freilich sagen, daß dies sehr übereilt gewesen wäre, – ich finde aber immer mehr, daß ich den Anlaß, welcher meine Stellung bei dem Alten auflöste, nicht zu betrauern habe. – Denn erstens wurde mir der fortwährende Krieg zwischen Vater und Söhnen doch etwas unangenehm und der Aufenthalt auf dem Comptoir sehr verleidet; – zweitens kam ich mit dem hohen Salär, durch das fortwährende Zusammensein mit den jungen Weerths, keineswegs aus und war bisher immer gezwungen, Schulden zu machen; – drittens wird sich das Geschäft wahrscheinlich insoweit auflösen, als der Alte sich auf seine Güter zurückzieht und den beiden Söhnen die Fabrik übertragen wird; – mit diesen zu wirtschaften, hätte ich auf die Dauer keine Lust gehabt, und sie wären auch nicht imstande gewesen, mir, bei der durchaus nötigen Vereinfachung des Geschäfts, ferner ein so hohes Gehalt zu zahlen, als der Vater tat. – Endlich trieb mich denn auch noch die Lust zu weiterer Ausbildung, einem Verhältnisse zu entsagen, was freilich viele schöne Seiten hatte, aber doch in der Weise nichts taugte, als durchaus keine Garantie zu einem spätern selbständigen Auftreten darin lag; – denn an eine Aufnahme als Teilhaber im Geschäfte oder an ein Assoziieren mit den Söhnen ist gar nicht zu denken. –

Alles dies wurde genau überlegt, als ich meine Demission einreichte. – Jetzt mußte für die Zukunft gesorgt werden. – Am liebsten war es mir, eine Stelle im Auslande zu finden; der alte Weerth war daher so gütig, eigenhändig, was er sonst nie tut, an alle englischen Korrespondenten zu schreiben und mich zu empfehlen. – Es war von Erfolg, denn seit kurzem stehe ich mit einem Londoner Hause in Unterhandlung und werde wahrscheinlich dort, zu einem schönen Salär, eine Stelle als deutscher Korrespondent erhalten. – Gelingt dies, so hätte ich mich also wahrlich nicht zu beklagen, – um etwas Eignes anzufangen, fehlt das Geld, – ist man aber einige Jahre in England gewesen und wird einigermaßen empfohlen, so findet sich leicht später als Agent eines engl[ischen] Hauses eine Stelle, – man kehrt nach dem Kontinent zurück, besorgt die Geschäfte seines Hauses und hat noch Gelegenheit, für eigne Rechnung zu arbeiten, was als Comptoirist nicht erlaubt ist. – Dies ist der nächste Weg, um selbständig zu werden, – Hunderten von jungen Leuten ist es auf diese Weise gelungen, und ich halte es für gut, auch darauf loszusteuern. –

Mittlerweile, und bevor die englischen Pläne entschieden sind, nahm ich, um nicht müßig zu gehen, die Einladung von dem jungen Aug. Weerth, dem Bankier, der mich gern immer bei sich behalten möchte, an, zu ihm in sein Haus zu ziehen und seine Korrespondenz zu übernehmen.

Außer daß ich alles bei ihm frei habe, bezahlt er für die Zeit, wo ich bei ihm arbeite, meine hiesigen Schulden. – Dadurch, daß ich immer alles nachbezahlen mußte, waren diese etwas sehr aufgelaufen; – was ich beim Alten auf Salärkonto im voraus genommen hatte, wurde einstweilen gelassen bis auf schönere Tage. – Meine Geldgeschichten waren also geordnet, wenn ich auch hin und wieder noch etwas zu berichtigen habe. –

So wohne ich denn jetzt ganz vergnügt im Hause des Ohm Jacob, der die obere Etage für sich hat. – In der mittlern residieren Aug. Weerth und seine schöne Frau nebst meiner Wenigkeit, und unten haben wir die Geschäftsaffären. –

Nach dem langjährigen Herumliegen in Wirtshäusern tut mir dies Verweilen in einer Familie sehr wohl, – die Frau Weerth (geb. Rhodius) ist liebenswürdig und hat blaue Augen, womit sie einen ganz verzweifelt anzusehen weiß, – dazu ist ihr Mann eine gute Seele, bei dem ich gern immer bliebe, wenn es mich nur zu etwas anderm als zu einem angenehmen Leben führen könnte. –

Die englische Geschichte entscheidet sich hoffentlich bald, tut sie es nicht, so macht es auch nichts, da ich Zeit habe, ein gutes Wildbret abzuwarten. –

Doch nun zu etwas anderm, – für Ferdinand hat sich leider noch immer nichts finden wollen, – indes ist der Onkel Roß jetzt in Berlin, und dürfen wir hoffen, daß von ihm schon etwas getan wird. – Es ist sehr schwer, gleich nach der Lehrzeit eine Stelle mit einigermaßen annehmbarem Salär zu finden, und namentlich für jemanden, der so schlecht schreibt wie Ferdinand. – Bei Weerths mochte ich ihn nicht empfehlen, da es weder gut wäre, wenn er in die robusten Arme des Alten noch in die sanften der Söhne geriete. – Der alte Weerth hat sich alle Mühe gegeben und empfiehlt ihn jedenfalls, wenn sich etwas darbietet. –

Ich muß vermuten, daß Roß nicht bei Euch gewesen ist. – Von Homburg ist er nämlich direkt nach Krefeld gefahren, ohne sich hier einmal aufzuhalten, – von dort hat er die Pferde seines Sohnes über Iserlohn und Höxter bis nach Braunschweig mitgenommen und ist dann gleich nach Berlin weitergefahren. – Ich teile Dir dies nur mit, damit Wilhelm weiß, woran er ist. –

Mein Brief fängt an, etwas lang zu werden. – Ich habe aber absichtlich *Dir* alles geschrieben, damit es nicht nötig ist, den andern noch die Geschichte auseinanderzusetzen. –

Besser ist es, man täte dies und jenes nicht, – aber wenn es einmal geschehen, da ist glücklich der, wer vergißt – und nach England geht, aber vorher noch zusieht, wie es in seinem Vaterlande aussieht, – denn dies tue ich auch, da Du mich so freundlichst einlädst. – Ich möchte wirklich gern die Grotenburg einmal wieder besteigen. –

Sage August gütigst meinen besten Dank für seinen Brief, – ich antworte in einigen Tagen. – Grüße an alle!

Nun ein herzliches Lebewohl, liebe Mutter!

Dein Georg.

Adressiere an Aug. Weerth & Co.

1 Die Vorbemerkung befindet sich auf der Rückseite des Umschlags.

2 Vgl. dazu Helmut Hirsch, Karl Marx und die Bittschriften für die Gleichberechtigung der Juden. In: Archiv für Sozialgeschichte (Hannover) 8 (1968), S. 229–245.

3 Vgl. dazu das Fragment »Der Stadtrat« aus den »Humoristischen Skizzen aus dem deutschen Handelsleben« (HS, S. 127 ff.).

60.

Wilhelmine Weerth an Georg Weerth

Detmold, 15. [und 16.] 9.1843
Dem Geburtstage Ferdinands

Lieber Georg!

Mit welch großem Verlangen sah ich nach einem so bedeutenden Zeitraum einem Briefe von Dir entgegen – er kam, und mein Verlangen nach dessen Inhalt steigerte sich, bis ich ihn erbrechen konnte, zu einer wahren Angst, so daß ich vor heftigem Zittern es kaum vermochte – ich las Deine von außen gemachte Bemerkung, und meine Ahnung von etwas Ungewöhnlichem war schon gerechtfertigt; doch hattest Du mich über den *sehr bösen* Ausgang durch die Andeut[un]g eines *guten* bitter getäuscht – o Gott, wie kannst Du *das* gut heißen, was über alle Maßen schlimm genannt zu werden verdient? Als eine besondre Begünstigung des Himmels hatten wir die ausgezeichnete Stellung, in welche Du so unerwartet versetzt wurdest, anzusehen; Du warst versorgt, geehrt und glücklich – aber es scheint sich die Behauptung an Dir zu bestätigen, daß der Mensch das irdische Glück nicht zu ertragen vermöchte; früher, leider!, als ich's ahnte, haben sich meine Befürchtungen – die ich mehrmals ausgesprochen – verwirklicht, daß Du Dich noch durch Deine vorlauten Urteile über hochgestellte Personen und öffentl[iche] Angelegenheiten würdest ins Unglück bringen –, denn, willst *Du* es auch nicht so angesehen wissen, so bleibt es das doch immer, und ich kann nicht wie *Du* sagen: »glücklich ist, wer vergißt etc«. Auch wird die Zeit lehren, ob Du weiterhin noch ebenso sprechen kannst, und Du magst wohl Gott bitten, daß Er Dir nicht vergelte nach Deinem Tun! Läßt sich in der bewußten Geschichte auch manches zu Deinen Gunsten sagen, so hast Du doch auch darin – wie Du selbst gestehst – einen sehr großen Fehler begangen, indem Du das seltne Vertrauen des alten W[eerth]s mißbrauchtest; aber das ist's nicht allein; schlechterdings unverantwortl[ich] ist es, daß Du bei Deiner Einnahme noch wieder Schulden machtest, und läßt sich auf keine Weise durch Deine dortigen Verhältnisse entschuldigen – ich erinnere Dich nur an alles das, was ich Dir schon vor Jahren und *wiederholt* darüber sagte, – was aber wohl gänzlich von Dir überhört und außer achtgelassen wurde – hattest Du doch in Köln darin Erfahrung genug gemacht, mit Recht konnte man erwarten, daß Du jetzt eine vernünftigere Einricht[un]g träfest; was wollte daraus geworden sein, wenn Deine Brüder während ihrer Unversitätsjahre so viel hätten verbrauchen wollen? Und mit wieviel müssen sie noch *jetzt* auskommen? Sieh, hier bist Du völlig im Unrecht, und ich kann nicht anders, als es Dir klar und wahr vorhalten – mögest Du endlich einmal weiser werden, wenn Dir Gott gnädig sein sollte! Wenn Dir Gott gnädig sein sollte, Dich Ersatz für die – wie es mir vorkommen will – auch etwas zu leicht aufgegeb'ne Stelle finden zu lassen! Die Söhne wollten »sich ins Mittel schlagen«, und Du? – verlangst es nicht! Ich muß gestehen, daß kommt mir etwas sehr hochfahrend vor, ich dächte, Du hättest das nicht allein können geschehen lassen, sondern sogar mit allem Dank annehmen müssen –, hat sich doch schon so manches in der Welt vermittelnd ausgleichen lassen, namentl[ich] doch auch grade dort, und es sollte *hier* nicht möglich, nicht ratsamer gewesen sein? –

Die Gründe, die Du dagegen anführst, scheinen mir nicht haltbar genug; es kann mir nicht helfen, sie einzeln zu wiederholen; nur *das* will ich bemerken, daß Du keine derartige Stellung auf der Erde finden wirst, die nicht ihre Schattenseite hätte, und jedenfalls verdiente die Deinige gewahrt zu werden, solange der Himmel sie Dir bewahrte; gebot *dieser* früher oder später, nun, dann konnte man auch mit mehrer Zuversicht hoffen, daß Der über demselben thront, auch weiter für Dich sorgen werde. Das *meine* Ansicht; im glücklichsten Fall geht's dann ins Ausland – und kann ich dann nicht anders, als Dich mit noch erhöhter Sorge ziehen sehen? Ach, ich müßte Dich nicht lieb haben, müßte nicht das für Dich – für Dein Wohl-fühlen, *was* ich fühle, nicht die Erfahrungen gemacht haben, die gemacht wurden. Ach, Du denkst es Dir wohl nicht, wie sehr mich diese Sache wieder niedergeschlagen hat – ich mag es nicht weiter ausführen – gebe nur der gnädige Gott, daß ich bald – wenigst[en]s was Deine Existenz betrifft – beruhigendere Nachrichten von Dir erhalte!

Den 16.: Des gestrigen Tages habe ich nicht froh werden können, und an dem heutigen bist Du auch wieder mein Hauptgedanke; in den ersten Tagen nach Empfang Deines Br[ie]fs war ich zu aufgeregt, als daß ich Dir hätte schreiben können. Ich möchte Dich doch auch jetzt noch fragen, wie es denn um Deine bisherige Stelle bei dem Onkel aussähe? Ich kann mir doch nicht denken, daß dieselbe so augenblicks wieder durch einen andern ersetzt sei! Wäre denn nicht *noch* die Möglichkeit vorhanden, daß Du sie wieder einnähmst? O Georg, laß Dich nicht durch falsche Triebfedern davon abhalten, solche zu ergreifen! Der alte Herr will Dir doch wohl, das beweisen s[eine] Bemühungen für Dich; hat sich der erste Eifer über jene Sache wieder gelegt und Du gelobtest ihm, künftig mehr Festigkeit zu beweisen, sollte er es Dir nicht gestatten, wieder bei ihm einzutreten? Diese Neigung nach außenhin kann immer noch befriedigt werden, bist Du doch noch nicht volle 22 J[ahre] alt – und deshalb noch immer früh genug auf eine künftige selbständig zu denken, die ohnehin auf die von Dir angegeb'ne Weise gar sehr prekär ist. Du willst zwar alles »genau überlegt« haben, aber es fragt sich doch, ob Du nicht in der Folge Ursache finden würdest zu wünschen, die Sache doch noch *besser* überlegt zu haben. – Daß der Onkel Roß nun wieder in Berlin ist, gereicht mir allerdings in Beziehung auf F[erdinand] zur großen Beruhigung, – Wilh[elm] bedauert's freilich *sehr* und mit Recht, ihn gar nicht gesprochen zu haben, indes denke ich nicht, daß er sich darum die Oerlingh[ausener] Sache wird weniger angelegen sein lassen, und die Sach*lage* ist ihm ja gehörig bekannt; – inwiefern aber sein Dortsein Einfluß auf F.s Stellung haben wird, muß die Zeit lehren; er selbst hofft nicht zu viel davon.

Wilhelm muß morgen die 2. Vakanz-Predigt in Schlangen halten und wird bei der Gel[egenheit] auch hierher kommen; er sowohl wie Carl teilen meine Ansichten durchaus in Hinsicht Deiner. Ich lasse diesen Brf. nicht gern länger liegen, und was könnte auch für den Augenblick alles weitere Schreiben nützen –, gib Du uns stracks Nachricht, wenn sich etwas zu Deinem Besten entwickelt hat, ich habe eher keinen frohen Tag, noch ruhige Nacht wieder – darum überlege alles wohl, vor Gott und Deinem Gewissen! Dies die letzte Bitte

Deiner unendlich bekümmerten Mutter.

61.

Georg Weerth an Wilhelmine Weerth

Bonn, 24. September 1843

Liebe Mutter!

Ich bitte Dich, nicht bekümmert zu sein! Das ist das erste, was ich auf Deinen letzten Brief antworten kann! Wenn Du wüßtest, wie ich ohne Reue und ohne alles Bedauern auf das Geschehene zurück- und mit welchen Hoffnungen und welcher Zuversicht ich der Zukunft entgegensehe, so würdest Du auch weniger um mich besorgt sein. – Das angenehme, flotte Leben mit den jungen Weerths hatte mir meine hiesige Stelle oft glänzender erscheinen lassen, als sie wirklich war, – bei ruhigem Betrachten finde ich wenigstens, daß mich ein längerer hiesiger Aufenthalt jedenfalls in mancher Beziehung zurückgebracht haben würde. – An weiteres Erwerben von kaufmännischen

Kenntnissen dachte ich schon seit langer Zeit nicht mehr, – ich hätte, ohne den neulichen Vorfall, gewiß noch manche Jahre den flotten Kommis gespielt, – darüber wäre aber die beste Zeit verstrichen, um mich weiter auszubilden und darauf loszusteuern, worauf es doch eigentlich ankommt, eine selbständige Stellung im Leben einzunehmen!

Nachdem das Geschehene geschehen war, sind mir darüber die Augen aufgegangen, und mit Freuden verzichte ich auf viele frühere Annehmlichkeiten, da ich mir jetzt vornahm, nach einem ernsteren Ziel loszuarbeiten. Daß dieses nicht im Schlaf zu fassen ist, versteht sich von selbst; ich werde mich noch angreifen müssen, ehe alle Pläne gelingen; aber guter Mut ist vorhanden, und mit den Aussichten hat es sich auch schon günstiger gestaltet. – Der alte Weerth hat nämlich genauen Bekannten, Herren Rerles Römcke & Co. in London, meine Wünsche bereits vorgetragen, und diese Leute sind auch nicht abgeneigt, darauf einzugehen. – Wenn sie für den Augenblick auch weniger Salär geben, als ich verlange, so werde ich die Stelle doch nicht fahren lassen, da sie sowohl jetzt wie später von zu großem Nutzen für mich sein wird. – Ich hoffe nun, daß sich die Geschichte *bald* macht. – Aber auch von einer andern Seite erwarte ich etwas. Der alte Runge aus Amsterdam (es ist komisch, daß ich immer auf den zurückkomme) ist nämlich dieser Tage bei dem alten Weerth gewesen, und da ihm dieser gleich meine Affäre erzählte, so hat er ihm geantwortet, es würde ihm lieb sein, wenn ich ihm in 14 Tagen schriebe, da sei er wieder zu Hause, er brauche einen tüchtigen Kerl für die Börse und die Korrespondenz, – wenn ich also als solcher auftreten könne, so möchte sich wohl etwas zwischen uns machen. –

Leider habe ich ihn nun selbst nicht sprechen können. Siehst Du, so habe ich also nicht Ursache, so sehr in Angst zu sein, wie Du denkst! –

Überhaupt bin ich mehr um Ferdinand besorgt als um mich. Zu Comptoirstellen kann man ihn, seiner schlechten Handschrift wegen, leider nicht sehr empfehlen, und mit dem Reisen ist es in seinen Jahren auch eine eigne Sache. – Am meisten hoffe ich daher *für den Augenblick* von einer Fürsprache des Onkel Roß. – Sollte dies aber auch nichts helfen, so wird sich während der Zeit schon was anderes finden. – An Peill, Eller, an Rotterdamer und Amsterdamer Freunde, überall haben wir geschrieben, – es wollte nicht gelingen. –

Da ich bei Weerths nun selbst die Briefe nicht mehr zu fabrizieren hatte, so mochte man auch wohl etwas lauer darin werden, und wird es wieder ein andres sein, wenn *ich auf festen Beinen stehe* und einen neuen Kreis finde, wo man ihn empfehlen kann. –

Jedenfalls bitte ich Dich, nicht allzusehr besorgt zu sein, – wenn man nicht auf den Kopf gefallen ist und etwas ehrliche Ausdauer hat, so kommt man schon durch die Welt, namentlich bei uns Kaufleuten! Treten auch einmal einige kleine Schattenperioden ein, da bricht an der andern Stelle die Sonne wieder durch die Wolken, und man segelt wohlgemut vorwärts, ja, vorwärts, und immer vorwärts!

Beiläufig bemerkt ist an ein Anknüpfen mit dem alten Weerth nicht mehr zu denken. – Das Geschäft wird mit jedem Tage kleiner, – die drei Söhne, welche darin arbeiten, müssen auch zu tun haben, – mit der Zeit wäre ich überflüssig geworden; – kurzum, ich bin froh, daß ich fort bin, und suche mich im übrigen mit sämtlichen Onkeln und Vettern und Nichten auf gutem Fuße zu erhalten. –

Die vorige Woche, wo August Weerth mit seiner Frau verreist war, ging ich mit Ohm Jacob ins Wirtshaus zum Essen und hätte den Alten beinah so weit überredet, daß er mich als Gesellschafter mit nach Nizza genommen hätte. – Bei jeder Gelegenheit kriege ich ihn aufs neue dran, – und wenn der Alte nicht gar zu geizig wäre, so möchte es wohl gelingen. – Den Winter geht er gewöhnlich nach Italien. –

Über Wilhelms Geschichten hoffe ich bald etwas zu vernehmen; ich sollte sagen, daß der Bischof die Wünsche seines alten Geliebten wohl in Erfüllung gehen ließe. – Leider Gottes hat er aber auch in letzter Zeit manchen Verdruß gehabt und mag wohl ziemlich sehr verstimmt sein. – Die beiden Wentzels sind von ihrem Vater ganz verlassen, – er gibt ihnen keinen Pfennig und versäuft alles, – unterstützt sie nun der Bischof, da machen sie ihm gleich wieder dumme Streiche. – Beide Wentzels sind aber herrliche Jungen. Die Louise in Krefeld soll noch immer sehr elend sein. –

Grüße Wilhelm und Carl herzlich von mir. – Für August ist einl[iegender] Brief. Den beiden Brüdern schreibe ich bei erster Gelegenheit. Haben wir in London nicht noch die Tante Burgmann? Käme ich wirklich nach England, da möchte ich die gleich aufsuchen, – da lernte man auch die Verwandte Deines Namens einmal kennen. – Besinne Dich doch gelegentlich auf die Adresse. –

Nun ade, liebe Mutter, – sei nicht traurig, da oben ist Gott im Himmel, und ich bin Dein treuer Sohn

Georg.[1]

1 In diesen Tagen schrieb Weerth seine »Schmetterlingsgeschichte«, in der seine Hoffnungen und Enttäuschungen bei der kaufmännischen Arbeit ihren literarischen Niederschlag fanden. Veröffentlicht wurde sie in der »Kölnischen Zeitung« (Nr. 354/355 vom 20./21. Dezember 1843). SW, Bd. 2, S. 17 ff.

62.
Georg Weerth an Wilhelmine Weerth

Köln, 16./17. Oktober 1843

Liebe Mutter!

Seit meinem letzten Brief an Dich scheint mir eine Zeit von vielen Monaten verstrichen zu sein, denn eine solche Menge von Seltsamkeiten liegt dazwischen, daß mir noch alles wie ein Traum vorkommt. – Aus Veranlassung des alten Weerth und von meinem eignen Wunsche getrieben, machte ich mich nämlich vor ungefähr 3 Wochen auf und reiste über Antwerpen nach London, um auf diese Weise meine Angelegenheiten persönlich desto schneller zu einem erwünschten Ende zu bringen. –

Die Reise war in jeder Weise herrlich. – Im Fluge besah ich ganz Belgien, schiffte mich in Antwerpen auf dem Dampfschiff »Wilberforce« in Gesellschaft vieler heimkehrender Gentlemen ein und langte nach einer raschen und sonnigen Seefahrt auf dem englischen Boden an. – Die Blackwall-Eisenbahn führte uns in einigen Minuten über die Dächer der Häuser hinweg bis in die Mitte der ungeheuern Stadt.

Ich kann Dir versichern, daß ich Nase und Mund vor Erstaunen aufsperrte, denn das, was ich vor Augen hatte, übertraf meine tollsten Erwartungen. – Alles zu beschreiben, habe ich wohl einmal bessere Zeit als gerade jetzt, nur soviel sei gesagt, daß die ans Verrückte grenzende Großartigkeit des englischen Treibens, diese Scharen von Kirchen und Palästen, die von zahllosen Schiffen bedeckte Themse und die in Masse aufgehäuften Schätze aller Länder und Völker – kurz alles, was dort auf kleinem Raume die rastlose Seele des Menschen geordnet und zusammengestellt hat, den Eindruck der größten Bewunderung auf mich machte und doch zu gleicher Zeit mit Wehmut erfüllte, wenn ich daran dachte, daß auch über dieser Herrlichkeit vielleicht mal die Grabesstille wohnen möchte, wie sie über den Städtetrümmern des Orients zittert.[1] – Den Tag benutzte ich zu den nötigen Besuchen bei den Kaufleuten in der City und zum Beschauen der einzelnen Gegenstände. – Am Abend, d.h. zum Mittagessen um 7 Uhr, fand ich mich im Kreise mehrerer englischer Familien ein, zu denen mir die Empfehlungen vieler Freunde Zutritt verschafften. – Da jene Leute gerade zu den vornehmern in London gehörten, so hatte ich, außer dem Nutzen, mich im Englischsprechen zu üben, noch den Vorteil, die Sitten des Inselvolkes auf die angenehmste Weise kennenzulernen und einzusehen, daß der Komfort einer englischen Feuerseite, des Platzes am Kamine, alles Erfreuliche auf dem Kontinent übertrifft. – Namentlich habe ich mich aber darüber gefreut, daß die Engländer selbst, in ihrem eignen Lande, bei weitem liebenswürdiger sind, als sie uns auf dem Festlande erscheinen. – Dort sind sie von einer solchen Artigkeit und wahrhaft deutschen Herzlichkeit, daß man ganz vergißt, im fremden Lande zu sein; – die Kaufleute sind freilich mehr verschlossen – aber ein Gentleman ist der angenehmste Mann von der Welt.

Nach 14 Tagen, und als ich eingesehen hatte, daß sich mein Wunsch, eine Stelle als deutscher Korrespondent zu erhalten, wohl erst nach einigen Wochen verwirklichen wird, hielt ich es mit Rücksicht auf meinen dünner werdenden Beutel für das beste, den Schluß der Geschichte lieber im edlen Vaterlande abzuwarten, da man dort ein Drittel billiger als in London lebt. – Ich nahm also unter verschiedenen Vorwänden von meinen Freunden, welche gar nicht begreifen konnten, weshalb ich schon wieder abreiste, Abschied und ging mit [dem] Dampfer nach Ostende ab.

Da erfuhr ich dann auf dem Meer, was ich mir bisher immer gewünscht hatte, wofür mich Gott aber zum zweiten Male bewahren mag, nämlich einen Sturm in seiner ganzen Größe und Schrecklichkeit.

36 Stunden lang wurden wir, glücklicherweise auf offener See, herumgeworfen und langten erst am Sonntagmorgen, von Seekrankheit sehr mitgenommen und von den Wellen, die fortwährend über das Verdeck brachen und in die Kajüten drangen, ziemlich durchnäßt, auf unserm zerbrochenen, armen Schiffe im Hafen von Ostende ein. – Durch die Eisenbahn, welche gerade bis an den Rhein eröffnet wurde, reiste ich in einem Tage, Sonntag, durch ganz Belgien bis nach Köln, von wo aus ich Dir diese Zeilen wohl und vergnügt schreibe. –

Es ist gar kein Zweifel mehr, daß ich binnen kurzem in England eine einträgliche Beschäftigung finde; übrigens erwarte ich, in Bonn Briefe von Herrn Runge zu finden. – Es soll mich freuen, Dir bald das Nähere mitteilen zu können. –

Einstweilen habe ich wieder ein Stück von der Welt gesehen, – es ist aber doch gut, daß ich wieder hier bin. – Am Rhein ist es am besten.

Als Andenken an meine Reise sende ich Dir einliegend ein Bild des Tunnels, was ich in ihm selbst gekauft habe. –

Grüße alle aufs herzlichste von mir, – wenn ich ganz wieder in Ruhe bin, schreibe ich mehr. –

Heute nur noch Dir, liebe Mutter, Gruß und Kuß

Deines Georg.

1 Vgl. Weerths Schilderungen Londons in den »Skizzen aus dem sozialen und politischen Leben der Briten« (SW, Bd. 3, S. 45 ff.).

63.
August aus'm Weerth[1] an Georg Weerth

Bonn, 25. Oktober 1843

Lieber Georg!

Deine beiden Briefe habe ich erst seit ein paar Tagen erbrochen, indem ich von einer kleinen Tour seit kurzem zurück bin; wenn auch der Inhalt nicht ganz erfreulich ist, so ist es mir doch lieb, wie Du wohl weißt, daraus zu ersehen, daß es Dir noch wohl ergeht.

Zu meiner Freude höre ich von Vater, daß für Dich nun jetzt eine Stelle in England gefunden ist, die auch wohl anzunehmen Du Dich nicht lange besinnen wirst; Julius hat Dir, soviel ich weiß, dieserhalb ja auch schon geschrieben.

Wir leben hier den alten Schlendrian fort, sind glücklich und zufrieden, und schreibe ich Dir diese Zeilen am Abend nach Tisch an der Seite meiner Paul[ine], die strickt und liest; ich hatte im Tage so viel zu tun, daß ich nicht zum Schreiben kommen konnte, meinen Brief länger aufzuschieben konnte und durfte ich nicht, besonders da die Deinigen doch einige Zeit hier sind und Du denken könntest, wir hätten Dich vergessen. Du weißt aber wohl, daß dieses nicht der Fall sein kann.

Wie hast Du es nun beschlossen, ich denke, vor Deiner Abreise teilst Du uns noch etwas mit. Vielleicht komme ich diese Tage nach Köln, wo ich Dich jedenfalls aufsuchen werde.

Du mußt nun für heute mit diesen Zeilen zufrieden sein, Du weißt, wie es bei uns ist, 1/2 10 Uhr ist alles tot, und die Glocke ist schon vorbei.

Adieu, Pauline läßt Dich herzlich grüßen, empfange die meinigen dazu und denke zuweilen

Deines Freundes und Vetters Aug. aus'm Weerth.

1 August aus'm Weerth (1813–1890), der zweitälteste Sohn des Kommerzienrates Friedrich aus'm Weerth.

64.

Wilhelmine Weerth an Georg Weerth

[Detmold, Ende Oktober 1843][1]

Was in aller Welt, Junge, was machst Du für Sachen?! Nachdem ich Deinen vorletzten Brief vom 24. September erhalten – der mir, insofern ich Deinen guten Willen, mich über Dein k[aufmännisches?] Geschick zu beruhigen, erkannte, Freude machte – gelang es mir mehr, meine Seele in Geduld zu fassen; mit der Beantwort[un]g ließ ich's indes noch etwas anstehn, – da kommt Dein großartiger Brief mit dem Stempel »Köln«; – mit den glorreichsten Hoffnungen öffne ich ihn, ohne die glänzende Karte erst näher ins Auge zu fassen, lese ich – lese – das am wenigsten erwartete und traue meinen Sinnen kaum – hingerissen von der ersten begeisterten Schilderung Deiner Erlebnisse wirkte das Ganze auf mich wie eine feenhafte Erscheinung – zu mehrerer Besonnenheit gekommen, wollte mir manches doch keineswegs mehr einleuchten; eine *solche* Reise sonst wie im Fluge machen zu können, wäre allerdings etwas Köstliches, wenn man dies Fliegen »ohne Geld und umsonst« vermöchte, und nun vollends ein 14tägiger Aufenthalt in der Hauptstadt Englands? Welch eine Summe erforderte der! Ich kann mir nicht wohl denken, daß das alles auf Kosten des alten H[errn] W[eerth] geschah, auch dächte ich, würdest Du dies wohl erwähnt haben, – und wenn das *nicht* – dann muß ich gestehen – finde ich's furchtbar leichtsinnig! Wie kannst Du in Deiner Lage hoffen, eine solche Schuld wieder abtragen zu können? – Überhaupt fand ich so gar keinen Grund und Boden in der ganzen Geschichte; wenigst[en]s waren Deine Äußerungen in der Hauptsache und worum es sich eigentl[ich] handelte, so wenig befriedigend; mir kam der Gedanke, ob Du die H[er]r[e]n Rerles etc. auch überall angetroffen, ob *da*rum der lange Aufenthalt, um den einen oder andern der Herren zu erwarten? Und *da*bei drängte sich mir natürlich die Frage auf: warum denn darüber nicht vorher schriftl[ich] Erkundigungen eingezogen? Sieh, so liegt mir über dem Ganzen ein mich gar sehr beunruhigendes Dunkel, worüber Du mich wohl je eher, desto lieber aufklären magst. Wüßte ich nur, daß Du nicht für diese ungeheuern Ausgaben zu haften hast, so möcht's drum sein, und ich könnte mich mit Dir rein freuen, über eine solche genußreiche und belehrende Reise – wenn auch nicht über den Dir erwünschten Sturm! (Gut, daß es nicht bei der »Insel Kuba« war, wo Du in frühern Zeiten auch hofftest, mal Schiffbruch zu leiden.) Wenn etwas Wahres an dem Sprüchwort ist: »Was Du Dir in der Jugend wünschest, wird Dir im Alter die Fülle«, dann hüte Dich ja künftig vor törichten Wünschen! Großer Gott – wie leicht war's möglich, daß Euer Dampfboot ebensowohl zu Grunde ging oder zerschellte, wie es so manchem seit Jahresfrist schon ergangen ist – der Herr des Lebens hat Euch bewahrt! Hast Du Ihm auch wohl dafür aus ganzer Seele gedankt? (Ps[alm] 103: »Der Mensch ist in seinem Leben wie Gras, er blüht wie eine Blume auf dem Felde; *wenn der Wind darüber geht, ist sie nimmer da, und ihre Stätte kennt sie nicht mehr!*«) Die Worte der Schrift eignen sich dazu: »Lobe den Herrn, meine Seele, und vergiß nicht, was Er Dir Gutes getan hat, der Dein Leben vom Verderben errettet und – (O, daß es geschehe!) Dich krönet mit Gnade und Barmherzigkeit.«[2]

So müßte es auch bei *Dir* heißen.

Unsre Korrespondenz drehte sich in den letztern Zeiten um so durchaus die nächste Persönlichkeit betreffende Gegenstände, daß ich Dir, glaube ich, nicht mitteilte, im verflossnen Frühjahr der Ida Escher, Schwester unsrer Auguste – die doch nach England ging – einen Brief an m[eine] Schwägerin mitgegeben zu haben, von welchem die Ida ihr eine Übersetzung zusandte, und ich bald nachher – in ähnl[icher] Weise – eine Antwort erhielt, die dem Wesentlichen nach also lautet:

»Meine Tochter Emilie und ich wohnen fortwährend in Lympstone, und mein Sohn George ist jetzt in Plymouth. Er ist Hauptmann in dem Korps von Engineers, ist dort stationiert und beschäftigt sich mit der Oberaufsicht der Dockyards. Die Entfernung von Plymouth ist nicht groß, welches eine große Annehmlichkeit für mich ist, da wir uns deshalb oft sehen können. – Mein Sohn hat drei sehr hübsche Kinder, zwei Knaben und ein Mädchen; meine Schw[ieger]tochter ist oft krank und wird hoffentl[ich] bald auf einige Zeit hieherkommen, um eine Luftveränderung zu haben; mein Sohn ist immer so sehr beschäftigt, daß es ihm sehr selten möglich ist, seinen Dienst für eine kurze Zeit aufzugeben. Ich bin M. Escher sehr dankbar etc. Es wird mich immer sehr glücklich machen, von Ihnen etwas zu hören usw., usw.« Ihre Adr[e]s[se] ist: Lady Burgmann, Lympstone, Devon.

Sieh, mein Sohn, wärst Du mir nun nicht so davon gelaufen, so hättest Du vielleicht einen Teil Deiner *kostbaren* Zeit bei so nahen Verwandten zubringen können, wie es Dir die W[eerth]sche Familie ist, und außerdem *vielleicht* eine junge Deutsche – die Ida Escher – sehr glückl[ich] durch Deinen Besuch gemacht haben, die sich als Erzieherin der Kinder des Mr. Cheetham zu[3] ohnweit Manchester befindet. Überdies würde ich Dir anempfohlen haben, den Pastor oder The Reverend Steinkopf in Savoy, Strand, London, den Nachfolger m[eine]s sel[igen] Vaters, Deine Aufwartung zu machen. Wenn nicht gar Dich dem Erzbischof von Canterbury vorstellen zu lassen; ich weiß nicht, ob ich's Dir je erzählte, daß ich (als die Tochter des Vorgängers Pfarrer Steinkopfs, wie die Schwester der Missionarin B., welcher *diese* genau kannte – bevor sie an den Kap. abging, mußte sie sich einige Z[ei]t in L[ippe] aufhalten, wo damals auch mein Bruder war) von der sel. Fürstin Pauline[4] dazu aufgefordert, mich anno 14, nach dem Befreiungskrieg, begleitet von einem Schreiben der Regierung an Steinkopf um seine Verwendung für die bedrängten Lipper wandte; von diesem auf die Rückkehr des Erzbischofs von einer Reise vertröstet wurde und wir nachher 350 Pfund von demselben aus dem Hilfskomitee erhielten –; sieh, so ist der Name Deines Großvaters Burgmann, ja *der* Deiner Mutter, dort *wohl* bekannt, und ich bewahre *noch* die damals von St. erhalt'nen Briefe als Reliquien aus jener Zeit. Bin ich nun nicht ruhmredig genug gewesen, Dir dies schon früher mal zu erzählen, so erfährst Du's nun zu spät! Es möchte dann im Buch des Schicksals Dir beschieden sein, wieder hinzukommen.

Übrigens freute es mich nicht wenig, von jener Aufforderung Runges an Dich zu hören, und verspreche mir am Ende *da*von noch am meisten, mit dem Engl[ischen] scheint's mir etwas windig auszusehen – wie Deine Fahrt von da. – Indes mag das auch immerhin noch etwas währen, bis es sich entscheidet; wenn es Dir nun dort zu lange dauern sollte – Du mußt's wissen, inwiefern Du Dich dort noch nützl[ich] mach[en] kannst – und Du willst in der interimistischen Zeit hieherkommen, so weißt Du, daß Du »willkomm« bist, – wenn Du Dich nur nicht bei uns langweilst – ich gebe es Dir deshalb anheim –, glaub mir nur, daß ich's viel eher erwartet hätte, *Dich* einmal die Treppe zu uns hinaufkommen zu hören, als daß mir der *Briefträger* eine *solche Nachricht* von Dir brächte, wie die letzte war, ach!, wonach ich mich mein und meines Bruders Leben lang vergeblich gesehnt, das erstürmst *Du* so über Nacht – ohne daß eins nur ein Wörtchen davon erfährt! Indes soll dies keine Klage sein, mir ist auch des Guten viel auf der Erde geworden – jedem das Seine!

Von Ferdinand hatte ich neulich eine mich recht erfreuende Nachricht; einmal hatte sein Logiszimmer sich verbessert, da ihm einer Platz gemacht hat und er nun nicht mehr – wie er sich ausdrückt – in einem dunklen Loch zu schlafen braucht; und 2tens hat er eben dadurch, daß er um einen weiterrückte, auch 30 Rtl. Zulage erhalten, so daß er vom 1. September an nun 150 im J[ahr] erhält, und – was mir *sehr* angenehm war – geschah dies, bevor H[err] E[rmeler] noch D[einen] Onkel gesehen, was mir jedenfalls ein sichrer Beweis s[einer] Zufriedenh[eit] mit F. ist. Dann hat er an dem jungen Lampson, Schwager des H. Opdenhoff (ein befreundeter Kaufmann des Onkels, dessen Frau aus Aachen zu Hause ist) einen Freund gefunden, wodurch ihm manche Annehmlichkeiten zuteil werden; auch muß dieser leider oft reisen und ist deshalb häufig nicht an Ort und Stelle. Indes, es hat dies alles bedeutenden Einfluß auf seine Stimmung gehabt, wenn er nun auch nur in der *Art* seiner Arbeiten vorrückte, wovon er nichts erwähnte. Von Wilhelms Angelegenh[ei]t verlautet noch nichts, was diesen sehr ungeduldig macht; aber es liegt in der Natur der Sache, die gewiß so schnell nicht zustandekommen *kann*. Nur meint Wilh[elm]: der Onkel könne ihm doch wenigs[ten]s mal schreiben, ob überall Aussicht verhanden sei, und Gott gebe, daß bald mal irgend etwas darüber zutage kommt. – Ich lege dies Br[ie]f[chen] an m[eine]n Bruder in Lennep ein, deshalb beschränke ich mich so sehr – Du hast ja junge Augen! Mögen sie denn auch bald Erfeuliches schauen, so wie die *alten* Deiner Mutter, sei es Schriftliches oder Dich persönlich! Jedenfalls bitte ich Dich, hübsch besonnen zu Werke zu gehen in diesen kritischen Momenten und vor allen Dingen den Bogen nicht zu hoch zu spannen, – Du weißt, dann bricht die Sehne!! Nun, Gott mit Dir, mein teures Kind, und solltest Du Dich in pekuniärer Not befinden, so wende Dich an Deine *treue Mutter*, die Dir gern *nach ihren Kräften* beisteht. (Eröffne Dich mir darüber in einer besonderen Beilage.)

1 Brief undatiert; Poststempel: Lennep, 29.10.
2 Pslam Nr. 103,1.
3 Danach eine kleine Lücke. Vgl. dazu den Brief von Ida Escher vom 21.12.1843.
4 Die Fürstin Pauline regierte vormundschaftlich für ihren minderjährigen Sohn Leopold II. das Fürstentum Lippe von 1802–1820. Sie förderte viele Wohlfahrtseinrichtungen. Eine selbständig erlassene fortschrittliche Verfassung (von 1819) wurde allerdings durch den Deutschen Bund verhindert.

65.

Georg Weerth an Wilhelmine Weerth

Köln, [Anfang] November 1843

Liebe Mutter!

Gestern erhielt ich Deinen Brief per Lennep und danke aufs herzlichste dafür! Um Dich nicht zu beunruhigen, hatte ich von der Reise nach England nichts verlauten lassen und konnte daher auch nach der Adresse der Tante Burgmann nicht fragen. – Dies tut aber nichts, da ich wahrscheinlich binnen kurzem nach England zurück muß. Herr Gruber in Manchester macht mir nämlich aus Auftrag der Herren Passavant & Co.[1] in Bradford in Yorkshire eine Offerte. Die Stelle ist gut, das Salär hinreichend und Bradford ein angenehmer Ort, wo ich mehrere befreundete Engländer habe.

Der Brief war nach London gegangen, dann nach Bonn und endlich hierher, so daß ich ihn erst nach 9 Tagen erhielt. Ich nahm die Stelle unbedingt an und will hoffen, daß meine Antwort noch zur rechten Zeit gekommen ist. – Jeden Tag erwarte ich Nachricht, daß alles in Ordnung ist und die Bestimmung der Zeit, wann ich hinüberkommen soll. Vielleicht ist dies gleich. Nach Bonn zurückzukehren, hatte ich nicht recht Lust; ich blieb also hier und habe in den Tagen, wo ich nichts zu tun fand, für die »Kölnische Zeitung« meine Reise geschrieben,[2] die ich Dir heute, um nicht alles noch einmal erzählen zu müssen, unter Kreuzkuvert zusende. –

Hier hat der Reisebericht so gut gefallen, daß mich DuMont[3] zu ähnlichen Arbeiten einlud. – Ich erhalte Honarar dafür, dies leider aber erst um Neujahr, weil dann bei der Zeitung abgerechnet wird. – Sehr lieb ist es mir daher, daß Du einen kleinen Vorschuß anbietest, und würde ich Dir recht dankbar sein, wenn Du einige Gelder hierherfließen lassen wolltest. – Wegen der Reisespesen nach Bradford habe ich an Gruber geschrieben und ihn gebeten, mir diese bei den Herren Passavant auszuwirken. Es wäre hart, wenn ich sie tragen sollte, da ein 40 Taler gewiß daraufgehen. –

Bin ich in England, so läßt sich vielleicht auch für Ferdinand etwas tun.

Liebe Mutter, entschuldige, daß ich heute nicht mehr schreibe. Ich habe die vergangenen Tage gearbeitet wie ein Pferd und bin noch ganz konfus. – Warte noch eine halbe Woche, da soll alles besser kommen. Einstweilen weißt Du, wie die Sachen stehn. Froh bin ich, daß sie allmählich zu meinen Gunsten ausfallen.

Grüße alle von mir!

Mit voller Liebe

Dein Georg.

Meine Adresse ist: Alter Markt Nr. 30 in Köln, bei Lennartz.

1 Passavant & Co. war eine der vielen deutschen Textilfirmen, die zu der Zeit in Lancashire und Yorkshire existierten. Ihre Bradforder Niederlassung war zwischen 1837 und 1841 gegründet worden und hatte sich auf Kammgarn spezialisiert. Als Weerth dort ankam, war es ein kleines Geschäft, in dem nur der Juniorchef und drei Deutsche arbeiteten.

2 Das Feuilleton »Von Köln nach London« erschien in der »Kölnischen Zeitung« (Nr. 301–303 vom 28.–30. Oktober 1843). Der Bericht wurde später weitgehend umgearbeitet (vgl. SW, Bd. 3, S. 13 ff.). Für seine Beiträge in dieser Zeitung im Herbst 1843 erhielt Weerth nach den alten Honorarbüchern der »Kölnischen Zeitung« 28 Taler und 13 Silbergroschen.

3 Karl Joseph DuMont (1811–1861) führte den vom Vater Marcus DuMont gegründeten Verlag der »Kölnischen Zeitung« weiter. Ihm gelang es, die Zeitung vom lokal-kölnischen zum Organ gesamtdeutscher Angelegenheiten und damit zum Weltblatt zu erheben. Der Aufstieg der Zeitung wurde gestärkt durch die Tätigkeit des Chefredakteurs Karl-Heinrich Brüggemann, einem Manne romantisch-rationaler Grundhaltung, der die Hinwendung der Zeitung zum politischen Liberalismus vollzog. Nach dem Verbot der liberalen »Rheinischen Zeitung« im Frühjahr 1843

begab sich DuMont entschieden in das Lager der politischen Opposition. Er führte in Deutschland den Zeitungsroman und vor allem das regelmäßige Feuilleton ein, das von 1845–52 von Levin Schücking geleitet wurde.

66.

G. Gruber an Georg Weerth[1]

[Manchester, Anfang November 1843]

Beikommend, lieber Herr Weerth, des H[errn] Passavants Antwort auf Ihren Brief. Was die Vergütung der Reisespesen anbetrifft, so will er nicht recht daran – indessen hoffe ich, ihn dahin stimmen zu können, daß er Ihren Wünschen willfährt, wenn die fragliche Stelle Ihnen konveniert und vice versa. Sollten Sie über Manchester reisen, so wird es mich freuen, wenn Sie bei mir absteigen wollen, Green Heys. Jedenfalls werden Sie uns wohl einmal besuchen und uns stets willkommen sein. Ich wollte, ich hätte Ihnen nur einen größern Wirkungskreis verschaffen können.

Mit freundlichem Gruß, auch von meiner Frau

Ihr ergebener G. Gruber.

1 Erhalten als Abschrift im Brief Georg Weerths an Wilhelmine Weerth vom 11.11.1843; Datierung nach diesem Brief.

67.

Wilhelmine Weerth an Georg Weerth

Detm[old], 6.11.1843

Lieber Georg,

ob mir wohl Dein letzter Brief angenehm war! *Mußte* er es mir unter den jetzigen Verhältnissen schon sein, und ich bitte Gott, daß die Sache nun auch zu einem glücklichen Abschluß kommen möge; es scheint Dir demnach das

Heil von einer ganz andern Seite zugedacht zu sein, wie Du's früher erwartetest und – Deine Reise nach England nicht allein nicht förderlich, sondern vielmehr – wenigst[en]s in etwa – hinderlich darin zu sein. Über die Kosten jener Reise schweigst Du, was ich als die schlimmste Antw[ort] ansehe, auch von Deiner zu hoffenden Einnahme sagst Du nichts Bestimmtes, »sie sei hinreichend«, o, dann müsse es aber auch von vornherein Deine Sorge sein, daß sie hinreiche, um Deine Schulden abzutragen; bedeutende *Vorschüsse* kann ich Dir nicht leisten – auch bei dem besten Willen nicht (worüber ich mich mündlich nur genügend erklären könnte) – aber was ich in diesem Augenblick entbehren kann, sende ich Dir einlieg[en]d mit mütterlichem Sinn zur Bestreitung Deiner nächsten Bedürfnisse. Wohl magst auch *Du* aus ganzer Seele Gott bitten, daß Er Dir *bald* helfe – Dein Bleiben in Köln gibt mir ein gar andres Licht in den Bonner Verhältnissen, als Du mir in Deinem Br[ie]fe aus dem Hause des j[ungen] W[eerth] zu geben bemüht warst; zwar erschien es mir auch damals nicht weniger als wünschenswert, daß dies lange bestehe, aber nun dies? – Du *schreibst* dort jetzt – auf Honorar –, ach, das ist ja grade, wovor ich immer zitterte! Gott verhüte es, daß dies länger *müßte* fortgesetzt werden – Du siehst nun einmal die Gefahr darin für Dich nicht ein, ich aber sehe sie und hoffe deshalb zu Gott, daß Du baldmöglichst herausgerissen werdest; ich hoffe und wünsche dies selbst auf die Gefahr hin, die Hoffnung, Dich, bevor Du wieder übers Meer müßtest, wiederzusehen, aufgeben zu müssen. Was ich davon in m[einem] letzten Brf. sagte, übergehst Du mit Stillschweigen, und ich sann darüber nach, ob dies *auch* eine Antw. sein sollte oder ob in der Ahnung Deiner schon vielleicht unverzügl[ichen] Abreise nach erfolgter Antw. von England Du darauf nichts erwidert?

Wahrscheinlich ist der dortige H[err] Passavant der Bruder unsres guten P. Passavt. in Bremen, und soll dieser in Manchester wohnen, wer weiß aber, wie das zusammen hängen mag, denn es ist höchst unwahrscheinl[ich], daß noch ein dritter d[ieses] Namens in Engl[and] sei; angenommen also, Dein zu hoffender k[aufmännischer?] Prinzipal ist's, und er besitzt nur 1/4 der bedächtigen Weisheit wie der Schwager unsres Cölln, so werde ich mich freuen, wenn auch nur 1/4 dieses Vierteils von ihm auf Dich übergeht! Dann könnte ich hoffen, daß aus Dir auch noch ein solider, behalt'ner Mann würde. –

Schon hatte ich Deine Seite »Von Köln nach London« in der »K[ölnischen] Z[ei]t[un]g« gelesen, gestern erhielt ich sie indes auch von Dir; ein p[aar] Stellen abgerechnet – namentl[ich] der Beginn »Die Toten reiten schnell« und das Forschen nach einem »Weinhause« in London, was mir *miß*fiel, – habe ich sie zwar mit einem gewissen Vergnügen gelesen, vorzugsweise den 3. Abschnitt; indes sah ich's doch, und gewiß nicht mit Unrecht, als für etwas, was teils geschehen, teils aber hätte geschehen *können*, an, konnte mir deshalb keineswegs eine ruhige und auf wirklicher Erfahrung beruhende Mitteilung von Dir ersetzen, worauf ich noch immer in mündlicher Weise hoffen will. Solltest Du aber vielleicht zu bald herüber müssen, so findet sich doch noch wohl ein Stündchen, wo Du uns einiges nachträglich mitteilst, was man grade nicht an die große Glocke hängt, wir auf die Weise also sonst nicht erfahren. Und dann 2. wünschte ich, daß Du mir jedenfalls sagtest, ein Bild oder »Gleichnis« (wie mein sel[iger] Bruder, der Engl[änder], sich mal ausdrückte) von Dir zu verschaffen suchtest; Ferdinand hat mir vor einiger Z[ei]t sein Lichtbild (Daguerreotyp) geschickt, was mir – obgl[eich] es etwas matt ist – doch so sehr lieb ist, einl[iegend] findest Du das Format desselben, gern möcht' ich's dann in ohngefähr derselben Größe haben; die Doppelstriche bilden die innere Einlassung des Bildes, das ganze Blatt die Größe des ganzen. Neulich war sogar *hier* schon ein Reisender, der dergl[eichen] verfertigte, so wird's Euch dort gewiß nicht von solch einem Künstler fehlen, und dann mach mir die Freude. –

Es dunkelt bereits, deshalb will ich mich kurz fassen, vielleicht erhalte ich nun nächster Tage noch die letztentscheidende Nachricht von Dir, doch mochte ich mit Absend[un]g dieses nicht gern so lange warten, da mir so gar nicht wohl bei Deiner jetzigen Lebensart ist. – So geht's, wenn das junge Volk in die Speichen des Weltenrades greifen will – es wird nicht dadurch in seinem Lauf gehemmt; jenes aber wohl weithin geschleudert! Du bist nun der 2. von Euch unruhigen Geistern, der dies durch Erfahrung büßen muß – o, laßt's nun dabei!

Gott mit Euch allen – und Deiner treuen Mutter.

Wohnst Du denn vielleicht *mit* oder gar *bei* Püttm[ann] im selben Hause? –

68.

Georg Weerth an Wilhelmine Weerth

Köln, 11. November 1843

Liebe Mutter!

Deinen Brief, mit drei doppelten Goldfüchsen bespannt, erhielt ich gestern. Die gelben Gesellen werden sich nicht lange bei mir aufhalten können, da seit einiger Zeit eine große finanzielle Verlegenheit bei mir eingetreten war. Um so mehr habe ich Dir also für Deine rasche und liebliche Hülfe zu danken und tue dies mit dem Versprechen, Dir die besagten Füchse bald übers Meer zurückjagen zu wollen.

Was ich über meine Reise nach London mitteilte (in der Zeitung), ist doch so ziemlich alles wahr, da ich mich stets an Wahrheit und Einfachheit halte. Es versteht sich, daß man hin und wieder ausschmücken muß. Daß ich gleich nach einer Weinschenke fragte, mußt Du entschuldigen; – ich bin ja ein halber Rheinländer! Mit den Reisekosten ist es ehrlich und ordentlich zugegangen; erlasse mir aber weitere Explikationen, – ich müßte sie sehr weitläuftig geben, sollten sie hinreichend sein. Genug, – ich habe die Reise auf schöne Weise gemacht, – und es war nicht umsonst! Daß ich London schon nach 10 Tagen verließ, war nötig, weil mir das Geld aufging.

Nach Bonn wollte ich nicht zurückkehren, um die lästigen Abschiedstränen ein zweites Mal zu sparen, – zudem konnte ich durch die Arbeiten im Feuilleton hier ebensoviel verdienen wie dort als Kaufmann, und hätte die Gefälligkeiten von Aug[ust] Weerth doch nur ungern weiter angenommen. Daß ich mit den Bonnern noch in gutem Verkehr bin, mag Dir einl[iegender] Brief beweisen. – Die nächsten Tage werde ich vielleicht in Sinzig bei Rhodius zubringen; an Bonn fahre ich aber vorüber. –

Aus diesem Grunde, weil ich hier und dort bin, ließ ich meine Briefe an Püttmann adressieren. – Mein Domizil ist aber hier auf dem Alten Markt Nr. 30 bei Lennartz.

Die Herren P. Passavant & Co. in Manchester übertragen mir die Stelle in ihrem Filialgeschäft in Bradford, einer Stadt, 6 Stunden von Manchester, in den Bergen von Yorkshire.

Mein Salär ist £ 120,– Sterling (Taler, 800. p[er] C[ou]r[an]t), was so viel ist, als wenn ich in Köln 500 Taler hätte. – Bei persönlicher Bekanntschaft wird das Salär gleich erhöht, und vor Ende des ersten Jahres haben wir uns gegenseitig zu erklären, ob das Engagement länger dauern soll. Bis zum 15. Dezember muß ich in Bradford eintreffen.

Herr Gruber in Manchester, der mir die Stelle verschaffte, schreibt mir wörtlich folgendes:

»Beikommend, lieber Herr Weerth, des H[errn] Passavants Antwort auf Ihren Brief. Was die Vergütung der Reisespesen anbetrifft, so will er nicht recht daran – indessen hoffe ich, ihn dahin stimmen zu können, daß er Ihren Wünschen willfährt, wenn die fragliche Stelle Ihnen konveniert und vice versa. Sollten Sie über Manchester reisen, so wird es mich freuen, wenn Sie bei mir absteigen wollen, Green Heys. Jedenfalls werden Sie uns wohl einmal besuchen und uns stets willkommen sein. Ich wollte, ich hätte Ihnen nur einen größern Wirkungskreis verschaffen können. Mit freundlichem Gruß, auch von meiner Frau,

Ihr ergebener G. Gruber.«

Die Sache ist also jetzt ganz in Ordnung. Es freut mich ungemein, gerade in Bradford eine Stelle zu haben, da es schrecklich ist, in dem ungeheuern London oder in dem finstern Manchester zu stecken. – Bradford hat schöne Umgebungen und zeichnet sich vor andern Städten durch sein herrliches Familienleben aus. Mit den £ 120,– – oder später £ 150,– – kann ich gut auskommen; – weil es ein kleines Geschäft ist, brauche ich nicht so viel zu arbeiten, und eben, was ich wünsche, läßt sich durch die Passavants erreichen, nämlich später eine Agentschaft auf dem Kontinent.

Die Tante in England werde ich schwerlich besuchen können, da von London nach Plymouth eine 3-tägige Seereise nötig ist und mich mein Weg wahrscheinlich auch über Rotterdam und Hull führt. Indessen kann ich die Fräulein Escher bei Manchester einmal aufsuchen, und wenn mich August an Passavant empfehlen will, so wäre das herrlich! Übrigens können wir uns über manches noch schreiben. – Das Daguerreotyp lasse ich Dir anfertigen. – Über ein und anderes bin ich noch nicht ganz mit mir einig, namentlich, ob ich Dir einen plötzlichen Besuch abstatten soll. – Davon also später.

Ich fiel gestern in unsern Keller, ohne mir weh zu tun, zittre aber noch ein wenig von dem Schreck. Entschuldige daher mein schlechtes und kurzes Schreiben. Du weißt aber die Hauptsache, und das andere findet sich allmählich. – Herzliche Grüße an alle.

Da ich recht fleißig hier arbeite, vergeht die Zeit schnell und angenehm. Ich wohne bei guten Leuten. Morgens wird geschrieben und Engl[isch] gelernt, – nachmittags mit Niclas Becker[1] spazierengegangen – dann wieder gearbeitet, und der Abend verstreicht unter traulichen Gesprächen. –

Ein herzl[iches] Lebewohl, liebe Mutter! Schreibe mir bald, Adr. Alter Markt 30 bei Lennartz.

Dein treuer und hoffentlich sehr geliebter Sohn

Georg.

1 Nikolaus Becker (1809–1845), Dichter, studierte Jura in Bonn, wurde Gerichtsschreiber in Geilenkirchen. Hier verfaßte er 1840 unter dem Einfluß der deutsch-französischen Spannungen sein Gedicht »Sie sollen ihn nicht haben, den freien deutschen Rhein«, das ihn mit einem Schlage weit über Deutschlands Grenzen hinaus berühmt machte. Seine weiteren Gedichte fanden keinen Anklang. Vgl. auch Weerths Gedicht »Beim Tode Niclas Beckers« (SW, Bd. 1, S. 153).

69.

Georg Weerth an Alexander Kaufmann[1]

Detmold, 1. Dezember 1843

»Eh' ich die Normandie verlasse« rufe ich Dir, lieber Kaufmann und Volksrat, meine herzlichen Grüße zu. – Du ergehst dich im Odenwalde, – ich in dem altsassischen Teutoburger, sintemalen ich für einige Wochen in die edle Heimat, in das Land der meerschaumenen Pfeifenköpfe, der geräucherten Schinken, Grabbes und Freiligraths zurückgekehrt bin. Deinen Brief erhielt ich in Köln und danke aufs herzlichste dafür; Du hast mir eine rechte Freude dadurch gemacht. Während ich zwecklos herumirre, sitzest Du behaglich in Deinen Marmorsälen und schaffst für die Unsterblichkeit. Gesegnete Mahlzeit! Übrigens werde ich auch bald zur Ruhe kommen. Meine Mutter hat mir 6 Paar wollene Strümpfe gestrickt; damit werde ich nächste Woche nach Rotterdam reisen und mich für 1 Pfund Sterling über den Kanal gen Hull schleudern lassen, um einige Zeit in Bradford, Grafschaft Yorkshire, zu verweilen. Gib mir Deinen Segen dazu! Willst Du mir einmal schreiben, so adressiere: Ph. Passavant & Co. in Bradford (England). Was soll ich Dir erzählen? Schlage mich tot, – ich weiß nichts! – Es ist hier eine sonderbare Wirtschaft – lauter Beamte, von denen einer höflicher ist wie der andre, – Stadtgeklatsche, Kasinobälle, die fürstliche Familie und ein Theater – das ist alles! Nicht zu vergessen – der Wein ist billig – 10 Sgr. die allmächtig große Flasche Erbacher. – Das einzige, was Dich interessieren wird, ist unser Kirchhof, weil Grabbe darauf liegt. – Ich besuchte ihn gestern. – Die Mutter hat dem Sohne einen Leichenstein gesetzt. »Hier ruht der Dichter Grabbe«, steht darauf. Der Stein blieb stehen, wie er stand. Das Grab selbst ist ganz eingesunken. Rosen und Trauerweiden, welche es bedeckten, fielen darüber her und wurden mit in den dunklen Erdspalt hineingezogen. Es tat mir leid um den armen toten Kerl; – er ist der Erde immer so fern gewesen, und jetzt liegt sie ihm feucht und naß auf der bloßen Brust.

Hast du wohl etwas von der Senne gehört?[2] Es ist eine sandige, mit Heidekraut bewachsene Ebne, die das ganze Lippische Ländchen umgibt und sich bis nach Paderborn, Münster usw. erstreckt. Dort wohnen die ärmsten Leute weit und breit. Ich besuchte meinen Bruder, der ihr Pastor ist. Ach Gott, was habe ich dort hören und sehen müssen! Niemand darf heiraten, wenn er nicht 200 Taler aufweisen kann. Ein schöner Bauernjunge hatte sie nicht; er macht einem Mädchen drei Kinder; da wird er kopuliert. Bald vermehrt sich seine Familie bis auf 8 Kleine. Sie haben kein Brot mehr und leiden seit vielen Tagen Hunger, denn der junge Bauer hat auch noch seine beiden alten Eltern zu versorgen. Die alte Mutter stirbt und wird im Sande verscharrt. Der Vater liegt schon lange krank am Boden. – »Es wird doch nicht besser!« denkt der junge Bauer und reißt das Heidekraut aus den Fugen der Wände. Der kalte Nachtwind pfleift dem Alten über das Gesicht; am Morgen ist er tot. Da steckt der junge Bauer die Hütte in Brand und zieht mit seiner Frau und 8 Kindern im Land herum und bettelt. – Ist das nicht eine schöne Geschichte? Wir denken gewöhnlich, in Paris und London wäre nur das Elend zu Hause; ich versichere Dir, in unserm Land sieht es ebenso schlimm aus. Den Leuten, welche jetzt Dorfgeschichten schreiben, möchte ich raten, einmal die Senne zu besuchen; da gibt es viel herrlichen Stoff! Leider Gottes!

Nach England mußt Du mir bald schreiben; ich lasse auch etwas von mir hören. In der »Kölnischen«[3] werde ich von Zeit zu Zeit kleine Artikel mitteilen und hoffe, Deinen Namen ebenfalls oft darin zu finden. Es ist nächst der Augsburgerin[4] das weitverbreitetste Blatt.

Gott gebe Dir seinen Frieden! Amen! Leb wohl, lieber Kerl! Denke bisweilen an mich!

Dein Weerth.

Hier mein Abschied von Köln![5]

1

Ich kann es noch nicht fassen
Was ich verloren han:

Ich mußte, ach, verlassen
Den Pitter und den Jan!
Die lieben Freunde beide
Zu Köln, der heil'gen Stadt,
Mit denen Leid und Freude,
Mein Herz geteilet hat!

2

Die da in Lust geschwommen
Und großer Freudigkeit:
Wenn da ins Land gekommen
Die Krammetvögelzeit;
Die im geschmückten Saale
Erhuben Klang und Sang:
Wenn man zum ersten Male
Den neuen Weißen trank!

3

Die sich zusammenfanden
An Sankt Martini Tag,
Wenn man in allen Landen
Die Gans zu essen pflog.
Die nie nach Hause kamen
Als wenn sie still entrückt,
Und auch in Gottes Namen
Einen Rausch darauf gedrückt! –

4

Was soll es doch bedeuten;
Mein Herz ist so voll Gram:
Die Abendglocken läuten
Da draußen wundersam.
Ich seh den Mond erscheinen,
Der durch die Wolken bricht
Und weiß nicht, soll ich weinen –
Oder wein ich lieber nicht!

1 Alexander Kaufmann (1817–1893), Schriftsteller, studierte in Bonn Jura, leitete 1842/43 die Erziehung des Erbprinzen Karl zu Löwenstein, trieb dann in Berlin Altertumswissenschaft und lebte seit 1850 als fürstlich Löwensteinscher Archivrat in Wertheim. Er gehörte zum

Freundeskreis um Kinkel und Simrock. 1852 erschien die erste Sammlung seiner »Gedichte« (Düsseldorf), 1853 eine Sammlung der »Mainsagen« (Aschaffenburg).

2 Vgl. Georg Weerths Feuilleton »Die Armen in der Senne«, das im »Bürgerbuch für 1845« erschien (VT, Bd. 1, S. 190 ff.).

3 Kölnische Zeitung.

4 Augsburger »Allgemeine Zeitung«.

5 In der Handschrift der »Gedichte« sind – leicht abgewandelt – die Strophen 2, 3 und 4 ebenfalls überliefert. (Vgl. SW, Bd. 1, S. 78 f.).

70.
Georg Weerth an Wilhelmine Weerth

An Bord der »Columbine«. Auf offner See. –
Sonntag morgen, [10.12.1843,][1] 5 Uhr.

Liebe Mutter!

Von Bielefeld fuhr ich durch das Schinkenland und langte am Mittwoch morgen in Elberfeld an. – Peills befanden sich wohl, was wohl einerlei sein soll. Richard ist ein lieber Kerl. Er läßt Euch alle herzlich grüßen. Am Mittwoch abend war ich in Köln und erfuhr zu meinem Schrecken, daß das Dampfboot 2 Tage bis nach Rotterdam brauche und ich also schon am folgenden Morgen abfahren müsse, um am Samstag in See gehen zu können. – Von den Bekannten wurde in aller Eile Abschied genommen und die Kommissionen der Frau Gruber möglichst alle ausgeführt. Deine Zwetschengeschichte ging mir aber rein aus dem Gedächtnis; da ich aber dieser Tage nach Köln schreibe, so werde ich den alten Cramer schriftlich darum ersuchen. – Erst spät in der Nacht brachte ich meine Sachen in Ordnung. Am Donnerstag, 7 Uhr morgens, ging es mit dem »Nederlander« bis Arnheim, wo wir gegen Abend eintrafen. Da mehrere lustige Leute an Bord waren, wurde viel gesungen, getrunken und dummes Zeug gemacht.

In Arnheim schliefen wir prächtig, – es war das erste Mal in einem holländischen Wirtshaus. – Nachts um 12, als wir abgespeist hatten, brachte uns der Kellner die irdnen Pfeifen, welche so sehr zusagten, daß die Sitzung noch ziemlich lange dauerte. – Am Freitag um 10, morgens, ging es weiter; wir waren am Nachmittag in Rotterdam. – Ein Däne, der ein Geschäft in Havanna hat, wurde mein Begleiter; wir logierten auf einem Zimmer im Hotel »Des Pays-Bas« und gingen den Abend noch weidlich auf Affenteuer aus. – Am Samstag morgen, als ich auf die Expedition eilte, um mich für

Hull einschreiben zu lassen, hieß es, das Dampfboot komme erst am Montag an und gehe erst am Mittwoch wieder ab; die Jahreszeit mache diese plötzliche Änderung nötig. Herr van Es, der mir nach Köln schrieb, hatte dies auch nicht vorher gewußt. Was sollte ich tun? Bis Mittwoch in Rotterdam zu bleiben, hätte unendliches Geld gekostet. Um über London zu reisen, war meine Kasse schon zu klein. – Da lieh mir der freundliche Däne £ 3,– Sterl[ing] und schrieb mir an sein Londner Haus noch außerdem einen Kreditbrief von £ 5,–, wovon ich natürlich keinen Gebrauch mache; – es wäre nur für unvorhergesehene Fälle, – meinte er. In einem Monat kommt er nach Bradford und holt sich seinen Vorschuß wieder. Da kannst Du sehen, daß es überall nette Leute gibt. Ich hätte freilich auch von Herrn van Es leihen können, – es wäre mir aber unangenehm gewesen.

Was ich jetzt mehr gebrauche, muß mir Herr Passavant ersetzen; nach seinem Wunsch bin ich über Rotterdam gereist. Mir ist es sehr lieb; ich sah Holland einmal. – Gestern mittag 12 Uhr fuhren wir von Rotterdam ab. Das Schiff heißt »Columbine« und ist in jeder Weise prächtig. – Die Passagiere bestehen aus 6 Personen, aber aus 4 Nationen. – 1 Engländer mit seiner Tochter, hübsch, 16 Jahre alt. – 2 Holländer, 1 Franzose, und ich repräsentiere die Deutschen. – Bis jetzt hatten wir das herrlichste Wetter, – diese Nacht war die See ruhig, – Mondschei[n] und alle Sterne am Himmel. – Ich schlief bis eben und leide nichts von der Seekrankheit.

Während ich schreibe, wird es heller. Die größer werdende Anzahl von Schiffen verkündet die Nähe der Küste. – Ganze Scharen von Möwen folgen unserm Zuge. – Ein schottischer Dampfer kommt uns entgegen. Die Matrosen grüßen einander. Soeben kommt die kleine Britin herein in die Kajüte und ist ganz voller Freude, daß sie die Küste von Kent und Sussex gesehen hätte. Ich laufe also hinaus. Lebe wohl, liebe Mutter. Meine Reise wird noch einige Tage dauern. Von Manchester aus mehr. – Wenn der Poststempel London auf meinem Brief steht, so bin ich glücklich in der wohlbekannten Norfolk Street bei Culverwell angekommen. – In London besuche ich nun noch meine Freunde, was nicht schaden kann, und gehe am Dienstag über Birmingham nach Manchester. Herzliche Grüße an alle!

Dein Georg.

1 Brief ohne Datumangabe und Poststempel. Das Datum ergibt sich aus dem folgenden Brief.

71.
Georg Weerth an Wilhelmine Weerth

Manchester, 15. Dezember 1843

Liebe Mutter!

Den einl[iegenden] Brief schrieb ich auf dem Schiff, vergaß ihn in London auf die Post zu geben und brachte ihn mit hierher. Am Sonntag abend war ich in London und amüsierte mich die Nacht noch mit einem alten Portugiesen, den ich zufällig antraf. – Am Montag besuchte ich alle Freunde, die aufzufinden waren, und abends das Drurylane-Theater, das erste der Welt. Dienstags machte ich mich, obgleich der Nebel so dick war, daß man auf 10 Schritt kein Haus sehen konnte, auf den Weg, um Pastor Steinkopf, Savoy Street, Strand, aufzusuchen. – Leider war er auf einer Reise. – Die Lutheran German Church liegt neben dem Pastorat und ist ein sehr einfaches, zierliches Gebäude, rings von grünem Rasen umgeben und mit der hintern Seite an die Themse gehend. Immer war, des fürchterlichen Nebels wegen, nichts zu sehen. – Um 12 und 2 Uhr mittags blieb es noch stockfinster. – Alle Lichter brannten den ganzen Tag, und die Fuhren mußten sich förmlich den Weg durch die Straßen suchen. Dann wollte ich Pastor Küpper noch aufsuchen; sein Haus war aber nicht zu erforschen, da er 3 Meilen von seiner St. James Church wohnt. – Am Dienstag abend 8 Uhr fuhr ich mit der Lokomotive von London ab und war am Mittwoch morgen 6 Uhr in Manchester, – hatte also einen Weg von 250 engl[ischen] Meilen in 10 Stunden zurückgelegt. – Grubers nahmen mich sehr freundlich auf. In diesem Augenblick bin ich noch bei ihnen und sitze der liebenswürdigen Frau gegenüber am helllodernden Kamin. – Passavant besuchte ich gleich. Er sieht ungefähr aus wie der alte Volkhausen, ist ebenso lebendig und recht artig. Jedenfalls scheint er ein Mann zu sein, mit dem ich gut fertig werden würde. Leider kommt er aber nur selten nach Bradford. Für nächsten Sonntag hat er mich zum Diner eingeladen, und am Montag morgen begleitet er mich nach Bradford, wo sein Sohn und ein anderer Deutscher die Geschichten leiten. – Passavants Frau ist sehr geistreich und soll schön sein. Gestern nachmittag fuhr ich auf der Eisenbahn mit dem jungen George Cheetham nach Stalybridge. Der Jüngling gefiel mir recht gut. Sein Äußeres ist in jeder Weise vorteilhaft, – seine Manieren sind natürlich, kurz und deshalb angenehm; – übrigens ist er ein Stock-Engländer, auf einem hohen Fuß erzogen, und wahrscheinlich macht er einige Ansprüche. Daß er dies nie mit Anmaßung tun wird, verbürgt sein gutmütiges Auge.

Die Leute Cheetham wohnen sehr schön. Fräulein Ida Escher ist sehr liebenswürdig, was Ihr alle schon wißt. Herzliche Grüße von ihr an alle. – Ein Paket wird sie an Cöllns abschicken, sobald sich ein Deutscher findet, der es mitnimmt. – Der alte Cheetham war nicht zu Hause, weshalb es also in betreff seines Sohnes zu keinem bestimmten Resultat gekommen ist. Fräulein Escher sagte mir übrigens, daß er in der letzten Zeit wieder allerlei anderes damit vorgehabt habe und nicht weiter mehr über das nach Detmold Schicken gesprochen habe. In ein bis zwei Wochen werde ich also erst bestimmt hören, wie es damit ist. Nachlaufen muß man den Menschenkindern gar nicht. Bekümmert Euch in Detmold also einstweilen gar nicht darum. Wenn Herr Cheetham sich aufs neue an Fr. Escher und mich wendet, so sage ich, daß wir seinen Sprößling nehmen wollten, bis zu £ 120,– per Jahr, es sei nur nichts daran gelegen. – Herr Gruber meint, das sei nicht zu viel. In allen Pensionen nimmt man £ 100,–. Es läßt sich aber noch nichts darüber sagen, – in den nächsten Briefen mehr davon.

Bis Montag morgen bleibe ich noch hier; von Bradford schreibe ich Dir, wenn ich ganz eingewohnt bin. – Grubers Frau läßt Dich herzlich grüßen. Heute abend sollte ich mit ihr in eine deutsche Familiengesellschaft gehen, was ich aber ausschlug, da heute abend der Shakespearesche »Sturm« aufgeführt wird. –

Grüße alle aufs beste von mir. Jedem einzelnen werde ich nächstens schreiben. – Sollten noch Briefe für mich ankommen, so seht nur zu, ob es etwas von Wichtigkeit ist. Es ist gut, daß ich endlich einmal hier bin. In Bradford gedenke ich mich komfortabel einzurichten und ein stilles, arbeitsames, sittsames, genügliches, freundliches, biblisches und andres Leben zu führen. – Lebe einstweilen recht wohl, liebe Mutter, und sei aufs herzlichste gegrüßt von

Deinem Georg.

Dein Gesangbuch liegt noch auf der Ressource, ich vergaß es. Excusez!

72.
Ida Escher an Georg Weerth

Priory, den 21. Dezember [1843]

Lieber Herr Weerth!

Sie haben mich durch Ihre Zeilen recht traurig gemacht; ich hatte mich so sehr darauf gefreut, Sie hier zu sehen und einige recht behagliche *deutsche* Unterhaltungen mit Ihnen zu haben, daß es mich wahrhaft schmerzt, getäuscht zu sein. Doch ist es nicht allein Egoismus, der es mich noch mehr bedauern läßt, daß Sie sich nicht frei machen können, ich hoffte, Ihnen einige angenehme Bekannte zuzuführen, die mit uns ein deutsches Weihnachtsfest feiern wollen, und muß nun auf eine recht baldige andre Gelegenheit warten, Sie zusammen zu bringen. Mr. und Miss Cheetham bedauern es gleichfalls sehr, daß Sie nicht kommen, und erwarten Sie zu jeder andern Ihnen angenehmen Zeit. Der erstere wünschte, Sie wegen George zu sprechen, doch da er fast täglich seine Meinung ändert und nach der anderer bestimmt, so ist es vielleicht besser, die ganze Sache aufzugeben. Soviel ich höre, fordert man an andern deutschen Orten, wo von hier junge Engländer hingehen – £ 55,– bis £ 60,–; und da Mr. Cheetham wohl auch nur auf so viel rechnete, Ihr Herr Bruder aber sicher nicht darauf eingehen würde, so werde ich dem erstern sagen, daß es nicht ginge unter den obwaltenden Umständen. Ich ärgere mich, daß ich mich je darauf einließ, die Mittelsperson bei diesem Gegenstande zu machen, da ich die Unentschiedenheit von der einen Seite erwarten durfte; in Zukunft werde ich mich hüten. – Ich habe Mr. Cheetham nichts von den Bedingungen Ihres H[errn] Bruders gesagt, da ich augenblicklich sah, er würde nicht darauf eingehen, und es für besser halte, daß Sie oder die Ihrigen die verneinende Seite sind. – Um das ganze zu enden, habe ich ihm, im Namen Ihres H. Bruders und Cöllns, auf deren Rat er viel zu halten scheint, den Grund angegeben, daß George, um sich in Detmold zu gefallen, entweder jünger oder älter sein müßte; jünger, um mit den Gymnasiasten, oder älter, um mit den jungen Herrn zu verkehren. Es bleibt auf diese Weise immer noch möglich, unsern guten Henry, der ein so liebenswürdiger Junge geworden ist, nach Detmold zu spedieren. Ich wünschte, daß es dazu käme, denn er wünscht es selbst und ist soviel erfolgreicher zu behandeln als sein Bruder. –

Ich hoffe, daß Sie in der Art, wie ich die Sache ablehne, mit mir einverstanden sind; Auguste schrieb mir zum mindesten, daß es der Wunsch der Ihrigen sei, im Falle sie nicht Ihre Bedingungen erfüllt sehen könnten.

Aber nur die Auseinandersetzung aller dieser Umstände kann mich bei Ihnen für meine große Weitschweifigkeit entschuldigen, und Sie werden deshalb nachsichtig sein. – Schließlich erlaube ich mir noch, von Ihrer freundlich erteilten Erlaubnis Gebrauch zu machen und ein Briefchen für meine Schwester einzulegen. –

Erfreuen Sie uns bald mit Ihrem Besuche und sein Sie überzeugt, daß wir Sie alle recht sehr willkommen heißen werden; besonders

Ihre Ida Escher.

73.

Georg Weerth an Wilhelmine Weerth

Bradford, 21. [und 23.] Dezember 1843

Liebe Mutter!

Von Manchester aus schrieb ich Dir zuletzt und gab Herrn Gruber den Brief zur Besorgung. – Du und Dein ganzes Haus befinden sich hoffentlich wohl; gern hörte ich bald etwas von Dir, – die Briefe sind, wie Du weißt, an Ph. Passavant & Co. in Bradford, Yorkshire, England, zu adressieren. – Bei Grubers blieb ich noch mehrere Tage, da Passavant mit meiner Abreise nicht eilte; es war mir ganz recht, – ich konnte noch einige Fabriken besehen und desto länger mit den liebenswürdigen Grubers zusammensein. – Die Frau kennst Du; sie ist noch immer sehr schön und geistreich, – das versteht sich! Ihr Mann ist häßlich, denn er schielt auf beiden Augen, – aber ein ausnehmend gutmütiger Zug durch das ganze Gesicht gleicht alles wieder aus. – Beide taten alles Mögliche, um mir den Aufenthalt in Manchester so angenehm wie möglich zu machen; – ich wurde in jede Gesellschaft mit eingeladen und machte dadurch die schönsten Bekanntschaften. Wie die Leute zu all der Freundlichkeit kommen, weiß ich nicht. – Herr Passavant wollte mich nach Bradford begleiten; leider verfehlten wir aber am Montag den Bahnzug; es wurde ihm zu spät, und ich mußte allein reisen – erst am Abend. – Am Dienstag morgen stellte ich mich auf dem Comptoir ein. Passavants ältester Sohn und 3 andre junge Leute arbeiten dort. Sie gefallen mir sämtlich; jedenfalls werde ich schon mit ihnen fertig werden, – da sich hier niemand um den andern bekümmert. Die Comptoirarbeiten bleiben stets dieselben; freilich ein wenig anders, – aber in ein paar Tagen oder Wochen ist man mit allem bekannt. –

Bradford liegt in der Grafschaft Yorkshire, hat 60 000 Einwohner, ist mit schmutzigen Straßen versehen, am Berge gelegen, und alle Häuser sind schwarz von Kohlendampf, denn dieser wogt beständig durch die Straßen. Wohin man blickt: rauchende Schornsteine, Eisenhütten usw.! – Von dem Gipfel des Berges, wo die Häuser aufhören, blickt man in ein schönes Tal – leider aber auch voll von Rauch, Nebel, Dampf und Fabriken. Es ist schrecklich, sage ich Dir; sogar die Wagen werden auf dem bloßen Straßenpflaster per Dampf getrieben, man kennt nur Dampf und Dunst. – Im Innern der Wohnungen sieht es besser aus, – was draußen fehlt, wollte man dort ersetzen. Alles ist rein und zierlich; Hausflur, Treppen und Zimmer, alles mit Teppichen belegt, sogar in den gewöhnlichsten Häusern. Ich fragte nach einem Logis in einer Familie, um immer mit Leuten englisch sprechen zu können; – aber Familienlogis gibt es nicht, ebensowenig wie Wirtshäuser. Jeder wohnt, schläft und ißt allein. – Bei einer Frau Woodcock[1] (Schnepfe zu deutsch) mietete ich mich ein für 25 Schilling die Woche (£ 5,– per Monat oder Taler 33,10.–). Dafür habe ich ein schönes Wohnzimmer, mit einem stets brennenden Kamin, und ein Schlafzimmer, ganz mit Teppichen bedeckt und voll der schönsten Möbel. Morgens Tee mit Brot und Fleisch. Mittags Fleisch, was und so viel ich will, ein Gemüse, Pastete, Käse und einen Krug Ale. Abends wieder Tee mit Brot und Fleisch. – Zimmer, Aufwartung, Essen, alles ist sehr gut, und nach englischer Rechnung ist es billig. Alle jungen Leute leben auf diese Weise. – Die Frau vermietet nur unter der Bedingung, daß ich keine Karten spielte und jeden Sonntag eine Kirche besuchte. Die Leute sind alle fromm. Man sieht nur Kirchen und Fabriken in Bradford. Den Tag über sind die Menschen auf den Comptoiren; am Abend ein jeder in seiner Stube, – auch ich, denn es gibt weder Gesellschaften, öffentliche Häuser, Theater noch sonst etwas hier.

Deutsche trifft man genug an; aber ich gehe ihnen aus dem Wege und suche lieber in einigen Familien Zutritt zu erhalten, – nach und nach. – Da meine Wirtin und ihre Söhne und Töchter zu glauben scheinen, daß ich ein ordentlicher Mensch sei, so besuchen sie mich schon regelmäßig am Abend und plaudern mehrere Stunden mit mir. – Englisch werde ich wohl genug lernen und das Studieren ebenfalls. An Vergnügungen wie am Rhein ist nicht zu denken. –

Fräulein Escher und Herr Cheetham (indirekt) hatten mich eingeladen, die Weihnachtstage in Stalybridge zuzubringen. Ich ginge gern, – aber die Reise kostet wieder viel – es ist 25 Meilen von hier und nicht ganz Eisenbahn. – [So] schrieb ich daher an Fräul. Escher und entschuldigte mich, indem ich zugleich bat, mir mitzuteilen, wann Herr Cheetham in betreff seines Sohnes einen Entschluß gefaßt habe. Wie neulich schon gesagt, überläßt man die Sache lieber dem Engländer selbst, – wenn er will, muß er £ 100,– geben. Darunter würde ich es in Carls Stelle nicht tun, da der Junge schon ziemlich groß ist, einige Ansprüche machen wird und ein gutes Leben gewohnt ist. –

Hoffentlich schreibt mir Fräul. Escher bald, – vielleicht wendet sie sich direkt an Euch. Herr Cheetham war deshalb anders gesonnen wie früher, weil man ihm gesagt hatte, Detmold sei ein zu kleiner Ort, um Menschen zu Gentlemen auszubilden. Wir müssen abwarten, was Fräul. Escher weiter schreibt. Ich habe sie mit allem bekanntgemacht. – Ida Escher ist in Manchester ebenso beliebt wie in Detmold. Grubers kannten sie auch und freuten sich ihrer Bekanntschaft. –

Bradford, Samstag, 23. Dezember

Eben erhalte ich noch ein Briefchen von Fr. Escher, was Du einliegend erhältst. – Ich bin in allem mit ihr einverstanden und glaube, daß es besser wäre, den jungen Sohn zu einem etwas niedrigen Preise zu nehmen als den ältern zu einem hohen. – Wie gesagt ist der Ältere schon ein zu vornehmes Leben gewohnt, – mag er noch ein so guter und lieber Junge sein. –

Die nächsten Tage werde ich mich in den Bergen von Yorkshire herumtreiben und namentlich das schöne Tal des Aire besuchen; – das Wetter ist frühlingswarm. –

Euch allen wünsche ich von Herzen vergnügte Feiertage und will hoffen, daß Ihr das alte Jahr gesund und wohl beschließt. – In den nächsten Tagen werde ich einen zweiten Brief an Dich beginnen. Bis dahin lebe wohl. Grüße alle!

Mit treuer Liebe

Dein Georg.

1 Weitere Erlebnisse mit dieser Wirtin schilderte Weerth in den »Englischen Reisen«, die in der »Kölnischen Zeitung« (Nr. 80, 81, 82, 144, 145, 217, 238 vom 20., 21., 22. März, 23., 24. Mai, 4. und 25. August 1844) erschienen. Später von Weerth stark verändert für seine »Skizzen aus dem sozialen und politischen Leben der Briten« (vgl. SW, Bd. 3, hier S. 127 ff.).

74.
Wilhelmine und Wilhelm Weerth an Georg Weerth

Detmold, 5. [6. und 8.]1.1844

Ist mir, mein geliebter – aufs neue so warm ins Herz geschossner – Georg, das Warten auf Nachricht von Deinem *Leben* und Lebensgeschick je sauer geworden, so ist es das vorzügl[ich] vom heil[igen] Abend bis zum letzten Tage im alten Jahr – denn bis *da*hin entbehrte ich derselben, und wenn mich Cölln, zu welchem Du gesagt, Du würdest erst in den Feiertagen schreiben, auch damit zu beruhigen suchte, so gereichte mir dies doch zu schlechtem Trost. Einmal: weil ich aus den Zeitungen sah, wie grade in den Tagen vom 9.–11. Dezember sowohl in nördl[icher] als auch östl[icher] Richtung Schiffe gescheitert, ich also nicht auf die Ruhe in der Natur, die grade da herrschte, als ich Dich zur See glauben mußte, rechnen zu können glauben durfte, und – von andrer Seite es mir schwer fiel zu denken, Du seist wirkl[ich] obigem Vorsatz treu geblieben – ach, und ich mußte es immer von neuem beklagen, daß meine letzte Bitte an Dich um *baldige* Nachricht, die ich noch in Eurem Weggehen zum Fenster hinaus Dir nachrief, im Winde verhallte; – doch wer beschreibt Dir nun auch meine Freude, meinen Dank, gegen Gott und mein so reichlich befriedigtes Muttergefühl – o, hätte ich Dich nur beim Kopf nehmen und einen herzhaften Kuß auf Deine Stirn drücken können, *da*für daß Du – so unendlich viel besser warst als Dein Ruf – als ich am Sonntag mittag (da auch Wilhelm eben mit uns zu Tisch saß) Deine beiden, ja *drei* Briefe zugleich erhielt – kaum konnte ich meinem Verlangen so lange gebieten, bis ich sie gehörig geordnet und sie der Reihenfolge nach zu lesen. Ich vermochte es jetzt kaum mehr, dem H[errn] Gruber etwas zu zürnen, – dem, oder vielleicht s[eine]r liebenswürdigen Frau, die Verspätung der ersten Br[ie]fe wohl zur Last fällt; der Stempel »Hamburg« läßt unentschieden, ob seine Absendung von da sich vom 20. oder 28. Dezember datiert, wahrscheinlich das letztre, – wird man die Brfe. von dort auch am 3. Tage erhalten können, über Hannover, – den über Rotterdam erhielt ich, Deinem Datum nach – den Stempel erkennt man nicht – am 10. Tage, Porto 11 1/2 Gr[oschen], von Hamb[ur]g 5. Ich erwähne dies, damit Du nach Maßnahme *Deiner* Auslage es beurteilen kannst, welcher Weg der vorteilhafteste ist.

Wurdest Du, m[ein] l[ieber] G[eorg], in mancher Bezieh[un]g über Deine Reiseroute getäuscht – die Du endlich nicht so sehr beklagen würdest, da Du doch am liebsten wieder auf S[ee] segeltest und die Kosten durch H. P[assavant] gedeckt werden – so hatte *meine* Hoffnung mich also doch keineswegs an jenen ruhigen Tagen und von Mondschein sanft erleuchteten Nächten getäuscht, daß Deine Fahrt eine glückliche sein würde, – ein p[aar] Tage später stürmte es wieder sehr. Deine kurze, aber lebendige Schildrung derselben versetzte mich in die Szene, und wie so gar anders ist's doch um eine Erzählung aus dem Leben als einer nach beliebiger Phantasie, – freilich ist das Leben nicht immer so reich, sonst möcht' ich sagen: »Was sind dagegen alle – auch die buntesten ›Schmetterlinge‹!« London zeigte sich Dir diesmal denn freilich in der allerdüstersten Gestalt – eigentlich gut, damit Du diese mit all ihren Herrlichkeiten so berühmte Weltstadt auch in ihrer gewöhnlichen Schattenseite kennenlerntest – umsonst zogen meine Eltern es nicht auch vor, nach einem 6jährigen Aufenthalt wieder nach einer kl[einen] freundlichen Stadt Deutschlands zurückzukehren; daß Du P[astor] Steinkopf nicht trafst, bedauerte vorzüglich Wilhelm. (Auf *diesen* werde ich später zurückkommen.) Welch ein schönes Intermezzo dagegen in Manchester! Wie behaglich Dir dies wohl war nach so langer unsteter Existenz – nebenbei kannst Du Dir die sehr gute Lehre daraus ziehen, daß man sich nicht immer in seinem Urteil über Menschen durch ihren äußern Eindruck darf leiten lassen. – Wie hätte es einem Sterblichen aber nur jemals beifallen können, daß der H. Passavant in M[anchester] Ähnlichkeit mit dem Sup[e]r[intendent] V[olkhausen] haben sollte, wenn man seinen Bruder in Br[adford] kennt. – Dein Bedauern, ihn nur selten zu sehen, spricht hinreichend für den vorteilhaften Eindruck, welchen er auf Dich machte, und machte Cölln sichtlich Vergnügen; nun, wer weiß, wie es sich noch in der Folge gestaltet – (Du hast aber doch das Empfehlungsschr[ei]ben abgegeben? Tue es sonst *noch* jedenfalls, denn der Bruder in Br. wird sich sicher – bei seiner Umständlichkeit – mal darauf beziehen, wenn's denn auch nur *des*halb geschieht). In der Reihe der Begebenheiten zu bleiben, begleite ich Dich also zuvorderst nach Stalybridge; Himmel – wie hat die Ida sich Deines Erscheinens gefreut! Daß sie auch *Dir* gefallen würde, konnte ich wohl voraussetzen, denn ich meine, sie gehörte zu den wenigen, die keinem mißfallen, und es war zu bedauern, daß Du genötigt warst, die Einladung zu Weihnachten abzulehnen – aber allerdings vernünftig – ohne das Dazukommen des braven Dänen hätte es wohl schon schlimm genug ausgesehn, dies Ereignis sprach indes für *beide* Teile, – glauben wirst Du es mir aber auch, daß ich für mein Teil es keineswegs bedaure, daß H. Cheetham sich wieder eines andern besonnen, bei meinem großen Verlangen nach Briefen von Dir, sah ich denselben noch *dieser* Sache wegen mit einiger Ängstlichkeit entgegen – doch verließ ich mich schon etwas auf die Veränderlichkeit des alten Herrn – *ich* hatte *gar* keine Lust zu dieser Geschichte und hätte mich im splendiden Fall nur Carl zu Gefalln der großen Unannehmlichkeit unterzogen. Jetzt sagt er aber auch selbst, wollten wir die Sache als völlig abgetan ansehen, ach, und wie freue ich mich dess'! Für die Ida lege ich indes, wie billig, ein p. Worte des Dankes bei, und *der* gebührt auch *Dir*, vorzüglich von Carls Seite; die vereitelte Hoffnung verstimmte ihn erst ein wenig, doch hatte er bald wieder einen glücklichen Tag, da ein sehr seltnes Schnabeltier – mit vergiftenden Sporen, ein schauderhaft häßlicher Ulk – an das Natural[ien-]Kabinett eingesandt und außerdem eine herrliche Aquisition an Mineralien gemacht wurde. Was den Menschen nicht alles beglücken kann! Und nun Bradford? Was hätte ich drum gegeben, wäre es Dir gleich zu Anfang in einer freundlichern Gestalt entgegengekommen. – Möge Dir im Fest der Himmel günstiger gewesen sein! Der Menschen Hände ruhten dann wenigst[en]s vom Qualmen aus. Den hiesigen Erscheinungen nach gehörte aber freilich der erste Feiert[a]g *nicht* zu den heitern – sonst ging's, und der Neujahrstag war ganz unvergleichlich schön; daß Du es dann auch mit heitrer Seele magst begonnen haben! – Deine gute Frau Wirtin hat uns alle köstlich amüsiert (sogar den Gen[eral]sup[e]r[intendent] Althaus, dem ich die Bedingungen erzählte), und wie wollte ich mich neidlos freuen, wenn der braven »Schnepfe« das an meinem Söhnchen gelänge, was den Ermahnungen der Mutter bisher nicht gelingen wollte! Wie Du aber verwöhnt wirst – 's ist zu arg! Teppiche – Pasteten – Ale! Nein, das tut nimmer gut; hoffentl[ich] sind die Krüge des letztern nicht den unsern an Umfang gleich, sonst möcht's den zweiten Teil des Tages in Deinem Kopf nicht zum Besten aussehn und die Unterhalt[un]g mit der Familie besser vonstatten gehn wie das Studieren; – wenn das aber Frau Krämer und ihre Frl. Tochter erführen! – In parantesis: solltest Du noch nicht an den Gemahl geschrieben haben, so bitte ich, es jetzt auch nicht mehr zu tun; es kommen hier jetzt auch die Zwetschen zu Hauf.

Dein Kostgeld pp. mag nach engl[ischer] Weise billig können genannt werden, besser möchtest Du Dich aber stehen, wenn Du – so wie Ferdinand – auch bei geringerem Salär freie Station hättest; indes bleibt Dir immer noch die Hälfte Deiner Einnahme zu anderweitigem Gebrauch. Cölln rief bei dieser Bemerk[ung] aus: »Ja, wenn mir *das* übrig bliebe vom Haushalt!?« – Die guten Leutchen ließen's sich wieder durchaus nicht nehmen, zu Weihnachten bei sich uns, Schwester und Nichte – samt ihrem und unserm Dienstpersonal zu bescheren. (Wirkl[ich] erhielt auch unser Malchen nachträgl[ich] ein Geschenk.) Am zweiten Feiertg. ab[en]ds waren sie darauf bei uns – die wir's etwas kompendiöser einzurichten suchten; soviel Vergnügen einem das Spenden macht, da allerdings »das Geben seliger ist wie das Nehmen«, so muß doch jeder sich hübsch nach s[eine]r Decke strecken, auch *hier*in. In England scheint die Sitte des Bescherens vor Weihnachten nicht hergebracht zu sein, – dies geht aus dem Brf. der Ida an ihre Schw[ester] hervor, – so wirst Du, mein Kind, diesmal wohl leer ausgegangen sein – oder hast Du diese gute deutsche Sitte vielleicht auch dort einzuführen gesucht – wie die Escher es in St[alybridge] getan?

Den 6.: Der Schluß des Jahres hätte für Detmold schlimm ablaufen können; am 30. nachmittags brach in einem der so eng aneinander gekeilten Häuser unterm Hornschen Tor Feuer aus, und obgl[eich] schnell alles in Tätigkeit war, stand doch bald schon ein zweites in Flammen – was allgemeine Furcht und großen Schrecken verbreitete – doch, bei fast gänzlicher Windstille, gelang es – doch auch nur durch die Anwend[un]g von 9 Sprützen – dem Weiterumsichgreifen zu wehren, – eine bedeutende Masse Stroh und Kohlen in den Hintergebäuden des Kupferschmied Schmitz hatte dem Feuer zu viel Nahrung gegeben. Wilhelm kam grade zu Fuß von Oerlingh[ausen] herüber und hatte schon ein paar Stunden Wegs die Rauch- und Feuersäule über Detmold beobachtet; dieser äußerte den gottlosen Wunsch (wie er ihn selbst nannte), daß doch die »ganze Musik« bis zum Kaufm[ann] Wehren hin möchte niedergebrannt sein, weil dann die Straße wohl in Zukunft breiter geworden wäre, – doch wer zähmt des Feuers Macht – und wer in Detm. dachte nicht der maßlosen Brände in den letzten p. Jahren. –

Wilhelm hat es jetzt ernstlich vor, sich um die freiwerdende Rektorstelle in Blomberg zu bewerben, vorausgesetzt daß die Pred[iger-]Gehülfen-Stelle damit verbunden bleibt; er würde hier 100 Rtl. mehr Einnahme haben wie in Oerlingh. und – möglicherweise auch die Aussicht, beim Ableben eines der alten Pr[e]d[iger] daselbst gewählt zu werden, da das Blomberger Konsistorium vorzuschlagen und dieses nur zu bestätigen hat, wobei, wenn erstere Wilh. wollten, letzteres nichts einzuwenden hätte. Schon sprach er privatim mit unsern beiden Herren darüber, und jeder war auf seine Weise gern darauf eingegangen; A[lthaus] wohl vorzügl[ich] um Wessel willen und B. aus reinem Wohlmeinen mit Wilhelm, und das ist diesem hiebei besonders nütze, da B.'s Bruder die Sache in Blomb. eigentl[ich] in Händen hat. Diese Sache hat unstreitig viel mehr für sich wie jene Lager, und ich lasse ihn deshalb ruhig machen. Von der Oerlingh[ausener] Beförderung verspricht er sich zu wenig, als daß er *dies* unbenützt mag vorübergehn lassen, und er kann recht haben; wenigst[en]s möchte das noch so lange währen, bis er doch schon auf eine anderweitige Anstellung könnte Anspruch machen; *hier* käme er immer schon einen Schritt weiter. Jedenfalls wird die Blombgr. Affäre sich in wenigen Wochen entscheiden, und zu Ostern geht die Wiederbesetz[un]g der Stelle vor sich. Wilh. wird denn schon mal darüber schreiben.

Von Ferdinand – denke Dir! – kam selbigen Morg[en]s, nachdem Du von hier abgereist warst, ein Brief mit Einl[age] an Dich an – bedenkend, daß Du Dich noch in Elberf[eld] und Köln aufhalten würdest, gab ich ihn unverzügl[ich] unter Couvert an Püttm[ann] wieder zur Post, doch kam er leider mit dem Bemerken wieder retour: Adressat sei selbigen Tages nach England abgereist, und[1] ich habe selbigen Brief dem Wunsche Ferdinands gemäß mit aller Diskretion verbrannt, kann Dir deshalb auch nicht verraten, welche Heimlich- und Wichtigkeit er enthielt. – Mir geht es, außer daß ich in diesem Augenblick, wo ich bei schlechtem Wetter von Schlangen hieher gekommen bin, nachdem ich dort gepredigt, etwas an Müdigkeit leide, ganz wohl. Meine Lage, die Du kennst, ist dieselbe geblieben, aber leider hatte ich in den Weihnachtstagen ziemlich viel Ärger; ich hatte nämlich beim Konsistorium um Zulage angehalten – aber das Konsistorium fühlte hierzu kein Verlangen und schrieb anstatt an mich an Volkhausen mit der Aufforderung, mir in Zukunft 40 Rtl. Zulage zu geben. V. bot mir mit einem etwas saurem Gesichte 30, die ich jedoch, wie Du leicht, oder nun auch deutlich auszudrücken, liederlich bedenken [kannst], ausschlug, was V. grade wohl nicht unangenehm war und Althaus, wie ich gehört, für recht Weerth'sch erklärt hat. Von meinem Blomberger Projekt hat Dir die Mutter schon mitgeteilt. Es hat den Anschein, als wenn sich die Sache machen würde. Wenn dann nur der 79jährige Neuburg, Gott verzeih mir die Sünde, nicht gar zu lange mehr lebt; denn sonst möchte mir die Sache auf die Dauer doch etwas schwierig werden. Rektorieren und predigen auf einmal ist bekanntlich doppelte Courage. Daß [es] Dir im ganzen so gut dort geht, freut mich von ganzem Herzen. Hoffentlich bekommen wir bald wieder gute Nachrichten von Dir. Solltest Du Fr[äulein] Ida sehen, empfiehl mich ihr bestens, und Du selbst sei aufs schönste gegrüßt von Deinem Wilhelm.

Montag, den 8.: Wilhelm erwartend ließ ich den Brief noch liegen; der arme Mensch hätte gestern wenigst[en]s per Wagen von Schlangen zurückkommen können, da er aber noch in Kohlstädt einem P. Zwillingen die Nottaufe zu geben hatte, mußte er den Weg im scheußlichsten Wetter zu Fuß machen, und nachdem diese Nacht s[eine] Sachen getrocknet, heut morgen früh wieder nach Oerlinghausen, weil es auch dort wieder viel zu tun gab. Obige Geschichte hat, wie Du leicht denken kannst, nicht dazu beigetragen, ihm seinen dort[igen] Aufenthalt angenehmer zu machen. – Wunderbarerweise ist in diesen Tagen wieder ein Prediger gestorben – der vierte seit einem Jahr – wogegen vorher in beinah 7 J[ahren] kein einziger – dies ist insofern auch für W. wichtig, als es Gelegenh[ei]t wird, ihm einen Konkurrenten zur Blombgr. Stelle – Bogemann in Bückeburg – abzuhalten, der nun auf jenem Wege besser ankommen kann; ich hoffe deshalb um so mehr, daß die Sache reüssieren wird.

Nachdem Du nun von allen unsern Freuden und Leiden gehörig in Kenntnis gesetzt bist, muß ich mich denn auch wohl *schriftl[ich]* wieder von

Dir trennen, und ich wiederhole auch noch einmal die Bitte, uns – wie Du ja auch schon des guten Willens warst – bald wieder des Guten und Schönen viel von *Dir* hören zu lassen. Einl[age] sei so gut, per Konnos[sement] weiterzubefördern. Von Herzen hoffe ich, daß Du in dem Nebellande gesund geblieben und Dich gut eingewöhnt hast, in Dein stilles, fleißiges, sittsames pp. Leben – o, wie ist das schön! – Der Wunsch eines »Lebewohl« wird da überflüssig, von Deiner Dich *nie* vergessenden – treuen

Mutter.

1 Von hier an Handschrift Wilhelms bis zum Ende des Absatzes.

75.
Georg Weerth an Ferdinand Weerth

Bradford/Yorksh[ire], 10. Januar 1844

Lieber Ferdinand!

Seit einem Monat halte ich mich in der traurigsten aller englischen Fabrikstädte, in Bradford, auf und denke recht fleißig an unser schönes Deutschland. – »Man bleibe im Lande und nähre sich redlich!« Das ist ein recht guter Spruch, den man wohl beherzigen soll! In einem Jahre hoffe ich die engl[ische] Sprache gründlich zu lernen und mich dann wieder leise davonzumachen. – Die Comptoirgeschichten kennst Du, es ist überall derselbe Dreck. Wenn sie beseitigt sind, renne ich nach meiner Wohnung, die mit allem englischen Komfort ausgestattet ist und mich für alles andre entschädigt. Kein Theater, keine Gesellschaft, kein Wirtshaus, keine Lesezimmer, keine vernünftigen Menschen – nichts gibt es hier, nichts als die einfältigsten aller Deutschen, die ich je gesehen. (Ich nehme 3 Herren auf uns[erem] Comptoir aus. Sie sind herzlich deutsch, gescheit und liebenswürdig. Ponieren auch fleißig Portwein und Claret!) Nichts als Yorkshiremen mit zerrissenen Frackröcken, schäbigen Hüten und Galgengesichtern. – Meine Kneipe ist, wie gesagt, sehr heiter. – Ganz mit Teppichen belegt, mit Sofa, Lehnstuhl und dem stets hellodernden Kaminfeuer. – Auf dem Tisch: Bücher, ein Teetopf, Brandy – keine Zigarren – sie kosten hier 3 pence (3 Sgr.) per Stück – kein Tabak – er kostet 3 shilling (1 Taler) per 1/4 Pfund. – O, es ist schrecklich! Mit der Zeit habe ich mich an den verfluchten Knaller aus englischen Kolonien gewöhnt. Wenn ich aber geraucht habe, stinkt meine Stube jedesmal wie ein Teufelsfurz! Man steht mogens 10 Uhr auf. Um 3 Uhr ißt man ganz allein auf seiner Stube zu Mittag, und zwar sehr gut, herrliches Beef – Pasteten, einen halben Krug Porter dazu und Chester Käs. Man kann nicht anders leben, man ist furchtbar hungrig, man ißt noch mal so viel als in Deutschland. Für alles in allem bezahle ich per Monat £ 5.–, was nicht viel ist. –

Außer diesen 5 £ gibt man gar kein Geld aus, weil keine Gelegenheit da ist; ich kann also zum ersten Mal in meinem Leben an Ersparnisse denken, was ich Dir bald durch die Tat beweisen werde. – Abends arbeitet man bis 9 oder 10 Uhr, von 4 Uhr an. Um 2 oder 3 Uhr morgens legt man sich ins Bett. Es ist eine verrückte Einrichtung; aber Tag und Nacht verschwinden hier ganz, oft ist es um Mittag stockfinster, des Nebels wegen, der sich in ungeheuern Massen über das Land wälzt; und dann, mußt Du wissen, rauchen ein paar Tausend Fabrikschornsteine; abscheuliche Kerle – 200 Fuß hoch.

Was fangt Ihr in Berlin an? Was machst Du? Was Neuburg, Cruel, Althaus? Schreibe mir darüber recht bald! Ich höre nichts aus Deutschland, da es gar keine deutschen Blätter hie gibt. Tritt alle meine Bekannten, daß sie mir schreiben; ich sterbe sonst vor Langerweile. Meine Adresse ist: G. Weerth, Ph. Passavant & Co., Bradford, Yorkshire, England.

Da dieser Brief beigeschlagen wird, kann ich ihn nicht größer machen. Wir schreiben aber wöchentlich mehrere Male nach Berlin; ich habe also stets Gelegenheit, ein Zettelchen an Dich beizulegen. –

Grüße alle. –

Mit alter Liebe.

Dein Georg.

Bitte doch Neuburg, Cruel und Althaus, mich ja nicht zu vergessen.

76.

Georg Weerth an Wilhelm Weerth

Bradford/Yorksh[ire], 14. Januar 1844

Lieber Wilhelm!

Ich habe Dir eigentlich nichts zu erzählen und schreibe nur, um Dir meine herzlichen Grüße hinüberzusenden. Aus meinen Briefen an die Mutter wirst Du wohl schon gesehen haben, wie es hier ungefähr aussieht; – herzlich schlecht, langweilig. Die kaufmännischen Arbeiten sind mannigfach, deshalb interessant; meine Kollegen sind sämtlich liebenswürdige Leute, und Passavants, Alter wie Junger, gefallen mir sehr, da sie gutmütig und gescheit sind. Ich habe mich über nichts zu beklagen; in Deutschland ist es aber besser. –

In London wollte ich s[eine]r Z[eit] die beiden Pastöre Steinkopf und Küpper besuchen. Ersterer war aber verreist, und letztern konnte ich trotz aller Mühe nicht auffinden. – Hier und in Manchester ist nichts los, da alle Deutschen in die englischen Kirchen gehen. Wie sieht['s] mit Berlin aus? Hat das alte Pferd[1] noch nichts von sich hören lassen? Bei Gelegenheit der Familie in Stalybridge lernte ich Fräulein Escher kennen. Sie ist nicht übel; man sieht ihr aber die Gouvernante an – was ich sehr hasse. Sie verdient viel Geld. – Die Deutschen in Manchester sind ganz von ihr erbaut. Daß sie mich gerade entzückt hätte, kann ich nicht sagen. Jedenfalls gefällt sie mir besser wie die Schwester. Übrigens verstehe ich mich gar nicht auf Frauenzimmer.

Ich wollte, ich hätte Dich einmal hier in England. Gerade nicht in Bradford, – aber in London; – London ist doch die Welt. Sollten sich je unsre finanziellen Umstände ändern, so wollen wir uns einige Tage in dem ungeheuern Neste herumtreiben. In einer Nacht sieht man dort mehr als in andern Lauseorten das ganze Jahr. – Unter Huren, Schauspielern, Banditen, Possenreißern und Trunkenen brachte ich einige Stunden zu, die schrecklich genug waren, um mir das ganze Leben im Gedächtnis zu bleiben. Es ist interessant, das in der Wirklichkeit vor Augen zu haben, was uns z.B. Eugène Sue[2] in den »Mysterien von Paris« so herrlich schildert. Namentlich setzte es mich diesmal in Erstaunen, mit welcher Unbefangenheit und, ich möchte beinah sagen, mit welcher Grazie manchmal die Verworfenheit zu Werke geht. – Je mehr ich der Engl[ischen] Sprache mächtig werde, desto mehr Vergnügen werde ich in England finden. –

Man muß die Sprache, die Sitten und die Geschichte eines Landes kennen, ehe man die einzelnen Sachen verstehen und würdigen lernt.

Wie lange ich hier bleibe, weiß ich noch nicht, lange möchte ich nicht gern.

Er liebte nur das allzuviele Wandern
Und fremde Weiber und alten Wein!

Übers Jahr schlüge ich mich gern nach Italien durch, wohin von jeher mein Sinn stand; aber das liegt noch in weitem Felde. Über Ferdinand schreibst Du mir, wenn Du etwas Näheres hörst. Wenn es sich je machen sollte, ihn hierher zu holen, so kannst Du glauben, daß mir das am erwünschtesten wäre. – Wenn Du Carl siehst, so sage ihm, nebst meinen Grüßen, daß ich mich wegen der Blitzröhren an das Britische Museum in London gewandt hätte und ihm gleich schreiben würde, wenn ich eine Antwort erhielte.

Empfiehl mich Deinem alten Superintendenten; seine Tochter ist ein allerliebstes Mädchen; sie hat noch keine Routine und ist daher besser als alle die feingevögelten Jungfern. – Verliebe Dich nur nicht. Es freut mich für Dich, daß Du die junge Blume in Deiner Nähe hast. Hast Du Zeit, so schreibe mir gelegentlich!

Hier die herzlichsten Grüße

Deines Georg.

Ich ließ diese Zeilen liegen, um auf Gelegenheit zum Absenden zu warten; habe daher das PS unter [dem Brief] der Mutter gelesen und [danke] aufs herzlichste dafür. –

1 Bischof Roß.

2 Marie-Joseph [genannt Eugène] Sue (1804–1857), französischer Schriftsteller. Ursprünglich Schiffsarzt, 1848 sozialrevolutionärer Abgeordneter der Nationalversammlung, mußte 1851 emigrieren. Sue schrieb Seefahrerromane und spannend geschriebene Sensationsromane. Außerdem verfaßte er sozialistische Manifeste. Der zehnbändige Roman »Les mystères de Paris« erschien 1842/43 (deutsch: »Die Geheimnisse von Paris«, 1843).

77.
Georg Weerth an Wilhelmine Weerth

Bradford, berühmt durch Yorkshire-Pudding,
23. Januar 1844

Liebe Mutter!

Herzlichen Dank für Deinen Brief! Für den ersten, den Du mir übers Meer zusandtest; hoffentlich folgen bald andere. Am besten schreibst Du über Hamburg, weil mir von da alles am schnellsten zukommen wird; es geht dann direkt nach Hull und hierher. – Das Porto bis nach der Grenze, bis nach Hamburg, mußt Du bezahlen, ich, oder vielmehr Herr Passavant, das Porto über die See. – Vom Rhein aus schreibt man gewöhnlich per London und R[otter]dam; da die Briefe von dort nach Detmold aber 11 Sgr. kosten, so ist es auch schon deshalb angenehmer für Dich, alles per Hamburg zu schicken und zu erhalten.

Wenn Frostwetter ist, so schreibe aber lieber per Rotterdam. Übrigens können wir erst über den besten Weg urteilen, wenn wir einige Briefe gewechselt haben. – Außer dem, was ich Dir schon über meine häuslichen Einrichtungen schrieb, weiß ich nichts mehr zu erzählen. Öffentliches Leben gibt es hier nicht; den Tag über ist man auf dem Comptoir; abends zu Hause. Dort sitzt man an seinem Kamine, läßt sich den Tee bringen, raucht keinen Tabak, weil er 12 sh[illing] per Pfund (4 Taler) kostet, liest die »Mysterien von Paris«, schwatzt bisweilen mit den blassen Töchtern der Frau Schnepfe und denkt, »bei Wein und Gesang im Vaterlande ist['s] doch im Grunde viel schöner!«. Sonntags, wo kein Mensch die Hand zur Arbeit erhebt, die Fabriken also auch nicht rauchen, heitert sich bisweilen der sonst stets trübe Himmel auf. Dann sieht man von dem Gipfel des Berges, auf dem der größte Teil der Stadt liegt, in ein herrliches grünes Tal hinunter, in dem Landhäuser, Parks, Weiden und Gärten in bunter Reihe durcheinander liegen. – Geht man drei Meilen weiter, so kommt man an den Fluß Aire, von waldigen Ufern umgeben, – hin und wieder schöne, neue gotische Kirchen, leider mit schlechtem Geläute, und nie fehlen die Parks der Reichen, in denen sich Herden von Damhirschen herumtreiben. – Im Sommer muß die Gegend ringsherum sehr schön sein. Schon jetzt nimmt sich alles durch den stets grünen Rasen viel lebendiger aus als in Deutschland um diese Jahreszeit. – Das ist das Land! Die Menschen, welche sich darin aufhalten, und davon gibt es genug, da die schon große Bevölkerung mit jedem Jahre aufs unglaublichste zunimmt (Bradford mit seinen 60 000 Einwohnern hat nur den Rang eines Dorfes). Ich sage, die Menschen, die Engländer, mit spitzen Nasen und noch spitzern Frackröcken, gefallen mir weniger. – Sie sind ernst, stumm, verschlossen; man hört keinen Gruß; alles treibt sich kalt aneinander vorüber – kein Gesang, kein Lied, nichts – die Engländer haben Poesie, aber keine Musik, – in Deutschland haben wir, Gott sei's gedankt, beides.

Die ganze Bevölkerung hält sich die Woche über an der angestrengtesten Arbeit und den Sonntag am eifrigsten Kirchenbesuch. Sie kennen nur Gebet und Arbeit, und selten gehen ihre Gedanken weiter. Nehme ich einige schöne Kirchen aus, so findet man keine Spur, daß je die Kunst mit all ihrem Zauber in die Herzen einzog. Politisch gesichert, steigt die materielle Macht durch Handel und Schiffahrt in England mit jedem Jahre. Es ist ein gewaltiges, kräftiges Volk; man muß sie bewundern und doch bedauern – denn: sie kennen keine Lust, keine Freude; – sie können nicht singen, nicht fröhlich sein. Der reichste, glücklichste Brite ist gegen einen armen Rheinländer nur ein Schlucker! –

Ich sprach früher davon, daß die Engländer in ihrem Lande eine ganz andre Nation seien, als sie uns auf dem Kontinent erschienen, und wurde darauf geführt, weil sie bei uns kalt und mißtrauisch sind und mich doch, auf meiner ersten Reise nach London, auf dem »Wilberforce«, mit so vieler Artigkeit behandelten. Ich hatte recht; gegen Fremde sind die Engländer stets zuvorkommend – ich finde das auch hier. Sehr bedauern muß ich nur, daß man hier, durch die anwesenden Deutschen, gerade keine gute Idee von unserm Volk bekommt. Es sind eben nur traurige Handelsgesellen, welche man hier als Deutsche antrifft; Leute, welche herüberkommen, um viel Geld zu verdienen; sie schämen sich, recht deutsch zu sein, und nehmen per force englische Sitten und Gebräuche an; – ich hasse das erschrecklich und gebe mir alle Mühe, ganz so einherzuwandeln wie weiland in Köln und Bonn. Lacht man auch ü[ber] meinen kleinen Mantel und ärgert sich darüber, daß ich Portwein aus großem Glase trinke, – es ist mir einerlei. Gott hat mich als Deutschen geschaffen, und nie hoffe ich, ein Engländer zu werden. – Eine Freude habe ich, – die drei Herren auf uns[erem] Comptoir, 2 Hamburger und der junge Passavant, – sind sehr liebenswürdige Leute.

Und so weiter, liebe Mutter. Den Brief an Wilhelm hast Du wohl die Güte zu besorgen. An Carl schreibe ich dieser Tage. Ferdinand schrieb ich direkt, wir stehen mit Berlin in genauer Verbindung, so daß ich stets einige Zeilen beilegen kann. – Grüße Cöllns und alle miteinander.

Leb recht wohl, sei heiter und fidel, das ist das beste.

Dein Dich sehr und sehr liebender Sohn

Georg.

78.

Wilhelmine Weerth an Georg Weerth

Detmold, 10. [11. und 13.]2.1844

»Vielleicht wirst Du erkennen, welche Liebe
Dich überall umgab und welchen Wert
Die Treue wahrer Freunde hat *und wie*
Die weite Welt die Nächsten nicht ersetzt.«[1]

Bei diesen Worten Goethes (Leonore dem Torquato Tasso) dachte ich Deiner, mein geliebter George, und Deines nahen Geburtstages, an welchem ich mich aufs innigste zu Dir versetzen werde, – seit sieben Jahren schon konnten wir ihn zwar nicht mehr miteinander begehen, doch verging keiner, den ich nicht im Geist mit Dir verlebte, und so wird mir auch diesmal Deine so viel weitre Entfernung von der Heimat darin keinen Abbruch tun, – ich lasse dann Deine ersten Lebensmomente, Deine früheste Jugend, Deine fernere körperliche und geistige Entwicklung an mir vorübergehn und danke dem Herrn des Lebens, daß er Dich unter so manchen Gefahren, die Dich schon früh bedrohten, erhielt und so den schmerzlichsten Traum, den ich einmal Deinetwegen – während Deiner Kinderjahre – hatte, zu Schanden machte; o, Du weißt es nicht, wieviele Tränen ich um Dich vergoß. – Nun, Du Sohn Deines Vaters, freue Dich Deiner Jugend und nütze sie gleich *ihm*, damit Du wie an äußrer Gestalt, so auch dem innern Gehalt nach ein Mann werdest gleich ihm, »schlicht und recht, gottesfürchtig und meidend das Böse« und wie an Jahren, so an Weisheit zunehmest, – *dazu* segne Dich Gott! – Schützend und segnend ist Er Dir gefolgt von Deiner Geburt an bis auf diesen Tag, und schon oft gedachte ich Deines tröstenden Zuspruchs an mich in jener kritischen Zeit, von Bonn aus: »Sei ruhig um mich, da oben ist ja Gott im Himmel, und ich bin Dein treuer Georg«. – Wohl ist Er Dir auch ein getreuer Gott gewesen, und *da*für wollen wir Ihm von ganzer Seele danken – wenngleich Dir Dein dortiges Sein nicht in allen Teilen zu gefallen scheint, was ich allerdings bei Deinem zweiten Briefe – den ich mit dem größten Vergnügen empfing – durchempfand, so wirst Du doch gewiß nicht, sowohl die gnädige Fügung von oben als auch die überwiegenden Vorteile in Deiner jetzigen Stellung verkennen, und ich bezweifle es auch keineswegs, daß Dir dieselbe nicht zu weitern Fortschritten dienlich werden sollte. Schon hoffe ich dies auch zunächst von Deinem Leben in Bradford, bei längerm Dortsein wirst Du, denke ich, noch Menschen finden, an die Du Dich anschließen kannst; ein Großes ist's schon, daß Dir die jungen Männer auf dem Comptoir so wohl gefallen, diesen wird es ja wieder ebenso wert sein, einen so liebenswürdigen Kollegen bekommen zu haben, und gewiß darauf denken, Dir Dein Dasein zu verschönern – gib nur acht, ich hoffe noch davon zu hören! Was den Naturgenuß betrifft, so ist es allerdings zu bedauern, daß sich Dir das schöne Albion nicht gleich zu Anfang im besten Licht zu zeigen vermag; aber nur noch wenige Wochen Geduld, und Dein Warten wird aufs herrlichste belohnt werden; Deine Schildrung der Gegend ist von der Art, daß man dies gewiß mit vollem Recht erwarten kann; grüne Wiesen haben sich uns hier diesen Winter auch mitunter gezeigt, doch waren sie jetzt seit geraumer Zeit mit Schnee bedeckt, und es wechselt unablässig mit Tauen und Frieren, weshalb die Fußwege für unsereins kaum zu passieren sind; seit Neujahr war ich erst ein einzigesmal vor der Türe, woran aber auch mein leidiges Zahnweh größtenteils die Schuld trägt; jetzt geht mir's aber wieder besser. Was soll man aber davon sagen – Auguste sogar war vor ein p[aar] Tagen in diesem Jahr zum ersten M[al] hier – auch sie war recht viel unwohl an Grippe, Mägdeärger und dgl., man krankt hier diesen Winter aber allgemein, schon seit Monaten liegen auch zwei der Gymnasiallehrer lahm, Schierenberg – der an einem organischen Fehler im Kopf grausam gelitten hat – und Reize [?]; Steinhagen desgl[eichen] viele Wochen; Cölln gibt nun deshalb den Religionsunterricht, und Carls Stunden sind auch vermehrt, – diese beiden sind Gott sei Dank gesund, auch Wilhelm, der indes durch seine häufigen schrecklichen Touren manche Erkält[un]g davonträgt. Ich erwarte ein Br[ie]fch[en] von ihm an Dich, wo er Dir seine wirkl[iche] Bestallung in Blomb[er]g mitteilen wird. Es ist dies allerdings schon sehr erwünscht, da ihm dieser Doppelposten doch ca. 400 Rtl. einbringen wird, dagegen der jetzige – zu Geld gerechnet – nur 250 Rtl. beträgt und – sich außerdem die Hoffnung daran knüpft, – da es eine Wahlstelle ist – daß er, wenn der bereits 79–80jährige Pastor Neuburg nach menschl[ichen] Ansichten bald mit Tode abgeht, vielleicht eher zu einer Pfarre kommt, wie sonst zu erwarten steht; freilich würde er dann *nicht* gewählt, so bliebe ihm *nur* die Rektorstelle, doch ist ersteres sehr wahrscheinlich; jedenfalls ist hier kein solches Risiko wie das bei der Schöttmarer Gehülfen-Stelle der Fall war. Von Ferdinand hatte ich auch gute Nachrichten, er war sehr erfreut, auch von *Dir* gehört zu haben, beglücke ihn doch ja, sooft es geht – er bedarf's, von den Seinigen mitunter einen Zuspruch zu erhalten. – Der Onkel ist am Neujahrsmorgen von s[einen] rheinischen Kindern Fritz und Louise überrascht worden; ein Beweis, daß letztre sich doch wieder erholt haben muß. Des Alten Freude war unbeschreibl[ich] gewesen – wie man sich leicht denken kann, es war ihm nur briefl[ich] ohne alle nähere Bestimmung ein Besuch vom Rhein angekündigt, wie er nun m[or]g[en]s aus der Kirche kommt, sitzen die beiden im Sofa. – Ferd. war eben da und Zeuge des schönen Auftritts gewesen; ein Faullax ist er indes bei alledem, W[ilhelm] hat doch bis zur Stunde keine Zeile von ihm erhalten – er will ihm jetzt schr[ei]ben, daß er sich nicht mehr für ihn zu bemühen hätte. –

Sonntag, den 11.: Was ist der Mensch! Da schrieb ich Dir gestern von dem Kranksein dreier Lehrer, und niemand ahnte es, daß heute schon einer der *Nicht*kranken nicht mehr sein würde. – Heut morgen um 11 Uhr rührt Falkmann der Schlag; seine beiden Söhne sind in der Kirche – kein Arzt zu finden – die Tochter, die arme Emma nur mit einer Magd allein bei dem sterbenden Vater – als endlich der Hofrat kommt – findet er ihn schon ohne Leben – es war wahrhaft fürchterlich, vorzügl[ich] für das arme Mädchen; indes hat dies Ereignis eine *allgemeine* Sensation erregt, Carl ist auch ungeheuer davon ergriffen; die Verlegenh[ei]t wegen der Schule ist für den Augenblick auch nicht gering, und es kann nicht fehlen, daß es beim besten Willen der noch fungierenden Lehrer doch sehr übeln Einfluß auf die Schüler haben muß, denn jene können sich doch nicht verdoppeln oder gar verdreifachen, mich soll's überhaupt wundern, wie die Scholarchaten die ganze Geschichte handhaben werden, es *muß* manches anders werden, wenn die Leute nicht erliegen sollen, – sie sehen dies jetzt auch wohl ein und geben hie und da Gratifikation oder Zulage, um den gesunkenen Mut zu heben, *nun* muß es aber noch anders kommen.

Den 13.: Soeben erhalte ich von Wilh. die Nachricht, daß er in den letzten Tagen der vorigen Woche *unmögl[ich]* habe schr[ei]ben können, jetzt würde mein Brf. wohl fort sein – und ich wartete noch in Hoff[nun]g mit der Absend[un]g d[esselben], da ein Brf. von *ihm* Dir doch gewiß vorzügl[ich] lieb gewesen wäre, nun bedaure ich die Verspätung doppelt. Von Carl den herzlichsten Gr[u]ß, schreib ihm doch ja einmal. Sage mir doch in dem Nächsten, ob Du noch nicht nach Köln wegen Zwetschen geschrieben hattest, ich richte mich mit dem *Hier*kaufen darnach – vergiß es nicht! Einl[iegenden] Leichtfittig umgibst Du wohl mit einer schützenden Hülle! Diese Beschränk[un]g des Raumes geschah auch nur wegen Whs. zu erwartendem Brief.

N[ach]s[chrift]. Berthold ist – nachdem er sich schon länger kaum mehr in Bewegung halten konnte – diese Woche nun auch zu Hause geblieben – eine nie erhörte Geschichte – man möchte bald bange werden! Schierenb[er]g ist gestern dagegen zuerst wieder gekommen, aber wie ein Gespenst zum wahren Schrecken für Carl und die Schüler – im Schlafrock und Mantel vermummt – gewiß wird *der* auch noch nicht vorhalten. Carl ist jetzt der Mittelpunkt aller Beratungen und Tröstungen – der arme D. [?] Reize glaubte steif und fest, die Schwindsucht zu haben, und machte durch Carl seine Einrichtungen und Dispositionen wegen s[einer] Frau und Kinder – kurz: er ist jetzt ein vielgeplagter Mensch. Erhalte ihn der liebe Gott gesund. – So wie das auch von *Dir* wünscht Dich Deine aufs innigste ans Herz schließende

Mutter.

1 Torquato Tasso (IV. Akt, 2. Auftritt).

79.

Georg Weerth an Wilhelmine Weerth

Bradford/Yorks[hire], 23. Februar 1843

Liebe Mutter!

Man sieht, Du bist noch eine ganz junge Frau! Auf Deinem Siegel steht ein Blumenstrauß, und die Leonore hält zu Deinem Briefe die Vorrede! – Den herzlichsten Dank für Deine Glückwünsche. Träume lieber nicht mehr; es ist nicht gut, etwas über die nächsten Tage hinaus zu wissen; – und mit den Ahnungen ist es auch schlimm. Am besten ist es, sich an der Gegenwart zu halten; die führt unsre Freuden und Leiden mit sich! Die Gegenwart gehört dem Menschen wie das Vergangene den Toten und die Zukunft den Göttern!

Die Zwetschen habe ich in Köln *nicht* bestellt! An Carl begleite ich Dir einliegenden Brief, mit dem Wunsche, daß er ihn gesund und wohl antreffen möge. – Seine Arbeiten werden freilich jetzt immer größer werden, und eine Antwort erwarte ich nicht von ihm. Du bist daher wohl so gütig, mir immer von ihm zu erzählen; von den Rosenpflanzungen, den Akazienbäumen, den Tieren der Wildnis und seinen sonstigen Liebhabereien.

Über Wilhelms andere Stelle habe ich mich ebenso gefreut, wie ich mich über die Faulheit des teuern Onkel Roß ärgere. Meiner Meinung nach hat Wilhelm recht gehabt, darauf einzugehen. Es ist die größeste Lumperei, in seinem Alter noch von so vielen Seiten gedrückt zu werden, – und dies wird doch in Blomberg ziemlich wegfallen. – Beiläufig gesagt, hole die Senne der Kuckuck; wenn ich in der jeden Tag herumlaufen sollte, ich wäre auch leidermütig dabei geworden. –

Das Land Yorkshire ist übrigens jetzt nicht weniger öde und tot als die

Senne, denn ein fürchterlicher Schnee stöbert seit gestern abend an den Bergen hinunter. Ich sollte heute eigentlich nach Stalybridge fahren, da mich Fräulein Ida und die jugendliche Cheetham schon vor einem Monat zu einem Ball einluden, der dort im Hause gegeben wird. Leider mußte ich darauf verzichten, da wir gar zu viel zu tun haben; ich konnte freilich gehen, es stand bei mir, – denn jeder ist hierzulande sein eigner Herr! Beiläufig gesagt ist es mir auch lieber, die beiden schönen Mädchen gelegentlich an einem Sonntag allein zu sehen als heute auf einem steifen Ball.

Neulich schrieb ich Dir, daß ich bei einer Frau Woodcock eingezogen wäre, deren Familie mich weidlich mit dem Singen der Episkopalgesänge plagte. Das ließ ich mir noch gefallen; als die fromme Schnepfe aber anfing, mich ganz erbärmlich viel bezahlen zu lassen und von ihrem Wort, mich per Monat für £ 5.– bedienen zu wollen, gar nichts zu wissen vorgab, da verließ ich sie schleunig, indem ich einem schrecklich häßlichen Engel von Holz, der auf der Hausflur stand, vorher noch mit der Kerze die Nase abbrannte. – Jetzt wohne ich bei einer Frau Wood, für obigen Preis, und zwar so herrlich, daß ich froh genug bin, mein altes Quartier im Rücken zu haben. Frau Wood ist Baptistin – sie ist schön, sie kocht gut, ist sehr aufmerksam; – ihr Mann ist ein Bär, den ich noch nicht sah. Sie ist eine Schottländerin und erst seit ein paar Monaten hier im Lande. – Die Schnepfengeschichte machte einen merklichen Riß in meinen Beutel, andre Dinge kamen noch hinzu, die ich nicht erwartete, und so sind leider die Ersparnisse der beiden ersten Monate davongeflogen. Da ich aber jetzt ganz eingewohnt und mit allem bekannt bin, so wird es damit in der Folge keine Not haben. Du sollst nächstens den Beweis haben. –

Ich mache diesen Brief etwas kleiner; – da wir aber jetzt 4mal per Woche über Hamburg schreiben, so habe ich immer Gelegenheit, etwas an Dich beizulegen. – Den Brief an Ida Escher habe ich besorgt. Schreibe künftig nicht wieder so fein; Du verdirbst Dir die Augen; Dir kostet das Porto nur 4 Sgr., mir nichts. –

Herzliche Grüße an alle miteinander!

Leb wohl, liebe Mutter!

Dein Georg.

80.

Wilhelm Weerth an Georg Weerth

Oerlinghausen, den 26.2.1844

Lieber Georg!

Vor ein paar Wochen wurde ich von der Mutter aufgefordert, Dir zu schreiben, aber leider hatte ich gerade keine Zeit, weil ich mehre Gänge in die Gemeinde zu machen hatte. Nun kömmt es mir gelegen, daß Cölln an Dich schreiben will. Er hätte fast Deinen Brief nicht erhalten, indem Du ihn Heinrich und nicht, wie sich's gehört, Louis genannt hattest.

Vielleicht hast Du schon von der Mutter die Nachricht erhalten, daß ich meinen jetzigen Posten verlassen und Ostern gen Blomberg wandern werde. Auf die vakante Stelle in Horn war nämlich Brockhausen gekommen, der frühere Rektor in Blomberg. Da man mir, wie ich Dir schrieb, von Konsistorial wegen keine Zulage geben wollte und ich keine Lust hatte, sie von Volkhausen anzunehmen, so meldete ich mich zu dieser Stelle und erhielt sie. Freilich ist mir nicht viel daran gelegen, wieder zu schulmeistern – aber was ist zu tun – der Mensch will doch leben. – Als Rektor bekomme ich ungefähr 250 Rtl., außerdem dafür, daß ich die Geschäfte des ersten Predigers versehe, 100 Rtl. und mit Privatstunden 50, so daß ich im ganzen 400 Rtl. habe, womit ich in Blomberg gut auskommen kann und vielleicht auch noch einige Schulden abzutragen vermag. Die Arbeit ist freilich enorm – doch hoffe ich, ihrer Meister zu werden, wenn ich gesund bleibe, und damit tröste ich mich, vielleicht dauert sie nicht gar lange. In B. sind nämlich beide Pfarrstellen Wahlstellen, und der Pastor Neuburg, dem ich adjungiert werde (der Großvater des jungen Böhmer), ist 78, der andre, Arnold, 68 Jahre alt, so daß ich ziemliche Hoffnung habe, dort gewählt zu werden. Du kannst Apollo wohl mitteilen, daß er recht bald mir seine Geschosse auf Blomberg abschießt. Ein heidnischer Wunsch! – Es soll mich mal wundern, was der Onkel Roß schreibt – d.h. wenn er überhaupt Faulheit halben noch schreiben kann – denn bis jetzt habe ich noch keinen Brief von ihm erhalten. Ich habe ihm der Wahrheit gemäß geschrieben – da ich aus seinem Schweigen entnähme, daß er mir nicht helfen könne – so hätte ich geglaubt, mir selbst helfen zu müssen, um ein ehrlicher Mensch bleiben zu können. – Von Ferdinand habe ich lange nichts gehört, vielleicht weißt Du mehr als ich. Solltest Du ihm mal helfen können, so bin ich überzeugt, wirst Du den günstigen Augenblick nicht fahren lassen. Vorerst sitzt er da freilich ganz warm, aber für seine weitre Ausbildung und Fortkommen möchte es auch wohl gut, vielleicht notwendig sein, wenn er Sprachen, Völker und Sitten kennenlernte. Du weißt, die Berliner Sprache ist nicht viel wert. Ich habe auch an Paul von Scherff, der in Luxemburg durch seine Frau Konnexionen hat, wegen Ferdinands geschrieben – doch mache ich mir wenig Hoffnung. –

Dir scheint das englische Volk und Leben doch bei genaurer Betrachtung nicht so recht zu gefallen wie anfangs, wo Du einzelne liebenswürdige Familien kennengelernt hattest; und kannst um so viel mehr von Glück sagen, daß Du wenigstens nette Leute an Deinen Kollegen und Prinzipal hast. Die Lage Deiner Arbeitsstunden ist ganz vortrefflich von 10–5; (ich wollte, ich hätte sie auch so, aber da heißt es ganz anders von 8–11 und dann wieder von 1–3 oder 4), und macht es Dir möglich, viel für Dich zu arbeiten – und zu träumen – eine herrliche Beschäftigung! Dein Wunsch, gen Italien zu ziehen, ist nicht übel – hätt' ich Flügel, hätt' ich Schwingen, ich zöge mit – aber leider bin ich ein glaebae adscriptus, auf deutsch ein an die Stelle Klebender. Doch würde ich auf jeden Fall an Deiner Stelle so lange in Bradford oder England ausharren, bis ich der Sprache vollkommen mächtig wäre und mir auch, wenn's möglich, eine kleine Summe rendiert hätte, um nicht wieder in Kölnsche Nöte zu kommen. Von Italien, denke ich mir, laß uns mal phantasieren – geht's dann nach Spanien – und dann als fertiger Engländer, Deutscher, Franzose, Spanier in die weite Welt, um ein Millionär zu werden. Natürlich jedes Städtchen ein neues Mädchen. Ac vocem – verzeih mir dies unanständige Wort: Mädchen, fällt mir Ida Escher ein. Du hast ganz recht, eine liebenswürdige, verständige Gouvernante – weiter nichts – gut in der Unterhaltung – aber nicht zum Küssen. Ihre Schwester Auguste war eine längre Zeit in einer nervösen Aufregung, so daß sie bald lachte, bald weinte – und Cölln mir von Herzen leid tat. Es soll jetzt etwas besser sein – denn [...?] sich auch mal wieder von seiner Stube, die sie ihm etwas zudringlicherweise abgezwackt hatte. Er steht, ohne es zu wissen, unterm Pantoffel. Ich wollte, er gäbe sie mir mal ein paar Wochen unters Kommando, denn ich ritte sie ihm mürbe oder wollte nicht Wilhelm heißen. Er geht zu ameisig damit um. Lottchen geht's gut, aber das verdammte Suckeln kann sie nicht lassen. Carl beschäftigt sich viel mit Abtragen seiner Schulden. Vielleicht verändert sich seine Stellung bald in etwa. Der Rat Falkmann ist nämlich – wenn Du's noch nicht wissen solltest – vor einigen Wochen am Schlage gestorben, was im Gymnasium große Revolutionen hervorbringen wird. Wahrscheinlich würde Schierenberg (der Dich sehr in amitii geschlossen hat) Direktor, wenn er gesund wäre – aber leider ist er noch immer an seinem Ohr übel krank, und man befürchtet, daß dies Übel in einem Krebs besteht; sollte dies der Fall sein, so ist er unrettbar verloren. – Gib acht, Althaus bringt seinen Jungen bei dieser Affäre unter – was keinem, außer der Familie

Althaus, lieb sein wird, etwa so, daß Carl ganz ans Gymnasium und Theodor ans Seminar kömmt. – Der Fürst hat der Emma und Leopold Falkmann die 300 Rtl. Pension, welche der Alte bezog, so gelassen, daß die erste von Leopold 100 erhält. So bekommt L. Falkmann eher eine Pension als Gehalt, ich eher eine Witwe als eine Frau. Ich habe nämlich in Blomberg eine eigne Wohnung und werde die Witwe des Küster Becker, die Schwester Ulrichs, ins Haus nehmen zur Aufwärterin.

Es tut mir recht leid, daß Du den Pastor Steinkopf nicht getroffen hast. Solltest Du ihm mal grade Gelegenheit haben, zu schreiben, so frag ihn mal, ob wohl ein ordinierter Kandidat, der 4 Jahre Lehrer an einer öffentlichen Schule und 1 1/2 Jahre Gehülfe an einer Gemeinde von 10 000 Seelen gewesen, überdies mit ganz vorzüglichen Zeugnissen versehen wäre, in England eine angesehene Beschäftigung finden könne, d.h. als reformierter Geistlicher.

Die Mutter hat in diesen Tagen die Grippe gehabt – sonst geht's ihr gut – Kemper habe ich wegen der 10 Rtl. geschrieben; er antwortete, binnen 6 Wochen wolle er sie schicken – doch habe ich noch nichts erhalten. Krügers Frau ist, wie man mir sagt, in Detmold gekündigt – nun kann er mit dem alten Fall weiter marschieren. Für den Hermann[1] sind jetzt 37 500 Rtl. zusammen, Du darfst deshalb noch immer einige 1000 schicken.

Wie Du siehst, bemühe ich mich, Dir so viel wie möglich mitzuteilen. Doch nun ist meine Wissenschaft am Ende. Solltest Du mir schreiben wollen, so findet mich Dein Brief vom 14.4 [ab] in Blomberg. Wie immer

Dein treuer Bruder W.

1 Hermannsdenkmal, von Ernst von Bandel gebaut; erste Entwürfe stammen aus der Zeit um 1830; 1848 war der Unterbau fertig; 1875 wurde das Denkmal eingeweiht.

81.

Georg Weerth an Wilhelmine Weerth

Bradf[ord]/Yorks[hire], 8. April 1844
per Einschluß nach Hamburg

Liebe Mutter!

Ich habe lange nichts von Dir gehört. – Von hier wußte ich auch wenig zu erzählen und wartete daher noch immer mit dem Schreiben. – Da aber die Einlage an die edle Rose schon seit 14 Tagen in meinen Händen ist, so muß ich sie heute wohl an ihre schöne Empfängerin abgehen lassen. – Du bist so gütig, sie zu besorgen. – Von Ferdinand hatte ich dieser Tage einen sehr heitern Brief. Du wirst schon ein weiteres von ihm wissen. – In Bonn ist Ohm Jacob gestorben und hinterläßt den 4 Geschwistern 100 000 Taler. Die Frau Gruber schrieb mir neulich darüber und meldete zu gleicher Zeit, daß ihre Mutter, Frau Peill, diesen Sommer nach England käme. – Die Erbschaft scheint die alte Frau sehr munter zu machen. – Erben wir etwas, besuchst Du mich gleichfalls. –

Ich befinde mich sehr wohl – verlasse aber morgen meine Schottin, um mit dem Chef uns[eres] Hauses, Herrn Preller, in ein Logis zu ziehen, – er ist ein sehr lieber Gesell, der mich gern leiden mag. – Ich liebe ihn auch und ziehe gern zu ihm, da ich das Allein-Essen und -Trinken nicht mehr aushalten kann. – Hoffentlich höre ich bald von Dir. – Püttmann wird Dir dieser Tage 50 Taler für mich schicken – danke, danke, danke, danke!

In einigen Tagen mehr, wenn ich an den Oerlinghauser Tölke zu schreiben habe. Hoffentlich geht es Euch allen wohl. –

Herzl[iche] Grüße

Deines Georg.

82.

Wilhelmine und Wilhelm Weerth an Georg Weerth (Auszug)

Detmold, am 2. Ostert[age (= 8.4.) und 10.4.] 1844

[Die Mutter schreibt, daß Ferdinand in Berlin eine neue Stelle habe. Er sei bei der Firma Lampson und Opdenhoff als Kommis und Reisender engagiert. Im weiteren heißt es:]

Von diesen schönen Sachen weiter zu reden: so habe ich neulich denn auch Deine »Englischen Reisen«[1] gelesen; ich möchte wohl wissen, ob Du mit diesen so viel Glück am Rhein machst wie mit der »Von Köln nach London«? *Mir* wenigstens hat die letztere besser gefallen; Carl fand sich von der reellen Beleuchtung am Weihnachtsabend besonders angezogen. *Tadeln* mußte ich Deine Äußerung bei Auffindung der Bibel im Gasthause sowie das Zitat aus derselben bei Erblickung »des ungl[ücklichen] Deutschen«.[2] Jede profane Anwendung einer mitten aus dem Zusammenhang geriss'nen Bibelstelle ist sträflicher Mißbrauch des dem Christen heiligen Buches; es geschieht so oft und meist unbedacht, entschuldigt's dadurch aber nicht. Tu *Du* es, ich bitte Dich, in Zukunft *nicht* mehr!

Der Frau Woodcock Benehmen wäre allerdings in hohem Grade zu tadeln, wenn sich's völlig so verhält, wie Du es glaubtest, daß es sei; lieber möchte ich zu ihrer Ehrenrettung vermuten, Ihr hättet Euch gleich anfangs gegenseitig in ihrer Sprache nicht recht begriffen, – *wie* dem aber sei; es ist gut, daß Du so bald ein ebenso gutes und dabei billigeres Logis fandest. Aber warum nun der Mann ein Bär – den Du doch noch nicht gesehn? – Schlossest Du dies etwa nach dem Sinn des Gehörs? – Was Deine Geldangelegenheiten anbelangt, so gilt *das*, was ich Dir *hier* darüber sagte, auch *noch*; sei erst mit andern im klaren. – Immer schon habe ich Dich fragen wollen, wie es sich doch mit Deinen schon vor Deiner Abreise verschickten Effekten gemacht hat, wahrscheinlich wird Dir deren Wiedererlangung hoch zu stehen gekommen sein? [...]

[Am Schluß des Briefes stehen einige Zeilen von Wilhelm. Dort heißt es:]

Höchst wahrscheinlich wirst Du, lieber Georg, meinen Brief per Tölke erhalten haben und so mit meinen Affären bekannt sein. Gestern habe ich Oerlinghausen verlassen und zugleich hier in Detmold das Vergnügen gehabt, den Herrn Opdenhoff, einen alten Berliner Bekannten, bei dessen Schwager Ferdinand jetzt ist, zu sehen. Er versicherte mir, daß Ferd. sowohl als Comptoirist wie auch als Reisender Gelegenheit habe, viel zu lernen. Die Sache scheint mir sehr und wünsche ich Ferd. nichts weiter, als Gott verdopple seine Gage. Am Sonntag über acht Tage werde ich meine Ämter in

B[lomberg] antreten und will nur wünschen, daß diese Quälerei nicht zu lange dauert, sondern mich bald durch einen sanftseligen Tod davon befreit, d.h. was anbelangt den Pastor Neuburg. In der Bibel steht ja, das menschliche Leben währet 70, wenn's hoch kommt 80, und er ist 79 Jahre alt. Deine Reisebeschreibung in der »Kölner«, vorzüglich der Schluß, hat mir viel Freude gemacht, [noch] größer würde sie jedoch sein, wenn ich bald einmal [etw]as von Dir selbst erhielte.

Dein Wilhelm.

[Es folgt noch ein Gruß der Mutter.]

1 Die Feuilletonserie »Englische Reisen« erschien in der »Kölnischen Zeitung« in 7 Kapiteln (20., 21., 22. März, 23., 24. Mai, 4. und 25. August 1844). Die Einzelüberschriften lauten: I. Londoner Nebel. II. Ein unglücklicher Deutscher. III. Eine Fabrikstadt. IV. Weihnachtsfest in den Yorkshire-Bergen. V. Eine fromme Familie. VI. Ein Jahrmarkt in Yorkshire. VII. Die Fabrikarbeiter.

2 Überschrift des 2. Teils der »Englischen Reisen«.

83.

Georg Weerth an Wilhelmine Weerth

Bradford/Yorksh[ire], 19. April 1844

Liebe Mutter!

Dein Brief vom 2. Ostertage hat seinen Weg richtig hierher gefunden; – meinen herzlichen Dank dafür! – Seitdem wirst Du einen Zettel von mir erhalten haben, – der einen Beischluß an die Rose in Detmold enthielt. –

Von Ferdinand hörte ich s[eine]r Z[ei]t schon, daß er von Herrn Ermeler zärtlichen Abschied genommen hat und am 14. d[iese]s [Monats] gen Leipzig auf die Messe ziehen wollte. – Du kannst denken, wie ich mich darüber freute. Ich halte diese neue Stelle von der größten Wichtigkeit für ihn, und bringt sie auch noch wenig ein, so kann man ihm dennoch gratulieren. – Jetzt, im eigentlich lebendigen Geschäft, wird er seine Fähigkeiten besser geltend machen können; – zum Comptoir-Arbeiter ist er überhaupt weniger geschaffen, und das ist auch recht gut, – denn solche Leute kommen selten sehr weit, und es gibt davon wie Sand am Meere so viel! Wir, Ferdinand und ich, haben uns bereits mehrere Male geschrieben.

Mit mir sind auch einige kleine Veränderungen, und zwar zum Guten, vorgefallen. – Neulich sagte ich Dir, glaube ich, schon, daß ich jetzt mit uns[erem] Herr[n] Preller zusammen wohne. Er ist ein sehr liebenswürdiger Mann, und ich brauche nun doch nicht mehr, was mir schauderhaft war, allein zu essen und zu trinken. – Da auch noch ein anderer Hamburger im Hause bei Frau Fairbank wohnt (so heißt die kleine verrückte Engländerin), so kann die Frau auch nun ein besseres Essen machen, und erfreuen wir uns eines höchst feinen Diners jetzunder. – Das Essen und Trinken ist hier Hauptsache.

Die zweite gute Veränderung verdanke ich der königlichen Post, die nämlich von jetzt an die Briefe nur bis abends 6 Uhr annimmt, statt früher bis 11 Uhr nachts. –

Früher arbeiteten wir fast regelmäßig bis 10–11 Uhr, und es war niederträchtig! – Wir mußten, vom Ersten bis zum Letzten, der furchtbar großen Arbeit wegen. Dies hat nun aufgehört. Seit voriger Woche beginnen wir um 9 Uhr morgens und arbeiten durch bis 6 Uhr abends, indem wir um 1 Uhr ein kleines Frühstück auf dem Comptoir vertilgen. Um 6 Uhr abends essen wir darauf zu Mittag und halten unsern Tee sehr feierlich um 9 Uhr. – Alles dies ist sehr vortrefflich.

Daß Du so in lauter Blüten auf Deinem Balkon sitzest, ist gar nicht ohne – hier sind keine Blumen, ich weiß nicht weshalb, und Frau Passavant in Manchester schien uns dafür entschädigen zu wollen, indem sie uns vor einigen Tagen sämtlich zu einem Ball einlud, auf dem 36 junge Mädchen aus Manchester zugegen sind. – Da ich indes im nächsten Monat jedenfalls Grubers und die in Stalybridge besuchen muß und eine Tour nach Manchester wenigstens £ 4.– Sterl[ing] (26 T.) kostet, also nicht oft gemacht werden darf, so habe ich diese Ballgeschichte ebenfalls ausgeschlagen und gräme mich gerade nicht sehr darum. – Vorige Woche habe ich übrigens auch genug Spaß verdauen müssen, – einer uns[erer] Kollegen ging nach New York, und man gab ihm 4 Mittagessen und drei Frühstücke – und dies heißt etwas in England!

In der engl[ischen] Kirche war ich mehrere Male, neulich auch bei den Baptisten, wo gerade 8 junge Mädchen, von 16–20 Jahren alt, getauft wurden – sehr interessant. – Mit der Religiosität habe ich hier schon viel zu schaffen gehabt und denke bald einiges davon mitzuteilen. –

Die vielen Neuigkeiten aus Detmold sind denn freilich sehr sonderbarlich. Wenn Cruel dort ist, so muß Carl ihn ja, mir zuliebe, einmal recht einladen und ihm viel Wein zu trinken geben – mir zuliebe recht viel weißen Wein! Wilhelm grüße herzl[ich] von mir – ich schreibe ihm in ein paar Tagen und gebe ihm meinen Segen nach Blomberg, der Blume, mit. –

Es ist half past six – d.h. halb sieben – ich muß also schließen, damit diese Zeilen noch morgen abend auf dem Dampfer »Queen of Scotland« zu Dir hinüberschwanken. – Zudem bläst mein Magen, wie Wilhelm sagt, eine Reisenote. –

Deshalb für heute ein herzliches Lebewohl!

Bald mehr von

Deinem Georg.

Schreib mir doch, was Du für Porto für einen Brief wie diesen zahlen mußt.

84.
Hermann Püttmann an Georg Weerth[1]

Köln, 24. April 1844

Lieber Georg!

Deine letzten Briefe haben mein großmütterliches Herz beruhigt; ich ersehe aus ihnen mit Vergnügen, daß Du Deine gemütliche deutsche Laune im englischen Kohlendampfe nicht eingebüßt hast. Für die eingesandten Manuskripte meinen Dank; ich habe sie gleich am folgenden Tage im Feuilleton abdrucken lassen,[2] und das hiesige Publikum ist hocherfreut darob geworden. Wenn Du ähnliche Skizzen geschrieben hast, so schicke sie nur baldmöglichst hierher, die »K[ölnische] Z[eitung]« wird sich mit ihnen schmücken, und Du verdienst ein hübsches Honorar. Ad vocem Honorar, so habe ich Deinen Auftrag, das Geld an Deine Mutter zu schicken, noch nicht erfüllen können. Die Schuld liegt an *mir* – nächstens Genaueres. Du darfst übrigens ganz ruhig sein. Deinen Wunsch, die »Köln. Ztg.« zu beziehen, können wir von hier aus nicht befriedigen; Du mußt das *Antwerpner* Haus ermächtigen, im *nächsten* Quartal die Zeitung auf der belgischen Post zu bestellen. Nur auf diese Weise kann sie bezogen werden. Ich hoffe übrigens, in einigen Wochen einem nach London reisenden Kölner ein Pack Zeitungen etc. für Dich mitgeben zu können – Neues und Gutes ist hier eben nicht vorgefallen – der Frühling ist sehr heiter – mein Herz dagegen wie immer sehr trübselig. –

Schreibe mir doch einen Aufsatz über das Leben der armen Fabrikarbeiter – treu und wahr mit natürlichen Farben;[3] so was fördert die sozialistischen Ideen in Deutschland. –

Wenn ich weniger verdrießlich wäre, würde ich Dir mehr und Lustigeres schreiben, nun aber mag ich nur noch hinzufügen, daß Du mir lieb wie immer bist und stets bleiben wirst. Meine gute Frau läßt grüßen. Der kleinste Sprößling heißt Karl und nicht Sebastian; getauft ist er aber noch nicht, und soll es auch mit meinem Willen nicht werden.

Dein Püttmann.

1 Dieser Brief ist erhalten als Abschrift in den Akten des Landgerichts Aachen I/7 (Hauptstaatsarchiv Düsseldorf). Die Abschrift enthält die Vermerke: »Pro Justitia« und »Copie légale Nr. 3312/55«. Weerth war am 4. April 1847 im Palais de Justice in Brüssel vernommen worden. Dazu war es folgendermaßen gekommen: Bei dem Versuch, die ersten sieben Nummern der »Deutschen-Brüsseler-Zeitung« in einer Anzahl von 500–800 Exemplaren nach Deutschland zu schmuggeln, wurde am 4. Februar 1847 der Brüsseler Buchhändler Carl Georg Vogler im Kölner Hauptbahnhof verhaftet. In Aachen wurde er dann zusätzlich beschuldigt, den Druck des »Albums« befördert zu haben. In diesem Zusammenhang wurde auch Weerth auf Ersuchen des Landgerichts Aachen vorgeladen, weil er im Verdacht stand, etwas über die Verlagsgeschichte im Zusammenhang mit dem »Album« zu wissen. Bei dieser Vernehmung legte Weerth zwei Briefe von Hermann Püttmann vor, um beider Identität zu belegen. Vogler wurde schließlich zu 2 Wochen Haft verurteilt. Es ist sehr wahrscheinlich, daß Vogler (zusammen mit den Brüdern Küthmann aus Bremen) das »Album« verlegt hat, das in Borna gedruckt wurde. Vgl. dazu B. Andréas, J. Grandjonc, H. Pelger, Studie und Anmerkungen zum Faksimile der Deutschen-Brüsseler-Zeitung. Brüssel 1981. Erhellend auch: Bernd Füllner, Georg Weerth – Dichter und Politiker 1840 bis 1856. Ein Überblick über die Verbreitung der zu Weerths Lebzeiten gedruckten Werke. In: Lippische Mitteilungen aus Geschichte und Landeskunde (Detmold) 51, S. 129–164.
Die Zeugenaussage Weerths hat folgenden Wortlaut:
»Au mois d'avril de l'année dernière je me trouvais en Angleterre à Bradford; pendant mon séjour dans cette ville, j'ai reçu d'un Mr. Puttmann qui figure comme *éditeur* de l'*album* dont il s'agit, et qui était alors en Suisse à Kreuzlingen, une lettre (celle que je vous remets qui porte la date du 17 avril 1846, le timbre de poste de Bruxelles du 21 avril 1846 et celle de Londres du 24 avril) dans laquelle il dit entr'autres; / *in D....* / *en allegemagne le second volume du livre bourgeois (burgerbuch) est presque épuisé on a commencé aussi l'impression du livre de chansons. Je te remercie pour ce que tu as contribué.* Ce livre de chansons est *l'album orignalpoesien,* dans lequel se trouvent quelques envoyes unes de mes poesies que j'avais envoyes antérieurement à la dite lettre, à Mr. Puttmann, directment sans employer aucunement l'intervention de Mr. Vogler.
Je connais antérieurement ce Mr. Vogler parce qu'il a quelque fois envoyé pour moi en Allemagne des livres ou des journaux mais jamais il n'a été changé, je le répète de transmettre pour moi ni des volumes des dites poesies, ni d'en soigner l'impression. [...]« (Landgericht Aachen I/7.)

2 Püttmann war zu der Zeit Feuilletonchef der KZ (bis 1.12.1844). Er veröffentlichte in den Jahren 1843 bis 1844 mehrere Beiträge Weerths. 1844 erschien dort die Feuilletonserie »Englische Reisen«.

3 Der 7. Teil handelte über die »Fabrikarbeiter« (KZ vom 25. August 1844).

85.

Georg Weerth an Wilhelmine Weerth

Bradford/Yorksh[ire], 22. Mai 1844

Liebe Mutter!

Ich weiß wahrhaftig nicht, wer von uns beiden zuletzt geschrieben hat. Du oder ich. – Genug – soviel weiß ich – ich liebe Dich und hoffe, daß es Dir unter Deinen Myrtenbäumen, Geranien und Tauben höchst wohl und heiter geht. – Der Frühling, dieser liebenswürdige Jüngling, läuft auch hier im Lande herum und ergötzt die vielen armen Seelen durch frisches Grün und Sonnenschein. Unsre Berge sind prächtig, und fast vergißt man, daß man in fremdem Lande ist. Aber die Sehnsucht, die alte, verfluchte Sehnsucht stellt sich doch immer wieder ein, und »O Rhein, o Rhein, du Geliebter mein!«, so summt es den ganzen Tag im Kopfe herum, – und man wünscht, daß man zur Stunde ein Peter Schlemihl[1] sein könnte, um zurück in die Heimat zu springen. – »Aber, mein Herr, das geht nicht, und ich bitte Sie, verhalten Sie sich ruhig, – trinken Sie ein Glas Portwein, und machen Sie nicht so leidenschaftliche Bewegungen!« So spricht mein lieber Hausgenosse, Herr Preller – und – ich bin gleich ruhig und sehe ein, daß der Mann recht hat, und trinke Portwein und befinde mich sehr wohl dabei. –

Ich sage Dir, Mutter, ich habe rote Backen wie ein junges Mädchen, – das Land Yorkshire bekommt mir fürtrefflich – gesegnet sei Yorkshire, das Land des Puddings und des Porters! –

Wir, Preller und ich, leben jetzt herrlich; – eine prächtige Wohnung und eine kleine, dumme Wirtin, die uns liebt und daher außerordentlich gut kocht. – Was willst du sonst, o Menschenkind? O freu dich sehr!

Von Ferdinand habe ich lange nichts gehört; – er wird sich auf der Leipziger Messe hoffentlich tüchtig mit Griechen und Armeniern herumgeschlagen haben, denn diese sind in großer Anzahl dort gewesen – der rote Sprößling muß mir bald schreiben. – Carl denke ich mir ganz so, wie ich ihn verließ. Dieselbe Anmut in den Bewegungen und die langen Beine, welche in 20 Minuten über die Grotenburg laufen. Den edlen Cöllnischen Pastor, samt Gattin, Kind Lotte und der Jüngsten, grüße ich fein! Und endlich Wilhelm, die Blume von Blomberg! Gott grüß Dich, Wilhelm, ein Glas auf Deine Gesundheit! –

So sind sie mir alle gegenwärtig, und Du sitzest auf Deinem Balkon, unter Myrtenbäumen, Geranien und Tauben, und lässest Vergangenheit und Zukunft an Dir vorübersäuseln und ewig alte Geschichten in Dein Ohr erzählen, die mit der Kindheit beginnen und mit dem Grabe aufhören, mit stillen Gräbern, die jetzt auch wieder frisch und grün sind. –

Nun noch einige Worte von dem, was ich in den nächsten Tagen hoffe und erwarte. – Erstens erwarte ich einen Brief von Dir; – und zweitens hoffe ich, um Pfingsten in Manchester zu sein, um einige Tage bei Frau Gruber zu bleiben und das verwünschte Fräulein auf Stalybridge heimzusuchen; ferner um ein Pferderennen mitzumachen nebst einem Hahnenkampf und ein Rabenschießen, – sodann, um einen deutschen Philosophen[2] zu sprechen, der sich in jener dunklen Stadt vergraben, und endlich – vielleicht lasse ich das alles im Stich und fahre für 35 Schilling hin und zurück nach London, nach meinem lieben London – meiner lieben Weltstadt mit 2 Millionen Einwohnern. – Du siehst, ich habe also viel vor, und hoffentlich geht ein klein wenig davon in Erfüll[ung].

Ja, die Erfüllung, das ist eine Hauptsache! So habe ich mir auch jetzt in den Kopf gesetzt, ich müßte das nächste Mal das Weihnachtsfest in Rom feiern – oder heute über ein Jahr schon in China sein. – Wir wollen sehn! Ich will hoch hinaus – wenn es nicht gelingt, so hat es an mir nicht gefehlt. – Ach, wir armen Menschen! –

Glücklich, wer bescheiden und still ist! Aber noch glücklicher, wer nie aufhört, vorwärts zu streben, denn das ist die wahre Lust auf Erden!

Mit dem herzlichsten Gruße bleibe ich

Dein vernünftiger Sohn Georg.

1 Der Titelheld in Adelbert von Chamissos Erzählung »Peter Schlemihl's wundersame Geschichte« erwirbt auf einer Kirmes alte Schuhe, die sich als Siebenmeilenstiefel entpuppen.
2 Friedrich Engels.

86.

Wilhelmine Weerth an Georg Weerth (Auszug)

Detmold, am Himmelfahrtstage [(= 16.5), 19. und 23.5.] 1844

[Die Mutter erinnert sich an die letzte Predigt, die ihr Mann vor 10 Jahren an diesem Tage gehalten hat. Sie berichtet im weiteren von einem Brief von Ferdinand und dessen Besuch bei der Leipziger Messe. Sie ist stolz auf den Ruhm, den Wilhelm in Blomberg erntet.]

Weißt Du denn auch, daß jetzt noch eine Landsmännin mit Dir dieselbe Luft atmet? Seit einigen Wochen befindet sich näml[ich] die Sophie Rosen in London, zum Besuch auf etwa 1/4 J[ahr] bei ihren Freunden Horstli; ihr Bruder Hermann sucht seine militärischen Kenntnisse in Woolwich zu erweitern, so hat man jenen gegenseitigen Wünschen zugleich ein Genüge geleistet. Georg, der mit dem Professor Koch doch die große Reise machte, ist Dragoner beim Sultan in Konstantinopel geworden, mit – vorläufig – 1200 Rtl. Gehalt – die ihm seine Kenntnis der orientalischen Sprachen denn doch schon einbringt – Deinem ehem[a]l[igen] [...(?)] Schulgenossen.

[Am Schluß des Briefes erzählt sie von ihren Reiseplänen nach Blomberg.]

87.

Georg Weerth an Wilhelm Weerth

Bradford/Yorksh[ire], 23. Mai 1844

Lieber Wilhelm!

Meine Seele sehnt sich nach stillen Dörfern, nach Lindenbäumen, rieselnden Bächen und Apfelblüten; deshalb suche ich Dich auf, in Deiner still[en] theologischen Klause, in der Du Dich wahrscheinlich gerade mit einer Tasse Kaffee und den Römerbriefen amüsierst; – ich klopfe an die Tür, – es ruft »Herein« – und ich bin da. Herr Pastor, wie geht es Ihnen? Was macht Ihr freundlicher Kadaver zusamt Ihrem Gemüte? Erfreuen sich Dero Waden einer angenehmen Rundung? Und wie sieht es mit der christlichen Kehle aus? Liebt sie starkes Frühstück und einen sanften Regen, wenn der Abend herankommt? Ist alles wie früher wohl und gut bestellt, und, Herr Pastor, um mit einem alten Lanzenknecht, dem Sebastian Schertlein[1], zu sprechen, reiten Euer Würden noch fleißig ihre Zähne in die Schwemme? – Hoffentlich ist es so. Denn, abgeschieden genug, wird doch der Wein oder dessen weitläuftige Anverwandtin, das Bier, mit alter Treue um Dich sein – und Dich, als geistlichen Herrn, den es immer geliebt, auch jetzt nicht verlassen. Ich meine hiermit gerade nicht, daß Du Dich dem stillen lieblichen Trunke ergeben solltest; aber ein gutes Getränke verschönert das Leben, ist auf Reisen und daheim zu gebrauchen und gibt der armen, sonderbaren Seele des Menschen manchmal einen gewissen Schwung, der sie für Augenblicke der Alltäglichkeit entrückt.

So gestern z.B. – aber, um Vergebung, das Land Yorkshire ist jetzt voller Blüten, der Himmel meistens prächtig blau, und unwillkürlich kommt die alte Sehnsucht in die langen Beine: »hinüberzustrolchen, – Gott weiß wohin«. Aber daheim sollst du bleiben, in deinen engen Burggemächern. – Und so tue ich auch. Treibe Politik und Verschiedenes, trinke Porter dazu, rauche sehr teuern Tabak und finde das Leben wie immer herzlich schlecht, um mit dem Teufel zu sprechen.[2] – Meine Lage hat sich sehr gut gestaltet, aber trotzdem, daß man mir am Ende des Jahres eine bedeutende Zulage geben will, ziehe ich dennoch vor, bald in mein Vaterland zurückzukehren oder – ich weiß wahrhaftig nicht, was ich will, – genug, England wird mir zu enge – ich sehne mich nach stillen Dörfern und nach stillen Meeren, und könnte ich mir das Trojanische Pferd satteln und in einer Stunde um die Welt sprengen, – es wäre mir doch zu langsam.

Indes hat sich mein Gesichtskreis denn doch in etwa erweitert; voriges Jahr, wenn ich in Bonn die Dampfer herauf und hinunter fahren sah, da hieß es stets: »Wohin? Nach Köln oder nach Koblenz?« – Heute frage ich mich: »Wohin? Nach London oder Dublin?« Und ich hätte, bei Gott, Lust, dem alten O'Connell[3] einen Besuch abzustatten. – Eins tut mir nur leid, daß ich Dich nicht einmal herüberholen kann. – Aber wer weiß? – Vielleicht gelingt es dennoch – für lausige 100 Taler kann man alles sehen – und dann zeige ich Dir das Ungeheuer, das schwarze London, dieses Gebirge von Pracht und Jammer.

Vergiß nicht, mir bald wieder zu schreiben; Du sollst nicht lange auf Antwort warten.

Für heute den herzlichsten Gruß

Deines Georg.

1 Sebastian Schertlein von Burtenbach (1496–1577), kämpfte im Bauernkrieg 1525 als Landsknecht gegen die Bauern. Von Weerth auch in seinen Landsknecht-Gedichten erwähnt. S. SW, Bd. 1, S. 97 ff.

2 Vgl. Johann Wolfgang Goethe, Faust I. (»Prolog im Himmel«).

3 Daniel O'Connell (1775–1847), berühmter irischer Agitator. 1830 wurde er in das britische Unterhaus gewählt. Hier setzte er sich besonders für die Aufhebung (Repeal) der seit 1801 bestehenden parlamentarischen Union zwischen Irland und Großbritannien ein, gegen die er von 1841 bis 1844 eine großangelegte Agitationskampagne führte, die aber das angestrebte Ziel nicht erreichte.

88.

Georg Weerth an Wilhelmine Weerth

B[radford], 6. Juli 1844

Liebe Mutter!

Du hast mir zuletzt am Himmelfahrtstage geschrieben und ich Dir ungefähr in derselben Gegend, vor Pfingsten. – Übrigens dankte ich Dir bereits vor ca. 3 Wochen, aber mein Brief ging mit dem Dampfboot »Manchester« nach Hamburg, – und dieses schöne Schiff ist leider am 14. Juni in der Nacht bei Helgoland gescheitert und mit Mann und Maus untergegangen, also mein Brief ebenfalls ertrunken. Das ist der Grund, weshalb Du so lange nichts gehört hast, – denn früher bis heute hatte ich noch nicht Zeit, Dir eine zweite Epistel zuzusenden. – Die Walfische des Atlantischen Meeres haben meine zärtlichen Grüße an Dich gelesen und werden ganz erbaut darüber sein, – es ist ewig schade, daß jener Brief verloren ging, er war sehr schön und stolz geschrieben. Außerdem gingen mir 7 Ballen Wollengarn unter, die ich aber mit gewöhnlicher Vorsicht in London versichert hatte.

Deine Reise nach Blomberg ist wahrscheinlich glücklich abgelaufen. Wie befindet sich Dein rötlicher Sohn Wilhelm? – Von ihm wie von Ferdinand habe ich lange nichts gehört. Die Pfingsttage war ich in Manchester bei Grubers, wo sich auch die alte Peillsche aufhielt. Die Erbschaft von Onkel Jacob hatte ihr Mut und Geld gegeben, um die Seereise zu machen; – übrigens habe ich mich nicht lange bei ihnen aufgehalten, nur mittags und nachts, denn den Tag über zog ich mit meinem Freund Engels umher und untersuchte das weitläuftige Manchester. In Stalybridge war ich nicht, denn der junge Cheetham war krank am Herzen, der arme Junge, und ist in dieser Woche gestorben, wie mir Fräulein Escher schreibt. – Da aber die rosenrote kleine Rose aus Detmold wahrscheinlich einen Flug nach Nord-England macht und dann auch ihre Freundin in Stalybridge besuchen will, so genieße ich die beiden Pflanzen wahrscheinlich an einem Tage und schlage 2 Fliegen mit einer Klappe, wenn solches zu sagen erlaubt ist. – Hätte ich Gold, so ginge ich schon nach London.

Das Reisen in England ist aber abscheulich teuer, – per Tag kann man 1 £ Sterl[ing] rechnen, und das setzt einem ehrlichen Manne denn doch zu arg zu; – übrigens tröstet man sich hier der unterbliebenen Reisen wegen leichter als am Rhein z.B., wo die Natur einen immer so liebenswürdig anblickt, daß man gar nicht anders kann, als ihr gleich um den Hals zu fallen, – hier, wo alle übrige Welt durch einen dichten Schleier von Rauch und Nebel verdeckt ist, ist die Verführung nicht so groß, – nur zuweilen spukt die alte Lust wieder – und natürlich ganz unbändig, wenn man eben weiß, daß so holde deutsche Geschöpfe in London wohnen. –

Du könntest mich totschlagen, und [ich] würde nicht imstande sein, Dir irgend etwas interessant Neues mitzuteilen, – indes lerne ich genug, was sich aber in so ein paar Worten nicht aussprechen läßt; – die »Kölnische Zeitung«[1] muß da schon herhalten und ist auch manchmal sehr geduldig, das ist wahr!

Jetzt habe ich einen Doktor aufgefunden,[2] der mich im Englischen unterrichtet, – wogegen ich ihm deutsche Literatur beibringe. Auf diese Weise werde ich noch etwas profitieren, namentlich da der Mensch aus London ist; – von einem Yorkshireman die Sprache zu lernen, wäre Torheit, denn die sprechen schlimmer wie westfälische Bauern. – Im Handel geht es sehr gut, – Herr Preller will mich sehr gern zu einem in Schafwolle Bewanderten erziehen, um später dies edle Kraut mit ihm gemeinschaftlich zu verwalten, – ich verstehe die Geschichte auch schon, – aber sonderliche Lust spüre ich nicht in mir, – vielleicht ist es möglich, daß ich im nächsten Jahr nach Manchester übersiedele, wo die Welt doch erfreulicher ist als hier. –

Damit ich es nicht vergesse – Du hast mir nicht geschrieben, ob Du Geld von Köln[3] erhalten hast. – Ist dies der Fall? Und wieviel? Ich glaube Dir s[eine]r Z[ei]t darüber geschrieben zu haben. Meine Kölner Freunde sind nachlässig – es wäre schändlich, hätten sie dasselbe nicht schon vor 3 Monaten geschickt – vergiß dies nicht in Deinem nächsten Briefe.

Herzliche Grüße an alle!

Sehr heiter

Dein treuer Sohn Georg.

Wir haben wieder so schrecklich viel zu tun – ich kann mit dem Brief nicht fertig werden; – er muß per London gehn. Verlaß Dich darauf, daß ich in 8 Tagen noch mal schreibe.

1 Die »Kölnische Zeitung« druckte in 7 Folgen die »Englischen Reisen«, vgl. den Brief an die Mutter, 21. Dezember 1843.

2 Dr. MacMichan. Über ihn schreibt Weerth auch ausführlich in den »Skizzen aus dem sozialen und politischen Leben der Briten« (vgl. SW, Bd. 3).

3 Die »Kölnische Zeitung« überwies 1844 37 Taler an die Mutter Weerths in Detmold.

89.
Georg Weerth an Wilhelmine Weerth

Bradford/Yorksh[ire], 17. Juli 1844

Liebe Mutter!

Als ich neulich an Theod[or] Althaus schrieb, legte ich einen Brief an Dich bei und habe Dir eigentlich heute nichts Neues mehr zu erzählen; aber ausschütten will ich Dir mein Herz, mein sehr sonderbares Herz; – nämlich eben haben wir einen Anker Aßmanshäuser abgezapft, und die Heimat ist mir zu lustig in das Oberhaus gefahren. Denke Dir, Mutter, mitten in Bradford einen Anker Aßmannshäuser, dunkelroten! Einige geliebte Freunde am Rhein, denen wir bedeutend Worsted-Garn senden, übermachten uns das liebenswürdige Faß, und wie sich von selbst versteht, bin ich der einzige, der so etwas aus dem Grunde zu würdigen weiß.

Das rötliche Getränk brachte mich dermaßen auf den Strumpf, daß ich imstande war, einen Brief an Fräulein Escher zu schreiben, und das will etwas heißen; denn, unter uns gesagt, gibt es eigentlich nichts Schrecklicheres, als mit einem unverheirateten Frauenzimmer zu korrespondieren. Außerdem ist es sogar gefährlich, denn leider ist in England auch die schauerliche Sitte, daß man auf den Posten die Briefe öffnet, worüber Du jetzt genugsam in den Parlamentsverhandlungen lesen kannst; wie schrecklich wäre es, wenn so ein krummer Postoffiziant die ersten Frühlings- und Liebesergüsse einer schwärmerischen Seele zu lesen bekäme! Nein, Mutter, ich schreibe an kein Frauenzimmer mehr. –

An Dich allein will ich jetzt einen ehrbaren Brief beginnen. Aber nun stelle mich auf den Kopf, wenn ich etwas Gescheites weiß. Das einzige interessante Geschöpf in meiner Nähe ist augenblicklich ein Quacksalber, der mir Englisch lehrt; – ich schrieb Dir vielleicht neulich schon von dem Manne, – er war zwei Jahre in Grönland, Schiffsarzt auf einem Walfischfänger, spricht sehr gut und lebt jetzt hier zum Wohle der Menschheit. [...][1]

Mit dem sitze ich jetzt bisweilen bei einer Pfeife erbärmlichen Tabaks und übe mich in zaubrischen englischen Redensarten. Es ist wirklich gut, daß ich den Mann gefunden habe, denn sonst würde ich wenig Englisch hier lernen. – Alles, was Deutschland angeht, höre ich hier die Hülle und Fülle. – Wir haben Augsburger und Hamburger Zeitungen, und außerdem erhalte ich von Manchester immer neue Bücher, welche einer meiner Freunde[2] aus der Schweiz bezieht. –

Euch allen geht es hoffentlich wohl; schreibe mir bald; – von Ferdinand habe ich lange nichts gehört. – Mir geht es wie immer wohl. – Bald mehr.

Heute die herzlichsten Grüße

Deines Georg.

1 Hier fehlt ein Teil des Briefes, da der untere Teil des Blattes abgeschnitten wurde, möglicherweise von Weerth selber.

2 Friedrich Engels.

90.

Georg Weerth an Wilhelmine Weerth

B[radford]/Y[orkshire], 23. Juli 1844
via Hull und Hamburg

Liebe Mutter!

Vergebens habe ich bis heute auf einen Brief von Dir gewartet und bitte Dich, mir doch bald zu schreiben, denn sonst fürchte ich wirklich, daß irgend jemand von Euch krank ist. –

In der letzten Zeit schrieb ich Dir zweimal. Gestern höre ich etwas über meine Gelder in Köln und werde aufgefordert, darüber zu verfügen. Ich sehe daraus zu meinem Schrecken, daß es noch immer nicht abgesandt wurde. Mein damaliger Brief, in dem ich die Instruktion gab, muß also entweder verloren gegangen sein, oder er ist auf die schändlichste Weise verludert und übersehen. Ich bin wahrhaftig nicht schuld daran und muß nur fürchten, daß Du in Unannehmlichkeiten gekommen bist.

Gestern habe ich übrigens meinen Freunden, die die besten Seelen von der Welt und nur nachlässig sind, geschrieben, die Sache auf der Stelle zu ordnen und muß erwarten, daß dies auch gleich geschieht. – Jedenfalls sei so gütig und laß es mich gleich wissen, wenn das Geld da ist, damit ich den ärgerlichen Gedanken aus dem Kopfe bekomme. –

Das ist eine Lumperei, immer über Geld schreiben zu müssen! Hier befindet sich alles wohl. – Es ist sehr heiß, und wir machen enorme Geschäfte. – Überhaupt dehnt sich unser Handel mit jedem Jahre aus. – Schreib mir doch auch, wie es Ferdinand geht, der rote Bengel läßt nichts mehr von sich hören.

Dieser Tage schreibe ich an Wilhelm, – jetzt habe ich noch keine Zeit. – Hoffentlich höre ich bald von Dir. – Vergiß nicht Bradford/*Yorkshire* zu adressieren, sonst gehen die Briefe immer erst nach Wiltshire. – Gibt es einen Postweg, wo Du gar keine Frankatur, auch nicht bis an die Grenze, zu zahlen hast, so wähle immer den. – Denn hier macht es keinen Unterschied mit dem Porto. –

Die herzlichsten Grüße

Deines Georg.

Ich lege noch einen Brief für Wilhelm bei, den Du besehen und lesen kannst, dann versiegeln und absenden.

91.

Wilhelmine Weerth an Georg Weerth (Auszug)

Detm[old], 28. [und 31.]7. 1844

[Die Mutter bedauert, mehrere Briefe von Georg noch nicht beantwortet zu haben. Sie erzählt von einem kurzen Besuch des Onkels Roß:]

[...] es konnte daher alles nur *kurz* besprochen werden, so auch [...] Dein Weggehen von Bonn, natürlich waren seine Ansichten davon die des alten Weerths, und ich griff – als zu einem Gegenmittel gegen die düstre Wolke auf s[eine]r Stirn – rasch zu Deinem Brief, las ihm Deine Episode an den Rhein und die köstlichen Zurechtweisungen des H[er]rn Preller vor, worüber er in ein herzhaftes Lachen ausbrach und endlich mir noch einige Trostesworte über Deine Jugendtorheiten erteilte. Sieh, – so rettete mich und Dich ein glücklicher Gedanke aus böser Stunde. – [...]

[Im weiteren heißt es:]

Nun denke ich, hast Du genug, und Du wirst nicht sagen können, auch *ich* wisse nichts Neues; übrig[en]s mußt Du Deiner Mutter nicht bloß Neugierde zutrauen, sondern auch etwas edle Wißbegierde; freilich muß ich den untergegang'nen Br[ie]f von Dir sehr bedauern, da es ein so ausgezeichneter soll gewesen sein, – aber sage mir in denen, die ich *erhalte*, nur nicht wieder, daß Du nichts *wissest*! – Z. B. weiß ich noch ungeheuer wenig von der Art Eurer Geschäfte, die 7 Ballen Wollengarn belehren mich darüber wenig; ich weiß nicht, habt Ihr in Bradf[or]d auch Fabrik, oder handelt Ihr nur mit dem Material? Etc. etc. Jedenfalls nimm nur gute Lehre an von Deinem H[er]rn Preller, es wird für Deine Zukunft ersprießlicher sein wie dergleichen Kompositionen wie die neuliche – etwas unanständige – »Mondscheinsgeschichte«[1] in der »Köl[nischen] Zeitung«! Das Papier mag, oder *ist*, leider!, nur *zu* geduldig, ob aber auch Deine Leser – das fragt sich? – Gelder sind noch nicht von dort gekommen, und wieviel lieber wär's mir, ich verdankte es – *wann* es auch sei – Deiner ungleich solidern Wollgeschäfte wie solchen Schreibereien. –

[...]

1 Gemeint ist der 5. Teil der »Englischen Reisen«: »Eine fromme Familie« (Kölnische Zeitung, Nr. 145 vom 24.5.1844).

92.

Georg Weerth an Wilhelmine Weerth

Bradf[or]d/Yorksh[ire], 28. August 1844

Liebe Mutter!

Heute nur ein paar Zeilen. Ich will Dir nämlich nur für Deinen letzten Brief danken, der wohl und munter hier eingetroffen ist. Es gibt jeden Tag etwas Neues unter der Sonne, das sieht man. Nur der Bischof Roß wird mit der Zeit alt, das sieht man auch. Was dieser große theologische Landstreicher von mir denkt und was er über mich spricht, ist mir ganz gleichgültig. Wir stecken in sehr verschiedener Haut, und es freut mich, daß ich ihm nie einen Pfennig zu verdanken hatte. Er ist ein guter Mann bei Rheinwein und gekochtem Salm, und ich will ihm wünschen, daß er noch lange Zeit seine holden Mädchengestalten von Berlin nach Katlach und Pottdeckel hinüberführt. Auf Verwandtschaft gebe ich überhaupt wenig; es ist ein ganz ander Ding, wenn ein Bruder dem andern die Hand reicht, als wenn der Herr Onkel und der Herr Vetter schön miteinander tun. – Wir Brüder, Deine vier rot- und blondgelockten, kurz und länglichen Sprößlinge, können sich nun freilich noch nicht recht einander helfen, – aber dafür schafft ein jeder für sich selbst, und das ist am Ende das beste. –

Von Ferdinand erhielt ich heute morgen ein Schreiben, dessen Buchstaben zwar noch so aussahen, als wäre eine Spinne übers Papier gelaufen, aber der Inhalt war desto besser, lustig und klug! – Mit dem Schönschreiben hat es aber nichts mehr auf sich; – die Buchstaben sind nüchtern, aber der Geist bringt den Schatz aus der Erde. –

Du führst eine so kräftige Feder, daß ich jetzt mehr wie je begreife, weshalb Wilhelm so schrie, als er einst spät am Abend vom Blocksberg nach Hause kam. – Daß Dir meine Berichte in der »Kölnischen Zeitung«[1] oft nicht gefallen, kann ich wohl denken, – aber ich lerne mit jedem Tage mehr. Was in einer Stunde geschrieben wird, liest sich in zehn Minuten und wird noch schneller vergessen, – außerdem habe ich aber die Macht, alles durch einen neuen Wurf wiedergutzumachen. Übrigens, fürchte Dich vor weitern Berichten aus Yorkshire nicht; – es soll mit den wenigen Aufsätzen sein Bewenden haben;[2] – ich bin jetzt schon tausend Meilen weiter, und andre Gedanken haben die verdrängt, die ich in den ersten Monaten meines Hierseins hatte. Rasch fährt der Wagen der Zeit, und verloren ist, wer in seinem Leben einen Abend hat.

Mir verstreicht der Abend jetzt sehr schnell, da ein jedes Schiff viele tausendpfündige Ballen von meiner Sendung in das Meer trägt. Sie enthalten zwar nur Wolle und Garn, aber daraus spinnt man die lieben Röcke, welche der Menschheit so wohl bekommen. Jedes Ding hat seine schöne Seite, und es kommt nur darauf an, sie herauszufinden. – Ob ich bei diesem Wollhandel in die Wolle komme, muß sich zeigen, wenn ich nächsten Monat den alten Passavant um eine kräftige Zulage angehe; es sind indes die besten Hoffnungen vorhanden.

Die christliche Liebe sollte zwar die Welt regieren, aber ein alter englischer Kaufmann ist ein kurioser Heiliger, – so will ich auch niemandem raten, auf den Mr. Cheetham zu bauen, – obgleich der Mann das beste und feinste Garn spinnt und viel Gold und edle Steine in Stalybridge aufgehäuft haben mag. – *Wir* wollen uns indes an dem laben, was uns beschieden ist. Die Erde gehört einem jeden, der nicht mehr verlangt, als sie bieten kann, und freundlich blicken die ewigen Sterne auf unsre Arbeit hinab. –

Sie schimmern in diesem Augenblick in allem Glanze über den dunkelgrünen, stillen Feldern, und ich rufe Dir und allen andern meine herzlichen Grüße zu.

Dein Georg.

1 Die »Englischen Reisen«.

2 Weerth schrieb auch erst im Juli 1845 wieder in der »Kölnischen Zeitung« seine »Scherzhaften Reisen« (Nr. 200, 201, 203, 205–207 vom 19., 20., 22., 24., 25. und 26. Juli 1845).

93.
Wilhelmine Weerth an Georg Weerth (Auszug)

Detmold, abgegangen den 23. September 1844

[Die Mutter bestätigt den Erhalt eines Briefes, der vor 14 Tagen ankam, mit Einlage an Carl.]

Was unter andern die Früchte von m[eine]m länglichen blonden Sohn betrifft, so war die neuliche »Der Sonntagabend auf dem Meere«[1] gar nicht zu verachten, wenngleich er – wie Carl mit komisch-kritischem Achselzukken bemerkte – »doch etwas sehr demagogisch war«, so ließ ich's mir doch nicht verdrießen, eine Abschrift davon zu nehmen, und wie man leicht geneigt ist, nach den Folgen einer Handlung oder eines Wortes auf deren oder dessen Zulässigkeit zu schließen, so trug auch mein Glaube, daß Dir »Der Sonnt[a]gabend« weder jenseits noch diesseits des Kanals Unheil zuführen würde, wohl etwas zu m[eine]r dermaligen Toleranz mit bei. Übrigens bleiben deshalb meine Ansichten, was die Wolle und die Baumwolle betrifft, sich völlig gleich, und ich hoffe sehr, bald zu hören, daß Du bis über Kopf und Ohren darin steckst. –

[Die Mutter berichtet, daß seit Mai keine Nachricht von Georg Rosen in Detmold angekommen sei und man sich Sorge mache.

Das angekündigte Geld aus Köln ist nicht eingetroffen.]

1 Dieses Gedicht erschien in der »Kölnischen Zeitung« (Nr. 224 vom 11.8.1844) mit der Datumszeile: York, 20. Juli 1844. (»Ein Sonntagabend auf dem Meere«.).

94.
Georg Weerth an Wilhelmine Weerth

Bradford/Yorks[hire], 19. Oktober 1844

Liebe Mutter!

Wie geht es Dir? Hoffentlich wohl. Dein letzter Brief kam zur rechten Zeit an und überbrachte mir viele Neuigkeiten. Für alles meinen Dank. – Wo Georg Rosen und Fräulein Escher sich aufhalten, weiß ich wirklich nicht. – Um übrigens mein Bestes zu tun, das verschwundene Frauenzimmer wieder einzufangen, fuhr ich in der letzten Woche über Manchester nach Liverpool, schiffte mich an Bord des »John MacAdam« ein und steuerte, teils an den Küsten entlang, teils durch die offne See, nach der Insel Man, nach Ormes Head, nach Wales usw. – durchsuchte alle verfallenen Burgen der verschiedenen Grafschaften, – alle Höhlen der Insel Anglesea, – stieg bis auf den Gipfel des höchsten Berges im ganzen Königreich, – auf den Snowdon, – schaute mich überall um – und leider – fand und sah nichts von jener deutschen Pflanze. Es tut mir sehr leid, – kann's aber nicht helfen.

Ich kann Dir versichern, es war die höchste Zeit, daß ich mal einige Tage davonging. – Wir mußten schrecklich arbeiten seit einigen Monaten, und das ewige Einerlei drohte mich zu vertilgen. Die Reise durch die grasgrüne und sehr wilde Irische See hat mir sehr wohlgetan. Obgleich wir tagelang auf dem Wasser waren und der Wind sehr scharf pfiff, wurde ich doch nie krank und konnte an Bord mehr Austern und Lachs essen, als je zuvor auf dem Lande. Das Wirtshaus, dessen Bild Du am Kopf dieses Blattes siehst, gehört einer Frau Roberts, die mich und meinen Begleiter während zwei Tagen herrlich pflegte. – Es liegt an der Meerenge Menai – welche die äußerste Spitze von Wales von der Insel Anglesea trennt; und nahe bei der gewaltigen Brücke, welche in einem Strich über die See fortgeht, – aber alles kannst Du besser auf dem Bilde sehen. Carl hätte die Reise mit uns machen müssen, da wären schöne Felsen und Gesteine zu sehen gewesen. – Auf dem Gipfel des Snowdon war es sehr kalt; wir trafen es aber gut mit dem Wetter, – denn während zehn Minuten konnten wir Schottland, Irland und England sehn – wenigstens die Spitzen der Berge. – Mir machte die Tour viel Spaß. Ich habe nie eine grünere See erblickt, nie wildere Felsen, nie betrunkenere Matrosen, nie kolossalere Ruinen, nie fettere Austern gegessen, und sehr heiter trafen wir wieder in dem stinkenden Bradford ein. In Manchester besuchte ich Grubers für einen Abend und sprach auch den alten Passavant. Der alte Deuwel wollte mich noch für die 3 nächsten Jahre engagieren. Ich ließ mich aber gar nicht darauf ein und bestand auf meinem Entschluß: »Weggehn, wann ich will, und £ 150.– Sterl[ing]!«, worauf er nach vielem Ringen und Würgen einging. – Wenn ich nun nächstes Jahr um diese Zeit noch in England bin, – was ich übrigens nicht denke, so will ich ihn erst recht schrauben, – denn hier muß man Geld verdienen oder sonst davongehn. –

Am 14. d[iese]s, Montag, langten wir wieder in Liverpool an und hatten im Hafen ein traurig-interessantes Schauspiel. Vor uns, auf dem Fluß Mersey, zog nämlich ein sehr großer Ostindienfahrer herauf, um nach 4monatlicher Reise in den Hafen zu gehn. – Es stürmte fürchterlich – Sturm, Regen, Donner und Blitz, wie man nur erleben kann, – die Matrosen konnten des Schiffes nicht mehr Meister werden, und mit fürchterlichem Stoß rannte es gegen die Werft und zerschellte derart, daß es nur mit unsäglicher Anstrengung vor dem gänzlichen Versinken gerettet wurde. – Und dergleichen Geschichten mehr, wovon ich Dir nächstens mehr erzähle. – Ich schreibe Dir in einigen Tagen wieder. Einstweilen herzliche Grüße an alle.

Mit alter Liebe

Dein Georg.

95.
Georg Weerth an Wilhelmine Weerth

Bradford/Yorks[hire], 22. November 1844

Liebe Mutter!

Es kommt mir so vor, als hätte ich recht lange nichts von Dir gehört. Wie geht das zu? In diesem kalten November, wo sich die Engländer gewöhnlich vor lauter Schwermut totschießen, hätte ich mein Herz an einem mütterlichen Brief recht erwärmen können. Damals, als ich gerade von Wales zurückkam, schrieb ich Dir und dankte für die freundlichen Nachrichten über die edlen Sonnen, welche am Morgen des 24. September so wohlgefällig über Deine Gartenmauer sahen und den Reif von den Weinranken leckten. – Du siehst, ich vergesse Deine Briefe nicht; – Dein letzter ist mir aber in besonderm Andenken. Warum? – Liebe Mutter, ich kann Dir sagen, Du bist eine herrliche Frau! Meinen Bekannten in Köln, von denen ich übrigens seit einem halben Jahre nichts hörte, werde ich das auch seiner Zeit versichern. – Ach, könnte man die Dächer der Häuser aufdecken und sehen, was darin vorgeht, da sollte sich noch wohl mancher zu einem Anfall von Großmut verleiten lassen. – Übrigens dreht sich die Welt; wer weiß, wie es übers Jahr aussieht!

Ich bin jetzt ganz mit dem Vaterlande außer Korrespondenz gekommen, und da ich auch hier keine großen Freundschaften unterhalte, so lebe ich wie ein Einsiedler und wandle wie eine abgeschiedene Seele in meinem weißen Flausrock auf und ab durch den ewigen Novembernebel. Dagegen verstehe ich mich darauf, einen herrlichen Kaffee zu brauen, dessen lieblicher Duft sich mit den Rauchwolken meiner irdischen Pfeife verknüpft und sehr häufig meine Wohnung dergestalt durchräuchert, daß ich darnach an die süße Wirklichkeit erinnert werde und mich zwar abgeschieden, aber dennoch sehr komfortabel fühle.

Und ich sage Dir: Komfort über alles! Es geht nichts über den Komfort. – Liebe, Liebe ist mich nötig, aber Komfort noch viel mehr! – Komfort ist aber nämlich jedes Ding, was gut ist – also auch die Liebe.

Außerdem besuche ich meinen Doktor sehr häufig und berede mit ihm die Verbesserung der menschlichen Gesellschaft; wir besuchen Krankenhäuser und Strafwerkanstalten zusammen; – er belehrt mich über den Walfischfang und ich ihn über das andere. Er ist ein Tory, ich bin ein Radikaler, – wir geraten jedesmal in den gräßlichsten Streit, versöhnen uns dann und scheiden jeder mit dem Bewußtsein, daß der andere doch ein rechter Narr sei. –

So fleußet die Bach unseres Lebens gemächlich weiter.

Manchmal kommt es mir vor, als wäre mein Aufenthalt in Bradford ein rechter Tintenklecks in meinem sonst so nüdlichen Leben. – Aber was hilft es, mit Zeus Kronion und dem alten Passavant zu zürnen? Der erstere ist tot, – der letztere liebt mich. Ich vergebe ihnen beiden, hoffe auf ein fröhliches Frühjahr und singe nochmals:

»Liebe, Liebe ist mich nötig,
Liebe ist mein Leben!«

Ach, liebe Mutter, vergib mir alle diese Schnurrpfeifereien. Aber für manchen ist es ja so schwer, stets lustig und guter Dinge zu sein. Glücklich, wer es ist! –

Seit einiger Zeit gehe ich mit dem Gedanken um, allerlei Zeitungen und interessante Blätter hinüberzusenden, die Euch gewiß Freude machen werden. – Hoffentlich gelingt es mir dieser Tage durch Beipackung in einem Ballen. Ergötze Dich dann zuerst daran und verteile sie darauf an Carl und Wilhelm!

Aber jetzt schreibe mir auch bald! Auch von Ferdinand wünschte ich etwas zu erfahren. Grüße alle miteinander. –

Mit der Bitte, daß Du alle schwärzlichen Verunreinigungen dieses Briefes entschuldigen möchtest, bleibe ich Dein gehorsamer Sohn, der Dir bald wieder schreibt, Dich herzlich liebt und –

hier sind meine Grüße!

Dein Georg.

Seit acht Tagen in dunkelblaugraubraunen Nebel gehüllt. Aus meiner frühen Kindheit schwebt mir nur dämmerig vor, wie Sonne, Mond und Sterne aussehen. – Gestern fiel ich mittags um 1 Uhr auf der Straße über einen Irländer,

– wir boxten uns etwas, – und es wäre gewiß zu unangenehmen Auftritten und Tritten gekommen, wenn wir uns nicht bald darauf gegenseitig spurlos verloren hätten. –

96.
Wilhelmine Weerth an Georg Weerth

Detmold, 1. [12. und 13.]12.1844

Gestern erhielt ich einen zweiten – mir, wenn mein lieber Georg sich gütigst erinnern wollte, noch versproch'nen Brief, und daß ich mich gleich heute zu beider Beantwortung hinsetze, kann Dir der redendste Beweis sein, wie sehr mich schon darnach verlangte, – abends vorher erläuterte ich's gerade Carl, seit wielange ich des Vergnügens entbehrte, mich schriftl[ich] mit Dir zu unterhalten, – was allerdings zuletzt am Morgen des 24. September der Fall war, wo indes – Gott sei Dank! – »die jungen Senner in Deinem Heimatland noch keinen Reif von den Weinranken lecken«, sondern die Menschheit sich erst an den kaum gereiften Trauben erquickt – ach, ich muß es leider mit Bedauern bemerken, wie der Bradforder Nebel auf das Gedächtnis meines armen Sohnes so nachteilig einwirkt – doch ein Glück nur, daß er sich überall noch der Heimat und s[eine]r Mutter erinnert, zumal wenn er sich so in Länder und Meere verliert – verliert? – o, nur *das* nicht! Wie schon klopfte mir das Herz bei der Schilderung des unglückl[ichen] Ostindienfahrers – hättest Du nicht ebensowohl in dieser Gefahr schweben können? Gott sei Dank, der diese Menschen und Dich beschützte! Und gut auch, daß ich's immer erst erfahre, wenn Du derselben entronnen und wieder auf dem Trocknen bist. Die Reise übrig[en]s mochte für Dich allerdings wohl geist- und gemütserfrischend sein, was Dir vom Herzen zu gönnen war; daß Du quäst[ioniertes] Fräulein indes nicht aus der irischen See beizutreiben vermochtest, war Dir nicht übelzunehmen, da sie sich derweil in ziemlich entgegengesetzter Richtung befand, es kam nämlich nach etwa 6 Wochen ein bedeutender Brief aus Wien von ihr hier an, woran sie schon öfter unterwegs geschrieben, ihn hier aber erst vom Stapel laufen ließ; gegen alles frühere Vornehmen des H[errn] Cheetham durchreisten sie nicht allein fast ganz Deutschland, sondern auch einen Teil der Schweiz, Ungarns und Böhmens, und wär's dem alten reichen Engländer nicht endlich auch mal so ergangen wie mitunter manchem ehrlichen armen Deutschen, so wären sie wahrscheinlich bis in die Türkei und Konstantinopel vorgedrungen – denn, köstlich!, seine Kasse war zuletzt bis auf 3 Fl. eingeschmolzen und daher wohl Zeit, wieder nach Wien zu gehen, um seine weitern Kreditbriefe in Anwendung zu bringen, – doch war er – als es bis *da*hin gekommen, nur mit M[i]st[e]r Nelson mehr allein, welche beiden letzte Nacht unter so bewandten Umständen im Wagen zugebracht hatten. George und die drei Mädchen waren glücklich wieder nach Dresden spediert. Die drei Jüngsten waren während der ganzen Zeit mit ihren Jungfern allein dort; nachdem die andern sich von deren guten Zustand überzeugt, kamen die Ida und Francis dann auch – jetzt noch ziemlich unerwartet – einmal hieher (morgens kam der Br[ie]f erst an, worin sie sich anmeldeten); seltsamerweise wußte erstere noch nichts von Wilhelms jetzigem Wohnort und Wilh. durchaus nichts von jener Kommen; nun kannst Du Dir beider Überraschung denken, als sie einander mittags im Gasthause treffen, – Wilhelm, da er einen freien Nachmittag hatte, begleitete sie hieher, – so geht die Ida also von Hand zu Hand zwischen meinen galanten Söhnen, – auch kannst Du glauben, daß Carl es nicht an den gehörigen Aufmerksamk[ei]ten hat fehlen lassen, und das hies[ige] Publikum ist darüber ganz eins, daß er mit der I. im Bündnis stände, wovon er jedoch – bis jetzt – ebenso weit entfernt ist wie mit jeder andern, – auch kann ich wohl hinzusetzen, daß er *diese* durch sein Benehmen nicht zu solchen Voraussetzungen wird vermocht haben – ob sie's indes nicht *möchte* – das ist eine andre Frage. Wie dem sei, die Ida ist ein ausgezeichnetes Mädchen in vielfacher Hinsicht. Miss Francis aber auch gewiß sehr liebenswürdig, wie sie dann Cöllns weit mehr noch wie ich haben kennenlernen können; nach englischer Sitte ist sie – 21 J[ahre] alt – schon mündig, führt vor den übrigen Geschwistern – als das älteste Kind des Hauses – jetzt den Namen: Miss »Cheetham« und präsidiert (da die Mutter tot ist) im – nun prachtvoll dazu dekorierten – Gesellschaftszimmer. Diese Würde verrät ihr Äußeres und auch ihre Denkart nicht – da sie jenes Zimmer lieber in s[eine]r frühern Eigenschaft als Spielraum für die jüngern Geschwister hat sehen wollen – auch hielt man sie hier durchgängig noch für ein anspruchsloses 16jähr[iges] Mädchen. Sie waren 14 Tage hier, reisten vor[ige] Woche wieder nach Dresden, und Auguste Rosen mit ihnen auf ohngefähr eben so lange. Sophie ist schon lange wieder von England zurück; von Georg erhielten sie zwar mal einen, aber 4 Monat alten Brief, als die bewußte Exkursion noch nicht beendet gewesen war, was im Grunde also nicht viel heißt, indes sind, wie's scheint, die Gemüter doch vorläufig beruhigt. Auf Euch, meine Kinder, wieder zurückzukommen, so wart Ihr alle ziemlich zur selben Zeit unterwegs, Carl ging am 4. Oktober mit einem Dutzend Schüler nach Hannover, auf Einladung der dortigen Turner, und blieb 8 Tage aus – was diesen vielen Spaß gemacht hat – sie logierten bei den Eltern der Turner (Carl jedoch bei dem Turnwart Preuß), genossen mancherlei Aufmerksamkeiten von demselben und machten unter anderm auch eine Eisenbahn- und eine Dampfschifffahrt – was bis dahin den Schülern noch nicht geboten wurde. – Dann reiste Wilhelm wirklich mit dem Onkel nach Berlin (nachdem er zuvor ein p[aar] Tage bei s[eine]m Freunde Böhmer in Lippstadt zubrachte), wohnte vorher noch einem paar Synodal-Sitzungen in Soest mit bei, was für ihn höchst interessant war, und flog dann mit dem alten Bischof in 2 Tagen von da nach Berlin. Doch das weitere denk ich, schreibt er Dir wohl noch selbst. Ferdinand war grade von Leipzig wieder zurückgekommen, und Wilh. konnte mir dann recht genaue und – gottlob – befriedigende Auskunft über ihn und seine Verhältnisse geben. Sein Salär ist freilich in diesem Jahr bei dem H[er]rn Lampson noch knapp, vorzügl[ich] für Berlin, da man sich aber mit Zufriedenh[ei]t über ihn ausgesprochen und gleich zu Anfang auch eine Erhöhung desselben in Aussicht gestellt hat, so hoffe ich, wird dieselbe im k[ommenden] J[ahr] doch auch nicht ausbleiben. Zwei Tage nach Wilhelms Abreise von B. mußte F. auch wieder nach Fr[an]kf[ur]t – so hätten beide es also nicht glücklicher treffen können: wie überhaupt: Ws. Ferien, des Onkels Rückkehr und Fs. Anwesenheit – daß dies alles so schön zusammenfiel, war fast mehr, als man vorher hoffen konnte. Zu der Erhöhung *Deines* Salärs wünsche ich Dir Glück. Passavant muß aber ein ausnehmend gütiger Mann sein, ohnerachtet des Verschmähens seines erneuten Engagements auf noch 3 J[ah]re – was *mir* doch wahrlich ein angenehmer Beweis s[eine]r Zufriedenheit *mit* und s[eine]s Vertrauens für die Zukunft *zu* Dir war – Dir diese Zulage zu geben? – Denn, wie *nebelig* es auch in dem Bradford sei, war es Dir nicht vor einem Jahre ein wahres Eldorado? O, vergiß das nicht und halte *das* auch jetzt noch in Ehren, was Dir damals als ein hohes Glück – ja als ein Geschenk des Himmels – erscheinen mußte! Und dann – mach' keine zu großen Sprünge, sondern suche Dir doch möglichst etwas zurückzulegen; es kommen dann mal Zeiten, wo Dir ein disponibles Sümmchen von unendlichem Wert ist, und bedenke, wenn's dann hieße wie in einem bekannten Kriegslied: »Es tritt kein andrer für ihn ein, auf sich selber steht er dann ganz allein!«, wie müßtest Du dann wünschen, Deine Kräfte zusammengehalten zu haben.

Du schriebst einmal, daß Du dort auch alle Zeitungsnachrichten aus dem Vaterland erhieltest, – so wirst Du auch die von der Aufkündig[un]g Freiligraths[1] seiner königlichen Pension gelesen haben? – Was auch der eine oder andre von den s[o]g[enannten] Freisinnigen für Aufhebens davon machen möchte, im *Ganzen* hat er sich durch dies hin und her und her und hin seiner Ansichten oder vielmehr s[eine]s *Benehmens* – vorzüglich jetzt durch die Art und Weise, wie er obiges tat – bei *keiner* Partei Ruhm erworben, vielmehr hat er sich durch sein übermütiges Wesen in dem Urteil der Welt, sie mag benannt sein, wie sie will (nicht nur bei Alth[aus'] Lisbeth, die neul[ich] in einer Gesellschaft geäußert: »Kein ordentl[icher] Mensch könne ja auch von jener Reg[ierung] mehr eine Pension annehmen!« Worauf eine Eschenburg erwidert: »So! Nun dann würde man ja auch nächstens wohl hören, daß Ihr Großvater darauf aber die seinige auch aufgegeben habe!« Dies wird schon nicht vergessen. – Sie ist näml[ich], seit Theod. zu Hause und sie in Soden gewesen ist, wo sie Freiligr. kennenlernte, ungeheuer freigeisterig geworden), nur geschadet, und sein hochtrabendes »Glaubens-Bekenntnis« wird nur mitleidig belächelt – denn was liegt auch wohl dem König an dem pol[itischen] Gl.-Bekenntnis solch eines kleinen Lichts wie F. gelegen?! Übrigens denke ich, wird er sich nun sehr natürlicher Weise gezwungen sehen, sich hübsch an die Arbeit zu [be]geben und wie es einem ehrlichen Kerl geziemt: im Schweiße s[eine]s Angesichts sein Brot *verdienen*, *wie* er es denn auch anstellt, aber er wird doch samt s[eine]m Weibe nicht Lust haben, Hunger zu leiden, und *das* mag am Ende die ersprießlichste Frucht von der ganzen Geschichte für ihn sein. – Ein andrer Artikel berührte mich in diesen Tagen sehr schmerzlich, nämlich die Anzeige des Todes unsres verehrten O[ber]-Pr[äsidenten] von Vincke;[2] – schon vor einigen Wochen hatte er, und zwar auf einer Reise, einen Anfall vom Nervenschlag gehabt, wurde jedoch – wenn auch noch krank – noch nach Münster gebracht, er erholte sich wieder, so daß man wieder Aussicht zur völligen Wiedergenesung hatte, doch am 2. d[iese]s wiederholte sich der Anfall und machte plötzlich seinem so vielbewegten, gemeinnützigen Leben ein Ende! – Ich kann Dir nicht sagen, wievieles durch diesen Todesfall in mir aufgeregt wurde; er *war* und *blieb* der treuste Freund Deines Vaters auch noch nach seinem Tode – ich sehe *noch* seine Augen in Tränen bei Deinem Anblick erglänzen, als er vor'm Jahr *Dich* hier traf und er so lebhaft durch Deine Gesichtszüge an den ihm so teuren Vollendeten erinnert wurde! – Und wie rüstig war er noch damals. – Wer hätte ihn wohl den 70ern so nah gehalten? Es fehlte ihm jetzt nur 1 Monat an siebzig Jahren, und im nächsten Jahr würde er sein 50jähr[iges] Amtsjubiläum gefeiert haben, aber so ist's: »Unser Leben währt siebzig, und wenn's hoch kommt, sind's achtzig, und wenn's köstlich gewesen ist, so ist's Mühe und Arbeit gewesen!«[3] Er hat sein Leben lang ungeheuer gearbeitet und unbeschreiblich viel geleistet – vorzügl[ich] während der für Preußen so unglückl[ichen] Jahre und nach s[eine]m Wiedererstehen; er gehört zu denen, welche sich's persönlich die größten Opfer haben kosten lassen, Deutschland von der Fremdherrschaft befreien zu helfen. Bei Gel[egenheit] sollst Du mehr davon hören.

Den 12.: Seit 14 Tagen an starkem Kopfweh leidend, fehlte es mir an Lust und Mut, den Brief an Dich, m[ein] l[ieber] G[eorg], wieder aufzunehmen; denke deshalb doch ja nicht, daß es aus Vernachlässig[un]g so lange währte, bevor Du Nachricht von uns erhältst – auch erwarte ich nun noch etwas von Wilhelm für Dich. Dann muß ich Dir klagen, daß wir uns hier mit Preußen über das Pflastergeld entzweit haben, und das Ende vom Lied ist, daß mit dem 1. Oktober k. Jahrs die preuß[ischen] Posten nicht mehr durch's Lippische Land kommen – eine dumme Geschichte! Doppelt ärgerl[ich], da erst vor kurzem das Porto um 1/3 herabgesetzt wurde. Nun geht künftig wieder alles per Thurn und Taxis, wo es höher steht; bei der Korrespond[en]z mit *Dir* macht's eben nichts aus, aber mit Ferdinand, und Wilh. kann dann auch nicht mehr für 1/2 Rtl. vom Blomb[er]g hieher- oder zurückfahren – hätte man *mich* nur erst gefragt! – Die englischen Papiere sind uns allerdings sehr interessant, indes sieh doch zu, daß sie nicht zu hoch ins P[or]to laufen; habt Ihr keine Sendungen an den Rhein? Das würde einen bedeutenden Unterschied im Vergleich mit Hamb[ur]g machen.

Setze Dich außerdem denn doch einmal mit den Kölnern in Korrespondenz; die Großmut ist freilich eine schöne Tugend – wie jede! – Doch alles zur rechten Zeit und am rechten Ort; *ich* zum Beispiel werde sie nächst[en]s wohl noch an unserm Berliner zu üben Gelegenh[ei]t haben, da Wilhelm mir sagte, F[erdinand] würde am Schluß des Jahres noch wohl etwas Zuschuß haben müssen; auch war es sein sehnlicher Wunsch, im Frühjahr mal herkommen zu können, – vielleicht im Februar, wo es am ruhigsten in ihrem Geschäft – er ist dann 2 J[ahre] dort, und es würde *mir* natürl[ich] auch höchst erwünscht sein, wenn's mögl[ich] wäre, aber auch die Befriedig[un]g dieses Wunsches erfordert so etwas – wenn auch keine Großmut! À propos! Hast Du »Humphry's Wand-Uhr« von Boz (Charles Dickens) gelesen?[4] Sie hat mich in den langen Novemberabenden sehr unterhalten. Aber welche Kunde ist bis zu mir gedrungen! Es soll ja in Bradford ein unbändig liberaler Bart an's Licht getreten sein – kaum glaublich zu hören – wahrscheinlich jedoch ist dies schauerliche Wintermärchen nur aus dem Hirn einer der erfindungsreichen Damen der »Priory« entsprungen – sollte aber unverhoffter Weise etwas Wahres an der Sache sein, so wäre mir die *separierte* Begleitung der zarten Bewohnerinnen von Stalybridge durch einen gewissen jungen Blonden vollkommen erklärt; hu, auch vor solcher Nähe! Freilich hart – aber gerecht!

Den 13., nachmittags: Da erhalte ich eben die Einl[adung] W[ilhelms], erhielt vor deren Abs[en]d[un]g ein Schreiben vom Onkel, worin es hieß: »Lina hat einen fatalen Husten und ist sehr bleich. Ernst, der Dichter-Jurist, wird nächst[en]s die Pandekten poetisch herausgeben. Ferdinand geht umher und suchet, welchen Wollhändler er verschlinge. Er ist mit s[eine]r Lage zufrieden. Hättest Du nicht die Zusichrung erhalten, wovon Dir Wilh. zweifelsohne schreibt – so würde ich Dich zur vakanten Stelle in Alpen, bei Loo, vorgeschlagen haben.«

Wilhelm setzt hinzu: »Das kann er jetzt gut sagen.« Sieh, m. l. G.! Da hast Du also brühheiße Nachrichten, wären sie nun auch erst in Deinen Händen. – Von Carl den schönsten Gruß! Er hielt dieser Tage einen Vortrag im lit[erarischen] Verein über »Der Gegensatz der Geschlechter«. Nun bestürmen ihn Ehemänner und Bräutigämmer um das Konzept – es kam eine köstl[iche] Platonische Stelle drin vor, die er mir vorlas, und ich will Dir nun auch erst den Plato empfehlen, eh' Du die Liebe besingst. – Übrig[en]s gehab Dich wohl – möchten die Weihnachtsfeiert[age] dort nicht gar zu dunkel sein! Hier haben wir seit ca. 14 Tagen 8 Grad R[eaumu]r, also schon eine gehörige Kälte; *so* wird's nun bei Euch wohl nicht sein –

Erfreue mich bald – und wenn ich bitten darf – mit einem etwas ruhigern Brf. wie der letzte – der etwas sehr wild war – (Miss Cheetham meinte, hier gäbe es solche »wilden Männer wie z.B. Hauptm[ann] Runnenb[erg] und [...?] nicht« – welche sie auf einer Partie nach Meinb[er]g kennenlernte).

Hier denn noch die herzlichste Umarmung von

Deiner treuen Mutter.

1 Freiligrath hatte sich zwischen 1839 und 1844 zunehmend von der romantisch-exotischen zu einer realistischen, sozial geprägten Thematik gewandelt. In offene Opposition zu Preußen stellte er sich mit seiner 1844 erschienenen Gedichtsammlung »Ein Glaubensbekenntnis«, mit deren Erscheinen er gleichzeitig einen ihm auf Veranlassung Wilhelm von Humboldts ausgesetzen Ehrensold zurückgab. Seine Lyrik gewann in dem durch das »Glaubensbekenntnis« veranlaßten Exil in Belgien, der Schweiz und England revolutionäre Züge, wie sie sich vor allem an den Kampfliedern in »Ça ira« (1846) und »Neuere politische und soziale Gedichte« (1849) zeigten.

2 Ludwig Freiherr von Vincke war am 2.12.1844 gestorben.

3 Psalm Nr. 90,10.

4 Charles Dickens (1812–1870), Pseudonym Boz, schrieb 1843 »Christmas carol« und 1844 »Chimes«. Diese Weihnachtsgeschichten predigen eine sentimentale soziale Philosophie.

97.
Wilhelm Weerth an Georg Weerth

Blomberg, den 10.12.1844

Lieber Georg!

Obgleich ich von Arbeit fast erdrückt, kann ich's doch nicht unterlassen, von der Mutter Anerbieten Gebrauch zu machen, da ich Dir so lange, lange nicht geschrieben und fast ebenso lange nichts von Dir gehört habe.

Mir geht's, um gleich mit meiner werten Person anzufangen, körperlich und geistig recht gut, obgleich ich ein schweres halbes Jahr durchgemacht habe, indem ich wöchentlich 18 öffentliche und 8 Privatstunden gab und außerdem jeden Sonntag predigte, zuweilen in der Woche außerdem noch Taufen und Kopulationen besorgen mußte. Doch ich bin damit fertig geworden und hoffe auch ferner damit fertig zu werden. Weil ich in Lippstadt aber traurige Erfahrungen gemacht hatte, so hielt ich's für's beste, mich hier sicher zu stellen, und hielt vor einigen Wochen an, daß man mir die Zusicherung geben solle, daß man im Falle von einer Vakanz auf mich Rücksicht nehmen werde; widrigenfalls sähe ich mich genötigt, bei einer passenden Gelegenheit (die mir freilich selbst vollkommen unbekannt war), fortzugehen. Ich erhielt andern Tags die erfreuliche Antwort, »man werde mich, sobald eine der beiden Stellen vakant würde, dem Fürsten primo loco vorschlagen«, eine Antwort, die mich besonders deshalb auch erfreuen mußte, weil bemerkt war, das sei von Magistrat und Stadtverordneten einstimmig beschlossen. So habe ich hier festen Fuß gefaßt und werde wohl, wenn mir nicht durch irgendeinen Schwung eine gute Stelle zuteil wird, hier bleiben, da mir das Leben ohnedem auch ganz gut gefällt. Hoffentlich wird ja wohl einer der beiden Herrn, Gott verzeih mir die Sünde, bald das Zeitliche segnen, da der eine 80, der andre 66 Jahre alt ist, und Du kannst mich dann in Zukunft hier in Blomberg als ehrsamen Pfarrer begrüßen.

In meinen Michaeli-Ferien machte ich, um mich etwas zu erholen, eine Reise nach Berlin. Der Onkel war nämlich in Soest auf der Synode und bot mir an, mich mitzunehmen. So machte ich mich auf, besuchte meinen Freund Böhmer in Lippstadt, der vor einigen Wochen seine zweite Frau, die mir nicht besonders gefiel, genommen hatte, dann machte ich einige Synodalsitzungen mit, welche mir großes Vergnügen gewährten, und segelte darauf mit dem Alten nach Berlin. Ferdinand war sehr wohlauf, sein Geschäft schien ihm zu behagen, seine Leute waren sehr mit ihm zufrieden. Opdenhoff jedoch drückte mir seine Besorgnis aus, daß Ferdinand auf die Dauer nicht mit seinem Schwager, dem jüngeren Lampson, fertig würde, da dieser sehr heftig sei. Ferdinand sagte mir, daß er sich allerdings sehr in acht nehmen müßte, aber doch hoffte, mit ihm fertig zu werden. Auf Neujahr erwartet er ganz gewiß eine Zulage, die ich ihm auch von ganzem Herzen wünschen möchte, da er mit 300 Rtl. nicht gut auskommen kann. Doch hierüber wird er Dir vielleicht genauer geschrieben haben. Schulden hat er noch nicht und unterscheidet sich hierdurch auf eine vorteilhafte Weise von seinen älteren Brüdern. Wie steht's mit Dir? Ich bin bis jetzt noch nicht weiter, doch in dem kommenden Jahr kann und werde ich etwas abtragen. – Noch einmal auf Ferdinand zurückzukommen! Das, was ich von ihm wünschte, daß er das verfluchte Schnupfen ließ. Du kannst es ihm auch wohl abraten. Es empfiehlt ihn gar nicht. Ein feines Benehmen ist gewiß auch für einen Kaufmann gut, und vor dieser Klippe muß sich Ferdinand in acht nehmen. Er läßt sich zuweilen, wie es mir vorkömmt, zuviel gehen. Doch dies unter uns! Ob seine Hoffnung, in Zukunft in Berlin sein Brot zu finden, in Erfüllung geht, steht dahin, Gewandtheit dazu besitzt er gewiß, als Agent, Kommissionär aufzutreten; hierzu scheint er mir von der Natur wohl bestimmt, wie zum Comptoir-Arbeiten. Ich fragte ihn wegen seiner Kölner Schönen, doch behauptete [er], die Sache sei nicht so ernstlich gemeint. Ist dem so, oder was hältst Du davon? Ad vocem Schöne, ich soll Dir auch einen Gruß von Lina Tendering bestellen, sie ist Dir noch ganz gut zu. Wie es mir vorkömmt, hätte der Onkel es nicht ungern gesehen, wenn sich zwischen ihr und mir ein Verhältnis angesponnen hätte, denn auf der Reise riet er mir, die L. T. mal gerade zu beobachten, ob sie mir auch wohl gefiele und dergleichen mehr.

Sie hat mir auch ganz [gut gefall]en und wie ich glaube, ich ebenfalls, aber leider g[laube] ich, daß sie in hohem Grade Anlage zur Schwindsucht hat, wie sie mir dies selbst auf einem Spaziergang einmal sagte und ich auch aus ihrem beständigen Husten schließen mußte. Georg, wie schade! Sonst in jeder Weise eine so nette Partie! Da ich grade beim schönen Geschlecht bin, so will ich Dir auch noch in aller Eile erzählen, daß ich vor einigen Wochen unerwarteterweise Ida und Francis Cheetham im [...?]haus traf und nach Detmold begleitete. Die kleine Fr. hat mich sehr freundlich eingeladen, nach Dresden zu kommen, um sie zu besuchen. Was hältst Du davon? Sollte ein ehrlicher Christenmensch mal sein Glück versuchen? Halt mich nicht für einen Narren, und nimm die Sache nicht zu leicht. Ich komme mit der Zeit in die Jahre, wo man sich nach einer teuren Ehehälfte umsehen muß, und eine englische, mit Pfründen versehene, wäre nicht übel! Oder heißt's hier von vornherein, wie der selige Vater oft sagte, laß sein, es sind dem Junkern seine Göse. – Daß die Pastorin von Cölln noch immer recht unpaß ist, wird die Mutter gewiß schreiben, daß es Carl und Cölln und Lottchen gut geht, der alte Oberpräsident von Vincke tot ist, daß fünf Prediger, Malm, Stockmeyer, Rohdewald, Schmidt und Krücke in Untersuchung sind, weil sie gegen das Konsistorium opponiert haben und vielleicht suspendiert oder abgesetzt werden, nicht minder, und so bleibt mir denn nichts andres übrig, als Dich auf das allerbeste zu grüßen, Dich zu bitten, von verschiedenen meiner Mitteilungen keinen Gebrauch zu machen und mir recht, recht bald zu schreiben. Es kömmt mir wie eine Ewigkeit vor, seit ich nichts von Dir selbst hörte, und empfang für die Bilder meinen besten Dank, es waren einige recht gute darunter. Aber lieber soll es mir sein, wenn Du mir mal von Dir selbst, von Deinen Hoffnungen und Wünschen, von Deinem Denken und Treiben schreibst, wir kommen sonst ganz auseinander und werden uns von Tage zu Tage fremder! Wenn Du mir also auf Weihnachten einen Brief schicken willst, so wird mir dies, nachdem ich an den 2 Weihnachtstagen dreimal gepredigt habe, eine wahre Freude und Erholung sein. Und nun Gott befohlen, lieber bester Georg! In Gedanken grüßt und küßt Dich aufs herzlichste

Dein Bruder Wilhelm.

Soeben schreibt mir der Onkel. Ottil[ie] und Lina sprechen mit großer Herzlichkeit von Dir und lassen Dich grüßen. Lina aber hat einen fatalen Husten und ist sehr bleich. Ernst, der Dichter-Jurist, der nächstens die Pandekten poetisch herausgeben wird, grüßt Dich sehr. Ferdinand, der wie ein brüllender Löwe umhergeht, faucht [?] nun [?], er verschlinge den h[iesigen?] Wollhändler. Er ist sonst mit seiner Lage zufrieden.

98.

Georg Weerth an Wilhelmine Weerth

[Bradford, Ende Dezember 1844][1]

Liebe Mutter!

Ich küsse Dich einmal – aber mit aller Liebe, von ganzem Herzen und danke Dir für Deinen Brief (per Ostende), den ich nächster Tage beantworte. – Erlaß es mir für heute, ich bin gerade auf dem Sprung, nach York zu reisen, wo ich morgen in der alten Kathedrale zur Kirche gehe. Die Einl[age] besorge gütigst sehr schnell.

Dein Georg.

1 Zur Datierung vgl. Brief 102.

99.
Georg Weerth an Wilhelm Weerth

Bradford/Yorks[hire], 24. Dezember 1844

Lieber Wilhelm!

Sturm und Eis haben Deinen letzten Brief ziemlich lange unterwegs gehalten; – die Antwort wird daher erst wohl einige Tage nach Weihnachten eintreffen. – Daß ich Dir lange Zeit nicht geschrieben, ist nur ein Überfluß von großer Liebe zu Dir, denn wahrhaftig, in der letzten Periode meines Bradforder Daseins ist mir oft die Pfeife des lieben Humors ausgegangen, und nur erbärmliche Epistel hätte ich schreiben können. Daß es Dir wohl geht, freut mich, – und daß es Dir nicht noch besser geht, tut mir leid. Aber was ist zu tun? Die Not ist am Ende das einzige Gute auf der Welt, – ein bißchen Not stachelt in die Rippen hinein, und vor uns liegt die Zukunft. –

Den alten Blomberger Pfaffen wünsche ich ein seliges Ende, – wenn man 70 Jahre alt ist, da bleibt einem nicht viel mehr übrig als zu sterben, und ein solch altes Fell nützt vielleicht durch seinen Tod mehr als durch sein ganzes Leben.

Von Ferdinand hörte ich lange nichts; – neulich machte ich ihn auf etwas aufmerksam, weiß aber nicht, ob es ihm von Nutzen war. Vielleicht könnte ich ihn hier in Bradford wohl einmal unterbringen, aber habe ihn zu lieb, als dies zu tun. In diesem nebeligen, kalten, ungesellschaftlichen, gräulich liederlichen Bezirk kann nur eine Fliege wie ich ausdauern, die schon mit allen Hunden gehetzt ist – oder ein Vieh. – Es ist nichts für Ferdinand hier – aber ich will sehen, daß ich sonst von Nutzen für ihn bin. Ich sage Dir, Wilhelm, es ist alles Scheißdreck.

Wo Geld ist, da ist der Teufel. Aber wo kein Geld ist, da ist er zweimal.

Dem alten Geldgott wird übrigens bald das Handwerk gelegt sein. Rothschild wird verhungern bei all seinem Reichtum. Die sozialistischen Ideen greifen hier in England auf eine erstaunliche Weise um sich. Wir brauchen hier nur zwei Jahre hintereinander eine Mißernte zu haben, außerdem irgendein Pech in der kommerziellen Welt, und die Revolution ist fertig, – eine Revolution nicht gegen königliche Gewalt, gegen parlamentarische Albernheiten oder gegen die Religion, sondern gegen das Eigentum.

Der Arbeiter, der durch chartistische[1] Umtriebe, durch Petitionieren und aufrührerische Meetings nie zu seinem Ziel kam, wird hintereinander den Nerv der jetzigen Gesellschaft zerschneiden und das Geld anfassen. – Ich bin davon überzeugt, daß in kurzem derselbe Spektakel hier losbricht, wie Ihr ihn in Schlesien[2] gehabt habt, und der Unterschied wird nur zwischen diesen beiden Ereignissen der sein, daß in Schlesien der Arbeiter ins Loch kommt und hier der Arbeiter an's Ruder.

Denn jeder gemeine Mann in England, wenn er auch nicht die Spur gelernt hat – er ist doch ein fertiger Politiker – er ist praktisch – er weiß, was er will!

Deshalb getrost! Dieser erbärmliche Zustand, daß man bei lebendigem Leibe schier verwest, wird in kurzer Zeit geändert sein. Einstweilen wird eine prächtige Propaganda gegen die Seele der jetzigen Gesellschaft gemacht, und ich freue mich von Herzen, daß ich ein Proletarier bin, der Religion, Eigentum und Vaterland mit bescheißen hilft.

Doch, um auf die Frauen[zimmer] zu kommen. Ich sage Dir, nichts ist besser als das Weib! Vereheliche Dich! Es ist das beste, was Du tun kannst, nur sei gescheit und lasse Dir keinen langweiligen Besen anhängen, z.B. die Ida Escher – warne auch Carl davor! – Die wird eine unausstehliche Ehefrau, philiströs, gouvernantisch – God forbid! – Aber die Lina Tendering ist eine liebe Dirne, – das sollte mich freuen, wenn das Deine Frau wäre, – ich liebe sie selbst noch, – es tut mir leid, daß sie schwindsüchtig ist, – die mußt Du heiraten, sie ist ja auch zu kurieren. Die kleine Engländerin kenne ich nicht so genau – ich möchte nicht zwischen ihren Beinen liegen, sie ist mir gar zu winzig – scheint aber eine gute, gescheite Mücke zu sein – sinnig – ein Veilchen.

Über unsre alte Mutter freue ich mich – das ist eine famose Frau! Sie schreibt mir Briefe – poetisch – aber echte Poesie! Und sie ist gut und honorig, wie es kein Edelmann je gewesen! Wenn ich je noch einmal in den Fall komme zu beten, so bete ich für unsre Mutter.

Leb wohl, lieber Wilhelm, verlaß Dich darauf, ich bin Dein treuer Bruder, nächstens sollst Du mehr von mir hören!

Dein Georg.

1 Der Chartismus ist die erste sozialistische Arbeiterbewegung in England. Sie erwuchs aus der Enttäuschung über die nur den Mittelstand befriedigende Reformbill von 1832 und beruhte auf einer von W. Lovett 1838 verfaßten »People's Charter«, in der in 6 Punkten besonders das allgemeine und geheime Stimmrecht gefordert wurden. Die chartistische Bewegung, organisiert in der »London Working Men's Organisation« und in der »National Charter Association«, veranstaltete im ganzen Lande Aktionen, um die politische Gleichberechtigung und den sozialen Schutz der Arbeiter durchzusetzen. Das Unterhaus lehnte indessen die Forderungen ab. 1842 erhielt eine Petition des Chartismus 3,3 Millionen Unterschriften. Vgl. auch »Geschichte der Chartisten«, SW, Bd. 3, S. 309 ff.

2 In Peterswaldau bei Langenbielau brach 1844 der Weberaufstand aus.

100.

Georg Weerth an Wilhelmine Weerth

B[radford]/Yorks[hire], 12. Januar 1845

Liebe Mutter!

Daß ich Dir vergnügte Weihnachtstage und ein glückliches Neujahr gewünscht habe, kannst Du Dir denken, wenn ich auch brieflich, nach alter Sitte, keine Anzeige davon machte. Aber die alten Sitten kommen ja immer mehr aus der Mode, und die Sache wird viel einfacher und schöner, wenn die alte Sitte im Herzen fortbesteht. Daraus ist sie auch nicht zu vertreiben und ist so damit verwachsen, daß sie selbst zum Herzen wurde. –

Nun kann ich Dir versichern, daß ich ein Herz habe, so gut wie jedes andere Menschenkind, und mein Herz ist die alte, gute Sitte, und die alte, gute Sitte ist mein herzlicher Glückwunsch.

Für Deine letzten Nachrichten sage ich Dir den besten Dank. Sie zeigen mir stets, daß es noch ein Leben gibt, wo Liebe und gute Laune die Seelen ineinanderschlingen; woran ich in diesem Lande, wo ein ewiger Jammer und die schrecklichste Not die grelle Fiedel streicht, oft zu zweifeln beginne. –

Es ist mir gewiß nie ein größeres Heil geschehen, als daß ich einst Gelegenheit fand, nach England zu gehen, wo man alles Elend, aber auch alle Mittel, es zu heben, kennenlernt. – Diese Mittel, dem Elend abzuhelfen, bilden auch den einzigen Trost. Während Ihr in Detmold unter Blumen und guten Menschen wandelt, treibe ich mich in der Mitte eines lärmenden Volkes herum, mache oft an einem Abend mehr Erfahrungen wie sonst in einem Jahr und finde oft, daß es sehr gut ist, das heitere rheinische Leben mit dem ernsten englischen für einige Zeit zu vertauschen. –

Glücklich, wer einmal in die Welt hinausgeschleudert wird.

Der Tod des alten von Vincke überraschte mich ebenfalls. Mit solchen alten Herren geht eine Generation zu Grabe, die wir lieb hatten. – Wir jungen Leute beginnen nun den Tanz an ihrer Stelle; oft auf andere Weise, aber gewiß mit derselben Begeisterung und mit demselben Wunsche, zu nützen. –

Der alte von Vincke hielt es seiner Arbeit wert, einer ziemlich herabgekommenen Provinz Preußens alle Tätigkeit zu schenken, und ein junger Mann, von dem Du sprichst, Freiligrath, glaubt, nichts Besseres tun zu können, als das Talent, was die Natur ihm gegeben, zum Angriff auf ihm verhaßte und unwürdig scheinende Verhältnisse zu verwenden. – Beide Leute hatten recht; – sie folgten ihrer Überzeugung und handelten. Wer am meisten nützte, das können wir noch nicht wissen; keiner verfehlte eine gewisse Wirkung, und so mag Friedrich Wilhelm IV. oft mehr vor dem einfachen Poeten zittern, als er sich einst über den alten von Vincke freute. Ob es aber nicht gut ist, daß bisweilen auch ein König zittert, das lasse Dir von Deinem gelehrten Carl, der sich ja mit Gegensätzen in diesem Augenblick befaßt, auseinandersetzen. Daß der König Ursache hat, vor einem Poeten zu zittern, das glaube ich. – Es gibt darüber einen schönen Vers, der ungefähr so heißt:

»Kennst du die Hölle Dantes,
Die schrecklichen Terzetten?
Wen der Dichter darin verwebt,
Den kann nichts mehr erretten!«[1]

D[as] heißt mit andren Worten: die Sünde der Könige wird durch den Poeten bekanntgemacht und kommt auf die späteste Nachwelt.

Daß ich Dir bisweilen etwas wilde Briefe schreibe, dafür kann ich gewiß nicht. – Es peinigen mich stets trübselige Gedanken, die mir meine Umgebung beibringt; – man muß sich in England mit dem armen Volke abgegeben haben, um zu wissen, was es für Unglück auf der Welt gibt. Es kann einen Bär zum Weinen bringen, ein Schaf zum Tiger machen. Ich sollte mich freilich lieber mit Wollengarn bekümmern, aber ich kann nicht anders, ich muß auch an etwas anderes denken.

Lange Zeit werde ich aber nicht mehr unter diesem barbarischen Geldvolk zubringen, denn diese Engländer, diese Reichen, sind mir verhaßt bis in den Tod. – Das kleine Mädchen, die Miss Cheetham, von der Du schreibst, mag ein gutes Kind sein, aber es faßt mich ein Schrecken, wenn ich an ihren Vater denke, der sein großes Vermögen durch den Ruin vieler Tausende seiner Arbeiter erwarb. – Liebe Mutter, es ist ein Glück, daß wir nicht reich sind; seit einiger Zeit denke ich an den seligen Vater mit doppelter Liebe und werde ihn nie vergessen. – Ein Trost in dieser schwarzen Umgebung wird mir vielleicht die Veränderung sein, die im Passavantschen Hause vorgeht. Der Alte gibt nämlich sein Geschäft in Manchester auf und zieht mit Frau und Kindern hierher. – Auf seine Frau freue ich mich sehr, ich habe mich fast in die alte Dame verschossen, denn sie hat so lebhafte Augen und spricht gescheit über Kirche und Staat.

Ein weibliches Wesen tut mir überhaupt not, – denn das will ich den Frauenzimmern nur zum Ruhme nachsagen, sie können ein Menschenkind erfreuen und erheitern. – Am liebsten heiratete ich gleich – aber leider habe ich noch manche Schlacht zu gewinnen, ehe ich den Rat des Landpredigers von Wakefield[2] befolgen kann. Meine verehrten Herren Brüder sollten übrigens doch nicht gar zu platonisch werden, – wenn sie auch nicht gerade die gewiß sehr geistreiche Ida freien, – so will ich Carl doch wenigstens erlauben, ein lächelndes Reigerungsratskind oder dergleichen von der Kammer oder Kanzlei zu beschauen, und wenn Wilhelm die Miss Cheetham erobern will und ihr halbes Vermögen an die Armen gibt, so werde ich ein Auge bei dieser Heirat zudrücken.

Denn Du weißt, Mutter, ich bin human. Ehe Ihr übrigens entscheidende Schritte tut, fragt doch lieber bei mir an, – mein Weltblick weiß die Spreu vom Weizen zu sondern, und gebe ich meine Einwilligung, da sind sämtliche Hindernisse beiseite geschoben. – Natürlich.

Ob unser Ferdinand auch schon in den Stand der heiligen Ehe getreten ist, steht dahin. Fast möchte ich es vermuten, denn nur ein Übermaß menschlicher Glückseligkeit kann ihn so lange vom Schreiben abhalten; – seit Jahrtausenden hörte ich nichts von ihm. –

Da dieser B[rie]f per Einschluß gehen soll, so habe ich keine Zeit, weiterzuschreiben. A propos, hast Du Geld von Köln erhalten? – Neulich erhielt ich einige Nachrichten von dort. –

An alle Geliebten und Liebenden meinen herzlichen Gruß!

Von ganzem Herzen

Dein Georg.

Es freut mich, daß Dir der Boz Freude macht; – er ist ein edler Mann – hier in England wird er ungemein verehrt. – Er hat jetzt eine Weihnachtsgeschichte geschrieben, welche am besten erzählt, wie es bei armen Leuten hergeht. – Neulich las mir mein Schneider, ein armer Teufel, etwas daraus vor – und die hellen Tränen standen ihm zuletzt im Auge. –

1 Heine, Deutschland. Ein Wintermärchen. Caput XXVII. Genau heißt das Zitat:
»Kennst Du die Hölle des Dante nicht,
Die schrecklichen Terzetten?
Wen da der Dichter hineingesperrt,
Den kann kein Gott mehr retten –«

2 Gemeint ist die Erzählung »The vicar of Wakefield« (1766) von Oliver Goldsmith (1728–1774). Der erste Satz heißt: »Ich war stets der Ansicht, daß ein rechtschaffener Mann, wenn er sich verheiratet und eine zahlreiche Familie auferzieht, mehr Nutzen stiftet, als wenn er unverheiratet bleibt und nur von Bevölkerung redet.«

101.

Georg Weerth an Friedrich aus'm Weerth

Bradford/Yorks[hire], 22. Januar 1845

Verehrter Herr Kommerzienrat!

Seit ich im Sommer 1843 einen dummen Streich[1] machte, wagte ich nicht mehr, Ihnen zu schreiben. Mit den dummen Streichen ist es eine sonderbare Sache; sie können oft sehr ruinierend sein, oft aber auch in das Gegenteil umschlagen und den Weg zu neuen, erwünschten Verhältnissen bahnen. Durch den meinigen habe ich viel verloren und viel gewonnen. Eine der angenehmsten Stellungen, die ein Mensch wie ich am Rhein haben kann, ging verloren, und mein einziger Trost war, daß ich in ein Land wie Großbritannien geriet, wo auch der erschrecklichste Tölpel gescheit werden kann. So kam Hans mit seiner Dummheit fort, und außerdem habe ich die bessere Gestaltung der Dinge gewiß nur jenem edlen, prächtigen Manne zu verdanken, der Ihnen unter dem Namen Gruber ja auch lieb ist. –

Die materiellen Glückseligkeiten entwickeln sich heutzutage nicht mehr so im Sturm wie wohl früher zu manchen Epochen, und so schreite auch ich nur langsam vorwärts. Dagegen ist mir in dieser Wiege des Handels und der Politik, in diesem England, schnell eine solche Gelegenheit erwachsen, Kenntnisse zu sammeln und Beobachtungen anzustellen, wie ich sie sonst wohl vergebens gesucht haben würde. Ich glaube, daß England in diesem Augenblick die wahre Schule für einen jungen Mann ist, denn dies kalte, heuchlerische Volk, das vom Premier herab bis zum gewöhnlichsten Krämer unter der Maske der Religion so große Niederträchtigkeiten begeht wie nur möglich und das auf der andern Seite doch zu gleicher Zeit bei allen heilsamen Weltbewegungen an der Spitze steht, eröffnet mit einem Schlage die Aussicht in einen Abgrund der Verworfenheit und in ein herrliches Feld rein menschlicher Bestrebungen. Zudem scheint England das Terrain zu sein, auf dem die nächste Revolution wächst; – denn nirgends ist die Armut und die Unzufriedenheit des gemeinen Mannes brennender wie hier. Die Leiter der Volksopposition machen sich dies trefflich zunutze und haben darin ein neues Mittel zu ihrem Zweck erfunden, daß sie nicht wie früher bloß die Lächerlichkeit des jetzigen Parlaments, die schlechte Volksvertretung, angreifen, sondern ihren Sturm direkt auf den Nerv der jetzigen Gesellschaft, auf das Geld, auf das Eigentum, richten, indem sie, freilich noch etwas sub rosa, dem Volke auseinandersetzen: »Der Aristokrat hat euch jahrhundertelang bestohlen, und eure Händler und Fabrikbesitzer bestehlen euch jeden Tag; – erklärt dem Eigentum den Krieg, und ihr werdet gewinnen!«

Dies leuchtet nun zwar dem Engländer, welcher mehr wie alle andern Menschen an die Ungleichheit des Besitzes gewöhnt ist, nicht gleich ein, – da die Sache aber zu verlockend ist und den gereizten Gemütern jetzt immer energischer auseinandergesetzt wird, so unterliegt es keinem Zweifel, daß bei einer wiederkehrenden Handelskrisis, welche die Brotlosen zu Tausenden auf die Straße jagt, der Funke zünden wird, daß man das Eigentum angreift und nicht, wie bei dem letzten Aufstand in Lancashire und Yorkshire, nur murrend aus der Arbeit geht, sondern in die Häuser der Reichen einbricht, sich mit dem Notwendigen versorgt, die Arbeit auf längere Zeit weigert und dadurch eine totale Umwälzung herbeiführt. – Dadurch, daß hier nicht wie anderorts stets eine imponierende Soldateska bei der Hand ist und die irische Repeal[2] wie ein Gepenst dem Gouvernement im Rücken sitzt, so ist auch anzunehmen, daß der englische Arbeiter besser reüssieren wird wie der schlesische bei seinem kleinen Versuch.

Diese kleine Schilderung mag Ihnen beweisen, mit welchem verteufelten Ernst bei der Sache zu Werk gegangen wird. In den Zeitungen werden Sie zwar wenig davon lesen; ich habe mich aber in den Meetings der Arbeiter, in verschiedenen Distrikten, davon überzeugt, daß die Leute nichts mehr auf die schönen Aussichten des Handels mit China geben und sich weder durch die Methode der Jung-Engländer,[3] Ländereien zu parzellieren und einzeln an Arbeiter zu vermieten, noch durch Abschaffung der Korngesetze und Verringerung der Arbeitsstunden beruhigen lassen wollen, sondern vielmehr zu der Überzeugung kommen, daß jeder Vorteil, wenn er errungen und dem Parlament abgepreßt ist, doch nur von den Händlern und Fabrikanten ausgebeutet wird und daß man das Volk nach wie vor schindet. –

Wenn je ein gründliches Donnerwetter über England hereinzubrechen drohte, so ist dies jetzt der Fall, und, um die Sache in Ihren Bereich hineinzuziehen, so kann nicht geleugnet werden, daß vielleicht bald schon eine Zeit kommt, wo der englische Arbeiter nicht mehr für den Deutschen arbeiten und fabrizieren wird und die Beschleunigung der industriellen Tätigkeit im Auslande Notwendigkeit wird. Ob aber durch eine größere Anzahl von Fabriken in Deutschland dann nicht derselbe Tanz wie in England losgeht, das ist eine andre Frage und hängt von der Milde der Kapitalisten und einer guten Staatswirtschaft ab. –

Um das über England Gesagte zusammenzufassen, so kann man sich so ausdrücken: Die Möglichkeit einer Handelskrisis und der aufhörende Respekt vor dem Eigentum sind die zwei Sachen, welche in England eine Höllenmaschine bereiten, die den größten Teil der jetzigen Gesellschaft in die Luft sprengen wird. –

Das einzige Mittel, um diese Katastrophe gelinder zu machen, ist eine bessere Volkserziehung, die dem Arbeiter erstens friedlichere Gedanken beibringt und ihn dann auch lehrt, mit wenigem besser hauszuhalten. Daß der Knoten nur auf friedlichem Wege gelöst werden kann, das versteht sich von selbst. Raub und Mord werden das alte Elend schnell zurückbringen, und darin scheint man in Deutschland auf der rechten Spur zu sein, daß man Vereine bildet, um der leiblichen Not abzuhelfen, und zugleich die Erziehung fördert. Wenn dies auf radikale Weise geschieht, so muß es den größesten Teil der Gefahr entfernen.

Man sieht es hier täglich, wie nicht nur die Not, sondern namentlich die Unwissenheit zum Verbrechen verleitet, – in den meisten Fällen haben diese beiden Sachen den Menschen zum Verbrechen gezwungen. Daß also die Gesellschaft nicht nur des Volkes wegen, sondern auch zu ihrer eignen Sicherheit Zugeständnisse machen muß, liegt auf der Hand. Ich für meinen Teil gehe stets darauf aus, alle Wunden und Blößen aufzudecken, denn man kann nur verbinden und amputieren, wenn man die Wunden besieht.

Wenn ich Ihnen auf diese Weise einen Bericht über meinen hiesigen Aufenthalt mache, so geschieht es mit dem Wunsche, Ihnen zu beweisen, wie lebhaftes Interesse ich noch stets an den Angelegenheiten nehme, die ich zuerst unter Ihrer Leitung kennenlernte. Wir jungen Leute behandeln die Sache freilich oft anders wie die erfahrenen alten; aber wir tun, was wir können, – wir tun, was wir für recht halten – ob man uns hängt oder stäupt – das ist einerlei! Am Ende holt uns doch alle der Teufel.

Haben Sie die Güte, mich in freundlichem Andenken zu behalten; ich habe freilich noch einige Zeit nötig, bis ich Ihnen ganz unbefangen vor die Augen kommen darf. Da ich aber lustig am Arbeiten bleibe, so werde ich mich schon in die Höhe krabbeln, und die vielen Freundlichkeiten, welche ich in Ihrem Hause genoß, vergesse ich nie! –

Mit dem herzlichsten Gruße an Ihre Angehörigen bleibe ich, verehrter Herr Kommerzienrat,

Ihr aufrichtig ergebener Georg Weerth.

1 Vgl. Georgs Brief an die Mutter, 8.9.1843.
2 Irische Unabhängigkeitsbewegung mit dem Ziel, die Union von England und Irland aufzulösen.
3 Der Begriff stammt von Disraeli (1804–1881), der zunächst als Schriftsteller berühmt wurde, 1837 ins Unterhaus gewählt wurde, womit seine politische Karriere begann. 1843–45 sammelte er im Unterhaus eine kleine Gruppe, das »Junge England« um sich, die den Gedanken der Torydemokratie vertrat. In den politischen Tendenzromanen »Coningsby, or the new generation« (1844), »Sibyl, or the two nations« (1845) und »Tancred, or the new crusade« (1847) stellte er der Routinepolitik Peels die wahre Torypartei gegenüber, die sich über die bürgerlichen Interessen erheben und eine Brücke vom Königtum und Adel zum notleidenden Volk schlagen sollte. 1846 gehörte Disraeli zu den schärfsten schutzzöllnerischen Gegnern Peels. 1848 wurde er Führer der Konservativen im Unterhaus, später auch Premierminister.

102.

Wilhelmine Weerth an Georg Weerth

Detmold, 26. [und 27.] 1. 1845

Schon hatte ich Dir, mein lieber Georg, vor stark acht Tagen einen bedeutenden Brief geschrieben, da mir schon verschiedne angenehme Lebenszeichen von Dir zugekommen waren; doch da nun auch vor ein paar Tagen noch der mir versprochne Br[ie]f – per Rheydt – einlief, so beginne ich von neuem; indes zunächst von dem frühern. Erst[en]s kam von Köln – unter dem Petschaft: »Hotel du Rhein«? – ein Paket Zeitungen etc. Die Londoner Illustrierten sind großartig, – vorzüglich der königl[iche] Zug zur Einweih[un]g d[er] n[euen] Börse, – auch wären die Bahnzügler nicht übel, wenn man sich nur nicht immer bemühte, die Menschen möglichst zu verhäßlichen – was m[eine]n Schönheitssinn beleidigt – doch haben sie uns und andern Spaß gemacht. Der »Punch«[1] aber bleibt für die, welche nicht in die Feinheiten der engl[ischen] Sprache eingeweiht sind, nicht lange *kurz*weilig, – sogar sind *mir* die ewig wiederkehrenden Karikaturen fatal, da ich von jeher alle das menschl[iche] Angesicht entstellenden Bilder haßte; – Du wirst Dich noch erinnern, wie unsre Neigungen sich darin nie begegneten, wenn Du Deiner Phantasie auf allen Bücherumschlägen, Tafelränden etc. freien Spielraum gewährtest, – ja sogar bis auf diese Stunde jedes weiße Feld des Dame-

oder Schachbretts noch die Spuren davon tragen! – Deshalb mag Dir meine Bitte – dergl[eichen] doch lieber nicht mehr übers Meer zu senden – nicht gar zu auffallend sein. Für die Männer ist's freil[ich] schon etwas andres, doch – wie gesagt – der Unkunde in der Sprache halben, können ihnen die Geschichten auch nicht das Interesse gewähren; – dann hält man hier jetzt auch eine illustrierte Zeitung auf der Ressource, die sie schon einigermaßen dafür schadlos halten kann.

Zum andern: erhielt ich bald nachher, von einem höflichen Schreiben des H[errn] DuMont begleitet, Rtl. 37,– per K[assen]anweisung als »Honorar für die Beiträge m[eine]s H[errn] Sohns zum Feuil[leton] der ›Köl[nischen] Z[ei]t[un]g‹ im J[ahre] 44«, von dessen Empfang ich H. D. M. umgeh[en]d benachrichtigte. Wenn Du nur wüßtest, wie m[eine]m Hausherrn seit Neujahr wieder die Rechnungen über'm Haupt zusammenschlugen, so könntest Du Dir denken, *wie* erwünscht ihm dieser Betrag zu den schon von mir – der bedeutenden Kapitalistin – empfang'nen Vorschüsse waren – (es kommt ihm näml[ich] das meiste s[eine]s Gehalts erst Ostern ein, und er läßt doch manche Leute nicht gern so lang auf Zahlung warten) – denn noch immer wird der größte Teil s[eine]r Einnahme in den Orkus ss. Hauses versenkt! – Ja, ja, mein Sohn, wir wünschen uns zwar beide, nicht reich zu sein, doch glücklich *der*, dem Gott sein »bescheiden Teil« dahin nehmen läßt! Arme und Reiche wohnten immer miteinander auf dieser Erde und *werden* es tun; aber freilich, wehe denen, die den Armen drücken – ihr Geschrei kommt vor Gott – biblisch: »Er wird den Armen erretten, der da schreiet, und den Elenden, der keinen Helfer hat. Er wird gnädig sein den Geringen und Armen, und den Seelen der Armen wird Er helfen. Er wird ihre Seele aus dem *Trug* und *Frevel* erlösen, und *ihr Blut wird teuer geachtet werden vor Ihm*!«[2]

Wer müßte nicht hoffen, daß auch den *dortigen* Elenden ein Helfer erschiene – in dem Lande der vielgepriesenen Großmut und Hochherzigkeit! – Es ist wahrhaft empörend, wenn man davon hört oder liest, und man sollte denken, es könnte und würde auch nicht lange mehr so bleiben, gibt's ja doch so manche treffliche und einsichtsvolle Männer in England, die sich nicht scheuen, den Mund aufzutun, zum Besten ihrer leidenden Brüder, – ja *selbst* sozusagen Hand anlegen, um Elend zu lindern und den schreiendsten Übelständen abzuhelfen – sollte es diesen nicht endlich auch gelingen, einem so freventlichen Mißbrauch der Menschheit zu steuern? Gott wird's geben! – Liest man da aber von Rußland – diesem Barbaren-Lande – da sollte einem aller Mut dazu vergehen; so las ich in diesen Tagen grade eine Schildrung von dem Krieg im Kaukasus, wie da die Menschen für nichts geachtet werden – wo es unter anderm heißt: »Nichts erscheint bedaurenswerter als das Los des russischen Soldaten im Kaukasus. Zwei- und dreihundert Meilen von s[eine]r Heimat entfernt, ohne jegliche Hoffnung, die Seinigen jemals wiederzusehen, schlecht gekleidet und ganz erbärmlich genährt (da ihre Nahrung nur aus halb gar gebacknem Brot und Wasser mit Salz, was so bitter ist, daß man's nicht genießen kann, besteht), ohne Ruhe und ohne Freude und Erheitrung, eingeschlossen in seine Festung oder ausgesetzt dem scharfen Korne des Feindes, der selten sein Ziel verfehlt, führt er das kläglichste Leben, preisgegeben den Stürmen des Winters oder der Gluthitze des Sommers mit der Aussicht, in steter Todesfurcht zu bleiben oder in harte Gefangenschaft zu geraten – ihn erlöst nichts, als nur der Tod.«

Was soll man nun vollends dazu sagen, wenn die Generäle und Offiziere währenddem im Haupartquartier in königl[icher] Pracht ein schwelgerisches Leben führen, – die Geschichte schon seit 50 J. so fortgeht und jährl[ich] 20 000 und mehr Menschen wegrafft, ohne noch im mindestens den Zweck erreicht zu haben – so steht einem der Verstand still! – In der »Köl. Zeitg.« (Beil[age] zu Nr. 19, den 19. Januar 45) findet sich eine kurze und verständl[iche] Auseinandersetz[un]g dieses Krieges, die man nicht ohne Teilnahme lesen kann. Es wird hier auch des s[o]g[enannten] »Eremiten von Gauting« (Freiherr v. Hallberg) auf humoristische Weise gedacht, er machte bekanntl[ich] im J. 43 eine Reise nach Persien, die jetzt in Druck erscheint[3] – was Carl bewog, gestern abend nach Tisch noch zum Gastwirt Meyer zu gehen, um den »Eremiten«, der eben hier und vor ein p[aar] Tagen zur fürstl[ichen] Tafel gezogen wurde – über den Kaiser etc. räsonieren zu hören, doch leider war der alte, 76 J. alte Herr schon zu Bett – wahrscheinl[ich] müde vom Diskutieren an den vorhergehenden Abenden bis 2 Uhr n[achts].

Betrachtet man nun diese gräulichen Dinge andrer Länder, o dann sollte man doch von den kleinen Plackereien in unserm deutschen Vaterlande nicht so viel Lärmens machen, wie neuerdings in einer Zeitschrift[4] – oder Wochenblatt? – woran auch ein gewisser G. W. Mitarbeiter gewesen ist – auf eine Weise geschehen ist, daß ein guter Bekannter desselben ja das Land darum hat meiden müssen. Wann – o, wann wird man doch endlich klug werden?!

Doch – vom Kaukasus und vom Rhein wieder zurück nach Detm[old] oder Bradford; Deinen Br[ie]f an Wilhelm erhielt ich am Neujahrst[ag] und konnte ihm denselben schon nachmitt[a]gs – als er nach allen Festarbeiten mal herüberkam – selbst übergeben, auch denk ich, wird er mir noch eine Antwort an Dich senden; und Du – mein l[ieber] Sohn! Du wolltest im Fest die Kathedrale zu York besuchen? Erregst durch diese Anzeige großes Verlangen in mir, *mehr* davon zu erfahren, und nun schweigt die Geschichte! Ist das wohl recht? Wahrscheinl[ich] ist diese Erzählung bei den empfundnen guten Wünschen wohlverwahrt in Deinem sittsamen Herzen geblieben, *diese* kann ich nun wohl voraussetzen und *tat* es auch, aber mit jener Erzählung komme ich mit den Voraussetzungen nicht weit und muß Dich daher bitten, mir das nächstemal etwas darin nachzuhelfen.

Aber, was in aller Welt bewegt H[errn] Passavant, seinen Wohnsitz in Manch[e]st[e]r mit Bradfd. zu vertauschen? Pekuniärer Nutzen – worauf doch bekanntl[ich] die Kaufleute zunächst bedacht sind – oder die von Dir so oft gerühmte vortreffliche dortige Luft? Oder wenn das beides nicht, so ist er vielleicht einer von den Edlen, die einen eignen Vorteil aufgeben wollen, um auf diese Weise der unterdrückten Menschheit zu Hülfe zu kommen! Zuvorderst jedoch will ich annehmen, daß er *Dir* damit einen Gefallen erzeigen will, und das ist *auch* schon immer lobenswert; allerdings auch hoffe ich davon manche Annehmlichkeiten für Dich, wenn nämlich die Leute Lust haben, Euch junges Volk heranzuziehen, um das Wohl von Kirche und Staat mit Euch zu beraten; – es soll mich das wundern! Aber haben sie nicht auch einige Töchterchen? Was ich des damal[igen] mit jungen Mädchen so reich besetzen Ball wegen vermute, – so wäre dann ja in jeder Weise für Frauenzimmer gesorgt. – Erinnerst Du Dich wohl noch eines jungen Preuß aus Hannover? Er machte seine Lehrzeit hier bei Kaufm[ann] Kestner – ein hochblonder, hübscher Junge, – er hatte schon länger einen Bruder in Amerika, durch den er dort eine gute Stelle erhielt; er hielt sich gut und gewann die Liebe der Tochter s[eine]s Prinzipals, den Eltern war's recht, und er sollte ihr Schwiegersohn und Kompagnon des Geschäfts werden, da erkrankte er auf einer kl[einen] Reise, er wird noch zurückgebracht, stirbt aber bald darauf in den Armen s[eine]r Braut; – vor wenigen Wochen erhielten Preuß die traurige Nachricht, die sie nun der armen, schwachen Mutter in Hannover mitteilen sollten. –

Nun auch noch ein Wörtch[en] von den unsern: Ferdinand wird in ungemeiner Aktivität, weshalb er wohl schwer zum Schr[ei]b[en] kommt; ich glaubte ihn, als er im Spätherbst von Fr[ank]f[ur]t a. d. Oder zurück war, nun im Winterquartier in Berlin, aber nein; am zweiten Weihnachtstag reiste er mit dem jüngern Lampson nochmals nach Leipzig zur s. g. Neujahrsmesse, von welcher er bis zum 10.–12. zurückzukommen dachte; doch habe ich noch nichts von ihm seitdem gehört. Nach der Frkftr. M[esse] schrieb er an Wilhelm, da die Messe schlecht gewesen, hätte ihn Opdenhoff (der älteste Kompagnon) mit 12 000 Rtl. allein dort gelassen. – Nicht wahr, ein gutes Zeichen? – Der Onkel hatte ihm neulich bei brillanter Laune versprochen, die Herren an die ihm versprochne Zulage erinnern zu wollen, – möge es geschehen! Indes ist er Ostern erst ein Jahr bei ihnen. – Carl lebt einer ähnlichen kleinen Hoffnung; der Landstand ist jetzt hier versammelt und ihm unter anderm auch etwas die Gehalte der Lehrer am Gymnasium betreff[en]d[es] zur Beratung vorgelegt; wenn's grade für ihn auch nicht von großem Belang sein wird, so würde seine Einnahme aber dadurch einmal gehörig festgestellt – fixiert – und *das* wäre *sehr* gut.

Den 27.: Von Wilh[elm] erhalte ich ein p[aar] Zeilen, worin er mir für diesmal den besten Gruß an Dich aufträgt; er habe *zu* viel Arbeit gehabt, bei erster Muße wolle er Dir schreiben.

Gestern ab[en]d unterhielt ich mich mit Cölln über die engl[ischen] Fabrikarbeiter; er hat keinen rechten Glauben an deren so große Not und meint, sie hätten es wahrscheinl[ich] noch viel besser wie ein hies[iger] Arbeiter, deren Lage er – da er immer viel mit der Armenpflege zu tun hatte – sehr genau kennt. Könntest Du einmal mehre Familien fortgesetzt in ihrem häuslichen Leben beobachten und angeben: Was sie *äßen*, *tränken*, wie sie sich *kleideten* und wie sie *wohnten*, so wolle er's mit deren hies. Lebensweise vergleichen, und nur *dann* sei er imstande, ein Urteil darüber zu fällen; ihre Einnahme an Geld gäbe dazu keinen richtigen Maßstab. Solltest Du imstande sein, ihm hierüber Aufschluß zu geben, so würde ihm das sehr lieb sein.

In Schlesien – wo die Not überhand nahm und jetzt viel dagegen geschieht – bekommt der Leinenweber mit s[eine]r Familie pro Tag nur *einen* Silbergroschen – wie schrecklich!

Ach sieh, mein bester Junge, so ist des Kummers viel auf dieser Erde – doch nimmt man Gottlob auch mehr und mehr Notiz davon und sucht von staatswegen dahin zu arbeiten, daß ihm gesteuert werde; wozu der Himmel seinen Segen geben wolle!

Und jetzt ist wohl Zeit zur Beendigung dieser *un*endlichen Epistel – Grüße zuvor, von Carl und Cöllns, und dann eine herzliche Umarmung von

Deiner getreuen Mutter.

Kannst Du mir wohl den Titel des Buchs von Boz angeben, was Du eine Weihnachtsgeschichte nennst? –

N[ach]s[chrift]. Th[eodor] A[lthaus] habe ich Deinen Br[ief] zugesandt; denke Dir – es wurde neulich über seine Aufnahme als Ressourcen-Mitglied ballottiert; nach den darüber bestehenden Gesetzen müssen 2/3 weiße Kugeln da sein und – er hat nicht mal 1/3, fiel also auf beispiellose Weise durch, was er bloß seinem unbegreifl[ich] ungezog'nen Benehmen gegen alt und jung zu verdanken hat.

Aber weißt Du denn, was aus P....n[5] geworden ist, ob er mit *Weib* und *Kindern* in Belgien lebt, und wie es mit seinem literarischen Brot nun aussieht? Von den Feuillet[ons] kann dort doch wohl nicht die Rede sein? –

1 Satirische Zeitung Englands, 1841 von Henry Maykew gegründet. Bedeutende Mitarbeiter waren: Thackeray, Du Maurier, John Leech u.a. Der Name leitet sich von einer Figur der englischen Komödie des 18. Jahrhunderts, besonders des Puppenspiels, her (dem deutschen »Kasperl« vergleichbar). Über den »Punch« und Peel vgl. SW, Bd. 3, S. 83 ff., und Bd. 4, S. 160 ff.

2 Psalm, 72,13.

3 Theodor Hubert Freiherr von Hallberg-Broich (Eremit von Gauting), Deutschland, Rußland, Caracas, Persien. 1842–1844. 2 Teile. Stuttgart: Schweizerbartsche Buchhandlung 1844.

4 Gemeint ist »Deutsches Bürgerbuch für 1845«, hrsg. von H. Püttmann, das im Dezember 1844 erschienen war. Vgl. auch den Neudruck mit der ausführlichen Einleitung von Hans Pelger: Deutsches Bürgerbuch für 1845. Neu herausgegeben von Rolf Schloesser. Köln: informationspresse – c.w. leske 1975.

5 Püttmann.

103.
Georg Weerth an Wilhelmine Weerth

Bradford/Yorks[hire], 18. Februar 1845

Liebe Mutter!

Dein unendlicher Brief, wie Du ihn nennst, hat mir unendliche Freude gemacht und veranlaßt mich, Dir unendlich dafür zu denken. – Seit jener Zeit ist mein Leben so patriarchalisch dahingelaufen, daß ich Dir gar nichts darüber zu erzählen weiß. – Ich esse Beef und Pudding wie ein Drescher, trinke fleißig den schäumenden Porter und wiege augenblicklich 160 Pfund brutto. Zudem habe ich mir einen langen Judenbart angeschafft, der mir in Gesellschaft eines isabellenfarbigen Flausrocks ausnehmend gut steht. Der lustige Winter trieb seit 2 Monaten hierzulande sein altes Wesen, und Ströme und Meere hatten sich so übermäßig erkühlt, daß meine Flotte nicht in See gehen konnte.

Viele meiner geliebten Wollballen verträumten daher ihr Dasein in den gewaltigen Warenhäusern, und um sie nicht im Schlummer zu stören, verfügte ich mich nur für kurze Zeit in das Geschäft und segnete die Jahreszeit, welche die menschliche Tätigkeit in ihrem gräßlichen Eifer hemmt und den Gliedern erlaubt, sich länger als sonst auf den heimischen Diwan zu strekken. –

Es freut mich, daß Dir die englischen Zeitungen einigen Spaß machten. Das Fratzenhafte ist freilich immer häßlich, – in den Fratzen des Londoner

»Punch« liegt aber so viele Weisheit verborgen, daß sie oft größere Wirkung hervorbringen als die reinste griechische Statue. – Diese Fratzen des »Punch« haben schon Minister gestürzt, Herzogskronen vom Haupte gerissen und Umwälzungen herbeigeführt, die sich bis in die fernste Ecke der Welt fühlbar machten. Diese hastige Zeit hat oft nicht mehr Lust, lange Räsonnnements zu lesen. – Da muß der Pinsel und der Griffel herhalten und ein Bild schaffen, was mit einem Schlage den Gegenstand vor die Augen und dadurch in den Kopf bringt. – In diesem Momente sind in England Feder und Griffel wieder in gewaltiger Bewegung, da seit einigen Tagen das Parlament eröffnet ist. Sir Robert Peel[1] hielt am Freitag eine dreistündige Rede, in der es sich darum handelt, ob die Abgaben in Zukunft von dem Betrag des Einkommens oder des Eigentums bezahlt werden sollen. Daß bei einer solchen Rede viele Leute interessiert sind, kannst Du daraus abnehmen, daß z.B. Dein teurer Sohn, der kein Eigentum, sondern nur ein Einkommen hat, von seinem Gehalt von £ 150.– Sterl[ing] 5 £ St[er]l[ing] (Taler 33.–, 10 Sgr. p[e]r C[ouran]t) an den Staat bezahlen muß. Unter £ 150.– braucht man keine Taxe zu bezahlen. Nun ist Dein Sohn freilich so schlau gewesen, sich von Herrn Passavant nur £ 149.– Stl. ausschreiben zu lassen, wodurch also £ 4.– gespart werden; – fiele es aber Herrn Passavant ein, mir etwa 200 £ zu geben, so müßte ich unerbittlich 5 £ an das Gouvernement entrichten. – Da dieser Fall vielleicht später eintreten kann, so bin ich natürlich ganz damit einverstanden, daß in Zukunft lieber die Leute des Eigentums als die des Einkommens geschatzt werden, – denn jedenfalls schadet es dem Aristokraten weniger, wenn er 1000 £ bezahlen muß, als wenn ich 5 £ geben soll. (Leider hat die Sache sich nach eben eingetroffenen Nachrichten doch zu meinem Nachteil entschieden.)

Du kannst also denken, wie aufmerksam man den Reden Sir Robert Peels zulauscht, – dieser Mann ist freilich einzig in seiner Art, – er spricht 3 Stunden lang in einem Atem – setzt sich dann einige Augenblicke und beginnt aufs neue.

Ein Karrengaul hat ein besseres Leben als ein englischer Premier; aber deshalb werden sie auch gewöhnlich wahnsinnig oder schneiden sich die Hälse ab.

In den letzten Tagen hatten wir hier einige Eisenbahn-Meetings, die bei großer Kälte, im Schnee, auf freiem Felde gehalten wurden, denn kein Gebäude hätte die Versammlung fassen können. – Zwei Parteien stritten sich darum, wer die Bahnen bauen sollte. – Die eine Partei siegte schon nachmittags um 4 Uhr, und da es bereits dunkelte, so war alle Aussicht, daß die andere Seite ihre Sache nicht wieder herstellen könne. Die Sieger von 4 Uhr hatten sich indes geirrt, denn die Redner der besiegten Partei erklärten plötzlich, daß sie nicht von der Stelle weichen würden, daß sie trotz des gräßlichen Frostes die ganze Nacht durch sich verteidigen würden, – und um zu zeigen, daß es ihnen ernst sei, zogen sie Röcke und Westen aus und standen in den Hemdärmeln bis nachs 11 Uhr auf der Rednerbühne, wo sie dann auch wirklich die Sieger von 4 Uhr nachmittags überwanden und im Triumpf in die Stadt einzogen. Ich habe nie so etwas gesehen. Ob nicht mancher der Herren Redner den Tod davon hat, ist freilich etwas anderes. Der Durst nach Gold schreckt aber hier im Lande auch nicht vor Tod und Verderben zurück. –

Es freut mich, daß Du endlich Gelder aus Köln empfangen hast. – Die ersten 50 Taler, welche eigentlich nach Detmold bestimmt waren, hat der liebe Herr Deuwel geholt, indem gefressen sein mußte und sonst kein Geld da war. – Freund P[üttmann] war nämlich wieder in fataler Lage, die sich jetzt aber insoweit gebessert hat, als ihm und seiner Familie die nächstens bei Leske in Darmstadt erscheinende sozialistische Zeitschrift[2] wenigstens ein einjähriges Auskommen sichert. – Die Redaktion der kölnischen Feuilletons hat er drangegeben. Es geht den liberalen Leuten jetzt arg auf die Kappe – sie werden bald alle aus Deutschland vertrieben, – für Püttm. bin ich auch bange – jedenfalls wäre er mit seinen Kindern dann aber sehr, sehr schlimm dran.

Von Ferdinand erhielt ich dieser Tage einen Brief. – Die einl[iegenden] Zeilen an Aug. von Cölln besorge gütigst. – Was macht die kleine Lotte? Grüße sie alle miteinander von mir. –

Hoffentlich geht es Dir wohl. – Ich werde den Frühling bitten, Dich bald zu besuchen, und jedenfalls bitte ich ihn, Dir die schönsten Rosen von mir zu bringen. Laß bald wieder etwas von Dir zu hören, liebe Mutter.

Von ganzem Herzen

Dein Georg.

Die beiden Bücher von Boz heißen: 1843 Weihnachten: »Christmas Carol« (Weihnachtsgesang), 1844 Weihnachten: »Christmas Chimes« (Weihnachtsglocken) – ich weiß nicht, wie die Titel im Deutschen heißen. Übersetzt sind aber beide Sachen.

1 Robert Peel (1788–1850), englischer Staatsmann. Peel trat 1809 als Tory ins Unterhaus. Als Anhänger einer maßvollen Reformpolitik sammelte er eine neue Konservative Partei um sich. Nach einem ersten Ministerium (1834/35) gelangte Peel 1841–46 erneut an die Regierung und geriet stark in den Bann der Freihandelsbewegung. 1842 setzte er die hohen Getreidezölle herab (»Corn laws«). Als er mit Hilfe der Liberalen erfolgreich die Aufhebung der Getreidezölle beantragte (»Anti-Corn-Law-League«), kam es zur Spaltung seiner Partei und zu seinem Sturz (Juni 1846) durch die konservativen Schutzzöllner. Seitdem unterstützte er als einer der

Oppositionsführer mit der kleinen Mittelpartei der »Peeliten« das liberale Ministerium J. Russels bei der Durchführung des Freihandels.

2 Die von Hermann Püttmann herausgegebenen »Rheinischen Jahrbücher zur gesellschaftlichen Reform« (Bd. 1, 1845) und »Deutsches Bürgerbuch für 1845«. Die allgemeine Richtung der beiden Bücher war durch den »wahren« Sozialismus bestimmt, wenn auch einige Texte von Marx, Engels und Weerth vertreten waren.

104.
Wilhelmine Weerth an Georg Weerth

[Detmold, Februar/April 1845[1]]

So geht's mit den Müttern, – habe ich da 1, 2, 3, 4 Briefe liegen, deren Beantwortung ich mir – wenigstens zum Teil – während der Feiertage vornahm, und nun sie *da* sind, finde ich mich doch wieder geneigter – ja es scheint mir unumgänglich nötig – ein weniges mit meinem Georg zu kosen: – verdenke es mir, wer will, keins von jenen vieren hat solch einen Bengel [?], verstehen also auch nichts von der Sache. – Wie immer, war ich auch diesmal sehr erfreut durch den Empfang Deines Briefes, doch will ich nicht behaupten, daß, als sich deren mehre daraus entwickelten, mich nicht etwas wie Neid würde erfaßt haben – doch die drei gediegenen Quartseiten erstickten diese häßliche Empfindung gleich im Entstehen und – heil Dir! – verwandelten es nun sogar in die außerordentliche Großmut, Cölln m[eine]n Brief samt dem seinigen zuzustellen – und wie die Tugend nun immer früher oder später ihren Lohn findet, so auch hier – indem C. nicht hinter *mir* zurückbleibend mir auch *alsbald* den seinigen zusandte, – so verdankte ich also diesem edlen Wettstreit eine Fülle von Stoff zu den verschiedenartigsten Betrachtungen, die mich seither oft und viel beschäftigten, jedoch überlasse ich's andern, sich über dasjenige, was mich eigentlich am meisten berührte, gegen Dich auszusprechen, denn erstlich: *weißt* Du's, wie ich über gewisse Dinge denke; 2. hat dies keinen Einfluß auf Deine Ansichten; und 3. bescheide ich mich auch, hierin nicht die erforderliche Sach- und Ortskenntnis zu haben, um Dich eines andern überzeugen zu können. Du wirst darnach nicht glauben, daß ich Deine guten Absichten verkannte, – Du hast nicht allein das Äußere, sondern auch das *Herz* Deines Vaters; hast Du nun auch erst etwas mehr von dessen Lebens-*Erfahrung* gesammelt, so wirst Du – was an Dir ist – noch zum besten des ganzen mit beitragen, aber – »gut Ding will Weile haben!«.

April, Fortsetzung

Nach langer Pause kehre ich zu diesem Blatt zurück, was ich seines Alters halben nicht vernichten mochte, da Du daran siehst, wie ich Deiner nicht vergaß, – doch das wirst Du auch ohne diesen kleinen schriftl[ichen] Beweis nicht glauben – wie auch, daß ich des »siebzehnten« im M[onat] Februar[2] nicht gedacht hätte, und obgleich gegen die Regel war es doch recht hübsch und gewährte mir Ersatz, daß *Du mir* vom 18. ein Lebenszeichen zukommen ließest; ach, wie ist oft ein Brief so viel bei großer Trennung! Das *Wenig* in andrer Hinsicht darf man sich dabei nicht ausmalen, immer ist's eine köstliche Erfindung, das Schreiben, – erkennt man doch schon in den Schriftzügen die Persönlichkeit des Entfernten, wieviel mehr nun noch im Sinn der Worte. Was diese Deine Persönlichk[ei]t buchstäblich betrifft, so stellte sich dieselbige ja von vornherein ganz stattlich heraus; d.h. was die Pfunde betreffen, – was ich vorzügl[ich] von den *blonden* Bärten halte, entwickelte Dir ein früheres Schr[ei]b[en] von mir und hoffe ich, wenn ich's erlebe, Dich noch einmal diesseits des Kanals zu sehen, jener jenseits sein Exil gefunden hat, und – wer weiß – ob nicht z.B. eine gute Spekulation bei der feurigen Liebe der Engländer zu deutschen Seltenheiten! Etwas toll sind sie jedenfalls; ihre eigne Haut so zu Markt zu tragen! Wenngleich namentl[ich] die Liebe zum Gelde *jeder* Nation etwas in den Gliedern steckt, so ist diese doch wohl bei jenen Insulanern überwiegend, und ich glaube kaum, daß ein Deutscher auch imstande wäre, einen *solchen* Geizhalz zu schildern wie den Boz'schen Eben-Ezer – alles geht bei ihnen bis ins Verrückte. Die »Weihnachtsgeschichte« bekam ich *gleich* unter diesem Titel, nachdem meine Nachfrage deshalb an Dich ergangen; seitdem las ich, und auch Carl, »Nacht und Morgen« von Bulwer[3] mit besonderm Vergnügen. Der Winter war lang, über 2 Monate lag hier tiefer Schnee, und die Kälte stieg bis zu 21° R; Ostern fing's an zu tauen, und Du wirst wohl von den ungeheuren Überschwemmungen am Rhein und andern Flüssen gelesen haben. – Noch einmal auf Tollheiten der Engländer zurückzukommen: will M[i]st[e]r Cheetham im M. Juni seine Familie in Dresden abholen und mit ihr erst nach Italien, Rom, Mailand etc., alsdann über *Gribraltar* wieder zurück nach England reisen, – worauf ihm jedoch die Ida bemerklich gemacht, daß das keine Reise für die *Kinder* sei und namentl. die kleine zarte Jane sie nicht aushalten würde usw., mich soll nun wundern, ob er sich raten läßt: die Ida möchte ihn gern dazu stimmen, daß er ihr die Kinder ließe, um ihren fernern Aufenthalt hier in Detm[old] mit ihnen zu nehmen, da sie keine Neigung hat, wieder mit nach Engl[and] zu gehn, was H[err] Ch. ohne weiters vorauszusetzen scheint.

Entgeht dann dem Großbritannien auch *ein* edles deutsche Wesen, so bekommt's dagegen ein andres, und das für *immer*, wieder; Frl. Sophia Rosen ist näml[ich] deklarierte Braut des H[er]rn Klingemann, Gesandtschafts-Sekretär in London, – eine Folge der damal[igen] Reise. – H. Kl. war seitdem auch schon mal hier, – wie denn aber keine Rosen ohne Dornen, so auch hier, da die Braut schon seit Wochen an den schlechtesten Rosen, die es gibt, darnieder liegt (ihr Ja-Wort sogar von ihrem Dornenlager aus erteilt hat) und nach dem Urteil des Hofr[ats] auch noch wohl wochenlang wird liegen müssen. Der ungeduldige Bräutigam wollte sie schon im M. Mai heimholen, daraus wird aber wohl nichts werden – sag's dem unglückl[ichen] Mann nur nicht!

Otto Preuß und E. Eschenb[ur]g sind nun ein glückliches Paar; sie machten uns in diesen Tagen einen Besuch, oder vielmehr *mir*, was mich schon wunderte – doch hatte ich ihnen nach Empfang der Karte einen Gratulationsbesuch gemacht, C[arl] aber nicht; er ist schon lange nicht mehr in Gnaden gewesen; – jedoch seit er vor einiger Z[ei]t bei Gel[e]g[en]h[ei]t eines von mehreren Schülern verübten Exzesses, wofür sie *laut Schulgesetz* von dem Pedell mußten gezüchtigt werden, auch *er* diese Züchtig[un]g ebensowohl dem Sohn des *G[erichts]-Präsid[en]t[en]* zuerkannte (einem Tertianer; *diese* werden noch auf solche Weise gestraft und gehören als *Real*schüler unter C.s. Jurisdiktion; doch hatte G[eneral]sup[e]rintendent Alth[aus] damals als interimistischer Direktor seine Zustimmung zu geben; was er auch getan; jetzt ist Schierenberg Direktor geworden!), wie dem Sohn des Syndikus und des Küchenm[ei]st[e]rs, ist er erst *recht* bei ihm in Ungnade gefallen, was der Mann auf eine kaum glaubliche Weise kundgibt – äußre Dich aber schriftl[ich] lieber an niemand darüber – kurzum: es hört jetzt *jede* Berührung zwischen ihnen auf.

Dies beiher; bedeutendere Kränkungen sind auf dem *theologischen* Gebiet vorgefallen, wovon ich nicht weiß, ob Du je ein Wort davon vernahmst, und doch werden sie Dir nicht gleichgültig sein, wenn Du vernimmst, daß sie der religiösen Tendenz des seligen Vaters galten, – die Sache gar schon seit Jahr und Tag, wo sich einige Lip[pische] Pastoren vereinigten, den s[o]g[enannten] »Leitfaden«[4] (zum Unterricht in den *Schulen*; den aber auch die Prediger wohl beim Konfirmandenunterricht benutzten) möglichst zu verketzern und dagegen den »Heidelberger Katechismus«[5] vom Konsistorium verlangten; als ihnen darin nicht willfahrt wurde, trieben sie das Ding immer ärger, und es müßte schlimm sein, wenn Du nicht in einer oder andern deutschen Zeitung als der »Leipziger«, »Bremer«, »Kölner« oder »Elberfelder« solltest etwas darauf bezügliches gefunden haben, – denn nicht allein in diesen ließen sich die s.g. Pietisten auf die wunderlichste Weise darüber vernehmen, sondern es erschienen auch mehre Broschüren und Aufsätze in der »Evangel[ischen] Kirchen-Z[ei]t[ung]«, die teils den »Leitfaden« greulich herunterrissen, teils die ganze Geschichte sehr entstellt darstellten. Man sandte von hier aus eine Berichtig[un]g ein, worauf es aber hieß, man nähme keine Streitigkeiten in die »K.-Ztg.« auf. – Nun war's an der Zeit, daß jene Schriftchen gehörig erwidert wurden; das geschah denn auch von ein paar argen Rationalisten – und zwar nachdem *sämtl[iche]* Prediger des Landes vom Konsistor[ium] waren gefragt worden, ob sie den »Heidelb[er]g[e]r Katechismus« wünschten, und alle sich dagegen erklärt hatten (außer *einem* Schulterträger, Heinrich Malm, der ja gesagt, daß er nicht unbedingt da*für* noch da*gegen* sei; s[ein] Brud[er] Christel ist ein Haupt-Mann jener Fünfe), und ich wünschte wohl, Dir ein paar davon zuschicken zu können, besonders *das*, wovon *wir* wissen, daß es von Th. Alth[au]s ist; öffentl[ich] sagt man's nicht. – So sind also doch nun den Leuten die Augen geöffnet, vorzügl. auch über die Beschuldig[un]g: Kons[istorium] habe die Reversalien – welche die Pred[iger] bei ihrem Amtsantritt zu unterschreiben haben – verfälscht! (In einer Schrift von einem angrenzenden Preußischen Pastor hieß es unter anderm, man zeige im Lippischen mit Fingern auf die *Verfälscher*, etc.). Über den »Leitfaden« kamen offenbar Unwahrheiten vor; z.B. hieß es: das »Unser Vater« fehle gänzlich drin, und doch ist's einmal voll ausgeschrieben da und noch einmal angezogen. –

Mittlerweile stand jener Sache zieml[ich] auf der Spitze, wollten sie sich nicht den bestehenden Gesetzen fügen, so wurde sie dem Kriminal-Gericht übergeben, und dann war sicher *Absetzung* das Ende vom Lied; dies wohl einsehend zogen sie andre Saiten auf, und nun erfolgte eine Bekanntmachung im »Intelligenz-« oder »Regierungsblatt«, die keiner in *der* Weise erwartet hatte (ich lege sie Dir bei). Wilhelm meint: gewiß würden sie sich dabei noch nicht beruhigen, *er* wenigst[en]s täte es nicht, sollte er auch trokken Brot essen sein Leben lang. Krücke – Cöllns Schwager – war vor einigen Tagen hier und außer sich darüber gewesen, – von dem »Reumut« hatte er nichts wissen wollen. Mich soll's wundern, *ob* und *was* sie nun weiter beginnen werden? – Da hast Du denn einen kleinen Bericht von den uns schon so lange beschäftigenden widerwärtigen Ereignissen in unserm sonst so friedlichen Ländchen! Du denkst Dir nicht, was sich alles dabei aufrührte und wie sich die Dinge sonst in ganz Deutschl[an]d verbreitet haben; – aus guter Quelle wissen wir, daß der Minister Eichhorn[6] in Berlin sich der »Fünfe« wegen schriftl[ich] an den Fürsten gewandt und ihm »Vorsicht und Milde« empfohlen hat; – bald drauf aber erschien der schlimme Erlaß. Unsre Regierung wollte sich also von dem H. Minister nicht meistern lassen. – Traurig bleibt aber immer, daß es *so* weit kommen mußte, denn – es sind Prediger!

Wie stehen sie nun vor ihren Gemeinden da? – Wie so gut ist's, daß der sel. Vater dies nicht erleben mußte – indes erklärten schon manche: dann wäre es auch nicht *dahin* gekommen. –

1 Datierung ergibt sich aus dem Inhalt. Brief ohne Anrede und Unterschrift.
2 Georg Weerths Geburtstag.
3 Edward George Bulwer (1803–1875), englischer Schriftsteller und Politiker, schrieb vor allem aristokratisch gefärbte Unterhaltungsliteratur.
4 Von Ferdinand Weerth, Georg Weerths Vater, geschrieben.
5 1563 im Auftrag des pfälzischen Kurfürsten erschienener Katechismus für die reformierte Kirche; seit 1568 offizielle Lehrnorm der Reformierten in verschiedenen Ländern.
6 Johann Albrecht Friedrich Eichhorn (1779–1856), seit 1840 preußischer Minister für Geistliche, Unterrichts- und Medizinalangelegenheiten. Er bekämpfte vor allem Rationalisten und Hegelianer und unterstützte die kirchliche Orthodoxie.

104 A.

Wilhelmine Weerth an Georg Weerth

[Detmold, April 1845[1]].

Da ich Dir, l[ieber] G[eorg], *so* viel von der Affäre mitteilte, so muß ich noch nachholen, daß man hier vor langen Jahren den »Heidelb[er]g[e]r Katechism[us]« brauchte, seit länger als 30 J[ahren] aber schon der »Leitfaden« eingeführt war, die hies[igen] Prediger beim Antritt ihres Amtes einen s[o]g[enannten] Revers zu unterschreiben haben, worin es unter anderm heißt: daß sie sich verpflichten, nach den gebräuchlichen Lehrbüchern die Jugend zu unterrichten etc., was von jenen Predigern natürl[ich] auch geschah und 10–12 Jahre darnach taten; bis es Stockmeyer vor ein p[aar] J[ahren] beifiel, nach dem »H[eidelberger] Kat[echismus]« zu unterrichten, worüber er vom Konsist[orium] rektifiziert wurde und St[ockmeyer] auch wieder zum Leitfaden zurückkehrte. Da Konsist. indes doch auf einen anderweitigen Katechismus beim »Konfirmationsunterricht« dachte, so schlug es den sämtl[ichen] Pred[igern] drei vor, ich meine den Bremer, den Badener und den Württembergischen, so alsdann nach der Mehrh[ei]t der Stimmen sollte verfahren werden; diese genügten aber jenen »Fünfen« nicht, *sie wollten* den »Heidelbr.« und keinen andern (sammelten dazu im ganzen Lande Unterschriften – an die 700 – doch am wenigsten aus ihren eigenen Gemeinden, worin sie eben keinen haben –) und beschuldigt[en] das Konsist. auf die impertinenteste Weise der Verfälschung und was alles. – (Eigentl[ich] waren's nur *vier* Pred., den armen Krücke hatten sie zuletzt noch übertölpelt, sich mit dazu zu unterschreiben, und heute höre ich, daß die andern jetzt die sämtl. Protokolle dem Druck übergeben wollen – um sich noch wieder in die Höhe zu bringen – Krücke aber jetzt ausgetreten sei; die Sache ist ihm wohl zu mißlich geworden, will auch wohl mit den Kosten nichts zu tun haben.)

Malm, Rohdewald und Stockmeyer sind's eigentl. – Schmidt (Du weißt, der Sohn des verst[orbenen] Stadtmusikus) ist auch nur so dazu gekommen. – Jene wollten so recht ein geistliches Regiment üben, exkommunizierten die Leute nach eignem Ermessen etc. etc., worüber sie schon von ihren Gemeinsgliedern verklagt wurden; *doch wollten* sie »das Amt der Schlüssel«, wovon in vorstehend[em] die Rede ist.

Gott weiß, wohin die Menschen geraten können, sind doch jetzt allerorts derartige Bewegungen; am meisten z[ur] Z[ei]t wohl unter den Katholiken – Du wirst doch auch schon davon wissen, wie sich seit der Geschichte mit dem Heil[igen] Rock[2] zu Trier viele kathol[ische] Gem[einden] vom Papst losgesagt haben, namentl[ich] auch in Elberfeld – es lebe Ronge!

Soll mein Br[ie]f nicht wieder unendlich werden, so muß ich wohl zum Schluß eilen. Doch noch ein Wort von Ferd[inand]: Du weißt wohl noch nicht, daß er jetzt zu Dungs ins Haus gezogen ist, wo er *alles*, selbst die Wäsche, haben soll. (D. war Stadtrat in Barmen, *nicht* Bonn.) Im M[onat] Juni *hofft* er mal herkommen zu können, doch *weiß* er's noch nicht; möchte es ihm gelingen! Von Wil[helm] einl[iegend] ein Brfch. Von Cölln, denke ich, das nächstemal; von Carl den besten Gruß. Sein neustes naturhistorisches Buch[3] hat nun die Presse verlassen. –

Deine neul[ichen] Wünsche an mich sind buchstäblich in Erfüllung gegangen, ich sitze beim geöffneten Balkon, lasse die Frühlingssonne einziehn und atme den Duft der *ersten* Rose und Veilchen – wie schön wird's nun erst bei *Dir* sein! Laß mich es bald hören!

Mit der wärmsten Liebe umarmt Dich

Deine treue Mutter.[4]

1 Zur Datierung vgl. den Brief vom Februar/April 1845.
2 Die Ausstellung war 1843.
3 Carl Weerth, Der Haushalt der Natur, mit vorzugsweiser Berücksichtigung der Stellung des Menschen in derselben. Lemgo 1845.
4 Angefügt ist der Beschluß des Konsistoriums:

»Detmold

In Untersuchungssachen gegen die Prediger Krücke zu Langenholzhausen, Malm zu Falkenhagen, Rohdewald zu Wöbbel, Schmidt zu Lipperode und Stockmeyer zu Meinberg, Inkulpaten, Widersetzlichkeit und Beleidigung betreff[en]d, haben Serenissismus, in Erwägung, daß die

Inkulpaten ihre in der Rekusation vom 21. Oktober v. J. ausgesprochne Widersetzlichkeit gegen die einstweilige Beibehaltung des »Leitfadens« als Religionsbuch in den Volksschulen in den mit ihnen angestellten Verhören zurückgenommen, auch sich erklärt haben, daß s[o]g[enannte] »Amt der Schlüssel« nicht weiter in Anspruch nehmen zu wollen, als die deshalb ergangne Verordnung gestatte, auch in allen externa ecclesiae betreffenden Angelegenheiten dem Konsistorium künftig unbedingt gehorsam zu sein; ferner auch in ihrer gemeinschaftl[ichen] Eingabe vom 22. v. M. wegen der in der oben angeführten Rekusation und Protestation gegen das Konsist. verschuldeten Beleidigungen reumütig um Verzeihung gebeten haben, auf untertänigsten Vortrag gnädigst genehmigt, daß für dasmal mit dem weitern Verfahren wegen Bestrafung der Inkulpaten, Anstand genommen und die Sache unter solidarischer Verpflichtung der Inkulpaten zur Bezahlung der Kosten niedergeschlagen, diese höchste Entscheidung auch durch das Reg[ierungs]-Blatt zur öffentl[ichen] Kenntnis gebracht werden solle. Es wird dies deshalb verfügt und ist jedem der Inkulpaten Abschrift dieser Entscheidung mitzuteilen.
Decr. Detm[old], den 31. März 1845

Fürstl. Lipp. Konsist.

Petri.«

105.

Georg Weerth an Wilhelm Weerth

Bradford/Yorks[hire], 12. April 1845

Lieber Wilhelm!

Ich wollte nur einige herzliche Grüße in Dein Ohr säuseln – sonst habe ich nicht viel zu erzählen. Das Leben vergeht sehr einförmig und wird nur erträglich durch Anfeuchtung mit Lektüre und schottischem Ale. Hoffentlich geht es Dir ebenfalls gut, und erwarte ich nächstens zu hören, wie sich die Blüte Deiner Blomberger Bauernmädel befindet.

Hierzulande treibt die Politik ihren alten Tanz, – ein wahrer Jammer, die Kerle im Parlament bespeien sich mit langweiligen Reden, und am Ende kommt noch verdammt wenig heraus, – das wird sich aber schon ändern, wenn sich das Proletariat regt; in diesem Augenblick ist so ziemlich alles ruhig, da der Handel prächtig geht und die Ernten gut waren.

Da es aber am Tage ist, daß nur durch eine fortwährende Ausdehnung des englischen Handels und der Industrie die stets anwachsende Bevölkerung beschäftigt, ernährt und dadurch ruhig gehalten werden kann, so ist es sicher und gewiß, daß der bisherige Segen des Handels, wenn man ihm überhaupt einen Segen zusprechen soll, sofort in das Gegenteil umschlagen wird, sobald die Tätigkeit der Industrie ihren Gipfel erreicht hat. Einstweilen ist nun zwar durch die Eroberung von China ein neuer Markt aufgefunden; man kann flott weiterfabrizieren, die Fabrikanten verdienen, und die Arbeiter haben zu fressen. – Nimmt die industrielle Tätigkeit auf dem Kontinent aber noch mehr zu, so werden die Engländer auch bald auf China wieder einzig angewiesen sein, andre Völker fallen ihnen ebenfalls in das Handwerk, und dieselbe Krisis entsteht wie vor dem chinesischen Kriege; – dann ist es aus, denn die Welt hat keine unentdeckten Länder mehr.

Hoffentlich erleben wir diese Krisis bald; mit der englischen Konstitution wird es dann zum Teufel gehn (wir haben 14 Millionen Arbeiter, welche von Hand zu Mund leben), eine Demokratie bildet sich, die notwendigerweise in den Sozialismus übergehen muß. – Der Sozialismus ist nämlich hier im Lande bereits praktisch ausgebildet und macht unter den Arbeitern furchtbare Fortschritte.

In London entstand vor kurzem ein Arbeiterparlament unter Vorsitz von Duncombe M.P.,[1] dem bekannten Redner, welcher darauf antrug, sämtliche Arbeiter Großbrit[annien]s sollten sich vereinigen und nicht allein einen Anteil auf die bereits erworbenen Reichtümer Englands, sondern auch einen auf die noch zu erwerbenden reklamieren. –

Nach dem Londoner Verein haben sich bereits viele hundert andere im Innern des Landes gebildet; die Partei mag nach einem mäßigen Überschlag 2 Millionen Menschen zählen; die Kerle machen wütige Propaganda und werden in kurzem alle Arbeiterklassen in ihre Interessen verwickeln. – Die feisten Herren des Besitzes mögen vor dieser Koalition zittern! Wir sind jetzt so weit in der Welt, daß man einsieht, die größeste Not entsteht durch den Privatbesitz. Diesen lustig angegriffen, das ist der Nagel auf den Kopf getroffen. –

Ich weiß nicht, wie weit Du dich für kommunistische Umtriebe interessierst; solltest Du Geschmack daran finden, so vergiß nicht, die letzten Publikationen von Heß, Marx und Püttmann[2] zu lesen.

Vor einigen Tagen erhielt ich einen Pack deutsche Bücher aus Hamburg, worunter auch die 2 ersten Hefte der »Deutsch-Französischen Jahrbücher« sind. Kannst Du diese auftreiben, so tu es ja, da sie famose Artikel enthalten, Sachen, die tausendmal besser sind als das Beste der weiland »Hallischen Jahrbücher«.[3] –

Die deutschen Zeitungsnachrichten sind unter allem Luder. Ich lese die »Augsburger« jeden Mittag – ich kann Dir doch sagen, wenn man einige Zeit in England gelebt hat, da schämt man sich, ein Deutscher zu sein. Deutschland ist den hiesigen Zeitungen ein wahrer Kinderspott, wozu der jetzige König von Preußen das meiste beigetragen hat.

Das alte Toryblatt, die »Times«, die konservative »Times«, schimpfte neulich über den preußischen König mehr, wie die politischen Flüchtlinge in Paris je getan haben. –

Mein Hauptstudium ist jetzt die Nationalökonomie, – den Adam Smith[4] habe ich fast durch und gebe mich dann mit Macht an das andere Gesindel, den Malthus,[5] Ricardo,[6] MacCulloch[7] – Folianten voll Lügen und Unsinn.

Im vergangenen Winter las ich den Feuerbach,[8] der eine vollständige Revolution bei mir zu Wege brachte. – Das ist der erste Philosoph, der wieder einmal verständlich ist; – sein Einfluß wird ungeheuer sein. – In Manchester kam seinerzeit eine Übersetzung von Strauß' »Leben Jesu«[9] heraus, die von unzähligen Fabrikarbeitern jetzt gelesen wird; – die Aristokratie rührt natürlich solch ein Buch nicht an, da sie die Maske der Religion stets bei der Hand haben muß, um ihr Sündengesicht zu verbergen. – England ist überhaupt das Land der Heuchelei, – das gemeinste Geldinteresse hinter einem angelogenen Christentum, mit dem sie sich jeden Augenblick breitmachen. – Wie überall ist der Proletarier auch hier im Lande nur der einzig wahre, gesunde Mensch. –

Diesen Sommer denke ich noch tüchtig zu arbeiten und muß abwarten, was die Zeit dann mit sich bringt. Hier mag ich nicht bleiben, und nach Deutschland sehne ich mich auch nicht – es muß daher ein anderer Ausweg gesucht werden.

Schreib mir bald, lieber Kerl; ich kann Dir nichts an[deres] erzählen als das, wovon mir gerade das Herz voll ist, – wenn es Dich auch nicht interessiert, so weißt Du doch ungefähr, was ich anfange. Grüße meine und Deine Freunde. Behalte mich lieb wie ich Dich; – vielleicht sehen wir uns in einem Jahre einmal wieder. – Es ist eine Lauserei, daß der verdammte Schacher den Menschen so in die Welt hinausschmeißt; – aber nicht zu ändern. – Leb wohl!

Von ganzem Herzen

Dein Georg.

Ich las in den Zeitungen von Euern christlich-revolutionären Pastören. Schlagt diese Kerle doch tot!

1 Im März 1845 fand unter dem Vorsitz des Parlamentsabgeordneten (M. P.) Thomas Duncombe die erste nationale Gewerkschaftskonferenz statt.

2 »Gesellschaftsspiegel. Organ zur Vertretung der besitzlosen Volksklassen und zur Beleuchtung der gesellschaftlichen Zustände der Gegenwart« war eine Monatsschrift, die unter der Redaktion von Moses Heß 1845 und 1846 in Elberfeld herausgegeben wurde. Mit mehreren Beiträgen von Weerth.

»Deutsch-Französische Jahrbücher« (1844), von Karl Marx und Arnold Ruge herausgegeben. Hermann Püttmann gab im Dezember 1844 das »Deutsche Bürgerbuch für 1845« (Darmstadt) heraus; außerdem die »Rheinischen Jahrbücher zur gesellschaftlichen Reform«; der erste Band erschien im August 1845.

3 Die »Hallischen Jahrbücher« (ab 1841 »Deutsche Jahrbücher«) waren im Januar 1843 verboten worden.

4 Adam Smith (1723–1790), Begründer der klassischen Nationalökonomie. In seinem Hauptwerk »An inquiry into the nature and causes of the wealth of nations« (1776) beschreibt er systematisch die liberale Wirtschaftslehre des 18. Jahrhunderts.

5 Thomas Robert Malthus (1766–1834), englischer Sozialforscher. Bekannt wurde er vor allem durch seine Streitschrift »An Essay on the principle of population« (1798).

6 David Ricardo (1772–1823), englicher Volkswirtschaftler; der bedeutendste Theoretiker der klassischen Schule der englischen Volkswirtschaftslehre.

7 John Ramsay MacCulloch (1798–1864), englischer Volkswirt und Statistiker. Er war der erste Verfasser einer Geschichte der Nationalökonomie (»A discourse on the rise, progress, peculiar objects, and importance, of political economy [...]«, 1824).

8 Ludwig Feuerbach (1804–1872), Philosoph. In seinem Werk »Das Wesen des Christentums« (1840) hatte Feuerbach Religion und idealistische Philosophie kritisiert. In dem Gedicht »Erinnerungen« schreibt Georg Weerth: »[...]/Bis mich dein Wort, du großer Feuerbach,/Gerungen dann aus meinen letzten Zweifeln,/Bis ich des Wissens schönste Blüte brach,/Befreit, erlöst von Göttern und von Teufeln« (SW, Bd. 1, S. 155).

9 David Friedrich Strauß (1808–1874), Philosoph. Sein Hauptwerk »Das Leben Jesu, kritisch bearbeitet« erschien 1835.

106.

Wilhelm Weerth an Georg Weerth

Blomberg, 14.4.1845

Mein lieber Georg!

Schon lange wollte ich Dir Deinen Brief beantworten, aber Du weißt, wie's bei einem Menschen, der so abscheulich viel zu tun hat, geht, man denkt immer, morgen hast Du Zeit und Muße, und so vergeht, da der folgende Morgen seine eigne Plage hat, ein Tag nach dem andern.

Leider hat sich in und an meiner Lage noch nichts geändert; denn mein ältester Pastor erfreut sich einer merkwürdigen Gesundheit, und meinem zweiten kann ich noch immer nicht zu billigen Forderungen herabstimmen. Doch will ich die Hoffnung nicht sinken lassen, daß er bis Michaelis mürbe ist; denn wenn er es dann nicht ist, so bin ich bange, daß ich es bin. Wer weiß außerdem, was sich ereignen kann. Die Pietisten wollen sich noch immer nicht beugen, obgleich Th[eodor] Althaus neulich eine kapitale Broschüre gegen sie geschrieben und unser Konsistorium einen hanebüchen groben Erlaß gegen sie im »Intelligenzblatt« veröffentlicht hat, worin von reumütigen Menschen usw. die Rede war. Sie wollen jedoch keine sein, was ich ihnen nicht verdenken kann, und fangen, wie ich höre, den Streit, der hiemit niedergeschlagen sein sollte, von neuem an, was sehr leicht zu ihrer Absetzung führen kann. Wenn das geschieht, so komme ich auch mit an die Reihe, und benutze dann auch vielleicht Deine Ansichten vom Heiraten – denn es wäre doch jammerschade, wenn unsere Rasse ausstürbe. Bis dahin gedenke ich jedoch alles beim alten zu lassen und freue mich nicht wenig, daß ich nicht wie manche meiner Kollegen schon einen Klotz am Bein habe.

Was den Kommunismus betrifft, so kann ich allerdings nicht darüber urteilen, in welcher Art er in England auftritt; hier in Deutschland tritt er jedoch in ziemlich kläglicher Form auf. Viel Geschrei und wenig Wolle. Ich habe sie z.B. in Bielefeld, wo ein Hauptstapelplatz dieser Ideen ist, kennengelernt. Die Träger derselben haben große Ähnlichkeit im Äußern und in der ganzen Weise zu sprechen mit den Burschenschäftlern der vorigen Jahrhunderte. Immer von neuem hört man die Ausrufe, dem armen Volk muß geholfen werden, die Arbeit muß verteilt werden, und fragt man sie, wie glaubt ihr dann, daß ihnen geholfen werden könne, dann erhielt man zur Antwort: »Ja, wenn wir das wüßten« oder »das ist der einzige Punkt, über den wir noch nicht im reinen sind«. Dabei bedenkt dies Volk aber gar nicht, daß es sich unsre Regierung, wie die der benachbarten Länder, jährlich große Opfer kosten läßt, um die Not der Menschen zu lindern. Solange die Welt steht, wird es Arme und Reiche geben, weil es Tätige und Faule, Kluge und Dumme, Glückliche und Unglückliche gibt. Wie mir Cöll[n] sagt, hast Du etwas über unser[e] Senner[1] geschrieben. Ich habe es sel[bst] nicht gelesen – aber ich kann mir nicht denken, daß Du über ihre Lage gehörig genug unterrichtest warst, um etwas über sie schreiben zu können. Ich bin sonst sehr weit davon entfernt, glauben zu wollen, daß diesen Ideen viel Wahres und Schönes zugrunde liegt, nur müssen sie mit großer Umsicht und Vorsicht an's Volk gebracht werden, wenn es etwas nützen soll.

In diesen Tagen habe ich mit großer Erbauung von Sallets[2] »Laien-Evangelium« gelesen. Du kennst es gewiß schon, sonst schaff es Dir doch an. Der Mann hat es wirklich verstanden, mit Freisinnigkeit Religiosität zu verbinden.

Doch nun, mein lieber Georg, leb recht wohl. Ich muß wieder in den Schulstaub, und das 6 Stunden. Schreib mir recht bald und bleib mein wie ich Dein

Dich liebender Wilhelm.

1 »Die Armen in der Senne.« In: »Deutsches Bürgerbuch für 1845«, S. 266–271. Vgl. auch den Brief an Alexander Kaufmann, 1.12.1843.

2 Friedrich von Sallet (1812–1843), Dichter. In seinen »Gedichten« (1835) und seinem in Jamben verfaßten »Laienevangelium« (1842) verbinden sich spätromantisch-pantheistische und modern-liberale Tendenzen.

107.
Georg Weerth an Wilhelmine Weerth

Bradford/York[shire], 29. Mai 1845

Liebe Mutter!

Deinen Brief mit der Einlage von Wilhelm erhielt ich und danke von Herzen dafür. – Hoffentlich geht es Dir und andern wohl; ich erfreue mich eines mittelmäßigen Daseins, da der Frühling sehr kalt hier ist. – Alle Menschen tragen noch 2 Röcke; – manche freilich auch gar keinen. –

Die große Predigerrevolution[1] hatte ich schon aus vielen Blättern gelesen, wußte aber die Namen der Leute nicht und habe mich an Deinen Details sehr ergötzt. Sollte noch etwas vorfallen, so laß es mich doch ja wissen. Ich interessiere mich für diese Pastöre und wollte, daß ich jetzt in Eurer Nähe wäre. Indes reicht der Arm der Gerechtigkeit auch über Land und Meer und wird die Vögel schon am Rock zupfen. – Das fehlt noch, daß man Euer gutes Land mit einer pietistischen Sauce begießt! Und diesen Stockmeyer kenne ich; er ist ein notorischer Zotenreißer – und gewiß ein durchtriebner Heuler. – Der alte Krücke mag es gut und ehrlich meinen.

Diese Leute ernst zu widerlegen, ist ganz falsch – die Satire und der Spott helfen viel besser, und Eure Aufgeklärteren sollten dergleichen über sie losschütten. – Die Heiratsgeschichten in Detmold amüsierten mich ebenfalls – ich wünsche den Leuten viel Glück, gebe ihnen meinen Segen und habe damit alles getan, was ich für sie tun kann.

Hier ist alles beim alten. – Der Tag vergeht bei der gewohnten Arbeit, und die freien Stunden werden mit politischen und gesellschaftlichen Bestrebungen zugebracht. – Ich mache in allerlei Erkenntnis Fortschritte und liebe England immer mehr. – Nicht, daß ich gern ewig hierbleiben möchte – aber ich weiß, daß ich auf dem interessantesten Boden der Gegenwart bin, und ich bin davon überzeugt, daß mein hiesiger Aufenthalt von unendlichem Nutzen für mich ist. Sollte es mir einmal möglich werden, nach London überzusiedeln, so geschieht dies jedenfalls – darüber ist aber noch nicht einmal ein Plan gefaßt – wir wollen also die Zukunft einstweilen noch in Ruhe lassen. –

Meine deutschen Freunde, welche freilich immer mehr von der frühern Bühne verschwinden und sich in Belgien oder der Schweiz aufhalten,[2] versorgen mich fortwährend mit guten Büchern, so daß ich über alle wichtigern Ereignisse des Vaterlandes fast ebensogut unterrichtet bin wie die Leute daheim. Mein Umgang hier ist sehr beschränkt, – ich gebe mich übrigens oft mit Arbeitern ab, um die verschiedensten Sachen an Ort und Stelle zu untersuchen; außerdem kenne ich jetzt manche Beamte, die mich zu ihren Meetings und Verhören mitnehmen und auf diese Weise in alle Einrichtungen dieses gewaltigen Landes blicken lassen.

So habe ich in der letzten Zeit alle Branchen des Armenwesens durchgemacht und erhielt durch einen Freund Zutritt zu den Armenverhören, wo ich neulich nacheinander ungefähr 60 unglückliche Männer und Weiber erscheinen sah, deren Schicksale und Verhältnisse auseinandergesetzt wurden und die man je nach dem Grade ihrer Not unterstützte.

Ich komme jetzt erst allmählich dahinter, eigentliche Kenntnisse zu sammeln. – Die Zeitungen erzählen freilich alles, aber immer nur in dem Sinne ihrer Partei. Da kann man sich tot und lebendig lesen und hat zuletzt doch noch nichts. Mit eignen Augen kann man nur das Rechte herausfinden, aber die haben leider oft ihre Grenzen. –

Die Familie Passavant wohnt jetzt auf einem Landgut in Bingley – 6 Meilen von hier – sehr hübsch, auf einem Hügel – mitten in prächtigen Wiesen und Büschen. – Der Alte kommt morgens um 10 hereingefahren und verläßt uns nachmittags um 4, damit er zu seinem Mittagessen um 5 Uhr zu Hause ist, – wir hören etwas später auf zu arbeiten. Neulich besuchte ich sie in Gesellschaft des jungen Passavant und Prellers, – letzterer hatte auch seine Braut, eine wunderschöne Kreolin, bei sich. – Die Geschichte gefiel mir ganz gut. Solche alten Kaufleute pflegen einen guten Tag zu leben, – hoffentlich werfen wir sie bald von ihren Landsitzen herunter, – ich kann nicht leiden, daß einer besser lebt als der andre. –

Von Grubers habe ich lange nichts mehr gehört und kümmere mich auch wenig um sie. Die Frau wird immer wohlbeleibter, und der arme Mann – den ich, nebenbei gesagt, viel lieber habe als die Frau – ist fortwährend krank, so daß er schon wieder in diesem Sommer nach Wiesbaden muß. – Von Ferdinand habe ich wieder lange nichts gehört; tritt ihn doch mal, daß er mir schreibt. – Dann vergiß auch nicht, mir in Deinem nächsten Brief den Titel von Carls neuem Buch[3] zu bemerken, damit ich es von Hamburg beziehen kann, woher ich Bücher in 4 Tagen, ohne Kosten, erhalte. –

Eben fällt mir ein, daß ich seit 4 Monaten nur Ochsenfleisch und Brot gegessen habe und daß meine Wirtin plötzlich das erste und einzige frische Gemüse bringt, nämlich Radieschen, – die wir jetzt morgens zum Kaffee, mittags zum Fleisch und abends zum Tee essen. – Dies wird Dich gewiß interessieren! –

Ich lebe jetzt sehr billig – 24 Schilling die Woche – meine Frau ist nämlich schon 60 jahre alt, und da sie bisher ehrlich war, so hat sie keine Lust mehr, das Gegenteil zu werden – andere Landsleute leben nicht unter 30 Schilling – wir Deutschen werden nämlich immer für sehr reich gehalten und folglich sehr geschnitten. – Es halten sich hier jetzt über 100 deutsche Kaufleute auf – größtenteils Kinder Israels und schreckliche Gesellen. –

Und so weiter, liebe Mutter. Ich hätte Dir noch manches in Dein Ohr zu flüstern, was Deine Aufmerksamkeit wohl verdiente. Es sind dies aber alles Sachen, die doch einmal öffentlich zur Sprache kommen. Ich lasse es daher. Ich lebe ganz in der Politik und im Sozialismus und fühle, daß ich mit jedem Tage praktischer werde. – Wenn ich daher keine mit schönen Redensarten ausgeschmückten Briefe schreibe, so weißt Du, woher dies kommt. –

Laß bald etwas von Dir hören. Grüße alle Leute, die ich liebe, und versichere die übrigen meines fortwährenden Hasses.

Wilhelm habe ich neulich direkt gesschrieben. –

Von ganzem Herzen

Dein Georg.

1 Vgl. den Brief der Mutter von Februar/ April 1845 und die folgenden.

2 Engels hatte Ende August 1844 England verlassen und war im Frühjahr 1845 nach Brüssel gegangen, wo Marx seit Februar weilte. Püttmann hielt sich zeitweise in der Schweiz auf.

3 Carl Weerth, Der Haushalt der Natur, mit vorzugsweiser Berücksichtigung der Stellung des Menschen in denselben. Lemgo 1845.

4 In einem undatierten Brief der Mutter an Wilhelm schreibt sie: »Er, Georg, scheint sich jetzt recht in das dortige Treiben hineinzuleben; er nimmt teil an den Meetings, Armenverhören und dgl. und ist ganz weg in s[eine]n sozialistischen Ideen – was soll man dagegen machen?! Früher oder später wird er, denk' ich, von selbst schon wieder davon zurückkommen.« (IISG)

108.

WILHELMINE WEERTH AN GEORG WEERTH (AUSZUG)

Detm[old], den 24. [und 26.] Juni [und den 5. Juli] 1845

[Ferdinand war 10 Tage bei seiner Mutter. Die Mutter hofft auch, daß Wilhelm nun die Pfarre in Blomberg bekommt. Im weiteren schreibt sie:]

Es bewegte mich eigends – wenn ich mich bei F.'s Erzählungen von seinen Besuchen in den Gefängnissen Deiner ähnlichen Wandrungen erinnerte – ja sogar Deiner eignen – Gottlob! – schuldlosen Erfahrung vor mehreren Jahren, und es wollte mir fast so vorkommen, als walte eine höhere Hand, sie es zum Besten Eurer selbst oder andrer – vielleicht auch für beider Teile – darin. Deine neuesten Wandrungen in die Armenhäuser etc. gehört schon mit in diese Kategorie, denn wie oft ist die Armut ja auch Folge von Vergehungen aller Art – sei es von Seiten der Armen oder der Reichen. Was Du, lieber Georg, nicht übel Lust hattest, mir noch ins Ohr zu flüstern, habe ich nun allerdings schon veröffentlicht gesehen; F[erdinand] brachte ein Exemplar des »Gesellschaftsspiegels«[1] mit, und so fand ich dann unter so manchen andern Rügen tadelnswerter Mißbräuche und Übelstände in der menschl[ichen] Gesellsch[af]t auch die eines »G. Weer[t]h«. (Vielleicht nahm man Anstand, das Kind beim rechten Namen zu nennen?!) Vor einiger Z[ei]t hieß es in der »Köln[ischen] Zeit[un]g« von den Liberalen-Kommunisten und dergleichen Lumpenpack, sie zögen sich nach Belgien oder England zurück, um von dort aus nur ungestraft ihren Bolzen gegen ihr Vaterland richten zu können –, vielleicht wollte man Dich doch noch nicht mit unter diesen Plunder werfen, wenngleich Dir wohl anzuraten wäre, nicht gar so gräulich zu räsonieren, das bessert nicht, sondern erbittert nur; ich will Dir statt höh'rer Beweisworte das Sprüchwort nur vorführen: »Wie man ins Holz hineinruft, so schallt's wieder heraus.« Solch ein Räsoneur bekommt's doppelt zurück, muß es einstecken, und die *Sache* bleibt, wie sie ist. Gib acht, ob ich nicht recht habe! Ruhig und gründlich Gesagtes wird auch ruhiger aufgenommen und in Erwägung gezogen – wie es ja bei *einem* der Aufsätze schon tatsächlich geschehen ist – deshalb: *und so weiter* will auch *ich* hier sagen. [...]

Das Poem[2] machte uns Spaß; nur habe ich dabei zu bemerken, daß die alte Frau weder nickt, wenn sie strickt, noch strickt, wenn sie nickt – wenn sie überall jemals »nickt«; überhaupt treibt's der Verfasser etwas locker und sollte namentl[ich] mit etwas mehr Respekt s[eine]s »hochehrwürdigen« Herrn Bruders gedenken etc. etc. Demohngeachtet: einen Kuß auf die heimatlich sinnende Stirn! Die beiden ersten Stanzen sind mir ein lieber Beweis, daß Du doch noch für etwas andres als *nur* Politik und was daran hängt Sinn hast – und *den* erhalte Dir Gott!

[Im weiteren geht die Mutter auf die Auseinandersetzungen innerhalb der Lippischen Kirche ein. Sie bedauert vor allem die »Herabwürdigung des ›Leitfandens‹«. Sie bittet Georg, kein Wort darüber zu veröffentlichen,]

am wenigsten Hohn und Spott, *das* sind *all*zeit schlechte Waffen und am allermeisten in Religionssstreitigkeiten – wenn Dir der Friede m[eine]r Seele lieb ist, so tue es nicht. – [...]

1 Gesellschaftsspiegel. Organ zur Vertretung der besitzlosen Volksklassen und zur Beleuchtung der gesellschaftlichen Zustände der Gegenwart. Hrsg. von Moses Heß. Elberfeld 1845/46. Von Weerth erschienen folgende Beiträge: »Lieder aus Lancashire«, »Der Gesundheitszustand der Arbeiter in Bradford, Yorkshire. England«, »Das Blumenfest der englischen Arbeiter« und »Die Wohltaten des Herzogs von Marlborough« (mit Datumszeile »Bradford, Yorkshire, im Februar« und der (ungenauen) Autorenangabe »G. Weerh«).

2 »An die Mutter zum Frühstück« mit dem Untertitel: »Anmutig gewidmet von ihrem teuern Sohn« (Vgl. Gedichte, S. 55 f.). Das Gedicht trägt die Datumsangabe »Yorkshire, 12. August [18]45«.

109.

Georg Weerth an Friedrich Engels

Bradford, 25. Juni 1845

Lieber Engels!

Wegen der Schutzzollgeschichte verhält es sich so: die Hauptpetitoniererei wurde betrieben durch den alten Weerth in Bonn, – Vetter Köchlin, Direktor der Spinnerei zu Ettlingen (Württemberg), und Gebr. Heinzelmann in Kaufbeuren. – Diese drei Leute sandten die Listen zum Subskribieren herum und bearbeiteten namentlich den alten Beuth[1] – Kastrat zu Berlin – free trader. – Die Süddeutschen hatten sich die Sache schon einiges Geld kosten lassen – Reisespesen, Druckkosten etc. Da trat der Dr. List[2] mit seinem Zollvereinsblatt auf – allgemeiner Jubel unter den Spinnern –, und Vetter Köchlin schrieb an den alten Weerth, *den* Kerl müsse man warmhalten, – man müsse ihm Geldgeschenke machen etc. Da hierdurch die Kosten für das allgemeine Interesse aber größer würden, so sollten auch jetzt die rheinischen Spinner beitragen. –

Friedrich Engels 1845

Ich schrieb damals an alle Menschen der Umgegend um den Tribut für Dr. List. – Aber die Herren wollten nicht herausrücken, und nur einige Gladbacher *versprachen* etwas. – Der alte Weerth gab kein bares Geld, da er schon durch sein vieles Geschrei genug genutzt zu haben glaubte. – Der einzige, der gleich Geld schickte, war Brögelmann aus Kromford bei Düsseldorf. 50 Taler (oder 30, ich weiß nicht genau) in Kassen-Anweis.

Dieses Geld schickten wir an Vetter Köchlin, der den Tribut der Württemberger Spinner einsammelte, – die ganze Sache war damals sehr flau – Beuth wollte nicht nachgeben, der Dr. List war der einzige, auf den die Spinner damals bauten. – Ob sie ihm noch weitere Zahlungen machten, weiß ich nicht, da ich zu der Zeit Bonn verließ, – übrigens müßte ich mich *sehr* irren, wenn mir der alte Weerth nicht s[einer] Z[ei]t gesagt hätte, daß auch Jung aus Elberfeld damals den List unterstützte. – *Soviel ist gewiß, daß List von den Württembergern und andern Süddeutschen im Jahr* 1842 *eine förmliche Rente erhielt und daß ich* 50 *Taler für Rech[nung] des Brögelmann – aus Auftrag des alten Weerth – an Vetter Köchlin für List absandte.* List kann freilich alles Geld stolz von sich gewiesen haben – ich war nicht dabei, wie er etwas kriegte – ist aber nicht wahrscheinlich – soweit ich die deutschen Literaten kenne.

Aus den Briefen von Vetter Köchlin ging hervor, daß ihm die Agitation viel Geld kostete, und er war es namentlich, der auch List an die Hand ging. –

Der alte Weerth ist immer so klug, daß er sich aus dem Staube macht, wenn es ans Zahlen geht. – Diese verdammten Spinner sind alle durch die Bank Lausekerle, die Fußtritte statt Schutzzoll verdienen. Der alte Weerth kann freilich nur mit Schutzzoll bestehen, denn er hat unter seinen Maschinen noch einige Exemplare, die er gebrauchte, als der Konzern noch mit Ochsen statt Dampf getrieben wurde. –

Auf diese Weise kann man freilich nicht gegen die Engländer an. Im Wuppertal gibt es ähnliche Sauetablissements – ausgenommen das Jungsche. – Die Bestrebungen der Spinner scheiterten immer an der Hartnäckigkeit des alten Beuth. – Wir haben sogar einmal durch meinen Onkel Roß – den Bischof – in Berlin geklüngelt – es wollte aber nicht helfen.

Damals war ich dumm genug, mich für Schutzzölle zu erhitzen – ich mußte den ganzen Tag schreiben – oft – und hatte es oft so satt, – daß ich dummes Zeug schrieb. Da der alte Weerth nie einen Brief las, so ging das alles in die Welt, so daß ich den Spinnern wohl mehr geschadet als genutzt habe. –

Ich schrieb Dir am Montag wegen meiner Reise. – Ich möchte Dich am liebsten einmal sehen, und I don't care a damn where. – Gehst Du freilich nach London, so ist es etwas anderes – ich erwarte Dich und Marx dann hier und werde Euch nach Kräften erheitern. –

Ich hatte vor, am Samstag über acht Tage per Monarch Steamer – cheap trip – hinüberzufahren. – Schreib mir, ob ich dies tun soll oder nicht. – Ich brauche etwas Erholung, und es wäre vielleicht nicht übel, wenn ich Dich nach London begleitete. Später kommt Ihr dann hierher. – Es ist mir alles einerlei, ich habe 3 Wochen Zeit – 10–12 Pfund Sterl[ing].

Schreib mir daher umgehend, was ich tun soll.

Sehr *eilig* bin ich heute von Herzen

Dein Weerth.

1 Peter Christian Wilhelm Beuth (1781–1853), preußischer Staatsbeamter. Er leitete 1815–1845 die Abteilung für Handel, Gewerbe und Bauwesen im preußischen Finanzministerium. Der Aufschwung der preußischen Industrie nach 1845 war nicht zuletzt sein Verdienst.

2 Friedrich List (1789–1846), deutscher Volkswirt; er gründete 1819 mit einigen Kaufleuten den »Deutschen Handels- und Gewerbeverein«, um für die Zolleinigung Deutschlands zu werben. Er trat dabei für die Aufhebung der Zollschranken innerhalb des Deutschen Bundes und einen gemäßigten Schutzzoll ein. Entgegen der Freihandelsforderung des Liberalismus verlangte er, daß ein Land, das sich industriell entwickelt, so lange durch Erziehungszölle zu schützen ist, bis es sich aus eigenen Kräften zu behaupten vermag. Seit 1832 setzte er sich in zahlreichen Schriften für die Schaffung eines deutschen Eisenbahnnetzes ein.

110.

Georg Weerth an Wilhelmine Weerth

Brüssel, 10. Juli 1845

Liebe Mutter!

Nicht wahr, das ist sonderbar, daß ich schon wieder auf dem Kontinent bin? Es verhält sich damit wie folgt. Der alte Passavant sah ein, daß ich durch zu vieles Arbeiten in der letzten Zeit etwas heruntergekommen sei und schlug mir selbst vor, nach Southport zu gehen und einige Seebäder zu nehmen. Da dies aber zu langweilig ist, so entschloß ich mich, für 14 Tage nach Paris zu gehen, reiste vorher aber hierher, um einige Freunde zu besuchen. – Leider hatte ich aber das Malheur, mir auf der englischen Eisenbahn das Bein zu verrenken, und da ich die Sache nicht gleich besehen ließ, so wurde ich hier bei meinem Eintreffen gleich recht tüchtig mit Blutegeln gemartert, – was mich sehr schwach machte, – namentlich da ich vorher schon nur mit halber Kraft mehr arbeitete. – Dieser Umstand hält mich denn auch in Brüssel auf, und werde ich wohl noch eine Woche nötig haben, ehe mein Bein wieder vernünftig und ich wieder ordentlich bei Kräften bin. Es ist gut, daß ich hier bin, da meine Freunde mich sehr pflegen und hier alles billig ist.

Ob ich nun noch nach Paris gehe, weiß ich nicht; – vielleicht nur noch nach Ostende, um dort zu baden. Auf diese Weise ist dann freilich aus der Erholungstour nicht viel geworden, wenn es mir nicht gelingt, sie weiter hinauszuziehen als projektiert. – Dies versuche ich, und da das Geschäft sehr matt geht und es des Geldes wegen einerlei ist, ob ich hier oder in England bin, so wird es schon gelingen. –

So ist das menschliche Leben voller Disteln und Dornen.

Wenn Du mir schreiben willst (und ich bitte Dich, dies recht bald oder gleich zu tun), so adressiere an Herren S. A. Le Vino & Co., *Antwerpen*, denn diese Leute wissen stets, wo ich bin; – übrigens kannst Du in den nächsten 14 Tagen auch gleich hierher Nr. 19 au bois sauvage plaine Ste. Gudule[1], Brüssel, schreiben. – In 3 Wochen hoffe ich doch wieder nach England abzureisen.

Später schreibe ich Dir mehr. Grüße inzwischen alle Dortigen und behalte in gutem Andenken

Deinen jetzt zwar schwachen, aber bald riesigen Sohn

Georg.

1 Wohnadresse von Karl Marx seit 13.3.1845.

111.

Wilhelmine Weerth an Georg Weerth (Hinweis)

Detm[old], 14.7.1845

[Die Mutter ist äußerst beunruhigt wegen des letzten Briefes, in dem Georg von seiner Krankheit berichtet hat.]

112.

Georg Weerth an Wilhelmine Weerth

Brüssel, 17. Juli 1845

Liebe Mutter!

Eben, 4 Uhr nachmittags, erhalte ich Deinen Brief und setze mich gleich hin, Dir zu antworten. Ich habe in den letzten 14 Tagen, trotzdem daß ich einige Male ganz liebliche Kniffe am Bein verspürte, nie geheult oder geschrien, – Dein Brief hätte mich aber beinah dazu gebracht! Leider scheine ich aber ein großer Esel gewesen zu sein und Dir gerade in einem Moment zufälliger Niedergeschlagenheit geschrieben zu haben; – dadurch schilderte ich die Sache mystischer und schlimmer – und vielleicht daher Deine große Besorgnis! Ich bitte Dich deswegen um Verzeihung und will Dich durch die reine Wahrheit schnell trösten. Erstens ist die zwar sehr unschuldige, aber langweilige Geschichte mit meinem Bein, seit ich Dir neulich schrieb, viel besser geworden, so daß ich schon seit vorgestern 2mal am Tag in den Park marschiere, mich dort sehr bequem niederlasse, Domino spiele und mit meinen hiesigen Freunden philanthropische Gespräche führe. – Diese Freunde, ein Kölner, ein Trierer und ein Belgier,[1] von denen der erste, Bürgers, mit mir zusammen wohnt, haben mich sehr gepflegt, – mehr als es nötig war und als ich wünschte. Dazu ist meine Wohnung billig und gut, bei ehrlichen, etwas dummen Leuten, die sich die Beine ablaufen, um mir gefällig zu sein. – Mein Doktor, von dem gleich mehr, ist in Brüssel als sehr geschickt bekannt, er ist ein *Deutscher* und wurde mir gleich herbeigeholt.

Tröste Dich also über das Bein, – ich muß mich noch 8 Tage etwas ruhig halten und darf nur kleine Spaziergänge machen, – kann nach jener Zeit aber wieder den alten Schritt annehmen – wenigstens hat mir dies der Doktor noch heute morgen versichert. – Nun über das »Heruntergekommensein«, was mich veranlaßte, den Ausflug von England zu machen. Es verhält sich damit so: Seit dem ersten Tage meines Aufenthalts in Bradford fühlte ich, daß mir zwar Essen und Trinken sehr gut bekommen, daß mir aber der fortwährende Kohlendampf ein gewisses Prickeln in der Kehle verursachte, was mich oft zum Spucken und Husten zwang. Hinzu kam noch der furchtbar rauhe Nordostwind, der mich aus einer Erkältung in die andere fallen ließ, – was auch durch die ewige Feuchtigkeit gerade nicht gebessert wurde. Da aber an diesen Übeln fast alle in Fabrikstädten lebenden Deutschen das erste Jahr leiden und erst dann frei davon werden, so machte ich mir aus der Sache nichts. Leider stellte es sich aber heraus, daß *ich* auch im zweiten Jahre durch fortwährende sehr starke Erkältungen geplagt wurde und das *Schicksal vieler Süddeutschen* (die Hamburger halten alles am besten aus) *teilte, welche es fast nie in den nördlichen Fabrikstädten aushalten können und schon nach zwei Jahren gewöhnlich in die Heimat zurückkehren.* – Ich erklärte daher dem alten Passavant, daß ich lieber meinen Aufenthalt in Bradford drangeben wolle. – Hierauf ging er aber dann gar nicht ein und proponierte mir, ich solle lieber erst einige Wochen in ein Seebad gehen und versuchen, ob durch diese Erholung die Sache nicht besser würde. Stelle sich das Übel dann später wieder ein, so könne man immer noch von einem gänzlich Verlassen Bradfords sprechen. Der Rat des Alten, der gern erst alles versuchen möchte, ehe wir uns hintereinander trennten, war ganz unpassend, denn der Aufenthalt in einem Seebad kann nicht verhindern, daß ich gleich nach meinem Wiedereinzug in Bradford aufs neue von Kohlendampf, Feuchtigkeit und kalten Winden geplagt werde. – Da er mir aber das Salär fortwährend bezahlt und ich auf dem Kontinent reisend nicht viel mehr ausgebe als in Bradford, wenn ich zu Hause sitze, mir auch mein Freund Mac, ein schottischer Arzt, sehr dazu riet, zu versuchen, wie es mir in anderer Luft ergehen würde, so nahm ich den Reisevorschlag des Alten dennoch an, ging aber statt in ein langweiliges, sehr teures englisches Bad nach Brüssel – wo es billig ist, wo ich Freunde vorfand und von wo aus ich leicht über Paris nach England zurückkehren konnte. Wäre nun nicht die verdammte Geschichte mit dem Bein in die Quere gekommen, so würde ich jetzt der heiterste Mensch von der Welt sein, denn mein Spucken und Husten hat hier in den 14 Tagen bereits um die Hälfte nachgelassen und vermindert sich zusehends, und da sich außerdem nach einer genauen Untersuchung des Doktor Breuer[2] (ich weiß nicht, ob ich den Namen recht schreibe) – derselbe, der mein Bein behandelt – herausstellte, daß ich nicht allein eine sehr gesunde, sondern eine förmliche Riesenbrust habe, so liegt am Tage, daß ich nur durch das Klima in Yorkshire inkommodiert werde und am besten tue, mich irgendwo anders niederzulassen. Der Doktor meint, bis Ende des Jahres könnte ich ruhig in Bradford bleiben – der Herbst ist nämlich sehr schön in England – und dies ist mir sehr lieb, da ich bis dahin dann allerlei Pläne ausführen kann. – Eine Hauptaussicht habe ich jetzt schon, da es wahrscheinlich ist, daß ich für ein englisches Haus eine Agentur für Belgien bekomme, – womit dann allen Übelständen abgeholfen wäre. Die Sache ist freilich noch in weitem Felde, – sobald ich aber das Rütteln auf der Eisenbahn aushalten kann, werde ich die Sache an Ort und Stelle schon jetzt näher betreiben. – Was ich Dir neulich von zu vielem Arbeiten schrieb, ist auch wahr – ich war etwas spät noch zu lebendig, und auf die Dauer machte mich das einige Pfund leichter – man muß aber den Aufenthalt in

England benutzen, denn dort ist der Herd der Zukunft. Die Reise nach Paris ist ganz aufgegeben. –

So habe ich Dir in der kurzen Zeit vor Abgang der Post alles möglichst gut zu erzählen gesucht. Aus meinem bald folgenden Brief an Carl wirst Du dann sehen, wie es mir ferner geht. Ich schreibe dann auch an Dr. Piderit,[3] dessen freundliche Gesinnungen ich sehr zu schätzen weiß. – Vor allen Dingen sei ruhig, denn Du hast alle Ursache dazu, da nicht die geringste Gefahr im Spiele ist.

Hätte ich Geld genug, so würde ich vielleicht nächste Woche schon nach Neapel reisen – so guten Mut habe ich.

Leb wohl, liebe Mutter, und sei aufs herzlichste gegrüßt von

Deinem Georg.

Carl grüße und sage ihm, er solle sich unter keine Bedingungen für mich an Weerths in Bonn wenden – es ist total unnütz, und ich will mit dem Volk nichts zu tun haben.

1 Der Kölner ist Heinrich Bürgers (1820–1878), der Trierer Karl Marx, der Belgier vermutlich Victor Tedesco (1822–1897).
2 Richtig Dr. Breyer (1812–1876), der aus Deutschland emigriert war und in Brüssel als Arzt tätig war; Mitglied der »Association démocratique«.
3 Dr. F. Piderit, Hausarzt der Weerths in Detmold.

113.

Georg Weerth an Wilhelmine Weerth

Brüssel, Sonntag [19.7.1845][1]

Liebe Mutter!

Ich schrieb Dir vorgestern und erhielt gestern abend von England Deinen Brief vom 24. Juni/5. Juli, der mir natürlich die größeste Freude machte, namentlich da ich gar nicht wußte, daß so etwas unterwegs war. – Ferdinand werde ich jetzt von hier aus einmal gehörig schreiben. Mit Wilhelm hat sich seitdem die Sache ja prächtig gemacht; – ob die L[ina] T[endering] wirklich so krank ist, bezweifle ich noch, denn früher war sie immer gutaussehend. – Das wäre gerade eine Frau für ihn. Übrigens komme ich auf Deinen Brief noch in den nächsten Tagen zurück. Jedenfalls ärgert es mich, daß Du mir verbietest, gegen die 5 Pfaffen[2] aufzutreten; – rechte Pfaffen, Tröpfe und

Heuchler. Weißt Du denn nicht, daß ich vor Wut zitterte, als ich von der Erbärmlichkeit und Albernheit dieser Leute zuerst hörte? Erstens greifen sie einen Mann an, der mehr für die Menschheit getan hat als ihrer sechzig zusammengebacken; – zweitens greifen sie ihn an, nachdem er längst im Grabe liegt; – drittens wollen sie nur verdammten Unsinn; viertens bin ich der Sohn meines Vaters und fünftens soll diese 5 Burschen der Henker holen unter jeder Bedingung.

Während ich dies schreibe, gerate ich wieder in eine solche Aufregung, daß ich nichts mehr wünsche, als die Kerle mit meinem alt-englischen Eichenstock abwichsen zu können, nach Noten. Da Du es indes willst, so gebe ich mich mit der Sache nicht weiter ab und überlasse sie meinen beiden Brüdern, welche hoffentlich geradeso wie ich denken!

Wenn ein Pastor ein Esel und ein Heuchler ist, so ist er gar nicht heilig genug mehr, um ihm nicht das Fell über die Ohren zu ziehen. Beträgt er sich vernünftig, so wird es niemand einfallen, ihn und die Würde seiner Stellung anzugreifen.

Übrigens werde ich in Zukunft noch vielleicht manche Sachen tun, die Deinem Willen und Deinen Ansichten total zuwider sind. Ich muß Dich ein für allemal bitten, mich meinen eignen Weg gehen zu lassen; Du kannst aber versichert sein, daß ich alles in der reinsten Absicht tue. Ich gehöre zu den »Lumpen-Kommunisten«, welche man so sehr mit Kot bewirft und deren einziges Verbrechen ist, daß sie für Arme und Unterdrückte zu Felde ziehen und den Kampf auf Leben und Tod führen. Laß die Herren des Besitzes sich in acht nehmen, die kräftigen Arme des Volkes sind auf unsrer Seite, und die ersten Geister aller Nationen treten nach und nach zu uns über. – Da ist mein sehr lieber Freund Fried[rich] Engels aus Barmen, der hat ein Buch zugunsten der englischen Arbeiter[3] geschrieben und die Fabrikanten mit vollem Recht schrecklich gegeißelt. Sein eigner Vater hat Fabriken in England und Deutschland.

Nun ist er mit seiner Familie schrecklich zerfallen, – man hält ihn für gottlos und verrucht, und der reiche Vater gibt seinem Sohn nicht einen Pfennig mehr zum Unterhalt. – Ich aber kenne diesen Sohn als einen himmlisch guten Menschen, der einen ungewöhnlichen Verstand und Scharfsinn besitzt und Tag und Nacht mit den ungeheuersten Anstrengungen für das Wohl der arbeitenden Klassen kämpft. – Da fällt einem dann oft ein, was weiland der edle Ulrich von Hutten[4] sang:

»Und ob meine liebe Mutter weint,
daß ich die Sach' gefangen an –
Muß dennoch gehn« – usw.

Damals weinte Ulrichs Mutter – der Ulrich brach aber den Pfaffen die Hälse, und der gewaltige Luther hatte nie einen bessern Ritter an seiner Seite.

Hiermit sollen denn aber auch die ernsten Briefe geschrieben sein, – unsre Korrespondenz muß lieblich und lustig sein – das ist tausendmal besser!

Mit herzlichem Gruße

Dein Georg.

Den Herrn Pastor Becker[5] werde ich gelegentlich besuchen, obgleich er nicht zu meinen Leidenschaften gehört. – Übrigens kennen ihn meine hies[igen] Freunde.

Von England höre ich, daß das Geschäft sehr schlecht geht und auf uns[erem] Comptoir nichts zu tun ist – das ist desto besser für mich. –

1 Ergibt sich aus dem Inhalt.
2 Vgl. den Brief von Wilhelmine Weerth vom 14.7.1845.
3 Friedrich Engels, Die Lage der arbeitenden Klasse in England. Leipzig 1845.
4 Ulrich von Hutten, Gesprächsbüchlein (1520), Vorrede. Ungenaues Zitat Weerths.
5 Theologe aus Lippe, der die evangelische Kirche in Brüssel betreute.

114.

Georg Weerth an Wilhelm Weerth

Brüssel, 19. Juli 1845

Lieber Wilhelm!

Zuerst mein Gruß, dann meine Gratulation und endlich mein Wunsch, daß Du bald zu einer lieblichen und reichen Frau kommen möchtest.

Wenn Du mir einen Krankenbesuch machen willst, so bleibe lieber zu Hause, – hast Du aber Lust, Dich mit mir als ehrlicher Mann zu amüsieren, und besitzest Du der güldenen Dukaten hinlänglich, so komme aufs schleunigste und sei willkommen! Du kannst dann dieselbe Kur gebrauchen wie ich – nämlich Dich mit rötlichem Bordeaux zu stärken. –

Mein Herz schlägt wild beweglich
Es schlägt beweglich wild.

Ich nehme also Abschied und bleibe mit herzlichem Gruß

Dein Georg.

115.
Wilhelmine Weerth an Georg Weerth (Hinweis)

Detm[old], 26. [und 27.]7.1845

[Die Mutter bedankt sich für zwei Briefe. Sie hofft, daß Georg in Zukunft eine Stelle auf dem Kontinent erhalten werde.]

116.
Georg Weerth an Wilhelmine Weerth

Brüssel, 30. Juli 1845

Liebe Mutter!

Eben erhalte ich Deinen Brief vom 26./27. d[iese]s und will Dir heute, nach Deinem Wunsche, nur anzeigen, daß ich noch 10–14 Tage hier im Lande zu bleiben gedenke, da mir der alte Passavant Geld geschickt und Herr Preller mitgeteilt hat, daß es fortwährend sehr still im Geschäfte sei. Man wünscht freilich, mich bald wiederzusehn, – da aber meine Anwesenheit in Bradford gerade nicht so schrecklich nötig ist, so sehe ich nicht ein, weshalb ich mich schon auf der Stelle in den geliebten Kohlendampf hineinstürzen soll.

Außerdem bemerkte mir auch Herr Passavant, daß er erwarte, mich *gesund* wiederzusehn – ich solle mich nicht übereilen – die ganze Reise könne sonst nichts helfen. – Schreibe übrigens dem alten Herrn in keinem Falle; – ich habe gar keinen Grund, ihm zu danken – für sein gutes Geld arbeite ich gut, und es versteht sich von selbst, daß ich mich gehörig erhole, wenn Grund dazu vorhanden ist.

Ich weiß, wie man mit Kaufleuten umzugehen hat – unter ihnen existieren weder Gefälligkeiten noch Dank, sondern nur Verbindlichkeiten, und die müssen erfüllt werden – *gegenseitig*.

Mit meiner Gesundheit geht es sehr gut. Ich spucke und huste gar nicht mehr, wenigstens nicht mehr wie jeder andre Mensch auch, – und mit meinem Bein bessert es sich so vortrefflich, daß ich heute morgen meinem Doktor – zum Beweise meiner bisher verborgenen Geschicklichkeiten – nach dem Klavierspiel eines neben mir wohnenden Portugiesen die Polka im besten Stil vortanzte.

Er will mich aber dennoch einige Tage unter den Händen behalten, und namentlich soll ich mich, ehe ich wieder zu reisen anfange, hier noch mehr erholen und stärken. Morgens durch Spazierengehn im Park – mittags durch Bordeaux und abends durch den Besuch der italienischen Oper. Ich habe nämlich, solange ich in England war, weder Musik gehört noch Bordeaux getrunken – da beide Sachen dort unbekannte Größen sind. London nehme ich aus.

Mit meinem Fortgehn von Bradford will ich indes nicht zu eilig sein. Wie sich herausgestellt hat, wirkt der Kohlendampf weniger nachteilig als unangehm auf mich, und kann ich jedenfalls meine Lage schon dadurch bedeutend bessern, daß ich 2 Meilen vor der Stadt meine Wohnung nehme, wo schon viele Deutsche wohnen, und namentlich etwas vorsichtiger in meinem ganzen Lebensstil bin – mit andern Worten – mich mehr pflege.

Mit dem schnellen Davonlaufen ist es nicht stets getan; durch etwas Warten und Umsehn kann ich von England aus sehr leicht zu einer guten andern Stelle kommen, besonders wenn ich hier und sonstwo schon persönlich sondiert habe.

Übrigens jetzt von dem ganzen Bettel kein Wort mehr! Einstweilen ist Friede in Europa, und das andere wird sich schon entwickeln.

Ferdinands Kranksein tut mir sehr leid; – glücklicherweise habe ich ihm vor eine paar Tagen geschrieben, so daß der Brief jetzt in seinen Händen sein wird; – er kann sich dann mit mir trösten; wir haben die Geschichte zu gleicher Zeit abgemacht. Ich wollte, er könnte ebenfalls eine Reise hierher machen.

Cölln gratuliere ich in meinem Name[n] aufs herzlichste zu seinem jungen Riesen, ebens[o] Carl zu seiner amtlichen Befestigung; – daß er indes schon für eine Witwe bezahlen muß, ehe er noch eine Frau hatte, finde ich doch der Vorsehung zu sehr in die Arme gegriffen.

Im übrigen Grüße an alle!

Wie gesagt, werde ich wahrscheinlich noch 10–14 Tage hier bleiben. Etwaige Briefe treffen mich also noch an der heiligen Gudule.

Mit dem herzlichsten Gruße

Dein Georg.

Karl Marx

117.

Georg Weerth an Karl Marx

Brüssel, 1[8]. August 1845[1]

Lieber Marx!

Dein Brief vom 15. d[iese]s traf erst heute, den 1[8]., hier ein. Morgen, am Dienstag, geht der erste Steamer nach London. Mit dem kann ich aber nicht fahren, denn ich habe hier noch allerlei Geschichten zu ordnen. Übrigens werde ich Euch auch gar nicht mehr treffen, wenn ich ihn wirklich benutze, da ein Dampfer, der am Dienstag abend in See geht, nicht vor 10 Uhr morgens am Mittwoch in London ist, und Ihr werdet wahrscheinlich schon am selben Tage eine Stunde früher von der London Bridge aus nach Ostende abfahren.

Nach den frühern informations von Engels wollte ich am 21. ds. hier abreisen. Ich ziehe es daher vor, Euch hier abzuwarten, denn ich müßte ja des Teufels werden, wenn ich Dich nicht mehr zu sehen bekäme.

Das Gefängniswesen schicken wir per Post.

Den herzl[ichen] Gruß

Deines Weerth.

1 Der Brief ist von Weerth irrtümlich auf den 19.8.45 datiert. Die richtige Datierung ergibt sich aus dem Poststempel und aus den Angaben im Text: Dienstag war der 19. August.

118.

Georg Weerth an Wilhelmine Weerth

Brüssel, 23. August 1845

Liebe Mutter!

Vor meiner Abreise muß ich Dir doch noch einmal schreiben, da es Dir zu lange dauern möchte, wenn ich es erst von Bradford aus täte. –

Seit meinem letzten Schreiben habe ich eine Tour durch Belgien gemacht und mich mehrere Tage in Antwerpen und Ostende aufgehalten. Übrigens fand ich, was das Kaufmännische anbelangt, daß eigentlich wenig hier im

Lande für mich zu machen ist, – wenigstens würde zu Unbedeutendes dabei herauskommen. Wenn sich also nicht noch zufällig etwas darbietet, was freilich nur von England aus zu erfahren ist, so werde ich jetzt meine Aufmerksamkeit auf London richten, wo ich natürlich in Zukunft am liebsten wohnen würde. Das will ich denn nun betreiben, wenn ich wieder auf britischem Boden stehe. Ich habe England, trotzdem daß ich in Bradford lebe, doch sehr lieb gewonnen, das merke ich erst jetzt. Das Leben ist freilich viel ernster dort. Ich bin aber auch ernster geworden – kurz, ich freue mich sogar wieder auf Yorkshire.

In Antwerpen war alles beim alten – meine »Königin Victoria« kam gerade die Schelde herauf, als ich anlangte. Wir grüßten uns als alte Bekannte. Ich trug ihr viele Grüße nach Stolzenfels auf und verfügte mich dann zu meinen Handelsfreunden. In Ostende traf ich eine Masse Deutsche, die sich weidlich in der See herumtummelten. Da es aber abscheulich kalt und stürmisch war, so ließ ich das Baden sein, setzte mich auf den Damm zwischen die Fräuleins, ließ die Wogen brüllen und trank Madeira dazu.

Ich hätte nun gleich nach England reisen sollen – aber erstens war mir das bare Geld ausgegangen – zweitens vermutete ich, daß mir das weite Fahren doch wohl hintereinander nicht zuträglich wäre, und drittens spürte ich auch große Lust, noch einige Tage auf meine Freunde Marx und Engels zu warten, die jeden Augenblick von einer Reise nach Manchester wieder eintreffen können. – Dieser letzte Grund scheint mir nach genauerer Überlegung wohl der wichtigste gewesen zu sein. Ob nun die Bradforder ganz damit zufrieden sein werden, weiß ich nicht. Aber es ist ja bekannt, daß man einen desto fester umarmt, je mehr man ihn ersehnt hat. Außerdem tröstet mich, daß einer unsrer Agenten meine Stelle in der Zwischenzeit versieht. Kommen die beiden Leutchen aber bis übermorgen nicht an, so werde ich mich wahrscheinlich auf die Lappen machen.

Hier habe ich allerlei gesehen und gehört und hatte einen interessanten Umgang. Ich trage manche Ideen mit mir fort und sehne mich nach Ruhe, um sie besser packen zu können.

Hoffentlich geht es Euch allen gut. Ich wüßte gern, wie es mit Ferdinand steht, der doch wohl in der Gesundheit nicht hinter seinem Bruder zurückgeblieben ist. Wahrscheinlich hat er mir nach Bradford geschrieben. Grüße Carl und Wilhelm von mir und sage Cölln, er könne jetzt in dem Buch von Fr[iedrich] Engels »Die Lage der arbeitenden Klasse in England«, Leipzig, Otto Wigand, etwas sehr Genaues über diesen Gegenstand erfahren.

In den Zeitungen sehe ich, daß Niclas Becker[1] gestorben ist. Aus Langerweile schrieb ich ihm von hieraus einen lustigen Brief; ich wußte gar nicht, wie es um ihn stand. Da diktierte er seiner Schwester auf dem Totenbett eine

Antwort, aus der ich genug sehen konnte. Schon zwei Tage nachher starb er. Diese Geschichte machte mich doch etwas wehmütig. – Ein harmloser Mensch macht ein Gedicht, da schenken ihm Könige Becher; – das Volk füllt sie mit Wein. Er trinkt, taumelt und stirbt. – Kurzes Leben, kurzer Ruhm.

So geht es mit den lieben Menschen. »Sie treiben Possen mit der Zeit, und die Geister der Weisen sitzen in den Wolken und lachen über sie.«[2] Der alte Shakespeare hat recht.

Und so will ich mit dem alten Shakespeare schließen, der jedenfalls der weiseste Engländer war, der je lebte, der lustigste und der ernste[ste]. Das ist die rechte Weisheit, wenn man beides zur rechten Zeit ist.

Leb wohl, liebe Mutter.

Den herzlichsten Gruß.

Deines Georg.

1 Vgl. Georg Weerths Brief an Wilhelmine Weerth, 11.11.1843.
2 Shakespeare, König Heinrich IV., 2. Teil (2. Aufzug, 2. Szene).

119.

Wilhelmine Weerth an Georg Weerth

Detmold, 7. [und 14.] 9.1845

Lieber Georg!

Deine beiden Briefe aus Brüssel habe ich richtig erhalten; der erste vom 23. August machte mir vorzügliche Freude, da er mir das Gepräge wiedergekehrter Gesundheit und Lebensmutes zu haben schien und zugleich die guten Nachrichten aus England enthielt, in Folge deren Du Dich noch nicht so sehr zu beeilen hattest, dahin zurückzukehren; es stand also so weit alles erwünscht, und Du magst sagen, was Du willst, ich fand es recht nett und liebenswürdig von H[errn] Passav[an]t, daß er Deine längre Abwesenheit so begünstigte – zu Deiner völligen Wiederherstell[un]g, um so mehr mußte ich's mit Dir wünschen, daß durch Verleg[un]g Deines Logis – außerhalb Bradf[or]d – ein längerer Aufenthalt daselbst möglicherweise unschädlich für Dich zu machen sei, – denn daß ich kein Davonlaufen ohne Not – aus einer übrigens guten Stellung – von einem unter Euch wünsche, davon kannst Du

Dich so sehr wie von irgend etwas bei mir überzeugt halten – sollte jene Idee also zu realisieren sein, so tue es ja. – Dein zweiter Br[ie]f mit dem nochmal[igen] Stempel »Bruxelles« machte mich dagegen erst etwas bestürzt – mußte ich Dich doch Deinen vorherigen Äußerungen nach längst wieder an Ort und Stelle glauben, nachdem ich mich aber überzeugt hatte, daß nicht erneutes Unwohlsein die Schuld davon trug, so wich diese Bestürzung einigen andern Betrachtungen – und am wenigsten begriff ich's, daß Du Dich nicht von vornherein darnach eingerichtet hattest, gleich von Ostende aus vollends zurückzureisen, – jedenfalls kostete es *nun* doch noch mehr Zeit und Geld – und *das*, mein' ich, hätte doch der Annehmlichkeit, jene Freunde nochmals zu sehen, die Waage halten müssen – und dann? kam's doch auch sehr drauf an, ob Dich H. P. nach einer so verspäteten Rückkunft desto fester umarmte, – die Gräfin Hahn-Hahn hat davon eine ganz andre Ansicht – die Dir auch wohl schon mal aufgestoßen sein wird. Nun, will's Gott, bist Du jetzt seit 8–10 Tagen wieder in Br[a]df[or]d an Land geschlagen, und ich will gern das schönste von Deinem dortigen Empfang hoffen; außerdem bitte ich Gott, daß sich Deine Gesundheit ferner befestigen möge, damit Du Deine Verpflichtungen ohne zu große Anstrengung erfüllen kannst; *da*zu aber spare auch Deine Kräfte gehörig auf und verwende und ver*schwende* sie nicht auf Dinge, die füglich unterbleiben können, – namentl[ich] an solche Reisen auf dem Papier,[1] – was gäbe ich drum, daß sie nicht drauf ständen! Laß mich doch nicht umsonst Dich bitten, von dieser unglücklichen Beschäftigung abzulassen! – Geh' doch lieber nach getaner Arbeit in Gottes Luft und Sonne und stärke Körper und Geist an der freien Natur – oder, wenn *das* die Wittrung nicht erlaubt – strecke Dich lieber längelang auf Dein Sofa und was sonst hin und schwatze lieber mit einem Vogel, einem Hund oder einer Katze als mit solch einem Esel in Deiner Fabel und wem mehr! – Gewiß stehst *Du* Dich viel besser dabei und die *Welt* um kein Härchen schlimmer. –

Den 14.: Eine volle Woche ist vergangen, bis ich wieder dies Blatt aufzunehmen imstande bin; Besuche, häusliche Herbstarbeiten und dgl. hielten mich davon zurück, und ich denke mir, Du erwartest doch nun wohl Nachrichten von hier, bevor Du wieder schreibst; da ich aber auch *dar*nach wieder recht verlange, – um *recht gründlich* zu erfahren, wie es seit Deiner Rückkehr mit Dir – und allem – aussieht – so liegt es schon in m[eine]m eignen Interesse, diesen Br[ief] so bald wie möglich zu befördern. Jedenfalls denke ich, doch noch eher in England zu sein wie Eure Königin, denn *die* wird, wie's scheint, des Schwärmens nicht müde, – man sollte denken, der Kopf würde ihr so schwindlig und betäubt von allen Huldigungen, daß sie sich herzlich nach Ruhe sehnte, *solche* Häupter scheinen dess' aber viel vertragen zu können.

Vor einigen Wochen bin *ich* denn mal in *Blomberg* gewesen – wovon ich Dir noch keine Meldung getan – denn *die* Reise, die erste, seit W[ilhelm] dort ist, machte schon Epoche in mm. sonst so gleichförmigen Leben, und da ich sie nicht allein in einem Tage hin und zurück, sondern auch hieher über Schieder machte – des schönen Strich Landes und zugl[eich] der sehr hübschen Anlagen bei dem Schloß halben – so war *mein* Kopf abends schon schwindlig genug, wenn auch nicht von Huldigungen, doch – vom Fahren. So sah ich Wilh. doch in seiner bisherigen eignen Hütte, worin er sich's schon ganz gemütlich eingerichtet hatte, vorzügl[ich] stand sein Miniatur-Garten im schönsten Blumenflor, denn es ist auch hübsch sonnig darin, was leider seiner Wohnstube fehlte und weshalb ich mich recht sehr freue, daß er's auch in dieser Hinsicht künftig besser haben wird. Da Pastor Arnold diesen Winter noch gern im Pfarrhause bleiben wollte und künft[igen] Sommer bedeutende Reparaturen darin vorgenommen werden müssen, hat Wilh. sich für das Jahr ein p[aar] schön geleg'ne Zimmer gemietet, was in s[einem] jetzigen Junggesellenstand das beste war, – was es dann fürderhin geben wird, wenn er erst die geräumige Klosterwohnung mit ihrem großen Garten bezieht, darauf sind alle, die an sm. Geschick nur einigen Teil nehmen, sehr gespannt; – er selbst aber am meisten, und sollte es sich mit der Gesundh[ei]t der L[ina] T[endering] noch wieder machen, so – wer weiß? – doch lasse man ihn still gewähren, bleibt sie oder *wird* sie wieder kränkelnd, dann – um Gotteswillen nicht. –

Von Ferdinand hatte ich wieder gute Nachrichten, schriftliche und indirekt mündliche, durch den Stud. med. Kirchner von Oerlinghausen, der ihn, wie er versicherte, recht munter und wohl verlassen hatte, doch schrieb F., daß er noch einen künstl[ichen] Salzbrunnen tränke; ein Beweis, daß der Gesundh[ei]t doch noch in etwa nachzuhelfen war. Am 23. d[ieses] M[ona]ts muß er nun wieder mit zur Leipz[i]ger Messe, gebe Gott, daß es dann gut gedeiht! Morgen, den 15., wird der junge Mensch nun auch schon 20 Jahre alt – doch braucht's mich nicht zu wundern, da ich bald 60 J. zähle – wie die Zeit verfliegt!

Die Todesnachricht des N. Becker konnte Dich wohl wehmütig berühren – tat sie's mich doch, obgleich ich ihn nicht persönlich gekannt; sein letztes Gedicht (in der »Köl[nischen] Zeit[un]g« war's) trug das Gepräge von Todesahnungen – ob er's wohl kurz vorher gemacht oder doch wenigst[ens] schon krank? –

Hast Du s[eine]rzeit auch von dem Tode Konrad Peills gehört? Die Familie hat uns nichts davon kund getan, einer Deiner Brüder hatte aber die Anzeige in einer Zeitg. gefunden – ich meine Ferdin[a]nd, dieser bedauerte es auch sehr; grade K. sei von jedermann geliebt gewesen, – diese beiden

Männer lebten doch wohl ordentlich? Nicht so verhielt sich's hier mit Hauptm[ann] Krücke und Leut[nant] Reineke, wo es nicht eben zu verwundern war, daß beide kurz nacheinander am Schlagfluß starben – o, diese schauderhafte Trunksucht! –

Da erhalte ich eben einen Besuch von Cölln, Auguste (den ersten seit der Ankunft ihres kl[einen] *Bernhards*), von Ida samt ihren drei Miss-en; seit ein p[aar] Wochen sind letztre hier denn eingebürgert und gefallen sich ganz gut in unsrer, wenn auch kleinen, doch reichen Residenzstadt, d.h. reich an freundlichen Menschen, schöner Umgebung, erwünschten Lehrern und komfortablen Wohnung, in dem Hause des H. K. Koch, vis-à-vis dem Schloßplatz. Alle, näml[ich] die drei Alten von der Gesellsch[af]t, lassen Dich schönst[en]s grüßen – da sie hörten, daß ich schrieb. Cölln wird das von Dir bezeichnete Buch zu erhalten wissen – leider hatte ich's bisher versäumt, ihm dasselbe anzugeben. Es könnte sein, daß mein Brf., wäre ich nicht unterbrochen worden, noch etwas länger geworden wäre, doch Du wirst Dich ja darüber zu trösten wissen, wenn ich jetzt hier abbreche, um ihn noch zur Post befördern zu können.

So leb denn wohl, mein Sohn, und laß bald von Dir hören – wo möglich Gutes – doch *nur* Wahrheit.

Deine Dich aufrichtig liebende Mutter.

1 In der »Kölnischen Zeitung« war die Serie »Scherzhafte Reisen« in 5 Kapiteln erschienen (Nr. 200, 201, 203, 205, 206 und 207 vom 19.7., 20.7., 22.7., 24.7., 25.7. und 26.7.1845). Später verwendete Weerth diese Feuilletons für das 13. Kapitel der »Skizzen aus dem sozialen und politischen Leben der Briten«.

120.

Georg Weerth an Wilhelmine Weerth

Bradford/Yorksh[ire], 26. September 1845

Liebe Mutter!

Ich bin leider längst wieder hier – leider! Denn Bradford gefällt mir nicht mehr, wenn man einmal wieder kurze Zeit auf dem Kontinent gewesen ist. Hoffentlich gelingt es mir, bald hier fortzukommen. Deinen Brief erhielt ich und danke Dir für die vielen schönen Nachrichten. Meine Reise ist mir sehr gut bekommen – in Brüssel war ich noch etwas mit meinen Freunden zusammen, die gerade von England zurückkamen, als ich dorthin abreisen wollte. – Dies Zusammensein war durchaus nötig für mich. Herr Passavant war der festen Meinung gewesen, ich käme nie wieder – er freute sich daher nicht wenig, als ich ihn plötzlich in eigner Person meines Wohlwollens versicherte. –

Die Seereise war sehr rauh – mein Magen trotzte aber allen Gefahren, da ich ihn gehörig mit geräuchertem Fleisch und Porter versehen hatte. – In London blieb ich nur zwei Tage und lernte einige liebe Leute dort kennen. Ich ging sehr gern nach London – das hat freilich allerlei Schwierigkeiten – vielleicht gelingt es aber doch noch. –

In Bradford hat sich nichts verändert. – Derselbe Dreck wie vorher. Da ich aber jetzt vorsichtiger bin wie früher, so wird mir das unangenehme Klima wenig zuleide tun. Jedenfalls hat mir die Reise einstweilen sehr wohl getan. –

Ich habe dir eigentlich jetzt nur wenig zu erzählen; außerdem geht mein Wunsch heute nur dahin, Dich über mein richtiges Eintreffen hierzulande zu unterrichten, und lasse ich andere Mitteilungen bis auf einen andern Posttag. –

Es freut mich sehr, daß Ferdinand wieder wohl ist – er sollte mir aber auch jetzt einmal schreiben. – Grüße Wilhelm von mir, ebenso Carl und August. –

Ich wußte wirklich nicht, daß Du beinah schon sechzig Jahre alt bist – das sollte man an Deinen Briefen vergebens heraussuchen – ich weiß auch nicht einmal, wann Dein Geburtstag ist – glaube aber im Oktober oder um die Zeit – es ist eine wahre Schande, daß ich es nicht weiß, aber, liebe Mutter, er sei, wann er wolle, ich gratuliere Dir gewiß von Herzen dazu. – Es ist traurig, daß dies erbärmliche Kaufmannsleben die Menschen stets so weit hinaustreibt; die Zeit vergeht, und wir sehen uns nur so selten. –

Aber ich habe mir fest vorgenommen, die Sachen künftig so einzurichten, daß ich mehr mein eigner Herr bin, und dann ist alles leichter möglich zu machen. –

Leb inzwischen wohl! Nächstens schreibe ich Dir wieder.

Für heute den herzlichsten Gruß

Deines Georg.[1]

1 Längere Nachschrift von Wilhelmine Weerth an Wilhelm Weerth.

121.

Georg Weerth an Friedrich Engels, Moses Hess und Karl Marx

[Bradford, vor dem 23. Oktober 1845][1]

Teure Rue de l'Alliance.
Innigst geliebte Frauen, Männer und ein Kind![2]
(Ein Kind kenne ich.)

Meine Sehnsucht nach Euch ist seit einem Monat in geometrischer Proportion gestiegen, während ich mich nur in einer arithmetischen Weise zu trösten vermag.

Was kann also aus mir geworden sein? Nichts ist aus mir geworden, und ich überlasse mich meinem Schmerze. (Er weint.)

Armer Mann! Nur Porter und Beef halten Dich noch aufrecht. Die Frau Gott hat ihre Zahlungen eingestellt – dies ist das Neuste aus Bradford; auch haben wir eine Maschine erfunden, um Wolle zu kämmen.

Ich bekam zuerst wieder etwas Ordentliches zu essen, als ich in Ostende den Steamer belegte. Ein fröhlicher Kerl – »Tritone« mit Namen –, er führte uns zart hinüber in das Land der nebligen Jungfraun.

Unsern Freund Harney[3] traf ich bei Weitling,[4] der sich gerade seinen Winterrock nähte; er legte die Nadel fort und machte uns auf seinem Kamin einen Pfannkuchen; – auch ließ er Salat wachsen, dito Porter.[5]

Die Französische Revolution[6] konnte ich nicht mitfeiern helfen, da mein Beutel durchaus ausgefeiert hatte. Die Festlichkeit soll sehr schön gewesen sein, ein türkischer Demagoge sang eine Arie aus dem »Freischütz« von dem seligen Carl Maria.[7] Im Hintergrunde des Saales erschienen verschiedene Könige und ließen sich noch einmal köpfen – es wurde viel rote Tinte vergossen; Robespierre weinte vor Freuden, und in seiner Hofburg zitterte der Kaiser.[8]

Ihr würdet Euch also sehr amüsiert haben. Seitdem bin ich sehr fleißig gewesen. Tags liege ich mit dem alten Spassavant[9] unter einer Decke. Der Mann liebt mich wie seinen einzigen Floh und will mich gar nicht entlassen.[10] Abends schrieb ich Prosa für den kleinen Pissewittmann[11] und schickte es nach der Schweiz, wo, wie ihr wißt, die deutschen Poeten und Politiker ihre Begeisterung an den Eutern der Kühe und an den Zitzen der Steinesel saugen.

Zum Arbeiten bin ich aber noch gar nicht gekommen, da ich die Bücher von Manchester noch nicht holen konnte.

Ach, Manchester! Ihr wißt, ich wollte meine Frau besuchen? Aber wie könnt Ihr Eure Frau besuchen, wenn Ihr nicht recht bei Troste seid?

Seit 4 Wochen wälze ich mich betend und einsam auf dem Schauplatz meiner jugendlichen Reize herum, hoffend, daß der nächste Sabbat kommen wird, wo die Bett-Tücher im Allerheiligsten zerreißen sollen.

Über den Herrn Preiß[12] habe ich mich ferner lustig gemacht und werde Euch das M[anu]s[kript] in Gesellschaft des Marcus[13] und des Ricardo[14] dieser Tage zur Erquickung einsenden.

Herr De Bruyn in Brüssel wird Euerm Bruder Engels zwei Pfund einhändigen.

Dem Räuberhauptmann Esq. nebst Gemahlin[15] empfehle ich mich mit aller der Achtung, die mir zukommt.

Dem Herrn Moses samt Gattin erscheine ich hierdurch im feurigen Busch und segne sie zu der nächsten Nummer des nächtlichen Gesellschaftsspieles – the Lord may bless You in No. 7. Grüßend wende ich mich gen Westphale[n].[16]

Herrn von Säuerig und meinen Leibarzt[17] versichere ich meiner fernern Huld.

Den süßen Rest umschließe ich im Geist und [in] der Wahrheit. Amen.

Hierauf sang die Gemeinde das schöne Lied:

»Als ich lag auf weichem Pfühle
Nächst der heiligen Gudule.«[18]

Und die Sonne verneigte sich.

1 Poststempel: »Bruxelles 23 oct.«, der Ort ergibt sich aus dem Inhalt.

2 Hier wohnten zu dieser Zeit Engels, Marx und Moses Hess. Das Kind: Jenny Marx.

3 Wilhelm Weitling (1808–1871), Frühsozialist. Er schloß sich 1836 in Paris dem »Bund der Geächteten« an. Er war der erste deutsche Theoretiker des Kommunismus. 1846 zerstritt er sich mit Karl Marx, ging nach Amerika, gründete die Organisation »Arbeiterbund«. Seine Hauptwerke: »Die Menschheit, wie sie ist und sein sollte« (1838), »Garantien der Harmonie und Freiheit« (1842), »Das Evangelium des armen Sünders« (1845).

4 George Julian Harney (1817–1897), einer der Führer des linken Flügels der Chartisten; Redakteur des »Northern Star«. Vgl. Weerths Beschreibung in SW, Bd. 3, S. 373–375.

5 Wilhelm Weitling schreibt am 22./27.9.1845 an Marx, Engels und Heß: »Harney war gerade bey mir als Weerth mich besuchte. Den andern Tag hatten wir dann in meinem Speisesaal eine Soiree. Ich hatte Eierkuchen gebacken und Salat gemacht, was dann die Andern tüchtig mit Bier begossen und mit Zigarren beräucherten. [...] Von Weerth habe ich sonst nichts zu schreiben als daß derselbe mir von seinem Räucherkerzchen aus schrieb daß Geldmangel ihn so plötzlich fortgetrieben habe. Ich bin Euch sehr verpflichtet für diese neue Bekanntschaft.« (MEGA III/1, S. 485 f.).

6 Am 22.9.1845 fand in London eine internationale Versammlung anläßlich der Jahresfeier zur Errichtung der französischen Republik statt. Vgl. auch den Artikel von Engels »Das Fest der Nationen in London«. In: MEW, Bd. 2, S. 611–624.

7 Carl Maria von Weber.

8 Kaiser Ferdinand I.
9 Gemeint ist Philip Passavant, der Inhaber der Firma, bei der Weerth beschäftigt war.
10 Anspielung auf Goethes »Faust«, 1. Teil: »Auerbachs Keller«.
11 Gemeint ist Hermann Püttmann.
12 Hauptfigur der »Humoristischen Skizzen aus dem deutschen Handelsleben«.
13 Pseudonym des Verfassers einiger in den 30er Jahren des 19. Jahrhunderts in England erschienener Broschüren, in denen die Theorie des Malthus gelehrt wurde. Vermutlich haben Engels und Marx folgende Schrift des Verfassers haben wollen: On the possibility of limiting populousness – an essay on populousness, to which is added the theory of painless extinction (1840).
14 David Ricardo, On protection to agriculture. (1822).
15 Karl und Jenny Marx.
16 Edgar von Westphalen, Bruder von Jenny Marx.
17 Friedrich Breyer.
18 Parodistischer Anklang an Goethes Gedicht »Nachtgesang«. Anspielung auf Plaine St. Gudule, der früheren Wohnung von Marx in Brüssel (Februar bis Mai 1845).

122.

Wilhelm Weitling an Georg Weerth (Fragment)

[London, 29. Oktober 1845][1]

Wenn du hierher kommst, dann will ich Dich lehren, billig und gut hauszuhalten, so wie es hier möglich ist. Wir können zusammen wohnen – wenigstens in einem Hause – und die Küche zusammen machen und nach dem Essen – als wenn wir verheiratet wären – ein halbes Stündchen rauchen und plaudern und, wenn es schönes Wetter macht, ein Stündchen spazierengehn.

1 Diesen Ausschnitt zitiert Georg Weerth in einem Brief an die Mutter vom 31. Oktober 1845. Georg Weerth hat den Brief einen Tag vorher erhalten, daraus ergibt sich die Datierung.

123.
Georg Weerth an Wilhelmine Weerth

Bradford/Yorksh[ire], 31. Oktober 1845

Liebe Mutter!

Wahrscheinlich haben die vielen Stürme Deinen Brief zurückgehalten; es hat recht scharf auf der See geweht. Im vorigen Jahr verunglückten den Engländern 600 Schiffe mit 1500 Menschen; an Gelde betrug der Verlust 3 1/2 Millionen Pfund Sterling. So geht es den großen Nationen. Das passiert nun den Lippe-Detmoldern eben nicht. Dieser Tage hörten wir von einem jungen Sohn Passavants, der nach Hongkong gefahren war; er meinte, der Grog und die Zigarren schmeckten zu Hause doch fast ebensogut als auf der See. Doch lassen wir die Menschen mit ihrer See. Ich saß inzwischen ruhig an meinem Kamin und setzte meine alten Beschäftigungen fort. Über alle meine Pläne, Unternehmen usw. teile ich Dir indes nichts mit, da Dich dies doch nur beunruhigt. Hoffentlich sitze ich im nächsten Frühjahr in Belgien. Der alte Passavant will mich freilich nicht gern ziehen lassen. –

Mein Freund Weitling, der frühere Schneider und jetzige kommunistische Schriftsteller, der in London lebt, schrieb mir gestern: »Wenn Du hierher kommst, dann will ich Dich lehren, billig und gut hauszuhalten, so wie es hier möglich ist. Wir können zusammen wohnen – wenigstens in einem Hause – und die Küche zusammen machen und nach dem Essen – als wenn wir verheiratet wären – ein halbes Stündchen rauchen und plaudern und, wenn es schönes Wetter macht, ein Stündchen spazierengehn.« –

Aber darauf werde ich mich wohl nicht einlassen können. Dieser Weitling ist ein höchst liebenswürdiger und interessanter Mensch. Man setzte ihn in der Schweiz ins Gefängnis und suchte ihn zu vergiften, weil er einen zu großen Einfluß auf seine Brüder Schneidergesellen hatte. Endlich brachte man ihn in Ketten über die Grenze und lieferte ihn an Preußen aus. – Die Preußen jagten ihn zum Lande hinaus; da schlug er sich bis nach London durch, und die Engländer nahmen ihn mit offnen Armen auf. Als ich neulich bei ihm war, machte er mir und einem Engländer Pfannkuchen auf seinem Kamin und holte Salat und bewirtete uns damit aufs beste. Den Tag darauf hielt man ein großes Meeting zum Andenken an die Französische Revolution; wobei wenigstens 600 Engländer, Franzosen, Deutsche, Dänen, Russen, Griechen, Italiener, Spanier und Türken waren – natürlich alle Demagogen. Der Türke sang am Schluß einige revolutionäre türkische Lieder.

Weitling, ein Engländer Harney und ein Franzose hielten namentlich prächtige Reden. Hier im Lande ist jetzt eine große Bewegung unter allen Klassen der Gesellschaft; der Grund davon liegt in den ungeheueren Eisenbahnspekulationen.

Wenn alle Bahnen gebaut werden sollen, so muß man gerade siebenhundert Millionen Pf[und] Sterl[ing] haben – weit mehr Geld, als auf der ganzen Welt ist. Die ganze Geschichte ist toll über alle Begriffe. Gewinne und Verluste von 10–15 Tausend Pfund sind an der Tagesordnung; man erwartet aber, daß der Spektakel in wenigen Monaten ein schreckliches Ende nehmen wird. Die Geschichte ist ungefähr so wie die Tulpentollheiten[1] seinerzeit in Holland, nur hier ist es in großem Maßstabe. –

Auf den Handel wirkt diese Spekulation sehr störend, da ihm alle Kapitalien entzogen werden. Die Ernte ist hier wie überall schlecht; – Kartoffeln nicht gut geraten. Sir Robert Peel, der erste Minister, soll daher seit einigen Tagen mit dem Herzog von Wellington[2] in großem Streit liegen und die Abschaffung der Korngesetze verlangen; die Aristokraten wehren sich, so gut sie können, – denn die Korn-Taxen bilden die Leibrente der Aristokratie. Sieh, da hast Du allerlei Neuigkeiten, die freilich unser liebes Vaterland nur indirekt etwas angehen, aber hier alles in Bewegung setzen.

Von Ferdinand hatte ich neulich einen Brief. Hoffentlich geht es Carl, Wilhelm und Cöllns gut; grüße sie alle von mir.

Unserm Freund Püttmann ging es inzwischen nicht sehr gut; aus dem Kanton Zürich hat man ihn verjagt; ich weiß nu[r] nicht, wo er geblieben ist.

Schreib mir bald, wie es bei Euch aussieht; ich h[abe] lange nichts aus dem Teutoburger Walde gehört. – Sobald Du mir geschrieben hast, schreibe ich Dir wieder.

Mit dem herzlichsten Gruße

Dein Georg.

1 In SW, Bd. 3, S. 395 heißt es: »Ein Eisenbahngeschäft ist jedem zugänglich: ein Fetzen Papier, eine Unterschrift und ein wenig Kredit, das reicht hin, um Geschäfte in die Tausende hinein zu machen, und gerade wie weiland bei den Tulpenschwindeleien in Holland [...].«

2 Arthur Wellesley Herzog von Wellington (1769–1852), britischer Feldmarschall und Staatsmann. Er erfocht zusammen mit den Preußen den Sieg bei Belle-Alliance (Waterloo). 1828–30 stand er an der Spitze eines Tory-Ministeriums und setzte die Emanzipation der Katholiken durch. 1834/35 war er Außenminister, 1841–46 Minister in den Kabinetten Robert Peels.

124.
Wilhelm Weitling an Georg Weerth

[London, 1845][1]

Nachtrag an Weerth!

Den 27. um 12 1/2 Uhr. Seit 11 1/2 bin ich wach, jetzt habe ich mich herausgemacht. Ich hatte geschwitzt. Das fehlte wahrlich nicht, werde so noch genug schwitzen. Ich schreibe Dir meines sonderbaren Gefühls wegen. Seit ich heute die Augen aufriß, wollte es mich bedünken, das könne alles gar nicht möglich sein. Nun dachte ich, steh man auf, Du wirst schon sehen. Und jetzt steck ich das Papier bei dem Kram, nehme das Bündel und lösche das Licht aus und gehe. Guten Tag. –

1 Dieser Nachtrag ist isoliert erhalten; es ist nicht bekannt, wer der Adressat des Hauptbriefes war. Die Datierung ergibt sich daraus, daß Weerth in dieser Zeit Kontakt mit Weitling hatte, den er ein Jahr später schon verurteilt. Eine genauere Datierung ist nicht möglich. Der Brief wird hier eingeordnet, weil in dieser Zeit von Weitling mehrfach die Rede ist.

125.
Wilhelmine Weerth an Georg Weerth (Auszug)

Detm[old], 11.11.1845, *St. Martin*

[Die Mutter erinnert Georg daran, daß sie im Oktober das 60. *Lebensjahr vollendete. Sie schreibt dann:]*

nach dem *ersten* wieder aus England erhalt'nen, so kurzgefaßten Br[ie]fe hoffte ich auf einige weitre Erörtrungen, Deine eigne Person betreff[en]d, erhielt aber weit mehr Kunde über Deinen Freund – weil[and] Schneider – als über Dich selbst; daß ein guter Schneider auch allenfalls einen genießbaren Pfannkuchen wird backen können, will ich nicht in Zweifel ziehen, rate *Dir* aber sehr, Dich aus dem Spiel zu lassen – sicher würde er samt Deinem Leben versalzen oder verbrannt, – jedenfalls stehst Du Dich bei dem Roastbeef in Bradford besser wie bei *solchem* Salat und Pfannkuchen in London – Gott soll Dich doch bewahren vor *solchem Bündnis*!! Überhaupt – was wolltest Du Dich aus Rauch in Rauch und aus dem kleinstädtischen in den allergroßartigsten Nebel stürzen? –

Über Deine Absichten in Belgien lässest Du mich im Dunklen, – vielleicht sind sie Dir selbst noch nicht klar genug, um Dich darüber aussprechen zu können – das eine aber sage mir doch grade und offen, – denn jeder Gedanke nur an Zweifel und Unsicherheit darin macht mir eben die größte Unruhe –, sind Deine »Pläne und Unternehmungen« *merkantilischer* Art? Seien *diese,* welche sie wollen, ich verstehe das nicht und werde mich dadurch nicht beunruhigen lassen; sollten sie aber auf Freund Weitlings oder Püttmannsche Sachen hinausgehen, dann Georg – und das bedenke wohl! – würdest du meine letzten Lebenstage durch Angst, Sorge und Kummer um Dich vergällen. Ich hoffe nicht, daß Du so töricht sein wirst, doch wenn ich Deiner Äußerungen in einem frühern Brfe. an mich gedenke, so befällt mich ein Zittern; – bei Phantasie und einem guten Herzen hat sich schon mancher in der Idee eines Märtyrerturms zum Heil s[eine]r Mitmenschen gefallen und das mit dem allerbesten Sinn und Willen, aber – aber! »Wer ein Haus bauen will, setze sich zuvor hin und überschlage die Kosten etc.«[1] Wie mancher schon überschätzte seine Kräfte – es kann nicht jeder ein Ulrich von Hutten – ein Ritter Georg oder ein St. Martinus sein oder werden! – Ein jeder schaffe und wirke nach s[eine]n Kräften auf dem *ihm* angewies'nen Wege, wer sich darüber hinaus versteigt, wird und muß es früher oder später bitter zu bereuen haben. Die Belege dazu hast Du nicht weit zu suchen!

Ich will Dir nicht Unrecht tun und vielleicht völlig ungegründete Vermutungen hegen, aber diese dunklen Äußerungen zusammen genommen, konnten mich wohl dazu führen; sagst Du mir in Deinem nächsten Br[ie]f: »Nein, Mutter, ich will kein solcher Narr sein und ein schriftstellernder Hungerleider werden – alles andre – Schuster oder Schneider – nur nicht dies! – o, wie werde ich dann mich freuen – wie gern mich von m[eine]m Irrtum überführen lassen. – Sei zunächst ein treuer Geschäftsmann, ein guter Bürger und Christ, *so wirst Du allewege Gutes tun können.*

[Im weiteren berichtet die Mutter vor allem von der Krankheit, die Wilhelm befallen hat, wodurch er seinen rechten Arm nicht bewegen kann.]

1 Lukas, 14,18: »Wer ist aber unter euch, der einen Turm bauen will, und sitzt nicht zuvor und überschlägt die Kosten, ob er's habe, hinauszuführen?«

126.

Georg Weerth an Wilhelmine Weerth

Bradford/York[shire], 21. November 1845

Liebe Mutter!

Ich bitte Dich vor allen Dingen, Dich nicht so viel um mich zu ängstigen. Du hast wahrhaftig keinen Grund dazu. Das Unglück will, daß Du aus meinen Briefen immer herausliest, was ich gar nicht darin zu sagen gedachte.

Sei versichert, daß ich mich so gut durchschlage, wie es einem Menschenkinde meiner Verfassung möglich ist.

Ich habe gestern abend an Carl über verschiedene Punkte ganz im Detail geschrieben; er kann Dir aus dem Briefe mitteilen, was ihm gefällt. Ich mag Dir die Sachen wahrhaftig nicht wiederholen, weil ich fürchte, ich drücke mich wieder nicht recht aus und bringe Dich aufs neue in Zweifel. Soviel kann ich Dir indes versichern, daß meine Absichten auf Belgien merkantilischer Art waren, indem ich eine Agentur dort zu erhalten hoffte, die ich aber nicht erhalte. Ich gehe also mehr als je mit dem Gedanken um, mich in London niederzulassen, weil dies ein ebenso gesunder wie vorteilhafter Platz für mich ist.

Von Köln, Berlin oder dergleichen Orten kann aus verschiedenen Gründen gar keine Rede sein.

Jetzt lasse uns aber von diesen Geschichten aufhören, denn das Fragen und Antworten dient zu gar nichts. Wenn ich mit meinen Angelegenheiten fertig bin, dann schreibe ich Dir oder komme in eigner Person und teile sie Dir mit. Wir wollen uns einstweilen nur lieben wie früher, das ist die Hauptsache. –

Wilhelms Malheur geht mir sehr zu Herzen; es ist gut, daß er seinen Küster vorspannen kann. Laß er sich jetzt aber noch eine Frau dazu nehmen, denn wenn er die nicht zum Trost bekommt, da muß er ja melancholisch auf seinem Blomberge werden. Die Sache wird sich aber wohl noch ändern; und jedenfalls hat er ja einen Vorteil jetzt; denn er braucht die Predigten nur noch zu sprechen. Ich meine, das ginge wohl, Predigten halten, ohne sie zu schreiben. Sag Wilhelm, daß ich ihm bald schreiben würde. Augenblicklich habe ich aber keine Zeit mehr dazu. –

Der kleine Sam Tee hat mir allerdings von der Jungfrau im Teutoburger Wald erzählt. Er ist mit einer Fräulein Cheesborough (Käseburg) verlobt, was mir sehr leid tut.

Bradford und ich befinden sich sehr wohl. Wir haben unser Comptoir sehr komfortabel mit Teppichen und dergleichen eingerichtet, so daß wir uns viel wohnlicher und sehr geschützt gegen den Winter befinden.

Nächstens mehr. Heute nur meinen herzlichsten Gruß.

Mit alter Liebe

Dein Georg.

127.
Georg Weerth an Karl Marx (Fragment)

Bradford/York[shire], 18. Dezember 1845

später.[1] Engels kannst Du wohl sagen, daß ich am nächsten Dienstag per Steamer über Hull und Antwerpen ein M[anu]s[kript] »Preiß«[2] für Eure Zeitschrift[3] abschicken werde. Da die Sachen nicht immer ordentlich besorgt werden, so muß er mir schreiben, wenn in 14 Tagen nichts von mir angekommen ist; es ist dies nur, damit die Geschichte nicht verloren geht. Ich schließe die Schreiberei einem Muster-Paket nach Antwerpen bei, um das hohe Porto der Briefpost zu vermeiden. Es ist ein gutes Stück; ich glaube, daß es Euch Freude machen wird – lustig ist es wenigstens; der alte Weerth[4] wird sich sicher aus dem Herrn Preiß herausfinden und mir den Hals umdrehen, wenn er mich zu fassen kriegt. – Hier im Lande ist jetzt der Teufel los – ich amüsiere mich gut – gestern hatten die Bourgeois ein Monster-Meeting in Wakefield.[5] Sonst weiß ich nichts.

Herzl[iche] Grüße an die dortigen Freunde und an die geliebten Frauenzimmer.

Dein Weerth.[6]

1 Nur die letzte Briefseite erhalten.
2 Gemeint ist das erste Kapitel der »Humoristischen Skizzen aus dem deutschen Handelsleben«.
3 Die geplante Zeitschrift kam nicht zustande.
4 Friedrich aus'm Weerth.
5 Gemeint ist ein Meeting, das von der freihändlerisch orientierten Anti-Corn-Law-League einberufen wurde. Durch die Aufhebung der Korngesetze sollten die Grundbesitzer geschwächt und zugleich die Kornpreise gesenkt werden.
6 Auf der Außenseite des Briefes steht mit fremder Handschrift: »Peel mit Wellington ist wieder dran!«

128.

Georg Weerth an Wilhelmine Weerth

Bradford/Yorksh[ire], 18. Dezember 1845

Liebe Mutter!

Ich schrieb Dir und Carl vor einiger Zeit und hörte seitdem nichts von Euch; – hoffentlich habt Ihr den Winter gesund und wohl angetreten und haltet Euch hübsch warm. Dies tue ich auch und befinde mich sehr wohl. Wilhelm würde ich schon geschrieben haben, wenn ich nicht vorhätte, ihm einmal recht umständlich Bericht abzustatten.

Dazu konnte ich aber noch nicht kommen. Sei so gut und grüße ihn inzwischen herzlich von mir, desgleichen Ferdinand, mit dem Du gewiß häufiger korrespondierst, als ich es tue; – er schuldet mir aber den letzten Brief noch.

Außer den Sachen, die hier gewöhnlich vorgehen, ist viel Neues eben nicht passiert; zwei meiner hiesigen Bekannten haben sich verheiratet, so daß ich nun oft mit jungen Weibern zusammen bin – d. h. im häuslichen und geschäftlichen Leben. Im Geschäft ist es sehr still, da niemand Geld mehr hat und außerdem der Winter den Verkehr etwas unterbricht.

Zu Hause amüsiere ich mich, so gut ich kann, freue mich aber, daß ich noch hier bin, denn ich fange jetzt erst recht an, mich mit den verschiedensten Sachen bekannt zu machen.

Die große Bewegung, welche jetzt hier im Lande los ist, interessiert mich natürlich sehr. Man will nämlich die Kornzölle abschaffen, eine Maßregel, welche die Aristokratie um den größesten Teil ihres Einkommens, also um die meiste Macht, um den frühern gewaltigen Einfluß, bringen würde. Für alle übrigen Klassen der Gesellschaft wäre es gut, wenn das Brot billiger würde.

Das ganze Volk ist also gegen die Aristokratie im Anmarsch; wie die Sache enden wird, läßt sich natürlich noch nicht sagen; für die nächste Zeit wird aber das Land in allgemeinem Alarm bleiben. Schon jetzt fängt man an, jene ungeheuern Meetings zu halten, welche die Stimmung des Volkes kundtun und welche, wenn man sich weigert nachzugeben, später zu andern Demonstrationen führen. Gestern war ich in Wakefield, wo man ein Meeting unter freiem Himel hielt, wozu die ganze Grafschaft Yorkshire zusammenströmte; die Redner standen von 11 bis 4 Uhr auf der Bühne und taten ihr möglichstes. An der Spitze dieser Bewegung steht die Bourgeoisie – die reichen Kaufleute und dergleichen Menschen. Ich wollte, meine lieben Brüder könnten diese Geschichten einmal mit ansehen.

Für meine nächsten Abende erhielt ich heute morgen eine hübsche Zufuhr von prächtigen Büchern, worunter mir die Sammlung der »Volkslieder« von Uhland[1] und der Humboldtsche »Kosmos«[2] das liebste ist. Ich werde mich daran sehr erbauen, denn das Wetter ist zu schlecht, um während den kommenden Feiertagen Ausflüge zu machen.

Die Engländer fangen jetzt schon an, ihre Weihnachten zu genießen, wenigstens nachts im Bett; – vierzehn Tage vor Weihnachten ziehen nämlich immer in der Geisterstunde einige Musikanten durch die Straßen und spielen die sonderbarsten Melodien. Gestern, als ich davon aufwachte, meinte ich wahrhaftig, ich lebte im fünfzehnten Jahrhundert, ein so altertümlich kurioses Gedudel war es. Der alte Musikant Schmidt oder Schierholz oder der berühmte Titia aus Jerxen spielten s[eine]rzeit ungefähr so auf den Hochzeiten.

Ich muß noch lachen, wenn ich an diese musikalischen Heroen Detmolds denke.

Mein Freund Heß schrieb mir neulich aus Brüssel, daß er im Lippischen Lande gewesen sei, und erzählte mir viele Wunderdinge; unter anderm von einem Leutnant, nach dem Bandel[3] seinen Hermann modelliert haben soll. Dieser Leutnant soll auch ein Kommunist sein. Ich kann mir gar nicht denken, wer das sein soll.

Heute morgen schrieb mir auch Püttmann aus dem Kanton St. Gallen; die Not hat ihn endlich, scheint es, tüchtig ans Arbeiten gebracht, und dann wird es ihm schon besser gehn.

Zu den kommenden Feiertagen wünsche ich Dir und Euch allen viel Vergnügen; einen Weihnachtsbaum erhalte ich hier zwar nicht, aber einen Yule-log[4] in den Kamin. Nur einmal im Jahre brennt man hier Holz statt Kohlen. Die deutsche Sitte ist jedenfalls schöner. –

Mein Brief muß morgen mit dem Steamer »Victoria« von Hull nach Hamburg hinüberreisen; – Gott schütze ihn auf der See – er wird eine stürmische Fahrt haben.

Mit herzlichem Gruße

Dein Georg.

1 Ludwig Uhland (1787–1862), Dichter und Germanist, 1848 Abgeordneter der Frankfurter Nationalversammlung; er war liberal und großdeutsch gesinnt. Uhland wurde mit J. Kerner zum Mittelpunkt der »Schwäbischen Schule«. Von Anfang an verband er sein dichterisches Schaffen mit der Bemühung um die altdeutsche Sprache, Sage und Literatur. Die anfängliche Sammlung »Alte hoch- und niederdeutsche Volkslieder« erschien 1844/45.

2 Alexander von Humboldt (1769–1859), Naturforscher und Geograph. 1799–1804 forschte er im Gebiet der heutigen Staaten Venezuela, Kuba, Kolumbien, Ecuador, Peru, Mexiko. Von vielen exakten Meßinstrumenten unterstützt, bestimmte er die Lage des Casiguiare, bestieg

den Chimborazo bis 400 m unter dem Gipfel, forschte in den Paramó-Anden und in Mexiko. Nach der Heimkehr lebte er bis 1827 meist in Paris, wo er seine Reise auswertete. In seinem Werk »Voyage aux régions équinoxiales du Nouveau Continent« (36 Bände, 1805–1834) begründete er die Pflanzengeographie und die moderne Landeskunde. Volkstümlich wurde sein Buch »Ansichten der Natur« (2 Bde., 1808); bekannt sein »Kosmos« (5 Bde., 1845–1862), in dem er den Geist der deutschen Klassik mit der modernen Naturforschung zu vereinen suchte.

3 Ernst von Bandel (1800–1876), schuf das monumentale Hermannsdenkmal. Die ersten Pläne entstanden um 1830; 1848 war der Unterbau fertig; 1875 wurde es eingeweiht.

4 Holzklotz, Mittelpunkt des Weihnachtsfeuers im Kamin.

129.

Wilhelmine Weerth an Georg Weerth (Auszug)

Detmold, 18.12.1845

[Die Mutter dankt für die schnelle Beantwortung ihres letzten Briefes. Am Schluß ihres Briefes kommt sie auf die politischen Aktivitäten in England zu sprechen, vor allem auf Cobden,[1] *dessen Wirken sie begrüßt.]*

Aber was ist's mit Deinem *jetzigen* geworden? R[obert] Peel hat abgedankt?! Und Wellington hat's ihm angetan? Die Aristokraten werden jubeln – außer diesem trifft letztren aber wohl der Fluch von vielen Tausenden. – Wer möchte ein englischer Minister sein! Nicht wenig Vergnügen machte mir ein kl[einer] Passus in der »Köln[ischen] Z[ei]t[un]g« folgenden Inhalts: »Zu Liverpool fand gestern abend (den 28. November) eine von Tausenden besuchte Versammlung zugunsten einer unmittelbaren Eröffnung der Häfen statt«, und »zu *Bradford* ging eine Demonstration zugunsten des freien Handels vor sich, wobei H[err] Cobden eine lange Rede hielt.« Bravo, Bravo! Klein-Bradford! Was Deutschland angeht, so wird dies schon mit dem Ausgang der Sache zufrieden sein; ein neul[icher] Aufsatz darüber in der »Köl. Ztg.« setzte es zieml[ich] klar auseinander – in England und Irland klingt's aber wohl gar anders – doch wollen wir zu Gott hoffen, daß die armen Menschen nicht vergeblich beten werden: »Unser tägl[ich] Brot gib uns heute!«, und nach Luthers Auslegung dieser Bitte fehlt's ihnen dann auch nicht an Kleider und Schuh' – damit aber jeder sein Scherfl[ein] dazu beitrage, stricke ich wenigst[en]s denn auch Strümpfe und nähe Röcke und Mützen zu diesem Zweck, – wie man sich denn dies überhaupt jetzt hier sehr angelegen sein läßt. – Dein Comptoir-Teppich gehört schon mit in diese Kategorie – Dank sei's dem Herrn P[assavan]t! Möge er sich ferner so wohltätig an Dir beweisen – näml[ich] der Teppich! Aber wie ist's – übt der Herr nicht in irgendeiner Weise zu Weihnachten die löbliche deutsche Bescherungssitte? Ich meine, es würde ihm dies das stolze England nicht übel nehmen – viel weniger seine deutschen Untergeb'nen. Hoffentlich schreibst Du mir bald recht viel von Dir und *nur* von Dir – sag mir doch, ob Du auch noch mit H[er]rn Preller zusammen wohnst und überhaupt *alles*, damit ich mich etwas deutlicher zu Dir versetzen kann. (Auch was Du für einen Ausblick aus Deinem Zimmer hast.) Verleihe Dir der Himmel nur einen klaren Ausblick in den Weihnachtstagen, nach allen verflossnen trüben – was wir auch *hier* so sehr zu wünschen Ursach haben.

Von allen den Unsern gegrüßt, umarmt Dich im Geist in treuer Liebe

Deine Mutter.

1 Richard Cobden (1804–1865), englischer Wirtschaftspolitiker. Mit J. Bright zusammen ist Cobden für die Idee des wirtschaftspolitischen Liberalismus eingetreten, die man nach Cobdens Wirkungsstätte als »Manchestertum« bezeichnet. Cobden gründete 1839 die »Anti-Corn-Law-League«.

130.

Georg Weerth an Karl Marx

Bradford, 25. Dezember 1845

Lieber Marx!

Ich schreibe Dir nur, um Dich, Deine Frau und Deine Kinder[1] einmal zu grüßen.

Sonst habe ich wenig zu erzählen, obgleich hierzulande allerlei in Bewegung ist.

Es ist aber eine rechte Kaufmannsbewegung, man hat sie schnell satt.

In Yorkshire halten die Freetrader ein Meeting über das andere. Für vergangene Woche war ein Monster-Meeting in Wakefield angekündigt. Schon ein paar Tage vorher liefen die Bourgeois bei allen ihren Kollegen herum und baten, daß man die Arbeiter loslassen sollte, damit sie bei der Geschichte zugegen sein könnten.

Dies geschah auch allgemein; fast alle Warenhäuser waren geschlossen, und die meisten Arbeiter hatten 2–3 Schilling per Mann bekommen, damit sie den cheap trip auf der Eisenbahn bezahlen konnten. Consequently war ein ziemlicher Haufen in Wakefield zusammen.

Viele sind aber auch hiergeblieben, da das Wetter sehr schlecht war; ich bemerkte eine große Bewegung in den hiesigen Kneipen. Die Kerle, welche hierblieben, waren so dumm nicht; sie legten sich ruhig auf die Bänke und versoffen ihre 2 oder 3 verabreichten Schillinge. In Wakefield geschah dasselbe; es waren mehr Arbeiter in den Kneipen als bei dem Meeting.

Die Fabrikanten schrien wie gewöhnlich drei bis vier Stunden lang – es wurde immer kälter und kühler, als der Abend herankam, und den meisten Rednern hingen Tropfen unter der Nase. Da ich erst am Mittag von Bradford abgefahren war, so bemerkte ich nur die Hälfte dieses schönen Anblicks. Später fing es an zu schneien, und die Sache löste sich in Wohlgefallen auf. Man sagte allgemein, dies sei eine furchtbare Demonstration gewesen, was ich leider nicht finden kann. Die Proletarier hier in der Gegend sind zwar so ziemlich damit einverstanden, daß die Kornzölle abgeschafft werden sollen – Mühe geben sie sich aber nicht darum. Die Bourgeois sind aber unermüdlich; – als ich neulich von Leeds kam, saß ich neben einem Fabrikanten, der mitten im fürchterlichsten Sturm und Regen den 10 Kerls, die oben auf der Kutsche hingen, sieben Meilen Weges den freien Handel predigte.

Cobden läßt sich auch zuweilen hier blicken; er sieht aus wie eine Blindschleiche; das ist ein rechter Cotton-Lord. Sogar die Witze, die er zu reißen versucht, sind wie aus Baumwolle gedreht. Das Zeitalter ist baumwollen geworden.

Den Ricardo,[2] über Agrikultur, konnte ich noch nicht auftreiben; ich werde aber noch einmal nach London schreiben und das Ding bei einem andern Buchteufel bestellen.

Mein bisheriger Buchhändler ist Sozialist und schwindsüchtig – daher der Verzug wahrscheinlich. Die sozialistische Literatur ist jetzt erloschen; die zwei »Moralischen Welten«[3] sollen untergegangen sein; in die Anhänger Owens ist Verzweiflung gefahren; sie sehen bleich aus – bleich, als trieben sie Onanie; – trotz alledem.

Doch ich fürchte, daß ich zu lästern anfange, und schließe daher mit dem herzlichen Wunsche, daß im nächsten Jahre die Kartoffeln wiederum mißraten mögen. Die Kartoffel hat etwas Welterlöserliches, Weltbefreierisches in sich; aus ihr wird ja auch Schnaps gemacht. Willig gehet sie in den Tod, auf daß wir erlöset werden. Ich glaube nicht an die Seelenwanderung; aber wer weiß, ob Christus nicht in den Kartoffeln fortlebet und würket?

Jesus Christus, geboren zu Bethlehem, lehrte und würkte, verschiedentlich versucht, hinabgefahren zur Tiefe, verwandelt in eine Kartoffel, wieder aufgefunden von Franz Drake,[4] gelangt zur Weltherrschaft und mißraten im Jahre 1845.[5]

Aber verzeihe, daß ich *Dir* so dummes Zeug schreibe.

Dein G. Weerth.

1 Jenny und Laura.
2 David Ricardo, On protection to agriculture. London 1822.
3 Gemeint ist die Zeitschrift von Robert Owen »The New Moral World« und sein Werk »The Book of the New Moral World« (London 1842–1844).
4 Francis Drake (1540–1596), englischer Seefahrer, förderte die Verbreitung der Kartoffel in Europa.
5 1845 war eine Kartoffelmißernte.

131.
Georg Weerth an Wilhelmine Weerth

Bradford/Yorksh[ire], 9. Januar 1846[1]

Übrigens nicht »Klein-Bradford«, wie Du zu sagen beliebst. Bradford hat 110 000 Einwohner, also 30 000 mehr als Köln. – Bradford hat ein paar hundert Fabriken – und 36 Kirchen – leider, gerade so viel Kirchen wie jetzt in Köln. Sonst ist es aber schmutzig, nebelig, rauchig, kalt. Bradfords Wollhandel ist der größte der Welt.

Liebe Mutter!

Ich schrieb Dir einige Tage vor Weihnachten und erhielt Deinen Brief vom 18. Dezember, für den ich Dir herzlich danke. Du und Deine Kinder haben das neue Jahr hoffentlich recht vergnügt angetreten; ich wünsche Dir und allen von Herzen Glück. – Mir geht es sehr wohl. – Ich fing das neue Jahr damit an – die Neujahrsnacht, daß ich mich mit einem reichen Bourgeois tüchtig wegen der Abschaffung der Kornzölle herumzankte; diese Angelegenheit setzt freilich hier alles in Bewegung, und es ist auch kein Zweifel daran, daß sie abgeschafft werden. Denke aber nur ja nicht, daß es gut für die armen Leute wäre, – für die ist es ganz einerlei.[2] Sobald die Lebensmittel billiger werden, erniedrigt man auch die Arbeitslöhne, und dann kommt alles wieder auf eins heraus. Den armen Leuten ist also wenig an der ganzen Sache gelegen, wenigstens nicht viel. Die reichen Leute, solche Menschen wie Herr Cheetham, schreien um Abschaffung der Zölle – dann wird die Speise billiger – man kann den Arbeitern weniger Lohn geben und besser mit den ausländischen Fabrikanten konkurrieren. Den armen Leuten gibt man stets nur so viel, daß sie gerade nicht vor Hunger sterben – und den armen Leuten wird nicht eher geholfen sein, als bis man solche Menschen wie Herrn Cheetham beim Kragen faßt und sie von Haus und Hof jagt und sich in ihr zusammengestohlenes Gut teilt. Der alte Cheetham ist ein notorischer Freetrader, ein Kerl, der um Abschaffung der Kornzölle schreit, weil er angeblich für seine Arbeiter sorgen möchte, und der immer der erste ist, welcher die Löhne seiner Arbeiter herabsetzt. Die letzte schlechte Ernte war den Leuten hier im Lande recht gepfiffen; hoffentlich ist Sir Robert Peel kein Narr; wenn man die Kornzölle durchaus abschafft, so müssen ein paar Millionen Ackerbauern krepieren. Am wahrscheinlichsten ist es, daß wir gelegentlich hier eine recht ordentliche Revolution besehen, und auf die freue ich mich von ganzem Herzen.

Laß Fräulein Escher nur ja wieder mit nach England reisen, ich kann meinen Brüdern nicht dazu raten – mir gefiel sie nicht. Laß sie lieber eine Tochter des alten Cheetham freien, dann kommt das Geld dieses Menschen in bessere Hände. –

Was Du von meinen alten Schulgenossen schreibst, interessierte mich sehr.[3] Wenn ich so etwas höre, da freue ich mich immer, daß ich nicht studiert habe, denn sonst läge ich wahrscheinlich auch auf der Bärenhaut; ach, das ist ein wahrer Jammer! Aber weshalb gehen diese Kerle auch nicht in die Welt hinaus? Das ist auch für sie möglich, wenn sie wollen.

Mit Preller wohne ich längst nicht mehr zusammen, der hat geheiratet; – ich wohne schon seit einem Jahr bei einer alten Frau Thompson – die dumm und ehrlich ist und stets Psalme Davids in ihrer Küche singt. Wenn ich aus meinem Fester sehe, so habe ich rechts eine Kapelle einer strenggläubigen Sekte mit einem kleinen Kirchhof dahinter – vor mir ein sehr schönes Tal mit einer Eisenbahn, die nach Leeds führt und weiter bis nach Hull und [an] die See – links habe ich eine Möbelfabrik. Mein Zimmer ist gar nicht übel; – es hat einen grünen Teppich, einen großen Spiegel über dem Kamin, der von grauem Marmor eingefaßt ist, ein allmächtiges Sofa und einen Mahagoni-Schrank, worauf, nach hiesiger Sitte, Flaschen und Gläser stehn – außerdem 2 Tische. Der eine voll von Zeitungen und der andere abwechselnd für Essen, Teetrinken oder Schreiben eingerichtet.

Dies ist das Zimmer, aus dem ich mich oft genug herauswünsche, in welchem ich aber gerade jetzt sehr tätig und gern tätig bin, da mich die Bewegung hierzulande in diesem Augenblick sehr interessiert. Am 22. d[ie-se]s Monats geht das Spektakel im Parlament wieder los.

Grüße die dortigen geliebten Menschenkinder alle von mir; ich werde nächstens an Wilhelm schreiben.

Die Post geht ab; unser blondhaariger Junge treibt, daß ich schließen soll; was kann man tun? Also ein herzliches Lebewohl! Nächstens mehr von

Deinem Georg.

Die Elbe hat jetzt oft Eis, und die Schiffe gehen unregelmäßig – deshalb segelt dieser Brief per Ostende und Rheydt.

1 Bei Weerth richtige Datierung am Briefkopf, irrtümliche Datierung »1845« am Schluß des Briefes.

2 Diese Gedanken hat Weerth später in seiner Rede auf dem Freihandelskongreß in Brüssel wieder aufgegriffen. Vgl. VT, Bd. 1, S. 287.

3 Die Mutter hatte in dem letzten Brief geschrieben, daß Althaus und Cruel ein »beschauliches Leben« führten.

132.
Wilhelmine Weerth an Georg Weerth

Detm[old], 6. [und 8.]2.1846

Wohl habe ich Deine beiden Briefe, und zwar zu guter Zeit, erhalten, mein lieber Georg, mich der Versicherung Deiner Gesundh[ei]t gefreut und wünsche und hoffe, daß das Jahr 46 Dir *nur* Gutes zuführen möge, Rauch und Nebel abgerechnet, wenn Du denn einmal in dessen Bereich zu bleiben gedenkst – der übrigens auf die Volks*vermehrung* nicht übel einzuwirken scheint, da Bradf[or]d nach Deiner Angabe im Jahr 44 nur 60 000 Einwohner zählte und nun – bewundernswürdigerweise! – bis zu 110 000 herangewachsen ist. – Nein, sage mir keiner mehr etwas von Rauch, Schmutz, Kälte und dgl., es sei denn, daß diese Dinge nachteilig auf das Zahlen-Gedächtnis wirkten, *das* wäre ein andres – wie dem aber sei, meine Ansicht von Br[a]d-f[or]d ist eine gar andre geworden.

Was es aber überhaupt jetzt für eine Welt ist! *Du* zankst in der Neujahrsnacht (wenn auch hoffentl[ich] *englisch*?, was wenigst[en]s Fortschritte in der Sprache bekundete), und *hier* in meinen ehrbar-friedlichen 4 Wänden mußte ich's erleben, daß man Karten zog – nimmer hätte ich's mir gedacht! Würde es auch nimmer vergessen können, wenn es sich nicht um »Zucker, Rosinen und Mandelkern'« gehandelt hätte, die man groß und klein zur Schadloshaltung gewinnen ließ, da der Silvesterball verpönt war und wir zudem die ausländische Gesellschaft noch keinmal bei uns honorierten, dagegen wir dergl[eichen] von jener Seite schon mehrfach erfuhren. – Wurst wider Wurst! Der alte Herr will nun Ende d[ieses] M[ona]ts kommen; so wenig wünschenswert mir dessen Kommen an Anfang her gewesen ist, so wird's mir jetzt – seit ich den »Fr[iedrich] Engels« gelesen und Deiner nachträglichen Bemerk[un]g über den Alten – erst recht unausstehlich werden.

Du hast recht, jenes Buch gibt Aufschlüsse, die man nicht geahnt und die einem das Blut gerinnen macht – Gott wird ja dreinsehen und der armen gedrückten Menschheit beistehen – Gewalt läßt sich indes nicht immer mit Gewalt vertreiben und muß ich Deinen Ausbrüchen des Unwillens die Worte Christi entgegensetzen: »Strecke Dein Schwert in die Scheide!«[1] Auf *solche* Art möchte auch wenig geholfen werden – aber nur Geduld! Alles hat sich ja jetzt in Bewegung gesetzt, um eine von Grund aus andre Gestaltung der Dinge hervorzurufen, wird's dadurch auch augenblicks noch nicht alles gut, so wird es doch gewiß allmählich und dann *nachhaltig* besser, – halten wir an *dieser* Hoffnung!

Ich verfolge jetzt mit großem Interesse die sich mehr und mehr entwikkelnde große Angelegenheit jenes Landes und bewundre den Scharfsinn des *einen* Kopfs an der Spitze von Millionen Köpfen, – *dieser* mußte auch wieder dran, mag man von ihm sagen, was man will; – gut wenigst[ens], daß *Du* Tollkopf *nicht* an der Spitze stehst! Besser, Du studierst den »Kosmos« oder erquickst Dich an Uhlandschen Liedern, damit Dir nicht die Galle zu sehr ins Blut tritt – denn *das* ist *nicht* gut. Dann rate ich Dir, Deine benachbarten Kirchen auch gehörig zu besuchen; *ich* an Deiner Stelle hätte längst die Runde gemacht, auch nur dreimonatl[ich] wäre man in Jahresfrist schon damit zu Ende, – kannst Du englisch zanken, so wirst Du auch eine engl. Predigt verstehen! Ich werde mich deshalb mal an Frau Thompson wenden – gewiß gibt Dir die das beste Beispiel – besser Psalmen Davids gesungen als gezankt; – Du weißt doch, welchen Rat man einer keifenden Frau gab, als sie, da man ihr den Text darüber las – versicherte, sie *könne* nun einmal nicht anders – sie solle, sobald sie was ärg're, den Mund voll Wasser nehmen! Vielleicht bewährt sich dies in vorkommenden Fällen auch beim *andern* Geschlecht. – Aber sieh, wie unkundig ich in Deinen Häuslichkeiten war! Wußte ich doch nichts davon, daß Du schon seit Jahresfrist allein hausest – was mir recht leid tut, wenigst[en]s warst Du früher doch auch sehr glückl[ich] darüber, nicht mehr allein essen und trinken zu müssen; kannst Du denn nicht wieder eine ähnliche Übereinkunft treffen? Und warum bedauerst Du Sam Tee, daß er sich verheirate? Das möchten wir, Elisabeth und ich, gern wissen; – wenn's damit sich verhielte wie mit einem hies[igen] Paar, dem ca. 70jährigen Geheimsekretär Kellner und dessen Nichte, der Bertha Kellner von Sternberg (die Du wohl wirst gekannt haben, sie ist so sehr kurzsichtig) – man traf das Arrangement, damit sie doch, wenn *er* gestorben, die Nutzen von s[eine]n Ausgaben in die Witwenkasse genösse – *das* heiß' ich allerdings bedauerlich! (*Jeder* Angestellte hies. Landes ist nämlich verpflichtet, sobald er sein Patent erhalten, in die Witwenkasse einzusetzen und jährl[ich] ein Gewisses nachzuzahlen; in welchem Falle nun auch Deine beiden Brüder sind.)

Den 8.: Nach wiederholten Störungen hoffe ich wenigst[en]s heut morgen meinen Br[ie]f an Dich, mein lieber Sohn, zu beendigen; weiß man freilich nicht, was ihm unterwegs für ein Schicksal widerfährt – zerstören doch die Sturmfluten schon Dämme und unterwühlen die stärksten Gebäude, so daß sie mit Einsturz drohen – wenn Du vielleicht gelesen hast von den gewaltigen Speichern in Hamb[ur]g; wie mag's da wieder auf dem Meer hergegangen sein. – Es ist mir sehr lieb, *Dich* auf dem Trocknen zu wissen und obendrein in so hübscher Situation, – was ist solch ein freier Ausblick nicht wert! Halte Dich nur ja gut mit Fr[au] Thomps., gewiß ist's auch der Gesundh[ei]t zuträglicher, als so zwischen den Gebäuden eingeklemmt zu leben.

Ich weiß nicht, ob und wann Du deutsche Zeitungen erhältst, – in der »Köln[ischen]« vom 4. v[origen] M[ona]ts hieß es: »Wir erhalten soeben von einem Freunde einen Brf. aus Zürich, worin traurige Nachr[ichten] gemeldet werden. Freiligrath ist nämlich, als er sich um eine Stelle bewarb, durch Versprechung eines Kaufmanns nach Luzern gelockt worden, wo man ihn dann wegen s[eine]s bekannten antijesuitischen Gedichts sofort arretierte und ins Gefängnis warf. Von Zürich ist aber sogleich ein Reg[ierungs]-Kommissar nach Luzern gesandt worden, um ihn auf der Stelle wieder zu befreien.« Dann noch, daß Ruge[2] den größten Teil ss. Vermög[en]s in Staatspapieren verloren; Heinzen[3] – beim Scheibenschießen – eine Kugel in den Unterleib erhalten und ohne Hoffnung des Lebens sei; Herwegh[4] – in Paris – beim Zuhausegehen von Räubern überfallen und übel zugerichtet sei – und endl[ich] Heine der Schlag gerührt habe. Letztere Leute interessieren Dich vielleicht mehr wie mich, deshalb führe ich's mit an; Freiligraths ferners Schicksal aber möchte ich zu gern wissen – wenn er nur wo sein Brot gefunden! (Als Gerücht sollte Püttmann in Rapperswil in der bedrängtesten Lage leben.)

Nun hintereinander auch noch ein Wort von dem von Dir erwähnten hies. Kommunisten, wovon Dein Freund Dir geschrieben; die Geschichte beruht wahrscheinl[ich] auf einem Scherz, den man sich mit dem so wohlbeleibten Leutnant Falkmann gemacht haben wird, bekanntl[ich] war die erste Statue als Modell zum Hermann etwas sehr korpulent, und man machte sich häufig das Vergnügen, allerlei Vergleichungen anzustellen, woher denn auch jene Rede entstanden sein mag. Wenn's nur unserm armen Bandel nur besser glücken möchte – aber hier heißt's auch bald: »Die Kunst muß nach Brot gehen«; seine bedeutendsten Arbeiten – die ihm Tausende mögen kosten – sind alle aus den Kunstausstellungen, wohin er sie verschickt, zurückgekommen – kosten wohl allzuviel Geld – dazu liegt der Herm. jetzt still, und mit einem anderweitigen Engagement will's auch nicht ziehen; dagegen ist Spieß Louis mit 600 Rtl. Salär in Hannover als Baum[ei]st[e]r angestellt; – Hausbackenbrot kommt am besten an. – Wie vielerlei ich Dir geschrieben, doch noch kein Wort von Deinen Brüdern; Ferd[inand] schrieb mir kürzl[ich] recht munter, es geht ihm daher wohl gut. Seit Neujahr ist der Sup[e]r[intendent] A[lthau]s zu dem bekannten Konzil in Berlin und wird erst Ende dieser Woche zurückerwartet; der Onkel – sowie mehre Leute – scheint sich von der ganzen Geschichte nicht sonderl[ich] viel zu versprechen; indes, wenn man erst ganze Seminare (in Breslau) mißfälliger Relig[ions]ansichten wegen *völlig aufhebt* – dann kann man sich noch gar vieles gewärtigen; – doch zu den Brüdern: Wilhelm war seit Neujahr mal auf ein p[aar] Tage hier; er ist Gott sei Dank übrig[en]s gesund und munter, mit der Hand bleibt's indes – trotz alles Schlammbads – dasselbe, doch geht's mit dem Schreiben ziemlich, nachdem er sich ein Pultchen in bedeut[en]d[er] aufrechter Richtung hat machen lassen. Freilich bleibt's aber immer ein höchst fatales Geschick, angenommen, daß es nie wieder anders würde – doch wollen wir die Hoffnung noch nicht aufgeben.

Carl, der in vielfacher Tätigk[ei]t lebt und überhaupt an den Ereignissen der Zeit den lebhaftesten Anteil nimmt, hält sich übrigens noch im selben Geleise; wir führen oft ab[en]ds bei Tisch oder nachher sehr inhaltsschwere Gespräche, kommt er indes über gewisse Dinge in den Zug, so habe ich's mir zum Prinzip gemacht, dem Strom s[eine]r Rede erst vollen Lauf zu lassen – weil wir uns sonst verheddern – und dann, wenn sein Thema völlig erschöpft ist, auch meine Meinung zu Tage zu legen, worauf dann noch irgendeine sarkastische Bemerkung von seiner Seite erfolgt und damit die Sache einen friedl[ichen] Ausgang und – Zubettgang nimmt.

Und somit sei denn auch der Fluß *meiner* Rede ein Ziel gesteckt; mögen Dich diese Zeilen zum 17. d[iese]s recht froh und heiter begrüßen – der

Himmel schenke Dir auch zum neuangetretnen *Lebens*jahr Gesundheit und frohen Mut, *erhalte* Dir ein dankbares Herz gegen Deinen Schöpfer und ein liebevolles für

Deine ewig treue Mutter.

1 Johannes, 18,11.
2 Arnold Ruge (1802–1880), gründete mit Ernst Theodor Echtermeyer die »Hallischen Jahrbücher«. Ab 1844 hielt er sich in Paris auf, wo er in Kontakt mit Marx, Heine und französischen Sozialisten stand. 1848 wurde er Mitglied der Nationalversammlung auf der äußersten Linken. 1849 ging er nach London und lebte dann als Lehrer in Brighton.
3 Karl Heinzen (1809–1880), demokratischer Publizist, seit 1847 scharfer Kritiker von Marx und Engels, nahm 1849 am badisch-pfälzischen Aufstand teil, emigrierte dann in die USA.
4 Georg Herwegh (1817–1875); seine »Gedichte eines Lebendigen« (1841) machten ihn schlagartig berühmt. 1842 zog er im Triumpf durch Deutschland, wurde vom preußischen König Friedrich Wilhelm IV. empfangen, dann aber wieder ausgewiesen. Ab 1844 lebte er in Paris. Beim Ausbruch der Märzrevolution marschierte er mit einem Freikorps in Baden ein, wurde aber zurückgeschlagen. Er floh in die Schweiz, kehrte erst 1866 nach Deutschland zurück.

133.

Georg Weerth Wilhelmine Weerth

Bradford/Yorksh[ire], 25. Februar 1846

Damit du Dir von allen Schönheiten Bradfords einen Begriff machen kannst, sende ich Dir hierdurch eine sehr getreue Abbildung[1] meiner augenblicklichen Residenz. – Maler und Graveur scheinen eine große Menge Rauches vergessen zu haben, denn nur an Sonntagen, wo alle Fabriken geschlossen sind, mag unsere Atmosphäre bisweilen so heiter wie auf dem Bilde sein. Ich habe indes noch nie das Glück gehabt, das Ensemble des Ortes auf einen Blick zu genießen. Bradford ist außerdem in drei Tälern gebaut, so daß es sehr schwer wird, die ganze Stadt auf einmal zu übersehen. – Das kleine Bild wird Dir aber schon eine Idee geben, wie es hier aussieht.

In der langen Häuserreihe, hinter dem großen Baum, wo ich den blauen Stern gemacht habe, wohnt Dein teurer Sohn.[2]

Ich habe lange nichts von Euch allen gehört; ich schrieb Dir schon zweimal und erwarte bald zu hören, wie es Dir und unsern Lieben geht. Hier ist wenig Neues passiert; die ganze Welt liegt morgens und abends über den Zeitungen und studiert die Reden der Parlamentsleute. Am vorigen Sonntag war ich mit einem deutschen Freunde nach Headingley; ein Ort, der mitten in den Yorkshire-Hügeln liegt; – wir fuhren in einer Gig – ein zweisitziger, offner Wagen auf zwei Rädern – und hatten einen herrlichen Wintertag. Wir besuchten in Headingley einen Leinengarn-Bleicher – dieser Mensch bleicht jeden Tag 22 000 Pfund Garn und hat mit diesem Geschäft schon so viel Gold verdient, daß er sich auf seinen Bleichen einen allerliebsten Palast baute, in dem man alle Annehmlichkeiten des Lebens haben kann. Der Herr Gill mit seiner Frau und drei schönen Kindern und mit seiner alten Mutter lebt dort ganz nach alter Yorkshire-Sitte.

Punkt 12 wurde zu Mittag gegessen. An der einen Seite des Tisches ein gebratener Hase.

So weit kam ich vor ungefähr 14 Tagen und erhielt seitdem Deinen Brief, – für Deine Glückwünsche den herzlichsten Dank. Ich habe das neue Jahr sehr wohl angetreten und war nur neulich etwas erkältet, da ich mir aus Langerweile den Bart ganz abschor und an den Kinnladen sehr fror. Aber wir haben einen sehr milden Winter – wir hatten weder Eis noch Schnee, dagegen viel Wind und Regen. Jetzt ist es schon wahrhaft frühlingsartig, mein Bart ist auch schon wieder gewachsen.

Sir Robert Peel ist freilich ein ganz respektabler Mann, aber was tue ich mit all diesen Leuten? Sie nehmen erst dann durchgreifende Maßregeln, wenn sie nicht anders mehr können, wenn sie vom Volke dazu gezwungen werden. Es hat gute Wege, daß sie etwas aus sich selbst tun. Wenn Peel heutzutage ein genialer und gescheiter Mann genannt wird, weil er *für* die Abschaffung der Kornzölle ist, so muß er bisher doch immer ein Tropf oder ein Feigling gewesen sein, weil er bisher stets *dagegen* war. Wenigstens hat er sich gute Zeit genommen, um zu Verstande zu kommen; er ist schon 56 Jahre alt. Nun, wir wollen ihm das vergeben, weil er sich wenigstens *jetzt* bessert.

Peel hat wie drei Deiner schönen Söhne brandrote Haare. Ein Parlamentsmitglied sagt ganz richtig von Peel, daß sein einziges Talent darin bestände, daß er sich ganz prächtig nach den Umständen zu akkomodieren wisse. Dies ist sehr wahr. Außerdem ist Peel auch nur ein Talent – aber kein Genie. Alles, was er spricht und tut, ist passend und praktisch – niemals hat er aber noch eine jener großen Wahrheiten ausgesprochen, welche stets im Gedächtnis der Menschen bleiben und eine neue Zeit heraufbeschwören.

Große Aufregung macht in diesem Augenblick ein Sieg,[3] den die Engländer in Indien erfochten haben. Es hat ihnen leider aber 4000–5000 Menschen, darunter 69 der besten Offiziere, gekostet. Es ist daher auch viel Trauer dabei, denn überall haben Familien einen Sohn oder Bruder verloren. So muß man in Indien totschlagen und sich totschlagen lassen, damit der Handel und die Industrie neue Märkte finden, damit unsre Fabrikanten viel

Geld verdienen und unsre Fabrikarbeiter ihr kümmerliches Leben fortsetzen können.

Die Engländer setzen den entferntesten Völkern die Pistole auf die Brust und schreien: »Sterbt oder kauft uns unsre Kattune ab!« – Welch eine herrliche Welt!

Heute ist Steeple-chase bei Bradford, und alle Welt ist hinausgeritten und -gefahren; unser Comptoir ist fast leer. Ich wollte auch mit, habe mir aber leider, als ich gestern mit einem Freunde hinaus war, um das Terrain näher zu untersuchen, – mit Respekt zu melden, den Liebwertesten so wund geritten, daß ich heute das halsbrechende Vergnügen nicht mitmachen kann, was Dir sehr lieb sein wird.

Von Ferdinand hoffe ich dieser Tage etwas zu hören, da einer meiner hiesigen Bekannten, mit dem ich lange Zeit zu Mittag aß, nach Berlin gereist ist und auch den Roten aufsuchen wird. Herzliche Grüße an Carl, Wilhelm und Cöllns.

Leb wohl, liebe Mutter! Möge Dir der Frühling neue Blumen und immer neue Freude bringen.

Von Herzen

Dein Georg.

1 Der Briefkopf enthielt eine Abbildung Bradfords, die aber herausgeschnitten wurde und nicht erhalten geblieben ist.

2 Hier fehlt ein Teil der zweiten Briefseite, die Rückseite des herausgeschnittenen Bildes von Bradford.

3 Der letzte selbständige größere Staat in Indien, das Reich der Sikh, wurde 1845/46 durch Lord Hardinge und Lord Dalhousie unterworfen.

134.
Wilhelmine Weerth an Georg Weerth (Auszug)

Detmold, 22.3.1846

[Die Mutter bedankt sich sehr für die Abbildung Bradfords. Sie berichtet, daß sie gelesen habe, daß in China (Hongkong) ein Mann mit Namen Onke Jacobs de Weerth ohne Erben verstorben sei und dessen Nachlaß zur Verfügung stehe.] Was meinst Du – blühte uns – oder *Euch* der Weizen da in China!? *[Über Wilhelm schreibt sie:]*

Seit seinem Dortsein ist neues Leben in die Blomb[er]g[e]r gekommen; schon ist's ihm gelungen, eine Abendschule für Handwerker zu begründen, woran schon 55 Schüler teilnehmen; dann eine Speiseanstalt – währ[en]d dieser drückenden Zeit – wo tägl[ich] 50–60 P[ersonen] Suppe bekommen; und jetzt ist er mit Hülfe des Sy[n]d[ikus] Caspari darüber aus, auch einen Sterbekassenverein und – eine Stadtbibliothek zu errichten – was wahrlich für einen Ort wie Blomberg was heißen will.

[Im weitern erzählt die Mutter von Sprütten, der seine Studienjahre verbummelt habe und nun nicht zum Examen zugelassen sei.]

135.
Georg Weerth an Wilhelmine Weerth

Bradford/Yorksh[ire], 23. März 1846

Liebe Mutter!

Vor ungefähr drei Wochen schrieb ich Dir – ich weiß nicht mehr das Datum – an der Spitze meines Briefes war eine Ansicht von Bradford. – Du hast die Epistel hoffentlich erhalten.

Heute will ich Dir nun allerlei erzählen, was Dir und mir wahrscheinlich sehr angenehm ist. Du weißt, daß ich mich seit einiger Zeit um eine Agentur auf dem Kontinent bemühte. Verschiedene Geschichten schlugen fehl; ich machte auch dem alten Passavant einen Vorschlag, ohne daß es zu etwas führte. Zu guter Letzt ist mir aber mein Plan noch geglückt, und zwar mit einem der ersten hiesigen Häuser: »Emanuel & Son« – das heißt, ein Herr Emanuel existiert gar nicht mehr, das Geschäft wird aber von andern Leuten unter diesem Namen geführt. Für die Herren Emanuel & Son werde ich in Zukunft Agent in Belgien, Holland und Frankreich. Anfang Mai reise ich von hier nach Brüssel ab, wo ich zunächst meinen Wohnsitz nehme, um dort am Platz die Geschäfte zu besorgen. Von Brüssel reise ich dann abwechselnd erstens nach Paris, Amiens und Lille, zweitens nach Lüttich und Verviers, drittens nach Amsterdam, Rotterdam, Haag, Leiden, Haarlem, Delft usw. und kehre von meinen Reisen stets nach Brüssel zurück. Wie oft ich diese Abstecher nach den drei Seiten hin machen muß, hängt davon ab, wie es das Geschäft erfordert. Die Artikel, mit denen ich zu tun habe, ist rohe

Wolle und was daraus gemacht wird, Leinen und Seide. Alle drei Sachen sind mir ziemlich bekannt.

Hoffentlich komme ich bei diesen Geschäften in das Linnen, in die Seide, – namentlich wünsche ich aber, dabei in die Wolle zu kommen – dann werde ich wahrscheinlich warm sitzen.

Die Bedingungen, unter denen ich diese Agentur übernehme, sind ganz annehmbar, und wenn ich mir Mühe gebe und das Glück günstig ist, so werde ich schon dabei prosperieren.

Die ganze Geschichte gefällt mir recht gut. – Das Arbeiten auf dem Comptoir habe ich nun nicht mehr nötig; ich bin gewissermaßen mein eigner Herr und habe ein Feld vor mir, auf dem mit einiger Energie noch etwas zu machen ist. Die Orte, welche ich besuche, sind größtenteils interessant; – namentlich ist es mir lieb, daß ich in Brüssel wohnen werde, – da dieser Ort in der Mitte aller der großen Völkerstraßen liegt, auf denen sich jetzt die Handels-, die Industrie-, die politische und die Kunstwelt bewegt. Engländer, Franzosen und Deutsche begegnen sich am meisten in Brüssel. Die Reisespesen bezahlen die Herren Emanuel, außerdem bekomme ich von allen Geschäften, die ich mache, ein Gewisses. Für die erste Zeit ist mir außerdem eine Summe garantiert.

Für die erste Zeit ist die Sache also in jeder Weise günstig; später hänge ich natürlich wie jeder Kaufmann von den Konjunkturen des Handels, von den Launen des Glücks und des Zufalls ab.

Am meisten aber immer von meiner eignen Tätigkeit! Ich bin jetzt sehr mit den Vorbereitungen zu der Reise beschäftigt und warte nur auf den rechten Augenblick, um hinüberzuziehen. Der Handel liegt zwar jetzt sehr danieder, durch die schlechte Ernte, durch die Furcht vor dem amerikanischen Kriege,[1] durch Überproduktion und andere Ereignisse. Hoffentlich bessert es sich bald. Jedenfalls verlasse ich England am ersten Mai.

Einliegend findest Du einen Brief an Herrn Runnenberg, in dem ich um einen Paß ersuche. Ich erhalte zwar auch einen englischen Paß – es ist aber besser, daß man auch einen Heimat-Schein hat, da man in Frankreich und Belgien mit dergleichen Sachen streng ist. Den Paß von Detmold schicke mir gütigst so bald wie möglich. Das Haus »Emanuel & Son« ist sehr bedeutend. Es hat ein Etablissement in Moskau, in Hamburg – und hier in Bradford. – Ein Herr Schütt und ein Herr Rieckmann sind die Leiter der hiesigen Branche. Beide sind meine alten Bekannten und ziemlich gute Freunde, mit denen ich hier oft am Abend zusammen war.

Nächstens mehr. – Für heute den herzlichen Gruß

Deines Georg.

1 Vermutlich sind die Oregon-Streitigkeiten gemeint. Der Kordillerenstaat Oregon wurde 1845 zwischen den USA und England geteilt. Die Streitigkeiten fanden 1846 ein vertragliches Ende. Vgl. VT, Bd. 2, S. 265.

136.
Hermann Püttmann an Georg Weerth[1]

Kreuzlingen bei Konstanz, 17.[4.1846][2]

Lieber Georg!

Nach ausgestandnem Kreuz und Leiden bin ich endlich an den Bodensee geflüchtet, wo ich mich möglichst lange halten werde. Verlange keine Erzählung des Vergangenen, was für beide Teile eklig wäre. Nur so viel, daß ich nunmehr von Polizeiwegen als Flüchtling designiert bin, und bei der Rückkehr nach Hause ins Gefängnis spazieren müßte. Hier (in der Handlung von Bellevue) wird der 2. B[an]d der »Jahrb[ücher]«[3] gedruckt, *in D[armstadt] ist der 2. Jahrgang des »Bürgerbuchs«[4] fast vollendet. Auch mit dem Druck des Liederbuchs[5] wird begonnen; für Deine Beiträge[6] danke ich – nur schade, daß der »Spiegel«[7] den »Kanonen*gießer« vorweg gefressen hat, an den »Handwerksliedern«[8] ist nicht viel. Der »Stephens«[9] kommt in die »J[ah]rb[ü]ch[e]r«. –

Laß die Corn-Law-Bewegung sich selbst vernichten, und mache lieber Gedichte. Es ist hübsch, wenn Du von Bradford hinüber zugvögeln willst; allein tu dies nur mit einem guten Philistergewissen, s.v. Geldbeutel. Die freie Konkurrenz ist schrecklich unter den Schriftstellern, auch Dir würde es schwerlich gelingen, ein Kapitalist zu werden. Das ist aber durchaus nötig zur Ruhe der Kunstanschauung, gleichviel ob man ehlich oder unehlich Kinder hat. –

Nenne diese Zeilen nicht wieder leichtfertig – sie sind lieblich und ernst. Überhaupt habe ich kein Bangen vor mir und meiner Liebe. Ich bin Dir gut wie immer und denke es stets so zu halten. –

Wenn Du einmal kaufmännische *Ferien* halten kannst, so komm *nur* zu mir. Du sollst Augen machen über den Komfort, der mich umgibt: erst eine nette gute Frau und drei Kommunisten-Kinder, dann Blütenbäume hinten und vorn, den See und die Alpen südlich, und die Stadt Konstanz mit ihrem erloschenen Scheiterhaufen nördlich.[10] Außerdem noch das Bewußtsein vieler Herren Länder (Baden, Württemberg, Bayern, Österreich, St. Gallen, Thurgau) mit einem Blick zu überschauen. Was willst Du mehr?

Leb wohl!

P.

1 Vgl. Anmerkung 1 (Brief Püttmann an Weerth, 24. April 1844). Abschrift bei den Akten des Landgerichts Aachen I/7 (Hauptstaatsarchiv Düsseldorf). Vermerke: »Pro Justitia« und »Copie légale Nr. 3110/55«.

2 Vermerk »Le reste de la date est dechiré«. Das genaue Datum ergibt sich aus der Zeugenaussage, die in der Anmerkung 1 zum Brief Püttmanns an Weerth vom 24. April 1844 zitiert ist.

3 Rheinische Jahrbücher zur gesellschaftlichen Reform. Hrsg. unter Mitwirkung Mehrerer von Hermann Püttmann. Bd. 2. Constanz: Belle-Vue 1846. Der 1. Band war 1845 bei Leske in Darmstadt erschienen.

4 Deutsches Bürgerbuch für 1846. Hrsg. von H. Püttmann. Mannheim: Hoff 1846. Der 1. Band war 1845 bei Leske in Darmstadt erschienen. Der 2. Band sollte auch bei Leske erscheinen, der Verlag wurde aber 1845 verboten; Püttmann emigrierte im Sommer 1845 in die Schweiz (zunächst nach Rapperswil, dann nach Kreuzlingen).

5 Album. Originalpoesieen von Georg Weerth [u.a.] und dem Herausgaber H. Püttmann. Borna: Reiche 1847. Ursprünglich sollte es den Titel haben »Communistisches Liederbuch«. Das »Album« erschien im Oktober 1846 und wurde gemeinschaftlich von den Brüdern Küthmann in Bremen und Carl Georg Vogler aus Brüssel verlegt. Näheres dazu bei Bernd Füllner, Georg Weerth – Dichter und Politiker 1840 bis 1856. Ein Überblick über die Verbreitung der zu Weerths Lebzeiten gedruckten Werke. In: Lippische Mitteilungen aus Geschichte und Landeskunde (Detmold) 51 (1982), S. 129–164.

6 Das »Album« enthält die »Handwerksburschen-Lieder« (S. 5–14), und zwar »Der Abschied«, »Auf hohem Berg«, »Im grünen Walde«, »Drei schöne Handwerksburschen«, »Um die Kirschenblüte«, und die Gedichte »Der Kanonengießer« (S. 15) und »Gebet eines Irländers« (S. 17). In einem weiteren Block sind 5 »Lieder aus Lancashire« abgedruckt (S. 125–133), und zwar »Sie saßen auf den Bänken«, »Herüber zog eine schwarze Nacht«, »Das ist das Haus am schwarzen Meer«, »Die hundert Männer von Haswell« und »Der alte Wirt in Lancashire«. Daß Weerths Gedichte in 2 Blöcken erscheinen, ist wohl daraus zu erklären, daß das Buch erweitert werden mußte, um auf 21 Druckbögen zu kommen, um damit von der Vorzensur befreit zu sein.

7 Gesellschaftsspiegel. Organ zur Vertretung der besitzlosen Klassen und zur Beleuchtung der gesellschaftlichen Zustände der Gegenwart. Redaktion: M. Heß. 2 Bde. Elberfeld: Bädeker 1845/1846. Im 1. Band erschien das Gedicht »Der Kanonengießer«.

8 Siehe Anmerkung 6.

9 Die Skizze »Joseph Rayner Stephens« erschien im 2. Band der »Rheinischen Jahrbücher«.

10 Anspielung darauf, daß auf dem Konzil zu Konstanz 1415 der tschechische Reformator Johannes Hus zum Tode verurteilt und schließlich verbrannt wurde.

137.

Georg Weerth an Wilhelmine Weerth

Tilburg, Holland, 18. April 1846

Liebe Mutter!

Dein Brief und der Paß langten seinerzeit in Bradford an; für beides meinen besten Dank. Seit kurzem habe ich meine neue Lebensweise angefangen, – ich reise von Ort zu Ort, bin den größten Teil des Tages in der freien Luft, esse und trinke bei jedem erfreulichen Gastwirt und befinde mich sehr wohl dabei.

Am 11. April, Samstag, verließ ich Bradford, und zwar sehr gern; von einigen Menschen nahm ich nicht so leicht Abschied, denn ich hatte doch manche gute Freunde in dem nebligen Neste. Das zeigte sich vor meiner Abreise. – Zuerst kam mein alter Bekannter Mac, ein schottischer Doktor, der mich viel Englisch lehrte, und schenkte mir einen goldenen Bleistift – dann kam mein Kollege Shann, ein Engländer, und verehrte mir zwei prächtige Rasiermesser; darauf erschienen die zwei jungen Leute, mit denen ich lange Zeit zu Mittag speiste, ein Schweizer und ein Hamburger, und überreichten mir eine Reisetasche, in der sich alle möglichen Dinge befinden, die man möglicherweise einmal im Leben brauchen kann und die mir jetzt sehr zustatten kommt. Zuletzt macht mir der alte Passavant auch noch 12 Guineen zum Geschenk, so daß ich alle Bradforder Schulden bezahlen und außerdem neue Hemden, Strümpfe, Hosen, Röcke und dergleichen kaufen, mich überhaupt vollkommen ausrüsten konnte. Du siehst daraus, daß mich die Bradforder Menschheit liebte, und Du kannst Dir denken, daß mich diese Artigkeiten sehr erfreuten. Das Geschenk des alten Passavant kam gerade zur rechten Zeit; es verstand sich übrigens auch von selbst, denn ich habe genug Trübsal in dem lumpigen Bradford geschwitzt. – Von Bradford fuhr ich auf der Eisenbahn über Leeds nach Hull, wo ich am Samstag mittag anlangte. Ich mußte bis zum nächsten Morgen auf die Abfahrt des Dampfers warten, und schließlich fand es sich noch, daß ich auf dem ganzen ungeheuern Seeschiff der einzige Passagier war. – 23 Matrosen, der Kapitän und ich – das war die ganze Gesellschaft. Am Ostermorgen fuhren wir den Fluß Humber hinab und waren bald in der See.

Nach einer sehr hübschen Fahrt von 33 Stunden langten wir am Ostermontag, abends 6 Uhr, in Antwerpen an. Ich fuhr diesmal direkt von Hull nach Antwerpen – da ich in London nichts zu tun hatte und nur unnötige Kosten entstanden wären, wenn ich das große Babel wieder passiert hätte. – Von London setzt man aber viel rascher über. –

In Antwerpen waren auf dem Markt und in den Gärten alle Bäume am Grünen und Blühen. Als ich vom Schiff stieg, platzte ein tüchtiges Gewitter los, so daß ich meine Bagage im Stich ließ und in die Kathedrale flüchtete, wo ich mit einem Male zwischen dichten Haufen betender, singender und räuchernder Pfaffen, kurzum, zwischen allen Spektakel der katholischen Kirche geriet. – Es war ein sonderbarer Kontrast. Eben noch auf dem Wasser, zwischen Matrosen und Möwen, und dann plötzlich unter den riesigen Hallen des gotischen Domes, umringt von den Meisterwerken des van Dyck[1] und Rubens,[2] und in den Ohren die düstre Musik Palestrinas.[3]

Abends brachte mich noch die Eisenbahn nach Brüssel, wo ich mich in meiner frühern Behausung niederließ, um noch verschiedene Sachen zu ordnen, wozu in Bradford nicht Zeit genug blieb. – Hiermit vergingen 3 Tage. Unter meinen Brüsseler Freunden waren allerlei Veränderungen vorgegangen. Manche schon davongeflogen, – andre auf dem Sprunge, nach Paris und Deutschland abzureisen. – Am Freitag, gestern morgen, fuhr ich von Brüssel wieder nach Antwerpen und dann per Post nach Breda in Holland, wo ich heute morgen meine Geschäfte abmachte und dann hierher nach Tilburg weiterfuhr. – Hier in Tilburg bleibe ich bis Dienstag und gehe dann weiter wie folgt: Bois le Duc, Gorcum, Dordrecht, Rotterdam, Haag, Leiden, Haarlem, Amsterdam, Zwolle, Arnheim, Nijmegen – dann den Rhein hinauf bis Köln – von da über Aachen nach Lüttich, wo ich in 14 Tagen – 3 Wochen einzutreffen denke. – In Lüttich und Verviers muß ich mehrere Tage bleiben und kehre dann nach Brüssel zurück, um bald darauf meinen Ausflug nach Frankreich zu unternehmen.

Wie ich Dir neulich schon mitteilte, besorge ich für Emanuels den Verkauf von Wolle, Leinen und Seide; ich reise jetzt wahrscheinlich die nächsten 6 Wochen fortwährend; es wird sich dann herausstellen, in welcher Weise und in welchem Umfang die Sache fortgesetzt werden kann. Emanuels sind determiniert, alles hier im Lande zu versuchen, um sich neue Märkte zu eröffnen; – sie werden mich also jedenfalls sehr gut unterstützen, und wenn das Geschäft in dem beschriebenen Revier überhaupt etwas wert ist, so werde ich natürlich dauernd davon profitieren. Übrigens habe ich sehr gute Hoffnung; – ich mache gewissermaßen jetzt eine Entdeckungsreise, die schlimmstens genug abwirft und vielleicht sehr viel. Jedenfalls bekommt mir dies Reiseleben einstweilen sehr gut, denn es ist ein gewaltiger Unterschied, ob man auf dem Comptoir hockt oder Tag für Tag sich bewegt und herumtummelt. Dazu ist das Wetter jetzt ausgezeichnet schön, – es weht hier eine herrliche Luft, die mit der Bradforder natürlich gar nicht zu vergleichen ist.

In Brüssel suchte ich nach Fräulein Escher, fand sie aber nicht; – da Du mir s[eine] Z[ei]t schriebst, sie würde Ostern Köln passieren, so hoffte ich, sie in den letzten Tagen in Brüssel anzutreffen.

Der Ort, von wo ich Dir dies schreibe, Tilburg, ist eine Stadt von 15 000 Einwohnern und liegt nicht weit von Breda; – am Montag will ich sehen, was mit den Eingeborenen anzufangen ist. – Ich verstehe diesen Reiseschacher freilich noch gar nicht, da ich mich nie mit dergleichen abgab; – die Übung wird mir aber schon forthelfen. – Holländisch kann ich leider nicht sprechen und muß mich mit Deutsch, Engl[isch] und Französisch durchschlagen, je nachdem die Leute kultiviert sind. – Am besten fährt man überall, wenn man ein Engländer ist, – auf die deutsche Nationalität gibt man lange so viel nicht.

Dir und Euch geht es hoffentlich wohl. Grüße Carl und Wilhelm und Cöllns von mir. An Ferdinand schrieb ich kurz vor meiner Abreise von Bradford und hoffe, bald etwas von ihm zu hören. – Wenn Du mir schreiben willst, so adressiere nur: Nr. 19 au bois sauvage plaine Ste. Gudule, Bruxelles, gerade wie im vorigen Jahre.

Ich habe dem Herrn Lanois Order dagelassen, wie meine Briefe zu befördern sind.

Nächstens schreibe ich Dir mehr. – Heute über 8 Tage denke ich in Rotterdam zu sein. Leb wohl, liebe Mutter; wenn meine neue Tätigkeit nach Wunsch ausfällt, so werde ich auch Dich bald wieder einmal besuchen können – wenigstens komme ich Dir um viele Meilen näher als bisher.

Den herzlichsten Gruß

Deines Georg.

1 Anthonis von Dyck (1599–1641), flämischer Maler aus Antwerpen. Berühmt ist seine »Kreuztragung« von 1617.

2 Peter Paul Rubens (1577–1640), flämischer Maler, lebte viele Jahre in Antwerpen. Für die dortige Kathedrale schuf er zwei große Altäre, die »Kreuzaufrichtung« (1610–11) und die »Kreuzabnahme« (1611–14).

3 Giovanni Palestrina (1525–1594), italienischer Kirchenkomponist.

138.

Georg Weerth an Wilhelmine Weerth

Utrecht, 2./3. Mai 1846

Liebe Mutter!

Vor vierzehn Tagen gerade schrieb ich Dir von Tilburg in Brabant aus und sitze heute abend in Utrecht, um Dir den fernern Verlauf meiner Reise zu erzählen. – In Tilburg blieb ich drei Tage und drückte meine geliebten Kunden der Reihe nach ans Herz, wobei ich die Gegend sehr gut kennenlernte, die indes wenig Romantisches aufzuweisen hat. Wiesen, Kanäle, Windmühlen, Rapsfelder und überall in Städten und Dörfern das Glockenspiel auf den Kirchtürmen – das ist, was dem Reisenden in Brabant am meisten zu Ohren und Gesichte kommt. – Nachts fuhr ich auf der Treckschute nach Bois-le-Duc (Herzogenbusch) und hatte das Unglück, neben einem ungeheuer großen, feisten Pfaffen zu liegen, der sein Abendgebet bald gesagt hatte und dann acht Stunden lang hintereinander so fürchterlich schnarchte, daß ich auf allen Schlummer verzichtete, eine irdene Pfeife ansteckte und mich oben aufs Verdeck legte; der größesten Finsternis wegen konnte ich nichts sehen, rechts und links sangen aber in den Büschen die Nachtigallen. In Bois-le-Duc blieb ich 2 Tage, die ich fast ganz mit Korrespondieren zubrachte, und fuhr dann mit dem Dampfboot durch Kanäle an Gorcum und Dordrecht vorbei nach Rotterdam, wo ich schon von früher her bekannt war. Rotterdam liebe ich sehr, die furchtbare Masse Schiffe mitten in den Straßen, die hellen Häuser, welche lustig durch die Lindenalleen schimmern, und das winzige Menschengesindel, was ernst und geschäftig durcheinanderpurzelt – das macht, daß man ein paar Stunden lang herumläuft, ohne müde zu werden, und daß einem das Essen im Hotel St. Lucas ganz vorzüglich schmeckt. In Rotterdam wimmelt es von Deutschen, welche Rheinwein trinken, wie die Löwen räsonieren und mit Kaffee handeln.

Der alte Erasmus[1] von Rotterdam steht noch immer in seinem steinernen Rock auf dem Erasmus-Platz an der großen Brücke und dreht die Seiten in seinem breiten Foliant herum, und es heißt, wenn er die letzte Seite herumdreht, daß dann dies ganze Rotterdam zugrunde gehen soll.

Und wird er die letzte drehen –
Wer weiß, wann's ihm gefällt –
Dann muß zugrunde gehen
Diese ganze Käsewelt. –

So habe ich es in Reime[2] gebracht und fuhr dann mit der Diligence nach dem Haag, wo ich abends die französische Oper hörte. Wenn man in England gewesen ist, wo es keine Musik gibt, so ist das eine wahre Erquickung.

Am folgenden Morgen verschaffte ich mir Eintritt in das königliche Palais und besah in den Gemächern Sr. Majestät die Meisterwerke der alten und neuen niederländischen Malerschule; Bilder, voll von kräftigen, kolossalen Gestalten, die uns daran erinnern, daß es auch schon bedeutendere Menschen als Pfeffer- und Zuckerkrämer hier im Lande gegeben hat. Die Griechen sagten, der Handel und die Industrie seien geist- und körperentwürdigend – an den heutigen Holländern hat sich dies bewährt. Aber wer kann noch ein Grieche sein in unsern Tagen! – Vom Haag fuhr ich nach Leiden, einer heruntergekommenen Stadt, voll stiller Privatleute – an den Fenstern Goldlack und alte Jungfraun – 400 Studenten, schlechtes Straßenpflaster, muffige Häuser – man meint, man röche noch immer den Gestank von dem unglückseligen Pulverschiff[3] – ich trank zwei Schnäpse und war froh, daß ich noch am Abend Haarlem mit seinem Tulpenflor vor mir hatte. Mit den Tulpen ist man auch vernünftiger geworden, natürlich nur, um in andern Sachen desto unvernünftiger zu sein. Von den Leuten in Haarlem läßt sich dies indes doch nicht sagen, denn sie sind gerade damit beschäftigt, vermittelst einer großen Dampfmaschine das Haarlemer Meer in die Nordsee hineinzupumpen – es ist wirklich wahr; – Hunderte von Engländern stehen daneben und sehen zu. – Armes Weltmeer, wie viele Binnengewässer mußt du nicht verschlucken! So ändern sich die Zeiten, vor einiger Zeit waren noch die Tulpen dran, heute ist das Haarlemer Meer an der Reihe, nächstens reisen wir nach dem Mond, und übers Jahr setzen wir vielleicht schon Sonnen, Kometen und Milchstraßen gebraten und gesotten und gebuttert bei dem Gastwirt Meyer auf die table d'hôte – »denn beim Menschen ist alles möglich!« Man sollte wirklich im Übermute bald so ausrufen.

In Amsterdam traf ich viele Bettler auf den Straßen. – Die Kartoffelernte mißglückte – das konnte niemand verhindern.

Amsterdam hat mir weniger gefallen; es ist eine alte, krumme, bucklige Kommerz-Stadt, in der alles schrecklich teuer und langweilig ist – überall Deutsche, die Handel treiben, – der eine mit Wein, der andre mit Hopfen, der dritte mit Garn – ein Krefelder bot mir sogar einen Ofen an; – eine Öfin wollte ich kaufen – er hatte aber keine vorrätig. Übrigens gingen im Amsterdamer Handel jetzt wunderbare Dinge vor; – aus Furcht vor einer Hungersnot hatte man nämlich im letzten Herbst eine solche Masse Bohnen und Erbsen dort aus der ganzen Welt zusammengebracht, daß die Speicher jetzt im eigentlichsten Sinne des Wortes am Brechen sind. Die Preise sind infolge dieser großen Vorräte so sehr gefallen, daß die ärmere Bevölkerung nichts

Besseres tun kann, als nur Bohnen und Erbsen zu essen, was sie denn auch tut; – Kartoffeln will niemand mehr kaufen, und die Spekulanten bieten sie vergebens aus; – ganze Schiffsladungen, welche im November von Deutschland bezogen wurden, kehren jetzt in ihr Vaterland zurück. Die Spekulanten, welche auf das Unglück der Menschen spekuliert hatten, ziehen also diesmal mit langer Nase ab und sind gezwungen, die Sachen, welche sie aufgekauft hatten, mit enormem Schaden wieder loszuschlagen. So drehen sich die Leuten ihren eignen Strang. Um von der Hungersnot profitieren zu können, türmt man Waren auf, türmt aber zu viel auf – so daß die Preise fallen statt steigen, so daß man Geld verliert statt zu gewinnen. O redlicher Verkehr! O moralischer Handel!

Übrigens sind solche Sachen gut – je mehr jetzt die Spekulanten verlieren, desto satter werden die Bettler auf den Amsterdamer Gassen.

Gestern morgen fuhr ich am Zuiderzee herauf und werde morgen früh von hier nach Friesland weiterreisen – in 10 Tagen denke ich wieder in Brüssel zu sein. –

Von Ferdinand hatte ich dieser Tage einen Brief und schreibe ihm heute. – Hoffentlich geht es Euch allen wohl; – in Brüssel werde ich wahrscheinlich einen Brief von Dir vorfinden.

Grüße Carl und Wilhelm von mir.

Von ganzem Herzen

Dein Georg.

1 Das Rotterdamer Erasmus-Denkmal stammt von Hendrik de Keijser (1565–1621).
2 In Weerths Gedicht »Holländische Reisen« heißt es statt »muß« in der 3. Zeile »wird«.
3 1807 wurde Leiden durch die Explosion eines Schiffes, das mit 40 000 Pfund Pulver geladen war, teilweise zerstört.

139.

Georg Weerth an Karl Marx[1]

Utrecht, 3. Mai 1846,
neben einem stillen Wasser

Wie ist so friedlich mir zumut
An diesen stillen Gewässern!
In Holland finde ich alles gut,
Ich finde nichts zu verbessern.

Die frommen Kirchtürme spielen so flott
Mit den Glockenspielen und preisen
Schier viertelstündlich den lieben Gott
In Walzer- und Polka-Weisen.

Die Treckscheuten ziehn so seltsamlich
Auf den wellenlosen Kanälen,
Und an Bord, da freuen des Lebens sich
Die redlichen Kaufmannsseelen.

Die Männer im Rock und die Männer im Frack,
Die lächelnd durchs Leben wandeln!
Sie essen Käse und rauchen Tabak
Und machen in Pfeffer und Mandeln.

Und in Kaffee auch! Daß man ihn fort
Nach dem treuen Germanien verschicke,
Denn nur das Kaffeewasser wird dort
Bezogen aus eigner Fabrike. –

O liebliche Flur, die ich durchzog!
Wo die prakt'schen Interessen siegen;
Wo die größten Geister nur so hoch
Wie die Windmühlflügel fliegen; –

Und die Windmühlen drehn sich schläferig
Im leuchtenden Abendrote.
O glückliches Land! Wo vielleicht nur ich
Der einzige Don Quijote.[2]

Durch diese angenehmen Verse wollte ich mich in Dein wohllöbliches Andenken zurückrufen. Ich weiß nicht, ob ich Dich in circa 10 Tagen noch in Brüssel treffe, und bitte Dich daher, die Bruchstücke aus dem Leben des Herrn Preiß[3] nicht unter meinem Namen erscheinen zu lassen. Ich habe eine zu hohe Achtung vor dem Herrn Preiß und fürchte, daß ich ihn zu sehr kränke, wenn jedermann aus meinem Namen leicht auf den frohen Kommerzienrat schließt. Ohne meinen berühmten Namen wird der Aufsatz auch schon seine Wirkung tun.

In der Kürze grüße ich Dich herzlich.

G. Weerth.

1 Die Anrede fehlt; der Adressat ergibt sich aus dem Inhalt.

2 Diese handschriftlich überlieferte Fassung des Gedichts »Holländische Reisen. III« weicht etwas ab von der Fassung in seiner ebenfalls handschriftlich überkommenen Gedichtsammlung, die als Druckvorlage für die NRhZ, Nr. 5 vom 5.6.1848, diente. Vgl. Gedichte, S. 111.

3 Humoristische Skizzen aus dem deutschen Handelsleben. Dieses Manuskript war vermutlich für eine von Marx und Engels geplante Zeitschrift bestimmt, die aber nicht zustande kam. Die ersten vier Skizzen erschienen in der »Kölnischen Zeitung« (Nr. 318, 337, 348 vom 14. November, 3. und 14. Dezember 1847 und Nr. 33 vom 2. Februar 1848): Die Skizzen V bis IX wurden zu Weerths Lebzeiten nicht veröffentlicht. Die Skizzen X–XIV wurden in der NRhZ (Nr. 1–4, 16, 18, 28, 36 vom 1.–4., 16., 18., 28. Juni und 6. Juli 1848) veröffentlicht. Vgl. HS, S. 143.

140.
Wilhelmine Weerth an Georg Weerth (Hinweis)

Detm[old], 3. [und 6.]5.1846

[Die Mutter freut sich, daß Georg das »Nebelland« verlassen hat und wieder auf dem Kontinent ist. Die Mutter erinnert sich an ihren Aufenthalt in Holland in früheren Jahren.]

141.
Wilhelmine Weerth an Georg Weerth (Hinweis)

Detm[old], 30.5.1846

[Die Mutter ist beunruhigt wegen der Nachrichten über ein Eisenbahnunglück.]

142.

Georg Weerth an Wilhelmine Weerth

Verviers, 3. Juni 1846

Liebe Mutter!

Ich erhielt zwei Briefe von Dir; den einen in Gesellschaft eines Paketes, dessen Inhalt mir sehr angenehm war. Ich habe gleich Gebrauch davon gemacht und wünsche nur noch zu wissen, von welchen schönen Händen der seidne Geldbeutel kommt. Daß ich Dir und der Eigentümerin jener schönen Hände sehr danke, versteht sich von selbst. Hoffentlich hat der Beutel die gute Eigenschaft, seine Gelder so lange wie möglich festzuhalten; ich bin noch nicht ganz davon überzeugt, daß er in diesem Punkte vollkommen ist – in allen übrigen ist er natürlich ein wahres Meisterstück. Die Frauenzimmer in meinem Logis in Brüssel versicherten mir, daß die Strümpfe ausgezeichnet schön gestrickt wären.

Schon längst würde ich Dir wieder geschrieben haben, wenn mich nicht tausend Geschichten davon abgehalten hätten, – was ich übrigens künftig nicht mehr erlauben werde. Von Utrecht reiste ich seinerz[ei]t nach Zwolle, Almelo, Enschede, Deventer, Arnheim, Antwerpen, Brüssel und blieb dort ungefähr 10 Tage. Von Brüssel ging ich am letzten Samstag nach Aachen und war dort die beiden Pfingsttage, um das Musikfest zu hören. Heute morgen langte ich hier in Verviers an und werde meine Geschäfte machen; – in den nächsten Tagen gehe ich nach Lüttich und dann nach Amiens. Weiter bis Aachen habe ich Deutschland nicht besehen, da ich keine Lust verspürte, Köln in Augenschein zu nehmen, um nicht wieder mit allerlei Menschen in Berührung zu kommen, mit denen ich nichts mehr zu tun haben will. Das Musikfest war ganz prächtig. – Beethoven, Mozart, Händel, Haydn und Weber wurden von 640 Sängern und Spielern vorgetragen – Mendelssohn dirigierte – die Schwedin Jenny Lind sang die Arien im Sopran, und Blumen regneten auf sie hinab. – Dazu der heiterste Himmel, eine blitzende Sonne, und die zwei Tage gingen leider zu rasch vorüber.

In Brüssel habe ich wenig Geschäfte gemacht und auch keine große Aussicht dort. In Lüttich und Verviers sieht es aber besser aus, auch die Holländer machen sich ziemlich, so daß ich in hoffnungsvoller Stimmung bin. Last und Mühe habe ich indes genug, und dies wird für die nächste Zeit auch noch so bleiben. –

In Belgien ist dies Jahr großer Spektakel, überall. In 14 Tagen ist in Lüttich ein glänzendes kirchliches Fest, zu dem die Bischöfe aus allen Ländern zusammenkommen. Ende d[ie]s[es] Monats wird die Bahn nach Paris eingeweiht und ein großes Fest in Brüssel gehalten – ich weiß nicht, ob es 1200 oder 12 000 sind – es sind ihrer aber sehr viel. – In Aachen wird man auf das Musikfest bald ein enormes Pferderennen folgen lassen, – außerdem fällt auf dieses Jahr die siebenjährige Exposition des Hemdes der Heiligen Jungfrau und ähnlichen Trödels; – so treiben die Menschen allerlei Späße und Torheiten, denen indes auch oft ein trauriger Ernst zugrunde liegt. – Von Aachen möchte ich Dir gern noch etwas erzählen, es steht aber alles viel besser in den ersten Gesängen des Heineschen »Wintermärchens«; – wie Aachen und die dortigen Menschen von Heine geschildert werden – geradeso ist es. Die ganze Zeit mußte ich namentlich den einen unvergleichlichen Vers[1] murmeln:

»Zu Aachen langweilen sich auf der Straß'
Die Hunde, sie flehn untertänig:
Gib uns einen Fußtritt, o Fremdling, das wird
Vielleicht uns zerstreuen ein wenig!«

Ach, und der arme Heine ist jetzt krank[2] und wird wahrscheinlich bald sterben – ich kann Dir gar nicht sagen, wie leid mir das tut. Wie werden sich erst die Aachener Hunde langweilen, wenn der Heine tot ist!

Ich habe in diesen Tagen so viel herumzulaufen, daß ich jetzt nicht mehr schreiben kann – und lasse diesen Brief schon abgehen, damit Du nicht ohne Nachricht bleibst – in einigen Tagen mehr.

Herzliche Grüße

Deines Georg.

Herzliche Grüße an Carl und Wilhelm. Hoffentlich ist Dein Rheumatismus bei diesem herrlichen Wetter vergangen. Hier ist die größeste Hitze.

1 Heinrich Heine, Deutschland. Ein Wintermärchen, Caput III.

2 Heinrich Heine (1797–1856), lebte seit 1831 in Paris; 1843/44 hatte er zum erstenmal wieder Deutschland besucht; die Erlebnisse dieser Reise verarbeitete er in »Deutschland. Ein Wintermärchen«, das 1844 erschien. 1844 hatte Heine engeren Kontakt mit Marx. 1845 verschlimmerte sich seine Rückenmarkskrankheit, die ihn von 1848 ab an seine »Matratzengruft« fesselte.

143.
Georg Weerth an Karl Marx

[Verviers, 5. oder 6.6.1846][1]

Lieber Marx!

Vor ein paar Tagen traf ich Heß auf dem Spaziergang an und habe ihn seitdem öfter gesehen. Er ist sehr munter und lustig, verläßt in kurzem Verviers, trennt sich von seiner Frau, die in Bonn wohnen wird, und kehrt in das Haus seines Vaters zurück, wo er sich in Zukunft einige Stunden des Tages dem Kommerz widmen wird, um dadurch seine materiellen Verhältnisse auf den Strumpf zu bringen; die freie Zeit denkt er dann desto besser und erfolgreicher mit der Literatur zu verbringen.

Er sieht sehr wohl ein, daß er nicht in bisheriger Weise schriftstellern kann, und bedauert, daß seine Jünger noch an den Geschichten kauen, die er jetzt selbst verwirft.[2]

Er denkt, sich in Zukunft namentlich mit Geschichte und Nationalökonomie zu befassen, und hofft, dazu in Köln viel Material zu finden.

Mit Weitling scheint er sich in Brüssel nur deswegen noch abgegeben zu haben, weil ihn seine versöhnliche Natur nicht gleich [so] entschieden auftreten läßt; – er ist nach dem, was ich ihm über Weitling erzählte, mit mir einverstanden, daß W. ein kleinlicher und aufgeblasener Kerl ist, den man laufen lassen muß. Den zarten Brief,[3] den er Dir vor ungefähr 14 Tagen schrieb, schreibt er einer Übereilung zu und versichert mir, daß er Dich bereits deswegen um Entschuldigung gebeten habe.

Im übrigen hat Heß eine große Achtung vor Dir, und wenn ich seine sämtlichen Unterredungen mit mir zusammenfasse, so kann ich nur wünschen, daß er bei seinen jetzigen erfreulichen Erinnerungen und Vorsätzen bleibt usw.

Der Patriarchen-Stil, in dem ich dies schreibe, kommt mir eigentlich gar nicht zu – da ich aber nur simpler Reporter sein will, so ist keine Anmaßung oder Aufgeblasenheit dabei im Spiele. – Mr. Schulz fährt soeben nach Köln ab. Die M[anu]s[kripte], die ich mitnahm, wurden befördert. –

Ich hoffe, Dich in einigen Tagen wohl und heiter wiederzusehen, und unterzeichne mich mit freundschaftlicher Ergebenheit.

Anselm Stahl.[4]

1 Der Brief ist ohne Datierung. Für die Datierung 6. Juni 1846 spricht folgendes: Weerth kam am 3. Juni 1846 morgens in Verviers an und reiste am 6. Juni abends wieder ab. In dem Brief

berichtet Weerth auch von Begegnungen »vor ein paar Tagen« und »seitdem öfter« mit Heß. Seine Unterhaltungen mit Weerth erwähnt Heß in seinem Brief aus Verviers vom 5. Juni 1846 an Marx: »Weerth, der seit einigen Tagen hier ist, erwartet auch [einen] Brief von Dir. Von ihm wurde ich auch über W[eitling]s Affäre näher unterrichtet. W[eitling] ist, wie ich längst weiss, in Punkto Geld ein schmutziger Kerl. Es ist auch das letzte Mal, dass ich mich seiner in dieser Beziehung annehme. Überhaupt verhalte ich mich zu W[eitling] in jeder Beziehung umgekehrt als zu Dir; seine Persönlichkeit widert mich immer mehr an, und nur die Parteiangelegenheit hält mich noch mit ihm verbunden.« (Moses Heß, Briefwechsel. Hrsg. von Edmund Silberner. 's-Gravenhage: Mouton 1959, S. 157 f.) Die erste Zusammenkunft kann frühestens am 3. Juni stattgefunden haben, und da Weerth von ihr als »vor ein paar Tagen« geschehen spricht, darf wohl angenommen werden, daß er dies am 5. oder 6. Juni tat. Vgl. dazu auch: Bert Andréas/ Wolfgang Mönke, Neue Daten zur »Deutschen Ideologie«. In: Archiv für Sozialgeschichte (Hannover) 8 (1968), S. 75.

2 In einer Sitzung des Brüsseler kommunistischen Korrespondenz-Komitees üben Marx und Engels in Anwesenheit von Weitling und anderen scharfe Kritik am »wahren« Sozialismus, wie er vor allem durch einige deutsche Schriftsteller und Publizisten vertreten wurde, und am Gleichheitskommunismus Weitlings.

3 Gemeint ist der Brief von Heß an Marx vom 20.5.1846. Dort heißt es u.a.: »Ich mag nichts mehr mit der ganzen Geschichte zu tun haben; es ist zum Kotzen. Scheisse nach allen Dimensionen.« Vgl. Heß, Briefwechsel, S. 155.
Am 29.5.1846 schreibt Heß: »Deine gereizte Meinung im letzten Brief muss ich Dir verzeihen, weil ich auch in einer solchen an Dich schrieb. Du hast ein Recht darauf, gereizt zu sein, Engels nicht [...]« (S. 157).

4 Scherzhafte Unterschrift Weerths.

144.
Georg Weerth an Wilhelmine Weerth

Verviers, 6. Juni 1846

Liebe Mutter!

Vor einigen Tagen schrieb ich Dir von hier aus, und ich hoffe, daß Du meinen Brief erhalten hast. Gestern sandte man mir von Brüssel aus Deine besorgten Zeilen; – ich bitte dich, ängstige Dich nicht so sehr; ich will wenigstens das Meinige dazu beitragen, daß es nicht mehr geschieht, und damit wir ein für allemal wissen, daß es uns gegenseitig wohl geht, so wollen wir den Kontrakt schließen, daß ein etwaiges Stillschweigen stets so anzusehen ist, als wenn es uns sehr vortrefflich ginge; – geht aber etwas Unangenehmes vor, so wollen wir uns gleich schreiben. Auf diese Weise kommst Du durch das Ausbleiben meiner Briefe nie in Unruhe. Von Unglücksfällen auf der belgischen Eisenbahn habe ich indes nichts gehört und wundere mich sehr, daß so etwas passiert sein soll, da man hier im Lande sehr vorsichtig ist.

In den letzten Tagen bin ich in den Arrondissements Limbourg und Verviers umhergefahren, eine reizende Gegend – namentlich bei dem Bade Spa. Die Hitze ist indes jetzt sehr groß und das Reisen bei Tage ziemlich beschwerlich. Die Orte, die ich besuchte, heißen Verviers, Dison, Ensival, Thimister und Herve, wo der weltberühmte Herve oder Limburger Käse wächst. Heute abend gehe ich nach Lüttich und bin in einigen Tagen wieder in Brüssel, denn ich habe gar keine Lust, den Pfaffenspektakel in Lüttich mit anzusehen; – dies beginnt am Donnerstag, und man hat die Kirchenstühle per Tag schon mit Frs. 150.– voraus bezahlt.

Hoffentlich höre ich bald wieder etwas von Dir; ich schreibe ebenfalls wieder – ich bin gerade in der größten Eile, da ich nur noch 10 Minuten bis nach der Station habe. –

Ich schrieb diese Zeilen nur, damit Du jedenfalls etwas Schriftliches von mir in die Hände bekommst. –

Den herzl[ichen] Gruß

Deines Georg.

145.

Georg Weerth an Wilhelmine Weerth

Brüssel, 13. Juni 1846

Liebe Mutter!

Du siehst aus der Einlage, daß ich schon vor mehreren Tagen besten Willens war, Dich zu beruhigen. Ich ließ den Brief aber doch nicht abgehen, da ich Dir schon einige Tage vorher geschrieben hatte und doch erwarten konnte, daß Du jenen Brief erhalten hättest. Seit vorgestern bin ich wieder in Brüssel. Der Pastor Becker war bei meinem Hauswirt Lanois gewesen, der mir später versicherte, daß meine Mutter mich wohl sehr lieben müsse. Dies Brüssel ist ein sonderbarer Ort, – die Zeit geht einem hier auf eine merkwürdige Weise schnell herum. Es kommt aber daher, weil ich erstens mit meiner Agentur viel zu tun habe und weil zweitens rechts und links gute Freunde wohnen, die in der Unterhaltung sehr interessant sind. Meinem Zimmer gegenüber wohnt der bekannte Marx mit seiner sehr schönen und hochgebildeten Frau und zwei schönen Kindern. Ferner hält sich hier auch noch der Fried[rich] Engels auf, dessen Buch über England Du gelesen hast. Er hat eine kleine Engländerin aus Manchester zur Frau[1], so daß unsre Konversationen halb englisch und halb deutsch sind. –

Außerdem besuche ich meinen frühern Doktor Breyer zuweilen, der neulich eine junge, sehr lebendige Belgierin heiratete, die mir versprochen hat, mich im Französischsprechen zu vervollkommnen.

Dann gehört zu meinen Bekannten noch ein Monsieur Gigot de Mouton (z[u] deutsch Hammelskeule), ein höchst interessanter Mensch, der alle Sprachen kennt, spricht und schreibt, aber sonst sehr faul ist, morgens immer im Dante[2] liest und die übrige Zeit im Kaffeehause sitzt. –

Übrigens glaube ich, daß ich nicht fortwährend in Brüssel bleiben werden, da das Geschäft hier doch sehr unbedeutend ist und Lüttich und Verviers bei weitem tätigere Orte sind. –

Schreib mir bald wieder, liebe Mutter, aber nur keine ängstlichen Briefe.

Den herzl[ichen] Gruß

Deines Georg.

1 Mary Burns, Lebensgefährtin von Engels, stammt aus Irland.
2 Dante Alighieri (1265–1321), dessen »Göttliche Komödie« auch von Georg Weerth gern gelesen und zitiert wird.

146.
Wilhelmine Weerth an Georg Weerth (Hinweis)

[Detmold, 16., 17. und 19.6.1846][1]

[Die Mutter erwähnt noch einmal ausführlich ihre Sorge wegen des Eisenbahnunglücks.]

1 Der erste Teil des Briefes ist kurz vorher begonnen worden.

147.
Georg Weerth an Wilhelm Weerth

Brüssel, 2. Juli 1846

Lieber Wilhelm!

Ich kann nicht unterlassen, an Dich zu schreiben, – ich ergreife daher die Feder, und ich grüße Dich zunächst aufs herzlichste. Hoffentlich geht es Dir wohl, – von mir hoffe ich dasselbe. Ich komme soeben wieder in Brüssel an und throne augenblicklich im Bois sauvage, umringt von Woll- und Garnmustern usw., was Du Dir leicht denken kannst. Meine letzte Reise war ziemlich interessant. Zuerst ging ich nach Antwerpen und verkaufte Strickgarn; dann nach Lille, eine große französische Fabrikstadt, mit bedeutendem Proletariat, arroganten Kaufleuten und altertümlichen Häusern. Den Marktplatz ziert eine schöne Erzstatue; mit der Inschrift »Les habitants de Lille ont bien mérité de la patrie pendant la nuit de ... 1792«.

Da fällt einem die ganze Französische Revolution ein!

Von Lille fuhr ich mit dem ersten Eisenbahnzuge, der die neue Bahn durchrannte, nach Amiens; – dieser Ort sieht ungefähr aus wie Lemgo, Paderborn – kurz, wie eine alte, abgetakelte, verrammelte römische Reichsstadt. Die Kathedrale ist ein Meisterwerk, in demselben Stil wie die Notre-Dame de Paris und ähnliche Kirchen in Rouen. Die Hitze war so groß, daß die Menschen auf den Straßen umfielen. Mein Wirt ließ zwei Fuder Eis von Paris kommen, und dennoch wären fast alle seine Gäste verrückt geworden. Ich lag fast den ganzen Tag in dem kleinen Fluß Somme, der übrigens so voller Menschen war, daß die Fische kaum Platz mehr darin hatten. – Geschäfte habe ich dort weniger gemacht und eilte so schnell wie möglich nach Paris. Adressen und Empfehlungsschreiben hatte ich genug, – ich nahm mir aber vor, ganz allein umherzuspazieren; – ich las die »Revolution« von Thiers,[1] die »Geschichte der 10 Jahre« von Louis Blanc,[2] die »Mysterien« von Eugène Sue,[3] – wenn man das gelesen hat – und behalten, da kennt man in Paris jeden Fleck, jeden Stein – und braucht keinen Führer mehr. Im Hôtel de Paris in der rue Richelieu stieg ich ab – es ist dies ein ungeheures, kolossales Etablissement – eines der Ersten in Paris. Ich erhielt ein Zimmer im 6. Stockwerk und mußte 120 Stufen zählen, ehe ich oben war, – aber prächtig war es auch noch dort – Teppiche – seidne Vorhänge – Pendülen, silberne Leuchter mit Wachskerzen – enfin – komfortabel. Es war schon fast 12 Uhr abends, ich ging aber doch noch eine Viertelstunde weit ins Palais Royal und setzte mich auf die kleinen Stühle und Bänke unter dieselben

Linden, unter denen einst Camille Desmoulins[4] zuerst zur Revolution aufforderte – er zog einen Dolch aus der Brust – ließ ihn weithin blitzen – riß ein Lindenblatt vom Baume, heftete es als Kokarde an den Hut – forderte den Pöbel auf, ein Gleiches zu tun – und in 2 Minuten waren die Lindenbäume des Palais Royal entlaubt.

Um 7 Uhr am andern Morgen ging ich über die boulevards des Italiens und des Capucines nach der Vendôme-Säule und dann in den Garten der Tuileries, denselben Garten, wo die größten Tragödien der neuern Geschichte gespielt wurden. Ach, man freut sich, wenn man die Marmorbecken der Fontänen sieht, in denen so viele Reaktionäre ersäuft wurden – Marie Antoinette[5] stand am Fenster, verhüllte ihr Antlitz – an demselben Fenster steht heute wieder der feiste Louis Philippe.[6] – Die arme Antoinette – sie ist wahrhaftig für nichts und wieder nichts geköpft. Im Garten, dicht unter den Fenstern der Tuileries, steht die Statue des Spartakus[7] – die Fäuste zerreißen die Ketten und packen das Schwert – zornig schaut der schöne Kopf nach dem nächsten Balkon – das ist ein warnendes Bild!

Die Galerie des Louvre ist natürlich sehr schön; – ich besah sie im Fluge – stürzte dann über den Place du Carrousel, dann über die Seine-Brücke d'Arcole und stand vor der Notre-Dame de Paris. Diese alte Kirche hat eine ehrwürdige Miene; – wenn man aber den »Gargantua und Pantagruel« des Meisters Rabelais[8] kennt, da muß man unwillkürlich lachen, wenn man das große Pfaffennest sieht. Ich besah darauf das Hôtel de Ville – auf dem Balkon gleich in der Mitte stand im Jahre 1830 der Bankier Lafitte,[9] der alte Lafayette[10] und Louis Philippe. Lafitte sprach das bedeutende Wort aus, daß in Zukunft die Bankiers in Paris regieren würden. Louis Philippe lächelte wohlgefällig – Lafayette blickte stumm auf das stumme, blutige Volk in den Gassen – das war ein sonderbarer Augenblick, – von jener Minute an war die nächste Zukunft Frankreichs entschieden – die Bourgeoisie kam zur Herrschaft. –

Eine Vigilante[11] brachte mich im Fluge nach dem Panthéon; ich stieg hinab zu den Gräbern Rousseaus und Voltaires; – ich stieg hinauf in die Spitze der Kuppel, und ganz Paris lag zu meinen Füßen, – es ist das Herrlichste, was ich je gesehen.

Rasch ging es dann nach dem Palais du Luxembourg, in die Galerie moderner Bilder – in die Chambre des Pairs – durch die Blumengärten und Lindenalleen, voll von schönen Parisern und noch schönern Pariserinnen. Eine Viertelstunde davon entfernt steht der Dom der Invaliden – das Grab Napoleons – dem Publikum jetzt noch nicht geöffnet – ich sah nur das Kirchenschiff, in dem Hunderte zerschossener Fahnen hängen, erbeutet in allen Schlachten, in allen Zonen, bei allen Völkern. – Vor den Türen liegen die größesten eroberten Kanonen – preußische, bayrische, ägyptische, holländische, türkische – nur keine englischen und russischen. Einbeinige Invaliden sitzen auf den stummen Mörsern, Tabak rauchend, trinkend, schwatzend – die Leute von Jena, Marengo und von den Pyramiden.[12] Vom Luxembourg ist man in 20 Minuten auf den Champs de Mars – dieser großen, schauerlichen Bühne, wo einst Robespierre[13] seine Triumpfe feierte, wo jetzt die Engländer fleißig ihre Stuten auf und ab reiten, wo Paris zu Ende geht. –

Enfin – ich sah sehr viel an jenem Tage – um 6 Uhr abends langte ich wieder in der rue Richelieu an, hielt mein Diner und wollte mich eben auf ein Polster strecken, um etwas zu verschnaufen, als mich ein junger Franzose schon wieder aufjagte und mich hinaus auf die Elysäischen Felder schleifte – ich konnte kaum mehr gehen – aber dort werden auch die Toten wieder lebendig – in der herrlichsten Abendbeleuchtung hatten wir die Tuilerien, das Louvre, die Chambre des Deputés, die Madeleine-Kirche, den Arc de Triomphe, den Obelisk von Luxor, Hunderte von Orangenalleen, Dutzende von Fontänen, eine singende, tanzende, schwatzende, spazierende, liebenswürdige Pariser Welt, kurz, wir hatten alles um uns, was uns das Herz der Welt, was Paris, was diese ganze immense Stadt in ihrem heitersten und herrlichsten Glanze aufzuweisen und zu zeigen hat. Die Elysäischen Felder, oder vielmehr der Place de la Concorde, ist wirklich das Famoseste, was man sehen kann – London mit allem seinem Gewühl ist nichts dagegen – ich stand wie ein Kind und sperrte das Maul auf – ich weiß nicht, was ich dachte.

Erst als es Nacht war, saßen wir in der Opéra Comique, – es wurde 12 Uhr – bis 1 Uhr schlenderten wir über die Boulevards – um 2 Uhr morgens saßen wir bei Tortoni und aßen Eis; um drei Uhr lag ich im Bett – halb tot, halb verrückt – aber in Paris kann man nicht schlafen – schon um 9 Uhr frühstückte ich wieder im Palais Royal. –

In der rue St. Denis besuchte ich dann die Seidenhändler, die Leute, denen meine Anwesenheit in Paris eigentlich galt. Mittags um 2 Uhr verfügte ich mich auf die Börse. – Eine ungeheuere Säulenhalle, rings von Galerien umgeben, die mehr von Zuschauern als Geschäftsleuten bevölkert ist. Unten bewegt sich die Handelswelt, schreiend, zankend, schachernd, fluchend, betend – und ein Getöse dringt Dir in die Ohren, als hätte man tausend Bienenkörbe losgelassen, die im wildesten Gesumme begriffen wären. Es ist ein häßliches, wüstes Schauspiel – alt und jung balgt sich um den Profit – wie wilde Tiere hausen sie miteinander. Du fühlst, daß Du im Tempel der freien Konkurrenz stehst; Geld ist Gott und der Teufel – Rothschild ist hoher Priester, und der Rest des Schacherpacks singt Chorus.

In der rue de Cadran suchte ich den kleinen Alex Weill[14] auf, den Verfasser der »Dorfgeschichten aus dem Elsaß«; – er ist seit zehn Jahren in Paris und kennt alles genau – namentlich wie man gut ißt. Ein Pariser Diner in einer Restauration ist wirklich ergötzlich – Weill lud mich dazu ein – erst Schildkrötensuppe, dann Melonen mit Salz – Makkaroni mit Schinken – Pasteten mit Trüffeln – Tauben mit Erbsen – Erdbeeren mit Burgunder – Eis und Champagner – gesegnete Mahlzeit. – Nachmittags fuhren wir nach Neuilly und dem Arc de Triomphe – den Abend besuchte ich mehrere Volkstheater. – Den dritten Tag fuhr ich in aller Frühe nach dem Bastille-Platz und besah die Juli-Säule.[15] Zehn Minuten weiter – da ist man auf dem Père Lachaise – ein ernster Ort – in der Ferne braust die ungeheuere Stadt, das lebendige Paris – hier liegt das tote – es ist ein großes Leichenfeld, und von unzähligen Leichensteinen schimmern die Namen entgegen, welche die weite Welt kennt. Die schönsten Blumen, die herrlichsten Bäume hängen hinab auf die Gräber vieler Hunderttausender, ja, wer weiß wie viele. – So weit das Auge sieht, dehnt sich die Reihe düsterer Kreuze, – Statuen, Monumente, Kränze, Blumen, – Börnes Grab[16] konnte ich nicht finden.

Doch was soll ich weiter erzählen? Die wenigen Tage in Paris liegen hinter mir wie ein Traum. – In der gräßlichsten Hast, in der kürzesten Zeit habe ich alles genossen, ich habe einen Totaleindruck der ganzen immensen Stadt bekommen, der sich nie bei mir verwischen wird – ich wünsche, daß ich später das einzelne besser kennenlerne. – Morgens um 7 Uhr fuhr ich auf der Eisenbahn in einem Stück zurück nach Brüssel, wo wir um 7 Uhr abends anlangten – also in 12 Stunden. Künftig wird man in 9 fahren.

Ich wollte, Du wärst bei mir gewesen!

Laß bald etwas von Dir hören. Für heute noch den herzlichsten Gruß

Deines Georg.

Grüße die Mutter aufs herzlichste von mir und sage ihr, daß Du diesen Brief erhalten hast – damit sie nicht wieder in Unruhe gerät. – Einen Brief der Mutter fand ich in Amiens auf der Post vor, – wofür ich sehr danke und worauf ich nächstens antworte. –

1 Adolphe Thiers (1797–1877), französischer Politiker und Historiker. 1830 mitbegründete er die oppositionelle liberale Zeitung »Le National«. Seine »Geschichte der französischen Staatsumwälzung« (10 Bde., 1823–37) leitete eine positive Einschätzung der Französischen Revolution von 1789 ein. Seit 1832 war er mehrfach Minister und Ministerpräsident. 1871 wurde er Präsident der 3. Republik.

2 Louis Blanc (1811–1882), französischer Journalist. 1840 veröffentlichte er seine Schrift »Organisation der Arbeit«, in der er die durch Kapitalismus und Konkurrenzgesellschaft bedingten unwürdigen Lebensverhältnisse der Arbeiterschaft kritisierte und soziale Reformen durch staatliche Eingriffe forderte. Nach der Pariser Februarrevolution 1848 erzwangen die Arbeiter seine Aufnahme in die Provisorische Regierung. Seine »Geschichte der zehn Jahre 1830–40« erschien 1841–44 (5 Bde.).

3 Vgl. Georgs Brief an Wilhelm Weerth vom 14.1.1844.

4 Camille Desmoulins (1760–1794), französischer Revolutionär und Schriftsteller. Er war zunächst Advokat in Paris, dann einer der Wortführer der Französischen Revolution. Er stiftete die Volksmenge zum Sturm auf die Bastille an. Als radikaler Jakobiner war er 1790 Mitbegründer des Klubs der »Cordeliers«; er wurde auf Betreiben Robespierres zusammen mit Danton hingerichtet.

5 Marie Antoinette (1755–1793), Tochter des Kaisers Franz I. und Maria Theresias, seit 1770 mit dem späteren französischen König Ludwig XVI. verheiratet, veranlaßte nach der Französischen Revolution den Fluchtversuch der königlichen Familie (Juni 1791), wurde inhaftiert und am 16. Oktober 1793 hingerichtet.

6 Louis Philippe (1773–1850), König der Franzosen von 1830–1848. Nach anfänglicher Regierung mit liberalen Ministern erhielt die Politik des sog. »Bürgerkönigs« durch die Berufung Guizots eine konservative Orientierung (»Juste milieu«).

7 Diese Statue wurde 1830 aufgestellt; sie ist ein Werk des Bildhauers Denis Foyatier (1793–1863). Sie erinnert an den römischen Sklaven, der mehrfach römische Heere schlug, aber schließlich in Lukanien geschlagen wurde.

8 François Rabelais (≈ 1494–1553), bedeutender französischer Dichter, dessen Ruhm auf seinem fünfbändigen Romanzyklus von den Riesen Gargantua und Pantagruel beruht. Rabelais lehnte vor allem den Geist des Mittelalters, Scholastik und Dogmatismus, ab und verteidigte die geistige Freiheit, die Freude am Diesseits und die Würde des Menschen. Weerth meint hier die Szene, wo Gargantua den Parisern von Notre Dame eine besondere Begrüßung zuteil werden läßt, wobei etliche Menschen ertranken.

9 Jacques Lafitte (1767–1844), französischer Bankier und Politiker; er war nach 1815 einer der Führer der liberalen Opposition und hatte 1830 wesentlich Anteil an der Thronbesteigung Louis Philippes. Als Exponent des Finanzbürgertums wurde er im November 1830 zum Ministerpräsidenten berufen, mußte aber im März 1831 abtreten.

10 Marie Joseph Motier Marquis de Lafayette (1757–1834), französischer General und Politiker; er nahm am amerikanischen Unabhängigkeitskrieg teil, trug die Gedanken der amerikanischen Verfassungsprinzipien nach Frankreich, war 1789 Befehlshaber der Pariser Nationalgarde. Seine Versöhnungspolitik zwischen Königtum und Revolution scheiterte. In der Julirevolution 1830, erneut Kommandant der Nationalgarde, förderte er die Thronbesteigung Louis Philippes, opponierte aber bald gegen dessen Politik.

11 Verdeckte Pferdedroschke.

12 Schlachten Napoleons.

13 Maximilian Robespierre (1758–1794), rief auf dem Champ de Mars das französische Volk zum revolutionären Kampf.

14 Alexander Weill (1811–1899), Verfasser von »Dorfgeschichten«.

15 In den Jahren 1833–40 wurde an der Place de la Bastille zur Erinnerung an die Gefallenen der Julirevolution von 1830 die »Julisäule« errichtet.

16 Ludwig Börne (1786–1837), Schriftsteller des »Jungen Deutschland«. In seinen »Briefen aus Paris« (1832–34) folgert er aus den Ereignissen während und nach der Julirevolution die Notwendigkeit einer Revolution in Deutschland. Sein Grab liegt auf der höchsten Erhebung des Père Lachaise.

148.
Georg Weerth an Wilhelmine Weerth

Verviers, 14. Juli 1846

Liebe Mutter!

Deinen Brief vom 19. Juni fand ich s[eine]r Z[ei]t in Amiens vor und ließ Dir bereits durch Wilhelm dafür danken. An W[ilhelm] schrieb ich unter Deiner Adresse und erzählte ihm von meiner Reise nach Paris, was er Dir hoffentlich mitgeteilt hat, so daß ich es also nicht zu wiederholen brauche. Es freute mich sehr, daß es Dir bisher wohl ging – von der Hitze werdet Ihr wahrscheinlich aber ebensosehr leiden wie die ganze übrige Welt.

Man kann sich aber das gut gefallen lassen, wenn man bedenkt, daß wir eine gute Ernte dadurch erhalten werden, die uns dies Jahr wirklich nötig ist. Hier im Lande sind die meisten Felder schon gemäht.

Recht sehr bedauere ich, daß Fräulein Escher wieder in Brüssel war, während ich an einem andern Orte herumfuhr; – künftig wird man auf der Brüsseler Post indes stets meine Adresse wissen, da ich mir nächstens ein festes Logis nehme, wohin auch dann meine Briefe adressiert werden. – Bei dem Mons[ieur] Lanois kann ich nämlich meines Handels wegen nicht gut länger bleiben. – In meinem nächsten Brief gebe ich Dir die künftige Adresse auf. Daß Ferdinand jetzt weitere Reisen macht, ist mir sehr lieb; grüße ihn von mir und sage ihm, daß er bald von mir etwas hören würde – ich habe ihm lange nichts geschrieben.

Von Euern Festlichkeiten in Detmold las ich in der »Kölnischen Zeitung«, – in Deutschland singt und pfeift man genug – daran fehlt es nicht.

Von Paris zurückgekehrt, blieb ich einige Tage in Brüssel und reiste dann wieder hierher, wo ich bereits seit einer Woche tätig bin.

Gestern und vorgestern war ich aber in Köln, wo ich nur einige frühere Bekannte vorfand – viele sind gestorben, andre verdorben – der Rest verschollen. Indes stellen sich immer neue Menschen ein – und so habe ich denn wieder einmal einen lustigen Abend im »Prinz Carl« in Deutz unter den Linden am Rhein verlebt – an demselben Orte, wo Du mit Wilhelm in jenem Sommer standest, als Ferdinand und ich über den Rhein kamen, um Dich zu empfangen.

Köln kam mir jetzt bei weitem nicht mehr so interessant wie früher vor – ich gebe nicht viel mehr auf die alten Legenden und den ganzen heiligen altkölnischen Rumpelkammerkram, der mich weiland so sehr ergötzte.

Der Dom sieht mit seinen Gerüsten sehr schlotterig aus – die Eau-de-

Cologne-Flaschen stehen noch immer sehnsüchtig hinter den Fenstern des Herrn Farina – die Glocken bimmeln und leiern – der Rhein fließt sacht und züchtig an der Stadt vorüber – alles wie sonst – ich entfernte mich bald wieder. – Der alte Cramer soll tot sein. – Trinchen hat geheuratet – und ähnliche Neuigkeiten. –

In Aachen kannst Du jetzt das Hemd der heiligen Jungfrau besehen. Die Straßen waren gestern fast gesperrt durch fromme Bauern, und die Eisenbahn mußte ihr Bestes tun.

Glücklicherweise ist man aber in Belgien vorsichtiger, wie die leichten Franzosen es kürzlich gewesen sind – nämlich mit der Eisenbahn. Aber alle Sachen wollen gelernt sein.

In kurzem schreibe ich Dir wieder; – grüße inzwischen alles, was mir lieb ist, und lasse bald etwas von Dir hören. –

Mit allem Vergnügen grüßt Dich aufs herzlichste

Dein Georg.

149.

Georg Weerth an Wilhelmine Weerth

Bruxelles, 7. August 1846

Liebe Mutter!

Ich habe so lange nichts von Dir gehört, daß ich einmal anfragen muß, ob es Dir und allen übrigen auch noch wohl geht. Hoffentlich höre ich bald etwas von Dir.

Mir ging es so gut, wie es einem Menschen in dieser furchtbaren Hitze gehen kann. Seit ich von Verviers und Lüttich zurückkehrte, wohne ich in Nr. 140, rue Royale, Bruxelles – ein Quartier, was nur 5 Frs. per Monat teurer ist als meine alte Wohnung, aber zehnmal besser, als diese war. Es ist dies nämlich im eigentlichsten Sinne des Worts die most fashionable Partie der Stadt; – oben auf der Höhe nahe bei dem Park – 20 Schritt von den Boulevards – enfin, ich konnte zufälligerweise das Nützliche mit dem Angenehmen so sehr verbinden, daß ich mich jetzt ganz zu Hause fühle. – Vor dem Winter reise ich noch einmal nach Holland. Adressiere Deine Briefe in Zukunft nun immer: G. Weerth, Nr. 140, rue Royale, Bruxelles.

Bei dieser Hitze tut es einem wirklich leid, nicht an einem größern Strom zu wohnen, wir haben hier nur ein sehr kleines Kühlfaß. – Die meisten meiner hies[igen] Bekannten sind nach Ostende. – Ich habe indes von der Maas profitiert, als ich in Lüttich war.

Da ich Dir schon zweimal schrieb, so will ich erst Deine weitern Briefe abwarten.

Ich bin daher kurz, aber süß – short and sweet, wie die Engländer sagen – und grüße Dich inzwischen aufs allerherzlichste.

Dein Georg.

150.

Wilhelmine Weerth an Georg Weerth (Hinweis)

Detm[old], 14.8.1846

[Die Mutter berichtet von einem kleinen Erdbeben, das auch in Detmold zu merken gewesen sei. Zum Schluß fragt sie, wie es dieses Jahr mit den Kartoffeln stehe. In Detmold sei es wieder nicht zum besten damit. Sie hofft aber, daß es nicht so schlimm werde wie im vorigen Jahr. Schließlich erwähnt sie noch die böse Geschichte Runnenbergs, dessen Sache wohl mit dem Zuchthaus enden werde.]

151.

Georg Weerth an Wilhelmine Weerth

Utrecht, 5. [und Amsterdam, 7.] September 1846

Liebe Mutter!

Ich sitze heute auf demselben Zimmmer in Utrecht im Château d'Anvers, von wo aus ich Dir im letzten April einmal schrieb; damals in der Nacht – heute am hellen Mittag – die Sonne scheint in die Fenster hinein – auf der

Straße, am Wasser, lachen die vergnügten Holländerinnen – in weißen Strümpfen – in schwarzen Unterröcken und rosaroten Jüppchens – ein fettes, reinliches Volk, wenig graziös, aber sehr gesund. Die Frauen sind schön in Holland – die Männer häßlich; in Belgien ist es gerade umgekehrt. – In Rotterdam soll es 60 000 Weiber mehr als Männer geben. –

Für Deinen Brief vom 14. ult[im]o danke ich Dir sehr – ich erhielt ihn in Brüssel gerade vor meiner Abreise – ich war seitdem in Antwerpen, Bois-le-Duc, Nijmegen, Arnhem, Deventer, Zutphen, Enschede, Almelo, heute in Utrecht – heute abend bin ich in Amsterdam.

Mit dem Geschäft ging es gut; – ich habe ziemlich viel verkauft. – In Rotterdam werde ich Deine alten Freunde aufsuchen. Daß der alte Pieper Geld schickt, ist sehr gut und vernünftig von ihm – so etwas läßt sich sehr brauchen.

Daß Ihr jetzt an Erdbeben leidet, ist wirklich allerliebst. Ich las es schon im Pariser »Charivari« – da hieß es: ja, daß die Erde in Neapel und Palermo zittere, das sei etwas ganz Natürliches, daß es dergleichen aber auch in Lippe-Lippe-Detmold und in Schwarzbrot-Sondershausen[1] gebe, – nein – das sei wirklich ridicule.

Dies Jahr ist wirklich ein sehr seltsames. Der Wein am Rhein wird besser wie der Elfer – und man bekommt mehr als je zuvor. – Überall werden die Fässer aufgekauft, alle Küfer sind beschäftigt – man weiß im eigentlichsten Sinne des Wortes nicht, wo man alles Glück lassen soll. Nächstes Jahr wollen wir uns ein Stückfaß kaufen.

Die Winzer können sich freuen – aber:

Da kommen die Handelsleute[2]
Herüber aus aller Welt:
»Wir nehmen ein Drittel der Ernte
Für unser geliehenes Geld!«

Da kommen die Herren Beamten
Aus Koblenz und aus Köln:
»Das zweite Drittel gehöret
Dem Staat an Steuer und Zölln!«

Das dritte Drittel gehört aber diesmal den Bauern – gewöhnlich läßt es ihnen Zeus Kronion verhageln. –

Amsterdam, 7. September 1846

Gestern fuhr ich über das IJ nach Zaandam und besah mir einmal die Hütte Peters des Großen von Rußland.[3]

Man kann sich allerlei bei dieser Hütte denken, und das will ich auch nächstens tun, augenblicklich habe ich keine Zeit dazu, da mich die Amsterdamer Juden zu sehr in Anspruch nehmen. – Ich habe die Juden sehr lieb – das sind entschiedene Leute – was sie sind, sind sie vollkommen. – Es gibt keine halben Juden – ach, die christlichen Germanen können viel von ihnen lernen.

Ein Mann aus Bonn erzählte mir gestern, daß Julius Weerth ein Fräulein Tendering[4] heirate – erst 16–17 Jahre alt, die eben aus der Pension aus der Schweiz komme. Dies scheint die jüngste zu sein – die zweite heiratete Gustav Peill, soviel ich weiß – die älteste ist Lina in Berlin, ich denke. Will unser teurer Wilhelm denn noch lange warten? – Ist die Lina denn wirklich so kränklich? Wenn Wilhelm nicht bald macht, so gehe ich nach Berlin – sage ihm dies auf jeden Fall!!! – Er ist ein Tor, wenn er die Lina nicht freit.

Jetzt ist Kirmes hier in Amsterdam, was schrecklich schön sein soll – ich habe es noch nicht erfahren. –

Die Hitze ist noch immer sehr groß hier – die Abende sind herrlich – gestern flammten zwei Gewitter gerade über der See, und die Wellen schienen in Feuer aufzugehn.

Ich bin so sehr geplagt, daß ich keine Zeit mehr zum Schreiben habe – aber nächstens mehr!

Den herzlichsten Gruß

Deines Georg.

1 Ironisch für Schwarzburg-Sonderhausen.

2 Weerth zitiert hier die Strophen II und III seines Gedichts »Die Winzer«, das sich auch in der Handschrift der »Gedichte« befindet. Friedrich Engels besorgte den Erstdruck dieses Gedichts aus dem Nachlaß von Karl Marx im Zürcher »Sozialdemokrat« vom 12. Juli 1883. Dort hat das Gedicht die Überschrift »Die rheinischen Weinbauern«. Vgl. dazu SW, Bd. 1, S. 195, und Gedichte, S. 97, und die dazu gehörenden Anmerkungen.

3 Peter der Große (1672–1725), Zar von Rußland, hielt sich 1697/98 inkognito in Holland auf, um den Schiffsbau zu studieren. Die Hütte befindet sich in Zaandam.

4 Julius war einer der Söhne des Kommerzienrates aus'm Weerth; er wurde Gutsbesitzer und Pferdezüchter und heiratete Bertha Tendering. Bertha hatte noch 3 Schwestern: Louise, die Gustav Peill heiratete, Lina, die den Verleger Franz Duncker heiratete, und Betty, die den Brauereibesitzer Heinrich Tigler heiratete, nachdem sie Georg Weerth und Gottfried Keller abgewiesen hatte. Weerth hat die hier erwähnte Episode in seinem »Romanfragment« verarbeitet.

152.

Wilhelmine Weerth an Georg Weerth (Auszug)

Detm[old], [Mitte] Oktober 1846

[Die Mutter berichtet, daß inzwischen auch ein Brief an Carl angekommen sei, wofür beide danken. Die Mutter fügt hinzu:]

er hätte indes auch lieber noch mehr von Dir selbst als von der Politik gehört – obgleich er *wohl* ein Politiker ist und mit Leib und und Seel zu der Holsteiner[2] Adresse mitgewirkt hat. – Du wirst doch wissen, daß Lippe mit zu den ersten gehörte? Ja – ja! Wir bleiben in *nichts* zurück! Der Himmel verhüte nur, daß es nicht einmal gilt, Habe oder Leben dafür in die Schanze zu schlagen!!

[Im weiteren erzählt sie davon, daß Runnenberg aus dem Strafwerkhaus entflohen sei.]

1 Auf der Umschlagseite ist ein Poststempel mit der Datumsangabe: »Bruxelles, 19. Okt.«.

2 Anlaß war der »Offene Brief« (8.7.1846) des dänischen Königs Christian VII., der die dänische Forderung der Unteilbarkeit des dänischen Gesamtstaats bekräftigte (und damit eine Trennung Schleswigs vom zum »Deutschen Bund« gehörenden Holstein), wogegen das deutsche Nationalgefühl stand. Die öffentliche Meinung Deutschlands trat auf die Seite der Herzogtümer, die eine Aufnahme auch Schleswigs zum »Deutschen Bund« forderten.

153.

Georg Weerth an Wilhelm Weerth

Bruxelles, 18. November 1846

Lieber Wilhelm!

Zuerst meinen Gruß!
Zweitens meine Gratulation!

Und drittens die Versicherung, daß ich mich über die oben erhaltene Nachricht[1] von ganzem Herzen freue. Du hast das beste getan, was Du auf Erden tun kannst, und ich gebe Dir meinen vollständigen Segen! Amen.

Es versteht sich ganz von selbst, daß ich mich seinerzeit in dem teuern Vaterlande einfinde; ich wollte, daß ich Dich auch bald in derselben Angelegenheit hierher zitieren könnte, denn es ist sehr verwerflich, daß der Mensch so allein ist – man ist ein kompletter Esel ohne eine schöne Frau – ein abgeschmacktes Verhältnis, ohne Weib zu sein – liederlich, trostlos, kalt, unfreundlich – genug, Du bist ein vernünftiger Mensch, und Du mußt Deine Braut von mir grüßen und ihr erklären, daß ich sie von Stund an liebe, weil sie, erstens, ein Frauenzimmer ist und weil sie Dich, zweitens, liebt und so weiter – es ist alles einerlei – aber ich freue mich sehr über die Geschichte. – Sorge gut dafür, daß wir eine fidele Blomberger Rasse bekommen, und wenn Du ein schönes Weib für mich findest, so teile es gleich mit, – hier gibt es wenige.

Ich muß Dir überhaupt gestehen, daß unsre deutschen Kinder gar nicht übel sind. Die Französinnen haben das verdammt fidele Blut, was sie so liebenswürdig macht, sonst habe ich doch auch nicht viel Schönes in Paris gesehn. Belgien ist komplett arm an Schönheiten, nur meine Doktorin gefällt mir sehr gut; – in Holland haben sie große Füße – in England findest Du indes viel Interessantes, namentlich in den Agrikulturdistrikten, wo patriarchalische Sitten noch einen wohltuenden Einfluß auf Gemüt und Glieder haben.

Deine Handwerkerschulen sind sehr praktisch. Volkserziehung ist die Basis für eine neue Welt. All das dumme Geschwätz, was jetzt in der Welt los ist, hilft zu nichts. Dies praktische und reelle Einwirken auf den tiers état kann uns einzig und allein weiterbringen. Während das heutige Geld- und Handelswesen die Völker auf der einen Seite total demoralisiert, bringt das Fortschreiten der Wissenschaft die Sache auf der andern Seite kaum wieder ins Gleise, da sie bisher ja nur so wenigen zugänglich war; die Geschichte ändert sich aber mit jedem Tage. In England und Frankreich haben die untern Volksklassen, trotz aller Vernachlässigung von oben her, durch ihre politische Stellung unwillkürlich einige Fortschritte gemacht und sind mitunter viel gebildeter als die Bourgeoisie. In Belgien ist man eben damit beschäftigt, den Volksunterricht aus den Händen der Jesuiten zu reißen, so daß auch hier die Sache besser werden wird. In Deutschland lernen die Kinder gewiß mehr als in allen andern Ländern, da sie aber durch die politische Nullität ihres Vaterlandes in reiferen Jahren sehr selten in den Fall kommen, von dem, was sie gelernt haben, auch außerhalb eines engen Familien- oder Geschäftskreises Gebrauch zu machen, so verfallen sie eben nur zu leicht in jenen bleiernen Schlaf einer kümmerlichen, unenergischen, hausbackenen Tätigkeit. Diese Handwerksschulen sind daher ein herrlicher Ersatz für politisches Leben, was, wenn es einmal da ist, auch die traurigsten Subjekte der Gesellschaft aufrüttelt und für manches empfänglich macht. Ich erzählte dem hier wohnenden, bekannten Marx von Deiner Tätigkeit in diesem Punkte, und er freute sich sehr darüber. Marx wird gewissermaßen für den Chef der kommunistischen Partei gehalten. Viele der soi-disant Kommunisten und Sozialisten würden sich aber sehr wundern, wenn sie über die Tätigkeit dieses Menschen genauer Bescheid wüßten.[2] Marx arbeitet nämlich Tag und Nacht darauf hin, den Handwerkern in Amerika, Frankreich, Deutschland usw. ihre verrückten Systeme auszupauken, indem er sie auf das Studieren gegenwärtiger Verhältnisse hinweist. Bei den Arbeitern in London ist ihm dies schon durch persönliches Auftreten gelungen, und wenn die Sache sich ferner gut macht, so werden auch die Deutschen bald ihre bisherigen Agitatoren und kommunistischen Helden zum Teufel jagen.

Für die deutschen Handwerkerschulen und Lohnvereine wäre es natürlich sehr gut, wenn man populär geschriebene Bücher über Nationalökonomie, über Handel, Industrie und dergleichen hätte, wie sie zu Tausenden in England und Frankreich existieren. Marx wußte mir indes nichts in deutscher Sprache zu empfehlen und versicherte mir, daß fast nichts darin existiere; übrigens behalte ich die Sache im Auge, wozu indes hier nicht viel Gelegenheit ist. – Englische und französische Sachen kann ich Dir schicken, da ich darin selbst manches besitze.

Wenn Du selbst einmal etwas Interessantes lesen willst, so empfehle ich Dir »Cours de l'économie politique« von Blanqui,[3] was auch ins Deutsche übersetzt ist. In französischer Sprache kann ich es Dir von hier schicken.

Dies Buch würde Dich jedenfalls interessieren. Handel und Industrie alter und neuer Zeiten sind darin ausführlich und hübsch besprochen. Geldwesen, Armenwesen, Bankwesen, Schiffahrt, kurz alles, was heutzutage die Welt in Bewegung setzt; und namentlich solche Sachen wären ja auch dazu geeignet, um wieder bei den Handwerkern Vorträge darüber zu halten. Über englisches Armenwesen habe ich Ende September in der Kölner Zeitung einen größern Aufsatz[4] gegeben.

Um Dir mein jetziges Leben in etwa zu schildern, will ich meine Handelsgeschichten fallen lassen, da Dir dies schon bekannt ist und da ich auch heute wieder an die Mutter darüber schrieb. Die kaufmännischen Sachen beschäftigen mich hier nämlich nur sehr kurze Zeit, da ich in Brüssel selbst wenig Kunden habe und die allenfallsige Korrespondenz sehr rasch beseitigen kann. Womit also die überflüssige Zeit ausfüllen? Bisher, d.h. in Deutschland und die erste Zeit in England, geschah dies dadurch, daß ich Gedichte[5] machte. Aber das hörte bald auf. Die praktischen Sachen bekamen bald die Oberhand, und in den letzten 14 Monaten trieb ich in England nur Ökonomie und Geschichte.[6] – Manche Sachen, die mir noch nicht klar wurden, lernte ich, als ich dann nach Brüssel ging, durch das Zusammensein mit Marx, Engels und andern Leuten.

Marx ist aber seit kurzem so sehr in seinen Arbeiten[7] versunken, daß ich ihn selten mehr sehe; – Engels ging nach Paris,[8] und mit den meisten andern brach ich total, da ich sie für Dummköpfe und Phantasten hielt.

Ich bin also seit einiger Zeit sehr allein. – Die Studien, die ich in England machte, habe ich dadurch abgeschlossen, daß ich entweder einiges in Zeitungen oder Zeitschriften publizierte oder manches nur so ausarbeitete, daß ich es bei der ersten Gelegenheit wieder benutzen kann. Alles dies bezog sich nur auf Handel, Industrie und Geschichte; ich führte es bis zum Jahre 42 durch und halte mich nun durch Zeitunglesen über das Weitere unterrichtet.

Nachdem dies geschehen, gab ich mich einmal an französische Romane, die ich bisher nie zu Gesichte bekam. Die Romanliteratur ist im höchsten Grade wichtig; – die Franzosen sind Matadore darin, und wenn man in Deutschland sagt, daß selten Kunstwerke von den Franzosen darin geschaffen werden, so irrt man sich gewaltig. Das ist aber nur Nebensache; – die Hauptsache ist, daß der neuere französische Roman treu die jetzige Gesellschaft widerspiegelt und daß man in ihm nur in angenehmerem Gewande das noch einmal liest, was man entweder selbst schon im Leben gesehen hat oder durch das Studieren der Geschichte und der Nationalökonomie erfuhr. Romane wie »César Birotteau« von Balzac,[9] »L'homme et l'argent« von Émile Souvestre,[10] »Indiana« von George Sand[11] und ähnliche Sachen sollte jeder lesen. Mit den Romanen habe ich nun auch wieder eine Pause gemacht und mich dran gegeben, die deutsche Bourgeoisie etwas zu schildern,[12] indem ich den alten Weerth in Bonn als einen der besten Exemplare namentlich ins Gedächtnis zurückrief. Der erste Teil dieses Manuskripts[13] ist bereits zum Druck abgegangen – ich schreibe jetzt alles ohne meinen Namen – der Rest befindet sich noch hier und wird eifrig von mir fortgesetzt. Dies hat nun in den letzten Wochen meine freie Zeit ausgefüllt. Die vorigen Tage, wo ich nach einer Reise in Holland wieder ganze Tage frei hatte, dachte ich mal daran, ob ich nicht einen Band Gedichte[14] herausgeben sollte. – Du mußt wissen, daß ich schon so viel dummes Zeug schrieb, daß ich mich einmal einen ganzen Abend in Yorkshire am Brande meiner Manuskripte wärmen konnte. Ich hielt das Beste zurück und schrieb es jetzt ab. Es ist ein vollständiger Band, aber nachdem ich mir die Sache wieder überlegt habe, ziehe ich es vor, mit dem Publizieren noch ein paar Jahre zu warten, um zu sehen, wie ich dann darüber denke. –

Durch derartige Sachen fülle ich meine freie Zeit gut aus, gehe mit wenig Leuten um, mache wenig mit und brauche deswegen nicht so sehr viel Geld, was auch nötig ist, da mein Geschäft noch nicht genug abwirft.

Bessert sich dies, so habe ich natürlich auch mehr kaufmännische Arbeit, und inwieweit dann literarische Arbeiten zurückstehen, das wird sich dann finden.

Ein für allemal habe ich es mir zum System gemacht, daß der praktische kaufmännische Gelderwerb die Oberhand bei mir behält und daß sich danach das andere richtet.

Auf diese Weise hoffe ich mich vor der Lumperei zu bewahren und dann auch noch hinlängliche Muße für Liebhabereien zu finden.

Sieh, da hast Du den ganzen Bettel, und nimm mir nicht übel, daß ich so weitläuftig bin, – Du hast es aber gewünscht.

Unser Freund Püttmann lebt im größesten Pech bei Konstanz mit Frau und acht Kindern, man hat ihn vielfach unterstützt, da er aber nur sehr mittelmäßiges Zeug schreibt, so haben ihn viele ganz aufgegeben. Er gibt jetzt eine Zeitschrift »Prometheus«[15] heraus. –

Marx arbeitet an seiner Geschichte der Nationalökonomie[16] wie rasend – dieser Mensch schläft seit mehreren Jahren nur noch etwa 4 Stunden jede Nacht. Engels publiziert nächstens eine Broschüre über deutschen Jammer,[17] von der ich Dir ein Exemplar besorgen werde. Freiligrath soll in London sein, läßt aber aus guten Gründen nichts von sich hören, da ihn die hiesigen Leute zu freundschaftlich behandelt haben.

Sein letztes Gedicht in der »Kölnischen Zeitung«,[18] die armen literarischen Proletarier betreffend, ist wirklich so abgeschmackt, daß ich fast glaube, daß all sein Witz zum Henker gegangen ist. Heine in Paris wurde vom Schlag gerührt, ist an einer Seite gelähmt und sieht nur noch mit einem Auge – er arbeitet aber wie ein Pferd, schreibt ein Werk über die Saint-Simonisten, zu denen er einst selbst gehörte; und ein anderes über die Lichtfreunde.[19]

Da hast Du also auch noch Neuigkeiten.

Im Wollhandel ist es augenblicklich flau. Preise hoch – keine Käufer – lauter Widersprüche, es ist zum Tollwerden!

Doch noch ein Witz. Heine geht vor einiger Zeit zu Rothschild in Paris und sagt ihm, glaub' ich, daß er (Heine) kein Geld habe – R. sagt ihm, er möge seinen Namen auf eine Liste schreiben, die er ihm vorlegt. Heine tut dies, und nach 14 Tagen schickt ihm R. 20 Tausend Francs. – Die Liste hatte auf eine Eisenbahnspekulation Bezug – R. hatte für den Poeten spekuliert und wie immer gewonnen. Dies aber entre nous.

Es ist schon sehr spät. – Herzliches Lebewohl.

Dein Georg.

Der Pastor Becker erzählte mir, daß in Köln eine große protestantische Kirche gebaut werde und daß man einen dritten Pastor anstellen wolle, der mit den beiden andern auf gleichen Fuß gestellt werde. – 1500 Taler Gehalt, wie ich glaube.

1 Wilhelm Weerth hatte sich mit Auguste Reinold verlobt.
2 Weerth spielt hier auf die Abgrenzungen an, die Marx gegenüber andern Gruppierungen wie den »wahren« Sozialisten und den utopischen Sozialisten und dem Handwerkerkommunismus vornahm, die aber noch nicht publiziert waren.
3 Adolphe Jérôme Blanqui (1798–1854), Historiker, veröffentlichte 1838 die »Histoire de l'économie en Europe«.
4 Gemeint ist der Artikel »Das englische Armenwesen«, der in der »Kölnischen Zeitung« (Nr. 273 vom 30.9.1846) erschienen war. Später wurde der Artikel leicht geändert für das Kapitel XI der »Skizzen aus dem sozialen und politischen Leben der Briten«.
5 Im November 1846 schreibt Weerth in einem Heft 97 Gedichte auf 194 Seiten ab. Die dort abgeschriebenen Gedichte sind aber früher geschrieben. Im Jahr 1846 selbst hat er sich wenig um Gedichte gekümmert.
6 Den Niederschlag dieses Studiums stellen vor allem seine Berichte aus England dar, die Weerth in das Werk »Skizzen aus dem sozialen und politischen Leben der Briten« aufnimmt.
7 Marx arbeitete Ende 1846 und Anfang 1847 vor allem an der »Deutschen Ideologie« und dem »Elend der Philosophie. Antwort auf Proudhons ›Philosophie des Elends‹«.
8 Im August 1846 war Engels nach Paris übergesiedelt.
9 Honoré de Balzac (1799–1850), berühmter französischer Romancier. In mehr als 40 Bänden schildert er die durch die Französische Revolution aus den Fugen geratene französische Gesellschaft und den Aufstieg des Bürgertums. »L'homme et l'argent« erschien 1839.
10 Émile Souvestre (1806–1854), französischer Romanschriftsteller, dessen Werke sich mit der bretonischen Heimat des Autors beschäftigen, zum Teil auch mit sozialen Problemen. »César Birotteau« erschien 1837.
11 George Sand (1804–1876), französische Romanschriftstellerin, die sich ab 1846 politischen und sozialen Ideen zuwandte und die Revolution von 1848 aktiv unterstützte. Der frühe Roman »Indiana« erschien 1832.
12 Gemeint sind die »Humoristischen Skizzen aus dem deutschen Handelsleben«.
13 Der Druck der ersten Kapitel kam aber nicht zustande; die Kapitel I bis IV sind dann erst Ende 1847, Anfang 1848 erschienen. Vgl. HS, S. 143.
14 Vgl. Anm. 5.
15 Erschien nur kurze Zeit.
16 Gemeint ist wohl die Schrift »Das Elend der Philosophie. Antwort auf Proudhons ›Philosophie des Elends‹«, die er zwischen Dezember 1846 und April 1847 verfaßt hat.
17 Engels schrieb in den Jahren 1845–47 Aufsätze über die Zustände in Deutschland, die im »Northern Star« erschienen; eine Sammlung der Aufsätze in einem Buch hat nicht stattgefunden.
18 »Requiescat!« Auch Engels kritisiert Freiligrath heftig in seiner Schrift »Die wahren Sozialisten« (MEW, Bd. 4, S. 279–281).
19 Alle hier gemachten Mitteilungen stimmen nicht.

154.

Georg Weerth an Wilhelmine Weerth

Brüssel, 18. November 1846

Liebe Mutter!

Zu meinem großen Schrecken bemerke ich, daß ich Dir seit viel länger nicht geschrieben habe, als ich dachte, und das ist natürlich sehr unrecht, namentlich da ich Zeit genug dazu hatte. Mein Leben ist seitdem aber so regelmäßig und bedeutungslos hingelaufen, daß ich eigentlich nichts Neues zu erzählen hatte. – Seit ich Dir zuletzt schrieb, war ich wieder einmal in Holland, Brabant, Flandern, Limburg usw., aber nur in kurzen Touren, von denen ich gleich wieder nach Brüssel zurückkehrte. Hier erhielt ich s[eine]r Z[ei]t auch Deinen Brief vom Oktober und danke Dir für alle Mitteilungen. Vorgestern schrieb mir auch Wilhelm, und ich kann Dir versichern, daß mir seine Heiratsgeschichte großen Spaß macht. Ich bin davon überzeugt, daß er so recht vernünftig gewählt hat; – ein Pastor muß vor allen Dingen eine Frau haben, – es ist überhaupt schrecklich, keine zu haben – und Wilhelm wird sich wahrscheinlich in Zukunft noch einmal so confortable fühlen. Meine alte Wirtin in Yorkshire bedauerte immer, daß ich nicht verheiratet sei – sie stellte mir sogar einmal ein blondes kleines Menschenkind vor und versicherte mir dabei, daß die Frau der größeste Komfort für den Mann sei. Ich trieb aber damals gerade großbritannische Statistik und war ein kompletter Bär. Genug, es freut mich, als wenn ich der Vikar von Wakefield wäre, daß Wilhelm endlich so weit in der Kultur fortgeschritten ist, und hoffe nur, daß Carl sich ebenfalls bald bedenken wird. Da ich die irdischen Güter mit jedem Tage, als guter Kaufmann, mehr schätzen lerne, so wünsche ich natürlich, daß Carl auch in diesem Punkte sehr glücklich sein möge, um seinen gehörigen Luxus in Luftpumpen, Elektrisiermaschinen und ähnlichen Apparaten entwickeln zu können, denn ohne das würde er sich vielleicht bei der schönsten Frau dennoch nicht heimisch fühlen.

Aber ich schreibe lauter dummes Zeug. – Grüße alle herzlich von mir, und laß Wilhelm den einl[iegenden] Brief recht bald zukommen, – es ist auch ein Brief an die von mir aufs innigste geliebte, verehrte und gefeierte Braut darin.

Ich habe hier jetzt viel mit jungen Ehepaaren zu tun. Gestern war ich den ganzen Abend bei dem Pastor Becker, der eine sehr fidele Frau hat, die ihren Mann sehr zu seinem Vorteil verändert zu haben scheint; denn auch Becker ist viel lustiger und angenehmer geworden. Sie erzählten mir ihre ganze Liebesgeschichte – das Mädchen besucht den Pastor nämlich auf ihrer Durchreise in Brüssel als einen weitläuftigen Anverwandten. Sie gehen einen Tag lang hier spazieren, ohne sich früher je gesehen zu haben, und am zweiten Tage essen sie zusammen im Hôtel de Saxe – in Gesellschaft von wenigstens 30 Menschen, und Becker macht da in vollem Ernst seinen Heiratsantrag; während dem Essen, – ohne eigentlich zu wissen, wer die junge Person sei. – Das war für den trocknen Pastor jedenfalls originell genug. Die Menschen scheinen recht glücklich zu sein. Becker hat einen sehr hübschen Posten. –

Becker erzählte mir auch, daß in Köln jetzt eine große protestantische Kirche gebaut werde – und daß man einen dritten Prediger anstellen wolle, der 1500 Taler Gehalt bekomme. Ich teile Dir dies für den Fall mit, daß sich jemand darum bewerben will; – ich weiß aber nichts Näheres; – die 3 Prediger sollen in Köln aber auf denselben Fuß gestellt werden.

An Ferdinand schrieb ich vor kurzem und hoffe, nun bald direkt von ihm zu hören, wie es mit seinen guten Aussichten geworden ist.

Meine Handesgeschichten gehen noch nicht so gut, wie ich es wünsche; neulich war aber ein Bradforder Chef bei mir, der sehr zufrieden war. Die Hauptsache ist aber, daß ich noch nicht genug Geld verdiene. Das läßt sich aber nicht so schnell zwingen, denn bei dem ungeheuern Felde, was ich bearbeite, gehört einige Zeit dazu, ehe man an das rechte Exploitieren kommt. Ist die Sache aber einmal in rechtem Zuge, so denke ich, dreimal mehr wie früher zu verdienen.

Mein Geschäft nach Holland hat sich von vornherein sehr schön gemacht; – hier in Belgien ging es aber noch dürftig, woran indes auch manche schlechte Geschäftskonjunktur schuld ist.

Sobald dieser Punkt sich ein klein wenig bessert, werde ich schon zufrieden sein, denn übrigens ist meine Stellung ja so frei und unabhängig, wie ich sie wünschen kann. Die Bradforder haben mir jetzt sogar erklärt, daß ich wegen meiner Reisen künftig gar nicht mehr bei ihnen anfragen soll. Ich soll nach Paris, Amsterdam, Köln oder hinreisen, wohin ich will, und Geschäfte machen; es ist mir alles überlassen, und ich kann auf der Reise so viel ausgeben, wie ein vernünftiger Mensch gebraucht. Aber nun müssen denn auch Geschäfte gemacht werden, und die kann man leider nicht immer aus dem Boden stampfen. Die Emanuels in Bradford sind aber prächtige Leute; sie haben viel Geld und viele Kenntnisse, und sie unterstützen mich sehr im Geschäft. Ich hätte nicht leicht ein besseres Haus finden können.

Ich war schon damit beschäftigt, ein Porträt für Dich anfertigen zu lassen; es soll aber jetzt unterbleiben; denn es ist doch möglich, daß ich im nächsten Jahr einmal nach Detmold gehe, und Quentell kann dann ebensogut wie ein andrer seine Kunst an mir probieren. Übrigens komme ich auf meiner holländischen Reise oft so sehr in Deine Nähe, daß ich z. B. in 8 Stunden nach Münster fahren könnte; – neulich war ich auch wieder in Aachen.

Was ich aber immer gewünscht habe, das ist, daß Du einmal hierher kämst. Die Sache ist sehr leicht zu machen. Die Reise nach Köln kennst Du; und von Köln fährst Du in einem kleinen Tage mit aller Gemächlichkeit auf der Eisenbahn hierher. Ich hole Dich dann etwa in Köln ab, und Du besiehst Dir das schöne Brüssel einmal. Ich suche Dir eine hübsche Wohnung; wir essen zusammen im Café des Arts, tête de veau à tortue, soupe aux fines herbes, boeuf aux champignons usw., und wir werden uns sehr gut amüsieren. Du hast 5 Theater, eine Kunstreitergesellschaft, die Frau Pastorin Bekker, die Doktorin Breyer, die Frau Marx, den Botanischen Garten, den Park, vortreffliches Eis den ganzen Sommer, Musik an allen Ecken, Pferderennen und die Promenaden auf den Boulevards, kurz alles, was Dein Herz verlangt und nicht verlangt; – und mich hast Du vor allen Dingen.

Wenn die Reduktion der amerikanischen Zölle ihre Wirkung nicht verfehlt oder die Freihandels-Partei hier in Belgien den Sieg davonträgt, so hoffe ich, in kurzem ein reicher Mann zu werden, und wir können dann die schönsten Pläne in Erfüllung gehen lassen. Es ist nämlich wirklich so, daß meine größere oder kleinere Existenz im eigentlichen Sinne des Wortes von diesen großen politischen und kommerziellen Ereignissen der Welt abhängt, worauf ich mir natürlich nicht wenig einbilde.

Handel und Industrie ist wirklich heutzutage das interessanteste Thema der Welt; bisher habe ich mich leider noch immer nicht genug darin versenken können; meine Liebe zur Literatur ist noch immer sehr groß, und ich konnte mich noch nicht davon lossagen, was eigentlich nötig wäre. Aber so sind wir Menschen; wir tuen vieles, was wir gar nicht nötig hätten, und leider habe ich mich auch schon oft auslachen müssen, wenn ich an die Vergangenheit dachte.

Doch nun leb wohl, liebe Mutter; – es geht Dir hoffentlich wohl; – schreib mir recht bald, und freue Dich über Deine junge Braut!

Ich wünsche Euch allen Glück und Spaß des Lebens, wenig ernsten Verdruß und Liebe zu allen Zeiten.

Von ganzem Herzen

Dein Georg.

155.
Georg Weerth an Auguste Reinold

Brüssel, 18. November 1846

Liebe Auguste!

Ich rede Dich ganz so an, als ob wir alte Bekannte wären; aber das wirst Du mir gewiß verzeihen, wenn ich Dir versichere, daß ich mich recht herzlich über einen Brief freute, den ich dieser Tage von Wilhelm erhielt und in welchem er mir viele schöne Sachen von Dir erzählt hat. Nichts wäre mir jetzt lieber, als wenn ich Euch beide einmal sehen könnte. Du mußt mir daher erlauben, daß ich Brüssel bald einmal verlasse, um Dir in Detmold meine Aufwartung zu machen, in dem kleinen, schönen Detmold, wo ich so viele Menschen wohnen habe, die mir lieb und wert sind, und an das ich jetzt doppelt fleißig denke, da ich auch Dich dort mit meinen Gedanken aufsuchen kann. Wir reisen dann zusammen nach Blomberg, der Blume aller Städte unsres Vaterlandes; Du zeigst mir den Ort, wo Du geboren bist, Du machst mich mit Deiner Mutter bekannt. Du erklärst mir den Ort und die Stelle, wo Du zuerst gespielt und Dich gefreut hast, wo Deine Blumen standen – denn Blumen liebst Du gewiß, wo Du die Sonne auf- und untergehn sahst, und alles muß ich wissen, damit ich gleich ganz mit Dir bekannt und vertraut werde, und in meinem Leben will ich nicht wieder vergessen, was Du mir erzählt hast.

Ich bin früher schon einmal in Blomberg gewesen und kann mir die Gegend noch recht lebhaft vorstellen. Wenn man die Stadt hinter sich hat, da steht man an einem grünen Abhange und sieht über Wiesen und Felder fort; – in der Ferne kleine Wälder und hin und wieder rote Dächer dazwischen und kleine Kirchtürme entlegener, unbekannter Orte. –

O, wir wollen uns sehr freuen, wenn wir einst zusammenkommen und uns tausend Geschichten erzählen; – eine eigentliche Tausendundeine Nacht von reizenden Märchen und Erinnerungen soll es werden.

Ich schildere Dir all die kuriosen Länder, Meere und Ströme, die ich durchzogen habe, und mache Dich mit den vielen sonderbaren Menschenbildern bekannt, die darin herumlaufen, tanzen, springen, reiten und schiffen. Ich schildere Dir auf ein Haar die kleinen, fidelen Franzosen und Französinnen, die stolzen Briten, die blühenden Flamländerinnen, die schwerfälligen Holländer und die schwarzäugigen Iren, die ich so sehr liebe.

Und wenn wir endlich wieder voneinander scheiden müssen, da schreiben wir uns bald darauf die interessantesten Briefe, teilen uns die ferneren

Abenteuer mit und verständigen uns leicht über all die großen und kleinen Begebenheiten, welche diese gewaltige, allmächtige Erde samt ihren zahllosen Bewohnern so rastlos in Bewegung setzen.

Wenn Du mir indes jetzt schon einmal schreiben willst, wie es Dir geht und ob Wilhelm ein liebenswürdiger Mensch ist und ob er noch so schön singt wie die Nachtigall und so weiter, dann soll es mich natürlich ganz ungemein freuen, und die Ankunft Deines Briefes soll ein rechter Festtag für mich sein, an dem ich nur Burgunder trinke und an dem ich mir aus dem Botanischen Garten die schönste aller Rosen hole, sie an meine Brust stecke und in der Einbildung, Du hättest sie mir hergesandt, stolz damit auf den Boulevards vorbei flaniere wie ein feiner, erleuchteter Edelmann.

Du siehst, wie viele herrliche Pläne mir plötzlich in den Kopf gefahren sind; und es hängt nur ganz von Dir ab, ob sie in Erfüllung gehen sollen.

Vergiß mich daher nicht und fange an zu lieben und behalte lieb den Bruder Deines Wilhelm, Deinen gewiß sehr liebenswürdigen

Georg Weerth.

156.

Wilhelmine Weerth an Georg Weerth

Detm[old], 16.12.1846

Mein lieber Sohn Georg!

Wohl hatte ich schon mit großem Verlangen einem Br[ie]fe von Dir entgegengesehen, als ich denn auch durch einen desto längern – vom 18. v[origen] M[onat]s – erfreut wurde. Nun wollte ich Dir jetzt ebenfalls mit einiger Gemütlichk[ei]t schreiben, da kommt mir aber der junger Sander (dessen Mutter Du Dir wohl kaum noch erinnerst, als Aufseherin der Kleinkinder-Bewahranstalt hier auf der Pflegeanstalt), der nach Lille reist und erbietet sich, einen Brf. an Dich mitzunehmen, was ich gern akzeptiere, wenn der junge Mann vielleicht – wie er meint – noch 1–2 St[unden] auf der Post verharren muß, sonst versehe ich ihn mit noch einer kl[einen] Fortsetzung und gebe ihn zur Post.

Unser glücklicher Bräutigam ist leider mit s[eine]r kleinen Auguste nicht zur Hand – sie waren diesen Mittag bei uns zu Gaste – sonst könntest Du auch von diesem Pärchen einen wenigstens indirekten mündlichen Bericht erhalten; ja, das hat der Pastor Wilhelm so recht in der Stille ins Werk gesetzt, und es konnte niemand *mehr* wie ich davon überrascht werden, da ich kaum etwas von der Existenz einer Auguste Reinold wußte, – an demselben Tage jedoch, wo er mir seine Verlobung mit ihr bekannt machte, lernte ich sie kennen und gewann sie auch lieb – möcht' ich sagen – auf den ersten Blick, – ihr klares Auge, ihr verständiges Näschen und der freundliche Eindruck ihres ganzen Wesens gewinnen gleich das Herz, und dieser angenehme *erste* Eindruck ist mir nach mehrfachem Zusammensein auch geblieben, so daß ich glaube, hoffen zu dürfen, Wilhelm wird glücklich gewählt haben.

Ein Jahr muß ihre Verbind[un]g allerdings noch ausgesetzt bleiben, weil bis dahin erst sein Pfarrhaus bewohnbar wird – was indes auch nicht schadet – da das Bräutchen erst achtzehn J[ahre] zählt – *dann* aber ist's für Wilhelm auch sehr heilsam, eine Hausfrau zu bekommen, da es sich für ihn als Prediger schlecht geziemt, s[eine]n Lebensunterhalt immer im Gasth[au]s suchen zu müssen; – *wohl* möchte ich, daß Du dessen auch überhoben sein könntest, wenn auch noch grade nicht durch eine mariage? – Aber es ist denn doch noch ein andres in Deinen Verhältnissen wie in denen des Wilhelm! Der Himmel schickt den Menschenkindern alles – sowohl die Rosen wie die Dornen – fein zu seiner Zeit, so wird die Zeit denn auch schon für *Dich* kommen. Vorläufig scheint es freilich noch besser *ohne* ein »solch kleines blondes Menschenkind«, aber wenn Dich unsteten Gast irgendeine nette Familie wollte aufnehmen, in welcher Du Dich wohlfühlen könntest, *das* wünschte ich Dir gar sehr – ein solches Wirtshausleben *lange* geführt, verwildert das Gemüt auf die Dauer, und davor bewahre Dich Gott! Vielleicht – und sehr wahrscheinlich – würde ein solches Arrangement auch vorteilhafter in pekuniärer Hinsicht für Dich sein – überleg Dir's einmal! Es freut mich immer, wenn Du in einer geregelten Familie Zutritt findest – die Art der Verheirat[un]g Beckers war freilich etwas sehr außer der Regel und heißt man das: »in einen Glückstopf greifen«. – Wohl ihm, wenn es ihm zum Glück gereichte – hätte aber auch zehnmal gegen eins *schlecht* geraten können, – verdient daher nicht, grade nachgeahmt zu werden – das Glück läuft einem nicht immer so über den Weg.

Was ich Dir aber auch noch weiter sagen möchte, ich muß es bis auf weitres versparen – der M[en]sch mag auch schon davongefahren sein. – Lebe daher, wie Du, wenn Du stirbst, wünschen wirst etc. Dies der allerernstlichste Wunsch

Deiner Dich sehr liebenden Mutter.

157.
Georg Weerth an Wilhelmine Weerth

Bruxelles, 26. Dezember 1846

Liebe Mutter!

Ich will das alte Jahr nicht zu Ende gehen lassen, ohne Dir noch einmal zu schreiben, obgleich ich Dir eigentlich wenig zu erzählen habe. Der jugendliche Sander überbrachte mir Deinen Brief, als ich vorgestern morgen in meinem Bette aus süßen Träumen erwachte. Ich gehe gewöhnlich um 1 Uhr schlafen und stehe um acht Uhr auf; mein kleines Mädchen bringt mir dann gewöhnlich meine englische Post ins Bett hinein, und so brachte sie mir denn neulich auch die deutsche. Die Manier, alle Briefe im Bett zu lesen, ist sehr vortrefflich; man weiß dann gleich, woran man ist, wenn man mit dem Fuß auf den Teppich springt. Der junge Sander hat mir sehr gut gefallen; er ist ein stiller, ordentlicher Junge, der etwas Praktisches gelernt hat. Die Leute im Lippischen sollten ihre Kinder wirklich nicht so viel studieren lassen; heutzutage kann ein Bleicher, ein Spinner oder ein Weber sich selbst und der Welt viel nützlicher werden als ein Advokat oder ein Assessor.

Die Frau Pastorin Becker will mich dieser Tage mit einem schönen jungen Mädchen bekannt machen, welches unsre Auguste Reinold von früher her sehr gut kennt. Ich habe den Namen vergessen, – sie sind zusammen in einer Pension gewesen.

Übrigens fehlt es mir gar nicht an Gelegenheit, in Familien aufgenommen zu werden; jedenfalls habe ich aber nicht die geringste Lust, mich in einer bestimmten einzelnen niederzulassen; – eine eigne Familie ist sehr gut, aber eine fremde, wenn auch noch so befreundete, im höchsten Grade ennuyant – wenigstens für mich. Ich ziehe es daher auch vor, nur von Zeit zu Zeit die Leute zu besuchen, welche ich hier kenne. Am meisten habe ich mit dem Doktor Breyer und seiner sehr lustigen Frau zu tun; – ich esse und trinke bei ihnen, wann ich will; wir setzen uns dann alle drei auf die Erde um den Kamin herum. Die Frau singt französische Lieder, der Mann zitiert griechische Verse, und ich rauche chinesischen Tabak aus einer langen Pfeife. Marx und seine Frau bekomme ich ebenfalls oft zu sehen; das ist ein ganz anderes Paar, welches ich Dir in der Kürze nicht gut zu schildern weiß. Der Mann hat einen Kopf, wie man sie selten findet, ein wahrer Jupiter mit marmorner Stirn und wilden schwarzen Haaren; – die Frau[1] ist eine deutsche Adlige, die den Poeten Heine und den Geschichtsschreiber Louis Blanc in Paris zu ihren Freunden hatte. Ihre drei Kinder sind in Paris, in Trier und in Brüssel geboren; – in einer Familie also drei Nationen.

Eine dritte mir befreundete Familie ist Laßen – Hamburger, welche hier wohnen; die Frau ist alt und nett; – der Mann schlägt Geld für die Völker im Stillen Ozean; – der Sohn ist ein Meister auf dem Piano.

Übrigens wohne ich in einem Hause, wo es an Familie nicht fehlt; – die Leute heißen Parijs und sind Tabakshändler. Sie haben drei hübsche Töchter, welche schöne Künste treiben. Josephine malt; – Alexandrine spielt Klavier; Clémence singt wie eine Nachtigall. Jeden Abend haben sie einen Maler oder einen Musikanten zum Besuch, und während man an der einen Seite des Zimmers Zeichnungen entwirft, schreibt man an der andern Noten und spielt und singt, daß es eine Freude ist. Von der Heiterkeit eines belgischen Völkchens hast Du keine Idee. Um zehn Uhr abends räumen sie auch wohl Tische und Stühle beiseite und fangen an zu tanzen, daß die Pfannen auf dem Dache wackeln. Übrigens verstehen sich diese Kinder auch alle auf den Haushalt; neulich schenkte ich Josephine einige Wollengarnproben, da hat sie mir auch gleich ein Paar Strümpfe gestrickt. Solche Leute sind sehr frugal; sie haben jeden Abend Besuch, sie spielen, singen, malen, tanzen vier, fünf Stunden lang; aber es wird nie etwas dabei gegessen oder getrunken; sie sind aber stets vergnügt.

So ist das Leben! Die Hauptsache ist, daß sich die meisten Menschen mehr oder weniger untereinander liebhaben und sich dadurch, trotz aller mit durchlaufenden Not und Erbärmlichkeit, das Dasein erträglich machen.

Heute, am ersten Weihnachtstage, ist hier in Brüssel nicht so viel Leben, wie ich es in England an diesem Tage gewohnt war. In England halten es die Leute für ihre Pflicht, sich am Weihnachtstage ganz unbändig zu freuen; ihre Freude nimmt sich deswegen oft nur gar zu komisch und lächerlich aus; – die Belgier und die Franzosen, welche an die Freude gewöhnt sind, begehen diesen Tag wie jeden andern schönen Sonntag.

Ich schrieb neulich an Ferdinand, hörte seitdem aber nichts von ihm; in Deinem nächsten Briefe kannst Du mir daher wohl bemerken, wie es mit seinem Engagement bei Lampson geworden ist, da Du wahrscheinlich darüber Bescheid weißt.

Grüße Carl, Wilhelm und seine Braut, August und seine Frau und Lottchen aufs herzlichste von mir und wünsche ihnen auch in meinem Namen ein willkommenes Neujahr; – da man hier alles bar bezahlen muß, so fürchte ich mich nicht vor dem 1. Januar 1847. –

Leb wohl, liebe Mutter! Ich habe Dir im stillen vergnügte Feiertage gewünscht und bitte Dich, die beiden Verliebten in betreff der Hochzeit etwas anzuspornen, damit ich bald zu Dir hinüberreisen kann.

Mit dem herzlichsten Gruße Dein Georg.

1 Jenny von Westphalen. Die drei Kinder sind: Jenny, Laura und Edgar.

158.
Wilhelmine Weerth an Georg Weerth (Auszug)

Detm[old, 26.1.1847][1]

[Der Überbringer des letzten Briefes an Georg, Sander, ist zurückgekehrt und hat der Mutter von Georg erzählt:]

Ein zweiter Liebesbote erschien in diesen Tagen, in der Person eines kleinen, ungemein flinken Israeliten, versehn mit einem »offnen Brief« des H[errn] G. Weerth – der indes nur mit Carl sein Wesen trieb; ich verdankte bloß dem Zufall dessen persönl[iche] Bekanntsch[af]t, indem wir einander auf dem Gange fast die Köpfe einrannten; – es wollte mir dessen Expedition in diesem Augenblick mit S[ander]s Reise in Verbindung stehend vorkommen? – Das Resultat wird wohl nicht ganz befriedig[end] für Euer Haus ausgefallen sein. Meine Vermutung, daß dessen Firma eine jüdische sei – Emanuel & Son – war also wohl keine irrige – da man sonst doch nicht geneigt sein möchte, einen Kommis dieses Glaubens zu wählen? Möge sie sich denn nur als eine zuverlässige an dem *Nicht*-Glaubensverwandten bewähren! Deine neulichen Mitteilungen ließen allerdings auf ein sehr erfreuliches Vertrauen schließen, und wie sehr ich wünsche, daß es durch die glücklichsten Erfolge möge gekrönt werden, kannst Du Dir leicht denken. – Zuvörderst jedoch hoffe und wünsche ich, daß Du die neuerdings unternomm'nen Reisen, während der hohen Kälte, ohne Nachteil für Deine Gesundh[ei]t mögest zurückgelegt haben – laß mich – ich bitte – doch bald etwas davon hören! *Hier* hustet und krankt fast alles *daheim*, vielleicht geht's *draußen* besser.

Unter andern ist Th[eodor] Alth[au]s seit s[eine]r Rückkehr im Herbst vom Rhein noch nicht wieder recht gesund geworden, viele Wochen lang hütete er das Zimmer, und versuchte er sich hinaus, so kehrte sein Übel – Rheumatismus – wieder; währ[en]d der Z[ei]t war das Projekt, Mitarbeiter an einer Zeit[un]g in Bremen zu werden, zur Reife gediehen, und nur sein Mißbefinden hinderte ihn, dahin abzugehen; da – macht mit einemmale die »Rheinfahrt« – die Du kennen wirst – und der in Strafe genomm'ne Verleger des Blatts, die ganze Geschichte zunichte; – jetzt wandert Th. wieder umher, aber – seine Hoffnungen sind nun zu Wasser! Indes mag's besser sein, es kam *jetzt* als später – wo man's doch schon bei sr. Art und Weise voraussah, daß es so kommen würde. Der Himmel mag aber wissen, was nun mit dem Menschen werden soll; zum Geistlichen paßt er schlecht, zum Gymnasiallehrer läßt man ihn sicher nicht zu, – auch ist in beiden Fächern noch nichts los – seine Schriftstellerei bricht ihm den Hals; was denn nun, bei all seinem

Talent? Für gar manchen Lipper wär's allerdings klüger gewesen, er hätte ein materielles Metier ergriffen, indes für *diesen* paßt auch *das* so wenig wie die Faust aufs Auge! –

[...]

1 Laut Poststempel.

159.

Georg Weerth an Wilhelmine Weerth

Bruxelles, 19./21. Februar 1847

Liebe Mutter!

Vor ungefähr drei Wochen weckte mich der Kellner der »Kaiserskrone« in Deventer aus süßen Morgenträumen und überreichte mir Deinen Brief, den ich natürlich mit vieler Andacht erbrach und mit großer Freude durchlas.

Ich war gerade auf meiner holländischen Reise, von der ich gestern zurückkehrte; – zuerst in Antwerpen, wo ich bei meinem Freunde Kapitän Main, an Bord des »Monarch«, eine Flasche Porter trank. Dann in Breda, wo die besten Hühner und Enten wachsen sollen; – ferner in Herzogenbusch, was Du genau kennst. Hierauf in einigen stillen Dörfern Nord-Brabants, wo ich mehr als einmal mit dem Wagen und mit den eignen Beinen im Moraste steckenblieb. In einem Tage setzten wir dann bei Grave über die Maas, bei Nijmegen über die Waal, bei Arnheim über den Rhein und bei Zutphen über die IJssel, was in offenem Nachen, mitten durch die treibenden Eisschollen, eben keine entzückende Reise war. Von Zutphen und Deventer durchfuhr ich die Provinz Overijssel und kam so nahe an die preußische Grenze, daß ich kaum der Versuchung widerstehen konnte, in 6 Stunden nach Münster zu reisen, um Dir von dort aus einen Besuch abzustatten. Die eherne Notwendigkeit trieb mich aber hinauf an den Zuider See, wo wir in Schlitten über das Eis kutschierten. In Amsterdam verweilte ich dann eine Woche lang, was sich mit den zugefrorenen Grachten, den schneebedeckten Schiffen und den bereiften Bäumen ganz feenhaft im Mondenschein ausnahm. In Utrecht und Zeist besuchte ich dann meine befreundeten Herrnhuter, fuhr dann nach Haarlem und Leiden und endlich nach Rotterdam, was mir stets der liebste Ort in Holland ist. Am 17. Februar, einem Tage, der mir besonders interessant ist, trat ich von Rotterdam meine Rückreise nach Belgien an. Es war Tauwetter eingetreten, Schnee und Eis waren verschwunden, und die Flüsse wälzten sich mit so kolossalen Wogen in die Ebenen hinunter, daß weit und breit kein Land mehr zu sehen war und die See im eigentlichsten Sinne des Wortes einige Meilen weit ins Land hineingereist zu sein schien.

Morgens um 7 Uhr hatte ich mich an Bord des Dampfbootes »Die Schelde« verfügt, das erste Boot, was in diesem Jahr von Rotterdam nach Antwerpen fuhr; anfangs ging alles sehr gut, gegen 9 Uhr machte sich aber ein solcher Sturm auf, daß die sonst so friedlichen Wellen der Binnengewässer geradeso toll emporschlugen wie die Wogen des Kanals und nicht selten geradezu über das Verdeck schäumten. Die Kajütenfenster wurden daher verschlossen; man zündete die Lichter wieder an, und schon mehr an das Schaukeln auf dem Wasser gewöhnt, setzte ich mich hin, um Dir zu schreiben. Dieser Versuch würde gewiß gelungen sein, wenn unser Boot nicht dergestalt mit Kaffeesäcken überladen gewesen wäre, daß sich schon nach kurzem der ganze untere Raum mit Wasser füllte. Ich hatte dies anfangs nicht bemerkt und die erste Seite meines Briefes ruhig vollendet. Da schlägt plötzlich eine Welle mit so barbarischer Gewalt an die Fensterläden, daß diese mit einem Male nachgeben und mir das Wasser von hinten her über Kopf und Nacken sprudelt. Ich drehe mich sehr ärgerlich um und will die unverschämte See wegen dieser Unhöflichkeit eben zur Rede stellen, da kommt die zweite Welle und begießt mich von vorne, indem sie zugleich auf den Tisch springt, um meinen Briefbogen aufs jämmerlichste zu taufen. Ich sah jetzt ein, daß an ein freundliches Einverständnis nicht mehr zu denken war, und folgte den übrigen Passagieren, die bereits mit ihren Effekten auf das Verdeck geflüchtet waren. Der Kapitän versicherte uns hier, daß an weiter keine Gefahr zu denken sei und daß wir uns nur seiner Kaffeesäcke zuliebe so gut wie möglich vor Wind und Wetter zu schützen hätten. Übrigens hatte man in kurzer Zeit die Fenster und die Luken des alten Schiffes so gut verstopft und den Boden und die Bänke der Kajüte so sorgfältig aufgetrocknet, daß wir gegen Mittag dahin zurückkehren konnten, um uns bei einem ganz leidlichen Diner niederzulassen. Den kalten, windigen Nachmittag erwärmten wir durch trefflichen Grog und gelangten gegen Abend *mit* unserer »Schelde« wohlbehalten *in* die Schelde; – um 11 Uhr nachts lagen wir vor Antwerpen, und als am folgenden Morgen Eos mit Rosenfingern emporstieg, fuhr ich mit sehr vergnügter Seele meiner rue Royale zu. Für die nächste Zeit bin ich nun mit meinen Reisen wieder fertig, die zu dieser Periode eigentlich nicht sehr angenehm sind; übrigens bin ich nie wohler gewesen als auf dieser Tour durch Schmutz, Schnee, Eis, Regen und Wind, wobei fortwährende Bewegung, gutes Essen und Trinken und warme Kleider das meiste geholfen haben.

Für alle Deine Mitteilungen aus dem Teutoburger Walde sage ich Dir meinen herzlichen Dank. Von Carl und Wilhelm möchte ich indes nächstens auch wieder etwas erfahren. Die beiden Brautleute sind wahrscheinlich ganz in der Liebe untergegangen, sonst würden sie mir auch schon wohl einmal geschrieben haben. Von Ferdinand hörte ich auch nichts mehr.

Die Emanuel & Sohn, wonach Du Dich erkundigst, existieren gar nicht mehr, – man hat nur diese alte Firma beibehalten. Die beiden Chefs des Hamburger Hauses heißen Wolff und Steinthal, wovon ersterer ein getaufter Jude, letzterer sogenannter Christ. Die Chefs des Bradforder Etablissements heißen Rieckmann und Schütt – beide sehr fromme Christen; – der Leipziger Simon ist ebenfalls Christ, der New Yorker Goldstein ein Jude, sechs oder acht andere Agenten in Rußland und Deutschland teilweise Juden und Christen. Die religiösen Meinungen haben in der Kaufmannswelt so wenig Bedeutung, daß man nie daran denkt, ob jemand ein Jude oder ein Christ ist; – in England macht man namentlich gar keinen Unterschied mehr, – die deutschen Juden gehen in die anglikanische Kirche, heiraten englische Anglikanerinnen, und niemand fragt danach, was sie früher gewesen sind. Wenn ich jetzt nach Holland reise, da passiert es mir freilich wohl, daß mir ein portugiesischer Jude wärmer als sonst die Hand drückt, weil er in dem Herrn Emanuel und in mir einen Glaubensgenossen vermutet; diese Reste von alter Glaubensanhänglichkeit findet man aber nur noch bei alten Leuten auf dem Kontinent. Im allgemeinen betrügen sich Juden und Christen untereinander, so gut sie können.

Seit gestern ist es so hübsches Wetter hier im Lande, daß ich gar kein Feuer mehr anmachen lasse. Die Sonne scheint den letzten Schnee überwunden zu haben, und aus den Fenstern der gegenüberliegenden Häuser schauen uns blühende Hyazinthen und Kamelien. Hoffentlich blühen sie aber auch bei Euch.

Wenn es Dir Vergnügen macht, so schreibe mir bald, liebe Mutter, ob Du den Winter ebenfalls glücklich im Rücken hast und ob Du Dich schon auf die ersten Veilchen freust.

Wenn der Weg nicht gar zu weit wäre, so würde ich Dir gern von hier aus das erste Sträußchen schicken, – so aber kann ich Dir nur meine herzlichen Grüße hinübersenden.

Dies tue ich – ich wüßte nicht, was ich lieber täte!

Dein Georg.

160.
Georg Weerth an Karl Marx

[Brüssel], 26. März 1847

Lieber Marx!

Ich würde Dir schon meine Aufwartung gemacht haben, wenn nicht seit gestern einige Bradforder hier wären, mit denen ich mich in allen Ecken umhertreiben muß. Engels läßt Dich grüßen und wünscht Dich bald wiederzusehen. Im Juli geht er nach Ostende und kommt dann auch hierher. – Moses[1] kneipt in der Nähe des Kirchhofes, und ich sah ihn nur einmal, Everbeck[2] empfiehlt sich Dir ebenfalls. Weill bekam ich gar nicht zu Gesichte. Heine soll noch immer sehr krank sein und läßt niemand bei sich erscheinen. Den Auftrag Deiner Frau an Mad[am] Gsell[3] richtete ich nach Vorschrift aus.

Grün[4] ist von dem franz[özischen] Gouvernement aus Paris verwiesen, hat aber peti[ti]oniert und wird wahrscheinlich dort bleiben können. Ein Straubinger »Jung[e]«[5] ist eingesteckt, um ebenfalls entfernt zu werden.

Ich werde Dir morgen noch allerlei erzählen und bitte Dich, inzwischen meinen freundlichen Gruß zu genehmigen. –

Dein Weerth.

1 Moses Heß.

2 August Hermann Everbeck (oder Ewerbeck; 1816–1860); Arzt und Schriftsteller, leitete die Pariser Gemeinde des »Bundes der Gerechten«, später Mitglied des »Bundes der Kommunisten«.
Engels schreibt am 9. März 1847 an Marx: »Heut abend sah ich Ew[erbeck], er gestand, es [eine Broschüre] gebracht zu haben, und nachdem ich das Ding gehörig heruntergerissen, kommt heraus, daß er selbst, E[werbeck], der Verfasser des saubern Machwerks ist. Er hat es, wie er behauptet, in den ersten Monaten meiner Abwesenheit hier verfaßt. Der erste Rausch, in den ihn die von mir mitgeteilten Neuigkeiten versetzten, hat ihn dazu begeistert. So sind diese Jungens. Während er den Heß auslachte, der sich mit fremden Federn schmückt, die ihm nicht stehen, und den Straubingern verbot, dem Grün zuzustecken, was ich ihnen vortrug, damit er es nicht ebenso macht, setzt er sich hin und treibt es – in der besten Absicht von der Welt, wie immer – um kein Haar besser. Moses und Grün hatten die Sachen nicht mehr verhunzt als dieser volkstümliche Tripperdoktor.« (MEW, Bd. 27, S. 77). Unter Straubingern verstanden Marx und Engels wandernde Handwerksgesellen, die an überholten Zunftvorstellungen festhielten.

3 Sie wohnte in Faubourg St. Antoine und wird auch in den Briefen von Engels an Marx erwähnt. Sie vermietete Wohnungen an deutsche Flüchtlinge.

4 Karl Grün (1817–1887), kleinbürgerlicher Publizist und Vertreter des »wahren« Sozialismus. Am 19. März 1847 hatte Grün die Aufforderung der französischen Regierung erhalten, Paris und Frankreich zu verlassen. Die Ursachen seiner Ausweisung waren seine literarische und

politische Tätigkeit. Grün versuchte vergebens, auch mit Hilfe Lamartines, die Anordnung rückgängig zu machen. Am 9.4.1847 verließ Grün Frankreich und siedelte nach Belgien über.

5 Adolph Junge aus Düsseldorf, der seit den 40er Jahren in Paris tätig war und Mitstreiter von Engels wurde, vor allem auch im Kampf gegen Grüns »wahren« Sozialismus. Im März 1847 wurde er verhaftet, Ende März dann ausgewiesen. Er ging nach Brüssel.

161.
Wilhelmine Weerth an Georg Weerth (Auszug)

[Detmold, März 1847][1]

[Nach langen Berichten über die verschiedenen Familienmitglieder erwähnt die Mutter ein aktuelles Thema:]

Wie auch wurde ich neulich durch einen Artikel in der Zeitung in Beziehung auf *Dich* überrascht – wo es laut einer amerikanischen Ztg. – dem »New York Herald« – hieß: der Handelsvertrag mit Deutschland sei nun ratifiziert; der Berichterstatter äußerte jedoch selbst noch einige bescheidne Zweifel. Wenige Tage drauf kam denn leider auch schon der hinkende Bote nach, daß die Vereinigten Staaten nur mit Hannover einen Vertrag abgeschlossen haben usw. Gewiß hast auch Du davon gehört und gelesen? Ich wurde zu Anfang nicht wenig davon erregt – aber das Reichwerden scheint für Dich noch nicht an der Zeit zu sein – und, wer auch »Nahrung und Kleider hat, der lasse sich benügen«.[2]

[...]

1 Die Datierung ergibt sich aus dem hier nicht wiedergegebenen Bezug auf Georgs Brief vom 19–21. des vorigen Monats.

2 Der erste Brief des Paulus an Timotheus, 6,8.

162.
Georg Weerth an Wilhelmine Weerth

Brüssel, 18. April 1847

Liebe Mutter!

Ich würde Dir schon wieder geschrieben haben, wenn ich nicht immer gedacht hätte, daß einmal ein Brief von Dir anlangen würde. Da dies bis jetzt nun nicht der Fall war, so will ich mich lieber noch einmal nach Deinem Befinden erkundigen und hoffen, daß dies sehr gut ist. Bei dem kalten, unfreundlichen Wetter sind hier viele Leute krank. Die Öfen brennen noch überall, und niemand geht ohne zwei Röcke, dafern er deren zwei besitzt. Wir haben in diesem Jahre mehr als sonst Ursache, ein hübsches Frühjahr und eine glückliche Ernte heranzuwünschen, denn die ganze Welt ist durch die zwei letzten schlechten Jahre so heruntergekommen, daß man nicht weiß, was es geben wird, wenn die Kartoffeln zum dritten Male mißraten sollten. Ich habe es in der letzten Zeit mit eignen Augen sehen können, wie sehr die Menschen überall am Hungern und Leiden sind, da ich in einer Woche in Paris und Amsterdam war und auch so ziemlich alles beschaute, was zwischen diesen beiden Städten liegt. Ich dachte nicht anders, als daß ich für einige Zeit ruhig zu Hause bleiben könnte, als ich im Februar von meiner Tour nach Holland zurück war. Da will es aber der Zufall, daß oben in Dänemark die Schafschur dieses Jahr sehr gut zu werden verspricht und daß es unser Hamburger Haus für geraten hält, eine Unternehmung in der Wolle jener lieben nordischen Bestien zu machen. Ich erhielt daher die Ordre, mich deswegen gleich nach Frankreich auf den Weg zu begeben, was denn auch geschah, indem ich Gand, Tourcoing, Roubaix, Lille, Amiens, kurz, das ganze Departement du Nord und die Picardie durchstreifte und schließlich noch für einige Tage nach Paris hinüberflog, ohne indes viel von meiner dänischen Wolle zu verkaufen, da das Geschäft überall zu schlecht war. Am 20. März war ich in Paris und saß mit meinem Freunde Engels in der rue Rivoli beim Frühstück. Der junge Chablis vom Jahre 1846 schmeckte uns vortrefflich, und die ganze Welt war sehr schön. Vor uns lag der Tuileriengarten, in dem, wie immer am 20. März, schon jene berühmten Kastanienbäume, unter denen einst die Schweizer der Revolution begraben wurden, mit frischem Grün prangten. Ach, die Luft ist wärmer in Paris als in Brüssel. Auf den Boulevards spazierten die hübschen Pariserinnen schon halb in Sommerkleidern und zeigten ihre kleinen Füße in den blauen Schuhen und ihre schwarzen verliebten Augen, die schon so manchen armen

Jungen um Geld und Verstand gebracht haben. Ich fand diesmal viele Freunde in Paris, unter andern einen Kölner Maler und einen rheinischen Virtuosen, die zusammen oben auf dem Montmartre wohnten. Der Musikant spielte Webersche Ouvertüren auf seinem Flügel, aus allen Ecken des Zimmers schauten uns Engel und Nymphen und Bären und Hengste aus großen vergoldeten Bilderrahmen an, und zu unsern Füßen lag die Stadt Paris und brauste mit ihren Tausenden von Rossen und Wagen und mit ihrer Million von rastlosen Menschenkindern.

Am Abend besuchte ich fleißig die Theater und sah im Cirque National die Französische Revolution so treu wiedergegeben, daß ich geradeso herzlich weinen mußte wie die kleinen Grisetten, die um mich herum saßen und mit ihren weißen Tüchern die heißen Tränen von den Wangen trockneten.

Die Pariser sind wahre Menschen; sie freuen sich, wenn es Anlaß zur Freude gibt, und sie weinen wie die Kinder, wenn etwas Trauriges vor ihre Augen kommt.

Auch die berühmte Rachel sah ich diesmal in einer ihrer besten Rollen eines Corneilleschen Stückes, was übrigens zehnmal langweiliger war als das, was man auf den Volkstheatern zu sehen bekommt. Ihr habt in Deutschland keinen Begriff davon, was es heißt: ein französisches Theater; dort lebt man ein Mensch mit andern Menschen – die Zuschauer sind ebenso interessant wie die Schauspieler, und alles ist vortrefflich.

Amüsant war es, daß ich in Paris an ein und demselben Morgen zu gleicher Zeit einen Brief von Ferdinand, von Wilhelm und von seiner Braut Auguste bekam. Meine Wirtin lachte laut auf und sagte, ich müsse ein Advokat sein, weil ich so viele Briefe bekäme.

Von Paris fuhr ich in einer Nacht zurück nach Brüssel und dann gleich nach Amsterdam, wo ich mich acht Tage lang mit dreien meiner Konkurrenten herumschlagen mußte und trotz der vielen jüdischen und christlichen Feiertage ein ziemlich gutes Geschäft machte. Diesmal nicht in dänischer Wolle, sondern in schottischem Strickgarn.

Des Reisens und des Handelns im höchsten Grade überdrüssig, langte ich vor einer Woche wieder hier an, zwar sehr heiteren Gemütes, aber so erkältet, daß ich bei einem großen Topf Lindenblütentee im warmen Bette bleiben mußte. Das schnelle Reisen aus einer Temperatur in die andere, aus dem warmen, lieblichen Paris in das feuchte, kalte Amsterdam, ist eben nicht sehr erfreulich und mußte dem stärksten Korpus nicht zuträglich sein. Lindenblüten sind aber poetische, erquickliche Pflänzchen, – sie riechen besser auf den Bäumen im Sommer als gekocht im Topfe; – liest man indes Heinesche Gedichte dazu und gießt etwas Rum oder Kognak in die Tiefe der Tasse, da läßt sich Vieles ertragen, und das beste ist, daß ich längst wiederhergestellt bin.

Da hast Du meine Abenteuer der letzten Wochen! Hoffentlich geht es Dir wohl und auch allen andern. Grüße von mir alle, die meinem Herzen lieb sind, und schreib mir auch jetzt bald einmal, liebe Mutter!

Von ganzem Herzen

Dein Georg.

163.

Wilhelmine Weerth an Georg Weerth

Detmold, am 1. Mai 1847

So sehr ich schon wieder nach einem Briefe von Dir, mein guter Georg, verlangt hatte, so kränkend war's mir, gleich bei den ersten Zeilen zu sehen, daß Du *meinen* letzten nicht empfangen hast, und es drängte sich der Gedanke daran leider immer während dem Lesen des Deinigen störend zwischen Deine so interessanten, neuern Reiseberichte, und ich mußte es wieder einmal bereuen, von einer sich mir darbietenden *Gelegenheit* Gebrauch gemacht zu haben; – erst wartete ein Br[ie]f nebst einem für Dich gestrickten Zephir-Schal auf Sander, der im März auf s[eine]r Durchreise dorthinaus wieder zu mir zu kommen versprach, was dieser aber schön bleiben ließ – obgl[eich] er bei Menke war. – Nun wollte Schönfeld aus Herford direkt nach Brüssel, und unsre kleine Auguste, die ihm auch einen Brf. an ihre dortige Freundin mitzugeben beabsichtigte, erbot sich, den meinigen beizulegen, was denn auch geschehen; auf meine jetzige Erkundigung darnach höre ich, daß der Mann krank geworden und deshalb gar nicht abgereist ist, – was er aber mit den Brfen. mag angefangen, habe ich bis jetzt noch nicht erfahren können; wahrscheinlich hat er sie in s[eine]m eignen, viel größern Leid völlig vergessen und kommen vielleicht früher oder später noch per Post; denn *er* hat – englischer Maschinen halben – zu einer bestimmten Z[ei]t in Brüssel sein wollen, daß, wenn diese verflossen, er die Reise wohl gar nicht mehr macht. Vorläufig will ich Dich indes von m[eine]m und unsrer Lieben Wohlbefinden benachrichtigen, wenngleich das meinige mitunter von Erkältungen und dgl. unterbrochen wurde, so konnte ich im ganzen doch noch sehr damit zufrieden sein, zumal hier vor kurzem der Schnee wieder 1/2 F[uß] tief lag und noch bis zum 25. April – bei blühenden Aprikosen und Pfirsichen – aus mm. nördlich gelegnen Schlafzimmerfenster auf den waldigen Höhen zu erschauen war, – den Parisern wohl kaum glaublich!

Wie aber stürmt Ihr Leute jetzt durch die Welt, – kaum glaubte ich Dich trocknen Fußes in Brüssel, schwärmst Du mit Deinen Freunden in Paris und holst Dir einen Schnupfen in Holland! Wenn's nur mit Deiner völligen Wiederherstellung ganz richtige Sache war? Jedenfalls möcht' ich Dich ermahnen, doch auch bei so forcierten Reisen und den heterogensten Klimaten gehörige Rücksichten in Beziehung auf Kleidung und was dahin gehört zu nehmen, sonst könnte der Aufenthalt auf dem Kontinent Dir vielleicht noch ebenso schlecht bekommen wie der frühere in England. Und dann – Lindenblüten mit Rum zu trinken – welch ein Einfall! Doch wohl nicht eines Arztes? Hierzulande trinkt man zu solchen Zeiten vernünftigen Holundertee, – woran sich auch poetische Erinnrungen knüpfen lassen – vorzüglich an die Blüten des Gartens an der Superintendantur, dem Tummelplatz Deiner Kindheit, – der alte Baum spendet mir noch alljährlich seine wohltätigen Blüten (da sie von den jetzigen Besitzern nicht beachtet werden), und es ist mir immer, als besäßen keine andre den aromatischen Duft wie diese. Meiner obigen Ermahnung lasse ich noch die Frage folgen: machtest Du bei solch schaurigen Touren auch wohl Gebrauch von dem gestrickten Halskragen? Die Dinger sind wirklich praktisch; bei Erkältungen auf bloßer Brust; als Schutz, um sie zu verhüten, über das Hemd oder auch über alles. Wie schön es aber in Frankreich und wie interessant in Paris es sein mag, scheint doch Holland Dir fortgesetzt von reellerem Nutzen zu sein; – warum Ihr übrig[en]s ersterm die Wolle und dem kühlen Holland das Garn zubringt, sehe ich nicht ein? –

Schon oft kam mir der Gedanke, ob Du nicht hier in der Gegend, im Ravensbergischen und in der preußischen Ecke herum, eine gute Spekulation machen könntest in *feinem* Gespinst, denn darin exzellieren sie dort; das Garn ist – zum Glück für die Leute – zwar etwas im Preise gestiegen, indes glaube ich doch, daß *diesen* sowohl wie Dir dergl[eichen] Aufkäufe von Nutzen sein könnten; überleg Dir die Sache einmal! Es würde dies ein mir so sehr erwünschtes Mittel werden, Dich, mein Sohn, einmal hieher zu bekommen. Von Ferdinand, den Wiegand in Leipzig sprach, kam mir – vielleicht ohne seinen Willen – ein Wörtchen zu Ohren, daß er zu Pfingsten wohl hieherkommen möchte. Ob es nun nur ein Wunsch oder eine Hoffnung ist, weiß ich nicht, muß sich aber bald entscheiden, und ich sehe deshalb s[eine]m nächsten Brfe. mit einiger Spannung entgegen. Außerdem setzten mich in diesen Tagen die Zeitungsnachrichten über die Berliner Revolte[1] in nicht geringe Bewegung; lieb war's mir indes, daß ich Ferdinand am 23., wo es am schlimmsten herging, noch in Leipz[ig] wußte, da er erst am 25. wieder in B[erlin] einzutreffen dachte; wenngleich F. sich nicht dabei beteiligen würde, so konnte man doch nach den ersten Berichten noch nicht wissen, wohin es führen würde und inwiefern es von üblem Einfluß auch auf den Unbeteiligten sein möchte. Jetzt scheinen sich aber ja – wenn auch nicht die Gemüter wieder ganz beruhigt – doch die Sturmeswogen sich wieder gelegt zu haben. *Hier* im Lande werden die Menschen auch je länger, desto mutloser, Kartoffeln besitzen die wenigsten mehr, und der Scheffel kostet jetzt 1 1/2 Rtl., auch schon drüber, und der Roggen 4 Rtl. 12 Gr[oschen], sogar hörte ich, daß ein M[en]sch eine Partie K[arto]ff[e]ln nicht unter 2 Rtl. und Weizen nur zu 1 Louisd'or loszuschlagen willens sei. Möchte nur mal endlich von der vielen ausländischen und überseeischen Frucht, wovon man immer in den Zeit[un]gen liest, bis hieher gelangen, – *wir* müssen ihr von Bremen her entgegenharren – erst dann könnten wir hoffen, daß die Preise wenigst[en]s nicht mehr stiegen, vielleicht auch etwas fielen.

Ferdinand wird Dir nun schon selbst über seine neuern Angel[egenheiten] geschrieben haben (was von mir auch in dem verschollnen Briefe geschah); gut, daß nicht *sämtl[iche]* Brfe. in Schönf[el]ds Hände gingen, wie verabredet war, da W[ilhelm] aber noch nicht so bald schr[ei]ben konnte und F[erdinands] Abreise voraussagen mußte, gab er s[eine]n zur Post; daß Dich dies aber noch zu einem Advokaten stempeln würde, hat er wohl nicht gedacht. Nächster Tage kommt er hieher, um mit Braut und Mutter eine Tour nach Bielefeld und Herford zu deren Verwandten zu machen; nament-l[ich] zu *Tante* Klementine!

In m[eine]n nächsten Kreisen höre ich jetzt von der einen Seite nur über Teurung und schlimme Zeiten, von der andern nur über Aussteuern und Hochzeitszurüstungen reden; am 12. d[iese]s wird näml[ich] die Seiff-Rosensche und am 2. Pfingstt[age] die Kestner-Althaus'sche statt haben. *Unser* Paar wird sich noch bis künft[ige] Ostern gedulden müssen, worüber sich W. schon wird ausgesprochen haben.

Zu der Rosenschen Feier erwartet man den Bruder Georg aus Konstantinopel und die Schwester Klingemann aus London; – von dem unglücklichen Amerikaner – dem Bodo – hörten sie seit Jahren nichts mehr; da früher immer nur Geldanforderungen kamen und er *wußte*, daß hier noch ein Teil s[eine]r Hannoverschen Erbschaft vorlag, so können sie nicht wohl anders annehmen, als daß er in sn. Sünden gestorben. –

Dabei fällt mir – einer gewissen Ideenverbind[un]g nach – der Sprütten ein, der jetzt, endlich, zum Examen zugelassen wurde und sehr gut bestand, – zur höchsten Seligkeit der Mutter; – jetzt ist denn wenigst[en]s die Bahn gebrochen zur *Möglichkeit* eignen Verdienstes, indes wird er vorläufig (und Gott mag wissen wie lange) wohl nur von der Vergunst des einen oder andern ältern Juristen, als namentl[ich] Assessor Preuß, Richter Zigler und solchen, abhängen, indem diese ihm irgendeine Arbeit übertragen, wofür er dann sofortige Zahlung erhält. Das Advozieren kommt allmählich mehr und mehr aus der Welt, so daß die Anfänger jetzt übel genug beraten sind; per Exempel auch Otto Dresel[2] und Legion [?]!

Mit Th[eodor] A[lthaus] geht's doch jetzt besser; erstl[ich] ist er wieder gesund, und dann hat es mit der »Br[emer] Z[ei]t[un]g« doch – ohnerachtet sie in Pr[eu]ßen verpönt geblieben ist – noch guten Zug, namentl[ich] nach Hannover und Oldenburg; neulich las ich, daß allein nach Og. 900 Exemplare gingen; nach Br[emen] *hinzugehen*, das verlohnt sich's übrig[en]s nicht. Hier ist er denn auch wieder insofern aufgekommen, als er infolge eines erneuten Ballotements wieder bei der Ressource aufgenommen ist, wozu die hies[igen] s[o]g[enannten] Kommunisten den Ausschlag sollen gegeben haben. –

Nun, denk ich, weißt Du für diesmal genug, zudem ist heute, den 3., Markt, wo mir durch Orgel-, Hörner- und Geigenmusik das Konzept völlig verrückt wird. Empfange deshalb nur noch die besten Grüße von Carl (von welchem ich Dir in quäst[ioniertem] Brief auch mehres mitteilte, doch wer mag gern wiederholen? Vielleicht bekommst Du's noch sonst zu einer andern Zeit wieder davon) und die herzlichste Umarmung von

Deiner treuen Mutter.

1 Am 21. April 1847 kam es in Berlin wegen der hohen Kartoffelpreise zu Plünderungen und Ausschreitungen. An den folgenden Tagen wurden vor allem Bäckereien geplündert. Die Unruhen wurden durch Einsatz des Militärs unterdrückt. Vgl. Kölnische Zeitung, Nr. 115 vom 25.4.1847 und danach.

2 Otto Dresel (1824–1881), Rechtsanwalt aus Detmold, war 1848/49 Leiter des Zentralkomitees der Vereinigten Lippeschen Volksvereine in Detmold, das sich dem Zentralmärzverein anschloß. Er wurde 1849 zu 2 Jahren Gefängnis verurteilt, flüchtete nach Amerika.

164.

Wilhelmine Weerth an Georg Weerth

Detm[old], 11.6.1847

Schon lange sehne ich mich nach einem Briefe von Dir, mein lieber Georg! Dein letzter war vom 18. April – wie lange! Zudem warst Du nach Deiner Rückkunft von Amsterdam so unwohl gewesen, was mich – obgl[eich] Du Dich für hergestellt erklärtest – auch noch beunruhigt; hoffentl[ich] hast Du von den zwei an Dich gerichteten Briefen doch wenigst[en]s den *letzten* erhalten? – Jetzt treibt mich ein nichts weniger als angenehmer Umstand, Dir zum drittenmal zu schreiben; vor mehren Tagen erhielt ich nämlich einen Br[ie]f von unbekannter Hand – auch der Poststempel war nicht zu erkennen – weshalb ich ihn schon mit den wunderlichsten Vermutungen erbrach, doch alle zerschellten an dem wirklichen Inhalt, – ein Schuhmachermeister in Bonn erzählt mir ausführlich von Deiner dortigen Existenz und wie Du ihn im J[ahre] 42 richtig bezahlt habest, jedoch vom J. 43 nichts erhalten, wie er seitdem nichts von Dir erfahren und sich jetzt in großer Not genötigt sehe, sich dieser Schuld halben an mich zu wenden etc. etc. Ich überhebe Dich der weitern Schildrung seiner »Bedrängnisse«, doch lege ich die Rechnung bei, damit Du Dich von der Richtigkeit derselben zu überzeugen imstande bist, und wenn Du sie anerkennen mußt, dem Mann möglichst bald das Seinige zukommen lässest; sollte Dir nicht gleich das Ganze zu Gebote stehn, so schicke ihm schon einmal einen Teil davon bis weitres, so wird er schon vorläufig beruhigt sein. Solltest Du aber unverhoffter Weise selbst »bedrängt« sein, so melde es mir unverzüglich, damit von hier aus Rat geschafft wird. Ich habe Carl – und *keinem* – etwas von der Geschichte gesagt, – der Verfechter des Proletariats möchte sonst etwas drauf kriegen, – müßte ich's aber wegschicken, so könnte ich's nicht schweigen, da ich ihm *Vorschuß* zu s[eine]r Reise, anfangs Juli, versprochen habe und dann nicht so viel, wie er wünscht, mehr herzugeben imstande wäre.

Sonstige wichtige Nova wüßte ich Dir eben nicht mitzuteilen. Wilhelm ist mit sr. Braut und deren Mutter nach Osterode abgereist; gern wäre er mit ersterer (in Begleit[un]g einer Tante) auch nach Berlin gegangen, da Ferdinand aber – aus Stralsund – schrieb, daß der Onkel z[ur] Z[ei]t seinen Wohnsitz auf einem Landhause, ohnweit Berlin, aufgeschlagen, so muß es unterbleiben, was mir – unter uns gesagt – aus mancherlei Gründen schon ganz lieb ist; indes wird er sich wohl etwas im Harz umsehen, und *das* ist ganz schön und ihm zu wünschen.

Laß mich doch jedenfalls *möglichst* bald von Dir hören, ich wartete mit Absend[un]g d[ieses] noch, da ich jeden Tag auf einen Br[ie]f von Dir hoffte, nun mag ich aber nicht länger damit zögern. – Gott mit Dir!

Ewig Deine treue Mutter.

Ferd[inand] wird diesen Sommer nicht hieher kommen, da Herr L[ampso]n mit sr. leidenden Frau auf 2–3 M[onate] ins südl[iche] Frankreich und nach Italien will; dagegen hat sich mir die M. P. aus Essen auf einige Wochen anfangs k[ommenden] M[ona]ts angekündigt, sie hat nämlich eine angenehme Reisegesellschaft bis hier ins Lippische.

165.
Georg Weerth an Gottfried Kinkel[1]

Brüssel, 15. Juni 1847

Verehrter Herr!

Damals waren Sie ein liebenswürdiger Mensch, ein Poet, mit dem man allenfalls ein unvernünftiges Wort reden konnte; aber vier Jahre flohen – »Dir, mein Kind, wie mir!«, und Sie könnten jetzt füglich Professor oder gar Pastor geworden sein – traurig! – namentlich für mich; denn ich weiß jetzt nicht, ob ich noch mit unbefangener Heiterkeit vor Ihre schönen Augen treten darf oder ob ich mich in biblischer Andacht und Demut einer höchst entfernten Annäherung unterfangen muß. – Ihr allein wißt es, ihr Unsterblichen! –

Aber die Demut ist eine falsche Münze, – ich kann nur vor mir selbst demütig sein und rede deswegen zu Ihnen so naiv wie Gott geredet mit den Erstlingen der Menschheit, weiland. – Redlicher, guter Gott!

Ich kann Ihnen versichern, daß ich im Jahre 1843 mit dem festen Vorsatz nach England ging, ein brauchbarer Gegenstand zu werden. »Georg Weerth« – Stand: »Kaufmann«. Gebürtig: »Detmold«. Alter: »21 Jahre«. Größe: »5 Schuh, 10 Zoll Kölnisch«. Haare: »blond«. Stirn: »oval«. Augenbraunen: »blond«. Augen: »braun« – Nase: »groß« – Mund: »gewöhnlich«. Bart: »fehlt«. Kinn: »spitz«. Gesicht: »oval«. Gesichtsfarbe: »blaß«. Besondere Zeichen: »Schulden«. –

Was wollte ich mehr? Ich hatte nichts Eiligeres zu tun, als mich in die Industrie zu stürzen, und es konnte nicht ausbleiben, daß ich gleich den Spleen bekam. An diesem Spleen habe ich drei volle Jahre gelitten – gelitten erschrecklich! Ich trank jeden Tag zwei Krüge Porter – trank vier Gläser Brandy und Wasser – aß nichts anderes als Beef – erfreute mich an vielem Tee, und es half zu nichts. Ich verliebte mich in eine Irländerin, küßte ein Dutzend kernige Schottinnen, verheiratete mich fast mit einer Welschen und sang Psalme zum Lobe Jehovahs mit mehr als sehr vielen Anglikanerinnen und half wieder nichts! – Ich wurde englischer Demokrat, wurde Chartist, schimpfte auf Lord John,[2] schwärmte für O'Connor,[3] boxte mich für Prinzipien und Grundsätze und half noch nichts! – Da ging ich zu den Sozialisten über, wurde ein Schüler Owens,[4] predigte Fourier,[5] legte den Cabet[6] aus, prophezeite eine bessere Welt, wurde Philanthrop und half Alles nichts! Am Tiefsinnigwerden warf ich mich auf Spitäler, studierte Armenwesen, Totengräberei, Giftmischen, Mechanik, Statistik – und wurde noch immer nicht

Gottfried Kinkel

gesund. Zitternd für mein Leben schloß ich mich den Free Traders an, hielt Reden für Abschaffung der Korn-Gesetze, donnerte gegen die Protektionisten, machte Eisenbahn-Spekulationen, verlor, was ich nie gewonnen hatte, und fühlte mich noch immer unwohl. – O, ich versichere Ihnen, ich habe Alles durchgemacht, was ein Sterblicher durchbringt, und zuletzt war ich doch noch davon überzeugt, daß ich in 14 Tagen an der Schwindsucht sterben würde und packte deswegen eines Morgens meinen Reisesack und fuhr nach Dover und nach Paris und legte mich mit dem Gefühl des herannahenden Todes ins Bett – o unsterbliches, unbeschreibliches Bett! – Als ich am andern Morgen aufstand, versicherten mir zwei infam allerliebste Lippen, daß ich durchaus gesund sei, und da gingen wir ins Palais royal und frühstückten in der Rotonde, Morgenluft mit Austern, Chablis mit Rosen und tête de veau mit Petersilie, und ich genas! – Viel habe ich genossen!

In jener Zeit aber baute Herr von Rothschild den chemin de fer du Nord, damit ich bequem nach Bruxelles fahren könnte – und so geschah's.

Wenn ich nun oft hier im Park sitze, unter den großen Ulmen, am hellen, lieben Tage, wo die ganze Welt so geschäftig ist und wo ich nur der einzige bin, der so unendlich faul und glücklich ist, da muß ich oft über mich lachen, wie ich so lange Zeit ein politischer, chartistischer, sozialistischer, kommunistischer, philanthropischer und entsetzlicher Esel sein konnte und falle dann vor der ersten besten Rose auf die Kniee und bitte sie wegen meiner Verirrungen um Verzeihung und gelobe ihr, künftig nur an singende Nachtigallen glauben zu wollen und an kleine Weiberfüße, an die Heiligkeit des Cancans und an des Lebens lieblichen Burgunder.

In einer solchen reuig menschlichen Stimmung blüht mir die alte Wollust wieder in der Seele herauf, – jene hohe Laune, wo man unendlich küßt, wo man Laternen einwirft, wo man in das beliebigste Haus geht und sich mit den Leuten an den Tisch setzt, gerade als ob man zur Familie gehörte, wo man seine Seligkeit für zwei Gutegroschen verkaufte, mit Vergnügen – und wo man Verse macht, mit Erlaubnis...

Verse! – Es ist gut, daß ich kein Homer geworden, dann säß ich schon im Himmel; es ist gut, daß ich kein deutscher Lyriker bin, denn sonst hätte ich Anwartschaft auf die Hölle. Die Hauptsache ist aber, daß ich bis zur Stunde selbst eigentlich noch nicht weiß, was ich bin. Als ich Ihnen einst erklärte, daß es sich noch sehr frage, ob Sie ein Poet wären, da antworteten Sie mir: daß dies allerdings richtig sei, denn die Anerkennung des Volkes mache erst den Poeten. Ich muß Ihnen gestehen, daß dies nicht im geringsten der Fall ist, das Volk ist dumm wie Gott; aber weil Sie nun einmal jener Ansicht sind, so will ich herzlich gern darauf eingehen.

In meinem Pult, unter meinem Bett, zur Seite des wärmenden Ofens, auf dem Abtritt häufen sich meine Manuskripte, und ich finde leider, daß ich die Musen sehr genotzüchtelt habe. Ein Roman, mehrere Broschüren, eine Geschichte der englischen Arbeiterbewegungen und ein Band Reise-Tollheiten nebst zahllosen poetischen Niederträchtigkeiten[7] sind fast schon gestorben, ehe sie geboren wurden. Stückwerk ist Alles auf dieser Welt, und ich bin ein wahres Kabinettstück. Aber was soll ich meinem Volke länger die Schätze meiner ovalen Stirn vorenthalten? »Ein Drang, der wahrlich nicht von innen kommt«, wie der arme, kranke Heinrich bemerkt, zwingt mich dazu, mich der deutschen Literatur und die d. Literatur mit mir bekannt zu machen. Ich laufe daher schon seit einigen Tagen in Brüssel herum und erkundige mich bei allen Gimpeln, wo ein Markt für meine Überproduktion zu erspähen sei.

Man versichert mir, daß in ökonomischer Hinsicht überall großes Miserere vorhanden sei, daß aber die Ehre sehr billig stehe, unter pari, wie spanische Effekten. Ferner erfuhr ich, daß Sie Vater von vier Kindern seien und einen Almanach[8] herausgäben. – Ei! Das konveniert mir ja vortrefflich! Das heißt, Ihr Almanach – Kinder erkenne ich nie an, namentlich nicht in Zeiten, wo die Kartoffeln 2 francs kosten, wo das Quarter Weizen 112 shilling sterling steht und wo der junge Cunningham[9] mir mit der ernstesten Miene von der Welt erzählen konnte, auf seines Vaters Gütern in Irland sei nur eine Frau vor Hunger gestorben und die sei schon sehr alt gewesen. George Cunningham hat 20 000 £ Rente, und die habe ich nicht. Armer George, wie bist du arm! Du hast 20 000 Pfund Rente, aber du hast nicht das Reiselied[10] eines Vagabunden geschrieben, jenes herrliche Reiselied, dessen ehelicher, unsterblicher Vater ich, ja nur ich bin!

Ich sende Ihnen davon die Ouvertüre, zu Ihrer eignen speziellen Erbauung und zur weitläuftigen Erquickung des sämtlichen Lesepublikums Ihres Almanachs, dem ich langes Leben und großen Absatz prophezeie, wenn er mich zu seinem ausgezeichneten Mitarbeiter erhält.

Aber verzeihen Sie, geehrter Herr, daß ich vier Seiten voll Torheit schreibe. Ich sehne mich nach Menschen, – ich habe mich mit vielem Vieh abgeben müssen; – ich wollte gern in Ihr Gedächtnis zurückpurzeln, und es wird mir ein Festtag sein, wenn ich auch einmal von Ihnen etwas höre.

Genehmigen Sie meine achtungsvolle Empfehlung

Georg Weerth.

Meine Adresse ist: No. 140 rue Royale, Bruxelles.

Wenn Sie Herrn Karl Simrock, den Dichter, sehen, so grüßen Sie ihn doch und sagen Sie ihm, ich dächte an ihn wie an jemand, den man sehr liebt und verehrt und den man gern einmal wiedersähe.

1 Gottfried Kinkel (1815–1882), Sohn eines Pfarrers, studierte in Bonn und Berlin Theologie und Germanistik, wurde 1836 Privatdozent für Kirchengeschichte in Berlin, 1839 Religionslehrer in Bonn, brach dann aber mit seinem theologischen Beruf. 1846 wurde er Professor für Kunst- und Kulturgeschichte und war publizistisch tätig. Weerth hat 1843 in Bonn bei ihm Vorlesungen besucht und gehörte auch zu dem literarischen Kreis um Kinkel und Simrock. 1848 war Kinkel Mitglied der preußischen Nationalversammlung als Vertreter der republikanischen Linken. Er beteiligte sich 1849 am badisch-pfälzischen Aufstand, wurde gefangengenommen und zu lebenslänglicher Festungshaft verurteilt, aber 1850 von Carl Schurz befreit. Er ging dann in die USA, später nach England und schließlich in die Schweiz. Weerth, Marx und Engels haben sein politisches Auftreten immer wieder kritisiert.

2 John Russel (1792–1878), britischer Politiker. Ab 1813 als Whig im Unterhaus; 1835–39 Innen-, 1839–41 Kolonialminister, kämpfte er danach als führendes Mitglied der liberalen Opposition für eine Fortsetzung der Reformen. Als Premierminister (1846–52) setzte er sich für eine Liberalisierung des Welthandels ein.

3 Feargus O'Connor (1794–1855), Führer der englischen Chartisten (benannt nach der Volkscharte von 1838). Vgl. dazu auch Weerths Aufsatz »Geschichte der Chartisten von 1832 bis 1848« (SW, Bd. 3, S. 309–375). Dort auch ein ausführlicheres Lebensbild O'Connors.

4 Robert Owen (1771–1858), britischer Unternehmer und Sozialreformer. Er wurde 1790 Leiter einer Baumwollspinnerei in Manchester, 1800 Mitbesitzer und Leiter der Baumwollspinnerei in New Lanark in Schottland, wo er eine Mustersiedlung für die Fabrikarbeiter errichtete, wodurch er die Sozialgesetzgebung anregte. Nach 1829 wirkte er stark auf die englische Gewerkschaftsbewegung ein. Weerth hat sich mehrfach mit Owen beschäftigt (vgl. dazu SW, Bd. 3, S. 309–375).

5 Charles Fourier (1772–1837), Vertreter des französischen utopischen Sozialismus, beeinflußte stark die spätere Genossenschaftsbewegung.

6 Etienne Cabet (1788–1856), utopischer Sozialist. 1834 gründete er die Zeitschrift »Le Populaire«, in der er Louis Philippe heftig angriff; 1834 wegen Majestätsbeleidigung angeklagt, floh er nach London, wo er den kommunistisch-utopischen Staatsroman »Reise nach Ikarien« schrieb (1842). Seit 1848 lebte er in Amerika.

7 Gemeint sind wohl vor allem das »Romanfragment«, die »Skizzen aus dem sozialen und politischen Leben der Briten« (zu denen auch zwei Kapitel gehören, die die Geschichte der Arbeiterbewegung erzählen: Kap. IX und X) und seine »Gedichte«.

8 Kinkel hat keinen Almanach herausgegeben.

9 In der »Kölnischen Zeitung« (Nr. 309–311 vom 5.–7. Novemberr 1847) erschien das Feuilleton »Cunningham«, worin Weerth das Zusammentreffen mit dem irischen Adligen Cunningham schildert (SW, Bd. 2, S. 103–127). Dort schreibt Weerth am Schluß: »Daß die Aristokratie sich zu diesen Reformen benutzen läßt, ja daß sie sich geradezu in diese revolutionären Bewegungen hineinstürzt, rettet sie aber trotz aller materiellen Verluste nichtsdestoweniger als bevorzugte Klasse der guten Sitten und der Intelligenz, und während vielleicht die Bourgeoisie nach errungenem Siege im Taumel der freien Konkurrenz jedes Recht und alle Freiheit verhöhnend dahinlebt, wird sich die Aristokratie mit der Arbeiterwelt, mit dem Proletariate vereinigen, um, freilich dann nicht mehr als Aristokratie, sondern nur als eine Klasse intelligenter, begeisterter Leute, gemeinschaftlich und *ein* Herz und *eine* Hand mit dem Volke die beiderseitige Feindin zu erdrücken und die Welt einem Zeitalter der Menschlichkeit und des Genusses entgegenzuführen. Durch ein solches Hingeben wird auch der junge Cunningham seinen Kopf retten können. Wir wollen ihm Glück zu seiner Rückkehr nach Irland wünschen.« (SW, Bd. 2, S. 126 f.).

10 Nicht überliefert.

166.

Georg Weerth an Wilhelmine Weerth

Brüssel, 18. Juni 1847[1]

Liebe Mutter!

Daß ich dich vergessen hätte, das ist nicht möglich! Daß ich Dir aber in 6 Wochen nicht schrieb, das könnte vielleicht der Fall sein. Der Handel ging schlecht, Reisen waren nicht zu machen, hier in Brüssel wenig zu tun – was sollte ich anfangen? Ich setzte mich daher hin und schrieb ein langes Gedicht von einem Postillon,[2] der ein Mädchen liebt und sie zu seiner Postillonin macht und dann den Hals bricht, – d.h. den Hals hat er noch nicht gebrochen, denn die letzten 30 unsterblichen Verse sind noch nicht fertig. Darüber habe ich dann aber alles vergessen und so auch, an Dich zu schreiben.

Deinen sogenannten ersten Brief durch Herrn Schönfeld erhielt ich nicht. Dein zweiter, vom 1. Mai, kam mir richtig per Post zu. Das ist recht, daß Du am 1. Mai an Deinen langen Sohn schreibst; während Du vielleicht mit Deinem Briefe beschäftigt warst, saßen wir hier in Brüssel und feierten den schönen Frühlingsanfang, und die Blumen fingen an aufzugehn, und die Nachtigallen sangen – grüße mir auch die Nachtigallen in Eurer Gegend! Vor allen Dingen vergiß mir aber den Holunderbaum nicht – ich erinnere mich seiner lebendig und meine, ich röche seine Blüten noch zur Stunde. Mit seiner schönen Krone nickt er duftig, träumerisch in den Garten hinein, und geht der Mond auf, da spricht er leise mit dem krummen Borsdorfer und dem Bergamottenriesen und mit der dunklen Laube, ganz hinten an Brüggemeiers Mauer – hat er sich nie nach mir erkundigt?

Dufte fort, du seliger Holunder! Du bist glücklicher dran wie manche Menschen, die entweder nur kurze Zeit oder gar nicht duften können, ach, und die oft sogar in üblem Geruche stehen – in üblem Geruche muß jetzt z.B. ein gewisser Georg Weerth bei Dir stehen, den man noch wegen seiner Schulden vom Jahre 1843 mahnt.

Ach, auch Deinen Brief vom 11. d[iese]s erhielt ich und blickte mit Wehmut auf die Rechnung des bedrängten Bonners; nicht weil ich mich darüber ärgern mußte, einst Schulden gemacht zu haben, denn das war damals nicht anders möglich, sondern weil der Herr August Weerth diese Lumperei nicht berichtigt hat, wie er mir seinerzeit versprach. Ich weiß nicht, ob Du Dich dessen noch erinnerst, daß ich einige Zeit bei August Weerth beschäftigt war, kurz nachdem ich den Alten verließ. Für die damals getane Arbeit wurde mir nichts ausbezahlt, und August wollte dagegen verschiedene Sachen für mich regulieren. Einiges hat er berichtigt, anderes nicht, und es ist mir schon mehrere Male vorgekommen, daß sich die Leute in Bonn eines Pöstchens wegen an mich wandten, das ich längst abgemacht glaubte. Daß er diesem Schuster nichts zahlte, ist ziemlich ordinär, da der Mann in einem Hause des Alten wohnt und Pacht zu entrichten hat, an der man meine Schuld abziehen wollte. Es kann nichts nutzen, daß ich jetzt noch mal deswegen an Weerths schreibe, da die Sache zu alt ist. Ich schickte deswegen heute 12 Taler in Kassenscheinen an den Schuster und lasse ihm den Rest durch einen Kölner Freund auszahlen, der mir geradesoviel schuldet, wie der Bonner dann noch samt Zinsen zu erhalten hat.

Im übrigen ist mir das Leben sehr unwichtig verstrichen. Ein Hamburger hat mir eine neue Agentur übertragen, die wohl gut ist, aber erst später etwas abwerfen wird.

Neulich war ich mit ungefähr 25 Deutschen, Männern, Frauen und Kindern, auf einer Landpartie nach Groenendal und Beaufort, die mir deswegen doppelt lieb war, da ich meine beiden speziellen Freundinnen, die Frau Doktorin Breyer und die Pastorin Becker, bei mir hatte. Erstere liebe ich, weil sie schön ist; die Pastorin, weil sie sich durch große Artigkeit gegen mich auszeichnet. Übrigens ist die Doktorin nicht weniger freundlich, und wenn sie ihr lila Kleid und die rosenroten Pantoffeln trägt, morgens zwischen 11 und 2, da kann ich nicht nicht anders, und ich muß ihr jedesmal Blumen schenken.

Der Pastor und seine Frau passen gut zueinander; Becker war stets eine ehrliche Haut und ist jetzt auch äußerlich noch angenehmer geworden.

Wie ich neulich in der Zeitung las, wird die Eisenbahn zwischen Köln und Minden im nächsten Oktober fertig. Wenn es dann nun etwas auch spät für Dich zum Reisen ist, so hoffe ich, Dich doch jedenfalls im Frühjahr 1848 hier zu sehen. Die Frau Doktorin will sich alle Mühe geben, deutsch mit Dir zu sprechen, und andere gute Freundinnen wirst Du gewiß finden.

Wilhelm scheint ja ganz herrliche Dinge zu treiben, was ich ihm nicht verdenke; so in den Harz zu reisen mit dem kleinen Frauenzimmer, das ist gewiß nicht übel. Aber kann Carl das stets ruhig ansehn? Von Ferdinand hörte ich dieser Tage etwas durch einen Bekannten, der ihn in Berlin auf der Straße getroffen hatte. Wünsche Carl viel Heiterkeit und Pläsier zu seiner bevorstehenden Reise. –

Deine Mitteilungen über dortige junge Leute waren mir sehr interessant, und ich wünschte nur, daß das Lippische Land noch ein Stückchen größer wäre, damit mancher einen größeren Spielraum für seine Tätigkeit fände. Ich denke es mir schrecklich, so als angegangener Advokat noch ein Jahrzehnt auf der Krummenstraße liegen zu müssen. *Die* Menschen sollten doch alle nur nach Mexiko gehen und sich für die Vereinigten Staaten herumschlagen; da kommen sie eher zu Ruhm und Brot, – man kann freilich dabei auch zu früh ins Gras beißen. Was macht doch das Malheur (Maler) Quentell? – Früher malte er Pferde und wandelte in stiller »Selbstentfaltung« – was ist aus ihm doch geworden?

Von unserm alten Freunde Püttmann hörte ich zuletzt nur Trauriges, – er hat eine Frau und acht Kinder und kein Geld.

So geht alles in der Welt drunter und drüber, und weil es neulich hier auf Medardus[3] geregnet hat, so bekommen wir auch jetzt jeden Tag einige derbe Güsse. Die Menschen müssen deswegen oft zu Hause bleiben; – namentlich sammelt sich hier unten im Hause oft eine ganze Gesellschaft. Alexandrine, Josephine, Mimi und Clémence singen den ganzen Tag, zuweilen auch sehr falsch. Das macht aber nichts. Es sind gute Kinder, die jetzt von Sonnenschein und Erdbeeren leben würden, wenn es dergleichen gäbe. Sonnenschein konnte ich ihnen nicht kaufen – wohl aber Erdbeeren, und als ich ihnen gestern einen Korb voll brachte, da jauchzten sie wie eine Million Engel, und bis um Mitternacht klang es zu mir herauf, ja, es klang: »Bonjour, Monsieur Renard, comment vous portez vous?«, und ich wollte, ich könnte Dir auch die Melodie schreiben, welche gar lieblich ist und den kleinen Musard[4] zum Verfasser hat, den mit der roten Nase.

Mein Hausgenosse über mir ist seit einigen Wochen verschwunden, spurlos, und hinterläßt nur 30 000 Francs Schulden, welche er seinen gedankenvollen Gläubigern in seliger Erinnerung zu vermachen geruht.

So könnte ich Dir noch manches schreiben, was Dich interessieren wird und nicht interessiert – ich will Dir des Guten und Schlechten aber nicht zu viel auf einmal auftischen und behalte mir daher allerlei vor, bis wir wieder mündlich miteinander lispeln.

In den nächsten Tagen gehe ich nach Tournai und Courtrai, dann auch einmal wieder nach Overijssel; – ein Amerikaner will mich auch besuchen, damit wir gemeinschaftlich nach Aachen reisen, – ich schreibe Dir daher bald wieder einen Reisebericht.

Leb wohl, liebe Mutter! Das ist das beste, was ich Dir wünschen kann, und ich wünsche es von ganzem Herzen.

Dein Georg.

1 Weerth schreibt irrtümlich Juli; Juni ergibt sich aus dem Inhalt.
2 Das Gedicht blieb unvollendet und ungedruckt; der Anfang ist handschriftlich überliefert.
3 8. Juni.
4 Musard (1789–1853) Pariser Dirigent und Komponist.

167.

Wilhelmine Weerth an Georg Weerth

Detmold, Johannistag [= 24.6.]1847

Da tritt eben der j[unge] H[err] Piderit[1] ein, um Deine Adresse ersuchend und zugl[eich] zu anderm erbötig, was ich benutze, um Dir mit ein p[aar] Worten zu sagen, daß ich Dein Schr[ei]b[en] vor einigen Tagen empfing, erfreut zwar und *von Herzen*, daß Du gesund und wohl, doch zugl[eich] etwas Lust empfindend, Dich zu schelten, daß Du über einen phantasierten unglückl[ichen] Postillon Deine wirkl[iche], etwas unglückl[iche], existierende Mutter – nicht wie Du meinst – 6 Wochen nach einem Brief von D[ir] schmachten ließest (denn vom 18. April – 18. Juni ist's wohl etwas länger) und dabei so fidel wie eine Imme im Holunderbusch!

Wie eine Mutter aber immer wieder zum Vergeben geneigt ist – trotzdem daß die Jungen es sich so wohl sein lassen – schicke ich Dir hiebei den schon vorlängst verheiß'nen Schal, um sogar noch zukünftigen Übeln vorzubeugen. Daß er diesen Zweck vollkommen erfülle, ist der herzlichste Wunsch

Deiner treuen Mutter.

Künftig ein Mehreres, es muß dies gleich fort, und noch kam Besuch über Besuch, deshalb diese Hast.

1 Carl Piderit (1824–1901), Sohn des lippischen Oberlandesgerichtsdirektors und Präsidenten Wilhelm Piderit.

168.

Georg Weerth an Wilhelmine Weerth

Brüssel, 29. Juli 1847

Liebe Mutter!

Ich komme eben von Holland zurück, wo ich beinah 4 Wochen zu tun hatte und nie dazu kommen konnte, an Dich zu schreiben. Ich nehme jetzt gewöhnlich Amsterdam zu meinem Hauptquartier und mache von da aus dann Abstecher nach allen Seiten, da jetzt Rotterdam, Haag, Utrecht, Arnheim, Leiden, Haarlem alle durch Eisenbahnen mit ersterm Orte verbunden sind. In aller Frühe geht es dann gewöhnlich hinaus, und der letzte Zug bringt mich wieder nach Amsterdam zurück; – da bleibt dann eigentlich keine ruhige Minute übrig. Das Geschäft in Holland gefällt mir schon, und 3–4 Wochen kann man das Leben dort schon aushalten; – viel länger aber nicht, und ich bin immer froh, wenn ich wieder in Brüssel bin.

Carl Piderit[1] überbrachte mir seinerz[ei]t Deinen Brief und den schönen Schal, für den ich sehr danke. Ich habe auf meiner Reise gleich Gebrauch davon gemacht und trage ihn, wie ich bemerke, auch noch in diesem Augenblick, da es heute Morgen gerade sehr kühl ist. Der Piderit ist wirklich ein ehrlicher, guter Teutoburger! Da kommt er mit einer großen Fahne in der Hand aus seiner Heimat und geht nach Gent, um dort mit den Flamländern zu singen – so etwas kann nur einem Teutoburger einfallen; – ich habe mich sehr darüber amüsiert. Die Deutschen sind sehr zufrieden mit dem Empfang, den sie in Gent auszustehen hatten. Auch Emil Weerth, der Sohn des alten Kommerzienrates in Bonn, besuchte mich und erzählte mir viel Interessantes und Nichtinteressantes. –

Der Lärm von den Eisenbahnen, von Dampfschiffen und von allen den Menschen, mit denen man auf der Reise zusammenkommt, sitzt mir noch so im Kopfe, daß ich noch keine Gemütsruhe wieder erlangen kann. Man trifft wirklich kuriose Geschöpfe auf dieser Welt. Vor allem habe ich mich aber wieder mit den Amsterdamer Juden amüsiert. – Mit denen zu schachern, das ist eine wahre Freude – da merkt man, daß man immer ein Stümper bleibt. In Amsterdam logiere ich immer im Hotel »Des Pays Bas«, welches das erste dortige Wirtshaus ist; – Reisende aus allen Teilen der Welt sitzen dort immer zu Tische, und ich freue mich oft, daß ich drei Sprachen sprechen kann, denn manche belustigende Bekanntschaft macht sich dadurch. In Scheveningen hielt ich mich etwas auf und ließ die See an mir hinaufbrausen. Abends hatten wir Gewitter, und alle Wellen waren purpurrot. In Overijssel trieb ich mich mit den Bauern herum und ließ mir ihre schöne Ernte zeigen, die wirklich diesmal sehr reichlich ausfällt. Da sah ich einen Roggen-Hucht (Hucht!!!), es waren 33 Ähren aus einem Korn gewachsen, und ich zählte die Körner in einigen Ähren und fand 50 und darüber, – also 1 700 Körner aus einem gewachsen!

In Rotterdam traf ich einen ganzen Troß meiner Konkurrenten aus Bradford und Manchester, die alle nach dem Kontinent zustürzten; – wir reisten gestern Morgen von Rotterdam nach Antwerpen.

Von Ferdinand hörte ich lange nichts, – ich werde ihm dieser Tage einmal schreiben. Grüße Wilhelm und seine Braut von mir; – ebenso Carl, der hoffentlich viel Spaß auf seiner Tour nach Norwegen gehabt hat.

In den nächsten Wochen bleibe ich nun hier und schreibe Dir dann ausführlicher; – bis dahin wird dann auch wohl wieder ein Brief von Dir eintreffen.

Ich nehme an, daß Du Dich recht wohl befindest, und freue mich von Herzen darüber. –

Mit tausend Grüßen

Dein Georg.

1 Siehe den Brief Wilhelmine Weerth an Georg Weerth vom 24.6.1847.

169.

Georg Weerth an Wilhelmine Weerth

Brüssel, 25. August 1847

Liebe Mutter!

Deine Briefe bleiben mir jetzt doch etwas zu lange aus. Was habe ich verbrochen, daß ich so lange warten muß? Ich schrieb Dir zuletzt vor etwa 4 Wochen und erhielt seitdem jenen lang unterwegs gebliebenen Brief, den ursprünglich der Schönfeld mitbringen sollte. Gib doch nie und nimmer mehr einen Brief an dergleichen nachlässige Leute, – alles per Post, denn das Porto ist nicht der Rede wert, – ich will es gern bezahlen und hättest Du auch einen der Extersteine in das Papier gelegt. – Wenn jener Brief auch 4 Monate auf der Reise blieb, so war er doch so frisch für mich, als wäre er erst am Tage vorher geschrieben; – nachdem ich die zwar sehr freundliche, aber tödlich schwatzhafte Frau Pastorin Becker, die mir Deinen Brief überreichte, verlassen hatte, ging ich lesend von einem Ende Brüssels zum andern, und ich habe gewiß von allem rechts und links nichts bemerkt.

Der Sommer hat seit vorgestern hier aufgehört und einem sehr kalten, nebligen Herbstwetter Platz gemacht, das mich deutlich an jene seligen Stunden in Bradford/Yorksh[ire] erinnert.

Ach, das waren traurige Zeiten! Ich hatte oft so sehr den Spleen, daß ich fast jeden Abend vor dem Schlafengehn wie ein kleiner Junge unter das Bett sah, um mich davon zu überzeugen, daß keine Diebe und Mörder darunter stäken. Aus dem traurigen Bradford hat sich aber indes meine jetzige Stellung entwickelt, und so bin ich schon zufrieden.

Mit dem Handel ist es freilich sehr schlecht in diesem Jahre gegangen, und ich habe lange nicht so viel verdient, wie ich mir vornahm. Das war aber bei diesen schlechten Zeiten nicht anders möglich. Allmählich kommt die Geschichte jetzt wieder in das rechte Gleis.

Hoffentlich habe ich im nächsten Frühjahr ein Sümmchen zu meiner Disposition, und dann müssen wir jedenfalls eine Zusammenkunft halten, und da bis dahin die Eisenbahn von Minden nach Brüssel fertig ist, so wird es am besten sein, daß Du mich hier besuchst. Ich habe Dir die Sache früher schon einmal auseindergesetzt und finde immer mehr, daß es so ganz herrlich wäre. Du reist dann bis Köln oder Aachen allein oder in Gesellschaft von Carl, und in Verviers an der belgischen Grenze nehme ich Euch in Empfang. – Carl kann dann auch nach Paris gehen.

Da fällt mir bei Paris die schreckliche Geschichte ein, welche seit einigen Tagen hier alle Gemüter in Bewegung setzt. Man fühlt, daß man schon halb in Frankreich ist, denn alles nimmt hier Interesse daran. Nachdem nämlich in den letzten Monaten die liederlichsten Geschichten der ersten Männer Frankreichs ans Licht kamen und Louis Philippe noch gar im letzten Juli eines Diebstahls von 75 Millionen mit Recht beschuldigt werden konnte, ermordet jetzt der Duc de Praslin seine schöne Frau, eine Mutter von 9 Kindern. Man arretierte ihn, die Pairskammer wird zusammengerufen, um über den Mörder zu Gericht zu sitzen; – in diesen Tagen sollte der Prozeß vor sich gehen, da krepiert gestern abend um 5 Uhr das Scheusal infolge einer Dosis Arsenik, welche der Schwiegervater des Mörders, der General Sebastiani, mit eigner Hand dem Unglücklichen gereicht haben soll, damit die Familien der Praslins und Sebastianis nicht die Schande erlebten, einen aus ihrer Mitte auf dem Schafott sterben zu sehen. Ist das nicht eine saftige Geschichte?

Man würde von diesen Sachen nicht so viel Lärm machen, wenn sie nicht die Zustände des heutigen Frankreichs gar zu genau bezeichneten. Immoralität und Gemeinheit sitzen jetzt in Frankreich am Ruder.

Von meiner nächsten Umgebung könnte ich Dir auch manches erzählen, da Du aber die Leute alle nicht kennst, so kann es eigentlich zu nichts dienen. Mit meinem Amerikaner war ich in voriger Woche in Verviers und Lüttich und knüpfte Geschäfte für die V[ereinigten] Staaten an, – wir müssen nun abwarten, was daraus wird. Wenn das gelänge, so erhielte ich wirklich einen weiten Wirkungskreis; – die rohe Wolle verkaufe ich davon von Australien über England nach Belgien und dirigiere dann das daraus gemachte Tuch nach dem fernen Westen von Amerika, damit es in Kentucky und Cincinnati auf dem Markte verkauft wird.

Von Wilhelm habe ich nun lange nichts mehr gehört und hoffe, daß er sich samt seiner kleinen Braut recht wohl befindet; – grüße doch auch Carl von mir und veranlasse ihn gelegentlich zu einem Briefe. An Ferdinand werde ich in diesen Tagen schreiben. Cöllns bitte ich ebenfalls zu grüßen.

Ich gebe Dir nun noch einige Tage Zeit, liebe Mutter; dann muß ich aber einen Brief haben. – Hoffentlich bist Du wohl, daß muß ich nun aber auch von Dir hören.

Mit herzlichem Gruße

Dein Georg.

170.

Wilhelmine Weerth an Georg Weerth (Auszug)

Detm[old], [28.][1] August 1847

[Die Mutter erzählt von der Reise, die Carl nach Lübeck, Dänemark und Schweden macht und über die sie durch seine Briefe unterrichtet ist. Da Wilhelm gerade eine Reise in den Harz machte, waren ihre 4 Söhne alle auf Reisen. Im weiteren schreibt sie:]

Althaus schriftstellert seit einiger Zeit in Leipzig; gut, daß er hier mal unter'n Füßen weg ist. – Malheur malt noch genug; Tiere – Menschen und Landschaften, doch meines Bedenkens nach sollte er nicht so vielerlei durcheinander arbeiten. Nächst[en]s wird er wieder ins Weite gehn, entweder nach Stuttgart oder nach Wien – wie die Schwestern mir sagten; zu welchem Zweck, davon verlautete nichts, – ich denke, er wird sich mit seiner Stift-Malerei wohl etwas zu erwerben suchen wollen – wenigst[en]s wäre dies sehr zu wünschen und er trifft nicht übel, – aber der Portraiteurs gibt's freilich auch genug und übergenug. – Also: ein *malheur* ist's und bleibt's! Daß es unsern Lippern nicht an Mut fehlt, sich auch in andre Weltteile zu begeben, davon hat die Auswandrung nach Amerika hinreichenden Beweis geliefert; ob es aber dort allen zum Heil gereichen wird, ist die große Frage? – Bodo Rosen ist physisch und moralisch dort untergegangen – ebenso der älteste Kemper, Dein Bekannter von Barmen her – freilich aber wohl durch eigne Schuld. Von C. Piderit wirst Du wissen, daß sein Bruder Rudolph jetzt nach Valparaiso gegangen etc. etc. Eine erfreuliche Erscheinung war uns in den letzten Tagen Georg Rosen, der von Konstantinopel aus sich zu gleicher Zeit mit s[eine]r Schwester Klingemann aus London hier aufhält, diese jetzt bis Ostende begleitet – bis wohin Klingem. ihr entgegenkommt – dann s[eine]n Bruder in Köln zu besuchen und darauf wieder hieher zurückzukommen gedenkt, bevor er wieder nach Konstant. geht. Er ist ein ebenso liebenswürdiger, bescheidner junger Mann, wie er gescheut und unterrichtet ist. Er übersetzte ein türkisches Werk ins Deutsche, was höchst interessent sein soll; Carl – dem er ein Exemplar verehrte – studiert's jetzt.

[Zum Schluß kommt die Mutter noch einmal auf Georgs Schulden aus früheren Jahren zurück, da ein erneuter Mahnbrief eingetroffen ist. Sie macht ihm Vorwürfe wegen der hohen Schulden. Sie fragt ihn, wieweit er jetzt imstande ist, die Dinge in Ordnung zu bringen.]

1 Laut Poststempel.

172.

Wilhelmine Weerth an Georg Weerth (Hinweis)

Detm[old], 10.9.1847

[Die Mutter ist weiterhin beunruhigt wegen der Schuldengeschichte. Darüber hinaus beschäftigt sie sich mit den Ereignissen in Frankreich und Belgien, die sie »schauderhaft« nennt.]

172.

Georg Weerth an Wilhelmine Weerth

Brüssel, 14. September 1847

Liebe Mutter!

In diesem Augenblick erhalte ich Deinen Brief vom 10. d[iese]s – den andern vom August erhielt ich ebenfalls – und ich ärgere mich nun, daß ich Dir damals nicht gleich geantwortet habe.

Du arme Mutter bist nun besorgt – und was das schlimmste ist: um eine wahre Lappalie; – ich möchte diesen Leuten in Bonn die Hälse brechen, wenn ich könnte; den armen Schustern und Schneidern weniger, welche ganz recht haben, als jenen Lümmeln von Weerths.

Ich hätte alle diese Geschichten von England aus mehrere Male bezahlen können, – ich tat es aber absichtlich nicht, weil ich immer dachte, daß die reichen Schufte wohl so viel Ehre im Leibe haben würden, solche Lumpereien, nach ihrem Versprechen, zu tilgen; – sie haben es nun nicht getan, und wie ich neulich dem Schuster Voigt einen Wechsel schickte, so muß ich auch den andern Bären losbinden. Der Schneider Steiner erhielt in voriger Woche Frs. 100.–, also beinah die Hälfte der Schuld – in nächstem Monat Oktober, wie ich ihm schrieb, erfolgen wieder 100 Frs., und damit ist dann die Sache fertig.

Ich bin nichts weniger als reich und habe leider mit allerlei Sachen viel Geld verloren, – ich sitze deswegen gar nicht so sehr in der Wolle, wie die Leute hier und in Bonn wohl meinen. Aber einige Hundert Francs habe ich disponibel, und es kann gar keine Rede davon sein, daß Wilhelm oder Du mir unter die Arme greifen sollen.

Ich hoffe im Gegenteil, bis zu nächstem Frühjahr sehr glatt zu sein, und wenn sich nur meine schwächsten Aussichten erfüllen, so kann dann auch mit allem Glanz die beabsichtigte Reise ausgeführt werden.

Ebenso unangehm es mir ist, daß Dir der alte Weerth meine Kreditoren auf den Hals gehetzt hat, ebenso aufrichtig kann ich Dir versichern, daß Du alle Ursache hast, Dich wegen der Geschichte zu beruhigen.

Ich schreibe jetzt dem salva venia Kommerzienrat, daß er sich nicht mehr unterstehen soll, die Leute an Dich zu verweisen, – ich gebe ihm hier meine Adresse auf und ersuche ihn, alle Leute, die noch Forderungen an mich zu haben glauben – ich weiß deren freilich keine mehr –, an mich selbst zu adressieren, damit sie abgefunden werden.

Dem alten Weerth selbst bin ich noch Geld schuldig; das soll er aber nicht zurück haben, und wenn er sich auch auf seinen Schädel stellt und zweitausend Jahre lang den Hintern mit Fäusten schlägt – wenn er mich je darum mahnen sollte, so werde ich ihm beweisen, daß er mir, ich aber nicht ihm Geld schulde, daß er mich im Gegenteil betrogen hat wie ein alter Büttel, und den ganzen Bonner Bettel will ich dann an den Pranger stellen, mit allen Schuftereien, Diebstählen, unehelichen Kindern, Schmarotzereien und Gemeinheiten, daß der alte Gauner sich kreuzigen und segnen soll.

Ich wollte schon einmal die ganze Sache der Öffentlichkeit übergeben, unterließ es aber, des Skandals wegen.

Um eins bitte ich Dich, liebe Mutter, bekümmere Dich um die ganze Sache nicht – es wäre wirklich gar zu heiter, wenn ich solche Bagatellen nicht allein zu beseitigen wüßte.

An Ferdinand werde ich morgen, an seinem Geburtstage, schreiben (nach Leipzig) – Wilhelm soll ebenfalls bald wieder etwas von mir hören, – ich sitze augenblicklich gerade zu sehr in der Arbeit. Grüße ihn und Carl einstweilen aufs herzlichste von mir.

Hier im Lande ist jetzt geschäftige Bewegung.

Außer dem Handel, der jetzt besser geht, nimmt mich die Industrieausstellung sehr in Anspruch, da sie mich über tausend Sachen belehrt, die mir bisher unbekannt waren und meine Beschäftigung sehr erschwerten. Ende dieser Woche haben wir hier einen Freihandelskongreß, zu dem viele Ökonomisten aus aller Welt herbeilaufen – englische Parlamentsmitglieder, Lamartine, Michel Chevalier[1] und sonstige Franzosen; die belgischen Fabrikanten treten als Opponenten auf, und man verspricht sich herrliche Debatten. Ich selbst habe auf der Stenographenbank einen Sitz erhalten, obgleich ich nichts vom Schnellschreiben verstehe. Man sitzt aber dort am vorteilhaftesten.

In den letzten Wochen stürzte man hier das katholische Ministerium,[2] und die Liberalen sind nun am Ruder. Mehrere meiner jungen Bekannten voltigieren daher jetzt in den Staatsdienst. Am 22.–25. September sind die bekannten Feste zur Feier des Jahrestages der belgischen Revolution, von denen ich Dir später erzählen will.

Die Deutschen, Polen, Schweizer, Engländer und einige Belgier arrangieren bei der Gelegenheit ein großes Bankett, bei dem jeder seine politische Weisheit zum besten geben kann. – So ist dies kleine Land hinten und vorn in Alarm.

Für Deine Mitteilungen aus Detmold meinen herzlichen Dank.

Hoffentlich bist Du bei Ankunft dieses Briefes in ebenso rosiger Laune, wie ich augenblicklich bin.

Es fehlt nun nichts mehr, als daß wir uns bald einmal wiedersehen.

Leb wohl, liebe Mutter!

Hier hast Du den herzlichsten Gruß

Deines Georg.

1 Michel Chevalier (1806–1879), französischer Theoretiker des Freihandels.

2 Nach der Entstehung des unabhängigen Staates Belgien 1830 fiel der einigende Gegensatz zu den Niederlanden fort; es zeigten sich nun Spannungen zwischen den liberalen und katholischen Bewegungen. Die Regierungen wechselten ständig.

173.
Georg Weerth an Wilhelm Weerth

[Bruxelles, 27. September 1847][1]

Lieber Wilhelm!

Ich habe Dir so lange nicht geschrieben, weil ich fest davon überzeugt war, daß Dich meine Briefe nicht glücklicher machen könnten, als Du von Gottes und Rechts wegen sein solltest. Wenn man mit jungen Weibern zu tun hat, da bedarf es weiter des Irdischen nicht mehr. Hoffentlich geht es Dir und Deiner Auguste wohl; grüße sie aufs herzlichste von mir.

Lange Zeit ist mein Leben so einförmig fortgegangen, daß ich mich wirklich ernstlich besinnen müßte, ehe ich Dir irgendein Ereignis auftischen könnte; da will es plötzlich der Zufall, daß mir der 18. September zu einem sonderbaren Tage wird. Ich habe gerade einige Augenblicke Zeit, – ich will Dir die Geschichte erzählen. –

Du wirst vielleicht aus den Zeitungen gesehen haben, daß die Association belge pour la liberté commerciale vor kurzem die Ökonomen aller Länder und Völker zu einem großen Kongreß nach Brüssel eingeladen hatte, damit man überlege, wie die durch die englische Anti-Corn-Law-League begonnene Bewegung zur Abschaffung der Barrieren zwischen den verschiedenen Ländern auch auf dem Kontinent fortzusetzen und zu vollenden sei.

Ich will nicht weiter über die Wichtigkeit eines solchen Aufrufs sprechen – genug, 13 Völker waren bei dem Kongreß vertreten. Belgien, Deutschland, Frankreich, Italien, Holland, Spanien, Schweden, Dänemark, Amerika, England, Rußland, die Schweiz und Portugal hatten dem Aufruf gehorcht und ihre Repräsentanten geschickt.

Am 16. d[iese]s M[ona]ts eröffnete der belgische Ex-Minister de Brouckère[2] die Sitzung, indem er der Versammlung 4 Fragen vorschlug, welche man debattieren sollte. Ich will Dir die 2 ersten Fragen nicht weiter auseinandersetzen – sie betreffen die Vorteile des freien Handels im allgemeinen. Während 2 Tagen, am 16. und 17. ds., wurde von 10 Uhr morgens bis 6 Uhr abends von den ausgezeichnetsten Leuten darüber diskutiert. Die Protektionisten wurden total geschlagen; die Anhänger des freien Handels errangen den vollständigsten Sieg.

Da nahte der dritte Tag. Es handelte sich darum, zu beweisen, daß der freie Handel zur Prosperität »der arbeitenden Klasse« führen werde. Wenn mich die 2 ersten Fragen interessierten, so kannst Du leicht denken, daß mich die dritte mehr als alles andere in Anspruch nahm. Ich gehöre seit mehreren Jahren zu einer Partei, die es sich zum Ziele gesteckt hat, die soziale Misere unsres Jahrhunderts ans Licht heraufzuzerren. Wo liegt diese Misere entsetzlicher am Tage als in dem Zustand, in dem sich die arbeitende Klasse, die Grundlage der ganzen jetzigen Gesellschaft, befindet? Der Kongreß gab uns durch seine dritte Frage eine herrliche Gelegenheit, mit all unsern Argumenten, mit unsrer ganzen Wut und Begeisterung in die Schranken zu treten und das zur Sprache zu bringen, was uns Tag und Nacht keine Ruhe ließ.

Ich selbst hielt mich für zu unfähig, persönlich aufzutreten; ich lief deswegen von vornherein zu einem der talentvollsten unsrer Anhänger; – ich beschwor ihn vom Himmel bis zur Erde, diesen günstigen Moment nicht verstreichen zu lassen – vergebens! Er schlug es aus. Ich bearbeitete den zweiten, den dritten, den vierten, den einen nach dem andern aber keiner hatte Mut – keiner Entschlossenheit.

Die zwei ersten Tage verstrichen daher, ohne daß ein Redner die Freihandelsfrage vom sozialen Standpunkte aus behandelt hätte. Es wurde Abend – ich war in einer fürchterlichen Aufregung – ich weiß nicht, ob Du so etwas kennst – die Galle steht einem bis oben im Halse – das Blut rumort einem im Leibe, als sollte es aus allen Poren herausspritzen – wie wahnsinnig lief ich in der Stadt herum; es war unterdes Mitternacht geworden – ich konnte nicht anders mehr, ich nahm mir fest vor, am nächsten Morgen auf die Tribüne zu steigen.

Einen Bekannten, der sehr flüssig französisch schreibt, störte ich aus dem Bette auf und diktierte ihm eine Rede.[3] Gegen 3 Uhr morgens waren wir fertig. Ich schlief einige Stunden, stand um 8 Uhr auf, las meine Rede noch einmal durch und war mehr als je entschlossen, es aufs äußerste ankommen zu lassen.

Ich kann Dir versichern, daß mir das Herz etwas klopfte. Man hatte die Chance, sich entweder unendlich zu blamieren oder einen enormen Triumph davonzutragen. Die Aussicht auf den letztern überwand zuletzt alle Furcht. Es lockte mich, dieser Versammlung von großenteils heuchlerischen und aufgeblasenen Gesellen einmal den Handschuh keck ins Gesicht zu schleudern. Dabei dann auch der Gedanke, daß die Versammlung nichtsdestoweniger aus der Elite der jetzigen europäischen Welt bestand, – daß man in dem alten gotischen Saale des Hôtel de Ville sprach – in demselben Raume, der einst von den Stimmen Egmonts, Albas und so vieler Männer der Französischen Revolution widertönte – kurz, alles hatte Reiz – ich konnte nicht widerstehen. Um 9 Uhr stand ich vor dem Tisch des Präsidenten und verlangte das Wort. Ich hatte gehofft, zuerst gekommen zu sein, ich wollte zuerst sprechen, ich wollte hintereinander die Frage stellen, über welche die Debatte rollen sollte; – denke Dir meinen Schrecken, ich fand, daß schon 7 Redner vor mir eingeschrieben waren. Ich gab alles verloren – wenn 7 alte Philister vor mir gesprochen hatten, da war es nur zu gewiß, daß man die Frage längst auf ein sehr unschuldiges Feld hinübergespielt hatte – die ganze Taktik bestand darin, die Leute von vornherein ad coram[4] zu nehmen – ich wäre untröstlich; – ich ersuchte den Präsidenten flehentlich, mich dennoch zuerst auftreten zu lassen – er konnte es nicht erlauben – ich mußte abtreten.

Die Sitzung war indes eröffnet. Das englische Parlamentsmitglied Brown,[5] ein alter, trockner Mann, begann mit einer langen Rede in englischer Sprache. Ausnahmsweise hatte man ihm erlaubt, englisch zu sprechen, – die Diskussion sollte sonst französisch geführt werden. Die meisten verstanden ihn daher nicht – er sprach 1/2 Stunde lang – er sprach noch viel länger. – Alles wurde unruhig und unbehaglich – man scharrte und spuckte, und jeder atmete erquickt auf, als Mr. Brown endlich fertig war. Als zweiter Redner hatte sich der bekannte Dr. Bowring,[6] ebenfalls engl[isches] Parlamentsmitglied, einschreiben lassen. Man harrte diesem interessanten Manne schon ungeduldig entgegen, da erklärt der Präsident plötzlich, daß Dr. Bowring heute morgen sehr heiser sei und nicht zu sprechen wünsche; er gebe deswegen diesen vakanten Platz auf der Tribüne à Monsieur George Weerth aus der Rheinprovinz, der dringend gebeten habe, das Wort im Anfang der Sitzung ergreifen zu dürfen.

Ich konnte jetzt nicht mehr zurücktreten – ich drängte mich durch die dichten Reihen von Staatsmännern und Gelehrten, die mich erstaunt betrachten, und springe auf die Tribüne. Der Lärm, der während der Rede des alten Brown entstanden war, hörte plötzlich auf – es entsteht eine Totenstille.

Ich hatte noch einen Augenblick Zeit, mein Auditorium zu überschauen. Auf einer Erhöhung saß der Präsident der Versammlung, der frühere belgische Minister de Brouckère. Neben ihm der Herzog d'Harcourt,[7] Pair de France, der italienische Arrivabene, der Dr. Asher[8] aus Berlin und mehrere belgische Advokaten als Vizepräsidenten und Sekretäre. Die ersten Reihen der Zuhörerbänke nahmen die Franzosen ein. An ihrer Spitze die berühmten Schriftsteller Blanqui,[9] Horace Say,[10] Dunoyer,[11] ferner der Pair Annisson Duperron, der Redakteur der »Democratie« Perreymond, der Professor Wolowski[12] und andere. Dann folgten einige Spanier unter Anführung des Staatsrats Ramon de la Sagra;[13] dann die Florentiner und Genuesen unter Leitung des Marquis Rodolphi; weiter die Holländer, den Philianthropen Suringar[14] an ihrer Spitze, die Deutschen, repräsentiert durch John Prince-Smith;[15] Schweden, Dänen, Russen und Portugiesen nebst einigen Schweizern saßen mehr zurück. Den Hintergrund bildete ein gemischtes Publikum.

Links von der Tribüne saßen unter den Hallen des alten Saales die Brüsseler Damen und das jetzige belgische Ministerium. Rechts etwa 14 Stenographen und Korrespondenten englischer, französischer und deutscher Zeitungen und zuguterletzt rings um die Tribüne herum Engländer und Amerikaner, die wichtigsten Leute der ganzen Versammlung. Unter den Engländern waren die Parlamentsmitglieder Bowring, Brown, Ewart,[16] Thompson und Pearson die hervorragendsten. Den Vater der englischen Anti-Corn-Law-League, Wilson[17] aus Winchester, vermißte man ebenfalls nicht.

In einer solchen Versammlung, die zwar höchstens 500 Menschen groß war, die aber die Koryphäen der europäischen Politik und Wissenschaft umschloß, wagte ich das Wort zu nehmen. Es war eine lächerliche Dreistigkeit; – ich stand nun aber einmal auf dem verhängnisvollen Orte, auf der Tribüne, und nun mußte gesprochen sein.

Ich machte kurzen Prozeß. Ich schlug mit der Faust auf die Tribüne und drückte der Versammlung meine Verwunderung darüber aus, daß an diesem Orte, wo alle Klassen der Gesellschaft vertreten seien, niemand als direkter Repräsentant der arbeitenden Klasse auftrete. Ich warf mich dann zu ihrem Anwalt auf, und weil ich mehrere Jahre unter den englischen Chartisten gelebt hätte und diese besser als andere kenne, so nähme ich das Wort im Namen der 3 Millionen englischen Arbeiter, mit denen ich einer Meinung und Ansicht sei und an die ich mit vieler Liebe zurückdächte. –

Diese wenigen Worte reichten hin, um alle Ohren zu spitzen, um alle Federn in Bewegung zu bringen. Ich meine, ich sähe noch den Dr. Bowring, diesen alten commis voyageuer der Whigs, der seit 30 Jahren alle Handelstraktate für Großbritannien abschloß, wie er mürrisch nach seiner Schreibtafel griff, – wie der kleine Duc d'Harcourt vom Sessel emporspringt und wie mich der Minister Rogier mit zornigen Augen betrachtet. Es war etwas Unerhörtes, in einer so hohen Versammlung geradezu für die Arbeiter aufzutreten. Ich hatte aber das Wort. Ich schildere, wie infam man die Arbeiter bisher behandelt hat und setze mit allen meinen ökonomischen Argumenten auseinander, daß man ihre Lage nicht um ein Haar breit durch die Einführung des freien Handels bessern werde. Ich gehe auf die Geschichte der englischen Free-trade-Agitation ein und beweise, wie die Arbeiter auf praktischem Wege zu derselben Ansicht gekommen sind wie ich auf theoretischem.

Ich verlange daher au nom de l'humanité, daß man zu andern Mitteln greife, um die Lage der Parias unsres Jahrhunderts zu bessern. Ich mache persönliche Angriffe auf einige Parlamentsmitglieder und stelle sie als Heuchler bloß. Ich drohe der Versammlung mit der Revolte ihrer weißen Sklaven. »Les ouvriers sont las de se faire payer de leur souffrances avec des traites non acceptées pour la banque céleste du bon Dieu.«[18] (Allgemeines Gemurmel). »Lorsque en 1830, les ouvriers se sont battus pour vous dans les rues de Paris et de

Bruxelles, ils étaient les bienvenus, on les a fêtés et embrassés, mais lorsque plus tard ils ont crevé de faim et lorsqu'ils vous ont demandé du pain – on les a fait fusiller!« – Die Franzosen sprangen von ihren Sitzen auf – einige schreien »Non, non!«, andere »Oui, oui!«, ein allgemeiner Tumult entsteht. Ich fahre ruhig fort und mache mich bald wieder hörbar – ich denke in dem Augenblick daran, daß es immer gut ist, alle Saiten bei seinen Zuhörern anzuschlagen, – ich hatte sie bei ihrem Verstand angepackt, bei ihren Leidenschaften, bei manchem andern, ich fasse sie zuletzt noch bei ihren Herzen an. Ob die Engländer auch brummen und knurren, die Franzosen verleugnen ihre Natur nicht – ihre Wut legt sich, sie lassen sich hinreißen – sie sehen für einen Moment ein, daß ich recht habe, daß ich die Wahrheit sagte; – auf den Rest der Versammlung geht dies ebenfalls über, und als ich endlich von der Tribüne herunterspringe, wird mir der wildeste Beifall zuteil. »Voilà du courage! Voilà la vérité!«, so geht es durch den ganzen Saal. Man sieht mir nach, bis ich wieder auf meinem Platze sitze, und der Aufruhr legt sich erst, als der Präsident in den Verhandlungen fortfährt.

Ich will wahrhaftig nicht mit meinem Rednertalent, mit Kenntnissen und dergleichen renommieren, aber ich hatte ein rechtes Wort am rechten Orte gesagt. Das ist mein Verdienst. Es machte mir nicht wenig Vergnügen, als, kaum auf meinem Platze angelangt, ein alter Engländer mit scheeweißen Haaren sich gegenüber von der Bank erhob. Er verneigte sich vor mir, reichte mir die Hand und dankte mir im Namen des englischen Volkes.

Der Dr. Bowring, der früher auf das Wort verzichtet hatte, glaubte denn doch nach meiner Rede ebenfalls sprechen zu müssen und verfügte sich trotz Heiserkeit auf die Tribüne, die ich eben verlassen hatte. Er griff mich ebenso unerbittlich an, wie ich frech über ihn gespottet hatte, und suchte in einer Rede, die von Zahlen und Tarifdaten strotzte, zu beweisen, daß ich im Irrtum sei und daß der freie Handel ein wahres Panazee für die Arbeiter sei. Er sprach über eine Stunde lang, und zwar ausgezeichnet, wie man übrigens von einem Menschen, der schon seit 30 Jahren im engl. Parlament das Wort führt, auch nicht anders erwarten kann.

Der Professor Wolowski beehrte mich dann mit einer Antwort, – dann das Parlamentsmitglied Ewart, – auch ein alter Holländer und schließlich noch der Herzog d'Harcourt, der sich am meisten über meine Kühnheit geärgert zu haben scheint. Da er die Sache aber rein persönlich auffaßte und nur meinte, daß ich die Association Parisienne hätte angreifen wollen, so verfehlte er allen Eindruck.

Von 11 Uhr an, wo ich gesprochen hatte, dauerte die Debatte bis 6 Uhr nachmittags ununterbrochen fort. Es wurden noch viele schöne Reden gehalten, namentlich von Blanqui und von dem belgischen Radikalen Bartels.

Es ist aber nur eine Stimme darüber, daß mir niemand etwas Gründliches auf meine Argumente erwidert hat. Blanqui soll erklärt haben: »Notre position sociale ne permet pas cela.« Da liegt aber eben der Punkt – da liegt die ganze Heuchelei der hohen Herren.

Welche Sensation meine Rede gemacht hat, geht daraus hervor, daß außer allen belgischen Blättern mehrere französische und namentlich 7 englische Journale dieselbe ausführlich erwähnen. Die Londoner »Times« und die »Sun« geben sie fast ganz. – Die Berliner »Zeitungs-Halle« vom 23. ds., welche mir heute hier in die Hand kam, bringt eine ziemlich gute Übersetzung. Die »Kölnische Zeitung« vom Sonntag, heute, den 26., bringt einen leitenden Artikel über meine Rede. – Der »Rheinische Beobachter« gibt sie ebenfalls fast ganz. Der Compte-rendu[19] des ganzen Kongresses erscheint in nächster Woche als Broschüre, und ich werde dann ein Exemplar nach Detmold schicken.

Die ganze Geschichte ist schon von sehr wichtigen Folgen für mich gewesen, da ich dadurch mit vielen hiesigen und französischen Notabilitäten bekannt geworden bin. Offiziere, Beamte, Kaufleute, Schriftsteller, Journalisten und eine Menge anderer Menschen machten mir am selben Abend Komplimente und luden mich ein, sie zu besuchen. Alle Salons waren mir eröffnet. – Der Congrès pénitentiaire,[20] der dem Congrès des Economistes auf dem Fuße folgte, ernannte mich zu seinem Mitglied – die Fourieristen[21] baten mich, ihren Versammlungen beizuwohnen, und ein Mitglied der flandrischen Armenverwaltung ersuchte mich sogar, ihm meine englischen Erfahrungen in betreff der Aufhülfe der armen Bevölkerung weitläuftiger auseinanderzusetzen. In Preußen würde man mich nach mein[er] Rede 2 [Jahre] nach Magdeburg[22] geschickt haben – hier leben wir in [einem] freien [Lan]de. In einer Viertelstunde habe ich unter Belgiern und Franzosen das erlangt, was ich bei den Eseln von deutschen Buchhändlern in Jahren nicht fertig bringen konnte.

Ich will sehen, ob ich auf der einmal betretenen Bahn weiter fortschreiten kann. Bei meiner nächsten Anwesenheit in Paris werde ich im Saale Montesquieu das Wort verlangen. Außerdem werde ich zu dem über ein Jahr stattfindenden Kongreß, wenn es eben geht, nach Lyon reisen. Meine Stellung als Kaufmann und homme de lettres à la fois[23] bietet mir zu diesen Unternehmungen prächtig die Hand.

So ist das Leben! So treiben wir Possen mit der Zeit, und die Geister der Weisen sitzen in den Wolken und lachen über uns.

Leb wohl, lieber Wilhelm! Hoffentlich sehe ich Dich bald wieder.

Mit dem herzlichsten Gruße

Dein Georg.[24]

1 Poststempel.
2 Charles de Brouckére (1796–1860), belgischer Politiker.
3 Die Rede in französischer Sprche in der Handschrift Weerths befindet sich im IISG, Amsterdam. Vgl. SW, Bd. 2, S. 493–498.
4 Zur Rede stellen.
5 William Brown (1784–1864), Bankier und Politiker.
6 John Bowring (1792–1872), entschiedener Anhänger des Freihandels.
7 Marquis d'Harcourt (1808–1883), französischer Diplomat.
8 Karl Wilhelm Asher (1798–1864), Direktor der Berlin-Hamburger-Eisenbahngesellschaft, Ökonom.
9 Vgl. Georg Weerths Brief an Wilhelm Weerth, 18.11.1846, Anm. 3.
10 Horace Say (1794–1860), französischer Ökonom.
11 Charles Dunoyer (1786–1862), liberaler französischer Ökonom.
12 Ludwig Wolowski (1810–1876), politischer Ökonom.
13 Ramon de la Sagra (1798–1871), spanischer Ökonom.
14 W. H. Suringar, holländischer Philanthrop, der sich vor allem der Gefangenenfürsorge widmete.
15 John Prince-Smith (1809–1874), Gründer und geistiger Führer der deutschen Freihandelspartei.
16 Thomas P. Ewart (1783–1869), Anhänger des Freihandels im englischen Unterhaus.
17 George Wilson (1808–1870), Fabrikant.
18 Zitate aus der Rede.
19 Bericht.
20 Straffürsorge-Kongreß.
21 Anhänger von François-Marie-Charles Fourier (1772–1837), einem französischen utopischen Sozialisten.
22 Festung.
23 Kaufmann und Schriftsteller zugleich.
24 In einem Brief von Engels an Marx vom 23.11.1847 heißt es zu Weerths Auftreten: »Weerth um Gottes willen nicht als Repräsentanten [für den Londoner Kongreß des Bundes der Kommunisten]! Einer, der immer zu faul war, bis ihn der Kongreß-succès d'un jour hineinlancierte. Und der obendrein noch an independent member sein will. Il faut le retenir dans sa sphère.« (MEW, Bd. 27, S. 108).
Allerdings hatte Engels ausführlich über Weerths Auftreten im »Northern Star« berichtet. Er stellt dort Weerth folgendermaßen vor: »Nach ihm [William Ewart] erhob sich Herr Weerth aus Rheinpreußen. Ich nehme an, Sie kennen diesen Herrn – ein junger Handelsreisender, dessen Dichtung in Deutschland wohlbekannt ist und sehr geschätzt wird und der durch seinen mehrjährigen Aufenthalt in Yorkshire ein Augenzeuge der Lage der Arbeiter war. Er besitzt dort eine ganze Anzahl Freunde, die sich freuen werden, daß er sie nicht vergessen hat. Da seine Ansprache für Ihre Leser wohl das Interessanteste des ganzen Kongresses sein wird, werde ich etwas ausführlicher über sie berichten.« (MEW, Bd. 4, S. 300 f.) Engels führt dann weiter aus, daß Marx sich ebenfalls gemeldet habe, aber nicht zu Wort gekommen sei. Vgl. insgesamt dazu MEW, Bd. 4, S. 292–308.

174.

Wilhelmine Weerth an Georg Weerth

Detm[old], [12. und 13.][1] Oktober 1847

Lieber Georg!

Wenn ich's nicht immer schon geglaubt hätte, daß die Zeit Flügel habe, so glaubte ich es jetzt, indem ich das Datum Deines letzten Br[ie]fs ansehe; gewiß kommt's daher, daß ich der Abwesenden eigentl[ich] *stets* gedenke – wenn auch das D[e]tm[old] etwas vergessen wird – und ich auf die Weise also in Gedanken immer mit Dir fortlebe. – Dein Brief machte mich mitunter lachen, nur schlimm, daß es mich im nächsten Augenblick wieder gereuen mußte, und wahrscheinl[ich] ging es Dir eben nicht anders, wenn nämlich *Du* Deinem Herzen in Zornesausbrüchen etwas Luft gemacht und dann die ganze Geschichte eine Lappalie nanntest – doch wenn Dir letzt'res im Ernst war – um so besser! Mit gewissen Veröffentlichungen jedoch war's besser, wenn's *nicht* Dein Ernst war. – Wer wollte solche »Rache üben«? (Predigte Dir doch schon Ferdinand vor Zeiten »Rache=übel-Sp.tzb.be!!«) Wilhelm meinte: es wäre jedenfalls schön, wenn man sich so auf den Stutz zu helfen wüßte; entweder man müsse viel verdienen oder gute Freunde haben, und beides sei gut. *Ich* sage: *dies* war – oder ist – endlich noch zu verwinden, hüte man sich nur für die Zukunft, – möchten sich Deine Hoffnungen nur in etwa realisieren für die nächste Zukunft! Würde nicht der »Freihandel« darauf auch für Dich von günstigem Erfolg sein? (Oder besser gesagt: günstig einwirken – ein verfehlter Satz.)

Den 12.: Nachdem ich vor mehren Tagen obiges geschrieben, mußte ich heftiger Kopfschmerzen halben – womit ich, leider!, eine Woche lang geplagt war – davon ablassen; während der Zeit teilte mir Wilhelm einen Brief von Dir mit, der mich in eine nicht zu beschreibende Bewegung versetzte; ich habe dabei gezittert, geweint und gelacht – eins um andre – und der Kopf glühte mir stundenlang, als hätte ich Champagner getrunken. Denk deshalb aber ja nicht, daß es (bloß) Stolz auf meinen so verweg'nen Sohn war, der mich so berauschte – aber der Himmel mag's wissen, was alles für Wogen in meinem Kopf und Herzen zusammenschlugen. – Erst nachdem eine Nacht dazwischen lag, kam ich zu einer ruhigern Ansicht der Dinge und muß nun nochmals sagen: Es war ein verweg'ner Streich! Deine *Absicht* war gewiß die beste, und deshalb gab Dir Gott auch wohl insoweit das Gelingen, daß *diese* von der humanen Partei anerkannt wurde; das weitre – wünschte ich – gäbest Du nun aber der tiefern und höhren Einsicht von Gott und Menschen anheim. Ich glaube es wohl sagen zu dürfen: ein edler Enthusiasmus riß Dich zu diesem Unternehmen hin; aber bedenke, wieviele ältre Erfahrungen stehen Dir gegenüber! Es mag gut sein, daß gesagt ist, was gesagt ist, und wir wollen hoffen, daß es einem Samen in fruchtbarem Boden gleiche, der seine Frucht bringt *zu seiner Zeit*, aber – nicht im Sturm gewonnen wird. Sieh, lieber Georg, mir bangt's, ja ich zittre bei dem Gedanken, daß Du auch in Lyon und Paris in dieser Sache aufzutreten beabsichtigst. – Wenn Du es doch nicht tätest! Ich fürchte so sehr, Du verwickelst Dich dadurch in so viele Dinge und mit so vielerlei Menschen, daß Du ganz aus Deiner – Dir eigentlich angewiesenen – und zu Deinem Bestehen unerläßlichen Bahn gerückt wirst; bedenke dies doch ja und verwirf diese meine Mahnung nicht als eine wohl gutgemeinte, aber zu ängstliche mütterliche Idee. Es mag Dir vielleicht nicht an Ermuntrungen von andern Seiten dazu fehlen, aber laß mich hoffen und glauben, daß Du besonnen zu Werk gehen wirst! Sollten es Deine Geschäftsverhältnisse auch erlauben, daß Du den beiden benannten Zusammenkünften beiwohntest, so könnte das allerdings noch dazu beitragen, Dir, von allen Seiten betrachtet, Licht über diese *viel*seitige Angelegenh[ei]t zu verschaffen und Dir deshalb von Nutzen sein; nur bedenke Dich wohl, bevor Du selbst redest. *Einmal* gelingt wohl solch ein Gewaltstreich – von Mitternacht bis 3 Uhr morg[en]s nur vorbereitet – aber nicht leicht ein zweitesmal! Nun Gott behüte Dich!

Soweit gestern abend; es ist mir nun, als könne Dich, was ich etwa noch hinzuzufügen hätte von den hiesigen Freuden und Leiden der Menschheit, in diesem Augenblick zu wenig interessieren, als daß es der Mühe lohnte, dies Blatt noch weiter damit anzufüllen und Du es zu lesen – zumal von diesem traurigen Papier, ich werde den H[errn] Schierholz nicht wieder deshalb bemühen. – Wilhelm schreibt Dir gewiß von Blomberg aus; er hatte in vor[iger] Woche recht viel zu tun, namentl[ich] Sonntag auch zweimal zu predigen, da der Gehülfe verreist war. Von Ferdinand hatte ich gute mündliche Nachrichten durch Lei[p]ziger Reisende. Carl läßt sich selbst vernehmen. Nochmals Gott befohlen – mein Sohn! Mit wahrhafter Liebe

Deine treue Mutter.

Auf die in Aussicht gestellten vollständigen Verhandlungen bin ich natürlich sehr gespannt, – wenngleich ich nicht versprechen möchte, alle der andern Herren Reden gehörig zu lesen, da mir zudem manches nicht hinreichend verständl[ich] ist – schon vieler technischer Ausdrücke wegen, wovon das in der »Köl[nischen] Z[ei]t[un]g« mir schon ein Beweis.

1 Der erste Teil ist kurz vorher geschrieben.

175.

Georg Weerth an Wilhelmine Weerth

Brüssel, 28. November 1847

Liebe Mutter!

Für Deinen letzten Brief vom Oktober sage ich Dir meinen herzlichsten Dank. Ich hätte längst darauf antworten sollen, aber es kamen mir immer so viele Geschichten in den Weg, daß es von einem zum andern Tage verschoben wurde.

Am 10. Oktober hattest Du Deinen Geburtstag; – ich gratuliere Dir nachträglich aufs herzlichste dazu; – ach, ich bin ein unglücklicher Mensch, solche Tage vergesse ich immer. Aber das kommt davon, wenn man so lange in der Welt herumläuft und gar nicht wieder nach Hause geht. Alle Feste kommen einem aus dem Gedächtnis; – man weiß nicht mehr, wie das Kirchengeläute daheim klingt und welche Melodie der Kuhhirt bläst.

Endlich ist nun die Eisenbahn fertig, und ich kann nun nicht lange mehr widerstehen. Ich muß Dich wieder beschauen und mich davon überzeugen, daß Du noch frisch und gesund bist.

Ach, wenn wir doch einmal zusammen nach Paris reisen könnten! Der Brief von Carl war mit ebenfalls sehr lieb, und Du mußt ihm einstweilen sehr dafür danken. Den Direktor des hiesigen Museums konnte ich noch nicht sprechen, da er verreist ist. Sobald er wieder hier ist, gehe ich ihm wegen des unglücklicherweise im Sande verstorbenen Blitzes zu Leibe. Was sich so ein Blitz wohl ärgern muß, wenn er auf einmal in den dummen Sand fährt? Das ist geradeso, als wenn man etwas sehr Geistreiches aufs feierlichste sagen will und plötzlich niesen muß. Armer Blitz! Du hast ein ganzes Volk erleuchtet und starbst im Sande. Als Blitzröhre liegst du nun wie ein getrockneter Gedanke des Donnerers Zeus hinter den Glasfenstern eines Museumsschrankes. Mensch, wie gleichst du dem Blitze! Mensch, wie gleichst du der Blitzröhre!

Doch verzeihe, liebe Mutter, daß ich plötzlich auf so schöne Ideen gerate. Es passiert mir selten, aber doch noch viel zu oft.

Die Geldkrisis ist überall noch sehr groß; – in England war sie entsetzlich – jetzt geht es hier los, und die Häuser purzeln zu Dutzenden, – es ist ordentlich gefährlich, über die Straße zu gehen.

Ich habe in den letzten Tagen ein Langes und Breites über diese sonderbaren Sachen geschrieben;[1] ich habe wirklich die Zeit dazu, denn meine Bradforder Freunde hatten mir aufgetragen, mich gar nicht mehr um Geschäfte zu bemühen.

Ich sehe plötzlich, daß das Papier sehr durchschlägt, und damit Du Dir nicht die Augen verdirbst, so fahre ich auf der folgenden Seite zu schreiben fort.

Wenn Du nun etwas über die große englische Geldkrisis lesen willst, so mußt Du die »Kölnische Zeitung« vom 27., 28. und von morgen lesen, wo Du unter der Rubrik »Die englische Geldkrisis und die Eröffnung des Parlamentes« einige leitende Artikel finden wirst, in denen Dein teurer Sohn diese wunderbaren Ereignisse geschildert hat. Seit die englische Tory-Presse erklärt hat, daß ich mehr über England wüßte als das Parlamentsmitglied, der Dr. Bowring, da lassen sie alles von mir drucken.

Mit der Geldkrisis habe ich mich in der letzten Zeit mehr wie mit allem andern bekümmert.

Mit Theodor Althaus[2] korrespondierte ich neulich und finde immer wieder, daß er ein ordentlicher, ehrlicher Kerl ist – mag nun sein persönliches Auftreten auch sein, wie es will. Von Ferdinand hatte ich ebenfalls einige Zeilen aus Berlin; er mußte damals nach Ostpreußen reisen.

Mit meinen Reisen hat es im Winter nicht viel zu sagen; nur bisweilen nach Verviers und Lüttich, das ist alles. Erst im Februar und März geht es wieder nach Holland und Frankreich.

Die kaufmännischen Sachen beschäftigen mich nun einstweilen nur einige Stunden jeden Tag, und die übrige Zeit wird dann nützlich zu literarischen Arbeiten[3] verwandt. Überhaupt geht mir jetzt keine Minute mehr unbenutzt vorüber, denn da ich nun aus Zufall ein bekannter Mensch geworden bin, so nimmt man mich von allen Seiten in Anspruch. Ich schlage indes das meiste aus, um unabhängig zu bleiben.

Nur eine Ehre habe ich gern angenommen. Man hat mich nämlich in das Komitee der demokratischen Association[4] gewählt, der ich jetzt mit dem General Mellinet,[5] der die belgische Revolution dirigierte, mit dem Polen Lelewel,[6] der den Polenaufstand 1830 in Krakow leitete, und mit Imbert,[7] dem Freunde Lafayettes, präsidiere.

Meine andern Kollegen sind Marx, Dr. Maynz[8] usw.

Der Winter will noch immer nicht kommen; und das ist mir auch recht lieb, denn ich habe Wolle auf Lieferung verkauft, und die muß geschehen – kommt aber der Frost früh und wird die Schiffahrt geschlossen, da ist alles zu Ende.

Der Winter hat aber auch seine schönen Seiten. Da sitzen die hübschen Mädchen am Fenster, und während sie liebeatmend in den Schnee hinaussehen, da frieren lauter Rosen, Nelken und andre Blumen an die Glasscheiben.

Wie sieht es mit den schönen Mädchen in Detmold aus, und was macht meine Braut Auguste? Sage ihr doch, daß ich in diesem Augenblick an sie dächte, und ich hätte schon den Luftschiffer Green bestellt, der mich nächstens zu ihr hinübertragen sollte.

Neulich war Green hier, und ich wäre gern mit ihm aufgestiegen; es kostete aber 500 Frs., und die besitzt man nicht bei einer Geldkrisis.

Grüße auch Wilhelm und Cöllns von mir. Was macht Lottchen jetzt, und suckelt sie noch immer mit der Zunge an der Unterlippe? Aber sie ist gewiß schon eine große Dame geworden, und Du mußt mich ihr empfehlen.

Da geht mir die Sonne unter – leb wohl, liebe Sonne! und lebe wohl, liebe Mutter. Glücklich der, welcher noch eine Sonne hat, die jeden Morgen wiederkommt – und eine Mutter, die er von Herzen liebt.

Mit den herzlichsten Grüßen

Dein Georg.

1 »Die englische Geldkrisis und die Eröffnung des Parlamentes« erschien in der »Kölnischen Zeitung« (Nr. 332, 332, 333 vom 27., 28., 29. November 1847). Später verwandte Weerth den Leitartikel für das 12. Kapitel der »Skizzen aus dem sozialen und politischen Leben der Briten«.

2 Friedrich Althaus, der Bruder Theodors, schreibt in seiner Biographie Theodor Althaus': »Nicht lange vorher hatte er die Genugthuung gehabt, nach Jahren wieder einmal von seinem alten Freunde Georg Weerth zu hören. Was er darüber nach Hause schrieb, wirft ein Streiflicht ganz eigenthümlich norddeutscher, Teutoburgwaldmäßiger Art auf den Charakter dieser Freundschaft und verdient aus diesem Grunde beiläufig Erwähnung. ›Die nächste Veranlassung‹, bemerkt Theodor, ›war etwas Literarisches, wobei ich ihm behülflich sein sollte zu einem Verleger; aber er schrieb mir so ganz der Alte, so ganz! Ich schrieb ihm nun einen groben, d.h. echt freundschaftlichen Brief wieder. Echte Freundschaft nenne ich es, wenn man den andern fördern und weiter bringen will. Ich begrüßte ihn also mit einer Tracht Prügel, gerade wie jetzt vor fünf Jahren, eine Nacht in Königswinter, wo er unsere Bonner Freundschaft damit einleitete, daß er mir gestand, ich sei ihm unausstehlich. Wie ich das danach aufnahm, so er jetzt: er schrieb mir sehr brav wieder, und gewiß machte er mir in seinem (und auch in meinem) Erfahrungssinn kein geringes Compliment, indem er sagte: ich scheine ihm ein ehrlicher Kerl zu sein. Interessant sind außerdem seine Briefe immer; und kurz, ich hatte eine rechte Freude, daß dieser alte Jugendstrick zwischen uns beiden noch frisch und stark ist – ein Beweis, daß wir Beide aus ziemlich haltbarem deutschem Flachs gedreht sind‹.« (Friedrich Althaus, Theodor Althaus. Ein Lebensbild. Bonn: Strauß 1888, S. 266 f.)

3 Vermutlich die Zusammenstellung und Neufassung seiner Englandberichte.

4 »Association démocratique«, Ende September 1847 in Brüssel gegründet. Vgl. dazu auch »Ein Besuch in den Tuilerien« (SW, Bd. 4, S. 17 f.).

5 Armand François Mellinet (1768–1852), belgischer General, Ehrenpräsident der »Association démocratique«.

6 Joachim Lelewel (1786–1861), polnischer Gelehrter und demokratischer Politiker.

7 Charles Imbert (1799–1861), demokratischer Journalist, 1848 Kommandant der Tuilerien.

8 Karl Gustav Maynz (1812–1882), Jurist, Professor an der Brüsseler Universität, Mitglied der »Association démocratique« in Brüssel, Mitglied des »Bundes der Kommunisten«.

176.

WILHELMINE WEERTH AN GEORG WEERTH (HINWEIS)

Detmold, 16. [und 23.]1.1848

[Die Mutter dankt Georg nochmals für seinen Besuch. Georgs Schreiben vom 3. Januar hat bestätigt, daß er gut angekommen ist.]

177.

GEORG WEERTH AN WILHELMINE WEERTH

Paris, 11. März 1848

Liebe Mutter!

Am Abende desselben Tages, an dem ich Dir neulich von Brüssel schrieb, reiste ich noch nach Paris – aus verschiedenen Gründen – namentlich aber, um die letzte Revolution[1] in ihren unmittelbaren Folgen zu beobachten. Nach einer mühseligen, oft unterbrochenen Tour langte ich in der Nacht hier an – es war am Mittwoch,[2] – in den letzten Tagen [des] Februars. – Alle Barrikaden standen noch, die Wachtfeuer brannten, und die Nationalgarde marschierte an allen Ecken. Mit meinem Begleiter ging ich auf einen Posten und erkundigte mich nach einem Hotel. Ein Gastwirt war auf der Wache und ging sofort mit uns – und machte uns das Bett, in voller Uniform, den Tschako auf dem Kopfe, den Säbel in der Seite. –

Am nächsten Morgen verfügten wir uns sofort auf das Bureau der »Rèforme«[3] und des »National«,[4] der 2 Organe des jetzigen Gouvernements, und erließen einen Aufruf an die in Paris lebenden Deutschen, um sich zu einer großen Demonstration zugunsten der Republik zu versammeln. Dies Meeting fand zuerst im Café Mulhouse statt, und Herwegh, der Poet, wurde zum Präsidenten erwählt – wir andern im Komitee.

Im Saale Valentino hielten wir dann eine Sitzung vor 4 000 Menschen, und eine von uns entworfene Adresse[5] an das französische Volk ging nach heftigem Kampfe glänzend durch. Am Mittwoch versammelten wir nun alle deutschen Demokraten auf dem Carrousel-Platz – 7 000 Mann trafen ein – zu vier und vier bildeten sie einen Zug, die scharzrotgoldne Fahne und die

Trikolore wehten vorn an, und so schritten wir den Quai der Seine hinab nach dem Hôtel de Ville, um dem provisorischen Gouvernement unsre Adresse zu überreichen. 500 Sänger an der Spitze unsres Zuges sangen französische und deutsche Lieder.

Das Komitee verließ nun vor dem Hôtel de Ville die Masse, und wir wurden von Ledru-Rollin,[6] Crémieux[7] und Dupont de l'Eure[8] im großen Saale empfangen. Herwegh las unsre Adresse vor, und Crémieux antwortete in wahrhaft ergreifender Weise. Man bat sich dann unsre Fahnen als Geschenk zum Andenken aus, um sie gleich den amerikanischen und andern Flaggen im Heiligtum der Republik aufzuhängen, und wir schieden dann von jenen großen Revolutionshelden mit herzlichem Händedruck, während eine zahllose Masse Menschen uns auf unserm Heimzug mit Jubel begleitete und »Vive l'Allemagne!«, »Vive la République!« rief. Gegen Abend trafen wir an der Juli-Säule ein und feierten dort den Schluß eines der schönsten Tage, welche ich je erlebt habe.

O liebe Mutter! Ich kann Dir nicht sagen, was ich hier seit 14 Tagen gesehen und gehört habe! So etwas läßt sich nicht wiedererzählen, man muß dabeigewesen sein, um zu begreifen, wie man auf offner Straße vor Freude weinen kann!

Eins der schönsten Völker der Welt hat sich in drei Tagen seine Freiheit wiedererobert und den niederträchtigsten aller gekrönten Schufte, samt seiner Clique, mit Stumpf und Stiel vernichtet. Was bedarf es weiter der Worte noch? Ganz Frankreich ist für die Republik, und ob auch tausend Schwierigkeiten zu übersteigen sind – alles vereinigt sich, um den Triumph zu sichern. –

Die Leichenfeier der Gebliebenen war das Ergreifendste, was ich sah. Eine Million Menschen ging mit dem Zuge, 400 000 Mann mit den nackten Waffen in der Hand. Keiner sorgte für Ordnung, weil alle dafür sorgten.

Vom Morgen bis in die Nacht habe ich an allem teilgenommen, und nur mit Schrecken denke ich daran, daß ich am Montag wieder nach Brüssel zurückkehren muß.

Ich sitze jetzt im Palais de la Liberté (früher Palais Royal) im Cabinet Valois – ein Zwanzig Zeitungsschreiber um mich herum – von der Tätigkeit, die jetzt hier herrscht, macht man sich keinen Begriff.

Lies die Zeitungen genau – sie sind jetzt des Lesens wert. Glaube aber den deutschen Verdächtigungen nicht! Diese Revolution wird die Gestalt der Erde ändern – und das ist auch nötig!

Vive la République!

Mit dem herzlichsten Gruße

Dein Georg.

1 In den Jahren 1845–47 war infolge schlechter Ernten und wirtschaftlicher Depressionen die Unruhe unter der Bevölkerung gewachsen; sie konzentrierte sich in der Hauptforderung nach der Änderung des Wahlgesetzes. Als die von den Republikanern organisierten »Bankette« für die Erweiterung des Wahlrechts im Februar 1848 von Guizot verboten wurden, brach am 24. Februar 1848 in Paris die Februarrevolution aus. Studenten und Arbeiter stürmten das Palais Royal, drangen in den Sitzungssaal der Kammer ein und erzwangen die Ernennung einer Provisorischen Regierung unter dem Vorsitz Alphonse de Lamartines, die teils aus Republikanern, teils aus Sozialisten und einem Arbeiter bestand. Der König Louis Philippe dankte ab und floh nach Großbritannien. Die neue Regierung proklamierte die 2. Republik und berief eine Nationalversammlung ein, die eine neue Verfassung erarbeiten sollte. Bei den Wahlen gewannen die gemäßigten Republikaner, die vor allem die Nationalwerkstätten schlossen, worauf die Arbeiter am 24. Juni Barrikaden errichteten; ihr Aufstand wurde jedoch in der Junischlacht (24.–26. Juni) von dem Militärdiktator Cavaignac niedergeschlagen.

2 »Mittwoch war jedoch bereits der 1. März. Weerth ist – er dürfte das Schaltjahr vergessen haben – schon am Montag, dem 28. Februar, in Paris eingetroffen (vgl. den Brief vom 25. Februar 1849).« (Bruno Kaiser in SW, Bd. 5, S. 525.)

3 Pariser Tageszeitung aus den Jahren 1843–1850.

4 Französische Tageszeitung, zeitweilig von Thiers redigiert.

5 »Adresse an das französische Volk«, gedruckt in: Herweghs Werke. Berlin: Aufbau 1967, S. 327 f.

6 Alexandre-Auguste Ledru-Rollin (1808–1874), Publizist, 1848 Innenminister.

7 Adolphe Crémieux (1796–1880), 1848 Justizminister.

8 J. Ch. Dupont de l'Eure (1767–1855), Präsident der Kammer und der Provisorischen Regierung.

178.

Georg Weerth an Karl Marx

Köln, 25. [und Brüssel, 26. oder 27.][1] März 1848

Lieber Marx!

Seit einigen Tagen bin ich in Köln. Alles ist bewaffnet, man traut den Berliner Versprechungen[2] nicht, – man wird nur mit allgemeiner Wahl, unbedingter Preßfreiheit und Associationsrecht zufrieden sein.[3] Der alte Landtag ist in den Augen des Volkes tot und alle frühern Mitglieder, die sich sehen lassen und nicht total demokratisch sind, werden von den Tribünen gejagt; – heute gehen 5 Abgeordnete von hier nach Berlin, um alles dies dem Könige zu erklären. Nur mit einem neuen, aus allgemeiner Wahl hervorgegangenen Landtag ist man einverstanden. Dasselbe gilt von der Frankfurter Reichsversammlung,[4] – man sendet von hier einige Leute dahin, um den Abgeordneten auf die Finger zu passen.

Obgleich alles, was man hier durchsetzt, ziemlich demokratisch ist, so schaudert man doch bei dem Worte Republik, und eine Invasion Deutscher[5] von Paris aus würde hier schlecht empfangen werden.

Nach Koblenz und dem Oberrhein zu soll die Stimmung dagegen mehr für die Republik sein.

Der Kommunismus ist das Hauptschreckwort. Ein offen auftretender Kommunist würde gesteinigt werden.[6] Bürgers,[7] D'Ester[8] sprechen von einer neuen Zeitung. – Die Fonds, welche man zu erhalten glaubt, scheinen mir aber noch zweifelhaft.

Statt in Paris zu sitzen, wäre es gewiß gut, wenn Du hierher kämst[9] usw. Denn jedenfalls ist jetzt viel zu machen. Die Polizei ist sehr kaduk, und die Amnestie scheint bis jetzt wirklich zu existieren.

Mit herzlichen Grüßen

Dein W.

Tedesco[10] ist wieder hier in Brüssel. Maynz war mit uns in Köln. Bürgers wird von den Kölnern wahrscheinlich nach Frankfurt a./M. geschickt.

Durch die vielen Reisen bin ich mit meinen Finanzen sehr herunter. Wäre es Dir nicht möglich, die 50 Francs, welche ich Dir nach und nach lieh, an Reinhardt,[11] No. 12, rue Neuve de l'Université, zu zahlen? Du würdest mich dadurch sehr verbinden.

In Berlin Tote 500 Civils, 800 Militär. Täglich sterben noch Verwundete. –

1 Die Nachschrift ist sofort nach Weerths Rückkehr nach Brüssel hinzugefügt worden; vgl. auch den folgenden Brief.

2 Verschiedene Provinzen Preußens forderten eine Volksvertretung und ein demokratisches Ministerium. Der König hielt an dem Vereinigten Landtag fest als dem Organ, das zur Schaffung einer endgültigen Volksvertretung berufen sei; aber er stattete diesen Bescheid am 21. März mit einer Reihe von neuen Versprechungen aus; es sollten sichergestellt werden: die persönliche Freiheit, das Versammlungsrecht, die Ministerverantwortlichkeit u.a. Gegen diese Versprechen gab es Unzufriedenheit.

3 Die Kölner Volksversammlung vom 24. März protestierte gegen den Vereinigten Landtag und verlangte Urwahlen nach allgemeinem Stimmrecht. In der »Kölnischen Zeitung« (Nr. 85 vom 25. März 1848) wurde u.a. folgendes über diese Versammlung geschrieben: »Die rheinischen Deputationen hatten nämlich beschlossen, die definitive Feststellung des künftigen Wahlgesetzes (dessen Grundlagen sie übrigens schon normiert hatten), dem Vereinigten Landtage zu unterbreiten; wogegen die Bürger-Versammlung den sofortigen Erlaß eines provisorischen Wahlgesetzes in der von der gestrigen Versammlung beschlossenen Art beantragt und nur der daraus hervorgehenden Volksvertretung alle weiteren Feststellungen anheim gegeben wissen will. Da muß nun aber in dem Umstande, daß die Beratungen und Beschlußnahmen beider Versammlungen zu gleicher Zeit stattgefunden hatten, einen Übelstand, und in weiteren Vereinigungs-Versuchen Zeitverlust und die Gefahr des Verzugs erblickte, so wurde beschlossen, die Deputation der Bürger-Versammlung morgen nach Berlin abgehen zu lassen, welcher noch der Auftrag gegeben wurde, sich mit der Bürgerschaft Berlins in Verbindung zu setzen und gemeinschaftlich mit ihr zu handeln.«

4 Am 1. Mai haben denn auch gleichzeitig für die deutsche und preußische Nationalversammlung Wahlen stattgefunden.

5 Am 15. März hatte die »Deutsche Demokratische Gesellschaft« in Paris sich versammelt und beschlossen, eine Invasionstruppe zu sammeln. In der ersten Aprilhälfte marschierte sie nach Deutschland ein, wurde aber bei Dossenbach geschlagen.

6 Vgl. dazu Johann Schickel an Karl Marx, Mainz, 14.4.1848: »Wenn hier einer als Communist aufträte so würde er gewiß zu todte gesteinigt obschon diese Rinder auch nicht den verworrensten Begriff von dem was Communismus ist haben.« (MEGA, III, Bd. 2, S. 421) Und Ernst Dronke an die Zentralbehörde des Bundes der Kommunisten, Koblenz, 5.5.1848: »In Frankfurt (wo man fast gesteinigt wird, wenn man sich als Kommunisten bekennt), habe ich zwei sehr tüchtige Leute bereits gewonnen, und andere noch auf dem Zuge.« (MEGA, III, Bd. 2, S. 442)

7 Heinrich Bürgers (1820–1878), radikaler Publizist in Köln; 1842/43 Mitarbeiter der »Rheinischen Zeitung«; Mitglied der Kölner Gemeinde des »Bundes der Kommunisten«; Mitglied des Vorparlaments; 1848/49 Redaktionsmitglied der NRhZ; 1852 als einer der Hauptangeklagten im Kölner Kommunistenprozeß zu 6 Jahren Haft verurteilt; später Nationalliberaler.

8 Karl D'Ester (1811–1859), Arzt in Köln, Mitglied der Kölner Gemeinde des »Bundes der Kommunisten«; einer der Führer der Linken in der preußischen Nationalversammlung; emigrierte später in die Schweiz.

9 Zwischen dem 21. und 29. März arbeiten Marx und Engels das politische Programm des »Bundes der Kommunisten« aus; etwa am 6. April verlassen sie Paris; am 8. April sind sie in Mainz; am 11. April treffen sie in Köln ein; sie beginnen sofort damit, eine politische Tageszeitung herauszugeben, von den schon Ende März in Briefen die Rede war.

10 Victor Tedesco (1821–1897), belgischer Rechtsanwalt und Sozialist; 1847 Mitbegründer der »Association démocratique« in Brüssel; 1848 zum Tode verurteilt, später begnadigt.

11 Richard Reinhardt (1829–1898), Dichter, Emigrant in Paris, Sekretär von Heinrich Heine; Freund der Familie Marx.

179.

Georg Weerth an Wilhelmine Weerth

Brüssel, 27. März 1848

Liebe Mutter!

Allerdings habe ich Deine Briefe vom Anfang März mit den gedruckten Beilagen und den vom 23. d[iese]s erhalten und danke Dir von ganzem Herzen für alle Mitteilungen. Zu den politischen Änderungen im Lippischen[1] wünsche ich Euch viel Glück. Bei den vielen vernünftigen Leuten, welche es in Detmold gibt, war das nicht anders zu erwarten. Andere Länder sind gefolgt, und wir wollen hoffen, daß man an das noch von alten Zuständen Bestehende bald ebenfalls die Hand legt und den Franzosen auch darin folgt.

Recht lieb war es mir, von Ferdinand etwas durch Dich zu erfahren, denn er hätte doch leicht bei der Berliner Geschichte[2] Unglück haben können – wenn man so sagen darf.

»Sterben fürs Vaterland, Das ist das schönste Los, Das würdigste des Lebens – Sterben fürs Vaterland!«	»Mourir pour la patrie, C'est le sort le plus beau, Le plus digne de la vie – Mourir pour la patrie!«[3]

So heißt ein Vers des schönen Liedes, welches die Pariser Jugend sang, als sie in die Barrikaden trat. – Nun Ferdinand am Leben geblieben ist, kann ich mich natürlich doppelt über die Berliner Revolution freuen – im andern Falle hätten wir nur noch stolzer darauf sein können!

Von Paris reiste ich wieder hierher und blieb dann einige Tage in Brüssel, ging aber am vorigen Montag nach Verviers, wo eben die großen Nachrichten aus Deutschland eintrafen. Meine Geschäfte waren bald gemacht, da man jetzt gar keine macht, und ich eilte daher nach Köln, wo ich alle meine alten Bekannten in den Volksversammlungen auf dem Gürzenich antraf und mich nicht wenig darüber freute, daß sie die errungenen Freiheiten trefflich zu benutzen wissen. Nachdem wir über Errichtung einer neuen Zeitung[4] in Köln verhandelt hatten, kehrte ich gestern, Sonntag, den 26., hierher zurück.

So war ich denn im Momente der höchsten Aufregung sowohl an der Seine als am Rhein und bedaure nur, daß ich das rechte Feuer nicht gesehen habe. Von hier sind fast alle meine Bekannten jetzt verschwunden, der eine dahin, der andre dorthin; alles ist zerstoben und geflogen.

Recht leid tut mir Augustens Unwohlsein. Du mußt sie herzlich von mir grüßen und ihr sagen, daß sie sich mit der Preßfreiheit usw. trösten müsse, und Wilhelm grüße ebenfalls.

Es freut mich, daß es Dir wohl geht, und da Du es ganz kategorisch verlangst, daß ich Dir auch über mein Wohlbefinden Rechenschaft geben soll, so versichere ich Dir, daß ich in vortrefflicher Gesundheit bin und nur infolge des vielen Reisens und Laufens Zahnweh mit nach Hause gebracht habe. Dies ist nun aber auch alles, und ein Mensch, der seit dem 4. Februar nur 3mal in seinem Bett in Brüssel schlief und sonst immer unterwegs war, kann gewiß nichts Besseres verlangen. Ich trinke heute abend ein Glas Rum mit Zucker, abgebrannt, und morgen früh erhebe ich mich froh wie Apollo und schön wie Adonis. Verlangst Du mehr? Aber es ist eine wahre Schande, jetzt gesund zu Hause zu sitzen, während sich andre für das Heil der Welt schlagen müssen.

»Mourir pour la patrie,
C'est le sort le plus beau,
Le plus digne de la vie –
Mourir pour la patrie.«

Vor meiner Abreise habe ich in Paris noch ein rechtes Gaudium gehabt; – mein alter Freund Imbert, der als Refugié hier in Brüssel Töpfe fabrizierte, ist jetzt in den Tuilerien Gouverneur[5] des Lazaretts und wohnt in den Zimmern des Prinzen Joinville. Er lud mich ein, und ich besuchte ihn in Gesellschaft eines Engländers. Im Cabinet Louis Philippes, an demselben Tisch, an dem die Minister-Conseils gehalten wurden, frühstückten wir. Ich fand mehrere Briefe von der Königin von Belgien, von Jérôme, dem frühern König von Westfalen, und von Isabella von Spanien, die ich mir als Andenken mitnahm. Auch eroberte ich einen Fetzen von dem Thron Louis Philippes, wovon einliegend eine Probe zu Deiner speziellen Erbauung. Du kannst sie Ferdinand schicken, weil er sich als ordentlicher Mensch gezeigt hat.[6]

»Ces pauvres rois, ils seront tous nagés« – »Diese armen Könige, sie werden alle ersäuft werden«. So sang Béranger[7] vor einem Jahre. Jetzt schon fängt dies an, wahr zu werden – überall, überall! Vive la République! Hier in Belgien geht es jetzt sonderbar zu. Der König hat es den Leuten freigestellt, ihn fortzuschicken oder ihn zu behalten, der Philosoph! Und man besinnt sich jetzt darüber, was man tun will. Vielleicht sind wir auch bald Republikaner. Die Sache hängt hier aber nicht von einem blutigen Kampfe ab, sondern nur von einer Majorität in den Kammern. Diese wird bald neu gewählt, und dann findet sich das. Der gute Leopold[8] ist wirklich gescheit.

Ich hätte Dir noch manches zu erzählen, aber die Zeit ist mir zu kurz, da Du gleich Nachricht haben willst. Mit dem Geschäft geht es freilich gar nicht, denn niemand denkt an Kaufen oder Verkaufen. So hat man glücklicherweise für andere Sachen Zeit, und die andern Sachen fehlen jetzt nicht.

Bald mehr! Danke Carl einstweilen für seinen Brief. Bleibe gesund und wohl, liebe Mutter.

Mit den herzlichsten Grüßen

Dein Georg.

1 Auch in den deutschen Ländern machten die Regierungen demokratische Zugeständnisse.

2 Revolution des 18. März.

3 Refrain des 1847 entstandenen Liedes von Alexandre Dumas und Maquet. Von Weerth etwas abweichend zitiert, der richtige Text lautet: »Mourir pour la patrie!/Mourir pour la patrie!/ C'est le sort le plus beau,/le plus digne d'envie.«

4 Vorbereitungen zur Herausgabe der »Neuen Rheinischen Zeitung«, deren erste Nummer am 1. Juni 1848 erscheint.

5 Vgl. dazu Weerths Bericht »Ein Besuch in den Tuilerien«. In: SW, Bd. 4, S. 493 ff.
6 In einem Brief vom 31.3.1848 an Ferdinand schreibt die Mutter u.a.: »Übrigens verlange ich in meinem Leben nicht wieder nach solch ereignisreichen Zeitungsberichten – wenigstens wie die seit dem 18. März! [...] Aber wie stehts wohl dort mit Euren Handlungsgeschäften. Georg schrieb: Niemand denkt jetzt an Kaufen und Verkaufen; er beschäftigt sich jetzt wohl meist mit Schreibereien aller Art, ob sie ihm aber seine sonstigen Prozente ersetzen, das fragt sich?« Zu den beiden Trophäen, die sie an Ferdinand weitersenden soll, bemerkt sie: »Ists nicht arg? Ich wünschte, er könnte weniger schreiben aber mehr Wolle verkaufen. Er hatte nämlich früher schon eine bedeutendere schriftliche Arbeit unter den Händen, wozu er damals keinen Verleger fand, [was] jetzt indes wohl der Fall sein mag. Mich solls wundern!« (Nach einer Abschrift im IISG, Amsterdam).
7 Pierre Jean de Béranger (1780–1857), Dichter politischer Lieder.
8 Leopold I., König von Belgien (1790–1865), seit 1831 belgischer König. Vgl. dazu Weerths Feuilleton »Das tragikomische Belgien«. (SW, Bd. 4, S. 39 ff.)

180.

Georg Weerth an Wilhelmine Weerth

Brüssel, 24. April 1848

Liebe Mutter!

Meinen herzlichen Gruß!

Du besorgtst wohl den Zettel für Wilhelm? Ich möchte gern wissen, ob, wann und wie weit er reist, um mich ein wenig danach richten zu können.

Hoffentlich geht es Dir wohl. Es ist aber sehr regnerisch kalt hier, obgleich die Bäume schon alle grün sind. Bald schreibe ich Dir mehr.

Mit dem herzl[ichsten] Gruß

Dein Georg.[1]

1 Mit Gruß der Mutter an Wilhelm. Auf der Rückseite der folgende kurze Brief Georg Weerths an Wilhelm Weerth.

181.
Georg Weerth an Wilhelm Weerth

Brüssel, 24. April 1848

Lieber Wilhelm!

Leider habe ich nichts mehr von Dir gehört, und bei dem großen Spektakel überall habe ich ebenfalls vergessen, Dir zu schreiben. Ich wollte nun heute nur bei Dir anfragen, ob und wann ich das Vergnügen habe, Dich hier zu sehen.

Solltest Du nur bis an den Rhein gehen, so könnte ich Dich in Köln treffen, und wir gingen dann wahrscheinlich noch eine Strecke weit zusammen hinauf. – Kommst Du bis nach Brüssel, so treffen wir uns natürlich hier usw.

Schreibe mir nun bald und grüße Auguste aufs herzlichste von mir.

Dein Georg.

182.
Wilhelmine Weerth an Georg Weerth

Detmold, Ostern [= 23. und 27.4.]1848

Mein lieber Georg!

Durch Dein Schreiben vom 27. v[origen] M[ona]ts wieder »in etwas« um Dich beruhigt, verlangte es mich seitdem doch noch ebensosehr wieder nach Nachricht von Dir, da die Zeitungen manches enthielten, was mich wohl von neuem beunruhigen konnte; – jene Züge – H[erweg]h an der Spitze – die damaligen Ereignisse in Paris – die vielleicht daraus hervorgehenden Rückwirkungen auf Dich – das alles warf meine Gemütsruhe, die ich Deinen mir so vollkomm'nen briefl[ichen] Auseinandersetzungen verdankte, gänzlich über'n Haufen; – glücklicherweise haben nun jene ebenso verweg'nen als verwerflichen Versuche keinen Anklang gefunden, und man will hoffentl[ich] die Kräfte einem bess'ren Zweck widmen, – worüber ich mich von ganzem Herzen freue – dessen ohngeachtet muß ich erst wieder etwas von

Dir selbst sehen, wenn ich zu rechter Ruhe um Dich gelangen soll; weshalb ich denn mal wieder eine »Philippika« an Dich werde müssen ergehen lassen, um nur von Dir auch wieder etwas zu hören, denn es will mir doch nicht mehr an dem Lesen D[eine]s so guten Mut atmenden letzten Br[ie]fs genügen. Da ich bald nach Empfang desselben Ferd[inand] zu schreiben hatte, teilte ich ihm frisch das ihn betreff[en]de daraus mit – begleitet von dem Rest entschwundner Größe – wahrscheinlich hat der Fetzen noch eine Reise ins Pommerland gemacht, da ich von demselben Tage einen Brf. von ihm aus Anklam erhielt, von wo er nach Greifswald und weiterhin wollte, – unsre Brfe. hatten sich gekreuzt. Er klagte gleich Dir über gänzliches Stokken aller Geschäfte, weshalb es ein schlechtes Vergnügen sei, darauf zu reisen. Gott mag auch nur wissen, wann das anders werden wird! – F. kann's übrig[en]s bei *seinem* Akkord mit H[errn] L[ampson] noch wohl aushalten, wogegen *Deine* Aktien manches zu wünschen übrig lassen. (Ich las da neulich von dem Handelsvertrag mit Holland; kommt der vielleicht, wenn er wieder an Leben gewinnt, auch *Dir* zugute?) Was Du von Treiben »andrer Sachen« sagst, »woran es jetzt nicht fehle«, so weiß ich nicht, ob sie von materiellem Gewinn für Dich sind? Zu der Herausgabe des Buchs[1] – wovon hier die Rede war – hast Du in diesen bewegten Zeiten wohl noch keine Schritte tun können? – Aber *das* war gut: Wenige Tage nachdem Du mir die Imbert'schen Aventüren erzählt, fand ich auf dem Tisch unsrer Hausflur die »Köln[ische] Zeit[un]g«, sie war vom 2. d[iese]s. (Vom 1. ab hielt sie Rosen wieder, und ich kann sie nun auch mitansehn.) Nachdem ich Kunde genommen von dem Austritt des Grafen von Arnim und dgl. mehr – stoße ich auf »einen Besuch in den Tuilerien«.[2] Wohl stieg augenblicklich eine gewisse Vermutung in mir auf, die dann bald durch die mir bereits bekannte Persönlichk[ei]t I-ts. zur Gewißh[ei]t gesteigert wurde, obgl[eich] sich dasmals der Name des Verfassers noch nicht vorfand – aber es konnte wohl nicht anders sein, wenngleich der Leute viele – eben jetzt – die Tuil. werden besucht haben, und im nächsten Blatt fand sich denn auch die Bestätig[un]g. Niemals war wohl etwas der Art mehr an der Zeit und an s[eine]m Platz wie diese Geschichte; nur *etwas* später hätte sie schon nicht mehr den Anklang finden können wie noch grade da, denn das unendliche Gewirre in dieser Zeit läßt keinem mehr an etwas Gemütlichem oder Humoristischem Geschmack finden; mehr oder weniger geht es den Frauen schon so, wieviel mehr noch den Männern. Hier im Lande dreht sich's nun vorzügl[ich] um die Wahlmänner und – um den zu wählenden Abgesandten nach Frankfurt. Es handelt sich überhaupt um drei Männer der verschiedensten Richtungen, von einem ist wohl wenig zu hoffen noch zu fürchten (er gehört einer gewissen Partei an, die in kirchl[icher] Bezieh[un]g früher auch schon die Niederlage erlitt), der zweite – Prof. Schierenberg – der privatim vor kurzem in Frkft. war, hat durch eine seitdem gewonnene revolutionäre Richtung bei allen Bess'ren des Landes die Achtung verloren, und es sind ihm nur die s[o]g[enannten] Krawallsuchenden mehr ergeben,* da man solchen aber bei weitem zum größern Teil nicht mag, so scheint sich die Majorität mehr und mehr einem uns sehr teuren Mann, nämlich – »Cölln« zuzuwenden; – was sagst Du *da*zu!? Wahrscheinlich sehr ehrenvoll und ehrenwert – doch zittre ich wahrhaft vor dieser ihm wahrscheinl[ich] widerfahrenden Ehre, seines Hauses und dessen innern traurigen Verhältnissen wegen, wenngleich man es ihm wohl wünschen kann, mal auf einige Z[ei]t da herauszukommen, selbst auf die Gefahr hin, daß er häusl[iche] Wirrsal mit dem öffentlichen vertauschte; – doch – Gott wird's ja versehn! Und nun von etwas anderm: Gestern, am zweiten Ostermorgen, bin ich ganz arglos zur Kirche gegangen, blieb es auch, bis Cölln zu proklamieren anfing (was am ersten Feiert[a]g nicht geschieht), jetzt aber fing mir das Herz an zu schlagen, und als es nun erst hieß: »Zum erstenmal: Pastor Weerth in Blomb[er]g etc.«, da vergingen mir fast die Sinne – o Georg, das war ein verhängnisvolles Wort! Es war sein Los geworden fürs Leben – bitten wir Gott, daß es ein glückliches für ihn – für beide – sei! Der Hochzeitstag ist noch nicht fest bestimmt; W[ilhelm] erwartet erst noch von dem Onkel Roß einen Entscheid wegen s[eine]r Abreise von Berlin, ob er das j[unge] Paar, nach R[oß'] früher geäußertem Wunsch, wird trauen können oder nicht. So stehn also die Sachen; heute soll ein kl[einer] Brautwagen von hier nach Blomb[er]g abgehen, da W. jetzt das Pfarrhaus bezieht. Denk Dir, wie sonderbar – am Karfreit[a]g ist der alte Pastor Neuburg verschieden! Wie sich dem W[ilhel]m immer alles erst gehörig zurechtlegen muß, – bevor er nach Oerlinghausen ging, räumte der Tod der Florentine Volkhausen ihm die wohnlichsten Zimmer des Hauses ein; kurze Zt., nachdem er Pfarrgehülfe in Bl[om]b[er]g, legt P[astor] Arnold seine Stelle nieder – worauf er sich schon seit vielen Jahren besonnen, und Wilhelm tritt für ihn ein; er verlobt sich, und nun stirbt Arnold, wodurch seine Einnahme sich verbessert usw. Das einzige Mißgeschick war die neuliche Krankheit sr. Braut; sie ist – bis auf eine dann und wann fühlbare Nachempfindung in der Hand – wieder ganz hergestellt, doch noch nicht wieder so kräftig wie früher, was allerdings sehr zu wünschen, daß sie's wieder würde bis zur Hochzeit. Aber hör einmal, mein lieber George!, ich dächte, Du unterließest nur die beabsichtigte Sendung für die beiden, bei der jetzigen dürren Zeit in der Handelswelt bist Du gewiß nicht in dem Fall, splendide Geschenke machen zu können, und da W. nichts von der Sache weiß, auch gewiß keinem von beiden so etwas beifällt, so kannst Du – ohne Dir irgendwie ein Dementi zu geben – sie noch ruhig fallen lassen, – glaub' nur D[eine]r Mutter!

Was aus der projektierten Reise der demnächstigen jungen Eheleute werden wird, in diesen unruhvollen Zeitläuften, das steht auch noch dahin; ich kann mich nicht recht mit dem Gedanken befreunden – vorzügl[ich] nicht mit der Idee, gen Belgien zu ziehn – dem Herd alles Rumors so nahe, – denn Du magst sagen, was Du willst, ich traue dieser Nachbarschaft nicht. Nun, Wilhelm wird sich denn schon selbst gegen Dich darüber aussprechen.

Ist Dir das traurige Geschick des Assessors Seiff wohl schon bekannt geworden? Das junge, blühende, lebensfrohe, junge Weib desselben ist – gleich unsrer geliebten Lotte – das Opfer der Geburt ihres ersten Töchterchens geworden! Ach, ich kann Dir nicht sagen, wie grade auch mich dieses jammervolle Ereignis ergreift – ich durchlebte den Trauerfall wie von neuem, in die Seele der Eltern. Seit 8 Tagen ist die Mtrs. Klingemann hier, reist aber bald wieder ab; ihr Mann konnte überhäufter Arbeit wegen sie nur bis Ostende begleiten, von wo sie in 26 St[un]d[en] hieher fuhr. Im Fest war sie nach Brake; das Kind ist gesund und gedeiht, der Vater soll aber *sehr* verändert sein. –

Den 27.: Da erhalte ich eben Dein Blättchen, l[ieber] G[eorg], und es fügt sich glückl[ich], daß erst[ens] der Br[ie]f noch nicht abging und ich zweitens jetzt auch imstande bin, Dir auf ersteres zu antworten. Infolge einer an W. ergangnen Einlad[un]g zur Piderit-Falkmannschen Hochzeit kam er vorgestern herüber, brachte die Nachr[icht] mit, daß der Onkel – Körperschwäche wegen – noch nicht reisen und ihn also nicht, s[eine]m Wunsche nach, kopulieren könne, und wollte Dir nun selbst schr[ei]b[en], daß die Hochzeit jetzt zwar auf den 9. k[ünftigen] M[ona]ts festgesetzt sei, das Reisen aber noch etwas unterbleiben solle, schon der jetzt sich noch so unfreundl[ich] anlassenden Wittrung wegen – der der kaum genesenen Auguste nur Schaden bringen könnte (die Weltereignisse ungerechnet). Das gestrige unaufhaltsame Treiben aber, worin er so vielerlei Dinge versetzt wurde, verhinderte ihn, Dir obig[e]s selbst zu sagen, und heut morgen um 6 Uhr fuhr er in Begleit[un]g der Doktorin und sr. Braut wieder nach Blomb[er]g. – Letztre häusl[icher] Einkäufe und Einrichtungen wegen; – Dein Br[ie]fch[en] kam auch erst später, hätte gestern ab[en]d schon hier sein müssen – zwischen Bückeb[ur]g und Bielef[e]ld mußte etwas die Eisenbahn zurückgehalten haben, wie mir der Postbote erklärte. Wieder *in etwa* zur Ruhe gekommen, wird sich W. denn wohl vernehmen lassen. Er hat eine arbeitsvolle Zt. hinter sich, Konfirmation – Festtage – Todesfall Neub[ur]gs – alles drängte sich zusammen. Ach, und gestern kam uns hier noch ein so gräßliches Ereignis – was jeden erstarren machte! Kaufm[ann] Wist – Du kennst ihn doch – war, wie *wir* erst jetzt erfuhren, dem Bankrott nahe; was tut er? Folgt *mehre Tage* hindurch dem Landrezeptor Hasse angebl[ich] wegen

Geldgeschäfte auf die Kassenstube, versetzt diesem gestern mit einem mit Blei gefüllten Knotenstock mehre Schläge über den Kopf; H. erreicht bluttriefend noch kaum ein Fenster, ruft Hülfe!, die augenblickl[ich] erscheint und – Wist sich verloren gebend – schneidet sich – vermittelst eines großen *mitgebrachten* Messers – in den Hals! *Beider* Leben ist erhalten; der Bösewicht hat den *beabsichtigten* Mord eingestanden und sieht nun sr. schandbaren Taten Strafe entgegen und soll sich jetzt aufs heftigste selbst darüber anklagen, den »braven, guten Mann« (der H. auch allerdings ist) habe morden zu wollen – jammert denn nun auch über »seine armen Kinder«! Großer Gott – hätte er sie und sich selbst nur früher bedacht! (Er soll um 10 000 Rtl. in Kassenscheinen gewußt haben, die dort vorrätig.)

Des durchgeschl[agenen] Papiers wegen *hier* noch nach so sinnbetäubendem Gegenstande einen freundl[ichen] Schluß. M[eine]m heißen Wunsch, wieder etwas von Dir zu sehen, ist, Gottlob!, vorläufig genügt, doch der Erfüll[un]g des weitern Versprech[en]s sieht mit Verlangen entgegen

Deine treue Mutter.

* *Diese* haben außerdem Theod[or] Alth[au]s als Stellvertreter des erstern im Auge – was – im Fall diese Partei wider Hoffen und Erwarten siegte – nicht ohne sein möchte, da Schierenb[er]gs Gesundh[ei]t auf so schwankenden Füßen steht, daß es kaum anders zu erwarten stände, als daß er vielleicht sehr bald eines Ersatzmannes bedürfte. Aber *dar*auf bitte ich Dich noch nicht zu freuen! Petri wäre wohl ohne Zweifel der geeignetste Mann dazu gewesen, da er aber jetzt in der Regierung ist und auch bleibt, – so hielt man es nicht mehr für angemessen; er befindet sich zur Zeit in Fr[an]kf[ur]t bei der Bundesversamml[un]g. – Du findest vielleicht mitunter seinen Namen.

1 Vermutlich die »Skizzen aus dem sozialen und politischen Leben der Briten«.

2 Feuilleton Georg Weerths in der »Kölnischen Zeitung« (Nr. 92 und 93 vom 1. und 2. April 1848). Am Schluß mit vollem Namen gezeichnet. (SW, Bd. 4, S. 17–27)

183.
F. Piderit[1] an Georg Weerth

Detmold, 8. Juni 1848

Hochgeehrtester Herr!

Ihr Zustand steht mir noch so lebhaft vor der Seele, als ob Sie vor meinen Augen stünden. Ich habe Sie in Ihrem sel[igen] Vater studiert. Ich bedaure nur, daß Sie noch weniger ein Freund von radikalen Mitteln sind, als er war. Ich weiß wohl, daß Sie in andern Dingen die radikale Heilmethode vorziehen, aber für Ihre Gesundheit begnügen Sie sich mit der palliativen. Zwar äußern Sie, »der sterbliche Leib ginge am Ende doch über alles«. Aber erlauben Sie mir zu sagen, daß dieser Ausspruch Resultat einer Reflexion ist, die sehr kalt bleibt, während Sie doch sehr warm sind. Ihr Tun steht damit in Widerspruch. Denn wollten Sie für Ihre Gesundheit sorgen: so würden sie sich nicht in das politische Parteitreiben kopfüber hineinstürzen und durch die vielen Emotionen der fatalen Lungensucht, welche Sie bedroht, in die Hände arbeiten.

Sie leben für eine Idee – ich achte das; Sie werden sich ihr aufopfern – das ist Ihr Wille; aber für Ihr langes Leben und für Ihre Gesundheit wollen Sie möglichst wenig tun; Sie wollen diesen Forderungen keine Konzessionen machen oder die gemachten ohngefähr so halten wie der König von Neapel.

Eben weil Sie in Köln sind, müssen Sie nach Aachen gehn! Welcher kölnische Kollege behauptet denn, daß er Aachener *Bäder* in Köln machen könne? Eris, mihi magnus Apollo! Man täuscht Sie, man spricht von dem Bade wie von einer Nebensache, von dem Brunnen wie von der Hauptsache; es verhält sich umgekehrt. Den Männern der Partei, ist man übereingekommen, solche Mittelchen nachzusehn. Aber dem Arzte nicht. Mit dem Bade in Aachen ist es *allein* auch nicht getan. Während der Badekur muß man ein Pflanzenleben führen, vegetieren, weder animiert noch animalisch leben. Hat man dort etwas gewonnen: so kann man später die Zinsen des Gewonnenen verzehren, aber nicht das Kapital rasch wieder durchbringen. Ich fürchte, ich fürchte, Sie werden es anders machen, und der Sturm wird Sie abschüt[teln] vom Baume des Lebens wie ein frühwelkes Blatt.

Wollen Sie aber ein anständiger Philister werden, jeden Sommer 6 Wochen in Aachen baden und ein Fontanell am linken Oberarm tragen: so können Sie dem bunten Jagen und Treiben der törichten Menschen noch eine Reihe von Jahren zusehen. Plaît-il?

Mit ehrlicher Freundschaft
Ihr *sehr* aufrichtiger

F. Piderit.

1 Piderit war Arzt in Detmold und der Familie Weerth in Freundschaft verbunden.

184.
Wilhelm Weerth an Georg Weerth

Bl[omberg], 13. Juni 1848

Lieber Georg!

Der Mensch denkt's und Gott lenkt's, sagt ein altes Sprüchwort, ich möchte aber wohl behaupten, daß es mitunter der Teufel lenkt, wie z.B. in diesen Wochen bei mir, denn anstatt zu Dir reisen und mit Dir fröhlich sein zu können, muß ich jetzt, da meine Frau einen schweren Rückfall ihrer früheren Krankheit bekommen hat, den Krankenwärter spielen und vorläufig alle Gedanken ans Reisen fahren lassen. Gefährlich ist Aug[ustens] Krankheit allerdings nicht, auch hat sie diesmal keine so heftige[n] Schmerzen wie das vorige Mal, aber nichtsdestoweniger ist sie sehr angegriffen und wird eine ordentliche Badekur durchmachen müssen. Kommen wir also überhaupt zum Reisen, so wird dies nicht vor Ende Juli sein, und wer weiß, ob Du alsdann noch in Köln und wir alle noch am Leben sind.

Es ist höchst fatal, aber nicht zu ändern!

Heute morgen erhielt ich von Mutter einen Brief, wonach sie recht wohl ist, ebenso Carl, Lottchen und auch F[erdinand], der aus Neustrelitz ein paar Worte geschrieben. Allein bei Cöllns sieht's trübe aus, da sie den kleinen, wirklich reizenden Bernhard am Scharlachschnupfen verloren haben und das jüngste Mädchen nach zwei überstandenen Krankheiten höchstwahrscheinlich auch nicht die stärkste sein wird. Cölln ist von ganzem Herzen zu bedauern. Der Junge war sein Liebstes. Hätte es dem Himmel, Gott vergebe mir die Sünde, doch lieber gefallen, die Mutter zu sich zu nehmen, die dem armen Mann nur das Leben verbittert.

Für Übersendung Deines Z[ei]t[un]gsblattes meinen besten Dank.[1] Ich hätte sie mir auch für mein Leben gern bestellt, aber für mich allein kam sie mir zu teuer, und Mitleser konnte ich für dieses Semester noch nicht bekommen; höchstwahrscheinlich wird es sich aber für das nächste Semester machen lassen.

Die Mutter scheint sehr ungehalten[2] auf Dich zu sein und will sich nicht von mir beruhigen lassen. Ich wage kein Urteil über Deine jetzige Stellung zu fällen, weil ich sowohl sie, als auch Deine frühern Verhältnisse nicht genau genug kenne, aber es sollte mir leid tun, wenn Du mit Deiner Vergangenheit ganz gebrochen hättest und hinfort nur Literat sein wolltest, da Du in dieser Stellung auf die Dauer, wie ich befürchte, nur ein sehr kümmerliches Auskommen finden wirst, dagegen aber ein für Dich sehr angreifendes und aufreibendes, auf die Dauer undankbares Geschäft betreibst.

Dies meine unmaßgebliche Meinung! Ich kann mich vielleicht irren, vielleicht auch nicht, doch in beiden Fällen wirst Du es mir nicht übel nehmen, daß ich Dir meines Herzens Meinung gesagt habe.

Solltest Du mal ein paar Augenblicke Zeit haben, so erfreue mich durch einige Zeilen. Sobald mit mir irgend etwas von Erheblichkeit vorfällt, sollst Du Nachricht haben, auf jeden Fall auch beizeiten, wenn's noch zu unserer Reise kommt.

Mit alter Liebe und einem Gruß von Auguste

Dein Bruder Wilhelm.

1 Am 1. Juni 1848 erschien die erste Nummer der NRhZ, zugleich auch mit einem Beitrag von Georg Weerth, dem 1. Teil des (jetzt) 10. Kapitels der »Humoristischen Skizzen aus dem deutschen Handelsleben«.

2 Am 10. Juni 1848 schrieb die Mutter an Wilhelm: »An Georg ließ ich vor beinah 8 Tagen einen Brief abgehen; ich bin begierig auf seine Antwort, da ich ihm manches sagte, was ihm schlecht gefallen wird – unter anderm, daß es ihm besser wäre, Holz zu hacken, als sich an einem so impertinenten Blatt zu beteiligen und immer nur darauf zu sinnen, andre zu verunglimpfen. Sollte er in augenblicklicher Geldverlegenheit sein, so habe ich ihm Hülfe erboten, nur solle er von diesem Treiben lassen – was notwendig auf die Dauer alles Bessre im Menschen untergrübe [...]« (IISG, Amsterdam, Abschrift).

185.
Georg Weerth an Wilhelmine Weerth[1] (Fragment)

[Köln, Ende Juni 1848]

Meine Handelsgeschäfte habe ich auch wieder begonnen und werde dieser Tage nach Frankfurt müssen, was mir sehr gelegen kommt, da ich dann außer den Geschäften auch die Nationalversammlung einmal untersuchen kann. Nach Amsterdam muß ich ebenfalls bald wieder einmal.

1 Das hier abgedruckte Brieffragment ist überliefert als Zitat in einem am 4.7.1848 geschriebenen, als Abschrift erhaltenen Brief von Wilhelmine Weerth an Wilhelm Weerth: »*Sehr* lieb war's mir, daß er [Georg] neulich – bei Gelegenheit der Übersendung einer Zeitungsannonce, die ich Dir beilege, im Fall die Blomberger ein Gelüsten darnach hätten – schrieb:«.

186.
Schütt an Georg Weerth[1]

B[radfor]d, 1. August 1848

Lieber Weerth.

Ich erhielt Ihr Wertes vom 20. und besorge Ihnen den »London Telegraph«[2] sogleich. Unser Freund E. Barthelmes nennt mir Herrn F. X. Albert in Madrid, der mit J. L. Lemmé & Co. in London in Verbindung steht und Ihnen als Landsmann recht gerne dienen wird. B. kennt ihn aber nicht selbst, wenn ich sonst Jemand nennen höre, werde ich Ihnen schreiben. Sie waren so gut, einige Exemplare der »Neuen Rhein[ischen] Zeit[un]g« zu schicken, ohne solche indes zu erwähnen, vielleicht erklärt deren Inhalt das Nähere. Wie fühlen Sie sich denn wieder auf deutschem Boden, er kommt Ihnen wohl sehr ungewohnt vor. Hoffentlich schreitet Deutschland jetzt nur immer vorwärts, trotz der Berliner![3] Apropos, können Sie etwas über die Locken von Mohair sagen für Puppenköpfe als Imitation von Menschenhaar, wovon ich Ihnen Proben von Paris schickte?

Der Ihrige
[..?] Schütt[4]

1 Erhalten als Abschrift von Franz Diederich in dessen Nachlaß. Schütt war einer der beiden Chefs der englischen Abteilung der Firma »Emanuel & Son«.
2 1848 in London erschienene Tageszeitung, bürgerlich-liberal orientiert.
3 Anspielung auf die – im Vergleich zur Nationalversammlung in Frankfurt – noch stärker auf Kompromiß (mit der Krone) zielende Haltung der preußischen Nationalversammlung.
4 Diederich schreibt als Unterschrift: »Schutt«, am unteren Rand der Abschrift schreibt er: »Unterschrift unleserlich.

187.
Georg Weerth an Wilhelmine Weerth[1] (Fragment)

[Bingen, Ende September 1848]

Du wirst bereits gelesen haben, daß die »N[eue] Rh[einische] Z[ei]t[un]g« aufgehört hat[2] und daß Köln in Belagrungszust[an]d erklärt ist. Da dieser Zustand gar zu unangenehm ist, so habe ich es vorgezogen, meine oberländischen Freunde für einige Tage zu besuchen und abzuwarten, wie sich die Dinge ferner gestalten werden.

Ich teile Dir dies mit, daß Du nicht unruhig um mich wirst. Mehrere meiner Kollegen haben sich bei den letzten Vorfällen zieml[ich] beteiligt. Ich hielt mich davon zurück. Von hier aus werde ich nach Frankfurt gehen und dann nach Hamburg reisen, um mich mit Emanuel & Sohn wegen einer größern Reise für sie zu verständigen. Natürlich komme ich dann auch nach Detmold und werde Dich frohlockend begrüßen.

Hier ist's herrlich! Fürs erste ein Lebewohl –

1 Der hier abgedruckte Briefauszug ist überliefert als Zitat in einem wohl Ende September geschriebenen Brief von Wilhelmine Weerth an Wilhelm Werth: »[...] ich kann dagegen auch mit leidlich guten Nachr[ichten] von Georg dienen; heut' Mittag erhielt ich einige Zeilen von ihm aus Bingen, welche also lauten:«.
2 Anfang Oktober erschien die NRhZ wieder, und Weerth arbeitete erneut mit. In einem undatierten Brief der Mutter an Wilhelm schreibt sie: »Dann erhielt ich vor ein paar Tagen wieder ein Schreiben von Georg aus Köln! Ich schließe dasselbe diesem an, – da dies der dritte Brief, den ich von ihm empfing und gestern die beiden jungen Mädchen bei Althaus wieder nach Drosendorf zurückreisten, beantwortete ich ihn gleich und gab dies mit noch 2 andern denselben zur Weiterbeförderung mit. Die Mama hat wohl die Güte, Georgs Brief wieder mit zurückzunehmen. In den Frankfurter Zeitungen stand, am 5. d. Mts. würde die ›Neue Rheinische Ztg.‹ wieder erscheinen; nach Georgs Berichten war das aber ja noch keineswegs entschieden. Er selbst spricht sich – was mir sehr recht – *dagegen* aus. Übrigens mochten sie's auch nicht *können*, da er und Marx nur allein mehr zur Stelle waren. – Ich erklärte ihm, daß sie durch ihr Spotten, Bellen und Beißen die Welt nicht verbessern, wie ihre Existenz nicht si-

chern, aber wohl *gefährden* würden und – wer nur könnte – sich lieber je eher desto lieber einem friedlichern Erwerb zuwenden möge, – *er* also, wenn's zweckdienlich, alsbald nach Hamburg verfügen sollte. Mich soll's wundern! Demnach sehen wir ihn vielleicht bald wieder hier. –« (IISG, Amsterdam, Abschrift.) Am 29.10.1848 schreibt sie an Wilhelm: »Zu einer dieser Freuden gehörte es, daß mir grade bei meinem ersten Eintritt in die Wohnstube mir ein Brief von Georg überreicht wurde, der außer einer erwarteten Erklärung über das notgedrungene *vorläufige* Wiedereintreten als Redakteur der Zeitung die mir so hocherwünschte Nachricht enthielt, daß er zunächst andern Tags – den 25. ds. – eine Tour nach Brüssel mache, um einiges für Emanuel & Son daselbst zu ordnen; dann in den letztern Tagen die Aufforderung erhalten zu haben, vor Ende des Jahres nach Hamburg zu kommen, um mündlich sich über eine größre Reise – wahrscheinlich nach Italien – zu verständigen. (Holland und Belgien werde er schwerlich mehr besuchen.) Bis dahin werde er noch an der Zeitung mitarbeiten, dann aber neben dem kaufmännischen Geldverdienst auch wieder neue Länder zu sehen und neue Dinge zu lernen suchen. Und o!, wie gönne ich ihm dies – ist er nur mal glücklich von der unglückseligen Zeitungsschreiberei erlöst.« (IISG, Amsterdam, Abschrift.) Am 1.1.1848 schreibt Wilhelm Weerth an seine Mutter u.a.: »Die Nachrichten über Georg haben mir sehr gefallen, aber ich dachte es mir immer wohl, daß er früher oder später von diesem Unternehmen abstehen *müßte* und es ihm dann auch gelingen würde, alsbald wieder ein Engagement zu finden. Sollte es ihm nun gar gelingen, nach dem Süden zu kommen, so würde dies gewiß auch für seine Brust von großem Nutzen sein. Gott wende alles zu seinem besten. Wenn er nach Hamburg reisen müßte, würden wir ja auch wohl noch außerdem das Vergnügen haben, ihn zu sehn.« (IISG, Amsterdam, Abschrift.)

188.

Georg Weerth an Ferdinand Lassalle

Köln, 20. Oktober 1848 (Fr[eitag])

Lieber Herr Lassalle!

Es hat mich aufrichtig gefreut, daß ich Ihnen neulich nicht zu schreiben hatte. Jellachich[1] wurde nämlich, wie Sie wissen, nicht gehängt. Dieser ausgezeichnete Mann lebt noch immer ... und der Wiener Reichstag ist erst recht oben auf. Dieser Wiener Reichstag wird auch nicht gehängt.

Ich hätte große Lust, die Völkergrundsuppe, die jetzt um Wien herumschwimmt, einmal an Ort und Stelle zu studieren. Welcher Stoff für schlechte Witze!

Übrigens habe ich vor, ganz reaktionär zu werden. In dem Artikel des »Standard«,[2] den Sie in unsrer Samstagnummer abgedruckt finden, sind ganz meine Ansichten ausgesprochen. Ich liebe den »Standard«. So ein Esel von einem Tory ist ein ehrwürdiges Tier.

Ferdinand Lassalle

Ein Esel ist überhaupt ehrwürdig. Ich habe vor den Eseln stets Respekt gehabt. Ein Esel ist ein vollkommenes Wesen; er ist nichts Halbes – er ist etwas Ganzes! Kompakte Dummheit. Dummheit in ihrer ganzen Reinheit. Ein Esel ist mir doch lieber wie ein konstitutionelles Pferd! Nicht wahr?

»Der Esel ist ein dummes Tier,
der Elefant kann nichts dafür.«

Außerdem fließt das Leben so ruhig dahin wie das Wasser in einer Gosse. Wir Menschen sind Götter; deshalb sind wir verwöhnt; es gefällt uns nichts mehr – der Himmel am allerwenigsten. Sie sehn aus diesem Briefe, wie es in Wien aussieht. »Mer ahnt was Grauses!«

Doch noch eins! Die hiesigen Demokraten wollen sich morgen zu Ehren Freiligraths[3] in außerordentlicher Sitzung bei einem heiligen Abendmahle versammeln, welches die Nacht hindurch permanent bleiben wird. Auf der breitesten Grundlage wird man essen, und der Wein erfreut des Menschen Herz. – Wollen Sie nicht auch kommen? Jedenfalls leben Sie recht wohl.

Mit Glaube, Liebe und Öffnung

Ihr ergebener G. Weerth.[4]

1 Jossip Jellachich, Graf von Bužim (1801–1859), österreichischer General, wurde 1848 Banus von Kroatien, Slawonien und Dalmatien; er war aktiv an der Niederschlagung der Revolution in Österreich und Ungarn beteiligt.

2 Am 21. Oktober brachte die NRhZ als Korrespondenz aus London ein ausführliches Zitat aus dem reaktionären »Standard«. Das Blatt erhoffte eine Zerstörung von Paris, Berlin, Wien und Mailand als den Zentren der Revolution. Der Schluß lautet: »›[...] denn jedenfalls würde die Zerstörung dieser Stadt [Wien] das übrige Östreich retten und Europa hätte wirklich wenig Grund, um darüber zu trauern.‹ So weit der Standard! Mögen sich die Wiener bei ihm bedanken. Treuer und energischer als irgend ein anderes Blatt, repräsentirt der Standard die Partei des alten Tory's, jene Klasse halbverschollener, großbritannischer Aristokraten, die es noch immer nicht begreifen können, daß eigentlich jeder Manchester Baumwollspinner jetzt eine wichtigere Rolle spielt als sie. Dem alten Löwen sind endlich die Zähne ausgefallen; er kann nur noch murren und brummen. Es ist ein rührender Anblick; denn jedenfalls spielen diese alten bigotten Tory's die Rolle würdiger zu Ende, als die brutalen Baumwoll-Lords die ihrige begonnen haben.« Kaiser nimmt mit Recht an, daß diese Anmerkung von Weerth selber stammt. (SW, Bd. 4, S. 526)

3 Anläßlich der Übersiedlung Freiligraths nach Köln am 21. Oktober. Er trat der Redaktion der NRhZ bei.
Am 7.11.1848 schreibt Ernst Dronke an Friedrich Engels: »Im Uebrigen weiß ich Dir Nichts zu schreiben, als daß Marx, Weerth und Freiligrath allein die Zeitung redigiren.« (MEGA, III, Bd. 2, S. 500) In bezug auf Weerths Tätigkeiten ist auch der Brief des Oberpostdirektors Rehfeld an die NRhZ (6.11.1848) interessant: »Von dem Mitredakteur der Neuen Rheinischen Zeitung Herrn Werth wurde mir am 2ten dieses Monats unter andern allgemeinen Klagen auch [spe]ziell die vorgebracht: ›daß ein Unterbeamter Ihrem Laufburschen angedroht habe, die Zeitung-Packete auf der Route nach Coblenz liegen zu lassen, wenn ihm nicht ein Zeitungs-Exemplar mitgesandt würde.‹ und erbot Herr Werth sich, auf mein Verlangen, den betreffenden

Laufburschen mir zu zuschicken, damit dieser den beschuldigten Unterbeamten bezeichnen könne. Dies ist bis jetzt nicht geschehen, weshalb ich diese Angelegenheit hiemit in Erinnerung bringe.« (MEGA, III, Bd. 2, S. 499)

4 Anfang Dezember war Weerth dann mit dem jungen Grafen Hatzfeldt, dem Sohn der Freundin Lassalles, zu einem kurzen Besuch in Detmold. Vgl. dazu Anm. 1 des Briefes von Wilhelmine Weerth an Georg Weerth vom 5.1.1849.

189.

Georg Weerth an Friedrich Engels[1]

[Köln, 3.12.1848]

Gestern war ein Gerichtsvollzieher hier und hat Dich, Marx und Korff[2] für den 20. d[iese]s[3] an die Assisen geladen, wo die Geschichte mit den Gendarmen und Zweiffel vorkommt. Am 21. ds. kommt Gottschalk[4] vor, gegen den 20 Belastungszeugen sind. Bürgers[5] stellte sich und kam frei. Der rote Bekker[6] ist ebenfalls frei. Wachter[7] stellt sich dieser Tage. Gegen Dronke[8] soll nichts vorliegen. Wir warten nur noch auf genauere Nachrichten, und ich hoffe, daß er bald hierher zurückkehrt. Mit Dir ist es auch nicht so schlimm; bald läßt sich etwas Gewisses darüber sagen. Lassalle[9] sitzt in Düsseldorf, und man geht ihm hart zu Leder – sie werden ihn lange festzuhalten suchen. Gegen mich ist die Untersuchung[10] wegen »Schnapphahnski« geschlossen – die Ratskammer entscheidet nun.

1 Es handelt sich hier um eine Nachschrift Weerths in einem Brief Stephan Adolf Nauts an Friedrich Engels. Von diesem Brief sind nur die letzten zwei Zeilen erhalten: »Herzlichsten Gruß von Naut.« Daran schließt Weerths Mitteilung an.
Die Datierung ergibt sich aus der Erwähnung des Erscheinungsbefehls für Marx, Engels und Korff wegen des Artikels »Verhaftungen«. Die Vorladung fand etwa am 2.12.1848 statt. Vermutlich ist Weerths Nachschrift einen Tag nach der Vorladung geschrieben. Engels hatte Anfang Oktober 1848 Deutschland verlassen; er kam erst im Januar 1849 zurück.
Naut war Kaufmann in Köln und ab April 1849 Geschäftsführer der NRhZ.

2 Hermann Korff, ehemaliger preußischer Offizier, Demokrat; 1848/49 verantwortlicher Herausgeber der NRhZ.

3 Auf diesen Tag war die Verhandlung des Geschworenengerichts im Prozeß gegen Marx als Chefredakteur, gegen Korff als verantwortlichen Herausgeber und gegen Engels als Redakteur der NRhZ wegen Beleidigung des Oberprokurators Zweiffel und Verleumdung der Gendarmen festgesetzt; die Sitzung wurde aber vertagt.

4 Andreas Gottschalk (1815–1849), Arzt, Mitglied der Kölner Gemeinde des »Bundes der Kommunisten«. Von April bis Juni 1848 war er Präsident des Kölner Arbeitervereins.

5 Heinrich Bürgers.

6 Hermann Heinrich Becker (1820–1885), Landgerichtsreferendar und Publizist in Köln, Vorstandsmitglied des Vereins für Arbeiter und Arbeitgeber in Köln, seit 1850 Mitglied des »Bundes der Kommunisten«, 1852 verurteilt; später Nationalliberaler und Oberbürgermeister von Dortmund und Köln.

7 Karl Wachter, Referendar in Köln, Demokrat, 1848 Hauptmann der Kölner Bürgerwehr und Mitglied des Kölner Sicherheitsausschusses.

8 Ernst Dronke (1822–1891), Schriftsteller, Mitglied des »Bundes der Kommunisten«, 1848/49 Redakteur der NRhZ.

9 Am 22. November 1848 wurde Ferdinand Lassalle wegen Teilnahme an der Steuerverweigerungskampagne in Düsseldorf verhaftet. Er wurde Anfang Mai 1849 vom Geschworenengericht freigesprochen.

10 Ende September 1849 hatte der Reichsjustizminister die Kölner Prokuratur aufgefordert, eine gerichtliche Untersuchung gegen Weerth einzuleiten wegen seiner Feuilletons in der NRhZ, in denen er den konservativen Abgeordneten von Lichnowsky in der Gestalt des »Ritters Schnapphahnski« verspottet hatte. Die Untersuchung des Kölner Geschworenengerichts begann erst Ende Mai 1849.

190.
Wilhelmine Weerth an Georg Weerth (Auszug)

Det[mold], 5.1.1849[1]

Dein guter Wunsch, mein lieber Georg, zu den nun verfloss'nen Feiertagen war mir sehr angenehm, schon seiner selbst willen, da ein aus dem Herzen kommender Wunsch von innerm Wert ist; außerdem aber auch, da ich diesem Zeitpunkt wieder Nachricht von Dir verdankte – der ich schon längst mit Verlangen entgegensah – denn einmal: muß ich wissen, ob Du wohlauf bist, und zum andern: ist's mir, solange Du noch in den gegenwärtigen Verhältnissen lebst, immer etwas unheimlich um Dich zumute. Nun konnte *mir* – was *Dir leid tut* – nichts erfreulicher sein als die Nachricht: man habe »Deine Sache«[2] fallen lassen; obgleich, wenn 's Dir schlimm damit gegangen, Du es – zumal jetzt, nachdem Du die »alte Sache« von neuem wieder aufgenommen – wohl verdientest. Nein, das gefiel mir schlecht, als der Name noch immer wieder auftauchte – »man lasse ruhn die Toten!« Ich hoffe, die Geschichte wird ja nun ihr Ende erreicht haben, denn auch abgesehen *da*von verliert doch auch jedes Ding, wenn's zu breit getreten wird, den Reiz, auch für die, denen es früher Spaß gemacht. Andre mögen nicht so grade dabei zu Werk gehen, *ich* aber kann nicht anders als *wahr* gegen Dich sein.

[Im weiteren erzählt die Mutter von ihrer Familie.]

1 Am 2. Dezember hatte die Mutter an Wilhelm geschrieben: »Dein gestern empfangnes Schreiben verfehlte seinen Zweck nicht, da Georg eben bei mir war – was seines Anhängsels, des jungen Grafen Hatzfeldts, dessen Hiersein Dir doch bekannt sein wird, [wegen] nicht allzu häufig der Fall ist. – Georgs Ankunft überraschte mich freudig, doch gestehe ich, gefiel mir obiges schlecht, und ich verbat mir deshalb dessen *hier Logieren* von vornherein, dies hat denn freilich zur Folge, daß Georg, zumal er auch im Gasthause schläft, weit weniger hier ist; das möchte nun noch drum sein, wenn die Brüder nur – die eigentlich nur mittags und abends beim Essen zusammenkommen – besser miteinander fertig werden könnten, es ist dies der traurige Grund, daß ich nur Georgs Abreise wünschen muß, – gestern erklärte er, schon heut' wolle er weiter, doch später verschob er's noch um einen Tag; so wird's denn wohl morgen früh geschehn. Traurig ist's, daß die Witterung nicht anders geworden, gestern, wo es doch ziemlich wurde, fuhr Georg mit seinem Zögling mal nach dem Exterstein. Letztrer wird so lange hier liegen bleiben müssen, bis die Belagerung Düsseldorfs aufgehoben ist, da es bis dahin dort nicht geheuer für Mutter und Sohn ist; bisher war er mittags auch unser Gast, für weiterhin habe ich mir ihn *da*zu aber auch verbeten. Gewiß hätte Georg Dich und Deine Auguste ebenso gern gesehen wie Du ihn, doch geht das unter den obwaltenden Verhältnissen nun einmal nicht. Seinerzeit werde ich Dir mehr davon erzählen – es ist nun nur besser, daß er abzieht. – Georg ist im Grunde seines Herzens derselbe gute liebe Mensch, die heurigen politischen Ereignisse und seine Umgebung wirkt nur – leider! – bewildernd auf ihn, ich kann's nicht anders nennen. Gott besser es! [...]« (IISG, Amsterdam, Abschrift). In einem undatierten, wahrscheinlich im Dezember geschriebenen Brief heißt es: »Vor ein paar Tagen erhielt ich ein paar Zeilen von Georg aus Köln, er läßt schön grüßen. Am Tage nach seiner Abreise traf hier noch ein Brief von England – unter Kuvert von Köln aus – ein, hoffentlich enthielt er Wechsel, – er war ungewöhnlich schwer – oder Aufträge; am besten beides! Georg hatte noch Gelder zu gut von dort. Ich erhalte jetzt täglich – so lange sie noch dauert – eine Zeitung von ihrer Expedition; liegt Dir etwas dran, so könnte ich gelegentlich welche schicken, N.B. auf Wiedermitbringen – das große Papier ist mir so vorzüglich nützlich.« (IISG, Amsterdam, Abschrift.)

2 Der Prozeß wegen des »Schnapphahnski«.

191.

Georg Weerth an Wilhelmine Weerth

Hamburg, 30. Januar 1849

Liebe Mutter!

Du wirst Dich wundern, daß ich schon in Hamburg bin und daß ich noch nicht bei Dir war. Die Sache verhält sich folgendermaßen. Ich hatte nämlich meinen hiesigen Freunden versprochen, sie am 20. oder 22. d[iese]s M[ona]ts zu besuchen, und mein ursprünglicher Plan war, einige Tage vorher von Köln abzureisen und dann erst in Detmold zu bleiben. Leider hatte ich mir aber eine so starke Erkältung mit Zahnweh und ähnlicher angenehmer Begleitung zugezogen, daß ich mehrere Tage zu Hause bleiben mußte und daher mit allen meinen Plänen derangiert wurde. Wollte ich daher zur rechten Zeit hier eintreffen, so konnte ich unmöglich erst einige Tage in Detmold bleiben, und so leid es mir auch tat, mußte ich daher einstweilen an Dir vorüberfahren. Die Geschichte steht nun so, daß ich bis Ende dieser Woche hier in Hamburg bleibe und dann nach Bradford und Liverpool reise, wo ich mir die Geschäfte in Augenschein nehmen soll. Von England gehe ich dann nach Holland und fahre über Rotterdam und Amsterdam nach Almelo und Enschede, also gradeswegs nach Westfalen, wo ich wieder ganz in Deine Nähe komme und dann jedenfalls zu Dir hinübereile.

Die Geschäfte waren hier noch nicht so weit vorbereitet, daß ich gleich nach dem Süden hätte gehen können; alles ist indes abgesprochen; und wenn ich mit England, Holland und der Rheinprovinz fertig bin, so werde ich zunächst nach der Schweiz und schließlich nach Italien gehen. Die Reisen nach Rußland hat jemand anders übernommen, so daß ich also mit den nordischen Bären zunächst keine Bekanntschaft machen werde. Dies in wenigen Worten meine Pläne und Aufträge für die kommenden Monate.

Hier in Hamburg wurde ich sehr gut aufgenommen, die Leute sind sehr artig. Ich logiere in dem schönen Hotel »Streit« an dem Alster-Bassin, mit einer herrlichen Aussicht. Tag für Tag bin ich eingeladen, und man zeigt mir das Leben von der besten Seite. Man scheint zu glauben, daß ich gute Geschäfte mache, und man geht mir in jeder Weise an die Hand. Aus einem Redakteur der »Neuen Rheinischen Zeitung«» bin ich plötzlich wieder ein Mensch geworden, dessen Name in dem großen Buch der Hamburger Börse angeschrieben steht – so habe ich Veränderung genug.

Mit Campe,[1] dem alten Verleger von Heine, Börne usw., war ich auch schon mehrere Male zusammen, und ich erfahre und lerne wieder mancherlei.

Hoffentlich geht es Dir wohl! Ich befinde mich ausnehmend gut. Köln mit all seinem Gestank und mit aller seiner Politik liegt hinter mir, und die Bewegung bekommt mir vortrefflich. Es freut mich, daß ich alle Drangsale der »Neuen Rh. Ztg.« mit durchgemacht habe und daß ich grade in dem Augenblick von dannen zog, wo die Demokratie[2] so glänzend bei den Wahlen siegte.[2] Hier sind die Leute natürlich sehr gemäßigt. Ich trete aber nach wie vor als Republikaner auf. Ich zanke mich aber mit niemandem mehr. Wie mich jeder Streit religiöser Meinungen anwidert, so treibe ich es jetzt auch mit der Politik; ich bleibe, was ich bin, und lasse andern Leuten ebenfalls ihr Vergnügen. Die Presse ist das beste Mittel der Propaganda.

Ferdinand wird Dich durch seinen Besuch erfreut haben. Ich sah ihn in Köln. Grüße an alle.

Nun leb wohl, liebe Mutter! Bald mehr von

Deinem Georg.

Nächstens gebe ich Dir auf, wo mich Deine Briefe treffen.

1 Julius Campe (1792–1867), Hamburger Verleger, der viele Großen seiner Zeit für seinen Verlag gewann: Heine, Hebbel, Börne, Gutzkow u.a.

2 Die NRhZ berichtete am 24. Januar 1849 über Wahlerfolge. In einem Leitartikel heißt es: »Die Demokratie hat gesiegt! So lautet der freudige Ruf, der durch die ganze Rheinprovinz widerhallt.«

192.

Georg Weerth an Karl Marx

Hamburg, 31. Januar [1849][1]

Lieber Marx!

Ich würde Dir schon geschrieben haben, aber ich hatte entsetzlich viel zu tun, teils mit Arbeit, teils mit Genuß. In Harburg war ich auf dem Kongreß hannöverscher Demokraten und verteilte Probeexemplare uns[erer] Zeitung. Ein Dr. Gerding und ein alter Syndikus Schwarz aus Celle sind die Haupthähne. Gerding ist z.B. uns[er] Abonnent. Ich habe ihm aufgetragen, Euch zu schreiben.

Die Hamburger Austern sind gut; ich werde Dir bald näher darüber schreiben. Am Samstag morgen gehe ich mit dem Steamer nach England. Briefe treffen mich während der nächsten 14 Tage: G. Weerth, Adr. Messrs. Emanuel & Son, Bradford, Yorksh[ire], England.

Dort werde ich zu verschiedenen interessanten Mitteilungen ungemein viel Zeit und Lust haben. Ich reise auch sonst noch von England umher[2] und schicke Euch dann Berichte über alles. * sah ich und säuselte mit ihm durch Gassen und Häuser. Er erinnert sich liebend seines Freundes Engels (das Teufelskind).

Empfiehl mich einer hochgeehrten Redaktion.

Bald mehr von

Deinem G. Weerth.

* Ich soll die Anwesenheit dieses Mannes nicht verraten.

1 Die Jahresangabe ergibt sich aus der Erwähnung der Englandreise von Weerth im Frühjahr 1849.

2 Ende Januar 1849 begann Weerth eine Reise im Auftrag seiner Firma »Emanuel & Son«. Dabei erledigte er auch Aufträge der NRhZ. Er besuchte Städte in Norddeutschland, Holland und England. Dort traf er auch mit George Julian Harney zusammen. In einem späteren Brief (von Harney an Friedrich Engels, 1./2.5.1849) wird Weerth erwähnt: »Besides politics I should be glad of notices – however brief – of German literature, and, if possible, translations of German patriotic poetry. Could Freiligrath or Weerth give any assistance in the literary and poetical way?« (MEGA, III, Bd. 3, S. 351)

193.
Georg Weerth an Wilhelmine Weerth

Bradford/Yorksh[ire], 6. Februar 1849

Liebe Mutter!

Ich bin nach einer 48stündigen Fahrt glücklich hier eingetroffen und finde so ziemlich alles beim alten. Wahrscheinlich werde ich eine Woche lang hier bleiben und dann nach Glasgow, Liverpool und Manchester gehen. Später nach London. Solltest Du mir schreiben wollen, so adressiere: G. Weerth, Adr. Messrs. Emanuel & Son, Bradford/Yorksh., England. Übrigens mußt Du, wenn Du schreiben willst, gleich nach Empfang dieser Zeilen schreiben.

Augenblicklich habe ich so viel zu tun, daß es mir beim besten Willen nicht möglich ist, Dir ausführlicher zu schreiben. Ich mache daher gar nicht einmal den Versuch und behalte mir daher alles auf eine ruhigere Stunde vor.

Hoffentlich geht es Dir wohl. Grüße alles von mir.

Von ganzem Herzen

Dein Georg.

194.
Wilhelmine Weerth an Georg Weerth

Detmold, 10.2.1849

Liebster Georg!

Hocherfreut durch Dein neuliches Schr[ei]b[en] aus Hamburg ertrug ich's kaum, Dir nicht selbst meine Freude darüber aussprechen zu können, daß Du endlich dem mir jetzt so durchaus fatal gewordnen alten Kölner Nest entflohen warst; – viele Tage lang sah ich so morgens als ab[en]ds D[einer] Ankunft entgegen, ließ mir aber glücklicherweise nicht beifallen, daß Du krank geworden sein möchtest, aber wohl manches andre, was mir ebenso wenig angenehm – gut, daß ich jenes nun erst nachher erfuhr und Dich jetzt fröhlich und wohlgemut in Hamb[ur]g wußte – wobei indes zu bedauern, daß Dein Reisen statt nach dem erwünschten Süden in das Dir so wenig zusagende Nebel- und Kohlenland gerichtet wurde. Gebe Gott, daß es Dir nicht wieder zum Nachteil gereicht – zumal sich Holland gleich daran schließen soll, wo es noch nichts besser ist. – Gestern empfing ich denn zu m[eine]r nicht geringen Beruhig[un]g D[eine]n Br[ie]f aus Bradf[or]d, es war hier so stürmisch in den Tagen, als ich Dich etwa unterwegs wußte, was mich besorgt machte. *Wie* es aber auch auf dem Meer gewesen sein mag – davon schweigt die Geschichte? Überhaupt hätte ich gewünscht, daß Du weniger eilig möchtest gewesen sein. – Namentl[ich] wüßt' ich so gern erstl[ich]: daß Dein Domizil in Köln nun ganz aufgegeben; und zweitens: *wo* es nun in der Folge stattfinden wird? – Über beides wirst Du mir freil[ich] – will's Gott – mündlich gehörige Auskunft geben, indes würde mir die Gewißheit über das erstere so wohl tun; solltest Du mir nun früher noch schreiben – was ich wohl von Dir hoffen darf – so bitte ich Dich sehr, es mir doch schon zu sagen.

Daß Du Dir fest vorgenommen, nicht mehr über die Politik zu streiten, ist der erste Schritt zur Weisheit; ich hoffe nun von ganzem Herzen, ihm wird der zweite folgen: auch nicht mehr darüber zu schreiben! Davon geben's ohnehin genug – die, zumal ohne einige Umsicht, wahren Unsinn schreiben oder aufnehmen; so z.B. befand sich vor kurzem, nach dem hies. Krawall mit den dummen Lemgoern und Konsorten, der lügenhafteste Bericht darüber in der »N[euen] Rh[einischen] Zeit[un]g«[1] (Eingesandt von Lage). Es verdroß mich entsetzlich, weil ich mit Grund fürchten mußte, man hielte *Dich* für denjenigen, an welchen das Zeug adressiert worden und – es drin aufgenommen. Gleich drauf kam eine Erwiderung – oder wie ich's nennen soll (das Blatt ist grade nicht zur Hand) – was meinen Ärger darüber vollendete. Den Herren dort in K[öln] wäre zu raten, doch mit ein wenig mehr Überlegung zu Werk zu gehen. Nun – die ganze Geschichte hört ja wohl bald auf! Jedenfalls wird doch *Deine* Hand – wie ich zu Gott hoffe – ferner aus dem Spiel bleiben?? – Hunderttausendmal besser Dein Name im H[am]b[ur]g[e]r Börsenbuch als unter den Redaktoren der »Rh. Zeitg.«!

Hier ist man jetzt – wie überall – auch sehr in Bewegung hinsichtl[ich] der bevorstehenden Wahlen; was unsre nächsten Leute – näml[ich] Brüder und Schwager betrifft, so berührt diese zumeist die kirchl[iche] Frage – es kann diese unendlich wichtige Folgen auf die künftige Stellung unsrer sämtl[ichen] Geistlichk[ei]t ausüben – was hier zu weitläuftig auseinanderzusetzen – Du wirst's dann schon hören.

Übrigens geht's den unsern – kleinere Unterbrechungen abgerechnet – jetzt doch wohl, sowie auch Deiner Mutter. Daß die G[eneral]sup[e]r[intendentin] Althaus gestorben, weißt Du vielleicht noch nicht? Doch glaube ich's; sie starb schon am letzten Tage des v[origen] Jahres.

Ferd[inand] war nur 1 1/2 Tag diesmal hier und zugleich mit ihm der Vetter Ernst Pieper; sie hatten sich sehr zufällig unterwegs getroffen – die sich bis dahin nimmer gesehen. Das übrige ein andermal, ich muß nun auch eilen, damit der Brf. zeitig genug fortkommt.

Deshalb hier nur noch den Wunsch, wo möglich bald recht *viel* Gutes von *Dir* zu hören, von

Deiner Dich stets in Gedanken begleitenden

Mutter.

Carl würde Dich grüßen, ist aber auch nicht zur Hand. Bei diesem Postsk[r]ipt[um] fällt mir ein früheres ein: Ach die Nudeln – die Nudeln! wirst Du vielleicht sagen – o, Jerum Jerum! Wo sind die Nudeln geblieben!?

1 NRhZ, Nr. 216 vom 27. Januar.

195.
Georg Weerth an Wilhelmine Weerth

[Lüttich, 23. und 25. Februar 1849][1]

Liebe Mutter!

Von Herzen danke ich Dir für Deinen nach Bradford gerichteten Brief. Ich erhielt ihn dort an Ort und Stelle. Doch höre jetzt, wie es mit meiner Reise ging. Das neue Geschäft in Hamburg war noch nicht so weit eingerichtet, daß ich nach Italien reisen konnte. Die politischen Zustände dortzulande machten die Sache außerdem schwierig. Ich kam daher mit meinen Leuten überein, erst nach England zu gehen, um die Lage des Handels wieder einmal am Platze selbst zu untersuchen, mich zu unterrichten und bei den steigenden Wollpreisen Einkäufe für unsre Freunde in Belgien und Holland zu machen. Ich ging daher von Hamburg nach Hull mit dem Dampfboot »Victoria«, welches uns nach einer Fahrt von 48 Stunden glücklich hinüberbrachte. Nachmittags kamen wir in Hull an, und ich fuhr noch denselben Abend mit der Eisenbahn nach Bradford. Nichts hatte sich verändert. Stadt und Menschen noch wie früher. Ich fand viele alte Freunde unter Deutschen und Briten wieder, die sehr verwundert waren, mich wiederzusehen, da sie mich in allen den Revolutionen längst davongeschwommen glaubten. Ungeheure Tätigkeit herrschte in allen Fabriken. Ich sah nie einen solchen Maschinenspektakel und einen solchen Rauch. Mit Freund Rieckmann, der das Bradforder Leinengeschäft leitet, machte ich eine Tour durch die Leinen-Distrikte. Mit Schütt, der die Wollbranche hat, besuchte ich alle Wollplätze. Die Leinengarnspinnereien sind namentlich in und um Leeds. Für Wolle besuchten wir Halifax, Huddersfield, Wakefield – kurz, die ganze West Riding, von Yorkshire. Sowohl Leinengarn als Wollengarn und rohe Wolle wurde auf diesen kleinen Reisen eingekauft, und ich hatte nebenbei Gelegenheit, die Fortschritte zu beobachten, die die Engländer in der Maschinerie gemacht haben. Nachdem in und um Bradford alles besorgt war, ging ich mit Schütt nach Liverpool, wo man grade rohe Wolle auf öffentlichen Verkäufen versteigerte und wo ich mehrere Verbindungen für die hiesige Gegend anknüpfte. Im Liverpooler Hafen war große Bewegung; Hunderte von Schiffen kamen und gingen; viele waren in Ladung für Kalifornien, wo alle Leute jetzt Geld graben wollen. Massen von Schaufeln wurden grade eingeladen. Wir hatten das herrlichste Wetter in dem schönen Liverpool. Von Liverpool wäre ich nun gern nach Schottland und Irland gegangen, aber die Zeit wurde zu kurz. Ich reiste daher nach Manchester. Dort verließ mich Schütt, und ich machte nun allein einige Besuche, darunter auch einen bei Frau Gruber. Ihr Mann war nicht zu Hause. Er hatte nach einem Hafen der Westküste reisen müssen, wo seinem Hause Schunk Sonchay & Co. 3 Schiffe untergegangen waren. Abends um 10 Uhr verließ ich Manchester und war morgens um 6 Uhr in London. Hier hatte ich nun wieder Handelsleute zu besuchen und politische Freunde. Da es grade Sonntag war, so begab ich mich zuerst zu den Politikern und traf Harney, den Chef der Chartisten-Partei, der mir über die letzten Vorgänge in England und Irland vielerlei Aufschluß gab. Auch über die französischen Flüchtlinge in London hörte ich manches, über Louis Blanc[2] und Caussidière[3] usw. Mit letzterm sollte ich zusammentreffen, vergaß aber leider die rechte Hausnummer und irrte 4 Stunden lang zu Fuß und zu Wagen durch das große Babylon, ohne zurechtzukommen. Am Montag morgen verließ ich mein Hotel um 9 Uhr. Ich wohnte im Bridge-House-Hotel, ein herrliches Palais an der Südseite der Londoner Brücke. Aus meinem Fenster sah ich auf die Themse, voll von Schiffen; weiter, jenseits des Flusses, die riesige Stadt, fast amphitheatralisch emporsteigend; rechts konnte ich bis zum Tower sehen, vor mir die St.-Pauls-Kirche; links blickte man bis nach Westminster. Um 9 Uhr ging ich also über die Brücke, hinüber in die City, das Herz des Welthandels. Hier hatte ich mit einem Manne wegen Roheisen zu tun und verließ ihn, um in die Börse zu gehen, wo ich mir ein Verzeichnis von allen Wollvorräten verschaffte, die in London zum Verkauf liegen. Mit dieser Liste zog ich nun durch die sogenannten Docks, in denen alle Schätze der Erde aufgespeichert liegen, und untersuchte die Wolle. Als dies geschehen, hatte ich mitten zwischen dem Handel ein politisches Rendezvous in Westminster, 6 Meilen entfernt; da man aber alles mit Wagen und Pferden abmacht, so geht dies rasch. Als ich um 4 Uhr nachmittags in der City zurück war, aß ich mit wahrem Heißhunger zu Mittag und ging dann in die Hall of Commerce, wo nun abends die Wolle versteigert wurde, die ich morgens in den Docks besehen hatte. Leute aller Nationen hatten sich zu diesen Verkäufen, die den ganzen Februar hindurch dauern, eingefunden. Es ist etwas Großartiges mit dieser Geschichte. Die ganze Wollproduktion von Australien und Südamerika wird jährlich auf diese Weise verkauft. Um 8 Uhr war dies zu Ende, und ich fuhr nun zum zweiten Male nach Westminster, und zwar vor die Tür des britischen Parlamentes. Im Hause der Commons war grade die irische Zwangsbill und die Zulassung der Juden zum Parlamente zur Debatte vor. Man hat zum Parlamente nur Zutritt, wenn man eine Einlaßkarte von einem Parlamentsmitgliede hat. Diese zu verschaffen, hatte ich aber keine Zeit gehabt. Ich mußte daher einen Coup wagen und tat dies, indem ich durch alle Wachen bis frech vor die Tür des Sitzungssaales drang. Natürlich hielt man mich hier auf, und ich gab nun meine Karte ab, indem ich den bekannten Colonel Thompson,[4] das Hauptmitglied der Anti-Corn-Law-League, zu mir herausrufen ließ. Ich lernte den alten Colonel auf dem Brüsseler Kongreß kennen; er mußte sich meiner erinnern, denn er verließ den Saal und kam zu mir heraus. Es war gewiß viel gewagt, daß ich den alten Herrn mitten aus der hohen Versammlung rufen ließ; aber er schien alles zu entschuldigen und empfing mich sehr herzlich, indem er mich nicht in die Fremden-Galerie, sondern zur besondern Auszeichnung in die Galerie des Sprechers führte, wo man das Haus am besten übersehen kann. Ich hörte nun von 9 Uhr an viele der größten Redner Englands: Sir George Grey,[5] Sharman Crawford, Feargus O'Connor, Napier,[6] Lord John Russel, kurz, ich machte die ganze Sitzung mit bis nach 1 Uhr nachts. Fuhr dann nach der City zurück, wieder über die London-Brücke und in mein Hotel, wo ich um 2 Uhr morgens herrlich müde im Bette lag.

Da hast Du so einen Tag, wie man ihn in London verleben kann! Vielleicht nur in London und Paris. Dienstags hatte ich nun wieder viel im Handel zu tun, wurde aber nachmittags fertig und konnte schon abends um 8 Uhr nach Dover mit der Eisenbahn fahren, wo ein Dampfboot noch auf uns wartete, mit dem wir um 11 Uhr nachts abfuhren. Wir hatten eine ungemein stürmische Nacht, und bisweilen wären wir fast alle aus den Betten geflogen. Seekrankheit überfiel alle. Gewöhnlich reisten wir sonst in 5 Stunden nach Ostende (von Dover aus), diesmal langten wir aber erst Mittwoch morgen um 9 Uhr auf belgischem Boden an, wo wir uns mit Ostender Austern erfrischten und dann nach Brüssel fuhren. Donnerstag machte ich nun Besuche in Brüssel. Heute, Freitag, war ich in Antwerpen und langte vor etwa 2 Stunden hier in Lüttich an.

Sonntag, 25. Februar

Bis hierher schrieb ich am Freitag abend und *ver*kaufte seitdem, gestern am Samstag, bereits einen Teil der Wolle, die ich in England *ein*kaufte. Gestern abend würde ich nun meinen Brief schon fortgesetzt haben, wenn es nicht der Jahrestag der französischen Revolution gewesen wäre, den ich dadurch feierte, daß ich den ganzen Abend in Caussidières Memoiren[7] las. Heute vor einem Jahre war ich in Rotterdam und hörte an der Börse durch die Taubenpost die Nachricht des großen Ereignisses. Augenblicklich wurde der Koffer gepackt, und am 28. Februar morgens war ich in Paris und frühstückte einige Tage später mit Freund Imbert in den Tuilerien an demselben grünen Tische, an dem Louis Philippe früher mit seinen Ministern die Conseils hielt. Das ist nun längst vorüber. Freund Imbert ist verschollen, und Gott weiß, wie es in

Frankreich noch werden wird. Ich werde wohl nie wieder in den Tuilerien frühstücken –

Doch nun wieder zu meiner Reise! Du wirst Dich wundern, daß ich in Lüttich bin, da doch mein ursprünglicher Plan war, über Holland zurückzukehren. Aber wie heutzutage nichts vorherzusehen ist und alles vom Wind und Wetter abhängt, so wurde auch aus allerlei Gründen die holländische Tour drangegeben, und ich reiste über Belgien. Die künftige Woche habe ich nun noch hier und in Verviers zu tun und werde dann wieder nach Deutschland reisen, ohne daß ich indes jetzt noch weiß, wo ich mich zunächst aufhalten werde. Täglich erwarte ich darüber Briefe von Hamburg, und wahrscheinlich teile ich Dir schon bald alles genauer mit. Der Handel geht jetzt sehr gut, und man muß die Zeit benutzen. In Köln werde ich mich nächstens nur wenige Tage aufhalten; mein Domizil habe ich noch immer dort, denn ich muß doch irgendwo wohnen. Wenn es mit der italienischen Reise bald etwas wird, so gebe ich natürlich meinen Wohnsitz in Köln auf.

Wann ich Dir die Nudeln persönlich überbringen werde, steht noch dahin. Jedenfalls habe ich aber bald etwas in Bielefeld zu tun. Leid tut es mir, daß ich Wilhelm seinerzeit nicht besuchte. Du mußt ihn daher wiederholt von mir grüßen, ihn und seine Frau; Carl grüße ebenfalls. Auf meiner Reise hatte ich fast immer schönes Wetter, und nur zweimal wurde ich recht gründlich naß. Wie immer bekommt mir das Reisen sehr gut, denn wenn man einmal die Geschichte kennt, so weiß man sich nach Wind und Wetter zu richten.

Hoffentlich geht es Dir wohl! Bald schreibe ich Dir, wo mich Deine Briefe zunächst treffen. Übrigens kannst Du mir noch immer an die alte Adresse nach Köln schreiben, weil mir von dort alles nachgeschickt wird.

Nun leb wohl, liebe Mutter!

Von ganzem Herzen

Dein Georg.

1 Brief undatiert; Datierung ergibt sich aus dem Inhalt, der Nachschrift und dem Poststempel.

2 Louis Blanc (1811–1882), französischer sozialistischer Schriftsteller, Historiker und Politiker; 1848 Mitglied der Provisorischen Regierung. Als Präsident des Amtes für Arbeit setzte Blanc die Einrichtung einer Arbeiterkommission durch und forderte zur Lösung der sozialen Frage vom Staat die Errichtung von »sozialen Werkstätten« (»ateliers sociaux«) in Form von Arbeiterproduktionsgenossenschaften. Er mußte im August 1849 aus Paris fliehen, lebte seit 1854 in England.

3 Marc Caussidière (1809–1861), französischer Sozialist, 1848 Polizeipräfekt von Paris, emigrierte nach der Niederwerfung des Juniaufstandes nach England.

4 Thomas Perronet Thompson (1783–1869), englischer Politiker und Ökonom, Anhänger des Freihandels.

5 George Grey (1799–1882), englischer Staatsmann, 1846–1852 Innenminister, später verschiedene Ministerämter.
6 William Francis Patrick Napier (1785–1860), englischer General und Militärschriftsteller.
7 Auszüge aus den Memoiren des ehemaligen Polizeipräfekten von Paris und jetzigen Sozialisten hatte das Feuilleton der NRhZ am 12. Dezember mitgeteilt.

196.
Georg Weerth an Carl Weerth

Köln, 11. März 1849

Lieber Carl!

Ich wollte Dich heute nur um eine kleine Gefälligkeit bitten. Mein Paß ist nämlich abgelaufen und muß erneuert werden. Alles bleibt wie früher, und was zu ändern ist, habe ich auf dem einliegenden Passe selbst bemerkt. Sei so gut, die Besorgung des neuen Passes zu übernehmen und mir womöglich einen Regierungspaß auszuwirken. Alle Kosten vergüte ich Dir.

Lieb wäre es mir, wenn ich das Aktenstück *sobald als möglich, d.h. bis Ende oder Mitte nächster Woche, hier* haben könnte, weil ich bis dahin wieder nach Belgien muß.

Die Mutter wird meinen Brief aus Lüttich erhalten haben, in dem ich von meiner letzten Reise erzählte. Seitdem war ich hier in Köln, denn in Italien sieht es jetzt so aus, daß dort an Geschäfte nicht zu denken ist. Übrigens warte ich nur noch auf nähere Nachrichten von England und Hamburg, um wieder von hier und von Belgien abzureisen. Bald erzähle ich Dir mehr.

Grüße die Mutter aufs herzlichste, und wenn Du Wilhelm siehst, ihn ebenfalls.

Leb wohl! Mit den herzl[ichsten] Grüßen

Dein Georg.

197.

Georg Weerth an Julius Campe (Fragment)

[Köln, 24. März 1849][1]

[Weerth fragt an, ob er seinen »Schnapphahnski« Heine widmen solle.]

Er ist der Vater des Schnapphahnski und man hätte dann zugleich Gelegenheit, dem deutschen Michel einmal zu wiederholen, daß Heine einer der wenigen Poeten ist, welche alle Revolutionen der Welt überleben würden.

1 Der Brief ist im Original nicht bekannt. Der hier wiedergegebene Auszug wird zitiert in: Heinrich Heine, Briefe. Erste Gesamtausgabe nach den Handschriften hrsg., eingel. und erl. von Friedrich Hirth. Bd. VI. Mainz: Kupferberg 1951, S. 125. Hirth schreibt, daß sich im Campeschen Archiv Briefe Weerths befanden.

198.

Georg Weerth an Wilhelmine Weerth

Köln, 11. April 1849

Liebe Mutter!

Du befindest Dich hoffentlich wohl und hast die Feiertage vergnügt zugebracht. Der Frühling rückt mit aller Gewalt heran; hinter unserm Hause blühen die Mandeln und andre schöne Bäume, und ich habe mir vorgenommen, wenn ich gleich spazierengehe, ihn, nämlich den Lenz, freundlich zu ersuchen, auch Dir in aller Glorie seine Aufwartung zu machen und Dich aufs schönste von mir zu grüßen. Reise also, schönster Frühling, sofort nach Detmold und empfiehl mich meiner geliebten Mutter!

Während der Frühling nach Detmold reist, reise ich in entgegengesetzter Richtung nach Brüssel und nach Amiens, vielleicht auch nach Paris. In Belgien sind die gewöhnlichen Geschäfte zu machen, im Departement du Nord (Frankreich) soll ich für Hamburg dänische Wolle verkaufen, und da ich dann nur einige Stunden von Paris entfernt bin, so werde ich auch wohl dorthin gehen, um wieder einmal in den Champs-Elysées zu frühstücken. Von Frankeich muß ich dann für einige Tage nach Amsterdam.

Da hast Du also die Reiseroute, von der ich Dir damals schrieb. Ich bin schon ganz damit zufrieden, obgleich ich den Westen von Europa jetzt genug kenne. Aber die Revolutionen Italiens machten die Reise dahin unmöglich. Aufgeschoben ist indes nicht aufgehoben. Sonst habe ich Dir eigentlich wenig zu erzählen. In den letzten Tagen schrieb ich über Kayser-Krönungen[1] aus der »güldin Bull« in dem Feuilleton der »Neuen Rheinischen«, denn sieh, so etwas ist erfrischend in dem mehr oder weniger langweiligen Handel.

Neulich war ich auch in Düsseldorf bei der Gräfin Hatzfeld,[2] wo ich stets Quartier habe; wir gingen zusammen ins Gefängnis und besuchten Lassalle, den geistreichsten Menschen, den ich außer Marx kenne. Wir trafen bei ihm den jetzt in Freiheit gesetzten Cantador, früher Kommandant der Düsseldorfer Bürgerwehr, und da der Gefängnisinspektor ein guter Mann ist, so durften wir im Cachot einen herrlichen Maitrank aus Champagner und Moselwein machen, was uns natürlich allen viel Spaß machte. Um 6 Uhr nachmittags wurden wir aber entfernt und der Gefangene wieder verschlossen. Am 30. d[iese]s M[ona]ts erscheint er vor der Jury, um jedenfalls freigesprochen zu werden.[3]

Noch teile ich Dir ein sehr wichtiges Ereignis in meinen häuslichen Angelegenheiten mit. Ich habe mir nämlich von Belfast in Irland 2 Stück des feinsten Linnens kommen lassen, was sehr billig ist. Daraus trage ich in diesem Augenblick das erste Hemd und fühle mich sehr wohl darin.

A bas die Baumwolle! Es lebe das Linnen!

So geht es in der Welt. Hoffentlich geht es immer besser, und jedenfalls möchte ich Dich gern bald wiedersehen.

Bei Hoffmann & Campe in Hamburg erscheint jetzt von mir »Leben und Taten des berühmten Ritters Schnapphahnski«. Ich sandte Dir s[eine]r Z[ei]t ein Exemplar. Der Prozeß darüber scheint nie zum Vorschein kommen zu wollen. Alle Hoffnungen sind verschwunden; ich hatte mich schon sehr darauf gefreut, die gerichtlichen Verhandlungen als Nachtrag geben zu können.

Grüße Wilhelm und Carl von mir, und wenn Du an Ferdinand schreibst, so gedenke auch meiner.

Leb wohl, liebe Mutter! – Auf baldiges Wiedersehn!

Mit dem herzlichsten Gruße

Dein Georg.

1 Das Feuilleton »Die Güldine Bull von 1356 und das teutsche Reichsgrundtgesätz auffgericht anno 1848/49« erschien in der NRhZ (Nr. 267 vom 8. April 1849). Die in der Paulskirche beschlossenen »Grundrechte« waren am 28. Dezember 1848 im Reichsgesetzblatt publiziert, ohne aber von den Regierungen eingehalten zu werden.

2 Sophie Gräfin von Hatzfeldt (1805–1881), Freundin und Anhängerin Lassalles. Von 1846 an führte Lassalle 8 Jahre lang ihren Prozeß um Ehescheidung und Vermögen.

3 Lassalle blieb weiter in Haft.

199.
Wilhelmine Weerth an Georg Weerth

Detm[old], 18. [und 26.] April 1849

Unsre Ida verläßt uns – sie geht als Lehrerin an einer Töchterschule nach Krefeld und will »meinem Georg« so gern etwas mitnehmen; da dachte ich denn: eine Liebe ist der andern wert; hat der Sohn für die Erwärmung der Mutter Untertanen gesorgt, so ist's wohl an der Zeit, auch etwas für die des Sohnes zu tun, – wenngleich er in der Wolle steckt bis über Kopf und Ohren, so doch vielleicht nicht gehörig mit den Füßen, – zumal wenn's wieder in das Land der Moorsümpfe geht!

Dein Schr[ei]ben aus *Köln* vom 11. d[iese]s empfing ich mit einiger Verwundrung, daß Du noch dort warst – ich glaubte Dich längst in andern Landen (nur nicht im D[üssel]dorfer Gefängnis und ihm angehörender Gesellsch[af]t – lieber 100 M[eilen] von hier!) –

Dein Frühlingsbote kam schon mit etwas bepuderten Locken hier an, und heute prangt der Teutoburger Wald – samt Büchenberg, blühenden Pfirsich- und Mandelbäumen im vollsten Winterkleide – ist das nicht eine unerhörte Wirtschaft? Während *wir* hier nun wieder zu den Pelzen greifen, schwärmst *Du* wohl schon in einer wärmern Zone umher – o, man könnte Dich wahrhaft beneiden! Dennoch freut's mich sehr, daß Du jetzt dorthinaus und später erst nach Holland hinzureisen hattest – doch ist auch dies ein schönes Land, mit s[eine]n Melonen und – Deventer Koek (zu deutsch *Kuchen*!) – köstlichen Andenkens. –

Jetzt aber werde ich Dich noch etwas ausschelten. Wenn Du, Schelm!, es beabsichtigtest, mir durch die feierliche Erklärung »eines sehr wichtigen Ereignisses in D[eine]n häuslichen Angelegenheiten« einen kleinen Schrecken einzujagen, so ist Dir dies vollkommen gelungen! Wenn ich sagen wollte: ich dachte dabei an dies und das, oder: ist er bei Sinnen?, so legte ich dem Moment der Überraschung zu viel Besonnenh[ei]t bei. – Diese Reflexionen folgen in solchen Fällen jedoch so schnell, daß es schwer hält, sie an die ihnen gebührende Stelle zu setzen. Jedenfalls gereichte es mir zu nicht geringem Vergnügen, daß das Ereignis in einem – neuen H[em]d bestand! Ein Beweis, wie der Himmel Dich gesegnet; – nun gar gleich 2 Stücke? Möchte auch wohl wissen, wieviel Dir nun »billig« dünkt? Wahrscheinlich nach einem andern Maßstab als der meinige; – ich kaufte kürzl[ich] im Auftrag D[eine]s Vetters, Ernst Pieper, ein p[aar] Stück von 60 Ell[en] zu Hemden – eins zu 10, das andre zu 11 Tlr., ebensogut wie auch ich sie trage. Das Leinen ist *hier* jetzt wirklich sehr billig zu haben.

Der zweite und wichtigere Gegenstand m[eine]r Bestürzung war das von Dir in Hamb[ur]g zu erscheinende Buch – oder welcher Form es sein mag.

Wie herzlich es mich freuen kann, wenn Dir die Schildrung einer altdeutschen Kaiserkrönung zur Erfrischung gereicht, so schrecklich unangenehm ist es mir, wenn diese Schnapphahnski's-Geschichte abermals zum Vorschein kommt – wovon ich lieber hätte, daß sich kein Fetzchen mehr davon in der Welt befände; – geht die Sache von *Dir* aus, so kann ich's nicht begreifen, wie Du dazu Lust haben kannst – tut sie es nicht, o!, dann bitte ich auf das dringendste: laß es nicht dazu kommen, sondern schlag's nieder! Würdest Du es edel finden – *den* für einen Ehrenmann halten, der einem gefall'nen Toten – sei es auch der sündigste M[en]sch gewesen – noch einen Fußtritt versetzte? Und ist es weniger, ihn dann auch noch moralisch zu verhöhnen? Es geht mir nahe, Dich nochmals an das, was ich schon früher sagte, erinnern zu müssen: »taugte der Mann nicht, nun, dann hat ihn Gott gerichtet; *lassen wir die Toten ruhen!«*

Was ich Dir auch noch außerdem darüber sagen könnte – laß Dir *dies* genug sein, um die Sache zu verhindern. Ich bin wahrhaft gepeinigt, bis ich von Dir höre, daß Du es getan. Gewiß wirst Du, aus Fr[an]kr[ei]ch zurückgekehrt, erst wieder in Köln eintreffen und dort dies vorfinden; dann, hoffe ich, schreibst Du mir darüber etwas Befriedigendes.

Den 26.: Der Ida Abreise hat sich bis jetzt verzögert. Morgen wird sie in D[üssel]d[or]f eintreffen und das Päckch[en] an Dich abgeben, – möchte es Dich doch in Köln finden!

Hier, d.h. in unserm engern Kreise, ist alles noch im guten alten Gleise; außerdem jedoch war's während der letzten Zeit hier sehr belebt durch unser Militär; gestern sind denn 800 M[ann] ausmarschiert, die heute wohl schon in Altona ankommen werden. Viele sind bei dieser Gelegenh[ei]t zu Avancements gelangt, die sich das früher noch nicht konnten träumen lassen; schwerlich interessierten Dich aber die einzelnen Personen sehr, wollte ich sie Dir namentl[ich] angeben. Prinz Waldemar ist als Oberkommandeur mitgezogen, was – ein paar Stänker ausgenommen – allgemeine Freude und Zufriedenheit unter den Truppen verbreitete. Die beiden folgenden Prinzen, Friedrich und Hermann, haben sich den noch hier bleibenden als Seconde-Lieutnants angeschlossen, so kommt denn auch diese hoffnungsvolle Jugend durch den Krieg mit den Dänen glückl[ich] in Tätigkeit. *Wir* dagegen haben mit unserm Stellvertreter für Ferd[inand] kein Glück gemacht; auf dem Posten betrunken, kam er mehre Tage in Arrest und, vom Ausmarsch zurückgewiesen, soll er erst Früchte der Bess'rung zeigen, bevor er bei der Reserve noch zugelassen wird. Aber – ich fürchte, ich fürchte – wir erleben keine Freude an dem Hans Liederlich, denn als solcher hat er sich immer mehr herausgestellt. Wir können möglicherweise dadurch noch in üble Konflikte geraten – doch, wir wollen das beste hoffen! F[erdinand] – der in diesem Augenblick wohl noch in Leipzig ist, weiß noch nichts von der Geschichte.

Doch jetzt – Adieu! Ich möchte gern noch ein wenig in die Sonne, und gleich ist's schon 6 Uhr. Gottlob ist's – nach längerm kalten, schneeigen Wetter – jetzt ganz hübsch geworden. Möge es auch *Dir* zugute kommen?

Durch gute *Nachrichten* erfreue bald

Deine treugesinnte Mutter.

Von Carl sei gegrüßt! Wilh[elm] hat Dir schreiben wollen – ob er's aber getan? Erst Festtage – nun die ganze Woche Schulexamina – 5 St[un]d[en] täglich!

200.

Georg Weerth an Wilhelmine Weerth

Köln, 18. Mai 1849

Liebe Mutter!

Ich kann Dir heute nur wenige Zeilen schreiben, da ich mit den verschiedenartigsten Arbeiten überhäuft bin. Vor allen Dingen wollte ich Dir für Deinen letzten Brief danken. Ich erhielt ihn, aber nicht durch Fräulein Escher, die mir gar nicht zu Gesichte kam. Desgleichen fand ich bei meiner Rückkehr ein Päckchen herrlicher Strümpfe vor, die mir ganz gelegen kamen. Du bist wirklich gar zu gütig. Für das prächtige Geschenk will ich Dich nun aber auch nächstens mit einem ganzen Haufen alter Strickgarnproben belohnen, aus denen Du dann für andre Leute ebenfalls etwas machen oder machen lassen kannst.

Die »Neue Rheinische Zeitung« erscheint heute zum letzten Male,[1] da Marx als Ausgewanderter aus Preußen verwiesen ist und mehreren meiner Kollegen dasselbe Schicksal droht. Ich sende Dir die letzte Nummer, in der ich den Artikel aus Großbritannien und das Feuilleton schrieb.[2]

Die letzten Wochen war ich im Dep[artment] du Nord und in Amsterdam und werde übermorgen wieder für einige Tage verreisen. Definitiv verlege ich aber jetzt mein Domizil von Köln nach einem andern Orte, da ich nach dem Untergang der Zeitung nun so gut wie gar nichts hier mehr zu tun habe.

Bald mehr! Einstweilen mit dem herzlichsten Gruß, wie immer

Dein Georg.

1 Infolge der Ausweisung von Marx aus Preußen und der Verfolgung von Engels und den anderen Redakteuren muß die NRhZ ihr Erscheinen einstellen. Diese letzte Ausgabe, die Nummer 301, erscheint in rotem Druck.

2 Weerth schrieb den Leitartikel »Großbritannien« und die »Proklamation an die Frauen«. Vgl. dazu VT, Bd. 2.

201.

Wilhelmine Weerth an Georg Weerth

Detm[old], 24.5.1849

Lieber Georg!

Mit wahrhaft peinlichem Verlangen sah ich während der letztern unruhvollen Zeit einem Br[ie]fe von Dir entgegen, zumal ich voraussetzen durfte, daß Du aus Frankreich und Belgien zurückgekehrt, bevor es nach Holland ginge, erst wieder nach Köln gekommen – dort meine kl[eine] Sendung vorgefunden – mir vor Deiner Weiterreise ein p[aar] Worte schreiben würdest. Hierin mich aber verrechnet, erhielt ich denn am 19. d[iese]s zu m[eine]r Freude Deinen Brf. vom 18., zu meiner Freude einmal, weil ich Dich gesund und – in D[eine]n Berufsgeschäften zurückgekehrt sah, und zweitens, daß es nun sowohl mit der »N[euen] Rh[einischen] Zeit[un]g« als auch mit D[eine]m Aufenthalt in K[öln] endlich wirklich zu Ende gehen sollte; – o, daß es mit beiden schon so weit gewesen wäre! Mir brennt der Boden unter den Füßen, bis ich höre und weiß, Du seist gänzlich außer dem dortig[en] Bereich – diese und jene Zeitungsnachr[icht] in den letzten Tagen hat mir's noch vollends angetan. – Nun, und die letzte Nummer der »Rheinischen« nicht weniger – o, Georg!, was war das für Zeug – es ist mir, als müßten die Steine Dich darauf ansehen – daß Du *da*zu nur Deinen Namen hergeben mochtest! Noch bin ich nicht wegen der andren Geschichte mit Dir im klaren, – denn Du erwähnst ihrer mit keinem Wort – und ich bin gezwungen, Dir abermals mein innerstes Mißfallen mit dem neusten Produkt zu erkennen geben, aber wie konntest Du das auch nur anders erwarten? – Wenn ich gleich das Vertrauen zu Dir habe, daß Dein Tun mit Deinem – so grenzenlos unbesonnenen Geschwätz (ich kann es nicht anders nennen) nichts gemein hat, so sündigst Du doch auch hiedurch an Dir selbst und andern; es ist verwerflich, sich einen bessern Schein zu geben, als man verdient, aber. – Wir sind es auch uns selbst und andern schuldig und ist den Lehren der heil[igen] Schrift gemäß: »den *bösen* Schein zu *meiden*«.[1] Wie schmerzt mich der Gedanke, daß Du Dich grade bei den bess'ren Menschen in den Verdacht der Unsittlichkeit wirst gebracht haben; – vor mehren Jahren gab ein Gedicht im Feuillet[on] der »Köl[nischen] Zeit[un]g« schon einmal dazu Veranlassung, *das* mag bei *andern* vielleicht vergessen oder noch jugendl[icher] Unbesonnenh[ei]t zugeschrieben sein; bei gereifterm Alter aber verzeiht man's Dir *nicht*, und das geht mir tief zu Herzen. O!, sieh zu, wie Du diesen Scharten wieder auswetzest? Wenn Dir meine Ruhe lieb ist – und ich weiß es ja ganz gewiß, *daß* sie es Dir ist – so unterlaß fortan dergl[eichen] Schreibereien; sie führen zu nichts Gutem. Und dann: verlaß je eher desto lieber den Ort, der mir, im Andenken an Dich, zur wahren Qual geworden ist – und laß mich's *möglichst* bald wissen, *daß* und *wohin* Du ausgewandert bist! Außer Düsseldorf, deucht mir, wird mir jeder andre Ort lieber sein als das mir jetzt so grundfatal gewordne K.! Was in jenem Ort neuerdings vorgefallen sein soll in Beziehung auf H.....d, kommt mir etwas sehr unwahrscheinlich vor – übrig[en]s möcht' ich wohl, daß dies ein Mittel würde, der ganzen skandalösen Affäre den Ausschlag zu geben und das ganze Personal aus dem Wege zu räumen. *Wie* dem sei, laß es nur um Gottes Willen keinen weitern Einfluß auf Dich ausüben – »Wer Pest anrührt, besudelt sich!«

Für heute nichts weiter; ich schließe dies Blatt am Vorabend vor Pfingsten mit dem Wunsch, daß Gottes guter Geist mit Dir sei und Dich auf richtigem Wege leite!

Deine ewig treue Mutter.

1 Der erste Brief des Paulus an die Thessalonicher, 5,22.

202.

Georg Weerth an Wilhelmine Weerth

Verviers, 1. Juni 1849

Liebe Mutter!

Ich erhielt gestern hier in Verviers Deinen Brief vom 24. d[iese]s und eile nun, Dir zu antworten und Dich zu beruhigen. Es ist mir ganz einerlei, was manche Leute von mir denken – ich habe das Recht, mich frei zu entwickeln, und ich werde noch vielen Menschen, die vielleicht heute den Kopf über mich schütteln, zeigen, daß ich ihnen kühn die Stirn bieten darf. Mit Dir, liebe Mutter, ist es etwas anderes; Du hast das Recht, mich zurechtzuweisen, und ich tue nichts lieber, als mich vor Dir zu rechtfertigen. Über viele Dinge, die ich tue und treibe, sollte ich Dir eigentlich nie etwas schreiben; aber der Mund geht davon über, wovon das Herz voll ist, und ich denke immer, es ist Dir lieb, wenn es so geschieht.

Also, was zuerst die Herausgabe des »Lebens und der Taten des berühmten Ritters Schnapphahnski«[1] angeht! Ich hatte nie daran gedacht. Als aber in der Frankfurter Insurrektion zufällig ein gewisser Fürst L[ichnowsky] erschlagen wurde und ich damals auch aus diesen und jenen Gründen zufällig oder nicht zufällig aufhörte, diese Skizzen fortzusetzen, ja, als ich vielleicht absichtlich die Sache drangab, weil jeder meinte, der Schnapphahnski sei der Fürst L., und mancher eine Unwürdigkeit darin gesehen haben würde, wenn ich noch allerlei Abenteuer beschrieben hätte, die man fortwährend auf die Rechnung des Fürsten L. setzen konnte – da beginnt der Justizminister Mohl[2] der deutschen Zentralgewalt die unbegreifliche Unvorsichtigkeit, mir einen Prozeß anzuhängen, in dem man mir gerade das zum Vorwurf machte und gerade dadurch meine Schuld zu beweisen suchte, daß ich eben in *dem* Augenblick den »Schnapphahnski« zu schreiben aufgehört hätte, wo der Fürst Lichnowsky erschlagen worden sei.

Es war dies eine der erbärmlichsten juristischen Spitzfindigkeiten, die man erfinden konnte, und es war nur diese Infamie, welche mich veranlaßte, ungeachtet vieler andrer Arbeiten, nun trotzdem den »Schnapphahnski« fortzusetzen, um den Gerichten und dem Publikum zu beweisen, daß unter dem Schnapphahnski nicht ausschließlich dieser oder jener bestimmte Mensch, sondern *die ganze Kategorie der preußischen Krautjunker zu verstehen sei.*

In diesem und keinem andern Sinne habe ich den »Schnapphahnski« fortgesetzt und vollendet; ich habe dadurch den gerichtlichen Verfolgungen hintereinander jeden Grund einer Verfolgung genommen und zugleich dem Publikum gegenüber die Sache so gestellt, daß man in dem Schnapphahnski nicht mehr jenen durch seinen Tod genug bestraften Fürsten L., sondern eben einen beliebigen preußischen Krautjunker sieht. Wir müssen sehen, inwieweit sich mein Werk des Beifalls zu erfreuen hat; ich habe nicht die Persiflage eines gewissen Menschen geliefert, nein, ich schilderte eine ganze Klasse der Gesellschaft; meine Arbeit gewinnt dadurch nur an Interesse.

Fürchte daher nicht das Erscheinen meines Buches, von dem man sich eine andre Meinung macht, als es wirklich um die Sache steht. Cervantes[3] schilderte den Don Quijote, Louvet[4] verherrlichte den Chevalier Faublas, und ich schrieb den »Schnapphahnski«. Der Spanier schilderte den spanischen Adel, der Franzose den französischen, ich den deutschen. Mögen mir Cervantes und Louvet verzeihen, daß ich mich in einem Briefe an meine Mutter neben die beiden gestellt habe.

Du sollst bei dem Erscheinen des Buches sehen, daß ich mich glänzend gerechtfertigt habe. Zufällig haben mich die Zentralgewalt und die Gerichte zu dieser Rechtfertigung *gezwungen*. Der »Schnapphahnski«, wie er in der »N. Rh. Ztg.« erschien, würde sonst längst vergessen sein. Vielleicht haben mich die Gerichte dazu gezwungen, ein gutes Buch zu schreiben!

Wenn es mich nun gar nicht wundert, daß Dir das Erscheinen des »Schnapphahnski« einige Sorge macht, aus dem einfachen Grunde, weil Du nicht weißt, in welcher Form er erscheinen wird, – so wundert es mich, daß Dir mein Feuilleton in der letzten Nummer der »N.Rh.Z.« so großen Ärger bereitete. Es ist freilich wahr, wir leben in mancher Beziehung, trotz aller Revolutionen, noch in einer prüden Zeit, wo man selten etwas beim richtigen Namen zu nennen wagt und wo man das Natürlichste hinter dem Unnatürlichen zu verbergen sucht. So errötet man alberner Weise auch noch vor der Sinnlichkeit. Ist nicht die Sinnlichkeit ebensogut eine menschliche Eigenschaft wie alle andern? Weshalb soll man Mummenschanz damit treiben? Ich sehe dies nicht ein, ich halte es für abgeschmackt. Ich begreife nicht, daß man nicht geradeso sinnlich schreiben soll, wie man sinnlich fühlt und denkt. O, die Leute sollten nur beim König Salomo, beim alten Aristophanes oder bei Vater Goethe in die Schule gehen, da würden sie einsehen, daß ich recht habe.

Aber ich bitte Dich um alles in der Welt, liebe Mutter, was ist daran zu tadeln, wenn eine deutsche Frau einen schönen Ungarn liebt und umgekehrt? Und wenn ich sage, daß die Frauen ihre alten Männer fortjagen und lauter Ungarn heiraten sollen, so versteht es sich doch von selbst, daß hiermit der Scherz doch nur in aller Glorie hervorkommt und die Sache absichtlich übertrieben wird, damit der ganze Artikel seine humoristische Wendung finde – eine humoristische Wendung, die in so schrecklich ernsten Tagen doppelt schwer ist, aber um so mehr Dank verdient.

Wirklich, liebe Mutter, lasse die dummen Familienväter und laß viele der dummen National-Versammelten, welche uns in so gräßliches Elend stürzen – laß diese »braven« Leute sich über den Scherz, den sie für bare Münze nehmen, ärgern. Geistreiche Leute werden mir den fraglichen Artikel nicht übelnehmen – und nur für die schreibe ich. Daß meine Mtuter sich über so etwas ärgert, kann ich mir nur daraus erklären, daß sie zu liebenswürdig um mich besorgt ist.[5]

Mit Freiligrath reiste ich von Köln ab. Meine übrigen Kollegen fuhren den Rhein hinauf. F. und ich fuhren bis Arnheim, von wo er nach Amsterdam ging und von wo ich eine zweite kleine Tour durch Holland über Brüssel bis hierher fortsetzte.

Nach Köln werde ich nicht zurückgehen, sondern mich einstweilen in Lüttich niederlassen, wo ich grade im Mittelpunkt meiner Geschäfte bin und wo ich jetzt viel zu tun habe. In wenigen Tagen gebe ich Dir meine Adresse in Lüttich auf. Meine Sachen lasse ich mir in nächster Woche dorthin senden.

Es ist schon sehr spät geworden. Ich muß für heute scheiden. Leb recht wohl, liebe Mutter! Bald schreibe ich Dir mehr!

Mit herzlichem Gruß

Dein Georg.

1 Weerth hatte die Feuilletonserie »Leben und Taten des berühmten Ritters Schnapphahnski« am 8. August 1848 in der NRhZ (Nr. 69) begonnen. Fortgesetzt wurde die Serie Nr. 70 (9.8.), Nr. 71 (10.8.), Nr. 72 (11.8.), Nr. 74 (13.8.), Nr. 92 (2.9.), Nr. 95 (6.9.), Nr. 103 (15.9.), Nr. 104 (16.9.), Nr. 105 (17.9.), Nr. 106 (19.9.), Nr. 107 (20.9.), Nr. 167 (13.12.), Nr. 169 (15.12.), Nr. 171 (17.12.), Nr. 172 (19.12.), Nr. 176 (23.12.), Nr. 178 (25.12.), Nr. 185 (3.1.1849), Nr. 188 (6.1.), Nr. 201 (21.1.). Vgl. dazu SW, Bd. 4, S. 519 ff. Die Buchausgabe weicht teilweise von dem Zeitungsdruck ab. Sie erschien im Sommer 1849 bei Hoffmann & Campe. Am 10. August 1849 erhielt Campe eine Buchbinderrechnung Nicolais für Arbeiten an 1250 Exemplaren des »Schnapphahnski«, am 11. August 1849 eine für 750. Weerth übernahm den Namen »Schnapphahnski« von Heine, der ihn im »Atta Troll« für den Fürsten Lichnowsky geprägt hat. Felix Fürst von Lichnowsky wurde 1814 geboren, ging 1834 zur preußischen, 1838 zur spanischen Armee, in der er Bürgergeneral wurde, bereiste 1842 Portugal, schrieb spanische »Erinnerungen aus den Jahren 1837–39«, die 1841/42 in 2 Bänden erschienen und »Portugal« (Erinnerungen aus dem Jahre 1842), das 1843 erschien. 1847 wurde er Mitglied der Herrenkurie im Preußischen Landtag und 1848 Abgeordneter in der Frankfurter Nationalversammlung, wo er zur äußersten Rechten gehörte. Während der Septemberunruhen in Frankfurt wurde er am 18.9.1848 von aufständischen Bürgern erschlagen. Weerth macht daher auch nach dem 20.9.1848 eine längere Pause im Druck der Lebensgeschichte des Lichnowsky = Schnapphahnski, setzt erst am 13.12.1848 wieder ein, wobei er nun das Thema ausweitet. Für die Buchausgabe fügte Weerth noch einen ausführlichen Bericht über das Kölner »Domfest von 1848« hinzu, wobei er Feuilletons aus der NRhZ verarbeitete: Nr. 79 (18.8.1848), Nr. 80

(19.8.), Nr. 81 (20.8.), Nr. 83 (23.8.). Die Fortsetzung dieser Arbeiten in den Nummern 87 und 90 (27. und 31.8.1848) wurden nicht in das Buch aufgenomen. Vgl. dazu auch Hans Bender, Anmerkungen zu Georg Weerths »Schnapphahnski« (VT, Bd. 2, S. 123–134).

2 Robert von Mohl (1799–1875), liberaler badischer Staatsmann und Staatsrechtler. Vom 9.8.1848 bis zum Mai 1849 war er Reichsjustizminister.

3 Miguel de Cervantes (1547–1616), spanischer Dichter. Sein Hauptwerk »Don Quijote« (1. Teil 1605, 2. Teil 1617) wuchs aus einer Satire gegen die Ritterromane zu einem der großen Dichtwerke der Weltliteratur.

4 Jean Baptiste Louvet de Couvray (1760–1797), französischer Schriftsteller, Mitglied des Konvents und 1795 des Rates der 500, bekannt durch den Roman »Les amours du Chevalier de Faublas«, der in 19 Teilen 1787–90 in London erschien.

5 Handschriftliche Anmerkung der Mutter: »Ein Heilpflästerchen auf die obige Dummheit!«.

203.

Georg Weerth an Wilhelm Weerth

Paris, 16. Juni 1849

Lieber Wilhelm!

Ich sitze in diesem Augenblick in einem Hotel in der rue de Lille. Rechts sieht man an dem famosen Palast vorbei, in dem Napoleon alle Könige Europas einsperren wollte – weiter über die Seine auf den Point Royal. Es regnet entsetzlich; die Frauen heben ihre Kleider so graziös empor wie möglich, und mancher schöne Fuß verliert sich reizend in der nassen Ferne. Der Zufall wollte es, daß ich am Mitwoch, dem 13. Juni, morgens 6 Uhr, hier eintraf. Einige Tage vorher hatte ich mir in Lüttich (in Belgien) eine Wohnung gemietet, gerade an der Eisenbahn und etwas am Berge, zwischen Blumen und Bäumen, und es war sehr schön rings umher. Aber ich weiß nicht, wie es kam, ich langweilte mich abscheulich und wälzte mich mit den verschiedensten Plänen drei Tage lang auf dem Sofa herum. Mit einem Worte, ich fühlte, daß ich nicht an meinem Platze war; es ging etwas in der Welt vor, und es ärgerte mich, daß ich nicht dabei war. Für die Pfalz[1] konnte ich mich indes nicht entschließen; ich halte diese Geschichte für eine sehr prekäre, und ich müßte mich sehr irren, wenn sie nicht in den nächsten Tagen ein trauriges Ende nähme. Nur Frankreich konnte die Pfalz und ganz Deutschland retten; ich fühlte, daß der Augenblick gekommen sei, wo die Franzosen sich entschließen müßten. Die römische Geschichte[2] trieb die Sache zur Entscheidung – genug, ich reiste hierher. Ich beging wahrscheinlich wie schon so oft eine Unvorsichtigkeit, aber ich konnte nicht anders.

Es war 6 Uhr morgens, als wir auf dem Pariser Bahnhof anlangten. Alles war von Soldaten besetzt. Schon seit einigen Tagen fürchtete man eine Emeute, und die umfassendsten Maßregeln waren getroffen. Sofort fuhr ich in die Stadt hinunter; sie sah diesmal ganz anders aus als im Februar 1848, wo ich unmittelbar nach der Revolution hier eintraf und mitten in der Nacht, über lauter Barrikaden steigend, nur mit Mühe und Not, nach langem Umherirren, in die miserabelste Kneipe gelangte – diesmal rollte mein Wagen lustig dem Boulevard Bonne Nouvelle zu. Alle Straßen waren ruhig, nur Arbeiter eilten vorüber, eine Zeitung in der Hand, während dem Gehen lesend – es war, als ob die Blätter etwas ganz Außerordentliches enthielten.

Dies war wirklich der Fall. Die Montagne der Nationalversammlung forderte nämlich das Volk geradezu auf, zu den Waffen zu greifen, um die Majorität zu stürzen und die Schande des Angriffs auf Rom und das Verbrechen der Verletzung der Konstitution zu rächen. Ich sah ein, daß ich diesmal nicht unmittelbar nach, sondern unmittelbar vor einer Revolution in Paris eintraf. Meine Ahnung ging in Erfüllung; mein politischer Instinkt hatte mich nicht getäuscht.

Zunächst stieg ich in einem Hotel gegenüber der Börse ab, im Herzen der Stadt, und erquickte und reinigte mich von meiner nächtlichen Fahrt. Um 7 Uhr setzte ich meine Wanderung durch die Stadt fort. Es wurde schon lebendiger; vor allen Dingen machten die Zeitungsverkäufer Geschäfte. Denn alle radikalen Blätter enthielten die wütendsten Artikel, die direkt zum Erheben der Massen aufforderten und zu einer Demonstration einluden, die sich vom Château d'Eau aus, über die Boulevards, zu dem Palast der Nat. Vers. bewegen sollte. Vor dem Bureau der »Vraie République«, ein »rotes« Journal, war die Straße gesperrt von Leuten, die die ersten Nummern kaufen wollten. Von 7 bis 9 Uhr veränderte sich die Physiognomie der Stadt nur wie gewöhnlich. Paris erwachte und fing an zu arbeiten; es gibt keine fleißigere Stadt auf der Welt. Die Läden öffneten sich, die Wägen rollten, die Trottoirs füllten sich mit Fußgängern – alles schien den gewöhnlichen Gang gehen zu wollen. Es war das herrlichste Wetter. Die Sonne funkelte aus dem schönen blauen Himmel herab; »französisch heitres Tageslicht«[3] lag über den hohen Häusern, dem Tuilerien-Garten, der Seine und über der ganzen immensen Stadt.

Der Zufall will es, daß ich einige Bekannte[4] treffe, die zu unsrer Partei gehören. Sie waren in alles eingeweiht. Schon vor zwei Tagen hatten die Arbeiter losschlagen wollen. Die Montagne, Ledru-Rollin[5] an der Spitze, hielt sie aber zurück. Am Mittwoch sieht man ein, daß die Geschichte aber nur mit den Waffen zu schlichten ist, und man verabredet die friedliche Demonstration, welche einen Barrikadenkampf im Gefolge haben sollte.

Dies Zögern der Montagne während der vorigen Tage schien mir sehr schlimm; auch die friedliche Demonstration war in meinen Augen Unsinn. Das Gouvernement zählte 150 000 Mann Soldaten in und um Paris und war entschlossen zu allem, würde daher auch die Demonstration verhindern – genug, ich verstand die Geschichte nicht recht; ich war der Ansicht, daß man gleich bewaffnet auftreten müsse – die Demoralisation des Militärs war dann um so gewisser, – nur einige Mitglieder der Montagne waren derselben Ansicht, sie wurden aber überstimmt.

Es wurde 10 Uhr. Wir gehen ins Palais National (früher Palais Royal). Unter den Bäumen spielen die Kinder; die Blumen duften, und alles hat den friedlichsten Anstrich. Auf einmal rückt die Artillerie der Nationalgarde in den Garten; lauter Männer aus den höhern Klassen der Gesellschaft. Sie stellen sich im Kreise auf und erklären sich für die Montagne und gegen das Gouvernement. Ledru-Rollin tritt hinzu; der Ruf »Vive la République! Vive la Constitution!« erschallt, und im Nu begeben sie sich an den Ort der Versammlung, an das Château d'Eau.

Wir eilen durch andre Straßen nach der rue de Lille, um einige Freunde abzuholen und dann ebenfalls nach dem Château d'Eau zu laufen. Es ist unterdes 11 Uhr geworden. Eben wollen wir unsern Weg antreten, da tönt das Signalhorn der Jäger von Vincennes, lauter Scharfschützen, mit Spitzkugelbüchsen, die auf 800 Schritt treffen. Die Straße ist von ihnen voll, sie laden, sie versperren uns den Weg, und nur mit Mühe gelangen wir auf dem Carrousel-Platz an. Hier entfaltet sich die Kavallerie; der Platz selbst und der ungeheuere Hof der Tuilerien ist zu einem Lager geworden; die Reiter sitzen auf, sie ziehen die Säbel, und Jäger und Kavallerie, gefolgt von mehreren Regimentern Linie, setzen sich nach dem Tuilerien-Garten in Bewegung, um von da in die rue de la Paix zu rücken, welche die Verbindung zwischen den Boulevards und dem Palast der National-Vers. bildet. Die Truppen hatten hier einen herrlichen Posten. Hier wollten sie den Zug des Volkes abwarten und hier ihn sprengen. Die Sache wurde sehr ernst. Der Kampf war heraufbeschworen. Die Montagne konnte nicht mehr zurück, und das Gouvernement nicht weniger. Die Revolution und die Konterrevolution boten sich die Stirn; die Freiheit Frankreichs und das Schicksal von ganz Europa sollte entschieden werden. – Durch die verschiedenen Truppenkorps aufgehalten, erreichten wir erst nach vielen Umwegen die Boulevards und stoßen hier auf die Spitze der Volkskolonne, die sich vom Château d'Eau aus bereits in Bewegung gesetzt hatte und mit festem Schritt, in Reihen von 20 Mann, leider aber ohne Waffen, der Nat. Vers. entgegenrückte.

Paris hatte in diesem Augenblick einen Anstrich, den die beste Feder nicht schildern kann. Ich versichere Dir, es rieselte mir kalt über den Rücken;

die Kontraste dieses merkwürdigen Tages werden mir unvergeßlich bleiben. Nach der friedlichen Stille des Morgens, nach der geschäftigen Eile von 9 und 10 Uhr kam jetzt die Hitze und die Wut des Mittags. Die Sonne brannte vom Himmel herab, das Straßenpflaster glühte, und zugleich erhob sich jener eiskalte Wind, der in den letzten Wochen so viele Tausend ins Grab gebracht hat. Ein wahrer Pesthauch wehte durch ganz Paris, man fühlte, daß die Cholera an hundert Türen pochte, in diesem Augenblick. – Und nun die Bewegung des Volkes! Die Läden schließen sich; die Häuser werden verrammelt; es ist, als hätten sich mit einem Male alle Schlupfwinkel der ungeheuren Stadt geöffnet; Männer in Blusen, im Frack, in der Uniform der Nationalgarde stürzen zu Tausenden aus allen Seitenstraßen und schließen sich dem Zuge an, der immer kolossaler dahinschwankt; jetzt ein Racheschrei [?] aus 20 000, 30 000 Kehlen; jetzt Totenstille. Weiber mit gelösten Haaren stürzen ihren Männern nach und suchen sie zurückzuhalten; Mädchen umschlingen weinend ihre Freunde. Unaufhaltsam werden alle in den Strudel mit fortgerissen. Dächer, Bäume, Treppen usw. füllen sich mit Menschen. Hier blitzen Messer und Dolche, die einzigen Waffen, die man bei sich trägt; die herrlichsten Kostüme und die scheußlichsten Lumpen wogen im bunten Gemisch durcheinander; alles eilt weiter, man weint, man lacht, flucht, betet; Tod und Leben berühren sich in nächster Nähe, denn die Leichenwägen, welche mit oft drei oder vier Särgen von Cholera-Toten vorbeifahren, können sich nur mit Mühe vor dem immer mehr anschwellenden Zuge retten. Die Pferde bäumen sich; die Leidtragenden werden von dem Leichenzuge getrennt und mit in den Zug des Volkes gerissen: »Vive la République! – Vive la Constitution!« so braust es vorüber – Paris hat sich erhoben, und der Geist der Revolution blickt aus den Tagen der Vergangenheit in diese ewige, unverwüstliche Stadt, die das Unglück ihrer Schwester Rom rächen will – Paris und Rom: dies sind die Pole, in denen sich diese schreckliche Bewegung des 13. Juni dreht.

Doch wozu dies schildern? Man muß so etwas erlebt haben, um die furchtbare Wichtigkeit jener zwei Stunden zu begreifen. Die Montagne hatte erklärt, in zwei Stunden würde alles entschieden sein. Es sollte entschieden werden – aber die Tyrannei sollte diesmal siegen – nicht die Montagne.

Als nämlich der Zug die Ecke der rue de la Paix erreicht hat, kommandiert General Changarnier[6] sein »Vorwärts«, und das Militär rückt in die Flanke der Kolonne. Ein schrecklicher Wirrwarr beginnt jetzt; die Vordersten stürzen auf ihre Knie, reißen die Kleider von der Brust und rufen dem Militär zu, sie zu durchbohren, sie könnten nicht anders; das Gouvernement hat die Konstitution verletzt, man wolle die römische Republik unterdrükken – man sollte auch jetzt nur sie morden – sei seien wehrlos, man sollte die

Wehrlosen ehren und die Republik – umsonst! Das Militär hat bald die eine Hälfte des Zuges von der andern getrennt. Wir waren noch sehr weit von dem Ort des Zusammentreffens entfernt; aber wie eine Schlange rechts und links zuckt und sich zusammenbiegt, wenn man sie mitten durchschneidet, so zuckte auch der Angriff des Militärs im Nu bis in die letzte Reihe des Zuges nach. Die Kolonne löst sich jetzt an allen Ecken, der Angriff ist geschehen: »aux armes«, »zu den Waffen« heult es aus vielen Tausend Kehlen; alles stürzt nach Hause, um die Gewehre zu ergreifen, und die Boulevards, die eben noch eine Menschenmasse von vielleicht 200 000 bis 300 000 Menschen zählten, sind in Zeit von 10 Minuten fast so gut wie verödet.

Im Innern der Stadt, die wir gleich darauf im Galopp durcheilten, um das Palais National zu erreichen, wo man Waffen ausliefern wollte, herrschte jetzt die fürchterlichste Gärung. Hier und da setzte man schon die Brecheisen an, um das Straßenpflaster in Barrikaden zu verwandeln. Die Barrikadenkämpfer des Februar, des Juni und aller frühern Revolutionen traten mit geladenen Musketen in die Straßen. Alles rüstete sich zum Streite, und jeder war davon überzeugt, daß die kommende Nacht eine der blutigsten sein würde, welche je für die Freiheit herangebrochen.

Aber das Schicksal hatte es diesmal anders beschlossen. Die Torheit, daß die Montagne das Volk zwei Tage lang am Losschlagen verhinderte und dadurch dem Gouvernement Gelegenheit gab, alle Streitkräfte zu entwickeln, machte nicht nur der friedlichen Demonstration ein Ende, sondern auch allem weitern Kampfe. Sowie sich nämlich das Volk von den Boulevards verlief, rückte ihm auch das Militär nach und besetzte in Zeit von einer halben Stunde alle nötigen Positionen. Sämtliche Straßenecken starrten von Bajonetten. In dem ersten Stockwerk fast eines jeden wichtigen Eckhauses hatten sich die Jäger von Vincennes, die afrikanischen Schützen mit Gewalt einquartiert und beherrschten von da aus sämtliche Zugänge. Jedem Versuch, eine Barrikade zu beginnen, folgte aus irgendeinem Hinterhalt ein Schuß und der unwiederbringliche Tod eines Unglücklichen. Gegen 3 Uhr nachmittags war auch die leiseste Idee eines Widerstandes zunichte.

Um diese Zeit erfolgte dann auch der Angriff auf ein Palais, in dem sich die ganze Montagne versammelt hatte, um von dort aus den fernern Verlauf der Insurrektion zu dirigieren. Sie wurde zerstreut, und die Führer und Häupter der Bewegung stecken nun bereits in den Kellern der Tuilerien oder in sonstigen Gefängnissen oder sind auf der Flucht. Ledru-Rollin soll nach Lyon geeilt sein, um den Aufstand der Provinzen zu organisieren.

Die Polizei zog dann den ganzen Abend durch die Straßen und nahm Verhaftungen vor; der reaktionäre Teil der Nationalgarde fraternisierte mit dem Militär und überließ sich der bestialischen Freude seines leichten Sieges, indem er die Pressen der revolutionären Journale zerbrach und ähnliche Heldentaten verübte, zu denen sich das Volk selbst in furchtbarsten Augenblicken seiner Siege nie verleiten ließ. Mit dem Hereinbrechen der Nacht war fast jede Spur einer geschlagenen Insurrektion verschwunden, Paris leuchtete von Millionen Lichtern; mit Singen und Lachen trieb man sich durch die Straßen; so tanzt man auf Gräbern – nur in der Stille der Wohnungen knirschte die halbe Bevölkerung vor Wut – eine Wut, die sich immer wieder Luft macht und die zuletzt dennoch siegt, trotz aller Anstrengungen jener momentan Mächtigen, die in solchen Insurrektionen nur das Spiel einiger Unzufriedenen sehen und nicht begreifen wollen, daß eine Zeit herangebrochen ist, wo die alte Gesellschaft sich löst und zwei Klassen einander gegenübertreten im Todeskampfe: die Bourgeoisie und das Proletariat.

Hier hast Du die treuste Schilderung des 13. Juni. Für Paris und für Frankreich hat er den Belagerungszustand von 11 Departements mit sich gebracht, das Aufhören der meisten Freiheiten, den Sieg der konterrevolutionären Partei, den sich jetzt die Legitimisten und die Orleanisten[7] streitig zu machen suchen werden. Für Frankreich ist dies Unglück indes nicht so sehr zu bedauern als für das übrige Europa. Die Republik steht felsenfest in Frankreich. Das Volk, erschöpft durch die gräßlichsten Anstrengungen der letzten 15 Monate, hat einige Zeit nötig, um sich zu erholen, und so sicher, wie es Louis XVI., Karl X. und Louis Philippe vom Throne stieß, wird es auch einst dem Bourgeois-Regiment eines Odilon Barrot,[8] eines Faucher,[9] Dufaure[10] usw. ein Ende machen!

Das Schlimmste bei dem Sieg der ministeriellen Seite in Frankreich ist der Rückschlag, den er auf *Italien* und *Deutschland* haben wird. Beide Länder sind jetzt verloren. An eine Intervention der Republik zugunsten der Freiheit ist jetzt nicht mehr zu denken; im Gegenteil wird man den Weg verfolgen, den man jetzt vor Rom einschlug. Italien wird zertreten werden. Ungarn wird sich schwerlich auf die Dauer halten können. Deutschland, unser armes Deutschland, wird den Preußen und dem Chaos anheimfallen – wie lange?

Leb wohl, lieber Wilhelm, grüße Deine Frau und behalte lieb

Deinen Georg.[11]

1 In Baden und der bayrischen Pfalz fanden im Mai 1849 republikanische Aufstände statt, die durch preußische und deutsche Bundestruppen niedergeschlagen wurden. Auch Engels war bei den Freischaren in Baden und in der Pfalz.

2 Die nach der Flucht des Papstes im Februar 1849 ausgerufene Römische Republik verteidigte sich unter Mazzini und Garibaldi bis Juli 1849 gegen französische und bourbonische Truppen.

3 Heinrich Heine, Nachtgedanken: »Gottlob! durch mein Fenster bricht/Französisch heitres Tageslicht;/Es kommt mein Weib, schön wie der Morgen,/Und lächelt fort die deutschen Sorgen.«
4 Wahrscheinlich auch Karl Marx.
5 Alexandre-Auguste Ledru-Rollin (1807–1874), französischer Publizist und Politiker, einer der Führer der Demokraten, Redakteur der Zeitung »La Réforme«, 1848 Innenminister der Provisorischen Regierung, floh 1849 nach London.
6 Nicolaus Anne Théodule Changarnier (1793–1877), französischer General und Politiker, Anhänger der Monarchisten; nach dem Juni 1848 Oberbefehlshaber der Nationalgarde und der Garnison, nahm an der Auseinandersetzung der Demonstration vom 13.6.1849 teil.
7 Die Legitimisten waren Vertreter der Auffassung von der Unabsetzbarkeit eines bestehenden Herrscherhauses; Anhänger der Bourbonen; die Orleanisten waren Anhänger des Königs Louis Philippe (aus dem Haus Orléans), der 1830 nach dem endgültigen Sturz des Bourbonenkönigs Karl X. den Thron bestieg, der 1848 gestürzt wurde.
8 Odilon Barrot (1791–1873), französischer bürgerlicher Politiker, war von Dezember 1848 bis Oktober 1849 Ministerpräsident unter Napoleon III.
9 Léon Faucher (1804–1854), Innenminister unter Napoleon III.
10 Armand-Jules Dufaure (1798–1881), war mehrfach Minister.
11 Am 22.6.1849 schrieb Freiligrath an Marx: »Gestern trat zu meiner nicht geringen Freude u. Überraschung der humoristische Theil des entschlafenen Feuilletons in meine Stube – eine wahre Erleichterung u. Erquickung in dieser Lausezeit. Seine höchst komischen Lütticher Abentheuer, die ihn als Woll- u. Hasenfellhändler rücksichtslos ruinirt haben, wird der Humorist Dir wohl selbst erzählen.« (Freiligraths Briefwechsel, Bd. 1, S. 4.)

204.

Georg Weerth an Wilhelm Weerth

Detmold, 25. Juni 1849

Lieber Wilhelm!

Zuerst meine Gratulation zu Deinem Jungen[1] und den herzlichsten Gruß an Deine Frau!

Ich reiste am Sonntag abend, vor 8 Tagen, von Paris ab und langte nach manchen Abenteuern über Belgien, Holland und Köln hier an, um in kurzem meine Reise nach Hamburg und wahrscheinlich dann nach England fortzusetzen.

Jedenfalls muß ich Dich nun vorher sehen und bitte Dich, mir mitzuteilen, wann Dir dies konveniert. Da ich hier nichts zu tun habe, so kannst Du also nach Belieben bestimmen. Derangieren will ich Dich durchaus nicht. Ich schlafe bei Theopold im Wirtshaus, so daß Du also gar nicht für mich zu sorgen hast, was Dir in diesem Augenblick Unruhe in Deinem Hause machen könnte.

Mit herzl[ichem] Gruß

Dein Georg.

1 Otto Weerth (1849–1930).

205.

Georg Weerth an Carl Worms[1]

[Detmold, Anfang Juli 1849][2]

Aufrichtig danke ich Ihnen für Ihre freundlichen Zeilen vom 29. p[os]t[um]o und bitte Sie um Entschuldigung, daß ich nicht früher darauf antwortete. Ärger, Erkältung usw. hatten mich aber krank und schreibunfähig gemacht, und ich bringe heute den ersten Tag außer dem Bette zu.

Aus Ihrem Briefe sehe ich namentlich mit vieler Freude, daß Sie zu einer fernern Verbindung, wenn sie gegenseitig ersprießlich werden kann, die Hand bieten wollen. Ich muß Ihnen gestehen, ich habe mit Ihrem Bradforder Hause die ganze Zeit durch sehr gern gearbeitet, und seit ich neulich in Hamburg das Vergnügen hatte, Sie und die Ihrigen kennenzulernen, würde es mir doppelt leid tun, wenn ich durch die reine Malice eines belgisch[en] minister[iellen] Gimpels mich von Leuten trennen müßte, welche ich wirklich lieb gewann und an die ich geschäftlich und persönlich attachiert bin.

‹Außerdem wäre es wirklich entsetzlich, wenn durch die reine Malice eines belgischen ministeriellen Gimpels alle Erfahrungen und Bekanntschaften, die man seit Jahren machte, sozusagen verloren gingen und für Sie wenigstens zur Hälfte und für mich ganz ohne Früchte bleiben sollten. In meinem vorigen Brief machte ich Ihnen daher schon die Bemerkung in betreff des Liverpooler Geschäftes.

Mit meinem Liverpooler Plane› Keineswegs wollte ich Ihnen indes zumuten, mich daselbst förmlich zu etablieren, da aber der Wollhandel doch nun einmal mein Fach ist und da ich die Terrains kenne, auf denen er exploitiert wird, so ist es der Vernunft angemessen, daß ich mich auch unter anfangs ungünstigen Verhältnissen zunächst daran halte und zusehe, was ich in Ihrem und meinem Interesse daraus machen kann.

‹Trotz der großen Schwierigkeit, namentlich in der ersten Zeit durch eine Provision meine R[...?] zu finden, würde ich mich daher doch an die Liverpooler Idee halten, weil ich wenigstens mit einiger Ausdauer ein gewisses Resultat›

Die große Schwierigkeit, durch eine Provision von vornherein in Liverpool meine R[...?] zu finden, verhehle ich mir natürlich durchaus nicht, und wenn ich nicht wirklich viel Zutraun zu der Geschichte hätte, so möchte ich gar nicht daran denken. Eben dies Zutraun macht daher auch, daß ich Sie nicht gleich zu großen Unternehmungen verleiten will und es Ihnen anheimstelle, mir vielleicht nur für den Anfang die Sache in etwa zu erleichtern.

Keineswegs schließt indes meine Liverpooler Idee einen bessern Plan von Ihrer Seite aus, und ich glaube daher, daß es gut ist, wenn ich mich am 14. d[iese]s in Hamburg einfinde, um sowohl Ihnen über Verschiedenes noch mündlich Aufschluß zu geben und um auch Herrn Riecke in seiner Reise nicht aufzuhalten und gleich dort mit ihm zu sein.

Sollten Sie wünschen, daß ich noch früher als am 14. ds. in Hamburg einträfe, so bitte ich Sie mir die[3]

1 Entwurf eines Briefes mit vielen Durchstreichungen. Die ‹› bezeichnen gestrichene Absätze oder Absatzteile.

2 Von fremder Hand datierter Brief, der Ort ergibt sich aus den vorhergehenden und nachfolgenden Briefen.

3 Hier bricht der Entwurf ab.

206.

Stephan Adolf Naut[1] an Georg Weerth

Köln, 7. Juli 1849[2]

Lieber Herr Weerth!

Ihre Zeilen vom 3. d[ieses] erst gestern erhalten, wurden sofort besorgt und gingen demgemäß schon heute die verlangten Gegenstände an Sie ab; – die nötigen Vorlagen habe ich Ihrem Wunsche gemäß gemacht. Gestern ist nun auch Ihr Schn[apphahnski-]Prozeß[3] verhandelt worden und verurteilte der Hof, wie solches nicht anders zu erwarten stand, Sie zu 3monatlicher Haft (in contumaciam) und zu 5 Jahren Verlust der bürgerl[ichen] Rechte; – in betreff Marx und Korff[4] erklärte sich das Gericht für inkompetent und dürfen dieselben also mit ziemlicher Gewißheit einer Anklage vor den Assisen entgegensehen; – Dronke[5] wurde ebenfalls zu 3 Monat[en] (wenn ich nicht irre) verurteilt und die übrigen freigesprochen. –

Jedenfalls war es verfehlt von Ihnen, lieber Weerth, daß Sie nicht persönlich sich gestellt und so eine Vertretung durch Hagen[6] gesetzlich unzulässig machten; – man hätte Sie ohne Zweifel freigesprochen oder doch vor die Assisen verwiesen. – Sie können jetzt lediglich noch *Opposition* gegen das Urteil einlegen, jedoch muß solches binnen 8 bis 14 Tagen geschehen, und zwar 8 Tage nach Zustellung des Urteils, welche gewiß bald erfolgen wird. – Ich komme nun eben von Hagen und rät er Ihnen entschieden, sich zu stellen, denn sollte selbst im schlimmsten Falle das jetzige Urteil bestätigt werden, so könne doch erst am 4. Tage nach erfolgtem Spruche und, werde Kassation eingelegt, erst nach der Entscheidung eine Verhaftung vorgenommen werden. –

Die Sicherheit Ihrer Person wäre demnach durchaus nicht gefährdet, und mögen Sie es wohl überlegen, ob Sie sich steckbrieflich verfolgen und der bürgerl. Rechte verlustig erklären lassen oder den letzten Schritt wagen wollen, die Reformierung des Urteils zu erwirken. – Überlegen Sie das wohl, entscheiden Sie sich schnell, und kommen Sie nicht selbst, so teilen Sie mir baldmöglichst den gefaßten Entschluß mit.

Übrigens ist alles bei uns so ziemlich beim Alten; – wir werden mit neuern Presse- und anderen Gesetzen erquickt, die denn der Bourgeoisie bestens bekommen mögen. – Mit meiner Stellung den Gläubigern der Zeitung gegenüber war ich schon bei Ihrer Anwesenheit unzufrieden; – gebessert hat sich seit der Zeit darin nichts! – M[arx] hat wenige Zeilen geschrieben und kann ich wegen des schlechten Verschlusses nicht einmal mit Gewißheit sagen, daß der Brief uneröffnet in meine Hände gelangte; M. scheint ihm zufolge auch auf keine Rosen gebettet zu sein! – Schade nur, daß mir die Hände gewaltsam geknebelt sind! –

Wie sieht's denn mit Ihrem Wohlsein aus, sind Sie wirklich bettlägerig. – Nun, jedenfalls gute Besserung! – Und lassen Sie mir bald mehr Nachrichten zukommen. – Schulz, Werner und Johann lassen bestens grüßen!

Ihr Naut.

1 Stephan Adolf Naut, Kaufmann in Köln, zuerst Cogerant, seit 1.4.1849 Gerant der NRhZ.

2 Poststempel aber: 5.7.

3 Die »Kölnische Zeitung« berichtete am 31. Mai 1849 unter der Überschrift »Ein Prozeß wegen Verleumdung von Abgeordneten zur Deutschen Nationalversammlung« folgendes: »Verhandelt in der Sitzung der Zuchtpolizeikammer des Königlichen Landgerichts zu Köln am 29.5.1849.

Die nachstehend angegebenen Personen:

Georg Weerth, Literat,
Dr. Karl Marx, früher Redakteur der ›Neuen Rheinischen Zeitung‹,
Johann Wilhelm Dietz, Buch- und Druckereibesitzer,
Hermann Korff, früher Gerant der ›Neuen Rheinischen Zeitung‹,
Arnold Bechtold, Faktor der Langenschen Buchdruckerei,
Dr. Hermann Becker, Referendar,
Dr. Ernst Dronke, Literat,

sind auf heute wegen Verleumdung von Abgeordneten zur Deutschen Nationalversammlung vorgeladen. Von den Beschuldigten sind nur Dietz, Korff, Bechtold und Becker erschienen; gegen die Fehlenden wird daher in contumaciam erkannt werden.

Der Vertreter des öffentlichen Ministeriums, Staatsprokurator Boelling, setzt den Gegenstand der Anklage auseinander. Georg Weerth, sagte er, wird beschuldigt: den Fürsten Lichnowsky durch die im Feuilleton der ›Neuen Rheinischen Zeitung‹ im Laufe der Monate August und September vorigen Jahres abgedruckten Novelle ›Leben und Taten des berühmten Ritters Schnapphahnski‹, Tatsachen, die, wenn sie wahr wären, denselben verächtlich und strafbar machen würden, vorgeworfen und ihn damit verleumdet zu haben. [...]

Der Staatsprokurator Boelling sucht hierauf in einem längeren Vortrag die Anklage zu rechtfertigen und die von den Angeklagten vorgebrachten Verteidigungsgründe zu entkräften. Am Schlusse seines Vortrages stellt er den Antrag, die Beschuldigten Weerth, Marx, Dronke und Korff jeden zu einer dreimonatlichen Gefängnisstrafe und Geldbuße von 1000 Franken, die übrigen Beschuldigten jeden zu einer Gefängnisstrafe von einem Monat zu verurteilen und einem jeden derselben 1/7 der Kosten zur Last zu legen.

Der Gerichtshof zog sich hierauf zurück und verkündete nach einer Beratung von etwa 2 Stunden das Urteil, nach welchem Korff wegen Verleumdung des Abgeordneten Siedmann zu einer einmonatlichen Gefängnisstrafe verurteilt, die Ladung gegen Weerth, weil die Beschuldigungspunkte darin nicht genau angegeben sind, für nichtig erklärt, und die übrigen Angeklagten freigesprochen werden.«

Das Verfahren gegen Weerth hat folgende Geschichte: Am 25.9.1848 richtet das Reichsministerium der Justiz zu Frankfurt an den Generalprokurator bei dem Rheinischen Appellationsgerichtshof in Köln ein Schreiben, in dem auf die Gefahren der überhand nehmenden freien Presse und auf die Notwendigkeit der schnellen und scharfen Anwendung der Gesetze aufmerksam gemacht wird. Dabei wird besonders die NRhZ erwähnt.

Am 12.5.1849 wird Weerth, nachdem er vorher schon von dem Instruktionsrichter vernommen worden war, vor die Zuchtpolizeikammer des Landgerichts zu Köln geladen. Der Gegenstand der Beschuldigung war in der Ladungsurkunde so angegeben:

»den Fürsten Lichnowksy durch die im Feuilleton der ›Neuen Rheinischen Zeitung‹ im Laufe der Monate August und September vorigen Jahres abgedruckte Novelle ›Leben und Taten des berühmten Ritters Schnapphahnski‹, Tatsachen, die wenn sie wahr wären, denselben verächtlich oder strafbar machen würden, vorgeworfen und ihn dadurch verleumdet zu haben.«

Am 12.5.1849 vernichtet die Zuchtpolizeikammer die Klage wegen nicht gehörig substantiierter Klage.

Am 4.7.1849 korrigiert die Korrektionellkammer aufgrund der Berufung des Öffentlichen Ministeriums das Urteil erster Instanz. Sie verurteilt Weerth

– zu einer dreimonatigen Gefängnisstrafe,
– zu einer Geldbuße von 25 Rtl.,
– zur Zahlung eines Siebentel der Untersuchungskosten,
– erklärt ihn während 5 Jahre nach ausgestandener Strafe der Ausübung der staatsbürgerlichen Rechte für verlustig.

Am 18.7.1849 wird das Kontumazial-Urteil Weerth zugestellt. Am 23.7.1849 legt Weerth Opposition ein.

Am 25.7.1849 fordert das Öffentliche Ministerium die Verwerfung der Opposition. Weerth beantragt schriftlich die Aussetzung der Opposition, der stattgegeben wird.
Am 3.10. fordert das Öffentliche Ministerium erneut die Verwerfung der Opposition. Weerth legt ein schriftliches Attest in englischer Sprache vor, das sein Nichterscheinen begründet. Weerth fordert erneut eine Vertagung. Die Korrektionell-Kammer des Königlichen Landgerichts erklärt die Opposition vom 23.7. für nicht eingelegt und verurteilt Weerth zur Zahlung der weiteren Kosten.
Am 5.10.1849 legt Weerths Anwalt Hagen das Rechtsmittel der Kassation ein.
Der Königliche Revisions- und Kassationshof verwirft schließlich die Kassation. Das Urteil lautet:

Urteil

»In Erwägung, daß Georg *Weerth* gegen das Urteil der Korrektionell-Appellationskammer vom 4. Juli vorigen Jahres, ihm zugestellt am 18. des nämlichen Monats, rechtzeitig am 23. Juli die Opposition eingelegt hat, daß derselbe jedoch weder in der hierauf folgenden Sitzung am 25. Juli noch in der ihm auf sein Anstehen ferner vorbestimmten Sitzung am 3. Oktober vorigen Jahres zur Rechtfertigung besagter Opposition erschienen ist; daß letztere daher nach ausdrücklicher Bestimmung des Art. 208 der Kriminal-Prozeßordnung als nicht vorhanden zu betrachten war, mithin durch Urteil der Korrektionell-Appellationskammer vom 3. Oktober vorigen Jahres mit Recht für nicht eingelegt erklärt worden ist; daß nun aber das Kontumazial-Urteil vom 4. Juli vorigen Jahres in Ermangelung eines hiergegen eingelegten Rechtsmittels unstreitig die Rechtskraft beschritt, daß folglich die gedachte Kammer, indem sie das Nichtvorhandensein der erwähnten Opposition aussprach, zugleich die Rechtskraft des Kontumazial-Urteils anerkannte und diesem nach auf eine weitere Prüfung des letzteren nicht eingehen konnte; daß das Urteil vom 3. Oktober vorigen Jahres durch vorstehendes völlig gerechtfertigt erscheint und die hiergegen vom Kassationskläger geltend gemachten Gründe von selbst zerfallen; daß endlich ausschließlich gegen dies letztere Urteil, nicht aber gegen jenes vom 4. Juli vorigen Jahres die Einlegung des Kassationsrekurses stattgefunden, daß die gegenwärtigen Anträge des Kassationsklägers, insoweit sie gegen das besagte Kontumazialurteil gerichtet sind, sich daher als unannehmbar darstellen:

Aus diesen Gründen:

Verwirft der *Königliche Revisions- und Kassationshof* den gegen das Urteil der Correctionell-Appellationskammer des Landgerichtes zu Köln vom 3. Oktober vorigen Jahres eingelegten Kassationsrekurs als ungegründet, die Anträge des Kassationsklägers, insoweit sie zugleich gegen das Kontumazial-Urteil derselben Kammer vom 4. Juli vorigen Jahres gerichtet sind, für unannehmbar erklärend; verurteilt zugleich den Kassationskläger in die Succumbenzstrafe sowie in die Kosten des Verfahrens.« (IISG, Amsterdam, Abschrift)

4 Hermann Korff, preußischer Offizier, wegen seiner politischen Überzeugungen aus der Armee entlassen, von Juni 1841 bis April 1849 Gerant der NRhZ, emigrierte später in die USA.

5 Ernst Dronke (1822–1891), 1843–1845 Journalist in Berlin, beschäftigte sich mit sozialen Fragen, wurde nach Erscheinen seines Buches »Berlin« zu zwei Jahren Festungshaft verurteilt, floh 1848 nach Belgien, wurde Mitglied des »Bundes der Kommunisten« und 1848/49 Redakteur der NRhZ, später Kaufmann in London.

6 Theodor Hagen (1823–1871), Rechtsanwalt in Hamburg, Mitglied des »Bundes der Kommunisten« in Hamburg, Teilnehmer am Demokratenkongreß in Berlin 1848, emigrierte 1850 nach London. Siehe auch seinen Brief vom 20.7.1849.

207.
Georg Weerth an Wilhelmine Weerth

Hamburg, 16. Juli 1849

Liebe Mutter!

Ich wollte Dir nur eben anzeigen, daß ich glücklich hier eingetroffen bin und daß Herr Worms, der Chef des hies[igen] und des englischen Hauses, auf meine Vorschläge eingegangen ist und daß ich wahrscheinlich schon bald in Liverpool sein werde.

Die Kölnische Geschichte hoffe ich damit zu Ende zu bringen, daß ich mir hier ein Attest ausstellen lasse, daß es mir unmöglich ist, mich augenblicklich in Köln einzufinden, und daß ich einen schriftlichen Prozeß beifüge, in dem ich meine Opposition auseinandersetze. Wenn ich auf diese Weise das gegen mich erlassene Urteil auch nicht so leicht rückgängig machen könnte, als wenn ich selbst erschiene, so verhindere ich dadurch doch das Erlassen eines Steckbriefes.

Vielleicht gelingt es mir aber auch, die ganze Geschichte hintereinander durch meine schriftliche Bearbeitung aus der Welt zu schaffen.

So wird sich denn alles schon machen. Die Hauptsache ist, daß ich hier im reinen bin.

Hoffentlich befindest Du Dich wohl. Sobald ich nun ganz mit meiner Übersiedelung fertig bin, schreibe ich Dir wieder.

Einstweilen den herzlichsten Gruß

Deines Georg.

Alle eintreffenden Briefe schicke mir bis auf weiteres nach: G. Weerth, Emanuel & Sohn, Hamburg.

208.

Georg Weerth an den Präsidenten des Königlichen Landgerichtes[1]

Surrey Villa, Cumberwell Green
n[ear] London, 20. Juli 1849[2]

Geehrter Herr!

Im September v[origen] J[ahres] erschien ich vor dem Instruktionsrichter des Königl[ichen] Landgerichtes, Herrn von Fuchsius in Köln, angeklagt: *»dem Fürsten Lichnowsky durch die in dem Feuilleton der ›Neuen Rheinischen Zeitung‹ im Laufe der Monate August und September per abgedruckten Novelle ›Leben und Taten des berühmten Ritters Schnapphahnski‹ Tatsachen, die, wenn sie wahr wären, denselben verächtlich oder strafbar machen würden, vorgeworfen und ihn dadurch verleumdet zu haben«.*

Vergebens wartete ich 6 Monate lang darauf, daß mir das Königl. Landgericht Gelegenheit geben würde, mich wegen dieses Vorwurfes zu verteidigen. Erst Mitte Mai d. J. erhielt ich eine Vorladung für den 29. desselben Monats, indem man einen fernern Termin für den 4. Juli anberaumte.

Leider war ich zu jener Zeit krank, worüber ich die ärztlichen Atteste beibringen kann, so daß es mir unmöglich war, diesen Termin einzuhalten und nach Köln zu reisen. Ich wurde daher in contumaciam zu 3 Monaten Gefängnis und zu 5 Jahren Verlust der bürgerlichen Rechte verurteilt.

Ich habe nun dem Advokat-Anwalt, Herrn Hagen, aufgetragen, gegen dieses Urteil in der Sitzung der Appellkammer vom 25. Juli Opposition einzulegen, und durfte um so mehr hoffen, das gegen mich erlassene Urteil zurückgenommen zu sehen, als ich bis zu diesem Termin darauf rechnete, die ganze betreffende Novelle in einem eingebundenen Bande dem Königl. Landgerichte vorlegen zu können.

Die s[eine]r Z[ei]t erschienenen Feuilletons der »Neuen Rheinischen Zeitung« bildeten nämlich nur den Anfang der Novelle, und würde das ganze Werk augenblicklich den Beweis liefern, daß ich nicht den genannten Fürsten Lichnowsky damit zu »verleumden« beabsichtigte, sondern daß ich nur ganz allgemein das Leben eines sinnreichen Junkers darin zu schildern und eine Fortsetzung des Bären Atta Troll von Heine zu liefern versuchte und folglich kein größeres Verbrechen beging als weiland der Brite Shakespeare, indem er den Sir John Falstaff und Dortchen Lakenreißer »verleumdete«, oder als der Spanier Cervantes, indem er den Don Quijote und den Sancho Pansa der allgemeinen Heiterkeit preisgab, oder als der Franzose Louvet,[3] indem er den liebenswürdigsten aller leichtsinnigen Edelleute, den Chevalier Faublas, unsterblich machte.

Wie gesagt, hatte ich vor, mein ganzes Werk am 25. Juli dem Königl. Landgerichte vorzulegen und dadurch das ehrenwerte Richterkollegium zu veranlassen, mich sofort freizusprechen. Wider Erwarten hat sich aber der Druck des genannten Buches so sehr in die Länge gezogen, daß es dem Verleger unmöglich geworden ist, dasselbe bis zum 25. Juli nach Köln zu schaffen, so daß ich also des Hauptbeweismittels meiner Unschuld beraubt wäre.

Sollte daher das Königl. Landgericht nicht so gefällig sein, mich nach den in diesem Briefe gemachten Aufklärungen am 25. Juli ohne weiteres freizusprechen, woran ich eigentlich gar nicht zweifle, so bitte ich Sie wenigstens, geehrter Herr Präsident, die betreffende Oppositions-Instanz so lange aufzuschieben, bis der Druck des »Lebens und der Taten des berühmten Ritters Schnapphahnski« wirklich fertig ist. Unfehlbar wäre derselbe in Zeit von 3 Wochen vollendet, und habe ich dem Verleger bereits aufgetragen, Ihnen, Herr Präsident, und dem aus fünf Mitgliedern bestehenden Richterkollegium zusammen 6 Exemplare meines Werkes franco per Post zuzusenden, um auf diese Weise sofort eine Sache zum Schluß zu bringen, welche wirklich zu heiter ist, als daß sie mit dem tragischen Ende des unglücklichen und von mir lebhaft betrauerten Fürsten Lichnowsky in Verbindung gebracht werden sollte.

Unbewandert, wie ich in allen gerichtlichen Dingen bin, habe ich den Advokat-Anwalt, Herrn Hagen, in dieser Sache zu meinem Bevollmächtigten ernannt und bitte Sie, demselben alle mich betreffenden Aktenstücke zustellen zu lassen.

Empfangen Sie, geehrter Herr Präsident, für jede Bemühung in der fraglichen Angelegenheit meinen aufrichtigen Dank und genehmigen Sie meine hochachtungsvolle Empfehlung.

Georg Weerth.

1 Konzept Weerths, mit der Überschrift: »An den Präsidenten des Königlichen Landgerichtes zu Köln.«.

2 Durchgestrichen die Angabe: »Adr. Herren Emanuel & Sohn in Bradford, Grafschaft Yorkshire in England«.

3 »Die Abenteuer des Chevalier Faublas«, bekanntester Roman des französischen Schriftstellers Louvet de Couvray (1760–1797); schildert die Zustände in der vorrevolutionären Gesellschaft.

209.
Theodor Hagen an Georg Weerth

Köln, 20. Juli 1849

Lieber Weerth!

Damit nicht ein neues Mißverständnis möglich, benachrichtige ich Sie, daß das Urteil zugestellt, die Opposition eingelegt ist, Sie daher am 25. d[ieses] M[ona]ts hier sein müssen, oder das Urteil ist rechtskräftig, wenn Sie nicht Kassation einlegen wollen. Ob aber nun doch gerade am Mittwoch, den 25. dies[es] Mts., die Sache vorkommen wird, das ist bei Oppositionen immer zweifelhaft, allein Sie müssen hier sein, und ein Glück wäre es, wenn die Sache nicht am Mittwoch vorkäme, indem alsdann andere Richter als jene größten Heuler über Sie zu entscheiden hätten.

Mit Gruß

Hagen.

210.
Georg Weerth an Julius Campe

Rotterdam, 12. August 1849

Verehrter Herr Campe!

Ich bin so frei, Ihnen in der Einlage die Dispositionen über 12 Freiexemplare des »Schnapphahnski« zu geben, damit Sie dies durch jemanden aus Ihrem Geschäft besorgen lassen können. Ich verlasse mich darauf, daß es pünktlich besorgt wird.

Außerdem wollte ich Ihnen eine sehr interessante Unterredung mitteilen, die ich dieser Tage mit der Gräfin Landsfeld, Lola Montez,[1] hatte. Ich traf die schöne Spanierin nämlich in Calais in Gesellschaft ihres neuen Gatten, eines blutjungen englischen Gardeoffiziers namens George Trafford Heald, der namentlich die gute Eigenschaft hat, daß er 7 000 Pfund Rente besitzt.

Die Verwandten des jungen Heald, ärgerlich über diese Heirat, haben der armen Lola einen verteufelten Prozeß an den Hals gehängt. Sie behaupten nämlich, Lola sei schon früher einmal mit einem andern englischen Offizier namens James, der jetzt in Indien steht, verheiratet gewesen und sei noch nicht von ihm getrennt, so daß sie sich also durch die Ehe mit Mr. Heald der Bigamie schuldig mache.

Lola wurde deswegen neulich in London verhaftet und erst nach Bürgschaft von 1 000 £ Sterl[ing] wieder freigelassen, nachdem der Prozeß gehörig eingeleitet.

Sie behauptet nun zwar, daß sie allerdings von Kapitän James getrennt sei, und ein Artikel in der gestrigen »Times« läßt mich dies auch als richtig annehmen. Nichtsdestoweniger hat sie es vorgezogen, den englischen Gerichten, mit denen nicht zu spaßen ist, einstweilen aus dem Wege zu gehen und sich so lange auf dem Kontinent aufzuhalten, bis es ihren Advokaten und ihrem speziellen Freunde, Lord Brougham, gelungen ist, die Sache wieder ins Gleis zu bringen.

Dieser Umstand und der andere, daß sie nämlich, wenigstens momentan, dem ruhigen bürgerlichen Eheleben angehört, haben Lola veranlaßt, ihren alten Plan, Memoiren zu schreiben, endlich in Ausführung zu bringen. Sie weiß indes noch nicht, ob sie dies in englischer, spanischer, französischer oder deutscher Sprache tun wird. Da es aber in der letztern möglich wäre, so habe ich ihr auseinandergesetzt, daß dann die Herausgabe nirgend passender als bei Hoffmann und Campe in Hamburg geschehen könne.

Ich weiß natürlich nun nicht, inwieweit sie später an diesem Plane festhalten wird, jedenfalls muß man sie aber so lange als möglich daran festhalten, und wenn dann auch wirklich das Original in Paris erschiene, so ließe es sich doch vielleicht so einrichten, daß die Übersetzung zuerst und allein bei Ihnen erschiene.

Jedenfalls werde ich auf die Abfassung des ganzen Werkes mehr oder weniger Einfluß haben, da ich Lola versprechen mußte, ihr namentlich für ihre Aventüren in Deutschland mit verschiedenem Stoff an die Hand zu gehen, da sie sich zwar ihrer eignen Abenteuer sehr wohl bewußt ist, aber mancher Personen und Tatsachen wegen doch noch Aufschluß haben muß.

Sie werden nun begreifen, wie interessant diese ganze Geschichte ist und daß man nicht nur aus schriftstellerischen, sondern vorzüglich aus Interesse an einem der liebenswürdigsten aller abenteuerlichen, modernen Weiber, mit einem Worte, aus reiner Galanterie alles aufbieten muß, um Lola der gewöhnlichen, graden bürgerlichen Welt gegenüber die glänzendste Genugtuung zu verschaffen.

Ich hoffe, daß Sie mich aus buchhändlerischem und aus reinem Weiberinteresse hierbei unterstützen werden, und ersuche Sie um folgende Gefälligkeit: Um Zusendung aller besseren Broschüren, die seinerzeit in Deutschland über Lola Montez erschienen sowie um sonstige Bücher, welche Tatsachen über die bayrischen Zustände, Ministerium Abel usw. enthalten und Licht über die Vorgänge in Deutschland vor der Revolution verbreiten. Senden Sie diese Sachen zugleich mit den 3 Exemplaren des »Schnapphahnski« unter gehöriger Deklaration an die in der Einlage bereits bemerkte Adresse: Jos. Sanderson & Co. in Hull zur Verfügung von Georg Weerth. Sie wissen, daß es in Hamburg direkte Dampfboote nach Hull gibt, die bei aufgehobener Blockade wieder fahren werden.

Ich muß alle diese Sachen in England haben, weil ich mich zunächst dort aufhalten werde.

Somit habe ich Sie über den Zusammenhang der ganzen Geschichte unterrichtet und bitte Sie nun nur noch, bis auf weiteres das *vollständigste Stillschweigens darüber zu beobachten.*

Aus Paris habe ich Ihnen nicht viel zu erzählen. Man ist dort sehr niedergeschlagen. Ich wollte Heine besuchen; aber er war zu schwach und zu elend, um irgend jemand sehen zu können.

Meinen Pariser Freunden erzählte ich von Ihrem Plane, etwas über die Revolution herausgeben zu wollen etc. Ich muß Ihnen gestehen, daß Marx vor allen andern imstande ist, etwas Eklatantes darüber zu schreiben, und könnte Ihnen nur glückwünschen, wenn Sie sich mit ihm einigten. Marx kennt durch seinen frühern Aufenthalt in Paris und Brüssel fast alle Männer, die am 24. Februar eine Rolle spielten, persönlich und weiß auch den Zusammenhang alles dessen, was der Revolution vorherging, z.B. den Streit der »Réforme« mit dem »National«, ein Hauptpunkt, der bisher noch nicht recht beleuchtet wurde und doch so wichtig ist, weil er später die Juni-Insurrektion hervorrief. Marx' Adresse ist: Mons[ieur] Ramboz, Nr. 45 oder 53 rue de Lille in Paris.

Haben sie die Güte, mir recht bald einmal zu schreiben, und benachrichten Sie mich namentlich davon, wenn die Bücher nach Hull abgegangen sind.

Genehmigen Sie inzwischen die freundschaftliche Empfehlung

Ihres G. Weerth.

Briefe treffen mich: G. Weerth, Adr. Messrs. Emanuel & Son, Bradford, Yorkshire, England.

Vergebens suchte ich in der rue Castiglione nach Ihren ungarischen Freunden.

1 Lola Montez (1818–1861), Tänzerin, Tochter eines schottischen Offiziers und einer Kreolin, kam 1846 nach München, gewann die Gunst des Königs Ludwigs I. und erhielt den Titel einer Gräfin von Landsfeld. Das Verhältnis des Königs zu ihr führte Anfang 1848 zu Unruhen in München und hat seine Abdankung bei Beginn der Märzrevolution mitverursacht (20. März 1848). Sie ging dann nach London, 1851 nach Nordamerika, wo sie sich dreimal verheiratete und schließlich in verarmten Verhältnissen starb.

211.

Georg Weerth an Wilhelmine Weerth

Rotterdam, 12. August 1849

Liebe Mutter!

Ich hatte gehofft, Dir von Liverpool aus zunächst schreiben zu können, aber meine Reise dahin zieht sich so sehr in die Länge, daß ich glaube, Dir schon früher einmal wieder Nachricht von mir geben zu müssen. Am 25. Juli morgens 4 Uhr reiste ich mit dem Dampfboot »Paris« von Hamburg ab, und zwar nach Havre, weil ich dort und in der Normandie erst noch verschiedene Leute besuchen mußte, mit denen ich von Liverpool aus später in Verbindung stehen werde.

Ich machte diese Reise um so lieber, da ich inzwischen in Hamburg einen zweiten Brief von meinem Kölner Advokaten erhielt, nach welchem es die größeste Torheit gewesen wäre, wenn ich mich persönlich in Köln gestellt hätte. Das Richterkollegium hatte sich nämlich geändert und bestand jetzt aus so entschiedenen Eseln, daß meine Opposition nichts gefruchtet haben würde und möglicherweise eine Verhaftung vorgefallen wäre, die allen meinen andern Unternehmungen ein Ende gemacht hätte. Es wurde daher beschlossen, die Oppositions-Instanz fahren zu lassen und die Sache gleich an den Kassationshof in Berlin zu senden, was zwar mit einigen Kosten verbunden ist, aber um so mehr von Erfolg sein kann, da inzwischen der Druck meines Buches vollendet ist, das den besten Beweis gegen meine Anklage liefert. Durch dieses Manöver wurde dann auch eine steckbriefliche Verfolgung unmöglich, und da die Zeiten sich mittlerweile ändern, so ist eine günstige Beendigung der langweiligen Geschichte so gut wie gewiß, denn jedenfalls ist der Berliner Kassationshof nicht so borniert wie das Kölner Tribunal.

Ich reiste daher sehr vergnügt nach Havre und freute mich namentlich darüber, daß es auf der See keine Polizeidiener gibt. Schon wollte ich dem Schicksal dafür danken, als ich sah, daß ich mich geirrt hatte. Denn sieh, als wir bei Helgoland vorbeischwanken, da wechseln plötzlich die dänischen Kriegsschiffe, welche der Blockade wegen den Ausfluß der Elbe bewachen, ihre Signalschüsse, und eine dänische Kriegsfregatte segelt mit fliegenden Wimpeln heran und versperrt uns den Weg. Wir ziehen aber sofort unsre republikanische Trikolore auf – die »Paris« ist nämlich ein französischer Dampfer –, und die Dänen bekommen Respekt, und ein Seekapitän rudert mit 12 Matrosen in einem Kahn an unser Schiff, steigt an Bord und bewillkommt uns äußerst höflich. Unser Kapitän schenkt ihm einige deutsche Zeitungen, denn die armen Dänen erfahren sonst nichts auf der See; er nimmt einige Briefe für sie mit, und ungehindert setzen wir dann unsre Reise fort.

Gegen Abend sind wir auf der Höhe der Nordsee, da wird der Himmel kohlschwarz, die Wellen kräuseln sich, und bald umheult uns ein ganz abscheulicher Sturm. Die ganze Schiffsgesellschaft, die aus dem von Hamburg zurückberufenen Gesandten der franz[ösischen] Republik, aus einem dänischen Maler, aus einem Hamburger Kaufmann mit zwei Töchtern, aus einer einsamen Engländerin und aus mir bestand, liegt bald entsetzlich seekrank im Bette. Die Nacht vom Mittwoch auf Donnerstag, den ganzen Donnerstag und wieder die Nacht auf Freitag, also volle 36 Stunden, dauert der Sturm, und erst am Freitag morgen, in der Frühe, legt sich der Wind, das Meer wird ruhig, und wir kriechen aus der Kajüte und legen uns nebeneinander platt auf das offene Verdeck.

Wir hatten die Meerenge von Calais erreicht, und gegen 10 Uhr sahen wir bei dem herrlichsten Sonnenschein rechts die Kreidefelsen der englischen Küste und links die Hügel von Frankreich. Es ist dies grade der Punkt, wo man bei heiterm Wetter die beiden mächtigen Länder zugleich sehen kann. Es war ein unbeschreiblich schöner Anblick. Die See war grasgrün, und der Schaum der Wellen blitzte in der Sonne wie Millionen Diamanten.

Unsre Mägen waren noch zu sehr mitgenommen, als daß wir uns andern Genüssen als diesen hätten hingeben können, sonst wäre kein schönerer Tag für uns gewesen.

Hat man die Meerenge von Calais durchschifft, so steuert man der Strömung wegen ganz westwärts. Die Säule von Boulogne, welche den Ort bezeichnet, wo Napoleon einst die Invasion Englands meditierte, ist der letzte Punkt, den man sieht. Nach einer Stunde waren wir wieder auf offner See und sahen nur Himmel und Wasser. Erst gegen Abend drehte sich der Lauf des Schiffes, und als die Sonne unterging, sahen wir die Küste der Normandie, welche meilenweit steil ins Meer hinabgeht. Bald hatten wir die äußerste Spitze dieser weit ins Meer hinausreichenden Landspitze umfahren, und gegen Mitternacht lagen wir beim schönsten Sternenglanz und bei dem Flakkern von zwei Leuchttürmen auf der Reede von Havre, um am Samstag morgen wohlbehalten im Hafen einzutreffen. Unsre Reise hatte gerade 72 Stunden gedauert. Ich besah nun Havre, einen sehr interessanten Ort, der schon einen höchst südlichen Anstrich hat, und fuhr am Sonntag morgen, in Begleitung des dänischen Malers, nach Rouen, mit der Eisenbahn. Rouen ist ein ganz altertümliches Nest in der reizendsten Landschaft, mitten zwischen den Krümmungen der Seine. Ich hatte hier nur mit Beschauen zu tun und ging dann am Abend nach Elbeuf, dem Hauptmanufakturort in der Normandie, wo ich bis zum Dienstag abend mit meinen Geschäften fertig war und noch in der Nacht nach Paris fahren konnte. Ich hatte nicht daran gedacht, daß ich seit dem 13. Juni die Tuilerien so bald wiedersehen würde. Vom Mittwoch morgen, dem 1. August, bis zum Sonntag abend blieb ich nun in Paris und hatte dort manches zu tun, diesmal übrigens mehr in Handelsgeschäften als in andern Angelegenheiten. Von meinen Freunden saßen noch manche in der Conciergerie; andere waren freigelassen; vorzüglich freute es mich, Marx auf freien Füßen inmitten seiner Familie anzutreffen. Das französische Gouvernement hat ihn bis jetzt geduldet, aber nur nach vielen Protestationen.[1]

Heine hatte gewünscht, mich kennenzulernen, und Marx führte mich zu ihm; wir trafen den armen Mann aber in einem so leidenden Augenblick, daß er uns nicht sehen konnte. Es scheint daher, als wenn ich den Schriftsteller, der mich gerade vor allen andern interessiert, nie kennenlernen soll; schwerlich treffe ich ihn später noch am Leben, denn er geht seinem Ende entgegen.

Am Montag, Dienstag und Mittwoch der letzten Woche machte ich nun meine Geschäfte in Amiens, Tourcoing usw., und es handelte sich nun darum, wie ich meine Reise durch Belgien nach Holland fortsetzen könnte, denn in Holland habe ich ebenfalls noch zu tun, ehe ich nach Liverpool gehe. Schon wollte ich den Versuch wagen, die belgische Grenze zu passieren, aber der Maire von Tourcoing, mit dem ich Geschäfte machte und dem ich meine Ausweisung aus Belgien mitteilte, riet mir so sehr davon ab, daß ich wieder den Seeweg vorzog und nach Dünkirchen fuhr, wo Dampfboote nach Rotterdam in Ladung liegen.

In Dünkirchen angekommen, hörte ich zu meinem Schrecken, daß das nächste Dampfboot erst am Samstag morgen um 2 Uhr gehe. Was sollte ich tun? Dünkirchen ist eine langweilige, halb französische, halb flämische Stadt. Ich fuhr also über St. Omer nach Calais, um dort den Rest meiner Zeit totzuschlagen. Ich hatte nicht erwartet, daß ich dort, als Schluß meiner Tour durch Frankreich, eins der prächtigsten Abenteuer erleben würde, welches einem Menschen wie mir begegnen kann.

Wie immer logierte ich nämlich auch in Calais in dem besten Hotel und treffe dort einen alten englischen Marinekapitän, der eben von einer offiziellen Reise nach Schleswig-Holstein zurückkehrte, wo er für sein Gouvernement Nota über die Schlacht bei Eckernförde sammeln sollte. Ich assoziierte mich natürlich sogleich mit ihm und erfuhr viel Interessantes. Schwatzend spazieren wir über den Quai die See entlang, da begegnet uns ein sehr junger, schlanker und hübscher Mann mit einem bildschönen Weibe am Arm. Mein alter Kapitän stutzt, er hört auf zu sprechen, und wie die beiden an uns vorüber sind, kann er, starr vor Erstaunen, nur noch die Worte hervorbringen: »Lola Montez!«

Es war in der Tat die schöne Spanierin, und der junge Mann, der sie führte, war ihr zweiundzwanzigjähriger Gatte, der hübsche George Trafford Heald, Offizier im 2. Regiment der Life-Guards, der, beiläufig bemerkt, eine jähriche Rente von 7 000 £ Sterl[ing] (etwa 45 000 Taler) besitzt und trotz aller Einrede seiner vornehmen Verwandten aus zärtlicher Liebe im vorigen Monat das abenteuerliche Weib heiratete und infolge eines darüber entstandenen Prozesses jetzt eben mit ihr auf dem Kontinent angekommen war.

Doch was soll ich Dir weiter über das Recontre mit diesem sonderbaren Paare erzählen? Du würdest mich nur ausschelten, daß ich mich mit so komischen Leuten abgab.

Nur so viel daher, daß Lola mir in Gegenwart ihres Gemahls einen großen Teil ihrer Aventüren mit dem eignen schönen Munde erzählte und daß ich wie nach einem Märchen von »Tausendundeiner Nacht« dann in den Eisenbahnwagen stieg und zurück über St. Omer nach Dünkirchen fuhr, wo ich am Samstag morgen um 9 Uhr mit der »Prinzeß von Oranien«, einem breiten, guten holländischen Dampfer, in See ging und nach einer glücklichen Fahrt von 14 Stunden in Rotterdam anlangte, wo ich im Hotel »Des Pays Bas«, unter den Boompjes, Dir diesen Brief zu schreiben das große Vergnügen habe.

Im Laufe dieser Woche habe ich nun noch hier und in Amsterdam zu tun und gehe dann über Hull und Bradford nach Liverpool. Deine verschiedenen Briefe erhielt ich noch in Hamburg. Dem Ed. Niemeyer in Bielefeld schrieb ich s[eine]r Z[ei]t, Dir die Kiste Wolle nach Detmold zu senden. Briefe treffen mich einstweilen unter Adresse von Emanuel & Sohn in Bradford/Yorksh[ire] (England).

Hoffentlich geht es Dir wohl! Komplimente an alle.

Mit herzlichem Gruße

Dein Georg.

1 Marx, der seit dem 3. Juni in Paris war, erhielt am 19. Juli von den französischen Behörden die Mitteilung, daß ein Befehl über seine Ausweisung aus Paris nach dem Departement Morbihan/Bretagne erlassen wurde. Auf seine Reklamation beim Innenministerium bleibt er zunächst unbehelligt. Am 23. August wird Marx dann endgültig nach Morbihan ausgewiesen, beschließt aber daraufhin, nach London zu emigrieren.

212.

Georg Weerth an Wilhelmine Weerth

Liverpool, 26. August 1849

Liebe Mutter!

Ich schrieb Dir zuletzt von Rotterdam und reiste dann nach einem kurzen Aufenthalt in Holland per Emerald Isle in 50 Stunden nach Hull und von dort nach Bradford/Yorksh[ire]. Hier wurde etwas Halt gemacht und dann über Manchester endlich das Ziel der Reise erreicht. Seit vorigen Mittwoch bin ich nun hier und wohne sehr gut bei Doctor King, No. 43 Oxford Street, Liverpool. Briefe an mich adressiere wie folgt: Georg Weerth, Box W Nr. 49, Liverpool. Ich habe jetzt viel zu tun, da ich mit allerlei Leuten Verdindungen anknüpfen muß. Du wirst daher entschuldigen, wenn ich Dir heute noch nicht weitläuftiger schreibe und Dich hauptsächlich bitte, jetzt auch recht bald einmal etwas von Dir hören zu lassen.

Von mir sollst Du dann nächstens auch wieder ausführlich hören.

Hoffentlich geht es Euch allen wohl!

Mit herzlichem Gruße

Dein Georg.

213.

Georg Weerth an Wilhelmine Weerth

London, 16. September 1849

Liebe Mutter!

Weil ich denn doch von allen Orten der Welt mit Dir zu korrespondieren gewohnt bin, so will ich Dir auch einmal von London schreiben. Hoffentlich werde ich dies in Zukunft noch sehr oft tun. Zunächst indes den herzlichsten Dank für Deinen langen Brief, der mich schon nicht mehr in Liverpool erreichte, sondern mir hierher nachgesandt wurde. Ich will wünschen, daß Du Dich von Deiner Erkältung ganz wieder erholt hast, und bitte Dich, künftig etwas vorsichtiger zu sein, denn der Wind ist ein unhöflicher Gast und nimmt auf niemand Rücksicht, nicht einmal auf meine teure Mutter. –

Was die Kiste anbetrifft, so überlasse ich Dir sämtliche Proben zu beliebigem Gebrauch, da sie von gar keinem Nutzen mehr sind. Die Stiefel bitte ich Dich gegen Motten einzubalsamieren und die Zeitungen und sonst alle Papiere sorgfältig in meinem Koffer aufzubewahren. Dies ist das einzige, was mich von dem Inhalt der Kiste interessiert.

Mein Aufenthalt in Liverpool war nur 10 bis 12 Tage, in denen ich vollständig Gelegenheit hatte, mich über diesen Ort zu orientieren. Als dies geschehen war, kam ich zu der Überzeugung, daß ich mich in der Wahl meines künftigen Geschäftskreises geirrt hatte und daß nicht Liverpool, sondern nur London der einzige Ort sei, auf dem meine Pläne auszuführen waren. Es wäre daher reine Torheit gewesen, wenn ich Zeit, Mühe und Geld nur dazu hätte verwenden wollen, um auf einem unfruchtbaren Orte meine Bemühungen fortzusetzen, und ohne auf die Einwilligung meiner Hamburger und Bradforder Freunde zu warten, packte ich daher meine Koffer aufs neue und reiste hierher, wo gerade eine große Wollauktion ihren Anfang nahm, an der ich meine ersten Absichten versuchen konnte, indem ich zugleich die Bradforder und Hamburger von meinem Schritte unterrichtete. Als ich schon einige Tage hier war, erhielt ich Antwort von Hamburg, was die Hauptsache war, und Herr Worms schrieb mir, daß ihn meine Übersiedelung um so weniger überrascht habe, da er ganz meiner Ansicht sei und mich bisher nur habe gewähren lassen, da ich gerade so sehr auf Liverpool bestanden hätte. Da die Hamburger mit mir einverstanden waren, so folgten die Bradforder von selbst, und am vorigen Mittwoch nahm ich hier definitiv meine Residenz, indem ich in St. Michaels Chambers, No. 42 Cornhill, City, London, eine Office mietete, von wo ich nur 20 Schritt nach der Börse habe und mitten in dem Herzen des Welthandels bin, um nun von hier aus das Weitere zu betreiben.

In jener Office halte ich mich nun nur im Laufe des Tages auf, um meine Geschäftsbriefe zu schreiben usw. Sobald dies geschehen ist, reise ich nach meiner 4 Meilen entfernten Privatwohnung, die augenblicklich No. 21 Norfolk Street, Strand, bei Mr. Culverwell, in demselben Hause ist, wo ich auch abstieg, als ich im Jahre 1843 im Oktober zuerst meinen Fuß auf englischen Boden setzte. Hier schreibe ich Dir nun in diesem Augenblick. Aus meinem Fenster sehe ich auf die Themse und hinüber nach dem rechten Ufer des Flusses. Den Strom hinab sehe ich die St.-Paul's-Kirche und bis nach London Bridge; den Fluß hinauf blicke ich zunächst nach der Terrasse von Somerset House, weiter über verschiedene Brücken bis an die Westminsterabtei und das neue Parlamentsgebäude. Die Themse hinauf und hinab brausen die Dampfschiffe zu Zwanzigen und Dreißigen, und da es gerade Flut ist, so schäumen die Wellen bis hoch an die Mauern unsres Hauses hinauf. Ich wollte, daß Dir ein Blick aus meinem Fenster vergönnt wäre, denn alle Beschreibung hilft nichts bei der Großartigkeit dieser enormen Stadt. Paris ist der schönste und angenehmste Ort der Welt, den ich sah, aber im Vergleich mit London ist Paris nur ein Dorf.

Die Hauptsache ist, daß ich mich endlich an meinem Platze und ganz komfortabel fühle. In geschäftlicher Beziehung liegt hier die ganze Welt vor mir, und es hängt nun von mir selbst und von dem Glücke ab, inwieweit ich mir hier einen dauernden Aufenthalt erobre. In jeder andern Hinsicht habe ich für alle Liebhabereien ein unerschöpfliches Feld in London. Wenn ich morgens von Norfolk Street auf den Strand gehe, den Strand entlang durch die Fleet Street über Cheap Side nach Cornhill und auf diesem Wege die belebtesten Straßen der Stadt und der ganzen Erde berühre, da brauche ich nur die Augen aufzutun, um in jeder Sekunde etwas zu sehen, was mich innerlich beschäftigt und mir immer neuen Stoff zu diesen und jenen Betrachtungen gibt. Mache ich dagegen die Augen zu, so bin ich in diesem Riesentumult so einsam wie in Euerm Buchenberge und auf den Hartröhren. Ich schere mich um niemand, und niemand schiert sich um mich – mit einem Worte, gerade das, was für mich immer den größesten Reiz hatte, ich finde es hier: ich habe ewige Kontraste; das Leben hat nur Reiz durch seine Kontraste.

Wenn ich daher je gewünscht habe, dauernd an einem Orte bleiben zu können, so wünsche ich jetzt, daß ich hier bleiben kann, und will daher wünschen, daß meine kaufmännischen Unternehmungen gelingen. Die Schwierigkeiten, die ich dabei habe, verhehle ich mir nicht; aber mit alledem, was ich gesehen und gehört habe, sollte doch am Ende etwas anzufangen sein. Froh bin ich einstweilen, daß ich meinen unglücklichen Irrtum, nämlich Liverpool, im Rücken habe, daß mir hier durch meine Hamburger Freunde dieselbe Chance geboten ist wie dort und daß ich endlich in der ersten Stadt der Welt bin, wo mir nichts entgeht, was unsere Zeit bewegt und sie in ihren Grundfesten durcheinanderrüttelt, um täglich neue Gestaltungen daraus hervorgehen zu lassen.

Bald sollst Du weiter von mir hören.

Inzwischen den herzlichsten Gruß

Deines Georg.

Briefe an mich sind zu adressieren: Mr. George Weerth, St. Michaels Chambers, No. 42, Cornhill, London.

Einl[iegenden] Zettel lasse gütigst an Wiegand besorgen. Es sind heute gerade, wie mir zufällig einfällt, 13 Jahre, daß ich in Begleitung uns[eres] Wilhelm von Detmold nach Paderborn ging, um von da nach Elberfeld zu reisen, wo ich meine kaufmännische Studien machte. Die Zeit geht rasch!

Leben und Thaten

des

berühmten Ritters

Schnapphahnski.

Von

Georg Weerth.

Hamburg.

Hoffmann und Campe.

1849.

Titelblatt der »Schnapphahnski«-Buchausgabe von 1849

214.
Georg Weerth an den Präsidenten des Königlichen Landgerichtes[1]

London, 29. September 1849[2]

Herr Präsident!

Infolge meiner frühern Eingabe ist das Königl[iche] Landgericht in Köln so gütig gewesen, die Verhandlung der gegen mich erhobenen Verleumdungsklage in Sachen des »berühmten Ritters Schnapphahnski« bis auf den 3. Oktober auszusetzen.

Es versteht sich von selbst, daß es mir großes Vergnügen machen würde, an diesem Tage vor dem Königl. Landgerichte zu erscheinen. Wie aber aus einliegendem, von den englischen Behörden legalisierten Atteste[3] meines Arztes John Little MacMichan in Bradford in der West Riding von Yorkshire hervorgeht, verbietet mir derselbe, die Reise nach Köln zu unternehmen, da sie meiner Gesundheit im höchsten Grade nachteilig sein würde; ‹und macht es mir zur Pflicht, zu meiner Wiederherstellung den kommenden Winter im Süden von England zuzubringen.›[4]

Mit betrübtem Herzen erlaube ich mir daher, Ihnen anzuzeigen, daß ich leider der an mich ergangenen Vorladung nicht Folge leisten kann, und bitte Sie, Herr Präsident, mein Nichterscheinen am 3. Oktober entschuldigen zu wollen.

Ich kann Ihnen nicht sagen, wie leid es mir tut, daß eine so ernste Behörde wie das Königl. Landgericht so entsetzlich lange Zeit mit einer so spaßhaften Geschichte wie mit der des »berühmten Ritters Schnapphahnski« zu tun hat, und wenn es mir auch augenblicklich untersagt ist, dieselbe durch meine persönliche Verteidigung zu einem heitern Ende zu bringen, so will ich doch gern das Meinige tun, damit das Königl. Landgericht endlich von einer Sache befreit wird, welche mit so vielen komisch[en] und traurigen Erinnerungen des Jahres 1848 längst im Strudel der Weltgeschichte untergegangen sein sollte.

Weit davon entfernt, einen neuen Aufschub zu verlangen, erkläre ich mich daher mit dem Urteil, welches die Richter des Königl. L.-Gerichtes am 3. Oktober über mich fällen werden, im voraus einverstanden und tue dies um so bereitwilliger, da seit dem Erscheinen des »Lebens und der Taten des berühmten Ritters Schnapphahnski« bei Herren Hoffmann & Campe in Hamburg und bei den trefflichen juristischen Gründen, welche mein Advokat, Herr Hagen, während meiner Verteidigung vorzubringen hat, wirklich wohl kein Zweifel mehr daran ist, daß die ehrenwerten Richter des Königl. Landgerichtes etwas anderes als meine vollständige Freisprechung dekretieren werden.

Sie, Herr Präsident, werden diese meine Freisprechung längst bei sich beschlossen haben und mit mir darin übereinstimmen, daß mein eigentliches Verbrechen nur darin bestand, daß ich zur Partei der geistreichen Leute gehörte, nämlich zur Partei der »Neuen Rheinischen Zeitung«.

Für diese Sünde, zur Partei der geistreichen Leute gehört zu haben, büße ich aber schon bitter genug in den neblichten Nächten meines großbrit[annischen] Exiles, aus dem ich Ihnen, Herr Präsid[ent], die Versicher[un]g hinübersende meiner

hochacht[ungsvollen] Ergeb[enheit].

Georg Weerth.

1 Konzept Weerths, mit der Überschrift: »An den Präsidenten des Königl[ichen] Landgerichtes in Köln«.

2 Mit der Adressenangabe: »St. Michaels Chambers, No. 42 Cornhill, City. London«.

3 In Weerths Nachlaß befinden sich die Abschriften (von Weerth) des Attestes von MacMichan und die amtlichen Beglaubigungen.

4 Von Weerth gestrichen.

215.

Georg Weerth an Eduard von Müller-Tellering[1]

London, 5. Oktober

Lieber [usw.][2]

Ihren Brief[3] an den Räuberhauptmann [Marx][4] habe ich gelesen. Wir *berieten darüber, was wir Ihnen raten sollten, und kamen schließlich zu der Überzeugung,* daß Ihre Reise nach London zwar ein großes Wagestück, daß Ihr Bleiben in Deutschland aber noch ein viel größeres sei. – Es bleibt Ihnen wirklich nichts anderes übrig, als hieher zu kommen. –

G. Weerth.[5]

1 Dieser Brief ist enthalten in: [Eduard von Müller-]Tellering: Vorgeschmack in die künftige deutsche Diktatur von Marx und Engels. Cölln: Selbstverlag 1850, S. 18 f. Eduard von Müller-

Tellering (geb. etwa 1808), deutscher Jurist und Publizist, Demokrat, 1848/49 Mitarbeiter der NRhZ; emigrierte nach der Niederlage der Revolution nach England und trat in Publikationen mit Polemiken gegen Marx und Engels auf; emigrierte 1852 in die USA. Engels schrieb am 9. Januar 1895 an Victor Adler: »Unser Wiener Korrespondent war ein gewisser Müller-Tellering aus Koblenz, fanatisch wie alle Koblenzer und ein Krakeeler erster Klasse; nach seiner Rückkehr nach Deutschland kam er erst nach Köln Ende 49 und fing Krakeel mit dem roten Becker an, kam dann nach London, hatte wegen einer unbedeutenden persönlichen Geschichte (die bei etwas weniger Verkehrtheit seinerseits durch zwei Minuten Gespräch auszugleichen war) sofort Krakeel auch mit uns und ließ sogleich eine Broschüre vom Stapel: ›Vorgeschmack der Diktatur von Marx und Engels‹. Dann ging er nach Amerika, versuchte gegen uns zu stänkern, verscholl aber sehr bald.« (MEW, Bd. 39, S. 372.) Der von Müller-Tellering in seiner Broschüre abgedruckte Brief ist im Original nicht erhalten. Er zitiert ihn, um seine unfreiwillige Emigration zu belegen: »Die jetzt auch von Marx und seinen Freiknechten adoptirte Redensart des ›rothen Becker‹, daß ich quasi ohne Noth von Köln entlaufen, widerlegt sich gänzlich schon aus dem Inhalt meiner Broschüre ›Westdeutscher Zeitungsjammer‹, und nimmt sich im Munde des Marx usw. höchst komisch aus, wenn man folgenden Brief Georg Weerths, des Feuilletonisten der ›Neuen Rheinischen Zeitung‹ damit zusammenhält:« (S. 18). Vgl. auch W[erner] B[lumenberg]: Eduard von Müller-Tellering, Verfasser des ersten antisemitischen Pamphlets gegen Marx. In: Bulletin of the International Institute of Social History. Amsterdam, Bd. 6 (1951), S. 178–197.

2 Hinzufügung von Müller-Tellering.

3 Nicht erhalten.

4 Hinzufügung von Müller-Tellering.

5 Am 2.11.1849 schreibt Müller-Tellering an Marx: »Hier [in Brüssel] lebe ich par la grace de Mr Weerth. Er hat mir einen amerikanischen Paß nach Düsseldorf geschickt, der mir den Eintritt nach Belgien verschaffte. Ich heiße Warburg und befinde mich sehr wohl dabei. Ich danke Weerth gar sehr, und werde ihm den Paß gut aufheben.« (MEGA, III, Bd. 3, S. 413.) Am 1.1.1850 schreibt Marx an Müller-Tellering: »Engels, Seiler, Weerth, Willich und ich werden nicht erscheinen in der für den 3. Januar angesagten Zusammenkunft [...]«. (MEGA, III, Bd. 3, S. 57.)

216.

Georg Weerth an den Präsidenten des Königlichen Landgerichtes[1]

London, 11. Oktober 1849

Herr Präsident!

Durch meinen Advokaten, den Herrn Hagen in Köln, höre ich zu meinem großen Leidwesen, daß das Königl[iche] Landgericht sich in die traurige Notwendigkeit versetzt gesehen hat, mich am 3. d[iese]s M[ona]ts wegen meiner Dichtung »Schnapphahnski« zu einer Gefängnisstrafe zu verurteilen, von der mich nur eine hoffentlich glücklichere Entscheidung des Kassationshofes wieder zu befreien imstande ist.[2]

Herr Hagen hat den Kassationsrekurs nun auch bereits für mich angeordnet; zugleich teilt er mir aber mit, daß ich mich jetzt entweder provisorisch zur Haft stellen oder daß ich bis zur Entscheidung des Kassationshofes um meine provisorische Freilassung gegen eine Kaution bei Ihnen einkommen müßte.

Sie werden leicht begreifen, Herr Präsident, daß mir die provisorische Freiheit lieber ist als die provisorische Haft.

Übrigens begreife ich nicht, warum ich Sie noch um diese provisorische Freiheit bitten soll, da ich mich faktisch schon auf durchaus freien Füßen befinde.

Die Ratschlüsse der hehren Göttin der Gerechtigkeit sind aber unerforschlich und rätselhaft, und an meinem eignen schwachen Verstande verzweifelnd, beuge ich mich daher vor ihrer tiefen, unermeßlichen Weisheit.

Haben Sie daher die Güte, Herr Präsident, mich trotz meiner volllständigen Freiheit provisorisch in Freiheit zu setzen, und wenn eine sogenannte Kaution dabei nötig ist, so messen Sie dieselbe nicht nach dem Reichtum dieser neblicht-nordischen Weltstadt, sondern lassen Sie sich von dem Gedanken leiten, daß es einem Menschen wie mir lieber wäre, wenn er London sofort verlassen könnte, um mit den Schwänen und den Kranichen in den Süden zu ziehen, wo der Himmel heiter ist und der Wein so billig wie zur Zeit, als es noch keine Gerechtigkeit auf Erden gab, kein Landgericht, keine Kaution und keinen Kassationshof.

Was Sie aber auch für eine Entscheidung treffen mögen, seien Sie davon überzeugt, daß ich nicht aufhören werde, Herr Präsident, zu sein

Ihr hochachtungsvoll ergebener

G.W.

1 Konzept Weerths, mit der Überschrift »An den Präsidenten des Königl[ichen] Landgerichtes in Köln.«

2 Am 24.10. schreibt Lassalle an Marx: »Grüße Weerth tausendmal, sage ihm, ich hätte mich über seinen herrlichen Brief sehr gefreut und würde ihm nächstens schreiben. Aber unrecht war es, daß er zu seinem Prozeß nicht kam. Die Sache wird sich *sehr* schwer, ohne übermäßige Geldopfer zu riskieren (eine Kaution von 500 Rtl. zirka), an den Kassationshof bringen lassen. Doch habe ich Hagen vorgestern ausführlich geschrieben, und wenn er, wie ich nicht zweifle, meine Anträge pünktlich ausführt, ist ein Erfolg ohne großes Risiko vielleicht noch möglich; aber *sehr* schwer.« (Lassalles Briefwechsel, Bd. 3, S. 18.)

217.

Georg Weerth an Wilhelmine Weerth

St. Michaels Chambers
42 Cornhill
London, 22. Oktober 1849

Liebe Mutter!

Aus Deinem Briefe vom 7. d[iese]s, für den ich Dir sehr danke, sehe ich zu meiner Freude, daß es Dir, einiges Ohrenbrausen abgerechnet, wohl geht. Vor der Cholera mußt Du Dich nicht fürchten, denn die ist ja überall, und gewöhnlich werden die Leute daran krank, die Angst vor ihr haben. In Paris war sie indes, während meines dortigen Aufenthaltes im Juni, viel schlimmer als hier, und wenn man nicht in den Zeitungen so viel davon läse, so würde ich gar nicht wissen, daß wir in London davon heimgesucht sind.

Zu Deiner größern Beruhigung kann ich Dir indes sagen, daß wir die unangenehme Asiatin in unserm Stadtviertel, nämlich am Strand, wo ich meine Privatwohnung habe, gar nicht spürten, und überhaupt ist sie fast ganz verschwunden, so daß neulich nur 5 Todesfälle in ganz London, unter 3 Millionen Menschen, an einem Tage an der Cholera statt hatten.

Jedenfalls ist es aber immer gut, da man sich warm und komfortabel hält, denn es gibt noch viele unangenehme Krankheiten außer der Cholera, und es ist mir schon leid genug, daß Du Ohrenbrausen hast – also halte dich recht warm!

Wie ich Dir neulich schrieb, wohne ich bei Mr. Culverwell am Strand, in Norfolk Street, und denke auch einstweilen dort zu bleiben, da diese Wohnung nicht zu teuer, ganz gesund und sehr angenehm ist. Unser Haus geht bis in die Themse, und aus meinem Fenster sehe ich steil in den Fluß hinein. Die Themse ist nun freilich die Kloake der ganzen Stadt, und gerade neben uns mündet auch einer jener Kanäle, die alle Unsauberkeiten in den Strom führen. Wäre nun die Themse ein Fluß wie der Rhein, so möchte dies manchmal unangenehm und ungesund sein. Glücklicherweise haben wir aber außer dem starken Luftzug über dem Wasserspiegel die Ebbe und Flut, und da uns die Flut mehrere Fuß salziges Seewasser bringt, was alle Dünste im Nu verschlingt, so merken wir auch nicht im mindesten, was nahe bei uns vorgeht. Ohne die Ebbe und Flut wäre wirklich eine Stadt wie London unmöglich; denn mit der Flut drängt sich das Wasser in alle Löcher und Winkel, und mit der Ebbe zieht sich der Strom zurück und spült alle Unreinlichkeiten daraus fort und mit sich bis ins Meer.

Das sonstige Leben in meiner Wohnung ist deswegen angenehm, weil noch viele Leute in demselben Hause wohnen und gewöhnlich Leute, mit denen man umgehen kann. Wir frühstücken und dinieren zusammen, so daß ich also nicht, wie s[eine]r Z[ei]t in Bradford und in Liverpool, allein zu Mittag zu essen brauche, was abscheulich langweilig ist. Gewöhnlich essen an uns[erem] Tisch Menschen von 4 oder 6 verschiedenen Nationen. Neulich waren sogar einmal während mehrerer Tage 9 Völker vertreten: Engländer, Franzosen, Deutsche, Ungarn, Holländer, Belgier, Italiener, 1 Mohr, 1 Finne, darunter mehrere hübsche Damen. Es ist oft eine wahre babylonische Verwirrung; man verträgt sich aber herrlich zusammen. Um 10 Uhr gehe ich gewöhnlich morgens in die City, wo ich jetzt auf meinem Comptoir, in St. Michael Chambers, 42 Cornhill, ganz zu Hause bin. In der City wohnt man selten, wenigstens tun dies keine gentlemen. Man hat dort nur die Comptoire, und gewöhnlich sind in einem Hause eine ganze Menge solcher Comptoire; der Eigentümer des ganzen Hauses, von dem man mietet, besoldet eine Haushälterin oder einen Portier, und diese Leute müssen dann alles in Ordnung halten, reinigen, Feuer machen usw. Entweder ist dies in der Miete einbegriffen, oder man bezahlt es separat. Unten an der Haustür hängt ein Schild, auf dem alle Namen der Handlungshäuser stehen, die in dem Hause ihre Comptoire haben; auf uns. Schilde siehst Du auch meinen schönen Namen prangen, neben vielen andern Leuten, die ich vielleicht in meinem Leben nicht kennenlerne, trotzdem daß wir uns täglich auf der Treppe begegnen.

Mein Comptoir hat den Vorzug, daß es im Herzen der City liegt, nur 20 Schritte von der Börse und der Bank und nahe bei allen Leuten, mit denen ich zu tun habe.

Mit den Geschäften geht es natürlich noch schwach, und manches muß sich noch in Zukunft finden. Der Anfang ist aber schon gemacht, und aus Deutschland, Belgien und Amerika trafen bereits die ersten Aufträge für mich ein. Immer neue Bekanntschaften bringen neue Geschäfte, und meine Hamburger und Bradforder Freunde gehen mir recht gut an die Hand. So bin ich jetzt auch bei dem ersten und vornehmsten englischen Kaufmann eingeführt, bei Baring Brothers & Co., was vielen Leuten im ganzen Leben nicht gelingt. Hoffentlich nutzt es zu etwas.

Wenn ich wirklich auf die Dauer festen Fuß hier fasse, so wird es mich natürlich ungemein freuen, wenn Carl mich besucht, und ich ermuntere ihn sehr zu dieser Reise. Er hat gewiß keine bessere Gelegenheit, Tausende von neuen Dingen zu sehen und zu hören, als wenn er meinen Aufenthalt benutzt, um hierher zu kommen. Alles macht sich dann leichter; er bekommt mehr zu sehen, wenn ich ihm Auskunft gebe, die Reisekosten sind unendlich kleiner, und er wird mit den schönsten Erinnerungen nach Hause zurückkehren. Dies moderne Babylon, London, ist wirklich eine Riesenstadt, und man kann sich keine Idee davon machen, ehe man sie selbst gesehen hat.

Grüße Wilhelm aufs herzlichste von mir, Ferdinand sandte ich dieser Tage mein Geschäftszirkular. Bald schreibe ich mehr. Es ist schon finster geworden, und mein Brief muß zur Post. Also für heute ein herzliches Lebewohl

von Deinem Georg.

218.

Georg Weerth an Wilhelmine Weerth

London, 28. November 1849

Liebe Mutter!

Vor ungefähr 4 Wochen schrieb ich Dir und hörte seitdem nichts von Detmold. Ich wußte damals, daß ich irgend etwas vergessen hatte, und als ich den Brief auf die Post trug, besann ich mich noch einmal hin und her. Aber es ist ein Unglück, daß ich stets das Wichtigste übersehe, und auf der Londoner Post, gegen 6 Uhr abends, wenn die Menschen mit ganzen Körben voll Briefen kommen und man sich förmlich um die Öffnungen der Briefkästen boxt – ja, in einem solchen Skandal verliert man dann erst vollends das Gedächtnis. Genug, ich vergaß damals, Dir zu Deinem schon gewesenen Geburtstag Glück zu wünschen, und hole dies nun heute nach, und zwar von ganzem Herzen! Aber wie geht es Dir denn jetzt, und warum schreibst Du nicht? Das Wetter wird kälter, und ich hoffe, daß Du wohl bist, trotzdem. So etwas muß ich aber wissen, und ich bitte Dich, häufiger eine Epistel vom Stapel laufen zu lassen – nur eine ganze kurze, denn Du sollst bei den kurzen Tagen keine langen Briefe schreiben. Bei Licht mußt Du nie die Feder ansetzen; das ist mein unerschütterlicher Wille.

Wenn Du hier in London lebtest, würde ich Dir nie erlauben zu schreiben, wenigstens nicht um diese Zeit, denn es wird eigentlich nie mehr Tag bei uns. Morgens, um 9 Uhr, wenn ich aufstehe, erhebt sich gewöhnlich auch die Sonne und erscheint wie eine kleine rote Flintenkugel über der Themse. Aber im Nu ist sie auch wieder verschwunden, denn die Luft verfinstert sich ebenso schnell wieder, wie sie sich erst zu erhellen schien, und die Lichter, die man am Abend um 12 Uhr auslöschte, werden in Häusern und Straßen morgens um 9 Uhr wieder angezündet. Bis gegen Mittag haben wir dann einen so goldgelben, dicken Nebel, daß man ihn mit einem Messer zerschneiden zu können glaubt, um z.B. ein Stück ägyptische Finsternis als Probe in einen Brief einzuschließen. Ich muß gestehen, vieles ist in England großartig, in London aber alles. Und doch freute ich mich sehr, als ich neulich in London zurück war. Ich machte nämlich eine Reise nach Rotterdam und Amsterdam, die etwa 10 Tage dauerte, und traf am 19. d[iese]s wieder hier ein. Ich habe mich so hier eingewohnt, daß mir der kleine Ausflug ordentlich unangenehm war. Und nun gar nach dem Lande, das ich schon so schrecklich gut kenne – aber ich mache immer Geschäfte in Holland.

Übrigens ist das Reisen von hier aus sehr leicht. Meine Droschke brachte mich in 20 Minuten bis ins Schiff, und das Schiff trug mich bis unter die Boompjes; ich hatte also von Norfolk St. in London bis ins Hotel »Pays Bas« in Rotterdam effektiv keine 10 Schritte zu gehen.

Nächste Woche habe ich dafür wieder um so mehr zu laufen, da für 14 Tage wieder eine Wollauktion beginnt und dann vom Morgen bis zum Abend die Ballen in allen Magazinen besehen werden müssen. Überhaupt habe ich so viel zu tun, daß ich von allen meinen alten Bekannten, die jetzt aus allen Teilen der Welt eintreffen, eigentlich nichts zu sehen bekomme. London ist wieder der Sammelplatz der ganzen europäischen Demokratie geworden. Aus Österreich treffen namentlich ganze Karawanen ein, die aber nach kurzer Rast gewöhnlich nach Amerika weiterreisen. Dahin sehne ich mich nun am wenigsten, seit ich aber neulich Alexander Dumas' »Reise von Paris nach Cádiz«[1] las, sehne ich mich nach Spanien. Ja, Spanien muß ich bald sehen. Ich habe mir das fest vorgenommen. Neulich traf auch mein Kollege Fried[rich] Engels per Segelschiff nach 5wöchentlicher Reise von Genua hier ein, nachdem er mit in Baden und der Schweiz gewesen. Glücklich war er seinen Verfolgern entkommen. Meinem Freunde Althaus scheint es nicht so gut ergangen zu sein; ich schrieb ihm im August von Paris und setzte ihm seine ganze Lage auseinander; aber es scheint, daß er sich Illusionen machte. Damals konnte er noch entspringen. Marx' Frau hat zur Veränderung wieder einmal einen Jungen bekommen; er sah das Licht der Welt am 5. November, am Jahrestag der papistischen Pulververschwörung, die noch jetzt alle klein[en] Buben auf den Londoner Gassen durch Schwärmer und große phantastische Kerle von Holz oder Stroh zu feiern pflegen. Guy Fawkes[2] wollte damals das Parlament in die Luft sprengen, aber die Sache mißglückte. Ich weiß nicht, ob Du die Sache kennst. Weil der kleine Marx nun aber an diesem Tage zur Welt kam, so wurde er Guy Fawkes Marx getauft. Wenn der Junge nun größer ist und in die Schule geht, so wird er an seinem Geburtstag immer gehörige Prügel von seinen Genossen bekommen. Armer Guy Fawkes Marx! Aber ich habe sehr über diese Taufe lachen müssen. Marx hat nun 4 Kinder, eins wurde in Paris geboren, eins in Köln, eins in Brüssel, eins in London, also vier Nationen in einer Familie.

Alles rüstet sich in England nun schon auf Weihnachten; auch unser Hausvater Culverwell wird uns an jenem Tage nach altengl[ischer] Sitte trefflich bewirten, was er uns schon im voraus angekündigt hat.

Wenn ich Dir nicht früher schon oft über das engl. Weihnachtsfest geschrieben hätte, so würde ich Dir die Geschichte schildern. Aber alle Gewohnheiten bleiben in England dieselben, namentlich bleiben Beef, Plumpudding und Portwein stets vortrefflich. Doch ich sehe, daß ich, ohne es zu merken, meinen Bogen vollschreibe. Ich muß schließen, wenn noch Platz zur Adresse bleiben soll. Lebe daher wohl, liebe Mutter. Ich wollte mich durch diese Zeilen nur in Dein Gedächtnis zurückrufen. Hoffentlich treffen sie Dich munter und wohl an. Aber schreibe mir nun auch bald einmal, wie es Dir geht, und grüße alle von mir.

Mit herzlichstem Gruß

Dein Georg.

1 Alexandre Dumas (1802–1870), französischer Schriftsteller; schuf eine Vielzahl von Romanen und Dramen. Ab 1833 veröffentlichte er die Reihe »Impressions de voyage«; in diesen Bänden erzählt er von seinen vielen europäischen Reisen. Der Bericht, den Weerth nennt, erschien in 8 Bänden zwischen 1847 und 1850.

2 Guy Fawkes (1570–1606), Anführer eines Attentats auf das englische Parlament am 5. November 1605. Fawkes wurde hingerichtet. Der erwähnte Marx-Sohn, der Guido genannt wurde, starb bereits nach einem Jahr.

219.

Georg Weerth an Ferdinand Weerth

St. Michaels Chambers
42 Cornhill
London, 15. Dezember 1849

Lieber Ferdinand!

Die Mutter schreibt mir, Du wärst böse darüber, daß ich Dir nicht ein einziges Mal von hier aus geschrieben hätte. Allerdings habe ich Dir nur meine

Adresse angegeben; ebenso gut, wie Du einen Br[ie]f von mir erwarten konntest, konnte ich aber auch einem von Dir entgegensehen, und mein teurer Bruder sollte sich daher statt aller Bemerkungen gef[älligst] selbst an seiner werten Nase ziehen. – Doch werfen wir über das Vergangene den Mantel der brüderlichen Liebe! Ich versichere Dich meiner Gewogenheit, und wenn Du mir bald antwortest, sogar meiner usw.

Von Köln reiste ich nach dem Aufhören der »Neuen Rheinischen Zeitung« nach Paris und erlebte dort den 13. Juni und die unglückliche Demonstration. Die große Bewegung der letzten 2 Jahre war hiermit zunächst gänzlich geschlossen, und ziemlich mißmutig kehrte ich nach Lüttich zurück, wo ich mich zunächst niederzulassen dachte. Aber das Ministerium Rogier-Hody, welches alle Demokraten mit musterhafter Beharrlichkeit verfolgt und die Redakteure der »N[euen] R[heinischen] Z[ei]t[un]g« mit seinem vorzugsweisen Ingrimm beehrt, hatte es anders beschlossen. Denn, kaum in Lüttich eingetroffen, werde ich arretiert, in ein Gefängnis unter die Erde gesteckt und am nächsten Tage mit zwei Gendarmen in voller Rüstung in meinem Wagen über die Grenze nach Holland gebracht.

Guter Rat war jetzt teuer. In Paris wollte ich mich nach dem 13. Juni nicht aufhalten. In Preußen genierte mich der Prozeß Schnapphahnski. Aus Belgien vertrieb man mich, und ich verlor durch meine Ausweisung dort mein ganzes ziemlich einträgliches Geschäft. Holland ist ein miserables Land – was sollte ich tun?

Ich reiste von Maastricht inkognito über Köln nach Detmold, besuchte dort die Mutter für 14 Tage und ging dann nach Hamburg, wo ich meinen Freunden vorschlug, für sie nach Liverpool zu reisen, um dort in ihrem Interesse ein Geschäft zu gründen; die Leute gingen darauf ein, sandten mich aber vorher erst noch per Steamer nach Havre, von wo ich die Normandie besuchte und über Paris nach Calais eilte, um dort mit Lola Montez eine der interessantesten Kneipereien zu halten, die ich je erlebte. Da ich noch nach Amsterdam mußte und Belgien nicht passieren konnte, so reiste ich von Dünkirchen per Steamer nach Rotterdam und, nach einigem Aufenthalt in Holland, über Hull nach Liverpool, nachdem ich zum dritten Male auf dem Kanal einen Sturm von 24–30 Stunden bestanden hatte, der mir, mit Respekt zu melden, das Innere nach außen kehrte. In Liverpool ennuyierte ich mich schon nach 14 Tagen wie ein Mops und schrieb daher nach Hamburg, daß ich mich in der Wahl des Geschäftsortes geirrt habe und daß London der einzige richtige Ort für meine Pläne sei. Dies ist wirklich der Fall, und die Hamburger waren gescheit genug, gleich in mein Übersiedeln nach London einzuwilligen. Ich traf daher gegen Anfang September hier ein. Da hast Du in aller Kürze die genaue Reiseroute meiner Fahrten der letzten 6 Monate.

Froh bin ich übrigens, daß ich endlich wieder einmal zur Ruhe gekommen bin, und da London zwar ein sehr wüster, aber doch nicht unangenehmer Ort ist, so bin ich so zufrieden, wie es die Umstände erlauben. Inwieweit mir meine Pläne definitiv gelingen: darüber ein anderes Mal mehr!

Lieb wird es mir sein, bald einmal etwas Näheres von Dir zu hören, namentlich in betreff Deines Geschäftes und wie es Dir damit ergeht. Sollte ich wirklich auf die Dauer festen Fuß hier fassen, so ist es möglich, daß wir uns gegenseitig von Nutzen sein könnten. So wird z.B. jetzt von hies[igen] Häusern viel *deutsches Tuch* für Export nach Amerika und Westindien gekauft, und ich kann solche Aufträge, wenn ich Muster und Preise habe, besorgen, da ich nicht nur den Artikel selbst, sondern auch die hies. Käufer kenne.

Außerdem gibt es oft Agenturen für engl[ische] Häuser in Berlin; z.B. für Assekuranzgesellschaften in London. Mehrere haben gewiß schon Agenten in Berlin, aber man durfte auch wohl neue finden können, da das Feld sehr groß ist.

Hast Du andere Sachen, die zwischen hier und Berlin ziehen könnten, so mache mich darauf aufmerksam, denn meine hiesige Stellung macht es, daß ich Dir und mir nutzen kann. Ich habe mein eignes Comptoir und bin bei den ersten Leuten eingeführt, z.B. Baring Brothers.

D. Blake jr. gab ich vor einiger Zeit einen Brief an Dich, in welchem ich Dich ersuchte, diesem Mann die Mitteilungen zu machen, welche er wünschte. Nachträglich habe ich nun gefunden, daß Blake eigentlich nicht ein solcher Freund ist, wie ich früher glaubte, und wenn er Dich daher um Informationen über Berlin bittet, so gib ihm nur dann Aufschluß darüber, wenn Du selbst oder einer Deiner Bekannten Nutzen davon haben kann.

Jedenfalls kann dieser Blake für Berlin benutzt werden; nicht für das Tyrian Dyal, worauf ich wenig gebe, sondern für *rohes Mohair-Garn*, worin er viel macht und was er vorteilhaft von Spinnern zu kaufen Gelegenheit hat. Wolf & Meyer, Bergmann und ähnliche Leute beziehen das Garn von Yorkshire, und wenn Blake ebenfalls direkte Geschäfte nach Berlin in diesem Artikel machen will, so muß er einen Agenten in Berlin haben. Die Agenturen bekommen gewöhnlich 1/2 – 3/4 oder 1 % für den Garnverkauf. Ich teile Dir dies zur Nachricht mit.

Doch ich muß schließen. Laß bald etwas von Dir hören und empfange den herzlichen Gruß

Deines Georg.

Portland und Roman Cement ist nicht ein Artikel, der von London viel nach Berlin geht.

220.

Georg Weerth an Wilhelmine Weerth

Amsterdam, 8. Februar 1850

Liebe Mutter!

Zunächst den herzlichsten Dank für Deinen Brief vom 2. Januar, den ich noch in England erhielt und der mir so schöne Glückwünsche überbrachte, daß ich mich längst dafür hätte bedanken sollen. Aber daß ich dies innerlich tat, das versteht sich von selbst, und zum neuen Jahre gratulierte ich Dir aus der Ferne, wie ich dies stets zu tun pflegte, wenn ich in der Neujahrsnacht ein ganz besonderes Glas auf die Gesundheit derer trank, *»die wir lieben«* – der beste Toast! Laß uns den noch oft zusammen trinken, und wir werden jedes neue Jahr willkommen heißen.

Das alte Jahr ging für mich ganz heiter in England zu Ende. Wie ich Dir seinerzeit schrieb, hatte unser Mr. Culverwell am Weihnachtstage eine sehr solenne Fête veranstaltet, in altenglischem Geschmack, mit gutem Wein, ehrwürdigen Trinksprüchen und allgemeiner Lustigkeit von Anfang bis zu Ende. Wir waren 48 Leute zu Tisch, Herren und Damen – ich bitte um Verzeihung, Damen und Herren, und wie gewöhnlich bestand die Gesellschaft aus den verschiedensten Nationen. Soviel ich weiß, waren zugegen: Engländer, Franzosen, Deutsche, Russen, Ungarn und Italiener, und die Reden wurden in allen Sprachen gewechselt, indem ich schließlich für alle Ausländer unserm freundlichen Wirte den besten Dank aussprach und sogar auf die Gesundheit der Königin anstieß – war dies nicht stark? Aber sieh, ich bin immer galant gegen Damen. Nachdem aber auch der Neujahrstag vorbei war, und zwar sehr ruhig, denn ich brachte die Neujahrsnacht nur mit zwei Bekannten zu, packte ich meine Sachen und reiste nach Bradford. Bei dem gewaltigen Steigen der Wollpreise ist nämlich in diesem Artikel einstweilen nichts in London zu machen, und da in Bradford sehr viel zu tun war, so folgte ich der Einladung meiner dortigen Freunde und blieb bis zum 24. Januar in meiner alten Residenz in Yorkshire, war aber, offenherzig gestanden, äußerst froh, als ich endlich die 200 oder noch mehr Fabrikschornsteine wieder im Rücken hatte. Die Reise von London nach Bradford wird in der Nacht in 6–7 Stunden zurückgelegt; ein solches Fahren auf Eisenbahnen kennt man nur in England. In derselben Zeit flog ich daher auch nach Norfolk Street zurück, wo inzwischen Briefe von Hamburg angelangt waren, die es nötig machten, daß ich sofort nach dem Kontinent reiste. Mein Koffer blieb daher gepackt; da aber in der Nacht ein abscheulicher Wind über die

Themse fuhr, so zweifelte ich eigentlich daran, ob es geraten sei, gleich am nächsten Tage weiterzusegeln, und schlief endlich mit dem Gedanken ein, lieber noch ein 24 Stunden zu warten. Als ich gegen Morgen erwachte, schien aber die Sonne unerhörterweise so freundlich in mein Bett, daß ich doch meinen Entschluß änderte, um 9 Uhr frühstückte und um 10 Uhr bereits auf dem Steamer »Rainbow« den Fluß hinabglitt. Nach der strengen Kälte, die den ganzen Januar in Bradford herrschte, war es plötzlich sehr milde geworden, und bis in die See hatten wir den herrlichsten Westwind. Schon gratulierten wir uns auf dem Verdeck, da dreht sich plötzlich die ganze Windrose, und in Zeit von einer halben Stunde pfeift es aus Nordost mit Schnee und Hagel, daß uns Hören und Sehen verging. An ein Vor-Anker-Gehen war nicht zu denken, da der »Rainbow« (Regenbogen) ein Postschiff ist, das allen Elementen trotzen und seine Briefe überbringen muß – mit Gottes Hilfe.

Wir hatten nun die ganze Nacht sehr böses Wetter; da aber unser »Rainbow« so scharf gebaut war, wie der Kapitän sagte, »like a cheeseknife«, wie ein Käsemesser, so durchschnitt er alle Hindernisse mit solcher Schnelligkeit, daß wir bei Tagesanbruch an der holländischen Küste nicht weit von Hellevoetsluis waren, wo der Kapitän zu landen gedachte. Weiter hinaufzudringen war rein unmöglich, da der Fluß bis Rotterdam so fest voll Eis stand wie eine Mauer. Aber auch bis Hellevoetsluis konnten wir nicht einmal kommen, denn die See war rings an den Küsten dergestalt mit Eisklötzen bedeckt, daß unser Steamer wohl eine halbe Stunde lang mit den Rädern arbeitete, ohne uns auch nur 100 Schritt weiterzubringen. Wir würden schließlich steckengeblieben sein, wenn die See nicht so enorme Wellen gehabt hätte, daß ein wirkliches Einfrieren unmöglich war. Ohne im geringsten in einer gefährlichen Position zu sein, freuten wir uns daher an dem sonderbaren Spiele, das die See mit den Eisschollen trieb, indem sie dieselben bald in ganzen Bergen emporhob und sie bald mit dem fürchterlichsten Brüllen und Krachen verschluckte.

Nachdem wir uns überzeugt hatten, daß Hellevoetsluis nicht zu erreichen war, machten wir kehrtum, fuhren wieder auf die offne See und waren nachmittags (Sonntag, 27. Januar) um 3 Uhr vor Scheveningen, wo die See frei von Eis war. Dieser Ort ist nun nichts weniger als ein Hafen für große Seeschiffe, und da außerdem nach dem Sturm in der Nacht die See entsetzlich hoch ging, so mußten wir uns in anständiger Entfernung vom Ufer halten. Unsre Ankunft war indes schon signalisiert, und ein Schifferboot mit 12 Rudern fuhr bald auf uns los, welches nach langem Manövrieren mit Tauen an dem Dampfer befestigt wurde und endlich alle Passagiere glücklich aufnahm. Losgelassen, tanzten wir nun allein über das Wasser und waren bald in ziemlicher Entfernung von unserm »Rainbow«. Die einzige Schwierigkeit war nun, durch die Brandung zu kommen, und wir sahen uns daher nach irgendeiner kolossalen Welle um, welche uns im Nu auf den Sand schleudern sollte. Sie ließ nicht lange auf sich warten; tief seufzte die See auf, ein Berg kam uns entgegen und nahm uns auf sein schaumgekröntes Haupt, und rasch wie der Blitz fuhren wir in einem Bogen über alle Hindernisse hinweg auf den sichern Sand.

Vom Sand bis aufs Trockne waren indes noch ca. 100 Schritt durchs Wasser zu gehen, und die braven, großbestiefelten Fischer (die sich übrigens auch gut bezahlen lassen) nahmen nun die ganze Gesellschaft samt Koffern und Reisesäcken auf ihre Schultern und trugen uns so ans weiße, muschelbesäte Ufer. Ein gutes Glas Grog machte dem Abenteuer ein Ende; ich fuhr abends noch von Scheveningen nach Den Haag und dann gleich weiter per Eisenbahn nach Rotterdam, wo ich um 10 Uhr anlangte.

Seitdem habe ich nun auch schon eine Tour durch Holland gemacht, die eigentlich zu dieser Jahreszeit unangenehmer ist als eine stürmische Seereise. Hiermit bin ich nun aber auch fertig und bleibe jetzt 8–10 Tage ruhig in Amsterdam, um dann direkt nach London zurückzukehren oder vielleicht auch erst eine Reise nach Frankreich zu machen.

Solltest Du in den nächsten 14 Tagen etwas zu schreiben haben, so adressiere: G. Weerth, Adr. C. L. Ringrose & Co, Rotterdam.

Sei so gut, Wilhelm für seinen Brief einstweilen sehr zu danken und ihm zu sagen, [daß] ich ihm bald antworten werde.

Von Amsterdam, liebe Mutter, h[abe] ich Dir nicht viel zu erzählen, wie überhau[pt] nicht von Holland. Hier interessierte ich mich nur für den Handel, und sonst blieb alles beim alten. Die Kirchtürme spielen mit ihren Glokkenspielen, der alte Erasmus steht noch zu Rotterdam, die Fischweiber schreien, und Holland ist ein sehr konservatives Land.

Hoffentlich geht es Dir wohl!

Mit dem herzlichsten Gruße

Dein Georg.

221.

Georg Weerth an Wilhelmine Weerth

Köln, 22. März 1850[1]

Liebe Mutter!

In Rotterdam erhielt ich s[eine]r Z[ei]t noch Deinen letzten Brief, für den ich Dir sehr danke. Wie Du von Carl gehört haben wirst, reiste ich seitdem hierher, und zwar aus verschiedenen Ursachen. Erstens kann ich jetzt in London, der großen Preissteigerung aller mich interessierenden Artikel wegen, so gut wie gar nichts machen; zweitens hatte ich in Aachen, Eupen usw. Verschiedenes zu tun, und drittens lag mir namentlich viel daran, endlich meinen Prozeß in Preußen zu Ende zu bringen, was nur durch mein persönliches Erscheinen möglich war. So geringfügig diese Geschichte ist, so sehr genierte sie mich doch, denn alles Schreiben hilft am Ende im Handel zu nichts, wenn man seine Leute nicht bisweilen von Angesicht zu Angesicht wiedersehen kann. Ich unternahm daher meine Reise nach Köln ganz im Einverständnis mit meinen Hamburger Freunden, die mich schon einige Male ersucht hatten, für sie nach Frankfurt und Leipzig zu reisen, was dann aber immer nicht möglich war. Die Sache mußte daher endlich arrangiert werden, und ich sandte durch Herrn Worms eine Kaution von 200 Talern an den Kassationshof in Berlin, indem ich zugleich meine Verteidigungsschrift beifügte. Diese Kaution, welche mich davor schützt, sonst im geringsten belästigt zu werden, ließ mich daher auch frei in Köln einziehen und machte es mir nun möglich, bei der hiesigen Oberprokuratur, von welcher die Klage auf Veranlassung der Reichszentralgewalt ausgegangen war, diejenigen Gründe geltend zu machen, welche die langweilige Geschichte endlich aus der Welt bringen werden. Diese Verhandlungen geschahen nun auch schon vor ca. 3 Wochen, und sind die betreffenden Akten ebenfalls nach Berlin abgegangen, von wo in ungefähr 6 Wochen die definitive Entscheidung eintreffen wird. Die sieht freilich nun noch langwierig aus, was aber gar nichts ausmacht, denn jedenfalls habe ich es jetzt durch mein persönliches Erscheinen dahin gebracht, daß ich selbst im schlimmsten Falle, wenn nämlich mein wiederholter Kassationsrekurs in Berlin verworfen wird, nur zu einer Geldstrafe von 40 Talern samt der Kosten verurteilt werden kann, wogegen im Nicht-Erscheinungsfalle das in der 2. Instanz gegen mich erlassene Urteil rechtskräftig geworden wäre.

Du siehst also, wie gut es war, daß ich mich stellte; ich kann jetzt wieder nach Belieben in Deutschland umherreisen, und wenn dann auch endlich mein letzter Kassationsrekurs verworfen wird, so komme ich dann mit 40 Talern Geldstrafe und ebensoviel Kosten davon, welche man von meiner Kaution zurückbehält, um mir den Rest der 200 Taler wiederzuerstatten. Sehr zu loben habe ich noch das Benehmen des gerichtlichen Verfolgers, des hiesigen Oberprokurators John, der mir jede Erleichterung bei der Geschichte gewährte und mir außerdem die offizielle Versicherung gab, daß weiter nichts mehr gegen mich vorliege. Übrigens bemerkte er mir, daß ich meine maliziöse Feder in Zukunft lieber etwas im Zaume halten möchte, um mir ähnliche Unannehmlichkeiten zu ersparen. Sehr wahrscheinlich bist Du mit Herrn John einverstanden, aber darüber kannst Du nun ganz ruhig sein, da ich nicht die geringste Lust habe, mich zunächst mit maliziöser Schriftstellerei zu befassen.

Wie gesagt, ist es augenblicklich gar nicht in meinem Interesse, nach London zurückzukehren, da die alten Wollen zu enorm hohen Preisen sämtlich geräumt sind und die neue australische Schur erst im Juni eintrifft. Ich gehe daher zunächst wieder nach Holland (wohin Du mir während der nächsten 4 Wochen Adr. C. L. Ringrose & Co. in Rotterdam schreiben kannst), wo ich neulich wenig ausrichtete, da man die gestiegenen Preise noch nicht bewilligen wollte, und wo man sich hoffentlich jetzt an den Aufschlag gewöhnt hat. Im Mai gehe ich dann nach Frankfurt und Leipzig und denke im Juni wieder in Norfolk Street zu sein. Da ich Berlin noch nie gesehen habe, so ist es möglich, daß ich diese Gelegenheit einmal benutzte, um Ferdinand zu besuchen; ich würde dann von Berlin über Bielefeld und Köln die Rückreise antreten, und es verstünde sich in dem Falle von selbst, daß ich Dich wieder für einige Tage besuchte. Bestimmtes kann ich darüber aber noch nicht sagen, denn so richtig, wie ich auch jetzt meine Zeit einteile, so möglich ist es auch, daß meine Hamburger Freunde wieder andre Instruktionen geb[en] müssen, die mich dann nach einer andern Richtung treiben.

Sei so gut, Carl einstweilen von mir zu grüßen und ihm für seinen Brief zu danken. Von der »Revue«,[2] die er erwähnt, ist das erste Heft erschienen; ich bin aber kein Mitarbeiter daran. Hoffentlich habe ich bald einmal eine ruhige Stunde, um ihm ausführlich zu schreiben; sage ihm jedenfalls, daß er sich für Juli zu einer Reise bereit hält; ich teile ihm dann das Nähere mit. Jedenfalls sollte er London und Paris einmal sehen; wie die Araber nach Mekka, so sollen die Menschen des 19. Jahrhunderts nach jenen großen Städten pilgern. Auch Wilhelm und seine Frau grüße aufs beste von mir und empfiehl mich ihrem Otto junior, den ich als unsern ersten Stammsprößling aus der Entfernung in beide Arme schließe.

Leb wohl, liebe Mutter; ich gratuliere Dir zum Frühjahr und wünsche, daß er Dir tausend und abertausend Veilchen und Rosen mitbringt.

Von ganzem Herzen

Dein Georg.

1 Der Brief ist im Gefängnis geschrieben, wo Weerth vom 26.2. bis 25.5.1850 seine dreimonatige Haftstrafe abbüßt. Vgl. auch den Brief an Wilhelm Weerth, 16.4.1850. Aufschlußreich ist auch ein Brief Lassalles an Marx vom 12.2.1850: »Vor kurzem schrieb mir der liebenswürdige Weerth und machte mir den herrlichen Vorschlag, er wolle, wenn ich sitze, auch kommen und mit mir zusammen sitzen. Sage ihm also, daß ich jedenfalls in *Düsseldorf* sitzen werde und daß er also durch Hagen oder direkt an John sich wenden und um Erlaubnis bitten soll, gleichfalls in Düsseldorf zu sitzen. Er soll aber nicht *eher* kommen, bis ihm die Gräfin schreiben wird, daß ich bereits sitze. Gib ihm diesen Brief, damit er ihn selbst lese, da sein Inhalt ihn gewiß auch interessiert.« (Lassalles Briefwechsel, Bd. 3, S. 23.) Am 4.3.1850 schreibt Georg Jung an Engels: »G. Weerth ist vor einigen Tagen in's Arresthaus spaziert, um seine 3 Monat abzusitzen. – Ein ganz kluger Gedanke, da er sich Deutschland wieder öffnet, was er nöthig hat.« (MEGA, III, Bd. 3, S. 488.) Und Stephan Adolf Naut schreibt am 10.3.1850 an Engels: »Weerth hat den Vollgenuß der Merz-Errungenschaften angetreten, befindet sich aber trotz der Abgeschlossenheit ziemlich wohl und munter.« (MEGA, III, Bd. 3, S. 494.)

2 »Neue Rheinische Zeitung. Politisch-ökonomische Revue«, von der 1850 6 Hefte erschienen.

222.

Georg Weerth an Wilhelm Weerth

Köln, 16. April 1850

Lieber Wilhelm!

Deinen letzten Brief erhielt ich noch in England, und ich danke Dir für die Schilderung Deines stillen Familienlebens, worüber ich mich von Herzen gefreut habe und wozu ich Dir aufrichtig gratulieren kann. Von Zeit zu Zeit mag es langweilig sein, grade immer in Blomberg zu sitzen, aber ich versichere Dir, die Langeweile wohnt auch in vielen andern Orten, und außerdem führen auch von Deinem Kloster die Wege nach allen Weltteilen, und wenn Du Dich eines Morgens mit Deiner kleinen Frau aufmachst, so kannst Du Dich ja schon am Abend im Rheine spiegeln und Dich am nächsten Abend auf der See wiegen.

Man kann an jedem Orte der Welt wohnen, wenn man diesen Ort jederzeit ohne große Mühe verlassen kann. Nur ein gezwungener Aufenthalt hat sein Unangenehmes, sein wahrhaft Langweiliges.

Dein teurer Bruder Georg macht diese Erfahrung jetzt recht aus der Fülle, denn er schreibt Dir in diesem Augenblicke aus dem Gefängnis der heiligen Stadt Köln. Wenn Du mir versprechen willst, weder Deiner Frau noch unsrer Mutter, noch sonst irgendeinem weiblichen Wesen etwas davon zu erzählen, so werde ich Dir meine neuste Aventüre mitteilen. Ich glaube sogar, daß dies aus verschiedenen Gründen durchaus nötig ist.

Du weißt, daß ich den Prozeß Schnapphahnski auf dem Nacken hatte und in dritter Instanz zu 3 Monat Gefängnis verurteilt wurde, und zwar in contumaciam. Sehr wahrscheinlich würde dieses Urteil nicht erfolgt sein, wenn ich mich s[eine]r Z[ei]t gestellt hätte. Dies war aber nicht möglich, da ich in London zu viel zu tun hatte. Es blieb daher nur noch der Kassationsrekurs übrig, den Advokat Dorn in Berlin besorgte, nachdem ich eine Kaution von 200 Talern gestellt hatte. Ohne vielen Erfolg von diesem Schritte zu erwarten, glaubte ich, ihn doch tun zu müssen, um wenigstens das Letzte zu versuchen. Die Sache scheiterte aber, das Urteil wurde bestätigt, und ich hätte nun nicht nur die Kaution verloren und eine steckbriefliche Verfolgung erfahren, sondern einstweilen auch nicht mehr nach Preußen und dem größern Teil von Deutschland zurückkehren können, wenn ich mich nicht gestellt hätte. Das letztere war mir am unangenehmsten. Ich kam daher, ganz im Einverständnis mit meinen Hamburger und Londoner Handelsfreunden, zu dem heroischen Entschluß, lieber die 3 Monate abzusitzen, um auf diese Weise hintereinander alle Schwierigkeiten aus dem Wege zu räumen; ich packte daher meine Wäsche zusammen, reiste von London über Amsterdam nach Köln, meldete mich bei dem Oberprokurator John und trat am 25. Februar meine Haft an.

Wenn man gewohnt ist, sich zwischen Trafalgar Square und Cornhill zu bewegen, auf dem lebendigsten Punkte der ganzen Erde, so ist es grade nicht angenehm, plötzlich auf ein kahles Zimmer von 9 Fuß Breite und 16 Fuß Länge angewiesen zu sein, dessen ganzes Möblement aus Tisch, Stuhl und Bett besteht und aus dessen Fenster man durch 6 Eisenstäbe auf einen sehr prosaischen Hof sieht. Nach wenigen Tagen hatte ich mich indes schon an alles gewöhnt, und da ich täglich 2 Stunden in einem sonnigen Revier an der Stadtmauer spazierengehen, mir Essen und Trinken nach Belieben kommen lassen, Bücher und Zeitungen, so viel ich will, studieren, Besuche aus der Stadt empfangen und mit den andern Gefangenen auf einem großen Korridore den ganzen Tag über frei verkehren darf, so sind mir die 50 Tage, die ich bis heute gesessen habe, wirklich sehr rasch verflossen. Ich bin daher sehr froh, daß ich die Geschichte riskierte, und da ich jetzt nur noch 40 Tage in Haft bleiben und am 26. Mai wieder auf freien Füßen bin, so ist mir bei den genannten, durchaus erträglichen Umständen und bei der wirklich sehr artigen Behandlung der Gefängnisverwaltung das Vollenden meiner Haft im höchsten Grade leicht.[1]

Außerdem habe ich von der Oberprokuratur die offizielle Versicherung erhalten, daß sonst nichts gegen mich vorliegt, und da ich auch wirklich nicht das geringste mehr verbrochen habe, so sind am 26. Mai meine Zerwürfnisse mit Gott und aller Welt beseitigt.

Du wirst daher mit meinem Verhalten durchaus einverstanden sein. Bedenke nur, wieviele fortwährende Unannehmlichkeiten ich gehabt haben würde, wenn ich mich nicht gestellt hätte! Fürs erste wäre es zu traurig gewesen, wenn ich mich wegen einer solchen Lumperei wie der Prozeß Schnapphahnski aus Deutschland hätte verbannen wollen. Einmal im Exil, wäre ich mehr oder weniger in die Reihe der politischen Flüchtlinge geraten, was mir wirklich sehr unangenehm gewesen wäre. Dann der Steckbrief in allen Zeitungen – der Verlust meiner Kaution und vor allem: die ewige Hemmnis in meinen kaufmännischen Unternehmungen, bei denen Reisen nach Deutschland durchaus notwendig sind! – Du wirst leicht einsehen, wie die Sache steht. Dazu kommt noch, daß ich jetzt in London wegen der entsetzlichen Preissteigerung vieler Artikel im Handel nichts machen kann, also nichts versäume; daß ich mich körperlich wohler befinde als seit langer Zeit und daß ich in diesen 3 Monaten viele Sachen durchstudieren kann, nach denen ich mich lange sehnte und wozu mir in London bisher auch nicht ein Augenblick Zeit blieb – alles das fällt in die Waagschale, und ich sehe daher dem 26. Mai mit so vieler Gemütsruhe entgegen wie einer Oper oder einem guten Diner. Sobald ich wieder auf freien Füßen bin, mache ich für unser Hamburger Haus eine Reise durch Deutschland und werde im Juli wahrscheinlich für die nächste Woll-Auktion wieder in London sein.

In Vorstehendem gebe ich Dir nun den einfachen, richtigen Tatbestand, den Du aber gänzlich verschweigen und nur Carl bei Gelegenheit ohne allen Rückhalt mitteilen willst, [damit] er genau weiß, wie er daran ist. Ich habe nämlich ihm [und] der Mutter, damit sich letztere nicht ohne Ursache Sorge mach[t], die ganze Gechichte etwas verblümt mitgeteilt. *Die Mutter glaubt mich in Holland, wohin sie mir auch schreibt – Briefe, die mir hierher zugeschickt werden.* Es ist das beste, daß sie in diesem Glauben bleibt, denn Frauen denken sich diese Sachen immer viel schlimmer, als sie sind. Sobald ich frei bin, will ich ihr die Geschichte selbst erzählen, da ich auf meiner nächsten Reise sehr wahrscheinlich über Bielefeld komme und dann natürlich in Detmold vorspreche.

Einstweilen wäre es mir aber wirklich lieb, von *Dir* zu erfahren, ob die Mutter auch meinen letzten Brief erhalten hat, ob sie auch sonst nichts erfahren und ob sie auch wohlauf und ohne Sorgen ist. Dies ist wirklich der einzige Punkt, der mich interessiert. Ohne daher viel in Detmold zu fragen und daher dadurch etwa zu beunruhigen, teile mir baldmöglichst mit, wie es in Detmold aussieht. *Dein Brief trifft mich: Herrn Georg Weerth, Nr.* 23, *Klingelpütz in Köln a./Rh.* Dies ist nämlich die Adresse des Gefängnisses, wo ich alle Briefe schreiben und empfangen darf. Ich bitte Dich aber inständigst, Dich mit diesem meinem Briefe in acht zu nehmen, damit der Mutter nichts zu Ohren oder zu Gesichte kommt, was ihr unnötige Sorge machen könnte. Grüße daher auch Deine Frau nicht, denn die Weiber können nichts verschweigen. Küsse aber stillschweigend Deinen Jungen für mich.

Hoffentlich sehe ich Dich bald wieder; ich werde Dir dann noch viele interessante Einzelheiten mitteilen, wozu mir heute keine Zeit mehr bleibt.

Mit dem herzlichsten Gruße

Dein Georg.

1 Am 16.3.1850 schreibt Stephan Adolf Naut an Marx: »Weerth befindet sich scheinbar recht wohl in seiner Zurückgezogenheit.« (MEGA, III, Bd. 3, S. 499.) Und am 24.3.1850: »Eben bittet mich Weerth um einen ausführlichen Preißcourant von Weinen, weniger zum Genuß, als – zur stillen Betrachtung!« (MEGA, III, S. 501.)

223.

Georg Weerth an Wilhelmine Weerth

Köln, 28. April 1850

Liebe Mutter!

Soeben treffe ich von Rotterdam hier ein, wo ich am 17. d[iese]s Deinen lieben Brief vom 15. d[iese]s erhielt. Ehe ich weiterreise, glaube ich, Dir diese Zeilen schreiben zu müssen, da Du nach Nachrichten zu verlangen scheinst. In Holland wurde ich diesmal rasch und gut fertig; ich warte nun noch auf Briefe von Hamburg und denke in den nächsten Tagen erst noch einige Besuche in der Umgegend zu machen und dann nach Frankfurt zu reisen, wo ich mit Herrn Steinthal aus Hamburg zusammentreffe. Die wenigen Tage, die ich inzwischen hierbleibe, sind mir dadurch doppelt angenehm, daß jetzt endlich meine gerichtliche Geschichte beendigt ist. Der Kassationsrekurs ist nämlich in Berlin insoweit von Erfolg gewesen, als ich wirklich, wie dies nach den neuen Gesetzen vom 30. Juni 1849 nach nicht anders zu erwarten war, aller weitern Plackereien überhoben wurde und nur in eine Geldstrafe von 40 Taler verurteilt bin. Diese 40 Taler behält man von meiner Kaution zurück, und wurde mir der Rest von 160 Talern bereits wieder ausgezahlt.

Anstandshalber mußte man mich zu dieser Kleinigkeit verdonnern, was mir durchaus einerlei ist, da ich nun mit allen Sachen im reinen bin. Wir wollen daher ein für allemal von der ganzen Geschichte schweigen und in unsern gegenseitigen Briefen nie mehr darauf zurückkommen.

Dein Brief vom 15. ds., für den ich Dir herzlich danke, enthielt denn freilich allerlei traurige Nachrichten. Leider habe ich Deinen Bruder, den Onkel Burgmann, nur ein einziges Mal gesehen, als ich ihn im Jahre 1836 oder 37 in Lennep besuchte – ich erinnere mich seiner aber noch als einen alten, kleinen, sehr freundlichen Herrn, der mir bei weitem besser gefiel als die sogenannten Onkel oder Öhme von väterlicher Seite, z.B. der weiland Hypochonder Ohm Jacob in Bonn und der jetzt noch existierende geliebte Onkel Roß, der unter aller seiner Liebenswürdigkeit und Lustigkeit meiner Meinung nach ein recht geiziges vieh- und fruchtspekulierendes Herz trägt und von dem offenherzigen Schacherer, dem alten Fritz Weerth, Kommerzienrat in Bonn, durch weiter nichts verschieden ist als durch den geistlichen Pathos. Wahrhaftig, wenn ich an meinen eignen Vater denke, so muß ich ihn doppelt verehren und jene doppelt heruntersetzen. Doch ich komme durch die väterliche Verwandtschaft ganz von meiner mütterlichen ab. Wie gesagt erinnere ich mich Deines sel. Bruders noch ebensogut wie Deiner Schwester, der Frau Pieper, die ich ebenfalls nur einmal, bei Rauschenbuschs in Elberfeld, sah; – sie sprach damals mit einiger Besorgnis davon, daß sie am Abende mit der Schiffbrücke die Ruhr passieren müsse – ich habe dies nicht vergessen, weil sie sich wirklich auf dieser Tour am nächsten Tage erkältete und infolge davon starb. – Die Ähnlichkeit Deiner Schwester mit Dir fiel mir damals besonders auf – Du mußt nicht darüber lachen, aber ich weiß z.B. noch, daß sie ganz genau die zwei großen, schönen Zähne besaß, die ich von Dir in meiner obersten Reihe geerbt habe. So kannte ich wenigstens zwei Deiner Geschwister und bedauere daher von Herzen den Tod des Pastors in Mettmann – aber wozu hilft es, daß ich Dir alle diese Erinnerungen vorerzähle? Ich will lieber einmal bei meinem nächsten Aufenthalte in England nach unsern dortigen Verwandten forschen, denn die Frau und die Kinder Deines dortigen Bruders müssen sich doch noch irgendwo in der Gegend von Southampton aufhalten.

Mit Deinem und Lottchens Befinden geht es hoffentlich bei dem nun sehr entschieden eingetretenen Frühlingswetter gut – und wirst Du gewiß bald eine neue Reise nach Blomberg wagen können. Mir tut es eigentlich leid, daß ich gerade jetzt nicht in England bin, da gerade um diese Zeit, wenn die Parks anfangen, grün zu werden, London den herrlichsten Anblick darbietet. Die Parlamentssession und der damit zusammenhängende Zusammenfluß der ganzen engl[ischen] Aristokratie mit ihren prächtigen Wagen, Pferden und Toiletten ist dann in voller Blüte. Gewöhnlich dauert dies Leben indes noch bis in den Juni und Juli fort, so daß ich noch wohl etwas davon mitbekomme. Ach, wäre ich so gescheit gewesen, mir wie der alte Ohm Jacob oder der Onkel Roß viel Geld zu verdienen, da könnte ich jetzt ein Dampfschiff ausrüsten lassen und Dir einmal alle Wunder der Welt zeigen.

Aber, statt etwa in Budberg in Ochsen und Kühen [zu] spekulieren, habe ich mich leider an andern Orten zu oft mit andern Sachen abgegeben, so daß ich zwar viel gesehen, gehört und gelernt habe, aber noch immer keine Flotte besitze, auf der ich meine geliebte Mutter über das Meer führen könnte. Nun, wer weiß, was aus der Zukunft wird. –

Da ich meine Reiseroute noch nicht ganz genau weiß, so wird es am besten sein, wenn Du mir bis Ende Mai, falls etwas zu schreiben ist, wieder unter der Adresse meines alten Freundes Thibus, »Englischer Hof« in Köln, den Brief zugehen läßt (ich erhalte ihn dann entweder bei meiner Rückkehr in Köln, oder er wird mir nachgeschickt). Übrigens schreibe ich Dir bald auch wieder. Thibus hat mich Deinen Brief an ihn lesen lassen. Es tut mir aufrichtig leid, daß Du so unruhig warst; ich muß Dich wiederholt bitten, dies nie mehr zu sein – wenn man so hin und her reist, so verschiebt man das Schreiben oft ein wenig; es wäre gar zu schlimm, wenn Du Dich jedesmal deswegen in Sorge versetzen wolltest. Und nun leb wohl, liebe Mutter, mit dem herzlichsten Gruße

Dein Georg.

224.

Georg Weerth an Wilhelm Weerth

Köln, 28. April 1850

Lieber Wilhelm!

Meinen besten Dank für Deine beiden Briefe vom 21. und 24. d[iese]s! Von der Mutter erhielt ich ebenfalls Nachrichten nach Rotterdam adressiert, von wo mir der Brief hierher nachgeschickt wurde. Es freut mich, daß alles bei

Euch wohl ist und daß die Mutter außer Sorgen ist. Natürlich ist es nun am besten, daß sie gar nichts von meiner Gefangenschaft erfährt. Heute schrieb ich der Mutter und sagte ihr, daß ich noch einige Tage hier und in der Umgegend bleibe, dann wahrscheinlich nach Frankfurt ginge und Ende Mai wieder hier zurück sein würde, so daß mich dann ihre Briefe Adr. Thibus im »Englischen Hofe« in Köln treffen könnten. Ich habe ihr so geschrieben, als wenn ich eben von Rotterdam zurückkäme. Zugleich teilte ich ihr mit, daß meine Prozeßgeschichte nun entschieden und durch eine Geldstrafe von 40 Taler total aus der Welt geschafft sei.

Natürlich ist es mir sehr lieb zu hören, daß Du gegen Ende Mai zu reisen gedenkst, und werden wir uns jedenfalls hier treffen.

In kurzem kann ich Dir sagen, ob ich Auguste und Dich dann auch eine längere Strecke begleiten kann; jedenfalls will ich Euch etwas den Rhein hinauf Gesellschaft leisten.

Meine Haft geht am 26. Mai – Sonntag, morgens 6 oder 7 Uhr, zu Ende, und werde ich von meiner jetzigen Residenz dann nach Thibus, »Englischer Hof«, Kasino-Straße, Köln übersiedeln. Hier würde ich auch Dir raten zu logieren, da Thibus nicht nur mein alter Freund ist, sondern alles bei ihm auch gut und billig ist. Kommst Du wirklich her, so schreibe mir noch einmal, und ich werde dann eine Wohnung für Dich zurecht machen lassen.

Dein freundliches Anerbieten ist mir allerdings als Beweis Deiner Gefälligkeit sehr willkommen. Da ich aber hinreichend versehen bin, so mußt Du mich entschuldigen, wenn ich keinen Gebrauch davon mache.

Also auf baldiges Wiedersehen!

Mit herzl[ichem] Gruß

Dein Georg.

225.

Georg Weerth an Karl Marx

Arresthaus, Köln, 2. Mai 1850

Liebster Marx!

Ich hatte mir vorgenommen, Dir erst zu schreiben, wenn ich wieder auf freien Füßen bin. Meine alte Sehnsucht nach Dir zwingt mich aber dazu, Dir schon jetzt meine besten Grüße ins Ohr zu murmeln. Sei nicht böse darüber, daß ich Deinem gewiß gutgemeinten Rate nicht folgte und mich dennoch einstecken ließ; ich werde Dir später meine Gründe mitteilen. Die Hauptsache ist, daß ich das Leben nicht länger in England aushalten konnte; ich versichere Dir, der Spleen würde mich dort in ein frühes, ruhmloses Grab gebracht haben – (wie schade!). Außerdem kommt es mir zu heiter vor, daß ich als vermeintlicher politischer Flüchtling in der Welt herumbaumeln soll; wenn Leute wie Du, Engels, Willich[1] usw. im Auslande bleiben, so hat das Sinn und Verstand, aber ich – voilà ce qui serait ridicule! Ich habe wahrhaftig zu wenig verbrochen, als daß es mir einfallen dürfte, mit politischen Wundenmalen zu renommieren.

Der Oberprokurator John mußte laut lachen, als er mich sah; er lobte meinen Stil und versicherte mir, daß er meine Briefe als kostbare Beiträge zu seinem Archiv aufbewahre; ich eröffnete ihm darauf, daß ich nicht wenig erstaunt sei, in dem Manne, der mir stets als ein so greulicher Werwolf geschildert worden sei, plötzlich diesen liebenswürdigen kleinen Herrn anzutreffen, und als wir uns gegenseitig in Artigkeiten erschöpft hatten, begleitete er mich bis an die Treppe, und nach einigen Tagen traf ich zufällig in dem Hafen der Ruhe ein, aus dem mich Gott, der Allmächtige, übrigens am 26. Mai gefälligst befreien wolle, da ich inzwischen anfange, mich zu langweilen wie tausend Möpse.

Im Juli hoffe ich zu der Wollauktion wieder in London zu sein; mein Stubengenosse ist der Verfolger der Bosheit, der mir eben versichert, Gottschalk[2] sei nicht tot, sondern in Amerika, und wenn trauernde Jünger von dem »Jenseits« spräche, so seien dies die Vereinigten Staaten.

Empfiehl mich Deiner Frau.

Mit herzlichem Gruße

Dein Weerth.

Von der »Revue«[3] erhielt ich bis jetzt drei Hefte, mit denen ich sehr zufrieden bin. In der Tat, ich gratuliere euch; namentlich Dein dritter Artikel über die Weinsteuer und die Grundrente ist famos, und die Artikel über Baden könnten nicht beser sein, wenn ich sie selbst geschrieben hätte. Dies ist natürlich das höchste Lob, was ich Engels geben kann.[4]

1 Augsut Willich (1810–1870), Leutnant, Mitkämpfer im badischen Aufstand, Kommunist.

2 Gottschalk war im September 1849 in Köln gestorben.

3 Mitte April war das 3. Heft der »Neuen Rheinischen Zeitung. Politisch-ökonomische Revue« erschienen, in dem der dritte Artikel der Reihe »1848 bis 1849« von Karl Marx mit dem Titel »Folgen des 13. Juni 1849« und das Schlußkapitel von Engels' Arbeit »Die deutsche Reichsverfassungskampagne« veröffentlicht wurden.

4 Am 5. Mai 1850 schrieb Freiligrath an Marx: »Weerth, um im Arresthaus zu bleiben, hab' ich *einmal* bis jezt in seiner Haft besucht, da es gar zu schwer fällt, Zutritt zu bekommen. Er nimmt sich ganz artig aus hinter zwei Gittern, der immer heitere australische Wollüstling. Im nächsten Monat wird er wieder zu London in der Wolle sitzen.« (Freiligraths Briefwechsel, Bd. 1, S. 18.)

226.

Georg Weerth an Wilhelmine Weerth

[Köln], 26. Mai 1850[1]

Liebe Mutter!

Du kannst Dir denken, wie sehr es mich freute, plötzlich Auguste und Wilhelm anzutreffen. Beide waren eben bei Thibus eingetroffen, als ich sie vorfand. Wir wollen nun einige Tage zusammenbleiben, und ich begleite sie wahrscheinlich etwas den Rhein hinauf; das einzige, was uns zu unsrer Freude fehlt, ist, daß Du und Augustens Mutter uns Gesellschaft leisten könntet. Meinen neulichen Brief wirst Du erhalten haben. Adressiere zunächst nach G. Weerth, Hotel d'Angleterre, bei Herrn Thibus in Köln. Bald mehr! In großer Eile heute nur noch den herzlichsten Gruß

Deines Georg.

1 An diesem Tage war Weerth aus dem Gefängnis entlassen worden.

227.

Georg Weerth an Karl Marx

Köln, 2. Juni 1850

Lieber Marx!

Ich schrieb Dir vor einiger Zeit aus dem Arresthause einen Brief, von dem ich nicht weiß, ob er Dich erreicht hat, da er auf außerordentlichem Wege befördert wurde und noch an Deine alte Adresse nach Anderson Street gerichtet war. Ich wollte Dich daher heute noch einmal darum bitten, mir bald zu schreiben, wie es Dir, Deiner Familie und uns[eren] andern Bekannten geht und ob Du mir auch nicht zürnst, daß ich mich so plötzlich aus dem Staube machte. Die Gründe hierfür, und daß ich meine 3 Monate abbrummte, erzähle ich Dir ein anderes Mal. Hoffentlich läßt man mich jetzt in Ruhe; mein Handel ist für den Augenblick ins Stocken gekommen; ich gebe mich daher jetzt ans Arbeiten und denke in kurzer Zeit etwas zusammengeschrieben zu haben. Nach London darf ich einstweilen nicht zurückkehren, der hohen Wollpreise wegen, die jede Spekulation unmöglich machen. Ich bleibe daher, wenn mir die Polizei nichts in den Weg legt, einstweilen in Köln; sonst in einem kleinen Orte in der Umgegend.

Über die »Revue« habe ich viel Unerfreuliches gehört; die Hauptsache ist, daß Schuberth[1] den Versand schlecht besorgen soll, so daß z.B. in Mainz fast kein einziges Exemplar zum Vorschein gekommen ist; wenigstens versichert mir dies Naut. Außerdem räsonieren die Esel schrecklich über den Artikel über Kinkel.[2] Daniels,[3] Freiligrath und ich scheinen die einzigen Menschen zu sein, die sich darüber gefreut haben. Im Arresthause sah ich Kinkel oft, ohne ihn sprechen zu können. Sein hies[iger] Aufenthalt und sein Erscheinen vor den Geschworenen war die ekelhafteste Farce, die man erleben konnte. Seine Frau, ein kreuzverrücktes Frauenzimmer, empfing ihn hinter dem Gitter mit Versen; er antwortete, wie ich glaube, in Hexametern; darauf fielen sie voreinander auf die Knie, und der Gefängnisinspektor, ein alter Feldwebel, der daneben stand, wußte nicht, ob er Verrückte oder Komödianten vor sich hatte. Dem Oberprokurator hat er später erklärt, als man nach dem Inhalt der Unterredung inquirierte, deutsch hätten die beiden zwar gesprochen, aber er habe kein Wort davon verstehen können, worauf Frau Kinkel erwidert haben soll, daß man freilich keinen Mann zum Inspektor machen müsse, der total literarisch und künstlerisch ungebildet sei.

Vor den Geschworenen hat sich Kinkel als reine Tränenpresse, als Literat aus der Sturm-und-Drang-Periode von Anno Werthers Leiden[4] herausgebissen. »Meine Herren vom Hofe, meine Herren Geschworenen« – »Aurikelaugen meiner Kinder« – »grünes Wasser des Rheines« – »es entwürdigt nicht, dem Proletarier die Hand zu drücken« – »bleiche Lippen des gefangenen Mannes« – »milde Heimatluft« – und ähnlicher Dreck: das war die ganze berühmte Rede, und die Geschworenen, das Öffentliche Ministerium, das Publikum und sogar die Gendarmen weinten ihre bitteren Tränen, und die Verhandlung schloß unter einstimmiger Freisprechung und einstimmigem Flennen und Schluchzen. Kinkel ist gewiß ein guter, lieber Mann, im übrigen aber ein widerliches Gemisch von religiösen, literarischen und politischen Reminiszenzen – die Läuse laufen einem über die Leber. Die »Westdeutsche

Zeitung«,[5] die über niemand als über Kinkel berichtet, ist das würdigste Organ dieses Mannes. Der rote Becker wird immer feister und bekommt immer rötere Augen; er hat ein wahres Sammelsurium zu Mitarbeitern und benutzt auch jetzt unsern alten Freund, den stillen, bleichen Heinrich,[6] der sich mit der Babylonierin[7] überworfen hat. Ich habe ihn, den sanften Heinrich, gewarnt, sich vor dem roten Becker in acht zu nehmen, und will hoffen, daß er mir folgt, sonst wird er nächstens für die »Westdeutsche« à discrétion brummen müssen – Märtyrer für die Freiheit – des roten Beckers! Eine herrliche Aussicht. Ich sollte natürlich ebenfalls für die Sache des Fortschritts arbeiten, ich erklärte aber, daß ich zur Kreuz-Zeitungs-Partei[8] übergegangen sei.

Von unsern übrigen Bekannten sind Daniels und Freiligrath die einzigen anständigen Kerle, und Hagen ist zwanzigmal besser und gescheiter als Schneider, der à la Kyll gestimmt ist.[9]

Im ganzen ist alles der alte Trödel, der alte Pöbel. Ich werde mich in das stillste Mauseloch verkriechen und so wenig wie möglich mit der ganzen Lumperei verkehren. An Revolutionen in Deutschland glaube ich nun einmal nicht; das Vaterland existiert für mich nur, damit ich seinen billigen Moselwein trinke und meine schlechten Witze darüber reiße. Wäre ich ein gesunder Bauer, so ginge ich gleich über den Atlantik.

Bitte, laß mich bald etwas von Dir hören! Briefe treffen mich durch Naut oder unter Kuvert: Hotel d'Angleterre bei Thibus, Köln a./Rhein.

Salut!

Dein Weerth.

Ich habe eben noch einmal den sanften Heinrich gesprochen, der sich darüber beklagt, daß Ihr ihn unsanft behandelt habt. Er will mit Euch korrespondiert haben, und Deine und Engels' Antworten lassen ihn schließen, Ihr glaubtet, er intrigiere gegen Euch usw., woran seine sanfte Seele gar nicht denkt. Er arbeitet an der »Westdeutschen« aus politischem Bedürfnis. Tue es mir zuliebe und brich mit dem Sanften nicht so vollständig.

Lassalle leidet öffentlich an der Schwindsucht und befindet sich inkognito sehr wohl; er hat die Augen so trefflich zu verdrehen gewußt, daß er wegen seiner Haft bis Oktober Ausstand bekommen hat. [Die Gr]äfin soll wie eine Levkoje blühen, übrigens aber de[n] Weg alles Fleisches gehen, namentlich da die Alimentationsgelder bald aufhören. Der aus dem Elberfelder Arresthaus auferstandene Nothjung[10] wird wohl hinfort ihr letzter Trost sein. Der arme Teufel wurde in Elberf[el]d hart mitgenommen.

Von Schapper[11] höre ich, daß er die Wittib der »Freien Zeitung« in Nassau ehelichen soll. Doch genug, auf den Bergen Eichendorffsche Lieder, in den Gassen Gendar[men] und Schwänke, in den Häusern die liebe Not um das liebe Leben. Voilà la patrie! Der Handel geht schlecht; man wartet auf die englische Überproduktion.[12]

1 Julius Schuberth, Verleger in Hamburg, der 1850 die »Revue« herausgab.

2 Kinkel hatte am badischen Feldzug teilgenommen und sich wortreich vor Gericht verteidigt. Der von Weerth angesprochene Titel heißt »Gottfried Kinkel« und erschien in Heft 4 der »Revue« (MEW, Bd. 7, S. 299–301).

3 Roland Daniels (1819–1855), Kölner Arzt, Mitglied des »Bundes der Kommunisten«, Angeklagter im Kölner Kommunistenprozeß von 1852.

4 Johann Wolfgang Goethe, Die Leiden des jungen Werthers.

5 »Westdeutsche Zeitung« erschien 1848–1850 in Köln; sie wurde von Hermann Becker herausgegeben. Heinrich Bürgers schrieb dort vom 30.4.–2.5. den Artikel »Die Logik in dem Prozess Kinkel und Genossen« und am 5.5. »Die Freisprechung Kinkels«.

6 Heinrich Bürgers.

7 Gräfin Sophie von Hatzfeldt.

8 »Neue Preußische (Kreuz-)Zeitung«, wurde 1848 in Berlin gegründet; führendes Organ der Reaktion. Vgl. Weerths Feuilleton »Das ›Neue Preußische Sonntagsblatt‹ der Kreuzritterin« (SW, Bd. 4, S. 131ff.).

9 Im Kölner Prozeß gegen Kinkel und andere trat Lambert Hagen als Verteidiger Ludwig Mayers und Johann Bühls auf. Franz Ulrich Kyll und Karl Schneider verteidigten Kinkel.

10 Peter Nothjung (1821–1880), Schneider, Mitglied des »Bundes der Kommunisten«, war in Elberfeld angeklagt, wurde jedoch von der Geschworenen freigesprochen und kehrte nach Köln zurück; später der Hauptangeklagte im Kölner Kommunistenprozeß.

11 Karl Schapper (1812–1870), Mitglied des »Bundes der Kommunisten«, Mitarbeiter der »Neuen Rheinischen Zeitung«, 1850 bei der Spaltung des »Bundes« zusammen mit Willich der Führer der gegen Marx gerichteten Fraktion. Weerth spielt hier wohl auf die Einflußnahme der Wiesbadener Gemeinde des »Bundes der Kommunisten«, die unter Leitung Karl Schappers stand, auf die von Julius Oppermann geleitete »Freie Zeitung« an.

12 Beigefügt ist das Gedicht »Wohl um die Kirschenblüte« – unter der Überschrift »Handwerksburschenlied«.

228.

Georg Weerth an Wilhelm Weerth

Detmold, 14. Juni 1850

Lieber Wilhelm!

Beikommend die Bilder in einer Rolle in Wachstuch. Die Post kann allerdings über Blomberg nach Bückeburg gehen, da sie sich aber gar nicht in Blomberg aufhält, müßte ich jedenfalls 24 Stunden bei Dir bleiben, um erst mit dem nächsten Wagen abzufahren. Dies würde aber etwas weitläuftig werden, und ich werde daher doch wohl direkt reisen, da mir auch daran gelegen ist, bald in Hamburg einzutreffen. Sollte daher nicht sonst noch ein anderer Entschluß gefaßt werden, so erwarte mich lieber nicht für Sonntag abend, und wenn ich nicht komme, so grüße Auguste und Otto aufs herzlichste von mir.

Jedenfalls teile ich Dir bald weiteres mit. Inzwischen wünsche ich Dir zu Deiner glücklichen Rückkehr bestens Glück. Ich wollte, ich wäre auch schon wieder an Ort und Stelle.

Die Mutter befindet sich ziemlich wohl.

Dein Georg.

229.

Georg Weerth an Wilhelmine Weerth

Hamburg, 20. Juni 1850

Liebste Mutter!

Es geht Dir hoffentlich gerade so wohl wie mir selbst, wenigstens wünsche ich dies von ganzem Herzen.

Einige Zeit bleibe ich noch in Hamburg, und sollte noch ein Brief für mich eintreffen, so schicke ihn gütigst Adr.: *Emanuel & Sohn in Hamburg* an mich ab. Bis auf weiteres treffen mich Deine etwaigen Briefe ebenfalls unter dieser Adresse.

Hamburg ist schön wie immer, und da das Wetter wieder warm geworden ist, so läßt es sich ganz gut hier wohnen. Ich logiere einstweilen noch in Zinggs Hotel, gegenüber der Börse.

Da ich im Geschäfte viel zu tun habe, so erzähle ich Dir das nächste Mal mehr. Grüße Carl und bemerke ihm, daß sein Kardinal sehr vorzüglich gewesen sei. Ebenfalls Grüße an die Blomberger und an Cöllns.

Ich wünsche Dir den lieblichsten Sonnenschein und bleibe von Herzen

Dein Georg.

230.

Georg Weerth an Wilhelmine Weerth

Hamburg, 4. Juli 1850

Liebste Mutter!

Den herzlichsten Dank für Deinen Brief vom 1. d[iese]s, dessen gute Ermahnungen ich wohl beachte! Heute nur in aller Eile die Mitteilung, daß Ferdinand mir am 30. p[os]t[um]o sehr heiter geschrieben hat, und zwar von Berlin; an demselben Abend (vorigen Samstag) wollte er zur Messe nach Frankfurt a./Oder reisen, und da ich ihm heute dahin zu schreiben hatte, so habe ich ihn daran erinnert, Dir bald seine Reise- und Mess'-Abenteuer mitzuteilen, da Du auf seine Briefe sehr neugierig wärst. Du wirst also gewiß nun bald etwas erfahren.

Ferdinand wird ca. 10 Tage in F.furt a./Oder bleiben. Hier nichts Neues! In kurzer Zeit werde ich Dir weitläuftiger schreiben und Dir dann allerlei erzählen. Zu dem schönen Wetter gratuliere ich Dir von Herzen. Hier war es ebenfalls sehr hübsch.

Wenn Carl zufällig nach Bad Driburg gehen kann, so muß er sich dort nach Juana Valerio de Theodore, einer Spanierin, erkundigen und sich dann nach ihrer Gesellschafterin, Fräulein Maria Steinthal von Hamburg, umsehen, deren Mutter mir sagt, daß die beiden Damen sehr um Gesellschaft verlegen seien. Ob ich Ferdinand hier oder in Berlin noch zu sehen bekomme, ist bis jetzt ungewiß. Mir wäre es natürlich sehr lieb.

Bald mehr, liebe Mutter!

Mit dem herzlichsten Gruße

Dein Georg.

231.
Georg Weerth an Wilhelmine Weerth

Glasgow, 2. August 1850

Liebe Mutter!

Zur Veränderung schreibe ich Dir einmal aus Schottland, und zwar aus der prächtigen Stadt Glasgow. Schon vor ungefähr 14 Tagen habe ich nämlich Hamburg verlassen, da unerwarteterweise H[err] G. Steinthal, von dem ich Dir früher schon einmal schrieb, aus England eintraf. Auf das Ankommen dieses Herrn hatte ich einzig und allein zu warten, und so machte ich mich dann am 18. Juli mit dem Schraubendampfboot »British Queen« nach Hull auf die Reise, wo ich am Samstag, den 20. Juli, abends pünktlich eintraf, um am andern Tage nach Bradford zu fahren. In Bradford blieb ich dann bis Mittwoch und ging nach Manchester, wo ich bis vorigen Dienstag, den 30. Juli, blieb und gerade vor meiner Abreise noch Deinen lieben Brief vom 21. Juli erhielt, der mir von Hamburg dahin nachgeschickt wurde. Mit vieler Freude sehe ich daraus, daß es Euch allen wohl geht. Hoffentlich ist dies auch ferner der Fall; jedenfalls wünsche ich Euch besseres Wetter, wie ich es stellenweise in Hamburg und Manchester hatte, wo es Katzen und Hunde regnete.

Glücklicherweise erfreue ich mich hier des schönsten Sonnenscheines, wie ich denn überhaupt auf dieser Tour zufällig allerlei Dinge mitgenieße, an die ich früher gar nicht gedacht hatte. Von Manchester führte mein Weg zunächst auf einem Umwege durch den Norden der Grafschaft York, die sich an jener Stelle durch sehr hübsche Hügelketten auszeichnet; dann kam Lancaster, eine sehr alte Stadt in der Nähe der See, ohne Fabriken und daher mit sehr heiterm Himmel. Hierauf geht die Eisenbahn an der Küste entlang, berührt Kendal, einen ganz malerisch gelegenen Ort, und erreicht dann die schottische Grenze bei Carlisle, ebenfalls eine Stadt mit artiger Umgebung. Da ich hier einige Stunden verweilen mußte, so besuchte ich das Kastell, und zwar zufällig mit brennender Zigarre im Munde, was die Schildwache dermaßen in Erstaunen setzte, daß sie vor mir das Gewehr schulterte, eine Ehre, die mir zum ersten Male im Leben passiert ist. Abends setzte ich meine Reise fort und kam bald durch die Leadhills, kahle Hügel, auf denen die Schafe weiden, deren Wolle ich, zu Strickgarn verarbeitet, so oft schon verkauft habe. Diese Tiere frieren auf den Hügeln im Winter sehr und werden daher mit Teer beschmiert, wenn der Herbst kommt. Die beteerte Wolle bildet dann gewissermaßen einen Panzer, der erst dann verschwindet, wenn das Tier im Frühjahr geschoren wird. Die Wolle dieser Schafe, wenn sie mit Seife gewaschen ist, behält durch den Teer stets eine braune Farbe und wird nicht zu Weiß, sondern namentlich zu den schwarzen Garnen verarbeitet, von denen ich Dir s[eine]r Z[ei]t Proben schickte. Meine treuen Schafe, jetzt im Sommer noch schneeweiß, grüßten mich freundlich, und die Lokomotive riß uns dann fort, aber leider so langsam, daß wir erst in der Nacht um 2 Uhr in Glasgow eintrafen. Wie gewöhnlich ließ ich mich in das erste beste Hotel fahren, wurde aber nicht allein dort, sondern auch noch in 8 bis 12 andern Wirthäusern abgewiesen, weil alle Ecken und Winkel voller Gäste lagen und an ein Sofa, geschweige an ein Bett gar nicht zu denken war. Gegen halb 4 stand ich daher noch mit meiner Bagage auf der Straße und wurde da erst von einem kleinen Schankwirt aus reiner Gefälligkeit aufgenommen und bis um 8 Uhr des Morgens beherbergt, indem mir ein abscheulich hartes Sofa zum Lager diente. Der Grund all dieses Ungemachs war eine große Cattle Show (Viehausstellung), zu der halb England und gewiß ganz Schottland seine Landwirte, Händler, Gutsbesitzer usw. herbeigesandt hatte und von der ich früher nicht das mindeste gehört hatte. Natürlich habe ich diese Ausstellung mit all ihren fürchterlichen Ochsen, Pferden, Schafen, Schweinen etc. ebenfalls besucht und muß gestehen, daß ich nie und nur einmal in London bei einer ähnlichen Gelegenheit schöneres Vieh gesehen habe. Übrigens war die Ausstellung nicht nur durch ihr Vieh, sondern namentlich durch die anwesenden Menschen interessant, da sich nicht nur die höchsten Mitglieder der englischen Aristokratie zwischen den Ochsen herumtrieben, sondern auch die Pächter und die Bewohner der Hochlande in Nationaltracht, mit bloßen Beinen, in kari[erten] Kleidern und den Dudelsack spielend, zugegen ware[n].

Diese vielen Gäste geben noch in diesem Augenblick der Stadt ein sehr heiteres Ansehn; übrigens ist Glasgow auch sonst ein wunderschöner Ort, ganz aus Quadersteinen erbaut, mit herrlichen öffentlichen Gebäuden, mit einem schönen Fluß, auf dem die größesten Seeschiffe liegen usw.

Leider hatte ein Unfall auf der Eisenbahn zwischen hier und Edinburgh das Fest momentan gestört.

Mein Aufenthalt wird nun nur bis morgen hier sein, und werde ich dann noch einige andre Orte besuchen und schließlich über Edinburgh und York nach Bradford zurückkehren, um in ca. 10 Tagen in London einzutreffen, von wo ich Dir dann weiter schreiben werde.

Über meine mutmaßliche Reise nach Spanien erfährst Du dann ebenfalls das Nähere; jedenfalls hast Du nicht nötig, Dir über die Spanier allerlei schwarze Gedanken zu machen, denn dies wäre ohne allen

Grund, da es die besten und ehrlichsten Kerle sind, die man sich denken kann.

Grüße inzwischen Carl und Wilhelm und Cöllns.

Mit dem herzlichsten Kuß und Gruß

Dein Georg.

232.

Georg Weerth an Wilhelm Weerth

Bradford/Yorksh[ire], 7. August 1850

Lieber Wilhelm!

Ich habe Dich und Deine Frau nachträglich noch um Entschuldigung zu bitten, daß ich Euch in Blomberg nicht meine Aufwartung machte. Aufrichtig gestanden sehnte ich mich damals aber so sehr nach einem endlichen Arrangement mit meinen Hamburger Freunden, daß ich keinen Tag verlieren mochte, um an Ort und Stelle zu kommen. Wenn Du bedenkst, wie oft ich in der letzten Zeit in meinen Unternehmungen gestört wurde, so wirst Du dies leicht begreifen. Übrigens ist es dann auch sehr gut gewesen, daß ich s[eine]r Z[ei]t ohne Aufenthalt weiterreiste, denn durch mein zeitiges Eintreffen in Hamburg konnte ich meine Pläne zu einem erwünschten Resultate bringen.

Hoffentlich geht es Dir, Auguste und Otto wohl, und wenn Du mir gelegentlich einige Zeilen schreiben willst, so machst Du mir großes Vergnügen. Adressiere dann nur: G. Weerth, Adr. Emanuel & Sohn in Bradford, Yorksh., England, denn wenn ich auch schon abgereist sein sollte, so wird mir der Brief pünktlich nachgeschickt.

Von Ferdinand, der mir neulich schrieb, wirst Du wohl direkt Nachrichten haben. Gern hätte ich ihn vor meiner Abreise noch in Berlin besucht. Aber die Zeit wurde mir zu kurz, und vielleicht hätte mich die Polizei auch noch nicht in Berlin geduldet.

Ich muß jetzt abwarten, wie uns der Zufall wieder zusammenführen mag.

Seit ich Hamburg am 18. Juli verließ, war ich zunächst in Hull und ging dann über Bradford nach Manchester, wo ich eine Woche blieb, um schließlich nach Schottland weiterzureisen. Ich hatte nämlich in Glasgow zu tun und benutzte diese Gelegenheit, um auch einmal nach Edinburgh zu fahren, der schönsten und pittoreskesten Stadt, die ich je gesehen habe. Felsen, Paläste, alte Kastelle, Türme, 10 Stock hohe Häuser: alles das liegt bunt durcheinander, indem Gärten, Wiesen, Hügel und endlich ein Arm des Meeres das ganze prächtig einschließt. Auch von den Hochlanden bekam ich ein Stück zu sehen, und wäre mir nicht, wie gewöhnlich, das Geld ausgegangen, ich glaube, ich hätte meine Tour fortgesetzt bis in die nördlichste Spitze Schottlands. Ein einziger Tag auf der Eisenbahn brachte mich aber von Edinburgh über Newcastle und York nach Bradford zurück, wo ich jetzt die Vorbereitungen für die nächste Zukunft mache.

Es ist nämlich nicht unwahrscheinlich, daß ich binnen kurzem nach Spanien gehe, um mich dort einige Zeit aufzuhalten. Jedenfalls habe ich noch Gelegenheit, Dir darüber zu schreiben, da ich am 20. d[iese]s nach London gehe, um von dort das weitere zu betreiben.

Laß also bald etwas von Dir hören. Grüße Deine Frau und Deinen Jungen aufs herzlichste.

Mit alter Liebe

Dein Georg.

233.

Georg Weerth an Wilhelmine Weerth

Oporto, 1. [und 3.] September 1850

Liebe Mutter!

Gestern abend bin ich glücklich an der portugiesischen Küste[1] gelandet, und ich beeile mich, Dir meine herzlichen Grüße hinüberzusenden, welche Dich hoffentlich wohl und munter antreffen.

Meine lang projektierte Reise ging endlich in Erfüllung, und zwar zu meiner großen Freude. Früher schrieb ich Dir schon einmal, daß die Handelsverhältnisse für den Augenblick meine Tätigkeit in London unmöglich machen. Es fragte sich daher, wie man die Zwischenzeit nützlich ausfüllen könne, und als ich im Juli in Hamburg war, schlug ich Herrn Worms[2] vor, einstweilen nach Spanien und Portugal für ihn zu gehen, worauf er auch uns hinwegtoben ließen. Mittwoch morgen klärte es sich aber auf; die See wurde spiegelglatt, der Wind wurde Nordost, also ganz zu unsern Gunsten, und mit Segeln und Dampf fuhren wir daher in den Atlantischen Ozean hinein und erreichten abends die Bai von Biskaya. Diese durch ihre Stürme so berühmte Bai war uns ebenfalls sehr günstig; wir durchfuhren sie am Donnerstag und Freitag bei herrlichstem Wetter und doublierten zuerst das Kap Ortegal und Freitag nacht um 11 Uhr auch das Kap Finisterre, waren also jetzt bereits in der Nähe der Küste.

Am Kap Finisterre ist gewöhnlich hohe See, und diesmal wurden auch wir gehörig umhergeworfen, schliefen aber darüber ein und erwachten in der Bai von Vigo, dem ersten Hafen in der spanischen Provinz Galicien.

Ich habe doch schon ziemlich viel gereist, aber ich kann Dir meine Freude nicht schildern, als ich endlich das Land sah, nach dem ich mich so lange sehnte. Meine Erwartungen waren übertroffen; man kann nichts Schöneres sehen als die spanische Küste an dieser Stelle. Von den schroffsten Felsen umgeben, lagen wir in der engen Bucht vor der Stadt Vigo, die sich, von Weinlaub umwunden, die Hügel und Felsen hinaufzieht. Ans Land konnten wir indes nicht gehen; nur die Passagiere für Vigo wurden zusamt den Briefen fortgelassen. Dagegen besuchten uns die Landleute auf ihren Booten und verkauften uns Weintrauben und Pfirsiche. Vigo und seine Bucht wieder im Rücken, umsteuerten wir jetzt die Küste von Galicien, so daß wir von der See aus alle Orte, Berge usw. genau beschauen konnten. Wenn Du einen Blick auf die Landkarte werfen willst, so wirst Du sehen, daß Galicien indes nur die nordwestliche Spitze der Halbinsel bildet und daß man dann, nachdem man die Mündung des Flusses Minho passiert hat, an der portugiesischen Küste weitersegelt. Diese Küste ist nicht weniger reizend wie die spanisch-galicische, und wir genossen sie um so mehr, da das Meer so still war wie der Rhein, ein Umstand, der uns Frühstück und Diner herrlich bekommen ließ. Am Samstag, um 4 Uhr, hielten wir endlich vor Oporto; da vor der Stadt aber eine ungeheure Sandbank lagert, die sogenannte Barre,[4] welche größere Seeschiffe nicht passieren können, so holte uns jetzt ein Boot ab und brachte uns durch die Brandung bis zur Mündung des Flusses Douro, welche die ersten Häuser Oportos umgeben. Die »Iberia« setzte ihre Reise nach Lissabon und dem Mittelmeer fort.

Das wärmere Klima hatten wir schon auf der See gespürt, die Frische des Meeres verscheuchte aber die größere Hitze. Sowie wir den Fuß am Lande hatten, brannte uns aber die Sonne entgegen, daß es eine Lust war. Zwei junge Engländer, die die Weinernte bei Oporto mit ansehen wollten und mit denen ich schon auf der »Iberia« zusammen war, nahmen jetzt mit mir eine sofort einging, indem er mich mit noch einem andern Hause in Verbindung brachte, das mir ebenfalls seine Agentur für die Halbinsel übertrug. Ich kann daher die Bereitwilligkeit des Herrn Worms nur rühmend anerkennen; dieser Mann hat sich in jeder Weise anständig gegen mich benommen.

Als ich Dir zuletzt von Glasgow in Schottland schrieb, war ich mit den Vorbereitungen zu dieser größern Reise beschäftigt; ging dann nach Edinburgh, der schönsten Stadt, die ich je gesehen, beschaute die schottischen Hochlande und kehrte dann nach Bradford zurück, von wo ich über Manchester nach London reiste und in meinem alten Hotel bei Culverwell, No. 21 Norfolk Street, Strand, abstieg, zur großen Freude des Mr. Culverwell, der gar nicht wußte, was aus mir geworden war. In London, der komfortabelsten Stadt, die es auf der Welt gibt, hätte ich gern noch einige Wochen zugebracht; ich sah wieder aus meinem alten Zimmer auf die Themse mit ihren Brücken und zahllosen Schiffen, ich war ganz zu Hause, alles bekannt und lieb geworden – aber ich konnte nur 3 kurze Tage bleiben, und die waren mit Besuchen bei alten Bekannten, mit allerlei Einkäufen und Packen usw. bald verstrichen. Das Bemerkenswerteste, was mir in London passierte, war: daß Rothschild mir eigenhändig 3 Empfehlungsbriefe für Oporto, Lissabon und Madrid mitgab, was Dir beweisen mag, daß ich im Handel mit den ersten Leuten zu tun habe.

Von London ging ich nach Southampton und schiffte mich am Dienstag, 27. August, auf dem Dampfboot der Oriental und Peninsular Steam Nagivation Company, *»Iberia«*, Kapitän Burney, nach Oporto ein.

Die Dampfboote dieser Company landen an allen portugiesischen und spanischen Häfen und gehen dann nach Alexandrien, für Passagiere nach Indien und China, via Suez; diese Boote sind prächtig und werden von den erfahrensten Seeleuten geführt, die im Dienste des englischen Gouvernements stehen und die Post führen. Das Leben auf diesen Dampfbooten ist teuer und gut. Im Passagiergelde ist alles einbegriffen, Essen und Trinken, und das Trinken erstreckt sich auf alle Weine, sogar Champagner, den man ad libitum[3] genießen darf, falls einem die Seekrankheit Zeit dazu läßt.

Meine Reisegefährten waren Engländer, Spanier und Portugiesen. Auf der Vorkajüte führten wir auch die Mannschaft eines gescheiterten spanischen Schiffes mit uns, die eine dänische Brigg nach London brachte und die wir jetzt mit in die Heimat zurücknahmen. Ich war der einzige Deutsche an Bord.

Der Wind, anfangs sehr günstig, schlug plötzlich um und entwickelte sich zu einem solchen Sturm, daß wir, kaum abgefahren, schon zwischen der Insel Wight und der Südküste Englands wieder vor Anker gehen mußten, wo wir in der Nacht von Dienstag auf Mittwoch das Wetter ruhig über

Barke, und nachdem wir unsre Sachen bis Montag der Zollbehörde hatten überliefern müssen, fuhren wir den Douro hinauf in die Stadt.

Hier wohne ich jetzt in dem Hotel eines Portugiesen Gabriel, 15 Rua Nova dos Inglezes, das einzig gute Hotel, welches es in Oporto gibt. Aus meinem Fenster sehe ich auf den Douro und über ihn hinweg nach dem ältern Stadtteil, der in malerischer Unordnung, von Weinreben, Feigen und Kastanienlaub umgeben, den steilen Hügel hinauf liegt. Die Hitze ist enorm. Die Fenster sind fest verschleiert und lassen nur gerade so viel Licht durch, daß ich diesen Brief schreiben kann. Heute morgen machte ich einen Ausflug in die Umgegend, die von Ruinen übersät ist; dazwischen laufen die Portugiesen mit ihren braunen Gesichtern umher, eine Menschensorte, die, soweit ich sie seit gestern kennenlernte, sehr arm und sehr ehrlich ist und den friedlichsten Eindruck macht. Leider kann ich nicht mit ihnen sprechen, denn ich weiß kein Wort Spanisch oder Portugiesisch und bin daher jetzt in demselben Falle wie schon so mancher »verrückte Engländer«, der durch die halbe Welt reiste und nur seine eigne Sprache verstand. Natürlich hindert mich dies anfangs sehr in meinen Unternehmungen, aber man kann alles lernen, und so werde ich auch mit der Zeit diese neue Zunge verstehen.

Von Oporto gehe ich in ca. 8 Tagen nach Lissabon, und wenn ich in Portugal fertig bin, werde ich mich zunächst nach Cádiz und Gibraltar wenden, um dort einige Zeit zu verweilen. Inzwischen schreibe ich Dir wieder und kann Dir dann meine Reiseroute genauer mitteilen, worüber sich jetzt noch nichts sagen läßt, da mir das Terrain zu unbekannt ist und alles von meinen Geschäften abhängt. Mein ganzer Aufenthalt auf der Halbinsel dürfte von 6 bis 9 Monaten Dauer sein.

Oporto, 3. September

Seit ich Vorstehendes schrieb, habe ich mich schon ziemlich hier umgesehen und namentlich unter den hier wohnenden Engländern viele gute Freunde gefunden. Die Portugiesen betragen sich ebenfalls ganz charmant, und es scheint wirklich, als ob die Menschen immer besser würden, je weiter man in den Süden kommt. Wie es mit dem Handel gehen wird, muß die Zukunft lehren. Am Sonntag abend waren wir auf dem Landsitze eines Engländers, zwischen der See und der Stadt, unter blühenden Granat- und Orangenbäumen. Gestern abend fuhren wir den Douro hinab und badeten heute morgen um 6 Uhr, wo der Strom ins Meer fließt. Von dem herrlichen Klima machst Du Dir keinen Begriff; ich fühle mich wie neugeboren, und das einzige, was ich wünsche, ist nur, daß Du meinen Aufenthalt teilen könntest. Diesen Brief schicke ich via Spanien und Frankreich, denn über England kann ich

Dir erst in 8 Tagen schreiben, und ich möchte Dir gern bald Nachricht geben. Leider kann ich diesen Brief zu Lande aber nicht frankieren und muß Dich wegen des zu zahlenden Portos um Entschuldigung bitten. Später erhältst Du alle Briefe franco über London und Hamburg.

Schreibe mir unter Adresse von: G. Weerth, Adr. *Herren Emanuel & Sohn, Hamburg*. Der Brief wird mir dann von Hamburg zugeschickt.

Herzliche Grüße an Carl, Wilhelm und seine Frau und an Cöllns.

Mit warmer Liebe

Dein Georg.

1 Am 27. August hatte Weerth seine Reise nach Portugal und Spanien begonnen, von der er im Februar 1851 zurückkehrte.
2 Chef des Hauses Emanuel und Sohn, für das Weerth bis Anfang 1852 tätig war.
3 Nach Belieben.
4 Barre = Unterirdische Schlamm- und Sandbank.

234.

Georg Weerth an Wilhelmine Weerth

Lissabon, 18. September 1850

Liebe Mutter!

Hoffentlich befindest Du Dich wohl; ich hoffe ebenfalls, daß Du meinen Br[ie]f von Oporto erhalten hast. Heute habe ich nur noch wenige Augenblicke Zeit, ehe das Dampfboot »Madrid« nach Southampton und Hamburg abgeht. [Es] ist dasselbe Boot, welches mich von Oporto glücklich hierher brachte, nach einer schönen Fahrt und einer Einfahrt in den Tejo – bei dem prächtigsten Wetter.

Hier mache ich seit Ende voriger Woche Geschäfte. Am Sonntag war ich in Sintra, einem pittoresken kleinen Orte mitten zwischen Felsen, umringt von Orangen und Myrten.

Lissabon gefällt mir ziemlich gut, obgleich ich schon viele weit schönere Städte sah. Aber der Tejo ist ganz herrlich, voller Schiffe; aus meinem Fenster sehe ich über seinen mondbeglänzten Spiegel. Ich niste mich stets am Wasser an.

Das Klima bekommt mir fortwährend sehr gut, ebenfalls der schöne Wein, der hier nur spottwenig kostet. Mit der Sprache geht es auch gut, da ich überall Engländer, Amerikaner und Franzosen finde. Weniger Deutsche. Auf diese Weise werde ich schon fortkommen. Nächsten Sonntag fahre ich nach Cádiz, wo ich zunächst etwas länger verweilen werde. Schreibe mir dorthin entweder direkt: G. Weerth, Andreas de los Palacios, Cádiz oder adressiere Deinen Brief: G. Weerth, Emanuel & Sohn in Hamburg.

Auf *letzterem* Wege kostet es uns kein Porto und geht am schnellsten.

Jedenfalls gib mir aber bald Nachricht von Dir!

Grüße an alle!

Leb wohl, liebe Mutter!

Die herzlichsten Grüße

Deines Georg.

235.

Georg Weerth an Wilhelmine Weerth

Cádiz, 10. Oktober 1850

Liebe Mutter!

Auf meine 4 letzten Briefe, von Glasgow, 2. August, von Southampton (an Carl), 27. August, von Oporto, 3. September, und von Lissabon, 18. September, bin ich bis jetzt ohne alle Antwort von Dir. Wahrscheinlich hast Du also nach Hamburg geschrieben, und da man mir von dort erst in diesen Tagen Mitteilungen zu machen hat, so wird Dein Brief erst mit dem nächsten Dampfboot ankommen. Solltest Du also nach Hamburg geschrieben haben, so ist es recht und Du brauchst Dich nicht weiter mehr darum zu bekümmern, denn er wird mir dann jedenfalls bald zukommen. Hast Du aber noch nicht nach Hamburg geschrieben, so schreibe mir gleich direkt: *G. Weerth, Adr. Andreas de los Palacios in Cádiz.* Zu frankieren hast Du nicht, sondern nur den Brief auf die Post in Detmold zu geben und oben darauf zu schreiben »via France«. Ich möchte gern bald etwas von Dir hören, damit ich weiß, wie es Dir geht.

Von Oporto ging ich nach Lissabon, und von dort fuhr ich am 23. September mit dem englischen Dampfboot »Pacha« nach Cádiz, wo ich schon so zeitig am Abend des 24. September ankam, daß ich im Theater noch eine Donizettische Oper hören konnte. Wir hatten also in Zeit von 24 Stunden nicht nur ein Stück des Atlantischen Ozeans durchsteuert, sondern auch das Kap Vicente doubliert und die Bai von Cádiz glücklich zurückgelegt, was bei dem schönen Wetter freilich kein Wunder war, der englischen Dampfschiffahrt aber doch alle Ehre machte.

Wenn Du auf die Karte siehst, so wirst Du finden, daß Cádiz auf der südlichsten Landspitze von Europa liegt, auf einer schmalen Landzunge, die von drei Seiten das Meer bespült und die an ihrer Verbindungsstelle mit dem Festlande höchstens 5 Minuten breit ist. Die Stadt selbst ist schneeweiß und steigt aus dem dunkelgrünen Meere wie ein Häuflein elfenbeinerner Paläste. Cádiz wurde von den Phöniziern 347 vor Rom und 1100 Jahre vor Christus gegründet, ist also eine der ältesten Städte auf Erden, und wohl hatten die Menschen recht, sich stets hier aufzuhalten, denn auf diesem Felsen im Meere, den Weinreben, Orangen und Myrten üppig umgrünen, herrscht ewiger Sonnenschein und ewiger Frühling. In der Tat, wir leben hier stets unter freiem Himmel, und der Winter besteht nur in einigen Regengüssen, wie wir sie im übrigen Europa bisweilen im Sommer haben. Schnee und Frost sind hier total unbekannt. Die Straßen sind sehr enge, um Schatten zu geben; die Häuser sind fast alle im maurischen Stile gebaut, mit glatten Dächern, auf denen man Blumen und Früchte zieht. Nach innen sind die Häuser aber ohne Dach, so daß der tiefblaue Himmel grade hinab auf die marmornen Hausflure sieht. Alles ist aus Stein gebaut, Holz ist unbekannt; alles ist trocken und so rein, daß man davon speisen könnte. Nach den Straßen hin haben alle Fenster Balkone, von denen sich die Nachbarn miteinander unterhalten. Abends spaziert man auf den Dächern, von einem Hause auf das andere, bei Gitarrenspiel und Gesang, oder auf dem Marktplatz, der von Weinreben überwölbt ist. Dort gehen die schönsten Frauen und Mädchen, die es auf der Welt gibt, und die Männer geben ihnen an Schönheit der Gestalten wenig nach. Von meinem Dache sehe ich auf die Bai von Cádiz, die voller Schiffe ist, weiter sehe ich über die Meerenge hinweg nach dem Festlande von Spanien, Puerto de Santa María, Medina Sidonia usw. Nach der andern Seite blicke ich über die schneeweiße Stadt fort, bis mein Auge wieder das Meer erreicht und kein Land mehr zu sehen ist als bis nach Amerika.

So viel über den Ort, der augenblicklich mein Wohnsitz ist; ich wohne in der Straße (calle) Rosario bei der Señora Raphaele, die außer mir noch einige Spanier, Engländer und Brasilianer beherbergt, den Wein umsonst gibt und alles mit Öl brät, da Butter eine fast unbekannte Größe im südlichen Spanien ist.

Von allen andern Dingen, die ich hier tue und treibe, will ich Dir nichts erzählen, da es sehr prosaische, kaufmännische Sachen sind und in derselben Art bestehen wie das, was ich in Holland, Belgien und Frankreich trieb.

Mit der spanischen Sprache geht es schon etwas besser, und da ich mich außerdem in drei andern Zungen flüssig auszudrücken verstehe, so habe ich nur hin und wieder Schwierigkeiten, die bald überwunden sein werden. Außerdem findet man und macht überall gute Freunde. Unter letztern ist der alte Andreas de los Palacios, an den meine Briefe zu adressieren sind, der mich sehr artig aufnahm, von großem Nutzen war usw. Er ist ein alter steinreicher Spanier mit Silberhaaren und ein Kaufmann ersten Ranges.

Nächste Woche gehe ich nach Sevilla, um dort ungefähr 10 Tage zu bleiben. Von dort kehre ich nach Cádiz zurück und fahre nach Gibraltar, wo ich den November zubringe; die Reise nach und von Sevilla geht rasch und angenehm per Dampf auf dem Guadalquivir. Von Gibraltar gehe ich Anfang Dezember nach Málaga, bleibe dort 14 Tage und hoffe um Weihnachten glücklich in Granada zu sein, womit meine Tour durch Andalusien beendigt wäre. Später muß ich dann nach dem Norden, Valencia, Barcelona und Madrid.

Jedenfalls ist diese Reise sehr interessant, und das einzige, was ich weiter wünsche, ist, daß ich auch gute Geschäfte mache, was natürlich eine Hauptsache ist. Daß meine Gesundheit bei diesem herrlichen Klima vortrefflich ist, versteht sich von selbst.

Dies ist nun der fünfte Brief, den ich Dir schreibe, und ich verlange nun nach Nachrichten von Dir und von Euch. Hast Du also noch nicht nach Hamburg geschrieben, so schreibe mir umgehend direkt nach Cádiz: via France, Herrn Georg Weerth, Adr. Herrn Andreas de los Palacios, Cádiz.

Auch für die Zukunft bediene Dich stets dieser Adresse, denn es ist doch besser, als wenn Deine Briefe erst nach Hamburg gehen und dort auf Gelegenheit warten.

Hoffentlich geht es Euch allen wohl!

Dies wünscht von Herzen

Dein Georg.

Zu Deinem Geburtstage, der im Oktober ist, meinen herzlichsten Glückwunsch!

Der Regenschirm, den Du mir in Detmold schenktest, hat seit dem 27. August, wo ich England verließ, keinen Regentropfen gefühlt und dient jetzt als Sonnenschirm.